A RAINHA DESCALÇA

Ildefonso Falcones

A RAINHA DESCALÇA

Tradução de
CARLOS NOUGUÉ

Título original
LA REINA DESCALZA

Copyright © Ildefonso Falcones de Sierra, 2013

Todos os direitos reservados. Nenhuma parte desta obra pode ser reproduzida, ou transmitida por qualquer forma ou meio eletrônico ou mecânico, inclusive fotocópia, gravação ou sistema de armazenagem e recuperação de informação, sem a permissão escrita do editor.

Edição brasileira traduzida a partir da edição original, publicada pela Random House Mondadori, Barcelona, 2013.

Direitos para a língua portuguesa reservados
com exclusividade para o Brasil à
EDITORA ROCCO LTDA.
Av. Presidente Wilson, 231 – 8º andar
20030-021 – Rio de Janeiro – RJ
Tel.: (21) 3525-2000 – Fax: (21) 3525-2001
rocco@rocco.com.br
www.rocco.com.br

Printed in Brazil/Impresso no Brasil

CIP-Brasil. Catalogação na Publicação.
Sindicato Nacional dos Editores de Livros, RJ.

F172r

Falcones, Ildefonso
    A rainha descalça / Ildefonso Falcones; tradução de Carlos Nougué. – Rio de Janeiro: Rocco, 2014.

    Tradução de: La reina descalza
    ISBN 978-85-325-2880-3

    1. Romance histórico espanhol. I. Nougué, Carlos, 1952-. II. Título.

13-06707   CDD – 863
                                       CDU – 821.134.2-3

O texto deste livro obedece às normas
do Acordo Ortográfico da Língua Portuguesa.

À memória de meus pais

E ser flamenco é coisa:
é ter outra carne
alma, paixões, pele, instintos e desejos;
é outro ver o mundo,
com o sentido grande;
a sina da consciência,
a música nos nervos,
braveza independente,
alegria com lágrimas,
e a pena, a vida e
o amor ensombrecendo;
odiar o rotineiro,
o método que castra;
embeber-se no cante,
no vinho e nos beijos;
converter numa arte sutil,
e de capricho e liberdade, a vida;
sem aceitar o ferro da mediocridade;
pôr tudo a um envite;
saborear-se, dar-se,
sentir-se, viver!

Tomás Borrás,
"Elegia do cantaor"

I

MAGNÍFICA DEUSA

1

*Porto de Cádiz,
7 de janeiro de 1748*

No momento em que ia pôr pé no cais de Cádiz, Caridad hesitou. Encontrava-se justo no final da passarela da falua que os havia desembarcado d'*A Rainha*, a nau da armada que havia acompanhado as seis embarcações mercantes de registro com valiosas mercadorias do outro lado do oceano. A mulher ergueu os olhos para o sol de inverno que iluminava o bulício e a azáfama que se vivia no porto: uma das embarcações mercantes que haviam navegado com eles desde Havana estava sendo descarregada. O sol se infiltrou pelas frestas de seu surrado chapéu de palha e a ofuscou. O escarcéu a sobressaltou, e ela se encolheu assustada, como se os gritos fossem contra ela.

– Não fique aí parada, negra! – espetou-a o marinheiro que a seguia ao mesmo tempo que se adiantava a ela sem contemplação.

Caridad cambaleou e esteve a ponto de cair na água. Outro homem que ia atrás dela fez menção de também adiantar-se a ela, mas então a mulher saltou desajeitadamente ao cais, se afastou e voltou a parar enquanto parte da marinhagem continuava desembarcando entre risos, pilhérias e todo tipo de apostas impudentes acerca de qual seria a fêmea que os faria esquecer a longa travessia oceânica.

– Desfruta de tua liberdade, negra! – gritou outro homem quando passou junto a ela, ao mesmo tempo que se permitia aplicar-lhe uma surda palmada nas nádegas.

Alguns de seus companheiros riram. Caridad nem sequer se mexeu, tinha o olhar fixo na longa e suja coleta que, dançando nas costas do marinheiro e roçando seu camisão esfarrapado ao ritmo de um caminhar instável, se afastava em direção à porta de Mar.

"Livre?", conseguiu perguntar-se então. Que liberdade? Observou, para além do cais, as muralhas, onde a porta de Mar dava acesso à cidade: grande parte dos mais de quinhentos homens que compunham a tripulação d'*A Rainha* se ia aglomerando diante da entrada, onde um exército de funcionários – alcaides, cabos e interventores – os revistava em busca de mercadorias proibidas e os interrogava acerca da derrota das naus, para o caso de alguma delas se ter separado do comboio e de sua rota para contrabandear e burlar a fazenda real. Os homens esperavam impacientes que se cumprissem os trâmites rotineiros; os mais afastados dos funcionários, amparados na multidão, exigiam aos gritos que os deixassem passar, mas os inspetores não cediam. *A Rainha*, majestosamente fundeada no *caño* do Trocadero, havia transportado em seus porões mais de dois milhões de pesos e quase outros tantos em marcos de prata lavrada, além dos tesouros das Índias, e de Caridad e don José, seu senhor.

Maldito don José! Caridad havia cuidado dele durante a travessia. "Peste das naus", disseram que ele tinha. "Morrerá", asseguraram também. E em verdade chegou sua hora após uma lenta agonia ao longo da qual seu corpo se foi consumindo dia a dia entre tremendas inchações, febres e hemorragias. Durante um mês, senhor e escrava permaneceram encerrados num pequeno camarote de ar viciado e com uma só rede, a popa, que don José, após pagar com seu bom dinheiro, conseguiu que o capitão lhe construísse com tabuões, roubando espaço ao que era de uso comum dos oficiais. "Eleggua, faz que sua alma não descanse jamais, que vague errante", havia desejado Caridad percebendo no reduzido espaço a poderosa presença do Ser Supremo, o Deus que rege o destino dos homens. E, como se seu senhor a houvesse ouvido, suplicou-lhe compaixão com seus arrepiantes olhos biliosos ao mesmo tempo que estendia a mão em busca do calor da vida que sabia se lhe escapava. Só com ele no camarote, Caridad lhe negou esse consolo. Por acaso não havia estendido também ela a mão quando a separaram de seu pequeno Marcelo? E que havia feito então o senhor? Ordenar ao capataz da veiga que a segurasse e gritar ao escravo negro que levasse o pequeno.

– E fá-la calar-se! – acrescentou na esplanada diante da casa-grande, onde os escravos se haviam reunido para saber quem seria seu novo senhor e que sorte os aguardava a partir de então. – Não suporto...

Don José calou-se de repente. O assombro dos escravos era evidente em seus rostos. Caridad havia conseguido safar-se do capataz com um inconsciente bofetão e fez menção de correr para seu filho, mas logo se deu conta de sua imprudência e se detém. Durante uns instantes só se ouviram os agudos e desesperados gritos de Marcelo.

– Quer que a açoite, don José? – perguntou o capataz enquanto voltava a agarrar Caridad com um braço.

– Não – decidiu este após pensar. – Não quero levá-la machucada para a Espanha.

E aquele negro grande, chamado Cecilio, a soltou e arrastou o menino para a cabana após um severo gesto do capataz. Caridad caiu de joelhos, e seu choro se misturou com o do menino. Essa foi a última vez que viu seu filho. Não a deixaram despedir-se dele, não lhe permitiram...

– Caridad! Que fazes aí parada, mulher?

Ao ouvir seu nome, voltou à realidade e entre o bulício reconheceu a voz de don Damián, o velho capelão d'*A Rainha*, que também havia desembarcado. De imediato deixou cair sua trouxa, se descobriu, baixou o olhar e o fixou no surrado chapéu de palha, que ela começou a apertar entre as mãos.

– Não podes ficar no cais – continuou o sacerdote ao mesmo tempo que se aproximava dela e a segurava pelo braço. O contato durou um instante; o religioso o rompeu aturdido. – Vamos – instou-a com certo nervosismo –, acompanha-me.

Percorreram a distância que os separava da porta de Mar: don Damián carregando um pequeno baú, Caridad com sua trouxa e o chapéu nas mãos, sem afastar o olhar das sandálias do capelão.

– Deem passagem a um homem de Deus – exigiu o sacerdote aos marinheiros que se apinhavam diante da porta.

Pouco a pouco a multidão foi afastando-se para dar passagem. Caridad o seguia, arrastando os pés descalços, negra como o ébano, cabisbaixa. O simples camisão longo e cinzento que lhe servia de roupa, de pano grosso e tosco, não conseguia ocultar a mulher forte e bem-formada, tão alta como alguns dos marinheiros que levantaram o olhar para reparar em seu duro cabelo negro encarapinhado, enquanto outros o perdiam em seus peitos, grandes e firmes, ou em suas voluptuosas cadeiras. O capelão, sem deixar de andar, limitou-se a levantar a mão quando ouviu assobios, comentários desavergonhados e um que outro convite atrevido.

– Sou o padre Damián García – apresentou-se o sacerdote estendendo seus papéis a um dos alcaides uma vez superada a marinhagem –, capelão da nau de guerra *A Rainha*, da armada de sua majestade.

O alcaide examinou os documentos.

– Vossa Reveredíssima me permitiria inspecionar o baú?

– Bens pessoais... – respondeu o sacerdote enquanto o abria –, as mercadorias se acham devidamente registradas nos documentos.

O alcaide anuiu enquanto remexia no interior do baú.

– Algum contratempo na viagem? – perguntou o oficial sem olhar para ele, sopesando uma barrinha de tabaco. – Algum recontro com naus inimigas ou alheias à frota?

– Nenhum. Tudo como estava previsto.

O alcaide anuiu.

– Sua escrava? – inquiriu apontando para Caridad depois de dar por finalizada a inspeção. – Não consta nos papéis.

– Ela? Não. É uma mulher livre.

– Não o parece – afirmou o alcaide plantando-se diante de Caridad, que apertou ainda mais sua trouxa e seu chapéu de palha. – Olha-me, negra! – resmungou o oficial. – Que escondes?

Alguns dos outros oficiais que inspecionavam a marinhagem pararam seu trabalho e se voltaram para o alcaide e a mulher que permanecia cabisbaixa diante ele. Os marinheiros que lhes haviam aberto espaço se aproximaram.

– Nada. Não esconde nada – protestou don Damián.

– Ora, padre. Todos aqueles que não se atrevem a olhar para o rosto de um alcaide ocultam algo.

– Que vai a ocultar esta desgraçada? – insistiu o sacerdote. – Caridad, dá-lhe teus papéis.

A mulher remexeu na trouxa em busca dos documentos que lhe havia entregado o escrivão da embarcação enquanto don Damián continuava falando.

– Embarcou em Havana junto com seu senhor, don José Fidalgo, que pretendia regressar à sua terra antes de morrer e que faleceu durante a travessia, Deus o tenha em sua glória.

Caridad entregou seus documentos, amassados, ao alcaide.

– Antes de falecer – prosseguiu don Damián–, como é usual nos navios de sua majestade, don José fez testamento e ordenou a libertação de sua escrava Caridad. Aí está a escritura de manumissão dada pelo escrivão da capitânia.

"Caridad Fidalgo" – havia escrito o escrivão tomando o sobrenome do senhor morto –, "também conhecida como Cachita; escrava negra da cor do ébano toda ela, sã e de forte constituição, de cabelo negro encarapinhado e de aproximadamente vinte e cinco anos de idade."

– Que levas nessa bolsa? – perguntou o alcaide após ler os documentos que asseguravam a liberdade de Caridad.

A mulher abriu a trouxa e lhe mostrou. Uma velha manta e um casaco de flanela... Tudo quanto possuía, a roupa que o senhor lhe dera nas últimas temporadas: o casaco, no inverno anterior; a manta, dois invernos atrás. Escondidos entre as peças de roupa, levava vários charutos que havia conseguido racionar na embarcação depois de roubá-los de don José. "E se os descobrem?", temeu. O alcaide fez um gesto de inspecionar a trouxa, mas, ao ver as roupas velhas, fechou a cara.

– Olha-me, negra – exigiu.

O tremor que percorreu o corpo de Caridad se fez patente para quantos presenciavam a cena. Nunca havia olhado para um homem branco quando se dirigia a ela.

– Está assustada – intercedeu don Damián.

– Eu disse que me olhe.

– Fá-lo – pediu-lhe o capelão.

Caridad ergueu o rosto, arredondado, de lábios grossos e carnosos, nariz chato e pequenos olhos pardos que tentaram olhar para além do alcaide, para a cidade.

O homem franziu o cenho e buscou infrutiferamente o fugidio olhar da mulher.

– O seguinte! – cedeu de repente, rompendo a tensão e originando uma avalanche de marinheiros.

Don Damián, com Caridad colada a suas costas, cruzou a porta de Mar, um passadiço ladeado por duas torres ameadas, e se internou na cidade. Atrás, no Trocadero, ficavam *A Rainha*, a nau de duas pontes e mais de setenta canhões em que haviam navegado desde Havana, e as seis embarcações mercantes que ela havia escoltado com seus porões repletos de produtos das Índias: açúcar, tabaco, cacau, gengibre, salsaparrilha, anil, cochonilha, seda, pérolas, tartaruga... prata. A viagem havia sido um sucesso, e Cádiz os havia recebido com repique de sinos. A Espanha se achava em guerra com a Inglaterra; as Frotas das Índias, que até fazia alguns anos cruzavam o oceano fortemente escoltadas por navios da armada real, haviam deixado de operar, assim que o comércio se desenvolveu com as naus de registro, embarcações mercantes particulares que conseguiam permissão real para a travessia. Por isso a chegada das mercadorias e do tesouro, tão necessário para os cofres da fazenda espanhola, havia despertado na cidade um ambiente festivo que se vivia em todas as suas partes.

Ao chegar à rua del Juego de Pelota, deixando para trás a igreja de Nossa Senhora do Povo e a porta de Mar, don Damián se afastou das multidões de marinheiros, soldados e mercadores, e se detêve.

– Que Deus te acompanhe e te proteja, Caridad – desejou-lhe voltando-se para ela após deixar o baú no chão.

A mulher não respondeu. Havia enfiado o chapéu de palha até as orelhas, e o capelão foi incapaz de ver-lhe os olhos, mas os imaginou fixos no baú, ou em suas sandálias, ou...

– Tenho coisas que fazer, entendes? – tentou desculpar-se. – Procura algum trabalho. Esta é uma cidade muito rica.

Don Damián acompanhou suas palavras estendendo a mão direita, com a qual roçou o antebraço de Caridad; então foi ele quem baixou o olhar por um segundo. Ao erguê-lo, topou os pequenos olhos pardos de Caridad cravados nele, tal como nas noites de travessia, quando após a morte de seu senhor ele se havia encarregado da escrava e a havia escondido da marinhagem por ordem do capitão. Revirou-se-lhe o estômago. "Não a toquei", repetiu pela enésima vez a si mesmo. Nunca lhe havia posto a mão, mas Caridad o olhara com olhos inexpressivos e ele... Ele não pôde evitar masturbar-se por baixo da roupa diante da visão daquela fêmea esplendorosa.

Assim que faleceu don José, cumpriu-se o rito do funeral: rezaram-se três responsos, e seu cadáver foi lançado pela borda da embarcação dentro de um saco e com duas bilhas d'água amarradas aos pés. Então o capitão ordenou que se desmontasse aquele camarote e que o escrivão assegurasse os bens do defunto. Don José era o único passageiro da capitânia; Caridad, a única mulher a bordo.

– Reverendo – disse ao capelão depois de dar aquela ordem –, torno-o responsável por manter a negra afastada da tripulação.

– Mas eu... – tentou opor-se don Damián.

– Embora não seja sua, pode aproveitar a comida embarcada pelo senhor Fidalgo e alimentá-la com ela – sentenciou o oficial após não fazer caso ao protesto.

Don Damián manteve Caridad encerrada em seu diminuto camarote, onde só havia lugar para a rede que pendia de lado a lado e que durante o dia ele recolhia e enrolava. A mulher dormia no chão, a seus pés, debaixo da rede. Nas primeiras noites, o capelão se refugiou na leitura dos livros sagrados, mas pouco a pouco seu olhar foi seguindo os raios da candeia que, como se tivessem vontade própria, pareciam desviar-se das folhas de seus pesados livros para empenhar-se em iluminar a mulher que jazia encolhida tão perto dele.

Lutou contra as fantasias que o assaltavam à vista das pernas de Caridad quando escapavam de sob a manta com que se cobria, de seus peitos, subindo e baixando ao ritmo de sua respiração, de suas nádegas. E, no entanto, quase involuntariamente, começou a masturbar-se. Talvez fosse o ranger dos madeiros de que pendia a rede, talvez a tensão que veio a acumular-se em tão reduzido espaço, o fato é que Caridad abriu os olhos e toda a luz da candeia se centrou neles. Don Damián sentiu que enrubescia e ficou parado um instante, mas seu desejo se multiplicou diante do olhar de Caridad, o mesmo olhar inexpressivo com que agora recebia suas palavras.

– Dá-me ouvidos, Caridad – insistiu. – Procura trabalho.

Don Damián pegou o baú, deu-lhe as costas e retomou seu caminho.

"Por que me sinto culpado?", perguntou-se enquanto fazia uma parada para mudar o baú de mão. Podia havê-la forçado, desculpou-se como sempre que lhe atenazava a culpa. Era somente uma escrava. Talvez… talvez nem sequer lhe houvesse sido preciso recorrer à violência. Por acaso todas aquelas escravas negras não eram mulheres dissolutas? Don José, seu senhor, havia-o reconhecido em confissão: ia para a cama com todas elas.

– Com Caridad tive um filho – revelou-lhe –, talvez dois, mas não, não creio; o segundo, aquele garoto desajeitado e bobo, era tão escuro como ela.

– Arrepende-se? – perguntou-lhe o sacerdote.

– De ter filhos com as negras? – remexeu-se o dono de veiga. – Padre, vendia os criulinhos num trapiche próximo, de propriedade dos padres. Eles nunca se preocuparam com minha alma pecadora na hora de comprá-los.

Don Damián se dirigia à catedral de Santa Cruz, do outro lado da estreita língua de terra em que se assentava a cidade amuralhada fechando a baía. Antes de entrar numa rua, virou o rosto e entreviu a figura de Caridad à passagem da multidão: havia-se afastado até dar com as costas num muro onde permanecia parada, alheia ao mundo.

"Vai arrumar-se", disse-se forçando o passo e entrando na rua. Cádiz era uma cidade rica em que podiam encontrar-se comerciantes e mercadores de toda a Europa e onde o dinheiro corria aos montes. Era uma mulher livre e portanto tinha de aprender a viver em liberdade e trabalhar. Percorreu um longo trecho e, quando chegou a um ponto em que as obras da nova catedral, perto da de Santa Cruz, se divisavam com nitidez, parou. Em que ia a trabalhar aquela pobre desgraçada? Não sabia fazer nada, além de labutar numa plantação de tabaco, onde havia vivido desde os dez anos, quando, procedente do reino dos lucumis, no golfo da Guiné, os mercadores de escravos ingleses a haviam comprado por cinco míseras varas de tecido para revendê-la no ávido e necessitado mercado cubano. Assim havia contado o próprio don José Fidalgo ao capelão quando este se interessou pela razão por que a havia escolhido para a viagem.

– É forte e desejável – acrescentou o dono de veiga piscando-lhe um olho. – E ao que parece já não é fértil, o que sempre é uma vantagem uma vez fora da plantação. Depois de dar à luz aquele menino tonto...

Don José lhe havia explicado também que era viúvo e que tinha um filho graduado que havia estudado em Madri, aonde se dirigia para viver seus últimos dias. Em Cuba possuía uma rentável plantação de tabaco numa veiga perto de Havana que ele mesmo trabalhava com a ajuda de uma vintena de escravos. A solidão, a velhice e a pressão dos açucareiros por obter terras para aquela florescente indústria o haviam levado a vender sua propriedade e voltar à pátria, mas a peste o atacou aos vinte dias de navegação e se encarniçou com sanha em sua natureza débil e doentia. A febre, os edemas, a pele manchada e as gengivas sangrantes levaram o médico a desenganar o paciente.

Então, como era obrigatório nas naus do rei, o capitão d'*A Rainha* ordenou ao escrivão que fosse ao camarote de don José para dar fé de suas últimas vontades.

– Concedo a liberdade à minha escrava Caridad – sussurrou o enfermo depois de ordenar um par de doações piedosas e de dispor da totalidade de seus bens em favor daquele filho com que não se reencontraria.

A mulher nem sequer chegou a curvar seus grossos lábios numa menção de satisfação ao saber que estava livre, recordou o sacerdote parado na rua. "Não falava!" Don Damián recordou seus esforços por ouvir Caridad entre as centenas de vozes que rezavam nas missas dominicais no convés, ou seus tímidos sussurros nas noites, antes de deitar-se, quando ele a obrigava a rezar. Em que ia trabalhar aquela mulher? O capelão era consciente de que quase todos os escravos que obtinham a liberdade terminavam trabalhando para seus antigos senhores por um mísero salário com que dificilmente chegavam a cobrir necessidades que antes, como escravos, tinham garantidas, ou então acabavam condenados a pedir esmola nas ruas, brigando com milhares de mendigos. E estes haviam nascido na Espanha, conheciam a terra e sua gente, alguns eram espertos e inteligentes. Como poderia mover-se Caridad numa cidade grande como Cádiz?

Suspirou e passou a mão repetidas vezes no queixo e no pouco cabelo que lhe restava. Depois deu meia-volta, resfolegou ao levantar de novo o baú e, com ele às costas, se preparou para desfazer o caminho andado. "Que fazer agora?", perguntou-se. Podia... podia intermediar para que trabalhasse na fábrica de tabaco, disso, sim, ele sabia. "É muito boa com as folhas; trata-as com carinho e delicadeza, como deve fazer-se, e sabe reconhecer as melhores e torcer bons charutos", havia-lhe dito don José, mas isso significaria pedir favores e que se soubesse que ele... Não podia arriscar-se a que Caridad contasse o que acontecera na embarcação. Nos galpões da fábrica trabalhavam cerca de duzentas *charuteiras* que não paravam de cochichar e criticar enquanto faziam os pequenos charutos gaditanos.

Encontrou Caridad ainda colada ao muro, parada, desamparada. Um grupo de pirralhos zombava dela, diante da passividade das pessoas que continuavam entrando e saindo do porto. Don Damián se aproximou justo quando um dos garotos se preparava para atirar-lhe uma pedra.

– Parado! – gritou.

Um rapaz deteve seu braço; a jovem se descobriu e baixou o olhar.

Caridad se afastou do grupo de sete passageiros que haviam embarcado na nau que ia remontar o rio Guadalquivir até Sevilha e, cansada, tentou acomodar-se entre o monte de volumes dispostos a bordo. A nau era uma tartana de um só mastro e bom porte que havia arribado a Cádiz com um carregamento do valioso óleo da veiga sevilhana.

Da baía de Cádiz navegaram em cabotagem até Sanlúcar de Barrameda, onde se encontra a desembocadura do Guadalquivir. Diante das costas de Chipiona, junto a outras tartanas e charangas, prepararam-se para esperar a preamar e ventos propícios para superar a perigosa barra de Sanlúcar, os temíveis baixios que haviam convertido a zona num cemitério de embarcações. Só quando coincidiam todas as circunstâncias precisas para enfrentar a barra, os capitães se atreviam a isso. Depois remontariam o rio aproveitando o impulso da maré, que se deixava sentir até às cercanias de Sevilha.

– Deu-se o caso de naus que tiveram de esperar até cem dias para cruzar a barra – dizia um marinheiro que conversava com um passageiro luxuosamente ataviado, o qual de imediato desviou um olhar preocupado para Sanlúcar e suas espetaculares marismas, como se suplicasse que não tivesse a mesma sorte.

Caridad, sentada entre uns sacos, contra a borda da embarcação, deixou-se levar pelo cabeceio da tartana. O mar mostrava uma calma tensa, a mesma que a que se apreciava em todos os que se achavam na nau, igual à que imperava nas demais embarcações. Não era tão somente a espera, era também o temor de um ataque por parte de ingleses ou corsários. O sol começou a declinar ao mesmo tempo que as águas adquiriam uma ameaçadora cor metálica, e as inquietas conversas de tripulantes e passageiros decaíram até reduzir-se a sussurros. A crueza do inverno se desatou com o ocaso, e a umidade invadiu Caridad, aumentando a sensação de frio. Tinha fome e estava cansada. Estava com o casaco, tão cinza e desbotado como seu vestido, ambos de flanela grosseira, em contraste com os demais passageiros que haviam embarcado com ela e que exibiam a seu bel-prazer luxuosas roupas de cores vivas. Notou que lhe batiam os dentes e que estava com a pele arrepiada, de modo que buscou a manta na trouxa. Seus dedos roçaram um charuto, e ela o apalpou com delicadeza recordando seu aroma, seus efeitos. Necessitava dele, ansiava perder os sentidos, esquecer o cansaço, a fome... e até sua liberdade.

Enrolou-se na manta. Livre? Don Damián a havia subido àquela embarcação, a primeira que havia encontrado preparada para partir do porto de Cádiz.

– Vai para Sevilha – disse-lhe depois de acertar o preço com o capitão e pagá-lo de seu bolso –, para Triana. Uma vez ali, procure o convento das Mínimas e diga que está ali de minha parte.

Caridad haveria gostado de ter a coragem de perguntar-lhe o que era Triana ou como encontraria aquele convento, mas ele quase a empurrou para que embarcasse, nervoso, olhando para um lado e para outro, como se temesse que alguém os visse juntos.

Cheirou o charuto, e sua fragrância a transportou a Cuba. Ela só sabia onde estavam sua cabana, e a plantação, e o trapiche a que ia todo domingo com os demais escravos para ouvir missa e depois cantar e dançar até a extenuação. Da cabana à plantação e da plantação à cabana, um dia após outro, um mês após outro, um ano após outro. Como ia encontrar um convento? Encolheu-se contra a borda e pressionou as costas contra a madeira em busca do contato com uma realidade que havia desaparecido. Quem eram aqueles estranhos? E Marcelo? Que haveria sido dele? Como estaria sua amiga María, a mulata com quem fazia os coros? E os demais? Que fazia de noite numa embarcação estranha, num país desconhecido, a caminho a uma cidade que nem sequer sabia que existia? Triana? Nunca havia ousado perguntar nada aos brancos. Ela sempre sabia o que tinha de fazer! Não necessitava perguntar.

À lembrança de Marcelo, umedeceram-se-lhe os olhos. Tenteou em sua trouxa em busca da pederneira, do fuzil e da isca para fazer fogo. Permitiriam que fumasse? Na veiga podia fazê-lo, era algo habitual. Havia chorado Marcelo durante a travessia. Até... até havia sentido a tentação de lançar-se ao mar para pôr fim àquele constante sofrimento. "Afasta-te daí, negra! Queres cair na água?", advertiu-lhe um dos marinheiros. E ela obedeceu e se separou da borda.

Haveria tido coragem para jogar-se se não houvesse aparecido aquele marinheiro? Não quis pensar no assunto uma vez mais; em lugar disso, observou os homens da tartana: via-os nervosos. A preamar havia começado, mas os ventos não a acompanhavam. Alguns fumavam. Bateu com destreza o fuzil sobre a pederneira, e a isca não tardou a acender-se. Onde encontraria as árvores com cuja casca e fungos fabricava a isca? Acendeu o charuto, aspirou profundamente e pensou que tampouco sabia onde poderia conseguir tabaco. A primeira puxada tranquilizou sua mente. As duas seguintes conseguiram que seus músculos se relaxassem, e caiu numa tênue tonteira.

– Negra, convidas-me a fumar?

Um grumete se havia acocorado diante dela, tinha o rosto sujo mas vivaz e agradável. Por alguns instantes Caridad se deixou embalar pelo sorriso com que o rapaz esperava sua resposta e só viu seus dentes brancos, iguais aos de Marcelo quando se lançava em seus braços. Havia tido outro filho, um mulato nascido do senhor, mas don José o vendeu assim que deixou de necessitar dos cuidados do par de velhas que se ocupavam dos filhos das escravas enquanto estas trabalhavam. Todos seguiam o mesmo caminho: o senhor não queria manter negrinhos. Marcelo, seu segundo filho, concebido com um negro do trapiche, havia sido diferente: um parto difícil; um menino com problemas. "Ninguém o comprará", afirmou o senhor quando, já criado, se manifestaram sua falta de habilidade e suas deficiências. Consentiu-se que ficasse na fazenda como se fosse um simples cão, uma galinha ou algum dos porcos que criavam atrás da cabana. "Morrerá", auguravam todos. Mas Caridad não permitiu que isso sucedesse, muitas foram as pauladas e chicotadas que levou quando a descobriam alimentando-o. "Nós te damos de comer para que trabalhes, não para que cries um imbecil", repetia-lhe o capataz.

– Negra, convidas-me a fumar? – insistiu o grumete.

"Por que não?", perguntou-se Caridad. Era o mesmo sorriso de seu Marcelo. Ofereceu-lhe o charuto.

– Excelente! De onde tiraste esta maravilha? – exclamou o rapaz depois de prová-lo e tossir. – De Cuba?

– Sim – ouviu-se dizer Caridad enquanto voltava a pegar o charuto e o levava aos lábios.

– Como te chamas?

– Caridad – respondeu ela em meio a uma baforada de fumaça.

– Gosto de teu chapéu.

O rapaz se movia inquieto sobre as pernas. Esperava outra tragada, que afinal chegou.

– Puxa!

O grito do capitão da tartana rompeu a quietude. Das demais naus se ouviram exclamações similares. Soprava vento do sul, idôneo para enfrentar a barra. O grumete lhe devolveu o charuto e correu para unir-se aos outros marinheiros.

– Obrigado, negra – disse-lhe apressadamente.

À diferença dos demais passageiros, Caridad não presenciou a difícil manobra náutica que requeria três mudanças de rumo no estreito canal. Ao longo da desembocadura do Guadalquivir, em terra ou nas barcaças que se achavam amarradas em suas margens, acenderam-se sinais luminosos para guiar as embarcações. Tampouco viveu a tensão com que todos enfrentaram a travessia: se o vento amainava e ficavam no meio de caminho, existiam muitas possibilidades de encalhar. Permaneceu sentada contra a borda, fumando, desfrutando de prazerosas cosquinhas em todos os seus músculos e deixando que o tabaco nublasse seus sentidos. No momento em que a tartana se introduziu no temível Canal dos Ingleses, com a torre de São Jacinto iluminando seu rumo a bombordo, Caridad começou a cantarolar ao compasso da lembrança de suas festas dominicais, quando, depois de celebrar a missa no engenho de açúcar mais próximo que dispunha de sacerdote, os escravos das diversas negradas se reuniam no barracão da fazenda a que haviam ido com seus senhores. Ali os brancos lhes permitiam cantar e dançar, como se fossem crianças que necessitassem espairecer e esquecer a dureza de seus trabalhos. Mas a cada som e a cada passo de dança, quando falavam os tambores *batás* – a mãe de todos eles, o grande tambor *iyá*, o *itótele*, ou o menor, o *okónkolo* –, os negros rendiam culto a seus deuses, disfarçados de virgens e santos cristãos, e recordavam com nostalgia suas origens na África.

Continuou cantarolando, alheia às imperiosas ordens do capitão e ao corre-corre e azáfama da tripulação, e o fez tal como quando fazia dormir a Marcelo. Acreditou voltar a tocar seu cabelo, a escutar sua respiração, a cheirá-lo... Lançou um beijo ao ar. O menino havia sobrevivido. Continuou recebendo gritos e bofetadas do senhor e do capataz, mas ganhou o afeto da negrada da fazenda. Sempre sorria! E era doce e carinhoso com todos. Marcelo não entendia de escravos nem de senhores. Vivia livre e às vezes olhava nos olhos dos escravos como se compreendesse sua dor e os animasse a libertar-se de suas correntes. Alguns sorriam para Marcelo com tristeza, outros choravam diante de sua inocência.

Caridad puxou com força o charuto. Estaria bem-cuidado, não tinha dúvida. María, a dos coros, se ocuparia dele. E Cecilio também, ainda que se houvesse visto obrigado a separá-lo dela... Todos aqueles escravos que haviam sido vendidos junto às terras cuidariam dele. E seu menino seria feliz, ela o pressentia. Mas o senhor... "Oxalá sua alma vague sem descanso eternamente, don José", desejou Caridad.

2

O bairro sevilhano de Triana ficava do outro lado do rio Guadalquivir, fora das muralhas da cidade. Comunicava-se com a cidade através de uma velha ponte muçulmana construída sobre dez barcaças ancoradas no leito do rio e unidas a duas grossas correntes de ferro e vários cabos estendidos de margem a margem. Aquele arrabalde, que havia sido batizado "guarda de Sevilha" pela função defensiva que sempre havia tido, alcançou sua época de esplendor quando Sevilha monopolizava o comércio com as Índias; os problemas de navegação pelo rio aconselharam em inícios do século trasladar a Casa de Contratação a Cádiz e implicaram uma considerável diminuição de sua população e o abandono de numerosos edifícios. Seus dez mil habitantes se concentravam numa limitada superfície de forma alongada na margem direita do rio, que se frechava em seu outro limite pela Cava, o antigo fosso que em épocas de guerra constituía a primeira defesa da cidade e que se inundava com as águas do Guadalquivir para converter o arrabalde numa ilha. Para além da Cava se viam alguns esporádicos conventos, ermidas, casas e a extensa e fértil veiga trianeira.

Um desses conventos, na Cava Nueva, era o de Nossa Senhora de la Salud, de monjas mínimas, uma humilde congregação de religiosas dedicada à contemplação e à oração através do silêncio e da vida quaresmal. Atrás das Mínimas, para a rua de San Jacinto, no pequeno beco sem saída de San Miguel, apinhavam-se treze cortiços em que por sua vez se amontoavam cerca de vinte e cinco famílias. Vinte e uma delas eram ciganas, compostas por avós, filhos, tias, primos, sobrinhas, netos e um que outro bisneto; as vinte e uma se dedicavam à forja. Existiam outras ferrarias no arrabalde de Triana, a maioria em mãos ciganas, as mesmas mãos que já na Índia ou nas montanhas da Armênia, séculos antes de emigrar para a Europa, haviam convertido seu ofício em arte. No entanto, San Miguel era o centro nevrálgico da ferraria e da caldeiraria trianeiras. Ao beco se abriam os antigos cortiços construídos durante a época de esplendor do arrabalde no século XVI: alguns não eram mais que simples ruelas sem saída de míseras casinhas alinhadas e defrontadas de um ou dois andares; outros eram edifícios, amiúde intrincados, de dois e três andares dispostos ao redor de um pátio central, cujos andares superiores se abriam para ele através de corredores altos e grades de ferro forjado ou de madeira. Todos, quase sem exceção, ofereciam humildes habitações de um ou no máximo dois quartos, em um dos quais, quando não estava no próprio pátio ou ruela como serviço comum a todos os vizinhos do cortiço, havia um pequeno nicho para cozinhar com carvão. As pias para lavar e as latrinas, se as havia, estavam colocadas no pátio, à disposição de todos eles.

À diferença dos outros cortiços sevilhanos ocupados durante o dia só pelas mulheres e pelas crianças que brincavam nos pátios, os dos ferreiros trianeiros o estavam durante toda a jornada de trabalho, pois tinham instaladas suas fráguas no térreo. O constante repicar do martelo sobre a bigorna escapava de cada uma das ferrarias e se unia na rua numa estranha algaravia metálica; a fumaça do carvão das fráguas, que amiúde saía pelo pátio dos cortiços ou pelas mesmas portas daquelas modestas oficinas sem chaminé, era visível de qualquer ponto de Triana. E ao longo do beco, envoltos na algaravia e na fumaça, homens, mulheres e crianças iam e vinham, brincavam, riam, conversavam, gritavam ou discutiam. Contudo e apesar do tumulto, muitos deles emudeciam e se detinham com os sentimentos à flor da pele às portas dessas fráguas. Às vezes se distinguiam um pai que retinha o filho pelos ombros, ou um velho de olhos entrefechados, ou várias mulheres que reprimiam um passo de dança ao ouvir os sons do martinete: um canto triste acompanhado apenas pelo monótono bater do martelo a cujo ritmo se compassava; um canto próprio que lhes havia seguido em todos os tempos e lugares. Então, por obra dos "quejíos" dos ferreiros, o martelar se convertia numa maravilhosa sinfonia capaz de arrepiar os pelos.

Naquele 2 de fevereiro de 1748, festa da Purificação de Nossa Senhora, os ciganos não trabalhavam em suas ferrarias. Poucos deles iriam à igreja de São Jacinto e da Virgem da Candelária para benzer as velas com que iluminavam seu lar, mas, apesar disso, tampouco queriam problemas com os piedosos vizinhos de Triana e menos ainda com sacerdotes, frades e inquisidores; tratava-se de um dia de folga obrigatório.

– Guarda a moça dos desejos dos payos* – advertiu uma voz rouca.

As palavras, em caló, a língua cigana, ressoaram no pátio que dava para o beco. Mãe e filha detiveram seus passos. Nenhuma delas mostrou surpresa, embora não soubessem de onde vinha a voz. Percorreram o pátio com o olhar até que Milagros distinguiu na penumbra de uma esquina o reflexo prateado da abotoadura da jaquetinha curta azul-celeste de seu avô. Achava-se de pé, erguido e parado, com o cenho franzido e o olhar perdido, como era habitual nele; havia falado sem deixar de morder um pequeno charuto apagado. A moça, de quatorze esplendorosos anos, sorriu-lhe e girou com graça; sua longa saia azul e sua anágua, seus lenços verdes revolutearam no ar entre o tilintar de vários colares que lhe pendiam do pescoço.

– Em Triana todos sabem que sou sua neta. – Riu. Os dentes brancos contrastaram com a tez escura, igual à de sua mãe, igual à de seu avô. – Quem se atreveria?

– A luxúria é cega e ousada, menina. São muitos os que arriscariam a vida para ter-te. Eu só poderia vingar-te, e não haveria sangue suficiente com que remediar essa dor. Lembra-o sempre – acrescentou dirigindo-se à mãe.

– Sim, pai – respondeu esta.

Ambas esperaram uma palavra de despedida, um gesto, um sinal, mas o cigano, hierático em sua esquina, não acrescentou nada mais. Ao final, Ana tomou a filha pelo braço e deixaram a casa. Era uma manhã fria. O céu estava fechado e ameaçava chuva, o que não parecia ser impedimento para que as pessoas de Triana se dirigissem à igreja de São Jacinto para celebrar a bênção das candeias. Também eram muitos os sevilhanos que queriam juntar-se à cerimônia e, com seus círios às costas, cruzavam a ponte ou venciam o Guadalquivir a bordo de algum dos mais de vinte barcos dedicados a levar gente de uma margem à outra. A multidão prometia um dia proveitoso, pensou Ana antes de recordar os temores de seu pai. Virou o rosto para Milagros e viu-a andar erguida, arrogante, atenta a tudo e a todos. "Como corresponde a uma cigana de raça", reconheceu então, sem poder evitar um esgar de satisfação. Como não iam reparar em sua menina? Seu abundante cabelo castanho lhe caía pelas costas até misturar-se com as longas franjas verdes do lenço que levava sobre os ombros. Aqui e ali, entre o cabelo, uma fita colorida ou uma pérola; grandes brincos de prata pendiam de suas orelhas, e colares de contas ou de prata saltavam sobre seus peitos jovens, presos no amplo e atrevido decote da camisa branca. A saia azul cingia-se a sua delicada cintura e chegava quase até o chão, sobre o qual apareciam e desapareciam seus pés descalços.

---

* Payo: para os ciganos, pessoa não cigana. O mesmo que "gadjô". [N. do T.]

Um homem a olhou de soslaio. Milagros percebeu-o no mesmo instante, felina, e virou o rosto para ele; as cinzeladas feições da moça se suavizaram, e suas bastas sobrancelhas pareceram arquear-se num sorriso. "Começamos o dia", disse-se a mãe.

– Leio-te a sorte, rapagão?

O homem, forte, fez menção de seguir seu caminho, mas Milagros lhe sorriu abertamente e se aproximou dele, tanto que seus peitos quase o roçaram.

– Vejo uma mulher que te deseja – acrescentou a cigana, olhando-o fixamente nos olhos.

Ana chegou à altura de sua filha a tempo de ouvir suas últimas palavras. Uma mulher... Que mais podia desejar um indivíduo como aquele, grande e sadio, mas evidentemente só, que levava nas mãos uma pequena vela? O homem hesitou alguns segundos antes de fixar-se na outra cigana que se havia aproximado dele: mais velha, mas tão atraente e altiva como a moça.

– Não queres saber mais? – Milagros recuperou a atenção do homem ao mesmo tempo que se aprofundava nuns olhos em que já havia percebido interesse. Tentou pegar sua mão. – Tu também desejas essa mulher, não é verdade?

A cigana notou que sua presa começava a ceder. Mãe e filha, em silêncio, coincidiram: trabalho fácil, concluíram ambas. Um caráter acanhado, tímido – o homem havia tentado esconder seu olhar – enfiado num corpanzil. Certamente havia alguma mulher, sempre havia. Só tinham de animá-lo, insistir em que vencesse essa vergonha que o reprimia.

Milagros esteve brilhante, convincente: percorreu com o dedo as linhas da palma da mão do homem como se efetivamente lhe anunciassem o futuro daquele ingênuo. Sua mãe a contemplava entre sentir-se orgulhosa e divertir-se. Obtiveram um par de quartos de cobre por seus conselhos. Depois Ana tentou vender-lhe algum charuto de contrabando.

– Pela metade do preço das tabacarias de Sevilha – ofereceu-lhe. – Se não queres charutos, também tenho pó de tabaco, da melhor qualidade, limpo, sem terra. – Tentou convencê-lo abrindo a mantilha com que se cobria para mostrar-lhe a mercadoria que levava escondida, mas o homem se limitou a esboçar um sorriso bobo, como se mentalmente já estivesse cortejando aquela a que nunca se havia atrevido a dirigir a palavra.

Durante todo o dia, mãe e filha se moveram entre a multidão que se deslocava do Altozano, pelos arredores do castelo da Inquisição e da igreja de São Jacinto, ainda em construção sobre a antiga ermida da Candelária, lendo a sorte e vendendo tabaco, sempre atentas aos oficiais de justiça e às ciganas que furtavam os desprevenidos, muitas delas pertencentes à sua própria família. Ela e sua filha não necessitavam correr esses riscos e não desejavam ver-se envolvidas em alguma das muitas altercações que se produziam quando flagravam alguma: o tabaco já lhes proporcionava ganhos suficientes.

Por isso tentaram separar-se das pessoas quando Frei Joaquín, da Ordem dos Pregadores, iniciou seu sermão a céu aberto diante do que com o tempo seria o portal da futura igreja. Nesse momento, os piedosos sevilhanos apinhados na esplanada não estavam para sortes ou tabaco; muitos deles haviam ido a Triana para escutar outra das controvertidas pregações daquele jovem dominicano, filho de uma época em que a sensatez tentava abrir caminho entre as trevas da ignorância. Do improvisado púlpito, fora do templo, ia além das ideias de Frei Benito Jerónimo Feijoo; Frei Joaquín, em voz alta, em castelhano e sem utilizar latinadas, censurava os atávicos preconceitos dos espanhóis e excitava as pessoas defendendo a virtude do trabalho, mesmo mecânico ou artesanal, contra o mal-entendido conceito de honra que impelia os espanhóis à folgança e ociosidade; excitava o orgulho nas mulheres opondo-se à educação conventual e defendendo seu novo papel na sociedade e na família; afirmava seu direito à educação e à sua legítima aspiração a um desenvolvimento intelectual em benefício da civilidade do reino. A mulher já não era uma serva do homem e tampouco podia ser considerada um homem imperfeito. Não era maligna por natureza! O matrimônio devia fundamentar-se na igualdade e no respeito. Em nosso século, sustentava Frei Joaquín citando grandes pensadores, a alma havia deixado de ter sexo: não era varão nem fêmea. As pessoas se apinhavam para escutá-lo, e era então, Ana e Milagros o sabiam, que as ciganas aproveitavam o enlevo das pessoas para furtar de suas bolsas.

Aproximaram-se quanto puderam do lugar de que Frei Joaquín se dirigia à multidão. Acompanhavam-no os pouco mais de vinte frades pregadores que viviam no convento de São Jacinto. Muitos deles levantavam de quando em quando o rosto para o céu plúmbeo que, por sorte, resistia a descarregar a água; a chuva teria feito malograr a celebração.

– Eu sou a luz do mundo! – gritava Frei Joaquín para fazer-se ouvir. – Foi isso o que nos anunciou Nosso Senhor Jesus Cristo. Ele é nossa luz!, uma luz presente em todas estas velas que portais e que devem iluminar...

Milagros não ouvia o sermão. Fixou o olhar no frade, que pouco depois descobriu a mãe e a filha perto dele. Os vestidos coloridos das ciganas destacavam-se entre a multidão. Frei Joaquín hesitou; durante um instante suas palavras perderam fluência e seus gestos deixaram de captar a atenção dos fiéis. Milagros notou que se esforçava para não a olhar, sem consegui-lo;

ao contrário, em algum momento não pôde evitar deter os olhos nela por um segundo a mais. Numa dessas ocasiões, a moça lhe piscou o olho, e Frei Joaquín gaguejou; em outra, Milagros lhe mostrou a língua.

– Menina! – ralhou com ela sua mãe após dar-lhe uma cotovelada. Ana fez um gesto de desculpa ao frade.

O sermão, como desejava a multidão, alongou-se. Frei Joaquín, livre do assédio de Milagros, conseguiu brilhar uma vez mais. Quando acabou, os fiéis acenderam suas velas na fogueira que os frades haviam preparado. As pessoas se dispersaram, e as duas mulheres voltaram a seus bicos.

– Que pretendias? – inquiriu a mãe.

– Eu gosto... – respondeu Milagros, fazendo um gesto faceiro com as mãos –, gosto que se engane, que gagueje, que se ruborize.

– Por quê? É um padre.

A moça pareceu pensar um instante.

– Não sei – respondeu enquanto dava de ombros e dedicava uma simpática careta à sua mãe.

– Frei Joaquín respeita teu avô e portanto te respeitará a ti, mas não brinques com os homens... ainda que sejam religiosos – terminou advertindo-a a mãe.

Como era de esperar, o dia foi frutífero e Ana terminou com o estoque de tabaco de contrabando que ocultava entre suas roupas. Os sevilhanos começaram a cruzar a ponte ou a pegar os barcos de regresso à cidade. Ainda poderiam ter lido mais algumas sortes, mas a cada vez mais escassa multidão revelou a grande quantidade de ciganas, algumas velhas acabadas, outras jovens, muitos meninos e meninas esfarrapados e seminus, que estavam fazendo o mesmo. Ana e Milagros reconheceram as mulheres do Beco de San Miguel, parentes dos ferreiros, mas também muitas daquelas que viviam nas miseráveis choças localizadas junto ao Horto da Cartuxa, já na veiga de Triana, e que, para obter uma esmola, acossavam com insistência os cidadãos, se interpunham em seu caminho e lhes agarravam a roupa enquanto clamavam aos gritos a um Deus em que não criam e invocavam uma enfiada de mártires e santos que tinham decorado.

– Creio que está bom por hoje, Milagros – anunciou sua mãe depois de afastar-se da corrida de um casal que fugia de um grupo de pedintes.

Um garoto de rosto sujo e olhos negros que perseguia os sevilhanos foi chocar-se contra ela invocando ainda as virtudes de Santa Rufina.

– Toma – disse-lhe Ana entregando-lhe um quarto de cobre.

Empreenderam o regresso a casa ao mesmo tempo que a mãe do ciganinho tirava dele a moeda. O beco fervilhava. Havia sido um bom dia para todos; as festas religiosas enterneciam as pessoas. Grupos de homens conversavam na porta das casas bebendo vinho, fumando e jogando cartas. Uma mulher se aproximou de seu marido para mostrar-lhe seus ganhos, e entabulou-se entre eles uma discussão quando ele tentou ficar com os ganhos. Milagros se despediu da mãe e se juntou a um grupo de moças. Ana tinha de fazer as contas do tabaco com seu pai. Procurou-o entre os homens. Não o encontrou.

– Pai? – gritou após entrar no pátio da casa em que viviam.

– Não está.

Ana se virou e deparou com José, seu esposo, sob a porta.

– Onde está?

José deu de ombros e abriu uma das mãos; na outra levava uma jarra de vinho. Seus olhos faiscavam.

– Desapareceu pouco depois de vós. Deve ter ido à ciganaria do Horto da Cartuxa para ver seus parentes, como sempre.

Ana meneou a cabeça. Estaria efetivamente na ciganaria? Algumas vezes havia ido procurá-lo ali e não o havia encontrado. Voltaria essa noite ou o faria ao fim de alguns dias, como tantas outras vezes? E em que estado?

Suspirou.

– Sempre volta – alfinetou então José com sarcasmo.

Sua esposa se ergueu, endureceu a expressão e franziu o cenho.

– Não te metas com ele – bramiu, ameaçadora. – Já te avisei muitas vezes.

O homem se limitou a fechar a cara e lhe deu as costas.

Costumava, sim; José tinha razão, mas o que fazia durante suas escapadas quando não ia à ciganaria? Nunca o contava, e, assim que ela insistia, ele se refugiava naquele insondável mundo seu. Que diferença com relação ao pai de sua infância! Ana o recordava orgulhoso, altivo, indestrutível, uma figura em que sempre encontrava refúgio. Depois, então ela contaria uns dez anos, detiveram-no os "guardas do tabaco", os oficiais de justiça que vigiavam o contrabando. Eram só algumas libras de tabaco em folha, e era a primeira vez que o flagravam; deveria ter sido uma pena menor, mas Melchor Vega era cigano e o haviam detido fora daquelas povoações em que o rei havia determinado que deviam viver os de sua raça; vestia-se como cigano, com roupas tão caras como chamativas, carregadas todas elas de miçangas de metal ou prata; portava seu bordão, sua navalha, seus brincos nas orelhas, e, ademais, várias testemunhas asseguraram que o haviam ouvido falar em caló. Tudo aquilo era proibido, mais até que fraudar impostos à fazenda real. Dez anos de galés. Essa foi a condenação que se impôs ao cigano.

Ana sentiu que se lhe comprimia o estômago à lembrança do calvário que vivera com sua mãe durante o julgamento e, sobretudo, durante os quase quatro anos desde que se deu a primeira sentença até que efetivamente levaram seu pai ao Puerto de Santa María para embarcá-lo numa das galés reais. Sua mãe não havia esmorecido no empenho um só dia, uma só hora, um só minuto. Aquilo lhe custara a vida. Umedeceram-se-lhe os olhos, como sempre que revivia aqueles momentos. Voltou a vê-la pedindo clemência, humilhada, suplicando indulto a juízes, funcionários e visitadores de cárceres. Imploraram a intercessão de padres e frades, dezenas deles que lhes negavam até o cumprimento. Empenharam o que não tinham... roubaram, burlaram e enganaram para pagar a escrivães e advogados. Deixaram de comer para poder levar um pão dormido à prisão em que seu pai esperava, como tantos outros, que terminasse seu processo e lhe dessem destino. Havia quem, durante aquela terrível espera, amputasse a si mesmo uma mão, até um braço, para não ir para as galés para enfrentar uma morte lenta e certa, dolorosa e miserável, destino da maioria dos galeotes permanentemente acorrentados aos bancos das naus.

Mas Melchor Vega superou a tortura. Ana secou os olhos com a manga da camisa. Sim, havia sobrevivido. E um dia, quando já ninguém o esperava, reapareceu em Triana, consumido, esfarrapado, alquebrado, destroçado, arrastando os pés, mas com a altivez intacta. Nunca voltou a ser aquele pai que lhe remexia o cabelo quando ela ia até ele após alguma altercação infantil. Isso era o que fazia: remexer-lhe o cabelo para depois olhá-la com ternura recordando-lhe em silêncio quem era ela, uma Vega, uma cigana! Era a única coisa que parecia importar no mundo. O mesmo orgulho de raça que Melchor havia tentado inculcar à sua neta Milagros. Pouco depois de seu regresso, quando a menina tinha apenas alguns meses de vida, seu pai esperava que Ana concebesse um varão. "Para quando o menino?", interessava-se sempre. José, seu esposo, também perguntava com insistência: "Já estás grávida?" Era como se todo o Beco de San Miguel desejasse um varão. A mãe de José, suas tias, suas primas... até as mulheres Vegas da ciganaria! Todas a assediavam, mas não foi possível.

Ana virou o rosto para o lugar pelo qual José havia desaparecido depois de sua breve troca de palavras sobre Melchor. Ao contrário de seu pai, seu esposo não havia sido capaz de sobrepor-se ao que para ele constituía um fracasso, um escárnio, e o pouco carinho e respeito que haviam reinado num casamento pactuado entre as duas famílias, os Vegas e os Carmonas, foram desaparecendo até serem substituídos por um rancor latente que se mostrava na aspereza do trato que se dispensavam. Melchor verteu todo o seu carinho em Milagros e, uma vez resignado a não ter um varão, também o fez José. Ana se converteu em testemunha do embate dos dois homens, sempre do lado de seu pai, a quem amava e respeitava mais que ao esposo.

Havia anoitecido, o que estaria fazendo Melchor?

O rasgado de uma guitarra a devolveu à realidade. A suas costas, no beco, ouviu o barulho do corre-corre das pessoas, do arrastar das cadeiras e dos bancos.

– Festa! – anunciou aos gritos a voz de um menino.

Outra guitarra se juntou à primeira procurando as notas. Logo se ouviu o repique oco de umas castanholas, e outras e outras, e até o de algum velho crótalo de metal, preparando-se, sem ordem nem harmonia, como se pretendessem despertar aqueles dedos que mais tarde acompanhariam danças e canções. Mais guitarras. Uma mulher limpou a garanta; voz de velha, quebrada. Uma pandeireta. Ana pensou em seu pai e em quanto ele gostava dos bailes. "Sempre volta", tentou convencer-se então. Por acaso não era verdade? Ele também era um Vega!

Quando saiu ao beco, os ciganos se haviam disposto em círculo ao redor de um fogo.

– Vamos lá! – animou um velho sentado numa cadeira diante da fogueira.

Todos os instrumentos se calaram. Uma só guitarra, nas mãos de um jovem de pele quase negra e coleta apertada, atacou os primeiros compassos de um fandango.

O grumete a quem havia convidado a fumar a acompanhou. Atracaram num embarcadouro de Triana, passado o porto de camaroneiros, para descarregar umas mercadorias com destino ao arrabalde.

– Aqui desces tu, negra – ordenou-lhe o capitão da tartana.

O menino sorriu para Caridad. Haviam fumado um par de vezes mais durante a travessia. Devido ao efeito do tabaco, Caridad até havia chegado a responder com algum acanhado monossílabo a todas as perguntas que lhe fizera o rapaz, rumores que circulavam pelo porto sobre aquela terra distante. Cuba. Era verdadeira a riqueza de que se falava? Havia muitos engenhos de açúcar? E escravos, eram tantos como se dizia?

– Algum dia viajarei numa dessas grandes embarcações – assegurava ele, deixando voar a imaginação. – E serei o capitão! Atravessarei o oceano e conhecerei Cuba.

Atracada a tartana, Caridad, tal como havia sucedido em Cádiz, deteve-se e hesitou na estreitíssima faixa de terreno que se abria entre a margem do rio e a primeira linha de edifícios de Triana, alguns deles com os alicerces à mostra pela ação das águas do Guadalquivir, tal era sua proximidade. Um dos carregadores lhe gritou que se afastasse para descarregar um grande saco. O grito chamou a atenção do capitão, que meneou a cabeça lá da borda. Seu olhar cruzou com o do grumete, também atento a Caridad; ambos conheciam seu destino.

– Tens cinco minutos – concedeu a este.

O rapaz agradeceu a permissão com um sorriso, saltou a terra e puxou Caridad.

– Corre. Segue-me – urgiu-a. Estava consciente de que o capitão o deixaria em terra se não se apressasse.

Superaram a primeira linha de edifícios e chegaram até a igreja de Santa Ana; seguiram afastando-se do rio mais duas quadras, o grumete nervoso, puxando Caridad, esquivando-se das pessoas que os observavam estranhando, até se encontrarem diante da Cava.

– Essas são as Mínimas – indicou o rapaz apontando uma construção na margem oposta da Cava.

Caridad olhou na direção que apontava o dedo do grumete: uma construção baixa, caiada, com uma igreja humilde; depois dirigiu o olhar para o antigo fosso defensivo que se interpunha em seu caminho, afundado, repleto de lixo em muitos pontos, precariamente aplanado em outros.

– Tens alguns lugares para atravessar – acrescentou o rapaz imaginando o que passava pela cabeça de Caridad –, há um em São Jacinto, mas fica algo afastado. As pessoas atravessam por qualquer lugar, vês? – E apontou para algumas pessoas que desciam ou subiam pelos lados do fosso. – Tenho de voltar à embarcação – advertiu-a ao ver que Caridad não reagia. – Sorte, negra.

Caridad não disse nada.

– Sorte – repetiu antes de empreender a volta correndo muito.

Uma vez sozinha, Caridad reparou no convento, o lugar indicado por don Damián. Atravessou o fosso por um caminhinho aberto entre os montes de lixo. Na veiga não havia lixo, mas em Havana, sim; tinha tido oportunidade de vê-lo quando o senhor a havia levado à cidade para entregar as folhas de tabaco ao armazém do porto. Como podiam os brancos jogar fora tantas coisas? Alcançou o convento e empurrou uma das portas. Fechada. Bateu. Esperou. Nada aconteceu. Voltou a bater, com timidez, como se não quisesse incomodar.

– Assim não, negra – disse-lhe uma mulher que passava a seu lado e que, quase sem parar, puxou uma corrente que fez soar uma sineta.

Pouco depois se abriu um postigo gradeado numa das portas.

– A paz do Senhor esteja contigo – ouviu que dizia a porteira; pela voz, uma mulher já velha. – Que é o que te traz à nossa casa?

Caridad tirou o chapéu de palha. Embora não chegasse a ver a monja, baixou os olhos para o chão.

– Don Damián me disse que viesse aqui – sussurrou.

– Não te entendo.

Caridad havia falado rápido, atropeladamente, como faziam os boçais cubanos ao dirigir-se aos brancos.

– Don Damián... – esforçou-se –, ele me disse que viesse aqui.

– Quem é don Damián? – inquiriu a porteira depois de uns instantes de silêncio.

– Don Damián... o sacerdote da embarcação, d'*A Rainha*.

– A rainha? Que dizes da rainha?! – exclamou a monja.

– *A Rainha*, a embarcação de Cuba.

– Ah! Uma embarcação, não sua majestade. Pois... não sei. Don Damián, disseste? Espera um momento.

Quando o postigo voltou a abrir-se, a voz que surgiu dele era autoritária, firme.

– Boa mulher, o que te disse esse sacerdote que devias fazer aqui?

– Só me disse que viesse.

A monja não voltou a falar senão depois de alguns segundos. E o fez com voz doce.

– Somos uma comunidade pobre. Dedicamo-nos à oração, à abstinência, à contemplação e à penitência, não à caridade. Que poderias fazer tu aqui?

Caridad não respondeu.

– De onde vens?

– De Cuba.

– És escrava? E teus senhores?

– Sou... sou livre. Além disso, sei rezar. – Don Damián a havia instado a que dissesse isso.

Caridad não chegou a ver o resignado sorriso da monja.

– Escuta – disse esta: – tens de ir à Confraria de Nossa Senhora dos Anjos, entendes?

Caridad permaneceu em silêncio. "Para que don Damián me fez vir aqui?", perguntou-se.

– A Confraria dos Negritos – explicou a monja –, a tua. Eles te ajudarão... ou te aconselharão. Escuta: caminha até a igreja de Nossa Senhora dos Anjos, perto da Cruz do Campo. Segue toda a Cava para o norte, para São Jacinto.

Ali poderás atravessar a Cava, entra à direita e continua pela rua de Santo Domingo até chegar à ponte de barcos, cruza-a e depois...

Caridad deixou as Mínimas tentando reter na mente o itinerário. "Dos Anjos." Haviam-lhe dito que tinha de ir ali. "Dos Anjos." Iriam ajudá-la. "Na Cruz do Campo", recitava em voz baixa.

Absorta em seus pensamentos, caminhou alheia ao olhar das pessoas: uma negra voluptuosa, vestida com farrapos cinzentos e segurando uma pequena trouxa, e que não cessava de murmurar. No Altozano, assombrada diante do monumental castelo de São Jorge no início da ponte, chocou-se com uma mulher. Tentou desculpar-se, mas as palavras não surgiram; a mulher a insultou, e Caridad fixou os olhos em Sevilha, na outra margem. Dezenas de carros e cavalgaduras cruzavam a ponte em um sentido ou no outro; a madeira rangia sobre os barcos.

– Aonde pensas que vais, negra?

Sobressaltou-se diante do homem que lhe impedia a passagem.

– À igreja dos Anjos – respondeu ela.

– Felicito-te – disse ele com sarcasmo. – Ali estão os negrinhos. Mas, para chegar aos teus, primeiro terás de pagar-me.

Caridad se surpreendeu olhando o cobrador de pedágio diretamente nos olhos. Aturdida, corrigiu sua atitude, descobriu-se e baixou o olhar.

– Não... não tenho dinheiro – balbuciou.

– Nesse caso não há negrinhos. Vai-te daqui. Tenho muito trabalho. – Fez menção de dirigir-se a cobrar o pedágio a um muleiro que esperava atrás de Caridad, mas, ao ver que esta continuava ali parada, virou-se de novo para ela. – Fora ou chamo os aguazis!

Depois de deixar a ponte é que, sim, se sentiu observada. Não tinha dinheiro para cruzar para Sevilha. Assim, o que podia fazer? O homem da ponte não lhe havia dito como conseguir dinheiro. A seus vinte e cinco anos, Caridad jamais havia ganhado uma simples moeda. O máximo que havia chegado a conseguir, além da comida, da roupa e do barracão para dormir, era a *fuma*, o tabaco que o senhor lhes dava para seu consumo pessoal. Como podia ganhar dinheiro? Não sabia fazer nada que não fosse cuidar de tabaco...

Afastou-se das pessoas, retirou-se para o rio e sentou-se em sua margem. Era livre, sim, mas de pouco lhe servia essa liberdade se nem sequer podia atravessar uma ponte. Sempre lhe haviam dito o que tinha de fazer. Sempre havia sabido o que tinha de fazer desde que o sol nascia até que se punha, dia após dia, ano após ano. Que ia fazer agora?

Foram muitos os trianeiros que à sua passagem pela ribeira contemplaram a figura de uma negra sentada na margem, imóvel, com o olhar perdido...

no rio, em Sevilha ou talvez em suas recordações ou no incerto futuro que se lhe abria pela frente. Algum deles voltou a passar ao fim de uma hora, outros ao fim de duas, até de três ou quatro, e a mulher negra continuava ali.

Ao anoitecer, Caridad sentiu fome e sede. A última vez que havia comido e bebido havia sido com o grumete, que compartilhou com ela um pão duro e mofado e um pouco de água. Decidiu fumar para disfarçar sua penúria, como faziam todos os escravos na veiga quando o cansaço ou a fome os assaltavam. Talvez por isso o senhor fosse generoso com a *fuma*: quanto mais fumavam, menos comida tinha de proporcionar-lhes. O tabaco substituía muitos bens e até se trocava por novos escravos. O cheiro do charuto atraiu dois homens que andavam pela margem. Disseram-lhe que queriam fumar. Caridad obedeceu e lhes entregou seu charuto. Fumaram. Conversaram entre si passando o charuto de um para outro, ambos de pé. Caridad, ainda sentada, pediu-o para si estendendo o braço.

– Queres ter algo na boca, negra? – disse rindo um dos homens.

O outro soltou uma gargalhada e puxou o cabelo de Caridad para levantar-lhe a cabeça ao mesmo tempo que o primeiro arriava os calções.

Caridad não opôs resistência e prestou-se à felação.

– Parece que ela gosta – disse, nervoso, aquele que a agarrava pelo cabelo. – Gosta, negra? – perguntou-lhe enquanto pressionava a cabeça contra o pênis de seu companheiro.

Depois a montaram um após o outro e a deixaram ali estirada.

Caridad recompôs o vestido. Onde estaria o resto do charuto? Havia visto que um deles o atirava antes de a agarrarem pelo cabelo. Talvez não houvesse chegado à água. Arrastou-se entre a relva e os juncos, apalpando o chão, atenta para o caso de o resto ainda estar aceso... E o estava! Pegou-o e, de bruços, tocando a água, aspirou com todas as suas forças.

Sentou-se de novo e permitiu que seus pés se molhassem na margem. Fazia frio, mas nesse momento não o notava; não sentia nada. Devia gostar? Isso lhe havia perguntado um deles. Quantas vezes lhe haviam perguntado o mesmo? O senhor já o havia feito quando era somente uma boçal, uma menina recém-arrancada de sua terra. Então nem sequer chegou a entender o que lhe perguntava aquele homem que a manuseou e babou antes de rasgá-la. Depois, depois de muitas vezes, após sua gravidez, substituiu-a por uma nova menina, e então foram o capataz e os demais escravos da negrada os que lhe perguntavam entre arquejos. Um dia voltou a parir... a Marcelo. A dor que sentiu nessa ocasião, quando se lhe fendeu o ventre depois de horas de parto, indicou-lhe que nunca mais teria outro filho. "Gosta?", perguntavam-lhe aos domingos, no baile, quando algum escravo a pegava pelo braço e a levava para fora do barracão, ali onde outros casais fornicavam também. Depois voltavam a cantar e a dançar desenfreadamente, à espera de que algum de seus deuses os possuísse. Às vezes repetiam e voltavam a deixar o barracão. Não, não gostava, mas tampouco sentia nada; haviam-lhe ido roubando os sentimentos, pedaço a pedaço, desde a primeira noite em que o senhor a forçara.

Não haveria transcorrido uma hora quando um daqueles homens voltou e interrompeu seus pensamentos.

– Queres trabalhar em minha oficina? – perguntou-lhe iluminando-a com uma candeia. – Sou oleiro.

"Que é um oleiro?", perguntou-se Caridad tentando vislumbrá-lo na escuridão. Ela só queria...

– Tu me darás dinheiro para atravessar a ponte? – inquiriu.

O homem percebeu a dúvida em seu rosto.

– Vem comigo – ordenou-lhe.

Isso, sim, ela entendeu: uma ordem, como quando algum negro a segurava pelo braço e a levava para fora do barracão. Seguiu-o em direção à Cava Vieja. Na altura do castelo da Inquisição, sem virar-se, o oleiro a interrogou:

– Fugiste?

– Sou livre.

Às luzes do castelo, Caridad viu que o homem assentia com a cabeça.

Tratava-se de uma pequena oficina, com habitação no andar superior, na rua de los Alfareros. Entraram, e o homem lhe indicou um colchão de palha num canto da oficina, junto à lenha e o forno. Caridad se sentou nele.

– Amanhã começarás. Dorme.

O calor dos rescaldos do forno embalou uma Caridad transida pela umidade do Guadalquivir, e ela dormiu.

Desde a época muçulmana, Triana era conhecida por suas manufaturas de barro cozido, sobretudo pelos azulejos vidrados de cavidade ou relevo, nos quais os mestres expertos afundavam uma corda no barro fresco e conseguiam desenhos magníficos. No entanto, fazia algum tempo que aquela cerâmica artesanal havia degenerado em peças repetitivas sem encanto, ao que se somaram a concorrência da louça de pederneira inglesa e a mudança de gosto das pessoas, que se inclinou para a porcelana oriental. No arrabalde, portanto, o ofício decaía.

No dia seguinte, ao amanhecer, Caridad começou a trabalhar junto ao homem da noite, um jovenzinho que devia ser seu filho e um aprendiz que não lhe tirava o olho de cima. Carregou lenha, transportou argila, varreu mil vezes e ocupou-se das cinzas do forno. Assim começaram a passar os dias. O oleiro – Caridad nunca viu sair uma mulher do andar de cima – visitava-a durante as noites.

"Tenho de atravessar a ponte para ir à igreja dos Anjos, onde estão os negrinhos", teria querido dizer-lhe numa delas, quando o homem, depois de havê-la possuído, se preparava para ir-se. Em vez disso, limitou-se a balbuciar:

– E meu dinheiro?

– Dinheiro! Queres dinheiro? Comes mais do que trabalhas e tens um lugar onde dormir – respondeu-lhe o oleiro. – Que mais poderia desejar uma negra como tu? Preferes ficar na rua pedindo esmola como a maioria dos negros livres?

Naqueles dias, a escravidão já quase havia desaparecido de Sevilha: a crise demográfica e econômica, a guerra de 1640 com Portugal, o grande provedor de escravos do mercado sevilhano, a peste bubônica de que a cidade padeceu alguns anos depois, que se encarniçou nos negros escravos, junto com as constantes e numerosas manumissões que os piedosos sevilhanos vinham ordenando em seus testamentos, tiveram como consequência uma significativa diminuição da escravidão. Sevilha perdeu seus escravos ao ritmo da perda de seu poder econômico.

"Comes mais do que trabalhas", ressoava nos ouvidos de Caridad. A cantilena do capataz do senhor José na veiga lhe veio então à lembrança: "Não trabalhais o que comeis", recriminava-os antes de soltar o látego nas costas de algum deles. Pouco havia mudado sua vida, de que lhe servia ser livre?

Uma noite, o oleiro não desceu. Na seguinte tampouco. Na terceira, sim, o fez, mas em lugar de ir para ela dirigiu-se à porta da oficina. Abriu-a e deu passagem a outro homem, depois lhe indicou onde se encontrava Caridad. O oleiro esperou junto à porta que o outro satisfizesse seus desejos, recebeu dele, e depois o despediu.

A partir daquela noite, Caridad deixou de trabalhar na oficina. O homem a encerrou num quartucho do térreo, sem ventilação, e colocou um colchão e um urinol junto a alguns trastes inservíveis.

– Se criares problemas, se gritares ou tentares escapar, eu te matarei – ameaçou-a o oleiro na primeira vez que lhe levou de comer. – Ninguém sentirá tua falta.

"É verdade", lamentou-se Caridad enquanto escutava o homem pôr a chave na porta: quem ia sentir falta dela? Sentou-se no colchão com a tigela de refogado de verduras nas mãos. Nunca antes a haviam ameaçado de morte; os senhores não matavam seus escravos, valiam muito dinheiro. Um escravo servia para toda a vida. Uma vez adestrados, como havia sido Caridad em menina, os negros alcançavam a velhice em suas veigas tabaqueiras, em seus trapiches ou em seus engenhos de açúcar. A lei proibia vender um escravo por maior quantia do que havia custado, razão por que nenhum senhor, depois de haver-lhe ensinado um ofício, se desfazia dele; perderia dinheiro. Podiam maltratá-los ou forçá-los até a extenuação, mas o bom capataz era aquele que sabia onde se encontrava o limite da morte. Eram os escravos que tiravam a vida; no amanhecer menos pensado, a luz ia descobrindo a silhueta do corpo inerte de um negro pendurado numa árvore... ou talvez de vários deles que haviam decidido acompanhar-se na fuga definitiva. Então o senhor se encolerizava, como quando alguma mãe matava seu recém-nascido para livrá-lo da escravidão ou como quando um negro se mutilava para não trabalhar. No domingo seguinte, na missa, o sacerdote do trapiche lhes gritava que aquilo era pecado, que iriam para o inferno, como se pudesse existir um inferno pior que aquele. Morrer? "Talvez, sim", disse-se Caridad, "talvez tenha chegado a hora de fugir deste mundo onde ninguém me espera."

Nessa mesma noite foram dois os homens que desfrutaram dela. Depois o oleiro voltou a fechar a porta, e Caridad ficou na mais absoluta escuridão. Não pensou. Cantarolou durante o que restava da noite e, quando os primeiros raios de luz se infiltraram entre as frestas das madeiras do quartucho, rebuscou entre os trastes até encontrar uma velha corda. "Pode servir", concluiu após puxá-la para verificar seu estado. Amarrou-a ao pescoço e subiu numa caixa desconjuntada. Lançou a corda por cima de uma viga de madeira, sobre sua cabeça, esticou-a e deu um nó na outra extremidade. Em algumas ocasiões havia invejado aquelas figuras negras que pendiam das árvores rompendo a paisagem da veiga cubana, livres já de sofrimento.

– Deus é o maior dos reis – clamou. – Só desejo não me converter numa alma penada.

Saltou do caixote. A corda aguentou seu peso, mas não a viga de madeira, que se quebrou e lhe caiu em cima. O estrondo foi tal que o oleiro não tardou a apresentar-se no cárcere de Caridad. Acorrentou-a, e, a partir desse dia, Caridad deixou de comer e de beber, suplicando a morte até quando o oleiro e seu filho a alimentavam à força.

As visitas de homens da rua se repetiram, geralmente um, às vezes mais, até que, numa ocasião, um velho que tentava montá-la com inabilidade se levantou e se afastou dela com agilidade assombrosa.

– Esta negra está ardendo! – gritou. – Está com febre. Pretendes que me contagie alguma doença estranha!

O oleiro se aproximou de Caridad e pôs a mão em sua testa suarenta.

– Vai-te – ordenou-lhe incitando-a com o pé nas costas enquanto pelejava por abrir e recuperar as correntes com que a mantinha presa –, agora mesmo, já! – gritou após consegui-lo. Sem esperar que se levantasse, pegou a trouxa de Caridad e a lançou à rua.

Era possível que houvesse ouvido uma canção? Não era mais que um murmúrio que se confundia com os barulhos da noite. Melchor apurou o ouvido. Ali estava outra vez!

– *Yemayá asesú...*

O cigano ficou parado na escuridão, no meio da veiga de Triana, rodeado de hortos e vergéis. O rumor das águas do Guadalquivir lhe chegava com nitidez, como o silvar do vento entre a vegetação, mas...

– *Asesú Yemayá.*

Parecia um diálogo: um sussurro que o solista entoava para depois responder-se a si mesmo a modo de coro. Virou-se na direção de que vinha a voz; alguns dos avelórios que pendiam de sua jaqueta tintilaram. A escuridão era quase absoluta, rompida apenas pelas tochas do convento da Cartuxa, algo além de onde se encontrava.

– *Yemayá oloddo.*

Melchor se afastou do caminho e se internou num laranjal. Pisou pedras e folhagens, tropeçou diversas vezes e até maldisse a todos os santos aos gritos, e, no entanto, apesar de na noite haver ressoado como um trovão, o triste cantarolar não cessou. Parou entre várias árvores. Era ali, ali mesmo.

– *Oloddo Yemayá. Oloddo...*

Melchor entrefechou os olhos. Uma das pertinazes nuvens que haviam coberto Sevilha durante todo o dia permitiu a passagem de um tênue vislumbre de lua. Então entreviu uma mancha cinzenta no chão, diante dele, a apenas dois passos. Avançou e se acocorou até reconhecer uma mulher tão negra como a noite vestida com roupas cinza. Estava sentada com as costas contra a laranjeira, como se buscasse refúgio na árvore. Tinha o olhar perdido, alheio à sua presença, e continuou cantarolando, em voz baixa, monotonamente, repetindo vezes seguidas o mesmo estribilho. Melchor verificou que, apesar do frio, tinha o rosto perolado de suor. Tiritava.

Sentou-se a seu lado. Não entendia o que dizia, mas aquela voz cansada, aquele timbre, a monotonia, a resignação que impregnava sua voz deixavam transparecer uma dor imensa. Melchor fechou os olhos, rodeou os joelhos com os braços e deixou-se transportar pela canção.

– Água.

O pedido de Caridad rompeu o silêncio da noite. Fazia um tempo que já não se ouvia seu cantarolar; havia-se ido apagando como uma brasa. Melchor abriu os olhos. A tristeza e a melancolia da canção haviam conseguido trasladá-lo, uma vez mais, ao banco da galé. Água. Quantas vezes havia tido de pedir água ele mesmo? Acreditou sentir que os músculos de suas pernas, de seus braços e de suas costas se tensionavam como quando o comitre aumentava o ritmo da voga em perseguição de alguma nau sarracena. O torturante apito do comitre aguilhoava seus sentidos enquanto arrancavam a chicotadas a pele de suas costas nuas para que remasse com mais e mais força. O castigo podia durar horas. Ao final, com os músculos de todo o corpo a ponto de rebentar e com as bocas ressecadas, das fileiras de bancos só surgia uma súplica: água!

– Sei o que é a sede – murmurou para si.
– Água – implorou de novo Caridad.
– Vem comigo. – Melchor se levantou com dificuldade, entorpecido após quase uma hora sentado ao pé da laranjeira.

O cigano se esticou e tentou orientar-se para encontrar o caminho da Cartuxa. Dirigia-se aos hortos do mosteiro, onde viviam muitos dos ciganos de Triana, quando o cantarolar havia chamado sua atenção.

– Vens ou não? – perguntou a Caridad.

Ela tentou levantar-se agarrando-se ao tronco da laranjeira. Estava com febre. Estava com fome e frio. Mas sobretudo estava com sede, muita sede. Conseguiu erguer-se quando Melchor já se havia posto em marcha. Dar-lhe-ia água se o seguisse ou a enganaria como haviam feito tantos outros ao longo dos dias que estava em Triana? Caminhou atrás dele. A cabeça lhe dava voltas. Quase todos o haviam feito; quase todos se haviam aproveitado dela.

Uma série de luzes provenientes de umas choças amontoadas no caminho iluminou a jaqueta de seda azul-celeste do cigano. Caridad fez um esforço por seguir seu passo. Melchor não se preocupava com ela. Andava lentamente mas erguido, altivo, apoiando-se sem necessidade no bordão de duas pontas próprio do chefe de uma família; às vezes se lhe ouvia falar à noite. A mulher arrastava os pés descalços atrás dele. À medida que se aproximavam da ciganaria, a quinquilharia que adornava as vestiduras de Melchor e o debrum de prata de suas meias refulgiram. Caridad percebeu um bom presságio naqueles brilhos: aquele homem não a havia tocado. Iria lhe proporcionar sua água.

3

Essa mesma noite, a festa se alongou no beco de San Miguel. Como se se tratasse de uma competição, cada uma das famílias ferreiras se empenhou em demonstrar seus dotes na hora de dançar e cantar, de tocar guitarra, castanholas ou pandeiretas. Fizeram-no os Garcías, os Camachos, os Flores, os Reyes, os Carmonas, os Vargas e muitos mais dos vinte e um sobrenomes que habitavam o beco. Romances, sarabandas, chaconas, xácaras, fandangos, seguidilhas ou sarambeques, todos aqueles *palos* soaram e se dançaram ao resplendor de uma fogueira alimentada pelas mulheres à medida que transcorriam as horas. Ao redor do fogo, sentados na primeira fila, achavam-se os ciganos que compunham o conselho de anciãos, encabeçados por Rafael García, um homem que devia ter uns sessenta anos, enxuto, sério e seco, ao qual chamavam o Conde.

Correram o vinho e o tabaco. As mulheres contribuíram com alimentos que haviam levado de casa: pão, queijo, sardinhas e camarões, frango e lebre, avelãs, bolotas, marmelo e fruta. As festas se compartilhavam; quando se cantava e se dançava, esqueciam-se as desavenças e as inimizades atávicas, e ali estavam os velhos para garanti-lo. Os ciganos ferreiros de Triana não eram ricos. Continuavam pertencendo a esse mesmo povo que desde a época dos Reis Católicos sofria perseguição na Espanha: não podiam vestir seus coloridos trajes nem falar em seu jargão, andar os caminhos, dizer a sorte ou mercadejar com cavalgaduras. Havia-se-lhes proibido cantar e dançar, nem sequer tinham permitido que vivessem em Triana ou trabalhassem como ferreiros. Em várias ocasiões os grêmios *payos* de ferreiros sevilhanos haviam tentado que os impedissem de trabalhar em suas forjas elementares, e as pragmáticas reais e as ordens haviam insistido nisso, mas foi tudo em vão: os ferreiros ciganos garantiam o fornecimento das milhares de ferraduras imprescindíveis para as cavalgaduras que trabalhavam os campos do reino de Sevilha, razão por que continuaram forjando e vendendo seus produtos aos mesmos ferreiros *payos* que pretendiam terminar com suas atividades, mas tampouco podiam atender a ingente demanda.

Enquanto as crianças, quase nuas, tentavam emular seus progenitores no fundo do beco, Ana e Milagros começaram com uma alegre sarabanda junto a dois parentes da família de José, os Carmonas. Mãe e filha, uma ao lado da outra, sorrindo quando seus olhares se cruzavam, requebraram a cintura e jogaram com a sensualidade de seus corpos ao som da guitarra e do *cante*. José, como tantos outros, olhava, batia palmas e as animava. Em cada movimento de dança, como se de um *lance* se tratasse, as mulheres incitavam os homens, acossavam-nos com os olhos propondo-lhes um romance impossível. Aproximavam-se e afastavam-se, e giravam a seu redor ao ritmo impudico de suas cadeiras, exibindo os peitos, exuberantes os da mãe, jovens os da filha. As duas dançavam erguidas, erguendo os braços sobre a cabeça ou revoluteando-os de ambos os lados; os lenços que Milagros levava amarrados nos pulsos adquiriam vida própria no ar. Algumas mulheres, em roda, acompanhavam as guitarras com suas castanholas ou pandeiretas, muitos ciganos batiam palmas e animavam a voluptuosidade das duas mulheres; mais de um não conseguiu impedir um olhar de luxúria quando Ana pegou o debrum da saia com a mão direita e continuou dançando ao mesmo tempo que mostrava as panturrilhas e os pés descalços.

– Olhai para o céu, ciganos, que Deus quer descer para dançar com minha filha! – gritou José Carmona.

Os gritos de ânimo se sucederam.

– Olé!

– Toma que toma!

– Olé, olé e olé!

Milagros, esporeada pelo requebro de seu pai, imitou Ana, ergueu a saia, e as duas rodearam vezes seguidas os pares de dança, envolvendo-os num halo de paixões enquanto a música se elevava até o zênite. Os ciganos rebentaram em aclamações e aplausos quando terminou a sarabanda. Mãe e filha soltaram de imediato suas saias e alisaram-nas com as mãos. Sorriram. Uma guitarra começou a soar, preparando uma nova dança, um novo *cante*. Ana acariciou a face da filha e, quando se aproximou dela para beijá-la no rosto, cessou o rasgar. Rafael García, o Conde, mantinha a mão meio levantada para o guitarrista. Um rumor correu entre os ciganos, e até as crianças se aproximaram. Reyes, a Trianeira, a esposa do Conde, uma mulher gorda próxima dos sessenta anos, com o rosto acobreado sulcado por mil rugas, havia levantado um dos outros velhos de sua cadeira mediante um simples e enérgico gesto do queixo e se havia sentado nela.

À luz da fogueira, somente Ana foi capaz de perceber o olhar que a Trianeira lhe dedicou. Foi um segundo, talvez menos. O olhar de uma cigana: frio e duro, capaz de penetrar até a alma. Ana se ergueu, disposta a enfrentar o desafio, mas topou com o olhar do Conde. "Escuta e aprende!", disse-lhe seu rosto.

A Trianeira cantou a palo seco, sem música, sem ninguém que gritasse, batesse palmas ou a animasse. Uma *debla*: um canto às deusas ciganas. Sua voz gasta e velha, débil, desafinada, penetrou no entanto no mais profundo dos que a escutavam. Cantava com as mãos entreabertas e trêmulas diante de seus peitos, como se com isso tomasse forças, e o fez às muitas penas dos ciganos: às injustiças, ao cárcere, aos amores rompidos... em versos sem metro que só encontravam sentido no ritmo que a voz da Trianeira lhes queria conceder e que sempre culminavam com uma loa em jargão cigano. "*Deblica barea*", magnífica deusa.

A *debla* parecia não ter fim. A Trianeira poderia havê-la alongado quanto sua imaginação ou suas recordações lhe houvessem permitido, mas ao final deixou cair as mãos sobre os joelhos e ergueu a cabeça que havia mantido inclinada enquanto cantava. Os ciganos, Ana entre eles, com a garganta embargada, rebentaram uma vez mais em aplausos; muitos com os olhos inundados de lágrimas. Milagros também aplaudia, olhando de soslaio para sua mãe.

Nesse momento, ao oferecer-lhe seu aplauso e ao ver que também sua filha o fazia, Ana se alegrou com o fato de Melchor não estar presente. Suas mãos se chocaram entre si com desídia pela última vez e aproveitou a animação para escapulir por entre a gente. Apressou-se ao pressentir o olhar do Conde e da Trianeira cravado em suas costas; imaginou-os sorrindo convencidos, eles e todos os seus. Empurrou os ciganos que ainda celebravam o *cante* e, uma vez fora da roda, dirigiu-se ao portão de sua casa, em uma de cujas jambas buscou apoio.

Os Garcías! Rafael García! Seu pai cuspia quando ouvia esse nome. Sua mãe... sua mãe faleceu dois anos depois que Melchor foi acorrentado ao banco de uma galé, e o fez maldizendo Rafael García, jurando vingança lá do além.

– Foi ele! – resmungava sua mãe vezes seguidas enquanto pediam esmola nas ruas de Málaga, diante do cárcere onde Melchor esperava para ser conduzido ao Puerto de Santa María para embarcar numa galé. – Rafael o denunciou ao sargento da guarda do tabaco. Miserável. Violou a lei cigana. Filho da puta! Malnascido! Cão sarnento...!

E, quando a pequena Ana via que as pessoas se afastavam deles, dava-lhe uma cotovelada para que não assustasse os paroquianos com seus gritos.

– Por que o denunciou? – perguntou-lhe um dia a menina.

Sua mãe entrefechou os olhos e torceu a boca com desprezo antes de responder:

– As desavenças entre os Vegas e os Garcías vêm de longe. Ninguém sabe por que exatamente. Há quem diga que por um burrico, outros que por uma mulher. Algum dinheiro? Talvez. Já não se sabe. O fato é que são duas famílias que sempre se odiaram.

– Só por...?

– Não me interrompas, menina. – A mãe acompanhou suas palavras com um forte pescoção. – Atente bem ao que vou dizer-te porque és uma Vega e terás de viver como tal. Nós, os ciganos, sempre fomos livres. Todos os reis e príncipes de todos os lugares do mundo pretenderam dobrar-nos e nunca o conseguiram. Jamais poderão com nossa raça; somos melhores que todos eles, mais inteligentes. Necessitamos de pouco. Tomamos o que nos convém: o que o Criador pôs neste mundo não é propriedade de ninguém, os frutos da terra pertencem a todos os homens, e, se não gostamos de um lugar, vamos para outro. Nada nem ninguém nos amarra. Para nós dá no mesmo, que nos importam leis ou pragmáticas? Isso é o que sempre defenderam os Vegas e todos aqueles que se consideram ciganos de raça. Assim é que sempre vivemos. – Após uma pausa, a mãe havia continuado: – Pouco antes que detivessem teu pai, morrera o chefe do conselho de anciãos. Os Garcías pressionaram os demais para que fosse escolhido um de sua família, e teu pai se opôs. Lançou-lhes em rosto que os Garcías já não viviam como ciganos, trabalhavam nas ferrarias como os *payos*, de acordo com eles, faziam negócios com eles, casavam na Igreja e batizavam seus filhos. Haviam renunciado à liberdade.

"Um dia apareceu Rafael no Horto da Cartuxa; procurava teu pai. – Ana acreditou recordar esse dia. Sua mãe e suas tias lhe ordenaram que se afastasse, como aos demais pequenos, e ela o fez... mas regressou às escondidas ao lugar em que Rafael se havia plantado, ameaçador, rodeado de membros da família Vega. – Estava armado com uma faca e queria peleja, mas teu pai não estava. Alguém lhe disse que havia ido buscar tabaco em Portugal. O sorriso que se desenhou então no rosto desse malnascido foi suficientemente delatador."

No beco de San Miguel, quando os velhos se levantaram de suas cadeiras, homens e mulheres começaram a retirar-se, alguns para suas casas, outros se dispersaram pelos pátios internos dos cortiços, em grupos, conversando e bebendo. As guitarras, castanholas e pandeiretas seguiam soando, mas agora nas mãos da juventude; meninas e rapazes substituíram os outros e fizeram sua a festa.

Ana passeou o olhar pelo beco: Milagros dançava com alegria junto a moças de sua idade. Que bonita era! O mesmo que havia dito seu avô quando a mostraram a ele pela primeira vez. Não havia transcorrido nem um dia desde que seu pai voltara das galés – apenas umas horas em que Melchor soube da morte de sua esposa e conheceu uma neta de quatro anos em que não se atreveu a tocar, temeroso de que sua sujeira e suas mãos gretadas pudessem machucá-la – quando Melchor Vega pegou uma grande faca e se encaminhou, ainda esfarrapado e fraco, em busca de seu delator. Sua filha teria querido impedi-lo, mas não se atreveu.

Rafael saiu a seu encontro, armado também, acompanhado dos seus. Não se dirigiram uma só palavra; sabiam o que estava em jogo e por quê. Os homens se tentaram com as facas, os braços estendidos, as armas uma mera extensão de seus corpos. Rafael o fez com força e agilidade, mantendo firme a mão. A de Melchor, pelo contrário, tremia levemente. Giraram um em torno do outro, os membros de suas famílias permaneciam em silêncio. Poucos foram os que fixaram a atenção na trêmula faca que Melchor exibia: a maioria o fez em seu rosto, em sua atitude, na ânsia e na decisão que todo ele revelava. Queria matar! Ia matar! Pouco importavam seu estado, sua fraqueza, seus ferimentos, suas roupas descuidadas, sua sujeira ou seus tremores; o pressentimento... a segurança de que Melchor mataria Rafael se fez patente.

Essa certeza foi a que levou Antonio García, tio de Rafael e então chefe do conselho, a interpor-se entre os contendores antes que qualquer deles lançasse a primeira facada. Ana, com Milagros nos braços, contra o peito, suspirou aliviada. À chamada de Antonio García intervieram os velhos; os homens da família Vega foram obrigados a tratar o problema antes que este se resolvesse com o sangue. O conselho, com a oposição dos Vegas e dos representantes de duas outras famílias das que viviam no Horto da Cartuxa, determinou que não havia prova alguma de que Rafael houvesse delatado Melchor, de modo que, se este matasse Rafael, todos sairiam em defesa dos Garcías e se começaria uma guerra contra os Vegas. Igualmente decidiu que, se Melchor matasse Rafael, qualquer cigano poderia vingar-se em outro membro dos Vegas e matá-lo por sua vez; nesse caso a lei cigana não estaria contra ele, o conselho permaneceria à margem.

Ao anoitecer, o tio Basilio Vega se dirigiu para onde estavam Melchor e os seus. Milagros dormia nos braços da mãe.

– Melchor – disse-lhe após anunciar-lhe as decisões do conselho –, sabes que todos nós apoiaremos o que decidires. Ninguém conseguirá acovardar-nos!

E lhe entregou a menina, que despertou ao contato com o avô. Milagros permaneceu parada, como se tivesse consciência da importância daquele momento. "Sorria-lhe!", suplicou Ana em silêncio, com as mãos entrecruzadas, retesadas, mas a menina não o fez. Transcorreram alguns instantes até que Basilio e Ana pudessem contemplar como Melchor apertava os lábios e com mão firme acariciava o cabelo da pequena. Souberam então qual havia sido sua decisão: submeter-se ao conselho pelo bem da família.

Aquela menina que havia evitado um banho de sangue dançava e cantava agora no beco de San Miguel. Da porta de casa, Ana distraiu-se com a visão de sua filha; contemplou-a bela, altiva, decidida, entregue, brincando de oferecer o corpo a um jovem... De repente, a mulher meneou violentamente com a cabeça e se afastou da porta, confusa. O jovem recebia os passos de sua filha com displicência, indolente à sua entrega, indiferente, quase zombando dela. Por acaso Milagros não se dava conta? Esse jovem... Ana entrefechou os olhos para centrar a visão. Tratava-se de um rapaz mais velho que sua menina, trigueiro, atraente, forte, forte. E Milagros dançava ignorando a humilhação de seu par; sorria, seus olhos refulgiam, irradiando sensualidade. Então, colocada atrás das cadeiras que rodeavam uma fogueira já convertida em áscuas, viu a Trianeira, que batia palmas com um esgar zombeteiro, de vitória, para o evidente e público desejo da moça, uma Vega, a neta de Melchor, por um de seus netos: Pedro García.

– Milagros! – gritou a mãe começando a correr para ela.

Agarrou a filha pelo ombro e a sacudiu até parar a dança. A Trianeira converteu seu esgar zombeteiro num sorriso. Quando Milagros fez menção de responder, sua mãe calou qualquer queixa com um par de sacudidelas mais. Os guitarristas quase haviam parado seu rasgar quando a Trianeira os incitou a continuar. Uns homens se aproximaram. O jovem Pedro García, encorajado pela atitude de sua avó, quis humilhar ainda mais as mulheres Vegas e continuou dançando ao redor de Milagros como se a intervenção de sua mãe não fosse mais que uma insignificante contrariedade. Ana o viu vir, soltou a filha e, assim que o cigano se aproximou, estendeu o braço e o esbofeteou com a dorso da mão. Pedro García cambaleou. Milagros abriu a boca, mas não conseguiu que surgisse palavra alguma. As guitarras se calaram. A Trianeira se levantou. Outras ciganas de diversas famílias acudiram rapidamente.

Antes que umas e outras se envolvessem numa peleja, os homens se interpuseram entre elas.

– Filha da puta!
– Sua cadela!
– Sua miserável!
– Sua rameira!

Insultavam-se enquanto forcejavam para libertar-se dos homens, empurrando-os para lançar-se sobre as outras, Ana mais que ninguém. Acudiram mais ciganos, José Carmona entre eles, e conseguiram dominar a situação. José sacudiu a esposa tal como esta havia feito com a filha; depois, com a ajuda de dois de seus parentes, conseguiu arrastá-la para o outro lado do beco.

– Marrana! – continuou gritando Ana a meio caminho, forçando a cabeça para trás para virá-la na direção da Trianeira.

A ciganaria do Horto da Cartuxa não era senão uma aglomeração de míseras choças construídas com argila e madeiros – algumas não mais que simples alpendres de canas e tecidos – que havia ido estendendo-se a partir das que inicialmente se levantaram geminadas ao muro que circundava as terras dos monges, entre o mosteiro e Triana. Melchor foi bem recebido pelas pessoas. Muitos o saudaram na rua, à sua passagem; outros apareceram na porta daquelas choças sem janelas. O exíguo resplendor das velas que iluminavam seu interior e alguns fogos ao longo da rua lutavam contra as sombras da ciganaria.

– Melchor, tenho um burrico com o qual a guarda do tabaco nunca chegará a pegar-te. Interessa-te? – perguntou um cigano velho sentado numa cadeira à porta de uma choça, ao mesmo tempo que assinalava uma das muitas cavalgaduras amarradas ou travadas na rua.

Melchor nem sequer olhou para o animal.

– Para isso teria de apear-me dele e carregá-lo nos ombros – respondeu dando um tapa no ar.

Os dois riram.

Caridad andava atrás de Melchor; aquele terreno não era mais que um lamaçal em que se afundavam seus pés descalços. Por um momento pensou que não teria forças para avançar na lama; a febre a atenazava, ardia-lhe a garganta e queimava-lhe o peito. Haveria pedido sua água aquele homem? Havia-o ouvido, mas não chegara a entender uma palavra da conversa sobre o burrico. Os ciganos haviam falado em seu jargão.

– Melchor! – gritou uma mulher que dava de mamar a uma criança, ambos os seios à mostra –, está a seguir-te uma negra, negra, negra. Jesus, que negra! A ver se me vai azedar o leite...

– Está com sede – limitou-se a responder o cigano.

Um par de choças adiante, advertidos de sua chegada, esperava-o um grupo de homens.

– Irmão – cumprimentou Melchor a um mais novo que ele enquanto se davam os dois antebraços.

Um garoto quase nu havia corrido para arrebatar-lhe o bastão de duas pontas, com o qual já se exibia diante das demais crianças.

– Melchor! – retribuiu-lhe o cumprimento o cigano, apertando seus antebraços.

Caridad, sentindo-se desfalecer, presenciou como o homem que ela havia seguido cumprimentava ciganos e ciganas e desalinhava o cabelo das crianças que se aproximavam dele. E sua água? Uma mulher fixou-se nela.

– E essa negra? – inquiriu.

– Quer beber água.

Nesse momento os joelhos de Caridad cederam e ela desabou. Os ciganos se voltaram e a olharam, ajoelhada no barro.

A mesma mulher que havia perguntado sobre Caridad, a velha María, resfolegou.

– Parece que necessita de alguma coisa mais que beber água, sobrinho.

– Pois só me pediu água.

Caridad tentava manter a vista no grupo de ciganos; a visão se lhe havia nublado; a conversa que mantinham lhe era ininteligível.

– Eu não posso com ela – disse a velha María. – Meninas! – gritou dirigindo-se às mais jovens. – Dai-me uma mão para levantar esta negra e pô-la no palácio!

Assim que as ciganas rodearam Caridad, os homens se desocuparam do problema.

– Um gole de vinho, tio? – ofereceu a Melchor um jovem.

Melchor passou o braço pelos ombros do cigano e o apressou.

– A última vez que bebi de teu vinho... – comentou enquanto se dirigiam à choça seguinte –, o vinagre e o sal com que nos curavam os ferimentos nas galés eram mais suaves que essa beberagem!

– Pois os burricos gostam.

Entre gargalhadas, entraram na choça. Tiveram de inclinar-se para passar sob a porta. A choça compunha-se de uma única peça que servia para tudo: dormitório da família do jovem, cozinha e sala de jantar; carecia de janelas e só contava com um simples buraco no teto a modo de chaminé. Melchor se sentou a uma mesa lascada. Os mais velhos ocuparam outras cadeiras ou banquetas, e o restante permaneceu de pé, mais de uma dúzia de ciganos que chegavam até a mesma porta.

– Estás tratando-me de burrico? – retomou a conversa Melchor quando seu sobrinho lançou uns copos sobre a mesa. O convite se limitava aos mais velhos.

– Ao senhor, tio, de cavalo alado ou menos. Noutro dia, no mercado de Alcalá – continuou o cigano enquanto escançava o vinho –, consegui vender aquele ruço que o senhor viu em sua última visita, lembra-se? Aquele que se queixava até das orelhas. – Melchor anuiu com um sorriso. – Pois lhe dei uma garrafa de vinho e o senhor tinha de ver como corria a pobre cavalgadura, parecia um potro de pura raça!

– Tu, sim, é que devias ter corrido para sair de Alcalá o quanto antes – interveio o tio Juan, sentado à mesa.

– Como do diabo, tio – reconheceu o sobrinho –, mas com meu bom dinheiro, que esse não devolvo nem ao diabo por mais que me fizesse correr.

Melchor ergueu o copo de vinho e, depois que os demais se juntaram ao brinde, deu cabo dele de um só gole.

– Vigiai – ouviu-se lá da porta –, que agora o tio Melchor não nos escape correndo como um potrinho.

– Nós o poderíamos vender, de bom que é! – soltou outro.

Melchor riu e fez um gesto ao sobrinho para que lhe servisse mais vinho.

Depois de algumas rodadas, de brincadeiras e comentários, ficaram só os mais velhos: Melchor, seu irmão Tomás, o tio Juan, o tio Basilio e o tio Mateo, todos da família Vega, todos trigueiros, todos com o rosto sulcado de profundas rugas, grossas sobrancelhas que se juntavam sobre a ponte do nariz e olhar penetrante. Os demais conversavam do lado de fora. Melchor desabotoou a jaquetinha azul e deixou à mostra a camisa branca e uma faixa de seda vermelha e brilhante. Rebuscou num dos bolsos internos e tirou um atado de uma dúzia de charutos medianos que pôs sobre a mesa, junto à jarra de vinho que lhes havia deixado o sobrinho.

– Tabaco puro havano – anunciou, e fez um gesto para que cada um pegasse o seu.

– Obrigado – ouviu-se da boca de alguns deles.

– À tua saúde – murmurou outro.

Em poucos minutos a choça se encheu de uma aromática fumaça azulada que diminuiu qualquer dos outros cheiros da pequena morada.

– Tenho uma boa partida de tabaco em pó – comentou o tio Basilio após lançar ao ar uma baforada. – Da fábrica de Sevilha, espanhol, muito fino e moído. Interessa?

– Basilio... – recriminou-o Melchor com voz cansada, arrastando as sílabas.

– É de qualidade excelente! – defendeu-se o outro. – Tu podes conseguir melhor preço que eu. Os padres o tirarão de tuas mãos. A nós nos apertam muito com os preços. Que te importa de onde venha?

Melchor riu.

– Não me importa de onde vem, mas como chegou. Já o sabes. Não quero traficar com tabaco que alguém levou escondido no cu. Só de pensá-lo sinto calafrios...

– Está bem envolto em tripa de porco – intercedeu seu irmão Tomás em defesa do negócio.

Os demais assentiram. Sabiam que cederia; sempre o fazia, nunca se negava a um pedido da família, mas antes tinha de queixar-se, estender a discussão, fazer-se rogar.

– Ainda assim. Levaram-no no cu! Algum dia os flagrarão...

– É a única forma de burlar os zeladores da fábrica – interrompeu-o Basilio. – Cada dia, ao terminar a jornada, despem vários trabalhadores, ao acaso.

– E não lhes miram o cu? – riu Melchor.

– Imaginas um desses soldados metendo o dedo no cu de um cigano para ver se leva tabaco? Nem lhes ocorre a ideia!

Melchor fez que não com a cabeça, mas a forma como o fez, complacente, indicou-lhe que o negócio estava fechado.

– Um dia uma dessas coisas rebentará e então...

– Os *payos* descobrirão outra forma de consumir o pó – sentenciou o tio Juan. – Sorvendo-o pelo cu!

– Certamente muitos gostariam mais assim que pelo nariz – aventurou Basilio.

Os ciganos se olharam por cima da mesa durante alguns instantes e explodiram em gargalhadas.

A conversa se alongou na noite. O sobrinho, sua esposa e três pequenos entraram quando os murmúrios da rua começaram a decair. As crianças se deitaram em dois colchões de palha que se achavam num canto da choça. Seu pai observou que a jarra de vinho estava vazia e tratou de enchê-la.

– Tua negra bebeu... – começou a dizer-lhe a mulher lá dos colchões.

– Não é minha – interrompeu-a Melchor.

– Bem, seja de quem for, mas tu a trouxeste – continuou ela. – A tia lhe deu uma poção de cevada fervida com claras de ovo, e sua febre está baixando.

Depois o casal se deitou junto a seus filhos. Os homens continuaram conversando, com seu vinho e seus charutos. Melchor queria saber da família, e os demais lhe deram boa conta disso: Julián, casado com uma Vega, ferreiro ambulante, havia sido detido perto de Antequera enquanto consertava os arreios de lavoura de uns agricultores. "Não levava cédula!", resmungou o tio Juan. Os ciganos não podiam trabalhar como ferreiros, nem deixar seu domicílio. Julián estava encarcerado em Antequera, e eles já haviam tomado providências para conseguir sua liberdade. "Necessitais de algo?", ofereceu-se Melchor. Não. Não necessitavam. Cedo ou tarde o soltariam; comia da caridade e não havia coisa que incomodasse mais aos funcionários reais. Além disso, haviam buscado a intercessão de um nobre de Antequera e este se havia comprometido a obter sua liberdade. Tomás sorriu, Melchor também o fez: sempre havia um nobre que os tirava de apuros. Gostavam de protegê-los. Por que o faziam? Haviam falado disso em numerosas ocasiões: era como se aquelas pessoas de alta estirpe se sentissem um pouco ciganas com seus favores, como se com isso quisessem demonstrar que não eram como o comum das pessoas e fizessem seus os anseios de liberdade da raça de sangue trigueiro; como se participassem de um espírito, de uma forma de vida que lhes estava vedada em sua rotina e seus rígidos costumes. Algum dia cobrariam o favor e lhes pediriam que cantassem ou dançassem para eles numa festa em algum palácio suntuoso e convidariam seus amigos e iguais para alardear aquelas relações proibidas.

– Tivemos notícias de que há mais ou menos um mês – interveio o tio Mateo –, perto de Ronda, a Irmandade confiscou os animais do Arrugado...

– Quem é o Arrugado? – perguntou Melchor.

– Aquele que anda sempre encolhido, o filho de Josefa, a prima de...

– Sim, sim – interrompeu-o Melchor.

– Tiraram-lhe um cavalo e dois burricos.

– Recuperaram-nos?

– Os burrinhos não. Os soldados ficaram com eles e os venderam. O cavalo também o venderam, mas o Arrugado seguiu o comprador e o recuperou na segunda noite. Dizem que foi bastante fácil: o *payo* que o comprou o deixou solto num cercado, ele só teve de entrar e pegá-lo. O Arrugado gostava desse cavalo.

– É tão bom assim? – interessou-se Melchor depois de um novo trago de vinho.

– Que nada! – respondeu seu irmão. – É um pangaré miserável que anda retesado, teso, mas, como faz como ele, encolhido, o homem... sente-se a gosto.

Outros membros da família, explicaram depois a Melchor, se achavam acolhidos em asilo sagrado numa ermida no caminho de Osuna havia mais de sete dias. Vinha perseguindo-os o corregedor de Málaga pela denúncia de uns *payos* malaguenhos.

– Agora, como é habitual, estão todos brigando e discutindo – informou o tio Basilio: – o corregedor os quer para si; a Santa Irmandade se apresentou na ermida e reclama que os ciganos são seus; o cura diz que ele não quer saber de nada, e o vigário, a quem chamou o cura, alega que a justiça não os pode tirar de asilo sagrado e que se dirijam ao bispo.

– Sempre a mesma coisa – comentou Melchor com a lembrança das vezes que ele mesmo havia tido de buscar refúgio em igrejas ou conventos. – Vão tirá-los de lá?

– Dá no mesmo – respondeu o tio Basilio. – Por ora estão deixando que se fartem de discutir entre si. Todos têm imunidade fria, ou seja, quando saírem, recorrerão, e terão que pô-los em liberdade outra vez. Perderão suas armas e suas cavalgaduras, mas pouco mais.

Era já madrugada. Melchor bocejou. O sobrinho e sua família dormiam nos colchões, e a ciganaria permanecia em silêncio.

– Continuamos pela manhã? – propôs.

Os demais concordaram e levantaram-se. Melchor se limitou a colocar a perna na mesa e empurrar-se para trás até que a cadeira, sustentada unicamente sobre duas de suas pernas, se apoiou contra a parede da choça. Então fechou os olhos enquanto ouvia sair seus parentes. "Imunidade fria", sorriu para si antes que o sono o vencesse. Os *payos* sempre caíam nas mesmas armadilhas, a única possibilidade de sobreviver para seu povo, tão perseguido e vilipendiado em todo o país. Às vezes, quando um cigano que se havia refugiado em asilo sagrado sabia que, em caso de ser tirado de lá, a pena seria mínima ou inexistente, punha-se de acordo com o juiz para que o tirasse de lá à força, vulnerando com isso o asilo eclesiástico. A partir daí, se o juiz ou os oficiais de justiça não o restituíssem ao mesmo lugar de que havia sido extraído, já gozava do que se conhecia como imunidade fria. E não o faziam; nunca o faziam. Na ocasião seguinte em que o detivessem, talvez por um delito maior, como simplesmente andar livre pelos caminhos, poderia alegar que na vez anterior não o haviam restituído ao asilo sagrado, livrando-se assim da condenação. "Imunidade fria", repetiu para si Melchor deixando-se levar pelo sono.

Melchor passou a manhã seguinte na ciganaria, fumando, sentado num tamborete na rua, junto a umas mulheres que faziam cestas com as canas que recolhiam nas margens do rio, absorto naquelas mãos especialistas que trançavam e davam forma a umas canastras que depois tentariam vender por ruas e mercados. Ouviu suas conversas sem intervir; todas conheciam Melchor. De vez em quando, alguma desaparecia e logo depois voltava com um golinho de vinho para o tio. Almoçou na casa de seu irmão Tomás, cozido de galinha um tanto podre, e voltou a reclinar a cadeira para fazer a sesta. Assim que despertou, preparou-se para regressar ao beco de San Miguel.

– Obrigado pelo almoço, irmão.

– Não há de quê – respondeu Tomás. – Não te esqueças disto – acrescentou entregando-lhe o tabaco de que haviam falado na noite anterior: uma tripa de porco cheia de tabaco em pó. – O tio Basilio confia em obter um bom ganho.

Melchor pegou a tripa com um esgar de asco, guardou-a num dos bolsos internos de sua jaquetinha e deixou o barraco. Depois começou a percorrer a rua que confinava com a parede do horto dos cartuxos. Teria gostado de seguir vivendo ali, com os seus, mas sua filha e sua neta, seus entes mais queridos, faziam-no com os Carmonas, no beco, e ele não podia afastar-se de quem era sangue de seu sangue.

– Sobrinho! – O grito de uma mulher interrompeu seus pensamentos. Melchor se voltou para a velha María, na porta de sua choça. – Estás deixando a tua negra – acrescentou esta.

– Não é minha.

Respondeu com fastio; já o havia dito em várias ocasiões.

– Nem minha – queixou-se a mulher. – Ocupa meu colchão, e as pernas lhe saem por baixo. Que queres que faça eu com ela? Leva-a! Tu a trouxeste, tu a levas contigo.

"Levá-la comigo?", pensou Melchor. Que ia fazer ele com uma negra?

– Não... – começou a dizer.

– Como não? – interrompeu-o a velha María pondo as mãos na cintura. – Disse que se vai contigo e assim será, entendido?

Vários ciganos se aglomeraram junto a eles ao ouvir o escarcéu. Melchor observou a velha, pequena, seca e enrugada, plantada na porta da choça com seu avental colorido, desafiando-o. Ele... ele era respeitado por todos quantos viviam na ciganaria, mas diante de si tinha nada menos que a velha María. E quando uma cigana como a velha María punha as mãos na cintura e te atravessava com os olhos...

– Que queres que faça com ela?

– O que bem te parecer – respondeu a velha sabendo-se vencedora.

Várias ciganas sorriram; um homem resfolegou, outro pôs a cabeça de lado com um esgar, e alguns deles protestaram baixo.

– Não conseguia mover-se... – arguiu Melchor apontando o barro da rua –, caiu aqui...

– Agora já consegue. É uma mulher forte.

A velha María lhe disse que a mulher negra se chamava Caridad e entregou a Melchor um odre com o resto da poção de cevada com claras de ovo que a enferma devia tomar até que as febres desaparecessem por completo.

– Devolve-o na próxima vez que vieres aqui – advertiu-o. – E cuida dela! – exortou-o a velha quando já empreendiam a marcha.

Melchor se voltou, estranhando-o, para ela e a interrogou com o olhar. Que lhe importava? Por que...?

– Suas lágrimas são tão tristes como as nossas – adiantou-se a velha María imaginando seus pensamentos.

E dessa maneira, com Caridad notavelmente recuperada atrás dele e com o odre pendendo do bastão a modo de pértiga sobre o ombro, Melchor se apresentou no beco de San Miguel, inundado de fumaça, abafado no repicar dos martelos sobre a bigorna.

– E essa? – interrogou-o com acritude seu genro José assim que o viu cruzar a porta do cortiço. Tinha ainda o martelo na mão e estava com um avental de couro sobre o torso nu e suarento.

Melchor se ergueu com o odre ainda pendendo do bastão, a suas costas, Caridad parada atrás dele, sem entender o jargão cigano. Quem era aquele antipático de José Carmona para pedir-lhe qualquer explicação? Estendeu o desafio por alguns instantes.

– Canta bem – limitou-se a responder ao final.

4

A ferraria da família Carmona ficava no térreo de um cortiço do beco de San Miguel. Era um edifício retangular de três andares erguido ao redor de um diminuto pátio, no centro do qual se abria um poço de cujas águas se beneficiavam a oficina e as famílias que viviam nos andares altos. No entanto, chegar até o poço se convertia amiúde em tarefa difícil, dado que tanto o pátio como os corredores que o circundavam eram utilizados como armazém de carvão para a frágua ou de refugos de ferro que os ciganos recolhiam para trabalhar: uma multidão de pedaços retorcidos e enferrujados amontoados no pátio porque, à diferença dos *payos* sevilhanos que tinham de comprar em Vizcaya a matéria-prima para suas ferrarias, os do "ferro-velho", os ciganos, não estavam submetidos a ordenança alguma nem a vedores que controlassem a qualidade de seus produtos. Atrás do pátio do poço, seguindo um estreito corredor coberto pelo teto do primeiro andar, chegava-se a um patiozinho de ventilação em que havia um banheiro e, junto a este, um pequeno cômodo originariamente destinado a tanque de roupa; essa peça Melchor Vega havia feito sua à sua volta das galés.

– Tu podes ficar aí. – O cigano indicou a Caridad o chão do patiozinho, entre o banheiro e a entrada para seu quarto. – Tens de continuar bebendo o remédio até que sares; depois poderás ir-te – acrescentou entregando-lhe o odre. – Só faltaria que a velha María acreditasse que não cuidei de ti!

Melchor entrou em seu quarto e fechou a porta atrás de si. Caridad sentou-se no chão, com as costas apoiadas na parede, e arrumou seus poucos pertences com cuidado: a trouxa à sua direita, o odre à esquerda, o chapéu de palha nas mãos.

Os tremores já não a assediavam, e a febre havia passado. Recordava vagamente os primeiros momentos de sua estada na choça da ciganaria: primeiro lhe deram água, mas não lhe permitiram saciar a sede que a queimava. Puseram panos frios em sua testa até que a velha María se ajoelhou junto ao colchão e a obrigou a tomar a espessa beberagem de cevada fervida. Atrás dela, duas mulheres rezavam em voz alta atropelando-se uma à outra, encomendando-se a um sem-fim de virgens e santos enquanto faziam cruzes no ar com as mãos.

– Deixai as crendices para os *payos*! – ordenou-lhes a velha María.

Depois Caridad caiu num sopor inquieto e confuso que a transportou ao trabalho na veiga, ao látego, às orgias dos dias de festa, e apareceram-lhe todos os velhos deuses a que cantavam e suplicavam. Os tambores iorubas ressoaram em sua cabeça a um ritmo frenético, tal como haviam feito no barracão. Num sabá que em sonho lhe pareceu aterrador, com ela dançando no centro do barracão, voltou a ver os negros que batiam no couro dos tambores, seus risos e seus gestos obscenos, os daqueles outros escravos que os acompanhavam com as claves ou as maracas, seus rostos gritando frenéticos a um palmo do seu, todos à espera de que a santa baixasse e possuísse Caridad. E Oxum, seu orixá, afinal o fez e a possuiu, mas em seu sonho não o fez para acompanhá-la numa dança alegre e sensual, tal como era a deusa, tal como o havia feito em outras ocasiões, senão que a violentou em seus movimentos e em seus gestos até introduzi-la num inferno onde lutavam todos os deuses do universo.

Despertou de repente, sobressaltada, ensopada de suor, e topou com o silêncio da ciganaria na noite fechada.

– Moça – disse ao final a velha María –, não sei com que sonhaste, mas me assusta imaginá-lo.

Então Caridad notou que a cigana, sentada a seu lado, mantinha sua mão na dela. O contato daquela mão áspera e rugosa a tranquilizou. Fazia tanto tempo que ninguém lhe tomava a mão para consolá-la... Marcelo... Era ela quem arrulhava o pequeno. Não. Não era isso. Talvez... talvez desde que a haviam roubado e afastado de sua mãe, na África. Quase não conseguia recordar suas feições. Como era? A velha devia ter pressentido seu desassossego e apertou-lhe a mão. Caridad se deixou embalar pelo calor da cigana, pelo sentimento que ela queria transmitir-lhe, mas continuava tentando evocar sua mãe. Que haveria sido dela e de seus irmãos? Como eram a terra e a liberdade de sua infância? Recordava haver-se esforçado por delinear o rosto de sua mãe na mente...

Não chegou a consegui-lo.

À luz do entardecer que se infiltrava no patiozinho de ventilação, Caridad olhou ao redor, onde se acumulava a sujeira e sentia o cheiro do lixo. Intuiu a presença de alguém e ficou nervosa: duas mulheres que ocupavam toda a largura do corredor, paradas nele, observavam-na com curiosidade.

– Simplesmente canta bem? – sussurrou uma surpresa Milagros para sua mãe, sem desviar o olhar de Caridad.

– Isso me disse teu pai – respondeu-lhe Ana com um simpático gesto de incompreensão que se mudou em seriedade à lembrança dos gritos e trejeitos de José. "Diz que canta bem! Só nos faltava uma negra!", havia uivado após arrastar a esposa para o interior da ferraria. "Tu brigas com a Trianeira, esbofeteias seu neto, e teu pai nos traz uma negra. Instalou-a no patiozinho de ventilação! Que pretende?! Uma boca mais para alimentar? Quero essa negra fora desta casa..." Mas Ana interrompeu sua lenga-lenga como sempre que o esposo destilava ira ao queixar-se do sogro: "Se meu pai diz que canta bem, é porque canta bem, entendes? Aliás, ele paga sua própria comida e, se quer pagar a comida de uma negra que canta bem, ele o fará."

– E para que a quer o avô? – inquiriu Milagros em voz baixa.

– Não tenho nem ideia.

Deixaram de murmurar, e as duas, como se se houvessem posto de acordo, concentraram-se em Caridad, que havia baixado o olhar e permanecia sentada no chão. Mãe e filha contemplaram o velho vestido de flanela cinza descolorida que ela usava, o chapéu de palha que segurava nas mãos e a trouxa e o odre a cada um de seus lados.

– Quem és? – perguntou Ana.

– Caridad – respondeu ela de cabeça baixa.

Os ciganos jamais haviam deixado de olhar para alguém diretamente nos olhos, por eminente ou distinto que fosse seu interlocutor. Aguentavam o olhar dos nobres ali onde nem seus mais íntimos colaboradores se atreviam a fazê-lo; escutavam os juízes dar suas sentenças sempre erguidos, altivos, e dirigiam-se a todos eles com desembaraço. Por acaso não era um cigano, só por haver nascido cigano, mais nobre que o melhor dos *payos*? As duas esperaram durante alguns instantes que Caridad erguesse os olhos. "Que fazemos?", perguntou Milagros à sua mãe com o olhar diante da insistente timidez daquela mulher.

Ana deu de ombros.

Ao final foi a moça quem se decidiu. Caridad parecia um animal assustado e indefeso e, afinal de contas, "Se o avô a trouxe...", pensou. Aproximou-se dela, afastou o odre, sentou-se a seu lado, inclinou o torso e pôs a cabeça de lado para tentar ver seu rosto. Os segundos correram com lentidão até que Caridad se atreveu a voltar-se para ela.

– Caridad – mussitou então a moça com voz doce –, diz meu avô que cantas muito bem.

Ana sorriu, abriu as mãos e foi-se deixando-as ali sentadas.

Primeiro foram olhares furtivos enquanto Caridad respondia com parcimônia às ingênuas perguntas da moça: que fazes em Triana?, quem te trouxe até aqui?, de onde és? À medida que avançava a tarde, Milagros sentiu que Caridad cravava os olhinhos nela. Buscou algum fulgor em seu olhar, algum resplendor, ao menos o reflexo da umidade de umas lágrimas, mas não encontrou nada. E no entanto... De repente foi como se Caridad houvesse encontrado por fim a quem confiar-se, e, à medida que lhe contava sua vida, a moça sentiu em si mesma a dor que se desprendia de suas explicações.

– Bela? – replicou Caridad com tristeza quando Milagros lhe pediu que lhe falasse daquela Cuba que tão bela diziam que era. – Não existe nada belo para uma escrava.

– Mas... – quis insistir a cigana. Calou-se no entanto diante do olhar de Caridad. – Tinhas família? – perguntou tentando mudar de assunto.

– Marcelo.

– Marcelo? Quem é Marcelo? Não tinhas ninguém mais?

– Não, ninguém mais. Só Marcelo.

– Quem é?

– Meu filho.

– Então... sim, tens filhos... E teu homem?

Caridad meneou a cabeça quase imperceptivelmente, como se a ingenuidade da moça a superasse; por acaso não sabia o que era a escravidão?

– Não tenho homem nem esposo – esclareceu, esgotada. – Nós, os escravos, não temos nada, Milagros. Separaram-me de minha mãe quando eu era muito menina, e depois me separaram de meus filhos; a um o senhor o vendeu.

– E Marcelo? – atreveu-se a perguntar Milagros ao fim de um tempo de silêncio –, onde está? Não te separaram dele?

– Ficou em Cuba. – "Ele, sim, a via bela", pensou.

Caridad esboçou um sorriso e perdeu-se em suas recordações.

– Não te separaram dele? – repetiu Milagros por fim.

– Não. Marcelo não era útil aos brancos.

A cigana hesitou. Não se atreveu a insistir.

– Sente saudade dele? – perguntou em vez disso.

Uma lágrima percorreu a face de Caridad antes que ela conseguisse anuir. Milagros se abraçou a ela e sentiu que chorava; um estranho pranto: surdo, silencioso, oculto.

No dia seguinte pela manhã, Melchor topou com Caridad ao sair do quarto.

– Por todos os diabos! – maldisse. A negra! Tinha-a esquecido.

Caridad baixou a cabeça diante do homem da jaqueta de seda azul-celeste orlada de prata. Clareava, os martelos ainda não haviam começado a soar, embora já se ouvissem os afazeres de gente ao redor do pátio em que se achava o poço, para além do corredor coberto. Fazia muito tempo que Caridad não havia caído no sono como nessa noite, e isso apesar da quantidade de pessoas que haviam passado sobre ela para chegar ao banheiro. As palavras que havia ouvido de boca da moça cigana a tranquilizaram: ela lhe havia prometido que a ajudaria a atravessar a ponte.

– Pagar? – Milagros havia soltado uma sonora gargalhada.

Caridad se encontrava bastante melhor que no dia anterior e atreveu-se a olhar para Melchor; sua tez extremamente morena lhe permitiu fazê-lo com certa espontaneidade, como se se dirigisse a outro escravo da negrada. Devia ter uns cinquenta anos, calculou comparando-o com os negros daquela idade que havia conhecido em Cuba, e era magro e musculoso. Observou aquele rosto descarnado e percebeu nele as marcas de anos de sofrimentos e maus-tratos, as mesmas que nos escravos negros.

– Tomaste a poção da velha María? – inquiriu o cigano interrompendo seus pensamentos; estranhou-lhe ver a manta colorida com que se cobria e o colchão em que descansava, mas não era seu problema de onde os havia obtido.

– Sim – respondeu ela.

– Continua fazendo-o – acrescentou Melchor antes de dar-lhe as costas para penetrar no estreito corredor e perder-se em direção à porta de saída do cortiço.

"Isso é tudo?", perguntou-se então Caridad. Não iam fazê-la trabalhar ou penetrá-la? Aquele homem, "o avô", como o havia chamado em repetidas ocasiões Milagros, havia dito que ela cantava bem. Quantas vezes a teriam elogiado ao longo de sua vida? "Canto bem", disse-se Caridad com satisfação. "Ninguém te incomodará se o avô te protege", havia-lhe assegurado também a moça. O calor dos raios de sol que se infiltravam no patiozinho de ventilação a confortou. Tinha um pequeno colchão, uma linda manta colorida que Milagros lhe havia proporcionado e poderia cruzar a ponte! Fechou os olhos e permitiu-se cair num prazeroso sopor.

A essa hora o beco de San Miguel estava ainda tranquilo. Melchor o percorreu e, quando chegou à altura das Mínimas, como se houvesse abandonado o amparo cigano e saísse a território hostil, apalpou o pacote que levava no bolso interior da jaquetinha. Em verdade era bom pó de tabaco o que lhe havia entregado o tio Basilio. No dia anterior, assim que entrou em seu quarto, depois de deixar Caridad no patiozinho de ventilação, Melchor extraiu o pó da tripa de porco em que estava envolto, não sem um esgar de asco, depositou uma pitada no dorso da mão direita e o aspirou com força: fino e moído. Ele preferia o tabaco torcido, mas sabia reconhecer a qualidade de um bom tabaco em pó. Provavelmente "mato da Índia", pensou, pó bruto que se trazia das Índias e que se lavava e repassava na fábrica de tabacos sevilhana. Dispunha de boa quantidade. O tio Basilio ganharia um bom dinheiro… embora pudesse ganhar ainda mais se… rebuscou entre seus pertences. Estava seguro de que o tinha. Na última vez que traficara pó havia utilizado… Ali estava! Um frasco com almagre, fina terra avermelhada. Já de noite, à luz de uma vela, começou a misturar o pó de tabaco e a terra, com muito cuidado, procurando não se exceder.

À vista de São Jacinto, Melchor voltou a apalpar com satisfação o pacote que levava escondido: havia conseguido que ganhasse peso e não parecia que sua qualidade houvesse diminuído em demasia.

– Bom-dia, padre – disse Melchor ao primeiro frade que encontrou nas imediações da igreja em construção. – Procuro Frei Joaquín.

– Está lendo gramática para os meninos – respondeu o dominicano quase sem virar-se, atento aos trabalhos de um dos carpinteiros. – Para que o queres?

"Para vender-lhe o tabaco em pó que um cigano roubou da fábrica metendo-o no cu e de que seguramente o senhor desfrutará metendo-o pelo nariz", pensou Melchor. Sorriu às costas do frade.

– Esperarei – mentiu.

O frade fez um distraído gesto de assentimento com a mão, ainda concentrado nas madeiras que trasladavam para a obra.

Melchor se voltou para o antigo Hospital da Candelária, anexo à ermida sobre a qual se levantava a nova igreja, e que os pregadores utilizavam agora como convento.

– Seu companheiro que está aí fora – advertiu ao porteiro do convento, apontando para as obras – diz que o senhor se apresse. Parece que sua nova igreja está a ponto de desabar.

Assim que o porteiro correu para o exterior sem pensar duas vezes, Melchor se infiltrou no pequeno convento. A cantilena das leituras em latim o guiou para uma sala em que se achava Frei Joaquín com cinco meninos que repetiam com monotonia as lições.

O religioso não mostrou surpresa diante da irrupção de Melchor; os meninos, sim. De suas cadeiras, com o olhar cravado no cigano, um deixou de recitar, outro balbuciou e os demais erraram em suas lições.

– Continuai, continuai. Mais alto! – ordenou-lhes o jovem frade encaminhando-se para Melchor. – Pergunto-me como fizeste para chegar até aqui – sussurrou uma vez a seu lado, entre a algaravia das crianças.

– Logo o saberá.

– Isso é o que temo. – O frade meneou a cabeça.

– Tenho uma boa quantidade de pó. De qualidade. A bom preço.

– De acordo. Estamos com pouco tabaco, e os irmãos ficam muito nervosos se não têm suficiente. Encontramo-nos no lugar de sempre, ao meio-dia. – O cigano anuiu. – Melchor, por que não esperaste? Por que interrompeste…?

Não teve tempo de finalizar a pergunta. O porteiro, o frade que vigiava as obras e dois outros religiosos irromperam na peça.

– Que fazes tu aqui? – gritou o porteiro.

Melchor estendeu os braços com as palmas estendidas, como se quisesse deter o tropel que vinha para cima dele. Frei Joaquín o observou com curiosidade. Como sairia dessa?

– Permitam-me que me explique – solicitou o cigano com tranquilidade. Os religiosos pararam a um passo dele. – Tinha de contar a Frei Joaquín um pecado, um pecado muito grande – escusou-se. Frei Joaquín fechou os olhos e reprimiu um suspiro. – Um pecado desses que levam para o inferno diretamente – continuou o cigano –, desses de que não nos salvamos nem com mil preces pelas almas no purgatório.

– E não podias haver esperado? – interrompeu-o um dos frades.

Os cinco meninos olhavam atônitos.

– Com um pecado tão grande? Um pecado assim não pode esperar – defendeu-se Melchor.

– Podias tê-lo dito na entrada…

– E me teriam dado atenção?

Os frades se entreolharam.

– Bem – interveio o mais velho –, e então? Já te confessaste?

– Eu? – Melchor simulou surpresa. – Eu não, eminência! Eu sou um bom cristão. O pecado é de um amigo. Sucede que está tosquiando uns burricos, entendem?, e, como o homem está muito preocupado, pediu-me que eu visse se podia aproximar-me daqui e confessar em seu nome.

Um dos meninos soltou uma gargalhada. Frei Joaquín fez um gesto de impotência para seus irmãos antes que o frade que havia interpelado o cigano, com o rosto congestionado, explodisse.

– Fora! – gritou o frade mais velho apontando a porta. – Que pensastes...?
– Ciganos!
– Infames!
– Teriam de prender a todos vós! – ouviu a suas costas.
– Isto é pó *cucarachero*,* Melchor! – queixou-se Frei Joaquín assim que percebeu a cor vermelha do almagre que o cigano havia misturado com o tabaco. Estavam à margem do Guadalquivir, perto do porto de camaroneiros. – Tu me disseste...
– Da melhor qualidade, Frei Joaquín – respondeu Melchor –, recém-saído da fábrica...
– Mas se se reconhece o vermelho!
– Devem tê-lo secado de modo ruim.

Melchor tentou dar uma olhada no tabaco que o frade segurava. Havia-se excedido tanto assim? Talvez o jovem estivesse aprendendo.

– Melchor...
– Juro por minha neta! – O cigano cruzou os dedos polegar e indicador até formar uma cruz que levou aos lábios e beijou. – De primeira qualidade.
– Não jures em vão. E de Milagros também temos de falar – disse Frei Joaquín. – Noutro dia, o das candeias, ficou zombando de mim enquanto eu pregava...
– Quer que a repreenda?
– Sabes que não.

O frade se perdeu na memória: a moça lhe havia posto num compromisso, é verdade; sabia que sua voz ficara trêmula e que havia perdido o fio do discurso, é verdade também, mas aquele rosto cinzelado e altivo, belo como só ele, aquele corpo virgem...

– Frei Joaquín – tirou-o de seu devaneio o cigano. Havia arrastado as palavras, com o cenho franzido.

O religioso pigarreou.

– Isto é pó adulterado – repetiu para mudar de assunto.
– Não esqueça que é minha neta – insistiu não obstante o cigano.

---

* Pó (de tabaco) *cucarachero*: precisamente o misturado com almagre, e portanto de má qualidade. [N. do T.]

– Eu sei.

– Não gostaria de ficar mal com o senhor.

– Que queres dizer? Estás a me ameaç...?

– Mataria por ela – exaltou-se Melchor. – O senhor é *payo*... e além disso frade. A segunda coisa poderia ajeitar-se, a primeira não.

Defrontaram seus olhares. O religioso estava consciente de que seria capaz de deixar o hábito e jurar fidelidade à raça cigana a um só sinal de Milagros.

– Frei Joaquín... – interrompeu seus pensamentos Melchor, convicto do que passava pela cabeça do frade.

O religioso ergueu a mão e obrigou Melchor a calar-se. O cigano era o verdadeiro problema: nunca aceitaria essa relação, concluiu. Afastou seus desejos.

– Tudo isso não te dá direito de tentar vender-me como bom este tabaco – recriminou-o.

– Eu juro...!

– Não jures em vão. Por que não me dizes a verdade?

Melchor deu-se um tempo antes de responder. Passou um braço pelo ombro de Frei Joaquín e o empurrou alguns passos pela ribeira.

– Sabe de uma coisa? – Frei Joaquín anuiu com um murmúrio ininteligível. – Eu o direi somente ao senhor porque é um segredo: se um cigano diz a verdade... perde-a! Fica sem ela.

– Melchor! – exclamou o outro ao mesmo tempo que se safava do abraço.

– Mas este pó é de primeira qualidade.

Frei Joaquín estalou a língua, dando-se por vencido.

– Está bem. De qualquer modo, não creio que os demais frades se apercebam de nada.

– Porque não é vermelho, Frei Joaquín. Vê? O senhor está enganado.

– Não insistas. Quanto queres?

Adulterado ou não, Melchor obteve um bom ganho pelo tabaco; o tio Basilio ficaria satisfeito.

– Sabes de algum novo desembarque de tabaco de contrabando? – interessou-se Frei Joaquín quando já iam despedir-se.

– Não me avisaram de nenhum. Deve havê-los, como sempre, mas meus amigos não intervêm. Confio em que agora, a partir de março, com o bom tempo, comece outra vez o trabalho.

– Mantém-me informado.

Melchor sorriu.

– Naturalmente, padre.

Após o fechamento do proveitoso negócio, Melchor decidiu ir tomar uns vinhos no *mesón** da Joaquina antes de dirigir-se à ciganaria para entregar o dinheiro ao tio Basilio. "Curioso esse frade!", pensou enquanto caminhava. Debaixo de seu hábito de pregador, por trás desse talento e dessa eloquência que as pessoas tanto louvam, escondia-se um jovem alegre, ávido de vida e novas experiências. Melchor o havia comprovado no ano anterior, quando Frei Joaquín se empenhara em acompanhá-lo a Portugal para receber um carregamento de tabaco. De início o cigano hesitara, mas se viu obrigado a consentir: eram os padres que lhe financiavam as operações de contrabando, e, ademais, quantos deles atuavam como intermediários e podiam encontrar-se carregados de tabaco nas fronteiras ou nos caminhos? Todos os religiosos participavam do contrabando de tabaco, fosse diretamente, fosse adquirindo o produto. Era tanto o gosto dos padres pelo tabaco, tanto seu consumo, que o Papa tivera de proibir que os religiosos aspirassem pó nas igrejas enquanto oficiavam. No entanto, os religiosos não estavam dispostos a pagar os altos preços que o rei estabelecia através da tabacaria; só a fazenda real podia comerciar o tabaco, razão por que a Igreja se havia convertido no maior defraudador do reino: participava do contrabando, comprava, financiava, escondia os contrabandos nos templos e até mantinha cultivos clandestinos atrás dos impenetráveis muros de conventos e mosteiros.

Com aqueles pensamentos, sentado a uma mesa no *mesón* da Joaquina, Melchor esvaziou de um só gole seu primeiro copo.

– Bom vinho! – lançou em voz alta para quem quisesse ouvi-lo.

Pediu outro, e um terceiro. Estava com o quarto quando por trás se aproximou dele uma mulher que, insinuante, pôs a mão em seu ombro. O cigano ergueu a cabeça e topou com um rosto que pretendia esconder seus verdadeiros traços atrás de uns enfeites antigos e descompostos. No entanto, os peitos generosos da mulher tentavam escapar do decote. Melchor pediu um copo de vinho também para ela ao mesmo tempo que cravava com força os dedos da mão direita numa de suas nádegas. Ela se queixou com uma falsa e exagerada careta de recato, mas sentou-se, e as rodadas começaram a suceder-se.

Melchor ficou dois dias sem aparecer no beco de San Miguel.

– Podes ocupar-te da negra? – pediu Ana à filha quando viu que seu pai não voltava aquele meio-dia. – Pelo visto o avô decidiu perder-se de novo. Veremos por quanto tempo desta vez.

---

* *Mesón*: casa de bebidas e refeições e, ao mesmo tempo, estalagem. [N. do T.]

– E o que faço com ela, digo-lhe que pode ir-se?

Ana suspirou.

– Não sei. Não sei o que pretendia... o que pretende teu avô – corrigiu-se.

– Ela está empenhada em atravessar a ponte de barcos.

Milagros havia voltado a passar grande parte da manhã no patiozinho de ventilação. Foi para lá tão velozmente quanto sua mãe lhe permitiu, com mil perguntas saltando-lhe na boca, todas as que se havia feito ao longo da noite diante do que Caridad lhe tinha contado. Sentia-se atraída por aquela mulher negra, por sua melódica forma de falar, pela profunda resignação que emanava de toda ela, tão diferentes do caráter altivo e orgulhoso dos ciganos.

– Para quê? – perguntou sua mãe interrompendo seus pensamentos.

Milagros se virou, confusa. Encontravam-se num dos dois pequenos cômodos que compunham o andar em que viviam, o primeiro do cortiço. Ana preparava a comida num fornilho de carvão instalado num nicho aberto na parede.

– Quê?

– Para que quer cruzar a ponte?

– Ah! Quer ir à Confraria dos Negritos.

– Já está recuperada das febres? – perguntou Ana.

– Creio que sim.

– Então, depois de almoçar, leva-a.

A moça anuiu. Ana esteve tentada a dizer-lhe que a deixasse em Sevilha, com os Negritos, mas retificou.

– E depois a voltas a trazer. Não quero que o avô veja que sua negra já não está aqui. Só me faltava isso!

Ana estava irritada: havia discutido com José. Seu esposo lhe havia recriminado com dureza a peleja que havia mantido com a Trianeira, mas sobretudo lhe censurava que houvesse esbofeteado seu neto.

– Uma mulher batendo num homem. Onde já se viu? Além disso, no neto do chefe do conselho de anciãos! – gritou-lhe. – Sabes quão rancorosa pode chegar a ser Reyes.

– Quanto ao primeiro ponto, baterei em todos quantos ofenderem minha filha, sejam netos da Trianeira ou do próprio rei da Espanha. Se não, cuida tu dela e fica atento. Quanto ao mais, não sei o que me vais contar a mim do caráter dos Garcías...

– Basta de Vegas e Garcías! Não quero voltar a ouvir falar disso. Tu te casaste com um Carmona, e a nós não nos interessam suas disputas. Os Garcías mandam na ciganaria e são influentes diante dos *payos*. Não podemos permitir que tomem aversão por nós... e menos ainda pelas velhas rixas de um velho louco como teu pai. Estou cansado de que minha família me jogue isso na cara!

Nesta ocasião, Ana mordeu o lábio para não responder.

A eterna discussão! A cantilena de sempre! Desde que seu pai havia voltado das galés fazia dez anos, as relações com seu esposo se haviam ido deteriorando. José Carmona, o jovem cigano entregue a seus encantos, havia sido capaz de prescindir do casamento religioso para consegui-la. "Jamais me dobrarei a esses cães que não moveram um dedo por meu pai", havia-se oposto ela porque trazia marcados a fogo na memória o desprezo e a humilhação com que as haviam tratado. No entanto, esse mesmo homem não havia podido suportar a presença de Melchor, a quem acusava de roubar-lhe o carinho de sua filha. Milagros via em seu avô o homem indestrutível que havia sobrevivido às galés, ao contrabandista que enganava soldados e autoridades, o cigano livre e indolente, e José se sentia pouco rival: um simples ferreiro obrigado a trabalhar dia após dia sob as ordens do chefe dos Carmonas e que nem sequer podia gabar-se de ter um filho homem.

José invejava o carinho que avô e neta se professavam. A imensa gratidão de Milagros quando Melchor a presenteava com uma pulseira, um avelório ou a mais simples fita colorida para o cabelo, seu olhar extasiado enquanto escutava suas histórias... Com o transcurso dos anos José foi descarregando esse rancor e os ciúmes que o carcomiam em sua própria esposa, a quem culpava. "Por que não o dizes a ele?", havia-lhe replicado um dia Ana. "Por acaso não te atreves?" Não teve tempo de arrepender-se de sua impertinência. José lhe aplicou ao rosto um tapa.

E nesse momento, enquanto falava com sua filha da mulher negra que seu pai havia tido a ideia de trazer, Ana cozinhava, naquele pequeno e incômodo fornilho, almoço para quatro: os três da família mais o jovem Alejandro Vargas. Após reprimir-se e calar quando seu esposo voltou a lançar-lhe em rosto as disputas entre os Vegas e os Garcías, surpreendeu-lhe quão fácil foi convencer José de que o problema de Milagros residia em que já não era uma menina. A mãe pensou que, se a prometessem em casamento, a moça deixaria de lado sua inclinação por Pedro García, já que estava segura de que os Garcías nunca pretenderiam uma Vega. O pai se disse que com um marido se desvaneceria a união entre Milagros e seu avô, e apoiou a ideia: fazia tempo que os Vargas haviam mostrado interesse em Milagros, razão por que José não perdeu tempo e no dia seguinte Alejandro estava convidado a almoçar. "Por ora não se trata de nenhum compromisso, só pretendo conhecer o jovem um pouco mais", havia anunciado à sua esposa, "seus pais consentiram."

– Vai à casa do tio Inocencio para que te empreste uma cadeira – ordenou Ana à filha, interrompendo uns pensamentos que vagavam entre a ponte de barcos que Caridad queria cruzar e a Confraria dos Negritos a que desejava chegar.

– Uma cadeira? Para quem? Quem...?

– Vai buscá-la – insistiu a mãe; não queria adiantar-lhe a visita de Alejandro e iniciar antes de tempo a inexorável discussão com a filha.

Na hora do almoço, Milagros imaginou a razão da presença de Alejandro e recebeu o convidado com antipatia: não gostava dele, era acanhado e dançava com inabilidade, embora só Ana tenha parecido dar-se conta de sua grosseria. José se dirigia a ele como se nenhuma das mulheres existisse. Na terceira ocasião em que a moça se manifestou em tom brusco, Ana fechou a cara, mas Milagros aguentou a reprovação e a olhou com o cenho franzido. "Já sabe de quem gosto!", dizia esse olhar. José Carmona ria e batia na mesa como se se tratasse da bigorna da ferraria. Alejandro tentava não ficar atrás, mas suas risadas ficavam entre a timidez e o nervosismo. "É impossível", negou quase imperceptivelmente a mãe para a filha. Milagros apertou os lábios. Pedro García. Pedro era o único que lhe interessava... E que tinha que ver ela com as antigas rixas do avô ou de sua mãe?

– Jamais, filha. Jamais – advertiu-a entre dentes sua mãe.

– Que dizes? – perguntou seu esposo.

– Nada. Só...

– Diz que não me casarei com este... – Milagros moveu a mão em direção a Alejandro, boquiaberto o rapaz, como se espantasse um inseto –, com ele – finalizou a frase para evitar o insulto que já tinha na boca.

– Milagros! – gritou Ana.

– Farás o que se te ordene – declarou José com seriedade.

– O avô... – começou a dizer a moça antes que sua mãe a interrompesse.

– O avô te permitiria aproximar-te sequer de um García? – espetou-a sua mãe.

Milagros se levantou com brusquidão e jogou a cadeira no chão. Ficou de pé, sufocada, com o punho da mão direita fechado, ameaçando a mãe. Balbuciou umas palavras incompreensíveis, mas, quando estava a ponto de começar a gritar, topou com o olhar dos dois ciganos posto nela. Grunhiu, deu meia-volta e se foi.

– Já vês que se trata de uma potrinha que será preciso domar sem contemplação – ouviu que ria seu pai.

O que Milagros não chegou a ouvir, que se despediu dando uma batida de porta com o estúpido risinho de Alejandro a suas costas, foi a réplica de Ana.

– Rapaz, eu te arrancarei os olhos se algum dia puseres a mão em cima de minha filha. – Os dois homens mudaram o semblante. – Palavra de Vega

– acrescentou levando aos lábios e beijando os dedos dispostos em forma de cruz, tal como fazia seu pai quando queria convencer alguém.

Caridad caminhava tesa, com o olhar fixo no cobrador de pedágio que cobrava das pessoas na entrada da ponte de barcos: o mesmo homem que um dia lhe havia impedido a passagem.

– Vamos. – Milagros se havia dirigido a ela do corredor, na entrada do patiozinho de ventilação, com voz esganiçada.

Caridad obedeceu imediatamente. Enfiou o chapéu de palha e pegou a trouxa.

– Deixa-os! – instou-a a moça ao observar que se empenhava em pôr em ordem o odre da velha María, já vazio, a manta colorida e o colchão. – Depois voltaremos.

E agora se aproximava de novo da transitada ponte, caminhando atrás de uma moça tão silenciosa como resoluta.

– Vem comigo – adiantou-se Milagros, apontando para trás, quando observou que o cobrador de pedágio se dirigia para Caridad.

– Não é cigana – alegou o homem.

– Isso salta aos olhos.

O homem fez menção de revoltar-se diante do descaramento da ciganinha, mas se acovardou. Conhecia-a: a neta de Melchor, o Galeote. Os ciganos sempre se haviam negado a pagar o pedágio, como ia um cigano pagar para cruzar um rio? Fazia muitos anos que o arrendador dos direitos da ponte de barcos havia recebido a visita de vários deles, mal-encarados, armados de navalha e dispostos a resolver aquela questão à sua maneira. Não houve lugar para discussões, porque em verdade pouco importavam alguns esfarrapados que iam de Triana a Sevilha e vice-versa entre as três mil cavalgaduras que o faziam diariamente.

– Que me dizes? – insistiu Milagros.

Todos os ciganos eram perigosos, mas Melchor Vega o era mais ainda. E a moça era uma Vega.

– Adiante – cedeu.

Caridad deixou escapar o ar que inconscientemente havia retido nos pulmões e seguiu a moça.

Alguns passos adiante, entre o bulício de burricos e mulas, arrieiros, carregadores e mercadores, Milagros se voltou e lhe sorriu com um gesto triunfal. Esqueceu a discussão com seus pais e mudou de atitude.

– Para que queres ir aos Negritos?

Caridad apertou o passo e num par deles se colocou a seu lado.

– As monjas disseram que me ajudariam.

– Monjas e padres, todos mentirosos – sentenciou a cigana.

Caridad a olhou estranhando-a.

– Não me ajudarão?

– Não creio. Como vão fazê-lo? Não podem nem ajudar-se entre si. Diz o avô que antes havia muitos negros, mas que agora já restam poucos e todo o dinheiro que conseguem o empregam em besteiras: na igreja e nas imagens. Antes até existia outra confraria de negros em Triana, mas ficou sem clientes e desapareceu.

Caridad voltou a ficar para trás com as decepcionantes palavras da moça na mente, enquanto esta, passada a ponte, se encaminhava resoluta para o sul para circundar a muralha em direção ao bairro de San Roque.

Na altura da Torre do Ouro, a moça se deteve e se virou de repente.

– Para que queres que te ajudem?

Caridad abriu as mãos diante de si, confusa.

– Que é o que achas que farão por ti? – insistiu a cigana.

– Não sei... As monjas me disseram... São negros, não?

– Sim. São – respondeu a moça com resignação antes de retomar o caminho.

Se eram negros, aventurou Caridad de novo atrás dos passos da cigana sem afastar a vista das bonitas fitas coloridas que adornavam o cabelo da moça e os coloridos lenços que usava amarrados nos pulsos, revoluteando no ar, aquele lugar tinha de ser algo parecido com os barracões, quando se reuniam nos dias de festa. Ali todos eram amigos, companheiros na desdita ainda que não se conhecessem, ainda que nem sequer se entendessem: lucumis, mandingas, congos, ararás, carabalis... Que importava o idioma que falassem? Ali cantavam, dançavam e desfrutavam, mas também tentavam ajudar-se. Que outra coisa se podia fazer numa reunião de negros?

Milagros não quis acompanhá-la ao interior da igreja.

– Expulsar-me-iam a pontapés – anunciou.

Um sacerdote branco e um negro já velho que se apresentou orgulhoso como o irmão mais antigo da confraria, também ao cuidado da pequena capela dos Anjos, examinaram-na de alto a baixo sem esconder um esgar de aversão por suas sujas roupas de escrava, tão fora de lugar na pompa que pretendiam para seu templo. Que queria?, havia-lhe perguntado o irmão mais velho com displicência. À tremeluzente luz das velas da capela, Caridad amassou o chapéu de palha entre as mãos e arrostou ao negro como a um igual, mas tanto seu espírito como sua voz se foram esmorecendo diante da crueldade do exame a que foi submetida. As monjas?, continuou o irmão mais velho, chegando quase a levantar a voz. Que tinham que ver ali as monjas de Triana? Que sabia fazer? Nada? Não. O tabaco não. Em Sevilha só os homens trabalhavam na fábrica de tabaco. Em Cádiz, sim. Na fábrica de Cádiz, sim, trabalhavam as mulheres, mas estavam em Sevilha. Sabia fazer algo mais? Não? Nesse caso... A confraria? Tinha dinheiro para entrar na confraria? Não sabia que era preciso pagar? Sim. Naturalmente. Era preciso pagar para pertencer à confraria. Tinha dinheiro? Não. É claro. Era livre ou escrava? Porque se era escrava tinha de trazer a autorização de seu senhor...

– Livre – conseguiu afirmar Caridad ao mesmo tempo que cravava os olhos nos do negro. – Sou livre – repetiu arrastando as palavras, tentando infrutiferamente encontrar naqueles olhos a compreensão de um irmão de sangue.

– Então, minha filha... – Caridad baixou o olhar diante da intervenção do sacerdote, que até esse momento havia permanecido em silêncio. – Que é que pretendes de nós?

Que pretendia?

Uma lágrima correu por sua face.

Saiu correndo da igreja.

Milagros a viu atravessar a rua Ancha de San Roque e internar-se no descampado que se abria atrás da paróquia em direção ao Arroio do Tagarete. Caridad corria ofuscada, enceguecida pelas lágrimas. A cigana meneou a cabeça ao mesmo tempo que sentia uma pontada no estômago. "Filhos da puta!", resmungou. Apressou-se atrás dela. Alguns passos adiante teve de deter-se para recolher o chapéu de palha de Caridad. Encontrou-a na margem do Tagarete, onde havia caído de joelhos, alheia à fetidez do arroio, que recebia as águas fecais de toda a zona: chorava em silêncio, como na tarde anterior, como se não tivesse direito a isso. Nesta ocasião tapava o rosto com as mãos e se balançava de frente para trás enquanto cantarolava entrecortadamente uma triste e monótona melodia. Milagros afugentou uns meninos andrajosos que a espiavam. Depois aproximou a mão do cabelo negro encarapinhado de Caridad, mas não se atreveu a tocá-lo. Um tremendo calafrio percorreu todo o seu corpo. Aquela melodia... Ainda com o braço estendido, observou como se lhe arrepiavam os pelos diante da profundidade daquela voz. Sentiu que as lágrimas se lhe acumulavam nos olhos. Ajoelhou-se junto dela, abraçou-a sem jeito e acompanhou-a em seu pranto.

– Vovô.

Estava havia mais de um dia atenta, esperando que Melchor regressasse ao beco. Havia ido até a ciganaria da Cartuxa para ver se o encontrava ali, mas não lhe disseram nada. Regressou e postou-se à porta do cortiço; queria falar com ele antes que ninguém. Melchor sorriu e meneou a cabeça ao simples tom de voz da neta.

– Que é que queres desta vez, minha menina? – perguntou-lhe ao mesmo tempo que a segurava pelo ombro e a afastava do edifício, para longe dos Carmonas que se moviam por ali.

– Que vai fazer com Caridad... com a negra? – esclareceu diante da expressão de ignorância do cigano.

– Eu? Estou cansado de dizer que não é minha. Não sei... que faça o que quiser.

– Poderia ficar conosco?

– Com teu pai?

– Não. Com o senhor.

Melchor apertou Milagros contra si. Andaram alguns passos em silêncio.

– Tu queres que fique? – perguntou o cigano por fim.

– Sim.

– E ela? Quer ficar?

– Caridad não sabe o que quer. Não tem para onde ir, não conhece ninguém, não tem dinheiro... Os Negritos...

– Pediram-lhe dinheiro – adiantou-se-lhe ele.

– Sim – confirmou Milagros. – Prometi-lhe que falaria com o senhor.

– Por que queres que fique?

A moça demorou uns instantes para responder.

– Está sofrendo.

– Muita gente sofre hoje em dia.

– Sim, mas ela é diferente. É... é mais velha que eu e no entanto parece uma menina que não sabe nem entende nada. Quando fala... quando chora ou quando canta, ela o faz com um sentimento... O senhor mesmo diz que canta bem. Era escrava, sabia?

– Imaginava – anuiu Melchor.

– Todo o mundo a tratou mal, avô. Separaram-na de sua mãe e de seus filhos. A um deles o venderam! Depois...

– E de que viverá? – interrompeu-a Melchor.

Milagros permaneceu em silêncio. Andaram alguns passos, o cigano apertando o ombro da neta.

– Terá de aprender a fazer algo – cedeu por fim.

– Eu ensinarei! – explodiu em alegria a moça, girando para o avô para abraçá-lo. – Dê-me um tempo.

71

5

Tiveram de transcorrer cinco meses para que Caridad retornasse à igreja de Nossa Senhora dos Anjos e se encontrasse de novo com o irmão mais velho da Confraria dos Negritos. Foi na véspera da festa da padroeira, primeiro de agosto de 1748. Ao entardecer desse dia, entre um numeroso grupo de ciganas escandalosas, Milagros e sua mãe entre elas, crianças agitadas e até alguns homens com guitarra, Caridad cruzou a ponte de barcos para dirigir-se ao bairro de San Roque.

Ainda conservava seu velho chapéu de palha com que, apesar dos numerosos buracos e rasgões, tentava proteger-se do abrasador sol andaluz. No entanto, fazia tempo que já não vestia seu desbotado traje de flanela cinza. O avô a havia presenteado com uma camisa vermelha e uma ampla saia mais vermelha ainda, cor de sangue aceso, ambas as peças de percal, que ela cuidava com esmero e exibia com orgulho. As ciganas não sabiam coser; compravam suas belas roupas, embora nenhuma das mulheres tivesse descartado que aquelas fossem fruto de um descuido durante alguma das andanças do avô.

Ana e Milagros não puderam dissimular sua admiração diante da mudança experimentada por Caridad. De pé diante de todos eles, tímida e envergonhada, mas com os olhinhos pardos brilhantes ao reflexo vermelho de suas novas roupas, o sorriso que se desenhava naquele rosto arredondado e de lábios carnosos era todo gratidão. Contudo, não foi o sorriso de Caridad o que causou admiração nas ciganas; foi a sensualidade que emanava dela; as curvas de um corpo bem-formado; os grandes peitos que levantavam a camisa para deixar à mostra uma fina linha de carne de cor negra como o ébano entre saia e camisa...

– Pai! – recriminou-o Ana ao aperceber-se de que precisamente Melchor permanecia enlevado naquela linha.

– Que...? – revirou-se este.

– Maravilhosa! – entrou na discussão Milagros aplaudindo com entusiasmo.

– Toda Sevilha estará hoje reunida na esplanada dos Anjos – havia explicado Milagros a Caridad nesse mesmo dia. – Haverá muitas oportunidades para vender tabaco ou ler a sorte; as pessoas se divertem muito nessa festa, e quando estiverem entretidas... ganharemos um bom dinheiro.

– Por quê? – perguntou Caridad.

– Cachita – respondeu a moça utilizando o apelido com que Caridad lhe havia dito que a chamavam em Cuba –, hoje se correm gansos! Já o verás – interrompeu o gesto da outra para pedir explicações.

Enquanto se dirigia à igreja, rodeada de ciganas, dentre as quais se destacava por sua altura, acentuada pelo velho chapéu que resistia a ser jogado fora, Caridad observou Milagros, que ia algo mais adiantada, com as jovens. "Deve de ser uma boa festa essa corrida de gansos", pensou então, pois a moça ria e brincava com suas amigas como se houvesse deixado para trás a tristeza que a tomava desde que, fazia pouco mais ou menos um mês, José Carmona havia anunciado o compromisso de sua filha com Alejandro Vargas para casar-se ao fim de um ano. Melchor, que desejava que a neta se unisse a alguém dos Vegas, desapareceu então durante mais de dez dias, dos quais regressou em estado tão deplorável que Ana se preocupou e mandou recado à velha María para que viesse atendê-lo. Ainda assim, nem a própria Ana apoiou Melchor naquele problema: devia ser o pai da menina quem decidisse.

À medida que circundavam as muralhas da cidade e superavam as diversas portas, multidões de buliçosos sevilhanos iam juntando-se ao grupo de ciganos. Já nas cercanias do descampado, entre o Arroio do Tagarete e a igreja dos Negritos, o avanço se atenuava. À espera de que se iniciasse a festa, as pessoas, em grupos, conversavam e riam. Aqui e ali, em rodas cercadas de espectadores, havia homens e mulheres cantando e dançando. Um dos ciganos, sem deixar de andar, começou com sua guitarra. Várias mulheres deram uns alegres passos de dança entre os assobios e aplausos dos mais próximos, e os ciganos continuaram andando e tocando como se estivessem de ronda. Caridad olhava para um lado e para outro: aguadeiros e vinhateiros; vendedores de sorvete, rosquinhas, bolinhos de chuva e todo tipo de doces; comerciantes das mercadorias mais peregrinas, alguns anunciando seus produtos aos gritos, outros fazendo-o sub-repticiamente, atentos aos oficiais de justiça e soldados que passeavam; equilibristas que andavam e saltavam em corda bamba; saltimbancos; domadores de cães que divertiam as pessoas; frades e padres, centenas deles...

"Sevilha é o reino que conta com mais religiosos", havia Caridad ouvido dizer em mais de uma ocasião, e alguns participavam da festa bebendo, dançando ou cantando sem o menor decoro; outros, em contrapartida, se dedicavam a dar sermão a pessoas que não lhes faziam o menor caso. Isto sim, quase todos iam aspirando seu pó de tabaco, como se este fosse o caminho para a salvação eterna. Caridad também observou alguns janotas que perambulavam entre as pessoas: jovens amaneirados que se vestiam à moda francesa da corte, tapando delicadamente a boca e o nariz com seu lenço bordado enquanto sorviam tabaco.

Um par daqueles afrancesados presumidos se deu conta da curiosidade de Caridad por suas pessoas, mas se limitaram a comentá-lo entre si como se não fosse mais que um incômodo. Caridad desviou o olhar no mesmo instante, turbada. Quando voltou a olhar, deu-se conta de que os ciganos se haviam dispersado no meio da multidão. Moveu a cabeça de um lado para o outro, procurando-os.

– Aqui. Estou aqui – ouviu que lhe dizia Milagros a suas costas. Caridad se voltou para ela. – Desfruta de tua festa, Cachita.

– Que...?

– Os da confraria – interrompeu-o a moça –, aqueles que te trataram com soberba. Hoje verás onde fica essa altivez.

– Mas...

– Vem, segue-me – indicou-lhe tentando abrir caminho entre as pessoas mais apinhadas, aquelas que se haviam instalado diante da igreja. – Senhores! – gritou Milagros. – Excelências! Aqui há uma negra que vem à sua festa.

As pessoas viravam a cabeça e abriam passagem para as duas mulheres. Quando chegaram às primeiras filas, Caridad se surpreendeu com a quantidade de negros que se encontravam ali.

– Tenho algo que fazer – despediu-se Milagros. – Escuta, Cachita – acrescentou baixando a voz: – Tu não és como eles, tu estás comigo, com meu avô, com os ciganos.

Antes que ela tivesse oportunidade de dizer qualquer coisa, a moça desapareceu entre a multidão e Caridad se encontrou, desta vez sim, sozinha na primeira linha de uma multidão que se apinhava diante da fachada traseira da paróquia de San Roque. Entre ela e os estrados que se haviam erguido atrás do templo, abria-se uma ampla faixa de terreno livre. Que era aquela festa? Por que lhe havia sussurrado Milagros que ela não era como os demais? As pessoas começavam a impacientar-se, e alguns gritos de instância se ouviram dentre a multidão. Caridad dirigiu a atenção para os estrados: nobres e autoridades sevilhanos luxuosamente vestidos, membros do cabido da catedral, adornados com suas melhores galas, conversavam e riam em pé, alheios ao descontentamento dos cidadãos.

Transcorreu um bom tempo, e as queixas dos sevilhanos diminuíram até que se ouviu um repique de tambor atrás da paróquia de San Roque, onde ficava a igreja dos Negritos. Os que estavam distraídos com danças e diversões se apinharam atrás dos que já esperavam, enquanto os soldados e oficiais de justiça se empregavam a fundo para que a multidão não transpusesse as instáveis cercas de madeira.

Quando um par de cavaleiros, ao som de pífanos e tambores e entre o aplauso do público, dobrava a esquina de San Roque, Caridad notou que as pessoas tentavam chegar à primeira fila. Mais cinco pares de cavaleiros seguiram o primeiro, cada um composto por um cavaleiro negro que ocupava a direita, o lugar de preferência, incomodamente vestido com luxo, com mangas brancas e esplendorosos penachos no chapéu. Os cavalos montados pelos negros também iam ajaezados com fasto: boa sela, guizos e fitas coloridas em crinas e caudas. Ao contrário, os cavaleiros que acompanhavam os negros desfilavam com vestiduras vulgares: balonas caídas e chapéus ordinários. Seus cavalos trotavam sem adorno algum.

Depois de saudar as autoridades, os pares de cavaleiros começaram a galopar em círculo ao redor do descampado. Caridad reconheceu o irmão mais velho da confraria no terceiro par; fazia grandes esforços por manter-se sobre a montaria, como os outros de sua raça. As pessoas riam e apontavam para eles. Homens e mulheres escarneciam deles aos gritos, enquanto os negros se bamboleavam perigosamente, conquanto tentassem manter a seriedade e a compostura.

A música seguia soando. Em dado momento, o cavaleiro que acompanhava o irmão mais velho da confraria, um homem com uma cuidada barba grisalha que montava com porte e desenvoltura, deu a mão ao negro para impedir que caísse.

– Deixa-o cair! – gritou uma mulher.

– Negro, vais deixar os dentes na terra! – acrescentou outro.

– E até teu rabo negro! – uivou um terceiro, originando uma gargalhada geral.

"Que significa essa fuzarca?", perguntou-se Caridad.

– São cavaleiros *maestrantes*. – A resposta lhe chegou de trás.

Caridad se voltou e topou com um risonho Frei Joaquín. Havia-se dirigido para ela ao reconhecer entre a multidão o vermelho de sua vestimenta. A mulher escondeu o olhar.

– Caridad – recriminou-a o jovem frade: – eu te disse em muitas ocasiões que todos nós somos filhos de Deus, não tens por que baixar os olhos, não tens por que humilhar-te diante de ninguém...

Nesse momento Caridad ergueu a cabeça e com um gesto apontou para os negros que continuavam galopando entre as pilhérias e zombarias das pessoas. Frei Joaquín a entendeu.

– Talvez eles – respondeu erguendo as sobrancelhas – pretendam ser o que não são. A Real Orden de Caballería de la Maestranza de Sevilha apadrinha a Confraria dos Negritos; todo ano o faz. Em dias como este, negros e nobres, a classe mais alta e a mais humilde da cidade, trocam de posição. Mas em qualquer caso a confraria obtém algum dinheiro com os gansos que a *maestranza* lhe dá.

– Que gansos? – perguntou Caridad.

– Aqueles – assinalou-lhe o frade.

Os seis pares já haviam deixado de exibir-se e se haviam reunido diante das autoridades. Um pouco mais longe, num extremo do descampado, para onde assinalava Frei Joaquín, uns homens se afanavam para estender uma corda sobre duas longas estacas cravadas nos limites do descampado. No meio da corda, de cabeça para baixo, agitava-se com violência um corpulento ganso amarrado a ela pelas patas. Quando os homens terminaram de pendurar o ganso, o assistente de Sevilha, refestelado numa poltrona sobre o estrado, ordenou ao primeiro negro que galopasse para o animal.

Caridad e Frei Joaquín, entre a ensurdecedora gritaria da multidão, contemplaram o desajeitado galope do negro que, ao passar sob o ganso, tentou agarrar o serpenteante pescoço do animal com a mão direita sem consegui-lo. Seguiu-o o cavaleiro *maestrante* que fazia par com ele. O nobre esporeou o cavalo, que saiu a todo o galope com seu cavaleiro uivando em pé nos estribos. Ao passar sob o ganso, o cavaleiro *maestrante* conseguiu agarrá-lo pelo pescoço e arrancou-lhe a cabeça. Os sevilhanos aplaudiram entusiasmados e gritaram vivas enquanto o corpo do ganso estremecia pendente na corda. Poucos puderam percebê-lo, mas o assistente e alguns outros nobres que se sentavam no estrado fizeram um gesto de reprimenda aos demais maestrantes: dispunham tão somente de seis gansos e havia que divertir o povo.

Com essas instruções, a corrida de gansos se estendeu no entardecer para deleite dos cidadãos. Nenhum negro conseguiu decapitar o animal. Um deles conseguiu agarrá-lo pelo pescoço, mas não com a suficiente velocidade, e o ganso se defendeu e lhe bicou a cabeça, o que originou as mais ignominiosas troças por parte do público. Os seis negros caíram em algum momento, enquanto galopavam sobre uns cavalos cada vez mais excitados, ou ao soltar uma das mãos e pôr-se de lado sobre os estribos para agarrar o ganso. Por seu lado, os gansos foram morrendo à medida que o assistente fazia um sinal para os *maestrantes*.

– Depois os negritos os venderão e a confraria ficará com o dinheiro – explicou-lhe Frei Joaquín.

Caridad estava absorta no espetáculo, invadiam-na sensações contraditórias diante da gritaria das pessoas e da visão daqueles desajeitados negros pretendendo decapitar os gansos. Não havia encontrado o sentimento da raça nos olhos do irmão mais velho, a solidariedade, nem sequer a compreensão, quando não compaixão, que nenhum negro de Cuba escondia diante de um irmão de sangue.

Com o desfile final, após a morte do último dos gansos, as pessoas começaram a dispersar-se e os nobres e religiosos que presidiam a festa se levantaram de suas poltronas. "Tu não és como eles", havia-lhe dito Milagros. "Tu estás com os ciganos", havia acrescentado com esse orgulho que sempre aparecia nos lábios de todos eles ao referir-se à sua raça. Estava com os ciganos? Estava com Milagros. A amizade e a confiança que lhe mostrava a moça se selaram assim que esta lhe comunicou que podia ficar com Melchor e vieram a consolidar-se no momento em que seu pai tornou público o compromisso matrimonial com Alejandro. A partir de então Milagros tentou compartilhar com Caridad a dor que sentia, como se ela, que havia sido escrava, pudesse entendê-la melhor que ninguém. Mas o que sabia Caridad de amores frustrados? José Carmona, o pai de Milagros, olhava-a de longe, como se se tratasse de um objeto incômodo, e Ana, a mãe, começou a suportá-la como se se tratasse de um capricho fugaz de sua filha. Quanto a Melchor... quem podia saber o que pensava ou sentia o cigano? Ele tanto a presenteava com uma saia e uma camisa de cor vermelha como passava a seu lado sem olhá-la sequer, ou não lhe falava durante dias. De início, por instância de sua neta, Melchor permitiu que Caridad continuasse ocupando o canto do patiozinho de ventilação, e com o tempo ela se converteu na única pessoa que tinha livre acesso ao santuário do avô.

Numa tarde de maio, quando a primavera havia florescido em toda Triana, o cigano se encontrava perto do poço, no pátio de entrada, oculto entre ferros velhos e retorcidos, fumando um charuto e deixando passar o tempo, perdido naqueles insondáveis mundos em que se refugiava. Caridad passou junto a ele a caminho da porta de saída. O aroma do tabaco deteve seus passos. Quanto tempo fazia que não fumava? Aspirou com força a fumaça que envolvia o cigano numa vã tentativa de que chegasse a seus pulmões e a seu cérebro. Anelava voltar a sentir a sensação de alívio que lhe dava o tabaco! Fechou os olhos, ergueu levemente a cabeça, como se pretendesse seguir a trajetória ascendente da fumaça, e aspirou uma vez mais. Nesse momento Melchor despertou de sua letargia.

– Toma, negra – surpreendeu-a oferecendo-lhe o charuto.

Caridad não hesitou: pegou o charuto, levou-o à boca e puxou dele com fruição. Em alguns instantes sentiu um leve formigamento em pernas e braços e uma relaxante tonteira; seus olhinhos pardos faiscaram. Ia devolver o charuto ao cigano, mas este lhe indicou que continuasse fumando com um displicente gesto de mão.

– De tua terra – comentou enquanto a via fumar. – Bom tabaco!

Caridad já voava; sua mente totalmente relaxada, perdida.

– Não é havano – ouviu-se afirmar a si mesma.

Melchor franziu o cenho. Como que não era de Cuba? Ele o pagava como a um puro havano! Aquele dia foi o primeiro em que Caridad entrou no quarto do cigano.

As pessoas se negavam a abandonar o bairro de San Roque e o descampado onde se sucedia a festa. Aqui e ali soavam as guitarras, as castanholas, as pandeiretas e os *cantes*; homens e mulheres, sem distinção de sexo ou de idade, dançavam com alegria em grupos ao redor de fogueiras.

– Onde está Milagros? – perguntou o frade a Caridad enquanto os dois perambulavam entre a multidão.

– Não sei.

– Não te disse onde...?

Frei Joaquín interrompeu-se. Caridad já não estava a seu lado. Virou-se e viu-a um par de passos atrás, imóvel diante de uma barraca de doces. Aproximou-se sem poder evitar sentir-se confuso: aquela mulher negra, vestida de vermelho e com a camisa cingida ao corpo, era objeto de olhares libidinosos e comentários de quantos a rodeavam, e no entanto aos olhos do frade apareceu como uma menina grande a que davam água na boca o aroma e a visão dos doces: rosquilhas, bolinhos de chuva, *tortas de aceite*, *pestiños*, *poleas*...

– Dê-me uns *polvorones* – ordenou o religioso ao doceiro após dar uma rápida olhada na confeitaria exposta na barraca. – Já verás, Caridad, estão deliciosos.

Frei Joaquín pagou e continuaram andando sem rumo, em silêncio. O frade via de soslaio como Caridad saboreava os doces ovalados de amêndoa, manteiga, açúcar e canela, temeroso de interromper o prazer que se revelava nela. "Tê-los-á provado alguma vez?", perguntou-se. Provavelmente não, concluiu diante das sensações que mostrava a mulher. Era... pensou, como quando Melchor havia aparecido no convento puxando Caridad, naquela ocasião com a permissão do irmão porteiro, que lhes havia permitido entrar atemorizado diante da ira que ressumava dos olhos do cigano. "Enganaram-nos!", gritou assim que viu a Frei Joaquín. "O tabaco não é puro havano!" O religioso tentou acalmar o cigano e levou Caridad para o porão que os frades utilizavam como despensa e adega. Atrás de uns madeiros, escondia um par de sacos de folha de tabaco – um deles propriedade de Melchor em pagamento por seus trabalhos –, da incursão que acabavam de fazer a Barrancos, atravessada já a fronteira com Portugal.

Melchor cortou com violência as cordas que atavam um dos fardos e, sem deixar de protestar, indicou a Caridad que se aproximasse para examinar o tabaco. Frei Joaquín recordava esse momento: instintivamente, Caridad fechou os olhos e umedeceu os lábios, como se se preparasse para saborear um delicado manjar. No interior do saco de couro, o tabaco estava atado em *tercios*, mas já à primeira olhada Caridad comprovou que o fardo de folhas não era feito com *yaguas*, as lâminas flexíveis da palma-real cubana. Indicou ao cigano que cortasse as cordas que apertavam o *tercio* e pegou com delicadeza uma das folhas; aos dois homens surpreenderam então seus longos e hábeis dedos. Caridad examinou a folha de tabaco com detença; ergueu-a à luz da candeia que Frei Joaquín segurava para observar os pigmentos escuros, claros ou vermelhos, maduros, ligeiros ou secos que a coloriam; acariciou-a e apalpou-a com delicadeza para verificar sua textura e sua umidade; mordiscou a folha e cheirou-a, tentando averiguar, através de seu ponto, do aroma e do sabor da nicotina, os anos que havia desde a sua colheita. Melchor urgia a Caridad com gestos cada vez mais alterados, mas o frade ficou cativado com o ritual realizado pela mulher, com as sensações refletidas por seu rosto e com as pausas que ela efetuava depois de cheirar ou tocar a folha, segura de que o transcurso dos segundos lhe ofereceria a solução.

Esse mesmo ritual era o que agora, caminhando perto do Tagarete, às furtadelas, via Caridad realizar enquanto comia os *polvorones*: deixava de mastigar, entrefechava os olhos e permitia que passasse o tempo, contraindo os lábios, salivando antes de mordiscar outro deles.

Não era tabaco havano, nem puro nem misturado, recordou que havia sentenciado aquele dia Caridad. De onde era? Não podia sabê-lo, respondeu ao cigano com uma tranquilidade inusual, como se o contato com as folhas de tabaco lhe houvesse oferecido segurança; ela só conhecia o de Cuba. Tratava-se de um tabaco jovem, afirmou, com muito pouca fermentação, talvez... talvez seis meses, no máximo um ano. E excessivamente louro, com pouco sol.

Frei Joaquín observou como Caridad levava um novo *polvorón* à boca, com delicadeza, como se fosse uma folha de tabaco...

– Cachita!

A voz de Milagros os surpreendeu a ambos. Nem sequer haviam conseguido descobrir de onde vinha a voz quando esta lhes urgiu:

– Tu és cubana! Entendes de tabaco...

– Milagros – mussitou o frade tentando reconhecê-la entre as pessoas, na escuridão.

– Diz-lhes que estes charutos são puros havanos! – exortou-o a ciganinha. – Vem!

Foi Frei Joaquín quem primeiro vislumbrou as fitas coloridas do cabelo da cigana e os lenços de seus pulsos a revolutear no ar, ao ritmo de seus trejeitos no meio de um grupo de homens.

– Como se atrevem os senhores a dizer que não são havanos? – queixava-se Milagros aos gritos. – Cachita, vem! Aproxima-te! – Frei Joaquín e Caridad o fizeram. – Pretendem aproveitar-se de uma menina! Querem roubar-me! Diz-lhes que são havanos! – exigiu-lhe ao mesmo tempo que lhe entregava um dos charutos que a mesma Caridad havia elaborado com aquele tabaco louro que o religioso escondia no convento. – Diz isso a eles! Ela entende de tabaco! Diz-lhes que é havano!

Caridad hesitou. Milagros sabia que não era havano! Como ia ela...?

– Naturalmente que é havano, senhores – saiu em sua ajuda Frei Joaquín. Ninguém chegou a perceber, na escuridão só rompida pelo tênue resplendor de uma fogueira próxima, o sorriso de cumplicidade que trocaram o religioso e a cigana. – Eu mesmo lhe comprei um par deles esta manhã...

– Frei Joaquín – sussurrou um dos reunidos ao reconhecer o célebre pregador de São Jacinto.

Os cinco homens que rodeavam Milagros se voltaram então para o religioso.

– Se Frei Joaquín afirma que são havanos... – começou a dizer outro deles.

– É claro que são havanos! – interrompeu-o Milagros.

Nesse momento, a tremeluzente luz da fogueira relampagueou nas feições do último dos homens que havia falado. E Caridad tremeu. E o charuto questionado escorregou de suas mãos e caiu no chão.

– Cachita! – recriminou-a Milagros ao mesmo tempo que fazia menção de abaixar-se para recolhê-lo. No entanto, deteve-se: Caridad continuava tremendo, com o olhar baixo e a respiração ofegante. – Que...? – começou a perguntar a cigana girando a cabeça para o homem.

Mesmo à luz mortiça, Milagros conseguiu ver que o homem franzia o cenho e se punha tenso, mas depois desviou o olhar para o frade e se conteve.

– Vamos embora! – ordenou a seus companheiros.

– Mas... – queixou-se um deles.

– Vamos embora!

– Cachita. – Milagros a rodeou com os braços enquanto o grupo de homens lhes davam as costas e se perdiam na multidão. – Que é que está acontecendo contigo?

Caridad apontou para as costas do homem. Era o oleiro de Triana.

– O que acontece com esse homem? – perguntou Frei Joaquín.

Caridad se libertou com delicadeza do abraço da moça e, já com as lágrimas correndo por seu rosto, abaixou-se para pegar o charuto que havia ficado no chão. Por que sempre tinha de chorar ali, perto do Tagarete, em San Roque?

A cigana e o religioso se olharam perplexos enquanto Caridad limpava a terra que havia aderido ao charuto. Quando perceberam que a mulher, entre soluços, limpava já uma areia só existente em sua imaginação, o frade instou a Milagros com um gesto.

– Que sucede com esse homem? – inquiriu a moça com ternura.

Caridad continuou acariciando o charuto com seus longos dedos especialistas. Como ia contar-lhe? Que pensaria dela a cigana? Milagros lhe havia falado de homens em numerosas ocasiões. Aos quatorze anos, a moça não havia conhecido varão nem o conheceria enquanto não contraísse matrimônio. "Nós, as ciganas, somos castas e depois fiéis", havia afirmado. "Não há em todo o reino uma cigana entregue à prostituição!", orgulhou-se mais tarde.

– Conta-me, Caridad – insistiu Milagros.

E se a abandonasse? Sua amizade era a única coisa que tinha na vida e...

– Conta-me! – ordenou-lhe a moça diante do sobressalto de Frei Joaquín.

Mas nesta ocasião Caridad não obedeceu; permaneceu com o olhar fixo no charuto que ainda mantinha nas mãos.

– Fez-te mal esse homem? – inquiriu com ternura Frei Joaquín.

Havia-lhe feito mal? Terminou assentindo.

E daquela maneira, pergunta a pergunta, Frei Joaquín e Milagros se inteiraram da história da chegada de Caridad a Triana.

6

Milagros tinha saudade de Caridad. Poucos dias depois da corrida de gansos, o avô havia recebido a visita de um galeote que remara com ele durante alguns anos. O homem, como todos os condenados que conseguiam sobreviver à tremenda tortura das galés, apresentou-se tão consumido como Melchor e, como todos os que sobreviviam, conhecia os portos e as pessoas do mar, aquelas da mesma condição deles: traficantes, contrabandistas e todo tipo de delinquentes. Bernardo, assim se chamava o galeote, informou ao avô da chegada de um importante carregamento de tabaco da Virginia ao porto de Gibraltar, um rochedo na costa espanhola que se achava sob domínio inglês. Dali, como era usual, em embarcações com bandeira inglesa, veneziana, genovesa, ragusana ou portuguesa, de noite, quando o vento soprava com força, para evitarem ser descobertos pelos faluchos de vigilância espanhóis, o tabaco e outras mercadorias, tecidos ou especiarias eram desembarcados em diferentes pontos da costa, que se estendia entre o rochedo e Málaga. Bernardo já havia apalavrado um bom carregamento de tabaco da Virginia, só necessitava de fundos com que pagá-lo e mochileiros para encarregar-se dele nas praias.

– Dentro de alguns dias iremos em busca de uma partida de tabaco – havia anunciado Melchor a Caridad após fechar acordo com Bernardo no *mesón* da Joaquina, em torno de uma jarra de bom vinho.

Caridad, que se achava no quarto do cigano, sentada diante de um instável tabuleiro sobre o qual continuava elaborando charutos com o tabaco louro que o frade guardava, limitou-se a anuir sem deixar de rodar a mão por cima daquele em que estava envolvida.

Quem, sim, se surpreendeu foi Milagros, que gostava de ver como trabalhava sua amiga as folhas de tabaco.

– Leva Cachita? – perguntou ao avô.

– Foi o que eu disse. Quero contar com o melhor tabaco, e ela sabe reconhecê-lo – respondeu-lhe este no jargão cigano.

– Não... não será perigoso?

– Sim, menina. Sempre é – afirmou o cigano já da porta, pronto para ir-se de um cômodo em que não cabiam três pessoas.

Os dois se olharam. "Por acaso não o sabias?", pareceu perguntar-lhe Melchor à neta, que escondeu os olhos envergonhada, consciente do que em seguida lhe diriam os penetrantes olhos do avô: "Quando me perguntaste isso?"

Melchor não tinha problemas para conseguir mochileiros e transportadores: os Vegas e seus parentes da ciganaria do horto da Cartuxa sempre estavam dispostos a acompanhá-lo; eram ciganos duros, temerários e, acima de tudo, fiéis. Tampouco os teve com o dinheiro: Frei Joaquín o conseguiu de imediato. O que mais atrasou sua partida, como costumava suceder, foram as cavalgaduras: necessitava de animais castrados, silenciosos, dóceis e que não relinchassem de noite ao cheiro de uma égua. Mas a família dos Vegas se ocupou disso, e em poucos dias, em algumas correrias pelos campos dos arredores de Sevilha, conseguiram os suficientes.

– Cuida-te, Cachita – despediu-se Milagros na hora de partir, as duas na ciganaria do Horto da Cartuxa, algo afastadas de homens e cavalos.

Caridad se movia incomodamente sob a longa capa, masculina e escura, com que Melchor a havia vestido para esconder suas roupas vermelhas. Havia trocado seu chapéu de palha por um chambergo preto de copa campanada e aba larga e caída. De seu pescoço pendia um ímã amarrado com uma corda. Milagros estendeu o braço e sopesou a pedra. Os ciganos acreditavam em seus poderes: contrabandistas, traficantes e ladrões de cavalgaduras afirmavam que, se aparecessem as patrulhas de soldados, aqueles ímãs originariam fortes tempestades de poeira e areia que os ocultariam. O que ignorava a cigana era que os escravos cubanos também acreditavam nos poderes do ímã: "Cristo desceu à Terra com o ímã", asseguravam. Caridad teria de batizá-lo e dar-lhe nome, como era costume em sua terra.

Milagros sorriu; Caridad respondeu com um esgar no rosto suarento devido ao implacável calor estival de Sevilha. Em Cuba também fazia calor, mas lá nunca usava tanta roupa.

– Não te separes do avô – aconselhou-a a cigana antes de aproximar-se dela e dar-lhe um beijo no rosto.

Caridad se mostrou aturdida diante da repentina mostra de afeto da moça; no entanto, seus lábios grossos e carnosos se alargaram até transformar aquele inicial sorriso forçado em outro de sincero agradecimento.

– Gosto de te ver sorrir – afirmou Milagros, e beijou-a na outra face. – Não é habitual em ti.

Caridad a premiou alargando os lábios. Era verdade, reconheceu para si: havia demorado a abrir-se com a amiga, mas pouco a pouco sua vida se arraigava entre os ciganos, e, à medida que desapareciam ansiedade e preocupações, foi confiando-se a ela. Contudo, o verdadeiro causador da mudança não era outro senão Melchor. O cigano a havia encarregado de trabalhar com o tabaco. "Já não é necessário que acompanhes a menina e sua mãe para vendê-lo pelas ruas", disse-lhe diante do empenho de Milagros em ensiná-la a fazer algo para contribuir para seu sustento. "Prefiro que sejas tu quem elabore o que elas vendam." E Caridad se sentiu útil e agradecida.

– Cuida-te tu também – aconselhou à amiga. – Não brigues com tua mãe.

Milagros ia replicar, mas o grito de seu avô o impediu.

– Venha, negra, que já nos vamos!

Nesta ocasião foi ela que beijou Milagros.

Após a partida de Caridad, a moça se sentia só. Desde o anúncio de seu compromisso matrimonial, Caridad se havia convertido na pessoa que escutava pacientemente suas queixas. Não foi capaz de seguir seu conselho.

– Não me casarei com Alejandro – assegurava à mãe, dia sim, dia não.

– Fá-lo-ás – respondia-lhe esta sem sequer olhá-la.

– Por que Alejandro? – insistia em outras ocasiões –, por que não…?

– Porque teu pai assim decidiu – repetia a mãe em tom cansado.

– Antes fugirei! – chegou a ameaçar uma manhã.

Nesse dia, Ana se voltou para a filha. Milagros pressentiu com que ia deparar: traços contraídos, sérios, gélidos. Assim foi.

– Teu pai empenhou sua palavra – resmungou a mãe. – Evite muito que ele te ouça dizer isso; seria capaz de acorrentar-te até o dia do casamento.

O tempo transcorria com lentidão; mãe e filha irritadas, em permanente discussão.

Milagros nem sequer encontrou refúgio entre suas amigas do beco de San Miguel, muitas delas também prestes a casar-se. Como ia reconhecer diante de Rosario, María, Dolores ou qualquer outra que não gostava do homem que lhe haviam dado? Tampouco o faziam elas, e isso apesar de a maioria, antes de conhecer seu destino, não ter contido suas críticas para esses jovens que depois lhes cabiam em sorte. Milagros não estava isenta de culpa. Quantas vezes teria chegado a escarnecer de Alejandro? Agora todas se tratavam com hipocrisia, com certa distância, como se de repente lhes houvessem cerceado a inocência. Não se tratava da natureza ou de sua idade, mas simplesmente da decisão de seus pais; uma palavra, um simples compromisso selado a suas costas, e o que era válido na noite anterior carecia de importância ao nascer do sol. Milagros sentia falta da espontaneidade daquelas conversas entre moças, dos cochichos, dos risos, dos olhares cúmplices, dos sonhos... Até das disputas. A última discussão havia acontecido na noite em que dançara com Pedro García. A maioria de suas amigas lhe caiu em cima quando manifestou sua intenção de fazê-lo. Ela era uma Vega, neta de Melchor, o Galeote, jamais chegaria a conseguir aquele rapaz, todas o sabiam, portanto... para que meter-se nisso? Mas Milagros não lhes fez caso e lançou-se a dançar, até que sua mãe interveio e esbofeteou o rapaz. Qual das ciganinhas do beco não suspirava por Pedro García, o neto do Conde? Todas o faziam! E no entanto agora, depois de seu compromisso, seria uma grave afronta aos Vargas que Milagros alentasse a Pedro García. Alejandro teria de sair em sua defesa e atrás dele seu pai e seus tios; os Garcías fariam o mesmo, e os homens sacariam suas navalhas... Mas Milagros não conseguia deixar de olhar a furtadelas para o rapaz em cada ocasião em que este caminhava pelo Beco de San Miguel, indolente, movendo-se devagar, como o faziam os ciganos de raça, altivo, soberbo, arrogante. Então sentia saudade de Caridad, a quem podia falar com liberdade de seus anelos e desgraças. Contavam que o jovem havia herdado a milenar sabedoria cigana para trabalhar o ferro; que sentia quando tinha de iniciar cada um de seus processos, que sabia, que percebia instintivamente quando estava preparado o ferro para ser forjado, temperado, soldado... Tanto que até os velhos o consultavam às vezes. E, no entanto, ela estava atada a Alejandro. Até Frei Joaquín lhe havia desejado o melhor diante seu compromisso! O frade sentira um calafrio quando Ana lhe comentara nas imediações de São Jacinto. "Já?", escapou-lhe. E Milagros, junto à sua mãe, ouviu cabisbaixa aquela voz clara e nítida com que entoava suas pregações brotar algo entrecortada na hora de desejar-lhe parabéns.

"Caridad, necessito de ti", sussurrou a moça com seus botões.

Não estava atenta! Para além do grupo de moças, entretida com a condessa, Ana a traspassou com o olhar. Que estava fazendo? Por que hesitava? "Está distraída!", pensou a mãe quando Milagros soltou a delicada e branca mão que lhe havia estendido a filha da condessa e simulou um ataque de tosse. Milagros não conseguia recordar o que é que lhe havia augurado a última ocasião em que lhe lera a sorte. A condessinha e as duas amigas que rodeavam a cigana se afastaram com um esgar de aversão diante da expectoração com que a moça tentava ganhar tempo.

– Estás bem, minha filha? – acudiu a mãe em sua ajuda. Só Milagros reparou na dureza de seu tom. – Perdoe, Excelência – desculpou-se com a condessa dirigindo-se ao grupo de moças –, a menina tosse muito ultimamente. Vamos ver, minha linda – acrescentou após substituir a filha e pegar sem contemplações a mão da jovem.

O frufru da estufada saia de seda da condessa se ouviu com nitidez no grande salão quando decidiu aproximar-se com curiosidade, as duas amigas da condessinha fecharam o círculo e Milagros se afastou alguns passos. Dali, obrigando-se a tossir de vez em quando, ouviu a mãe embaucar com habilidade a condessinha e suas duas amigas.

Homens? Príncipes seriam os que se casariam com elas! Dinheiro? Como ia faltar? Filhos e felicidade. Algum problema, alguma doença, por que não?, mas nada que não conseguissem superar com devoção e com a ajuda de Jesus Cristo e Nossa Senhora. Com a mão na boca e a cantilena de sua mãe nos ouvidos, Milagros desviou a atenção para a camareira da condessa, parada junto às portas de acesso ao salão, controlando para que nenhuma cigana furtasse nenhum objeto; mais tarde, nas cozinhas, também teriam de ler-lhe a mão. Depois voltou o olhar para o grupo de mulheres: sua mãe, descalça, de tez escura, quase negra, ataviada com suas roupas coloridas e seus avelórios de prata na cintura; grandes argolas pendendo das orelhas e colares e pulseiras tilintando à medida que gesticulava e afirmava com paixão o futuro daquelas mulheres brancas como leite, ataviadas com vestidos de seda de saia estufada, todas elas adornadas com uma infinidade de bordados, laços, babados, fitas... Quanto luxo havia naquelas vestiduras, nos móveis e jarros, nos espelhos e relógios, nas cadeiras de braços dourados, nos quadros, nos refulgentes objetos de prata acomodados por todas as partes!

A condessa de Fuentevieja era uma boa cliente de Ana Vega. Às vezes a mandava chamar: gostava de ouvi-la ler a sorte, comprava tabaco dela e até alguma das cestas confeccionadas pelas ciganas do Horto da Cartuxa.

Milagros ouviu o risinho nervoso de uma das amigas da condessinha, ao qual imediatamente se somaram as comedidas e afetadas exclamações de alegria das outras duas e uns delicados aplausos por parte da condessa. As linhas de sua mão pareciam augurar-lhe um futuro promissor, e Ana se espraiou neste: um bom marido, rico, atraente, sadio, fiel. E por que não dizia o mesmo a ela, à sua filha? Por que a condenava a casar-se com um inábil, por mais Vargas que fosse? A camareira, junto às imensas portas, sobressaltou-se quando Milagros cerrou os punhos, franziu o cenho e bateu com o pé no chão.

– Estás melhor? – perguntou-lhe sua mãe com uma ponta de ironia.

A moça lhe respondeu com um novo e sonoro ataque de tosse.

A tarde tornou-se-lhe insuportável. Ana Vega, sem se importar com o tempo, desdobrou todos os seus ardis ciganos com as três moças. Depois, quando estas desapareceram, satisfeitas, cochichando entre si, ocupou-se da condessa.

– Não – opôs-se quando a aristocrata sugeriu que Milagros esperasse na cozinha, onde a atenderiam. – Está melhor aí, afastada, que não contagie os lacaios de Vossa Excelência.

O novo sarcasmo enfureceu Milagros, mas ela se segurou. Suportou a longa hora que sua mãe esteve falando com a condessa; suportou a despedida e o pagamento, e suportou as atenções que depois teve de prestar à camareira e a alguns criados, que trocaram tabaco e leituras da sorte por algumas viandas surripiadas da despensa dos condes.

– Estás melhor? – zombou a mãe já na rua, de volta a Triana, com o sol de verão ainda destacando as cores de suas roupas. Milagros bufou. – Creio que sim – acrescentou Ana sem dar-se por entendida da insolência –, porque amanhã de noite cantaremos e dançaremos para os condes. Convidaram uns viajantes... ingleses, sei lá... franceses ou alemães, vá-se saber de onde! O fato é que querem que se divirtam.

Milagros voltou a bufar, desta vez com mais força e com uma ponta de displicência. A mãe continuou sem fazer-lhe caso, e andaram o restante do caminho em silêncio.

Pediu-lhe um sorriso. Não o fez pelos condes de Fuentevieja ou pela dezena de convidados que haviam trazido consigo e que permaneciam expectantes no jardim que descia até o rio, numa das casas principais de Triana onde o aristocrata havia decidido realizar a festa. Ana sorriu para a filha depois de arquear os braços acima da cabeça e mexer as cadeiras assim que ouviu o primeiro toque da guitarra, ainda sem iniciar a dança, preparando-se para lançar-se a ela uma vez que os homens estivessem preparados. Milagros aguentou o *envite* sem pestanejar, diante dela, parada, com os braços caídos.

– Bela! – galanteou um cigano a mãe.

"Vamos!", pareceu dizer-lhe a mãe à filha através de um carinhoso esgar dos lábios. Milagros franziu os seus, fazendo-se rogar. Outra guitarra afinou suas cordas. Uma cigana fez soar as castanholas. "Adiante!", animou Ana à filha, erguendo de novo os braços.

– Belas! – ouviu-se entre as pessoas.

– Linda! – gritou a mãe à filha.

As guitarras começaram a soar em uníssono. Repicaram vários pares de castanholas, e Ana se ergueu diante de Milagros, batendo palmas.

– Vamos, filha! – animou-a.

As duas começaram ao mesmo tempo, giraram volteando as saias no ar, e, quando voltaram a defrontar-se, os olhos de Milagros faiscavam e seus dentes reluziam num amplo sorriso.

– Dance, mãe! – gritou a moça. – Esse corpo! Essas cadeiras! Não as vejo mexer-se!

Os Carmonas, que haviam ido à festa, apoiaram as palavras da moça. Os convidados dos condes, franceses ou ingleses, pouco importava, ficaram boquiabertos quando Ana aceitou o desafio de sua filha e requebrou com voluptuosidade a cintura. Milagros riu e imitou-a. Na noite, com as águas do Guadalquivir tremeluzindo em prata, à luz das tochas dispostas no jardim trianeiro, entre madressilvas e jalapas-verdadeiras, laranjeiras e limoeiros, as guitarras tentaram adaptar seu ritmo ao frenesim que as mulheres impunham; as palmas ressoaram com ímpeto, e os *bailaores* se viram ultrapassados pela sensualidade e pelo atrevimento com que mãe e filha dançaram a sarabanda.

Ao final, suarentas ambas, Ana e Milagros fundiram-se num abraço. Fizeram-no em silêncio, sabendo que se tratava de mera trégua, de que a dança e a música se abriam a outro mundo, aquele universo onde os ciganos se refugiavam de seus problemas.

Um lacaio do conde desfez o abraço.

– Suas Excelências desejam felicitá-las.

Mãe e filha se dirigiram para as cadeiras das quais os condes e seus convidados haviam presenciado a dança enquanto as guitarras já rasgavam preparando a seguinte. Honrando-as como a iguais, don Alfonso, o conde, levantou-se de seu assento e recebeu-as com corteses palmas, secundado pelos outros convidados.

– Extraordinário! – exclamou don Alfonso quando as mulheres chegaram até ele.

Como que saídos do nada, José Carmona, Alejandro Vargas e alguns outros membros de ambas as famílias se haviam posto às costas delas. Antes de iniciar as apresentações, o conde entregou umas moedas à cigana, que as sopesou com satisfação. Ana e Milagros tinham o cabelo revolto, arquejavam, e o suor que encharcava seus corpos brilhava à tremeluzente luz das tochas.

– Don Michael Block, viajante e estudioso da Inglaterra – apresentou o conde um homem alto, empertigado e com o rosto tremendamente rosado ali onde não aparecia a cuidada barba grisalha.

O inglês, incapaz de desviar o olhar dos úmidos e esplendorosos peitos da mulher, que subiam e desciam ao ritmo de uma respiração ainda entrecortada, balbuciou algumas palavras e ofereceu a mão à cigana. O cumprimento se estendeu mais que o estritamente necessário. Ana percebeu que os Carmonas, a suas costas, se remexiam inquietos; o conde também.

– Michael – tentou interromper o cumprimento don Alfonso –, esta é Milagros, a filha de Ana Vega.

O viajante hesitou, mas não chegou a soltar a mão da cigana. Ana fechou os olhos e negou imperceptivelmente com a cabeça quando notou que José, seu esposo, dava um passo à frente.

– Don Michael – disse então conseguindo chamar a atenção do inglês –, isso em que está empenhado já tem dono.

– Quê? – conseguiu perguntar o viajante.

– O que eu lhe digo. – A cigana, com o polegar da mão esquerda estendido, apontou para trás, certa de que José haveria sacado já sua imensa navalha.

O rosa dos pômulos do inglês mudou-se num branco pálido, e ele soltou a mão.

– Milagros Carmona! – apressou-se a anunciar então o conde.

A moça sorriu ao viajante com indolência. Atrás dela, José Carmona arqueou as sobrancelhas e manteve a navalha à vista.

– A menina do senhor de trás – disse então Ana, apontando de novo para José. O inglês seguiu a indicação da mulher. – Sua filha, entende, don Michael? Fiiilha – repetiu devagar, marcando as sílabas.

O inglês deve ter entendido, porque finalizou o cumprimento com uma vertiginosa reverência para Milagros. Condes e convidados sorriram. Haviam-no advertido: "Michael, as ciganas dançam como diabas obscenas, mas não se engane, no momento em que cessa a música são tão castas como a donzela mais zelosa de sua virtude." No entanto, apesar das advertências – o conde o sabia, os convidados o sabiam, os ciganos também –, aquelas músicas e aquelas danças às vezes alegres, às vezes tristes, mas sempre sensuais, causavam nos espectadores efeitos que os faziam perder todo indício de sensatez; muitas eram as brigas com *payos* que, excitados pela voluptuosidade das danças, haviam tentado exceder-se com as ciganas até chegar a ver aqueles punhais muito mais perto do que o havia feito o inglês.

Nesta ocasião, don Michael, prudentemente separado de Milagros, e com as faces recuperando o rosado natural, rebuscou em sua bolsa e lhe entregou um par de reais *de a ocho* à moça.

– Fique com Deus! – despediu-se José Carmona em nome de sua filha.

Assim que os condes e seus convidados se sentaram de novo, guitarras, pandeiros e castanholas voltaram a soar na noite.

– Queres um charuto?

Milagros se virou. Alejandro Vargas lhe estendia um. A cigana o escrutou de alto a baixo, sem acanhamento nenhum: devia de ter dezesseis anos e tinha a tez escura e o porte altivo dos Vargas, mas havia algo que falhava... Seus olhos? Devia ser isso. Não era capaz de sustentar o olhar como o faria um cigano. E dançava mal, talvez porque fosse demasiado grande. Atrás dele, algo afastada, verificou que sua mãe a espiava.

– É um puro havano – insistiu Alejandro para safar-se do exame.

– De onde o tiraste? – inquiriu a moça fixando-se no charuto que Alejandro segurava.

– Meu pai comprou vários.

Milagros soltou uma gargalhada. Era um dos de Caridad! Reconheceu-o pelo fio de cor verde com que sua amiga havia rematado a ponta por que se puxava.

– Que te dá tanta graça? – perguntou o rapaz.

Milagros não lhe fez o menor caso. Franziu o cenho para sua mãe, que agora a olhava sem dissimulação, estranhando a gargalhada. "Haverá sido ela?", perguntou-se a moça. Não. Não podia ser. Sua mãe não haveria ousado enganar os Vargas e vender-lhes por puro havano algo que não o era. Só podia haver sido...

– Como o senhor é grande, vovô! – soltou com um sorriso nos lábios.

– Que dizes?

– Nada.

Alejandro mantinha o charuto estendido. Havia-o feito Caridad com suas mãos! Talvez ela houvesse presenciado como o fazia.

– Que venha esse charuto!

Milagros o ergueu à altura dos olhos e o mostrou à mãe de longe.

– Puro havano – afirmou antes de contrair as feições num esgar engraçado.

– Sim – ouviu Alejandro dizer.

Ana meneou a cabeça e deu um tapa no ar.

– Deve estar bom – aventurou a moça para o cigano.

– Boníssimo.

"Certamente", pensou então. Fê-lo Cachita."

– Fogo? – interrompeu ele suas reflexões.

Milagros não pôde reprimir um suspiro de resignação.

– Fogo? É claro que quero fogo! Como vou fumar se não? Tu vês que eu tenha fogo?

Alejandro pegou com inabilidade a pederneira e o fuzil de uma bolsa.

– E a isca? – instou-lhe Milagros.

Alejandro murmurava enquanto remexia inutilmente na bolsa.

– Pare! – deteve-o a moça. – Nessa bolsinha já terias de havê-la encontrado. Não te dás conta de que não tens isca? Toma. Vai acendê-lo numa das tochas.

"És tu que vais domar a potrinha?", pensou Milagros enquanto o via andar obedientemente para uma das tochas. Fazia-o como os ciganos, com lentidão, tão erguido quão grande era, mas não seria capaz de domar um burriquinho. Ela... Procurou a mãe com o olhar: batia palmas atrás de um dos guitarristas, distraída, animando a dança. Ela queria um homem!

Milagros não conseguiu livrar-se de Alejandro pelo restante da noite. Compartilharam o charuto. "Não tens outro para ti?", queixou-se ela. Mas seu pai só lhe tinha dado um. E beberam. Bom vinho, da grande quantidade que o conde havia trazido para animar a festa. A cigana voltou a dançar, uma alegre seguidilha cantada pelas mulheres com voz viva. Fê-lo com outros jovens, entre os quais um esforçado Alejandro.

– Nunca te ouvi cantar – disse-lhe este uma vez terminada a dança.

Milagros notou que a cabeça lhe dava voltas: o vinho, o tabaco, a festa...

– Será que não reparaste o suficiente – mentiu com a voz pastosa. – Esse é o interesse que tens por mim?

O fato era que nunca se havia entregado a cantar apesar de seu pai incitá-la a fazê-lo; fazia-o em coro, dissimulando sua perturbação por não o fazer bem, entre as vozes das demais mulheres. "Não te preocupes", tranquilizava-a a mãe, "dança, apaixona com teu corpo, já cantarás."

Alejandro acusou aquela nova insolência.

– Eu... – balbuciou.

Milagros o viu baixar o olhar para o chão. Um cigano nunca escondia os olhos. A imagem de Caridad lhe veio à mente. A tonteira se somou à perturbação diante de quem estava chamado a ser seu esposo.

– Esse queixo! – gritou. – Para cima!

No entanto, Alejandro voltou a dirigir-se a ela com timidez.

– Sim, tenho interesse em ti. É claro que sim. – Falava como Caridad quando chegara ao beco, olhando para o chão. – Faria qualquer coisa por ti, o que fosse...

Milagros o observou, pensativa; qualquer coisa?

– Há um ceramista em Triana... – soltou-lhe ela sem pensar.

* * *

Milagros havia falado disso com sua mãe, exacerbada, excitada, depois de Frei Joaquín e ela mesma terem conseguido fazer Caridad falar, à base de mil perguntas respondidas entre soluços, do que havia sucedido com o oleiro.

– Não é problema dos ciganos – interrompeu-a Ana.

– Mas mãe!

– Milagros, já temos muitos problemas. As autoridades nos perseguem. Não nos metas em mais confusões! Sabes que estamos proibidos até de vestir-nos como fazemos; poderiam deter-nos só por nossos trajes.

A moça abriu as mãos e mostrou sua saia azul num gesto de incompreensão.

– Não – esclareceu-lhe Ana. – Aqui em Triana, em Sevilha, gozamos da proteção de alguns homens ilustres e compramos o silêncio de alcaides e oficiais de justiça, mas fora de Sevilha nos detêm. E nos mandam para as galés só por sermos ciganos, por andarmos os caminhos, por forjarmos caldeiras, repararmos arreamentos ou ferrarmos cavalos e burros. Somos uma raça perseguida há muitos anos; têm-nos por meliantes tão só por sermos diferentes. Se Caridad fosse cigana... então não duvides! Mas não devemos procurar esses problemas. Teu pai nunca o consentiria...

– Papai odeia Caridad.

– É possível, mas isso não elimina o fato de que não é cigana. Não é dos nossos. Sinto muito por ela... Sinto verdadeiramente – insistiu a mãe diante do desespero da filha. – Milagros, sou uma mulher e posso imaginar melhor que tu o calvário pelo qual passou a negra, mas não podemos fazer nada, de verdade.

Frei Joaquín não lhe foi de mais ajuda apesar de Milagros recordar a ira com que fora recebendo a história de Caridad quando esta a contou, na noite da corrida de gansos.

– E que queres que eu faça, Milagros? – escusou-se. – Denunciá-lo? Denunciar um honrado artesão que está há anos trabalhando em Triana em razão da palavra de uma mulher negra recém-emancipada, sem raiz alguma neste lugar? Quem testemunharia a seu favor? Eu sei – acrescentou com rapidez para calar sua réplica –, tu o farias e eu acreditaria em ti, mas és cigana e eles, os oficiais de justiça e os juízes, nem sequer admitiriam teu testemunho. Todos os artesãos ficariam a seu lado. Seria a ruína de Caridad, Milagros. Não o suportaria, se se lançassem em cima de você como cães selvagens. Consola-a, sê sua amiga, ajuda-a em sua nova vida... e esquece este assunto.

No entanto, no domingo seguinte, convidado a pregar na paróquia de Santa Ana, Frei Joaquín falou em alto e bom som do púlpito, sabendo que muitos dos que o escutavam se haviam aproveitado de Caridad. Procurou com o olhar o ceramista que a havia prostituído. Apontou ameaçador a torto e a direito. Gritou e gritou. Ergueu as mãos para o céu com os dedos retesados e clamou contra os rufiães e contra os que cometiam o pecado da carne, e ainda mais se se cometia contra mulheres indefesas! Com a cumplicidade dos párocos de Santa Ana que o haviam convidado a fazer o sermão e diante uma freguesia encolhida e temerosa, augurou para todos eles o fogo eterno. Depois os viu deixar a igreja entre murmúrios.

E que importava!, resmungou quando o templo ficou vazio e num silêncio só rompido pelo som de seus próprios passos. Tudo se reduzia a um jogo hipócrita! Em Sevilha se contavam às dezenas as graças para conseguir indulgências plenárias. Qualquer deles, só por visitar uma igreja determinada num dia concreto: a de Santo Antônio dos Portugueses, qualquer terça-feira, por exemplo, ganharia a indulgência plenária e ficaria livre de todo pecado, inocente e limpo como se acabasse de nascer. Frei Joaquín não pôde reprimir um riso sardônico que ressoou em Santa Ana. Que lhes importava a eles o arrependimento ou o propósito de emenda? Correriam para obter sua indulgência, para limpar sua alma, e voltariam convencidos de haver eludido o diabo, prontos para cometer qualquer outra má ação.

Milagros e Alejandro se achavam perto da *almona*,* junto à Inquisição; começava a assaltar-lhes o penetrante cheiro dos óleos e das potassas com que se fabricavam os sabões brancos de Triana quando, à luz das velas do castelo de São Jorge, a jovem observou que seu prometido caminhava com uma mão aferrada ao cabo do punhal que levava na cinta. A cigana tentou firmar seu caminhar instável como uma rainha invulnerável junto aos três ciganos que a acompanhavam: Alejandro, seu irmão mais novo e um de seus primos Vargas, os quais também brincavam com a empunhadura de suas armas.

Haviam seguido bebendo, afastados da música que soava para contentamento de nobres e convidados, enquanto Milagros explicava àquele rapaz que estava disposto a fazer qualquer coisa por ela o que havia sucedido a Caridad à sua chegada a Triana. Fê-lo exaltada, com maior repugnância ainda, se possível, que a que emanou de sua voz quando o contou à sua mãe. Alejandro conhecia Caridad, era impossível não reparar naquela mulher negra que vivia no cortiço junto com Melchor, o Galeote. "Filho da puta", resmungou vezes seguidas à medida que a cigana se espraiava em explicações.

– Cão sarnento! – exclamou ao inteirar-se de como a havia amarrado. Milagros calou-se e tentou centrar o olhar nele. Alejandro, também afetado

---

* *Almona*: lugar onde se pescam sáveis. [N. do T.]

pela bebida, acreditou perceber uma ponta de afeto naqueles olhos vidrosos.
– Porco! – acrescentou então.
– Degenerado! – soltou Milagros entre dentes antes de continuar com sua explicação.

A cigana encontrou em Alejandro a compreensão que não havia obtido em sua mãe nem em Frei Joaquín. Falava exaltada. Por seu lado, ele sentia que ela se aproximava cada vez mais, que buscava seu apoio, que se entregava a ele. O vinho fez o restante.
– Merece a morte – sentenciou Alejandro quando Milagros pôs fim à história.
A partir daí tudo se desenvolveu com rapidez.
– Vamos – instou-lhe o cigano.
– Aonde?
– Vingar tua amiga.
Alejandro puxava pela moça. O simples contato com o braço de Milagros o encorajava. No saguão de saída da casa em que se realizava a festa, o cigano se encontrou com seu irmão mais novo e seu primo.
– Tenho um acerto de contas por fazer – disse-lhes roçando a empunhadura de seu punhal com os dedos –, acompanhais-me?
E ambos haviam assentido, fosse para fazer cumprir a lei cigana, fosse pela excitação provocada pela festa e pelo vinho. Depois, enquanto caminhavam, Alejandro lhes falou de Caridad e do oleiro. Milagros nem sequer pensou nas advertências de sua mãe.
O bairro estava deserto. Era noite fechada. A moça assinalou a Alejandro uma das casas da rua com um quase inobservável gesto de queixo. Caridad havia consentido em indicá-la de longe, atemorizada.
– É esta – anunciou o cigano. – Vós vigiai.
Imediatamente, sem pensar, esmurrou as portas da oficina. Os golpes atroaram.
– Oleiro! – gritou o cigano. – Abre, oleiro!
Os outros dois percorriam a rua de alto a baixo com uma tranquilidade que apaixonou Milagros. Eram ciganos! Alejandro voltou a esmurrar as portas. O basculante de uma casa fronteira abriu-se e a pálida luz de uma vela apareceu nele. O irmão menor de Alejandro inclinou a cabeça para a luz, como se o surpreendesse tal curiosidade. "Não deve ter nem quinze anos", pensou Milagros. O basculante se fechou com uma batida seca.
– Oleiro, abre!

Milagros voltou a atenção para Alejandro, e desconcertou-a notar que se arrepiava diante de sua ousadia; um calafrio que percorreu suas costas começou a livrá-la da embriaguez.

– Quem é? Que queres a esta hora?

A voz procedia de uma das janelas do andar superior.

– Abre!

Milagros permanecia enfeitiçada.

– Não incomodes mais ou chamarei a ronda!

– Antes que ela chegue, já terei ateado fogo à tua casa – ameaçou o rapaz. – Abre!

– Ajudem-me! Socorro! Aguazis! Socorro! – gritou o oleiro.

Alejandro voltou a bater na porta alheio aos gritos de socorro que se confundiam com suas batidas na noite. De repente, Milagros reagiu: onde se haviam metido? Percorreu a rua com o olhar. De uma oficina próxima saía um homem em camisão de dormir empunhando um velho trabuco. Abriu-se um par de portas. O oleiro seguia gritando, e Alejandro batendo nas portas.

– Alejandro... – conseguiu dizer Milagros com voz titubeante.

Ele não chegou a ouvi-la.

– São só uns ciganinhos! – gritou então o do camisão de dormir.

– Alejandro – repetiu Milagros.

– São quatro mendigos!

O irmão e o primo Vargas começaram a retroceder diante dos homens que saíam das casas vizinhas, todos armados: trabucos, paus, machados, facas... Um deles soltou uma gargalhada diante do medo que apareceu no rosto dos rapazes.

– Alejandro! – gritou Milagros justo no momento em que se abria a porta da oficina.

Tudo sucedeu com rapidez. Milagros só o entreviu, o suficiente no entanto para reconhecer o homem a que havia tentado vender charutos em San Roque no dia dos gansos. Achava-se para lá do vão da porta, vestido com uns calções surrados e o peito descoberto; atrás dele estava seu filho com uma velha espada na mão. O homem segurava um trabuco cuja ameaçadora boca redonda pareceu imensa à cigana. Então Alejandro sacou a arma da cinta, e, quando fez menção de lançar-se contra o oleiro, este disparou. Uma infinidade de dispersos projéteis de chumbo destroçou a cabeça e o pescoço do rapaz, que saiu voando pelo impacto.

Os homens da rua ficaram paralisados. Os ciganos, boquiabertos, balbuciantes, viravam a cabeça incessantemente do corpo desfigurado que jazia na terra para os oleiros que haviam acudido em ajuda de seu companheiro.

Milagros, desconcertada, olhava as mãos e as roupas, salpicadas de sangue e de restos de Alejandro.

– Matastes um Vargas – conseguiu articular o mais velho dos ciganos.

Os homens se olharam, como que sopesando aquela ameaça. No interior da oficina, o oleiro tentava recarregar o trabuco com mãos trêmulas.

– Acabemos com eles! – propôs um dos artesãos.

– Sim. Assim ninguém ficará sabendo! – acrescentou outro.

Os Vargas mantinham seus punhais estendidos, rodeando já a Milagros, junto ao cadáver de Alejandro, diante dos homens postados em semicírculo ao redor. Dois deles negaram com a cabeça.

– São só rapazes. Como vamos...?

– Correi!

O mais velho dos dois ciganos aproveitou a indecisão: agarrou Milagros e obrigou-a a correr justo para aquele que havia manifestado hesitação, e o irmão de Alejandro se juntou à corrida. Chocaram-se com o oleiro, que caiu ao chão, e saltaram por cima dele antes até de que houvesse dado fim a suas palavras. Um homem apontou seu trabuco para as costas dos rapazes, mas o que estava a seu lado empurrou a arma para o alto.

– Pretendes ferir algum dos nossos? – perguntou diante da proximidade dos demais curiosos que começavam a parecer.

Quando voltaram a olhar, os ciganos se perdiam já na escuridão da noite. Em silêncio, voltaram a cabeça para o cadáver que jazia numa poça de sangue diante da porta da oficina. "Matamos um Vargas", pareciam dizer-se.

7

Tomás Vega se havia alistado na partida de ciganos comandada por seu irmão Melchor e que se dirigia às costas próximas de Málaga para receber o tabaco de Gibraltar. Ambos abriam a marcha enquanto conversavam com aparente despreocupação, não obstante terem todos os sentidos atentos ao mínimo indício que pudesse revelar rondas de soldados ou membros da Santa Irmandade; atrás deles iam quatro jovens da família Vega, que puxavam pela corda outros tantos cavalos arreados com aparelhos redondos para a carga: albardas, cinchas de *tarabita* e *petrales*; o rei havia proibido que se transportasse com cavalos – só podia fazer-se com burricos, mulas ou mulos com cincerros –, mas havia isentado Sevilha dessa proibição. Os jovens brincavam e riam, como se a presença de seus tios garantisse sua segurança. Fechava a comitiva Caridad, caminhando encharcada de suor debaixo da capa e do chapéu escuros, permanentemente preocupada com não revelar uma só ponta de seu vestido vermelho, tal como lhe havia advertido Melchor antes de partir. "Deve ser a cor vermelha", pensou a mulher, porque os ciganos se moviam sem problemas com seus trajes coloridos. Andava incômoda com as velhas abarcas de sola fina de couro que Melchor lhe dera na ciganaria do horto da Cartuxa; nunca antes havia protegido os pés. Estavam havia quatro dias caminhando e haviam-se internado já na serrania de Ronda. Na primeira jornada, durante um descanso, Caridad havia desatado as correias de couro que uniam as solas a seus tornozelos para que não os roçassem. Melchor, sentado numa grande pedra ao lado do caminho, observou-a e deu de ombros quando seus olhares se cruzaram, como se a autorizasse a prescindir delas. Depois bebeu um bom gole de vinho da bota que levavam.

A atitude do cigano não mudou quando no dia seguinte, após passar a noite ao relento, Caridad retificou-se e amarrou as abarcas antes de partir. Sabia andar descalça. Em Cuba, sobretudo depois da safra de açúcar, ficava atenta para não enfiar algum dos afiados tocos das canas que ficavam escondidos, mas aqueles caminhos sevilhanos nada tinham que ver com os das veigas e do campo cubano: estes eram pedregosos, secos, pulverulentos e até queimavam na canícula andaluza, tanto que parecia que poucas pessoas tinham muito interesse em transitar por eles, e a viagem se efetuou sem contratempo algum.

Apesar de Melchor os ter guiado por escabrosas trilhas de cabras, a subida à serra lhes proporcionou algum frescor, embora o mais importante tenha sido que os dois irmãos Vega se permitiram relaxar a tensão do campo. No caminho, um encontro com as autoridades teria implicado o confisco de armas e cavalgaduras e seu inexorável encarceramento, mas as serras eram suas; eram território de contrabandistas, bandoleiros, delinquentes e todo tipo de foragidos da justiça. Ali os ciganos se moviam com desenvoltura.

– Negra! – gritou Melchor enquanto subiam em fila na espessura, sem sequer voltar-se para ela –, já podes descobrir tuas cores, para ver se assim nos espantas os bichos.

Os demais riram. Caridad aproveitou para desfazer-se da capa e do chapéu e respirou com força.

– Eu não deixaria que a negra fosse mostrando esse prodígio de carnes pretas – comentou Tomás com seu irmão –, ou teremos problemas com os outros homens.

– Em Gaucín a cobriremos outra vez.

Tomás meneou a cabeça.

– Podes empenhar-te em tapá-la, que até um cego a veria.

– Bom estímulo seria esse – brincou o irmão.

– Os homens vão cair em cima dela. Há de saber de tabaco, mas era tão importante assim trazê-la?

Melchor guardou silêncio por alguns instantes.

– Ela canta bem – limitou-se a dizer por fim.

Tomás não replicou e continuaram a subida, mas Melchor o ouviu resmungar.

– Negra, canta! – gritou então.

"Canta, negro!", recordou Caridad. Era o grito dos capatazes nos trapiches antes de fazer estalar o látego em suas costas. "Enquanto um negro canta, não pensa", havia ouvido os brancos dizer em numerosas ocasiões, e os escravos sempre cantavam: faziam-no nos canaviais e nos engenhos por instância dos capatazes, mas também quando pretendiam comunicar-se entre si ou quando queriam queixar-se ao senhor; faziam-no para expressar sua tristeza ou suas parcas alegrias; faziam-no até quando não tinham de trabalhar.

Caridad entoou um canto monótono, profundo, rouco e repetitivo que se confundiu com o repicar dos cascos das cavalgaduras nas pedras e que chegou a calar fundo no espírito dos ciganos.

Tomás anuiu ao notar que suas pernas tentavam acostumar o passo ao ritmo daquele som africano. Um dos jovens se voltou para ela com expressão de surpresa.

"Canta, negra", pensava enquanto isso Caridad. Não era a mesma ordem que a dos capatazes lá em Cuba. O cigano parecia desfrutar de sua voz. Naquelas noites em que ia dormir no cortiço e encontrava Caridad trabalhando o tabaco sobre o tabuleiro, deixava-se cair em seu colchão depois de tirar a roupa e pedia-lhe que o fizesse. "Canta, negra", sussurrava-lhe. E, sem deixar de trabalhar à luz das velas, de cortar as folhas de tabaco ou de torcê-las umas sobre as outras, Caridad cantava com Melchor deitado a suas costas. Nunca se havia atrevido a virar o rosto, nem sequer quando o ronco ou a respiração pausada do homem lhe indicavam que estava dormindo. Que devia pensar aquele cigano ao ouvi-la? Melchor não a interrompia, não cantarolava com ela; só permanecia atento, parado, embalado pelo triste arrulho de Caridad. Tampouco a havia tocado, nunca, embora em algumas ocasiões ela houvesse percebido algo parecido àquela lascívia com que muitos outros permitiam que seus olhos corressem por seu corpo. Teria gostado de que o fizesse, de que a tocasse, de que terminasse por montá-la? "Não", respondia-se. Ter-se-ia convertido em mais um, porque agora era o primeiro homem que conhecia, com que tratava, que não a havia tocado. Durante toda a vida, desde que a tinham arrancado de sua terra e de sua família, Caridad havia trabalhado com o tabaco, e, no entanto, nessas noites em que o fazia com Melchor deitado a suas costas, o aroma da planta adquiria matizes que nunca antes havia percebido; então, ouvindo-se a si mesma e observando como seus longos dedos manejavam as delicadas folhas, Caridad descobria sentimentos que jamais haviam aflorado nela, e respirava fortemente. Às vezes até tinha de suspender seus trabalhos até as mãos deixarem de tremer-lhe, assaltada pela ansiedade diante de sensações que era incapaz de reconhecer e entender.

– Liberdade – afirmou um dia Milagros após alguns instantes de reflexão depois de Caridad lhe contar. – Isso se chama liberdade, Cachita – reiterou com uma seriedade imprópria na moça.

* * *

– Olha, negra, aquela é a terra em que nasceste: a África.

Caridad perscrutou o horizonte, para onde apontava Melchor, e vislumbrou uma difusa linha para além do mar. Voltava a cobrir-se com a capa e com o chambergo enfiado até as orelhas; no entanto, o cigano, a seu lado, reluzia ao sol em sua jaquetinha de seda azul-celeste e seus calções orlados de prata. Na mão direita levava um mosquete de fagulha que havia tirado dos alforjes de um dos cavalos assim que haviam chegado a Gaucín depois de três dias de marcha por sendas e canhadas intransitáveis.

– E esse rochedo ali, junto ao mar – indicou Melchor com o cano da espingarda, dirigindo-se a todos –, é Gibraltar.

A vila senhorial de Gaucín, encravada na estrada real de Gibraltar a Ronda, constituía um encrave importante da serrania. Contava com cerca de mil habitantes, e, acima dela, numa falésia de difícil acesso, elevava-se o castelo da Águia. Os ciganos e Caridad se deleitaram por uns momentos com a vista, até que Melchor deu ordem de dirigir-se ao *mesón* de Gaucín, distante uma légua da povoação, à beira do caminho: uma construção de um só andar erguida num descampado e provida de estrebaria e palheiro.

Era meio-dia, e o aroma de cabrito assado lhes recordou o tempo que estavam sem comer; uma longa coluna de fumaça subia através da chaminé de um grande forno cuja abóbada sobressaía de uma das paredes da construção. Dois garotos correram da estrebaria para encarregar-se dos cavalos. Os sobrinhos pegaram seus pertences, entregaram os cavalos aos meninos e se apressaram atrás dos passos de Melchor, Tomás e Caridad, que já cruzavam a porta do *mesón*.

– Eu já começava a temer que os houvessem detido no caminho! – ouviu-se gritar de uma das toscas mesas.

A luz entrava copiosamente no *mesón*. Melchor reconheceu Bernardo, seu companheiro de galés, sentado diante de um bom prato de carne, pão e uma jarra de vinho.

– Fazia tempo que não te via por aqui, Melchor – cumprimentou-o o estalajadeiro, estendendo uma mão que o cigano apertou com força. – Comentaram comigo que preferias trabalhar na fronteira de Portugal.

Antes de responder, o cigano deu uma olhada no interior do *mesón*: só outras duas mesas estavam ocupadas, ambas por vários homens que comiam com as armas em cima delas, sempre à mão: contrabandistas. Alguns cumprimentaram Melchor com um gesto de cabeça, outros escrutaram Caridad.

– Estejam com Deus, senhores! – cumprimentou o cigano. Depois se voltou para o estalajadeiro, que também examinava a mulher. – Trabalha-se onde se pode, José – ergueu a voz para chamar sua atenção. – Ontem foi com os portugueses, hoje com os ingleses. A família está bem?

– Crescendo. – O estalajadeiro apontou para uma mulher e duas moças que se afanavam diante do grande forno a lenha.

Os ciganos, Caridad e o estalajadeiro se encaminharam para a longa mesa em que os esperava Bernardo.

– Já chegaram? – perguntou Melchor diante da azáfama das mulheres no forno e do pouco público que havia para dar conta de tudo o que assavam nele.

– Viram-nos passar por Algatocín há pouco tempo – respondeu José. – A uma légua de caminho. Não tardarão a chegar. Aproveitai para comer e beber antes que tudo isto fique de pernas para o ar.

– Quantos são?

– Mais de uma centena.

O cigano franziu o cenho. Tratava-se de uma partida importante. Em pé ainda, junto à mesa, interrogou com o olhar a Bernardo.

– Já te disse que haviam chegado várias embarcações ao rochedo – explicou-se este virando a pata de cabrito que segurava, como se não lhe concedesse importância alguma. – Há muita mercadoria. Não te preocupes, nossa parte está assegurada.

Antes de sentar-se, olhando para a porta de entrada, Melchor deixou o mosquete sobre a mesa, cruzado, com uma batida que talvez tenha sido mais forte que o devido, como se quisesse dar a entender que a única coisa capaz de garantir seu negócio eram as armas.

– Senta-te a meu lado, negra – indicou a Caridad ao mesmo tempo que batia no banco que rodeava a mesa.

O estalajadeiro, curioso, dirigiu o queixo para a mulher.

– É minha negra – declarou o cigano. – Ocupa-te de que todo o mundo o saiba e traga-nos comida. Tu – acrescentou para Caridad –, já o ouviste: aqui és minha negra, me pertences. – Caridad anuiu recordando as palavras de Milagros: "Não te separes do avô." Notava a tensão nos ciganos. – Procura continuar bem coberta, ainda que o chapéu, sim, o possas tirar. E os demais... – Nesse momento o cigano sorriu para Bernardo e se serviu de um copo de vinho a transbordar, do qual quase deu conta de um só gole. – Os demais, atenção com o vinho! – advertiu limpando os lábios com o dorso da mão. – Eu vos quero bem despertos quando chegarem os de Azinheiras Reales.

Azinheiras Reales, Cuevas Altas e Cuevas Bajas eram três pequenas povoações próximas entre si e encravadas em velhas terras de fronteira, junto ao rio Genil, a umas trinta léguas de distância de Gaucín. Os três lugares se haviam convertido em refúgio de contrabandistas que agiam com total impunidade. A grande maioria de seus habitantes se dedicava a esse negócio, principalmente com tabaco, e os que não, esses os encobriam ou lucravam. Nos povoados, mulheres e eclesiásticos colaboravam no negócio, e as autoridades, por mais que o tentassem, não conseguiam impor a ordem em uns enclaves de homens duros, violentos e curtidos entre os quais imperavam a lei do silêncio e a da proteção mútua. As pessoas dos três lugares organizavam constantes partidas, às vezes para Portugal, pela rota de Palma del Río e Jabugo, para dali atravessar a fronteira em direção a Barrancos ou Serpa, e em outras ocasiões a Gibraltar, por Ronda e sua serrania. Buscando a segurança desses nutridos bandos, uniam-se a eles mochileiros e outros delinquentes de Rute, Lucena, Cabra, Priego, com o que chegavam a formar pequenos e temíveis exércitos superiores em número e forças a qualquer ronda ou patrulha de soldados reais, em sua maioria corruptos, quando não malpagos, velhos ou aleijados.

A única pessoa no *mesón* de Gaucín que não percebeu o escarcéu dos contrabandistas até que seus gritos e gargalhadas inundassem os arredores do *mesón* foi Caridad; os demais tiveram oportunidade de verificar que o murmúrio que chegou a ouvir-se de longe se convertia em alvoroço ao mesmo tempo que homens e cavalgaduras se aproximavam. Os quatro jovens ciganos Vegas ficaram tensos, nervosos, olhando-se entre si, buscando em Tomás a tranquilidade que sua inexperiência não lhes dava. Melchor e Bernardo, ao contrário, receberam os de Azinheiras Reales, já aplacada a fome, com uns bons charutos entre os dedos, bebendo com fruição o vinho jovem da serrania, áspero e forte, como se com cada gole que tomavam, em silêncio, olhando-se um ao outro em perfeita simbiose, pretendessem recuperar parte daqueles aterradores anos que haviam passado agrilhoados aos remos das galés reais.

À diferença de todos eles e dos demais comensais do *mesón* que se moviam inquietos em seus bancos, Caridad mordiscava entusiasmada os ossos do cabrito assado a lenha e temperado com ervas aromáticas. Não se recordava de haver comido nunca nada tão saboroso! Nem sequer as azuladas baforadas de fumaça que o cigano lançava junto a ela a distraíam, nem, menos ainda, a confusão que pudesse fazer a proximidade de uma partida de contrabandistas. Os ciganos não costumavam comer bem: amiúde as carnes beiravam a podridão, e as verduras ou hortaliças estavam passadas, mas pelo menos eram mais variadas que o *funche* com bacalhau com que dia após dia o senhor alimentava os escravos de sua plantação. Um copinho de aguardente, era isso o que lhes davam de manhã para que despertassem e ficassem preparados para o trabalho. Não, certamente a comida não era uma das razões pelas quais Caridad permanecia com os ciganos, ainda que isso unido a um lugar onde dormir... "Cachita, podes ir embora quando quiseres, és livre, entendes?, livre", repetia-lhe vezes sem conta Milagros. E o que faria sem Milagros? Poucos dias antes de partir para contrabandear com o avô, durante um anoitecer preguiçoso que parecia resistir a deixar de iluminar Sevilha, a moça havia voltado a mostrar seu desconsolo por seu futuro casamento com Alejandro Vargas. Ela amava Pedro García; "eu o amo", havia soluçado, as duas sentadas à beira do Guadalquivir, olhando para frente. Depois, Milagros havia apoiado a cabeça no ombro de Caridad, tal como fazia Marcelo, e ela lhe havia acariciado o cabelo tentando proporcionar-lhe consolo. Aonde iria sem Milagros? A mera lembrança dos acontecimentos com o ceramista nublou-lhe o pensamento; Caridad se transportou mentalmente para o dia em que se sentou para esperar a morte debaixo daquela laranjeira. Naquela noite viu aproximar-se Eleggua, o Deus que rege o destino dos homens, o que dispõe das vidas a seu bel-prazer. Quanto tempo fazia – chegou a pensar naquele momento – que não falava com os orixás, que não lhes fazia oferendas, que não era montada por eles? Então se esforçou e lhe cantou, e o caprichoso Eleggua girou e girou ao redor dela fumando um grande charuto até que se deu por satisfeito com aquela humilde oferenda e lhe mandou o cigano para que a ajudasse a continuar vivendo. Melchor a respeitava. Também havia sido ele quem a levara a São Jacinto e lhe apresentara a Frei Joaquín. Ali, naquela igreja em construção, achava-se a Virgem da Candelária: Oiá para os escravos cubanos. Oiá não era seu orixá, Oxum é que o era, a Virgem de Caridad, mas sempre se dizia que não há Oiá sem Oxum nem Oxum sem Oiá, e a partir de então Caridad ia rezar à Candelária, se ajoelhava diante dela e, quando não a viam, trocava suas ave-marias pelo rumor de uns cânticos ao orixá que representava a Virgem, balançando-se de frente para trás. Antes de ir-se, deixava cair parte de uma folha de tabaco roubada, não tinha outra coisa que oferecer-lhe. Ao longo do tempo que estava em Sevilha, havia visto os negros livres da cidade: em sua maioria não eram mais que uns miseráveis que pediam esmola pelas ruas, confundidos entre as centenas de mendigos que pululavam pela capital, brigando uns com outros por uma moeda. Estava bem com os ciganos, concluiu Caridad, amava Milagros, e Melchor cuidava dela.

– Morena, já não te resta osso que roer.

As palavras do cigano a devolveram à realidade e com ela ao alvoroço que se vivia no exterior. Caridad deparou com uma costeleta já roída nas mãos. Deixou-a no prato justo no momento em que se abriam as portas do *mesón* e uma multidão de homens armados, sujos e vozeiros entrava nela. Caridad distinguiu vários mulatos e até um par de frades. O estalajadeiro se esforçou por acomodá-los, mas era impossível acolher a todos. Os contrabandistas gritavam e riam; alguns levantaram sem contemplação a outros que já se haviam sentado às mesas, impondo uma autoridade que ficou patente na submissão dos deslocados. Também entraram algumas mulheres, prostitutas que os seguiam e que se aproximaram com descaramento para vender seus encantos àqueles que pareciam ser os capitães dos diversos grupos de que se compunha a partida. O estalajadeiro e sua família começaram a levar jarras de vinho, aguardente e bandejas cheias de cabrito às mesas; ele preocupado com servir a quem mais gritava, a esposa e suas duas jovens filhas tentando se esquivar de palmadas nas nádegas e abraços não desejados.

Quatro homens foram sentar-se no espaço que restava livre nos longos bancos corridos da mesa dos ciganos, mas ainda não haviam chegado a fazê-lo quando apareceram outros três que os impediram.

– Fora daqui – ordenou-lhe com voz aflautada um homem baixo e gordo, de rosto redondo, a barba rala, ataviado com uma jaquetinha que parecia a ponto de rebentar, assim como a faixa vermelha com que pressionava sua enorme barriga e de que sobressaíam as empunhaduras de uma faca e de uma pistola.

Caridad, assim como os jovens ciganos, sentiu um calafrio ao verificar que aqueles quatro rudes contrabandistas que se haviam dirigido a eles com soberba se levantavam com uma atitude de obediência próxima do servilismo. O gordo se deixou cair pesadamente no banco ao lado de Bernardo, diante de Melchor; os outros dois ocuparam os lugares que ficavam livres. Um par de prostitutas foram, velozes, postar-se junto aos recém-chegados. O gordo tirou de sua faixa um facão de dois gumes e uma pistola de chave com fuzil e cano belamente lavrado com arabescos dourados. Caridad observou que os pequenos e grossos dedos do homem alinhavam meticulosamente aquelas duas armas sobre a mesa, junto à espingarda de Melchor. Quando pareceu satisfeito, falou de novo, e desta vez se dirigiu ao cigano.

– Não sabia que tu também estavas metido neste negócio, Galeote.

O estalajadeiro, sem necessidade de gritos nem trejeitos, havia acudido rapidamente à mesa dos ciganos, para servir aos novos comensais. Melchor esperou que ele terminasse antes de responder.

– Fiquei sabendo que tu eras um dos capitães e me apressei a vir. Se o Gordo vai, eu me disse, com certeza há bom tabaco.

Um dos homens que acompanhavam o capitão se remexeu inquieto no banco: fazia tempo, desde que mandava sua própria partida, que já ninguém se atrevia a utilizar esse apelido quando se dirigia a ele; eram muitos os que haviam pagado caro deslizes como aquele. O Faixado chamavam-no agora.

O Gordo estalou a língua.

– Por que me faltas ao respeito, Melchor? – disse então. Por acaso eu o fiz?

O cigano entrefechou os olhos para ele.

– Troco todas as libras de banha de tua barriga por meus anos aos remos.

O Gordo ergueu de forma quase imperceptível seu grosso pescoço, pensou alguns instantes e sorriu com dentes negruscos.

– Não há trato, Galeote, prefiro minha banha. Passa nesta ocasião, mas cuida-te de chamar-me assim diante de meus homens.

Então foram os ciganos Vegas os que tensionaram as costas nos bancos perguntando-se como responderia Melchor àquela ameaça.

– O melhor será então que não cruzemos nossos caminhos – propôs este.

– Sim, será melhor – corroborou o outro após anuir. – Agora utilizas uma negra como mochileira? – inquiriu fazendo um gesto para Caridad, que presenciava o lance verbal de boca e olhos abertos.

– Que negra? – perguntou o cigano, imóvel, hierático.

O Gordo fez menção de assinalá-la com a mão, mas se deteve a meio caminho. Depois meneou a cabeça e pegou uma costeleta de cabrito. Esse foi o sinal para que os outros dois se lançassem sobre a comida e para que as prostitutas se aproximassem com lisonjas dos recém-chegados.

O *mesón* de Gaucín era o lugar escolhido para esperar notícias do desembarque de Gibraltar das mercadorias de contrabando na costa de Manilva, uma pequena povoação distante umas cinco léguas do *mesón* e que pertencia à vila de Casares, dedicada à pesca e ao cultivo da uva e da cana-de-açúcar. Através de seus diferentes agentes – Melchor o havia feito com o concurso de Bernardo –, todas as partidas de contrabandistas haviam adquirido já no enclave inglês, a baixo preço, burlando o monopólio espanhol, as mercadorias que desejavam. Uma vez feitos os tratos, os produtos permaneciam depositados e convenientemente assegurados nos armazéns dos armadores gibraltarinos à espera de que se dessem as circunstâncias atmosféricas para trasladá-las do rochedo às costas espanholas.

Dois avisos haviam sido mandados a Gibraltar: as partidas estavam reunidas em Gaucín. Só restava aguardar que os armadores que operavam no rochedo sob diversas bandeiras confirmassem a noite em que se procederia ao desembarque. Enquanto isso, a música de guitarras, flautas e pandeiretas soava no *mesón* e no descampado que se abria ao redor, com maior ímpeto à medida que as jarras e as botas de vinho corriam de mão em mão. Os homens, reunidos em grupos, apostavam seus futuros ganhos nas cartas ou nos dados. Aqui e ali se produziam querelas que os capitães procuravam que não chegassem às últimas consequências: necessitavam de seus carregadores. Comerciantes e mercadores das cercanias, além de prostitutas e de alguns delinquentes, acudiam diante da expectativa de dinheiro fácil.

Melchor, Bernardo e seus acompanhantes passeavam por entre aquele fervedouro notando o frescor da noite que se avizinhava. Os ciganos não iam dormir no chão junto ao forno, como o fariam os capitães e seus lugar-tenentes, nem sequer nas cocheiras ou nos palheiros: não pensavam fazê-lo junto aos *payos*, era sua lei. Afastar-se-iam para resguardar-se entre as árvores e dormir ao relento; mas até que chegasse esse momento Melchor, precedendo a comitiva, se detinha num canto para ouvir a música, em outro para contemplar as apostas, e para conversar aqui e ali com conhecidos do contrabando.

– Jogas a negra nos dados comigo, Galeote? – propôs-lhe o capitão de uma pequena partida de Cuevas Bajas que se encontrava com outros aglomerados sobre um tabuão.

A cabeça de Caridad se voltou atemorizada para o contrabandista. "Seria capaz de aceitar a aposta?", passou por sua mente.

– Por que queres jogar para perder, Tordo? – Assim chamavam ao capitão. – Perderias teu dinheiro se eu ganhasse, ou tua saúde se perdesse. Que farias tu com uma fêmea como esta?

O Tordo hesitou um instante em sua réplica, mas terminou por juntar um sorriso forçado às gargalhadas dos homens que jogavam com ele.

Melchor deixou para trás a improvisada tábua de dados e as pulhas que ainda se ouviam nela e continuou passeando.

– Melchor, ficaste louco? No final teremos problemas – sussurrou-lhe Tomás fazendo um gesto para Caridad.

Apesar da capa com que se cobria, a mulher era incapaz de esconder seus grandes peitos nem as voluptuosas curvas de suas cadeiras, que excitavam a imaginação de quantos a viam mover-se.

– Eu sei, irmão – respondeu Melchor erguendo a voz para que pudessem ouvi-lo os demais ciganos. – Por isso mesmo. Quanto antes tivermos esses problemas, antes poderemos descansar. Além disso, desta maneira serei eu quem escolherá com quem tê-los.

– Interessa-te tanto assim a negra? – estranhou Tomás.

Caridad apurou o ouvido.

– Por acaso não a ouviste cantar? – respondeu o cigano.

E Melchor escolheu: um mochileiro de certa idade, a precisa para ver-se obrigado a defender sua hombridade, essa coragem que lhes dava um posto na tácita hierarquia dos delinquentes, mal-encarado, de barba malcuidada, e cujos olhos injetados eram prova da grande quantidade de vinho ou aguardente que havia consumido. O homem se achava conversando em grupo, mas havia desviado a atenção para Caridad.

– Atentos, sobrinhos – alertou o avô em voz baixa ao mesmo tempo que entregava seu mosquete a Bernardo. – Tu o que estás olhando, seu porco? – gritou depois ao mochileiro.

A reação foi imediata. O homem pegou seu punhal, e seus companheiros tentaram fazer o mesmo, mas, antes que o conseguissem, os quatro sobrinhos Vegas se haviam abalançado a eles e os ameaçavam já com suas armas. Melchor permaneceu imóvel diante do mochileiro, com as mãos nuas, desafiando-o tão só com o olhar.

Fez-se silêncio ao redor do grupo. Tomás, um passo atrás de seu irmão, segurava a empunhadura de sua faca, ainda enfiada na faixa. Caridad tremia, algo afastada, com os olhos cravados no cigano. Bernardo sorria. A certa distância, no descampado, alguém chamou a atenção do Gordo, que voltou o olhar para onde lhe assinalavam. "Que valentia tem!", reconheceu.

– É minha negra – resmungou Melchor. O mochileiro movia ameaçadoramente seu punhal, estendido na direção do cigano. – Como te atreves a olhá-la, seu canalha?

O novo insulto levou o homem a arremeter contra Melchor, mas o cigano tinha a situação sob controle: havia-o visto mover-se com inabilidade, ébrio, e a aglomeração de pessoas só lhe permitia deslocar-se em linha reta, diretamente para ele. Melchor afastou-se com agilidade, e o mochileiro passou a seu lado, cambaleando, com o braço estupidamente estendido. Foi Tomás quem pôs fim ao lance: com inusitada rapidez sacou o punhal de sua faixa e deu uma punhalada no pulso do atacante, que caiu por terra desarmado.

Melchor aproximou-se do ferido e pisou seu pulso, já ensanguentado.

– É minha negra! – anunciou em voz alta. – Alguém mais pretende imaginá-la em seus braços?

O cigano percorreu o lugar com os olhos entrefechados. Ninguém respondeu. Depois afrouxou a pressão do pé, enquanto Tomás dava um pontapé na arma do mochileiro para pô-lo fora de seu alcance. A um sinal do avô, os sobrinhos cessaram seu acosso aos demais contrabandistas, e todos eles, como um só, voltaram a perder-se entre as pessoas. Caridad sentia que lhe faltavam os joelhos, ainda atemorizada mas sobretudo confusa: Melchor havia pelejado por ela!

Uns passos para além de onde se havia produzido a altercação, Bernardo devolveu o mosquete a seu companheiro.

– Tantos anos em galés – comentou com ele nesse momento –, tantos anos lutando para nos mantermos com vida, vendo morrer uns e outros a nosso lado, em nossos mesmos bancos, após insofríveis agonias, e tu jogas a vida por uma negra. E não me digas que canta bem! – adiantou-se à sua resposta –, eu não a ouvi.

Melchor sorriu para o amigo.

– Supera-te? – inquiriu Bernardo então. – Canta melhor que tu?

Os dois se perderam em suas recordações, quando o cigano, enquanto remavam em alto-mar, no silêncio de um vento em calmaria, começava a cantar com um interminável e lúgubre queixume como que saído do espírito de todos aqueles desgraçados que haviam deixado sua vida na galé. Até o comitre deixava então de açoitar os remadores! E Melchor cantava sem palavras, modulava o pranto e entoava o lamento de uns homens destinados a falecer e juntar sua alma às muitas que haviam ficado eternamente acorrentadas aos remos e às porões da galé.

– Melhor que eu? – perguntou-se por fim o cigano em voz alta. – Não sei, Bernardo. O que te asseguro é que o faz com a mesma dor.

A torre erguida em punta Chullera para a vigilância e defesa da costa foi utilizada, como em tantas outras ocasiões, a modo de improvisado farol para guiar na noite as embarcações contrabandistas que haviam partido de Gibraltar. O vigia da atalaia, mais preocupado com o cultivo do horto que a rodeava, recebeu com satisfação o dinheiro que lhe pagaram os contrabandistas, assim como o fizeram os alcaides, cabos e oficiais de justiça dos povoados e guarnições próximas.

E, enquanto um homem agitava um fanal do alto da torre, a seus pés, na praia, a centena de contrabandistas que se havia deslocado de Gaucín com suas cavalgaduras esperava intranquila na escuridão da noite a chegada das naus. Haviam passado dois dias no *mesón*, jogando, cantando, bebendo e brigando à espera de notícias de Gibraltar, e nesse momento, na praia, a maioria deles perscrutava o negro horizonte, porque, se em terra podiam agir com impunidade, não sucedia o mesmo no mar, com as embarcações do Resguardo espanhol controlando as costas. Havia chegado o momento mais delicado da operação, e todos o sabiam.

Caridad, entre sussurros e um que outro relincho dos cavalos, ouvia o rumor das ondas ao quebrar-se na margem e repetia-se vezes seguidas as instruções do cigano: "Arribarão uns quantos faluchos", havia-lhe dito, "talvez, pela quantidade de gente, até algum xaveco…" "Faluchos?", perguntou ela. "Embarcações", precisou Melchor com brusquidão, nervoso. Não se atreveu a perguntar nada mais e continuou a ouvir: "Desembarcarão sacos de tabaco na praia. A nós nos cabem oito, dois por cavalo. O problema é que de cada embarcação descarregam muitas mais, razão por que devemos dividi-las entre nós na praia. Então é que intervéns tu, negra. Quero que escolhas as de melhor qualidade. Entendeste-me bem?" "Sim", respondeu ela, embora não estivesse muito segura. De quanto tempo disporia para cheirar e apalpar as folhas? "Quanto tempo terei…?", começou a perguntar. Um dos cavalos dos ciganos deu um coice em outro que lhe mordiscava a garupa. "Rapaz!", resmungou Melchor. "Cuida dos animais!" Caridad deixou de prestar atenção aos cavalos quando os sobrinhos os separaram o suficiente. "Dizias algo, negra?" Não o ouvira. E como ia a verificar a cor e as diferentes tonalidades das folhas? Era noite fechada, não se via nada. Além disso, havia todos aqueles homens que esperavam impacientes junto a eles. Caridad percebia a tensão contida que se vivia na praia. Conceder-lhe-iam o tempo suficiente para escolher o tabaco? Tinha consciência de que sabia reconhecer as melhores plantas. Don José sempre a chamava para fazê-lo, e então até o senhor permanecia em silêncio o tempo que fosse necessário enquanto ela, convertida em senhora da plantação, se deleitava com aromas, texturas e cores.

– Melchor… – tentou esclarecer suas dúvidas.
– Vamos! – interrompeu-a este, porém.
A ordem a pegou desprevenida.
– Apressa-te, morena! – urgiu com ela o cigano.
Caridad foi atrás deles.

Um dos sobrinhos ficou para trás, guardando os animais, tal como sucedia nos demais grupos. Só os homens se adiantavam até a beira, pois era tal a desordem que os cavalos terminavam por assustar-se, escoiceando-se entre si e dissipando a mercadoria.

De repente, ao longo da praia se acendeu uma multidão de lanternas. Já ninguém agia com precaução; as luzes podiam delatá-los à vista de qualquer embarcação do Resguardo costeiro que se achasse na zona. Só cabia apressar-se. Atrás dos passos dos ciganos, rodeada de contrabandistas, Caridad vislumbrou vários barcos ao redor dos quais se aglomeravam os mais diligentes. Parou a alguns passos da beira, junto a Melchor, entre gritos e chapes. Bernardo se movia com rapidez em busca de sua mercadoria. Chamou-os agitando uma lanterna e foram todos para ali, onde se iam amontoando os sacos de couro descarregados de um dos vários barcos que se haviam aproximado da praia.

– Começa, morena! – instou-lhe Melchor ao mesmo tempo que empurrava vários contrabandistas e cortava com a faca as cordas que fechavam um dos sacos. – Que estás esperando? – gritou quando já cortava as do seguinte e Caridad ainda não se havia movido.

Protegida por Tomás e pelos três sobrinhos restantes, que tentavam impedir que os demais pegassem o tabaco antes que Caridad verificasse a mercadoria, esta tentou aproximar-se do primeiro saco de couro. Não via nada. A gritaria a distraía, e os empurrões a incomodavam. Contudo, introduziu a mão no primeiro saco. Esperava apalpar folhas, pegar alguma delas e... Era tabaco do Brasil! Havia-o conhecido em Triana, embora já tivesse referências dele. Tabaco de corda: folhas de tabaco negro brasileiro envoltas em grandes rolos. Caridad pôde cheirar o enjoativo do xarope de melaço utilizado para tratar as folhas e poder torcê-las. Os espanhóis gostavam: picavam a corda e a envolviam em outra folha; também se mascava, mas não podia comparar-se com o bom tabaco...

– Negra! – desta vez foi Tomás quem lhe chamou a atenção, suas costas coladas às dela, suportando o empurra-empurra dos demais homens. – Ou te apressas, ou algum destes te confundirá com um saco de couro e te carregará num de seus cavalos.

Então Caridad descartou aquele primeiro saco e um par de contrabandistas se abalançou a ele. À luz das lanternas, na confusão, os sobrinhos Vegas, surpresos, olharam para seu tio Tomás, que deu de ombros: tabaco do Brasil, o tabaco mais solicitado no mercado!

Depois de rebuscar num par de sacos mais, Caridad encontrou folhas. Tampouco eram cubanas; era tabaco da Virginia. Doeu-lhe arrancar as folhas sem a menor delicadeza, mas Tomás e também Melchor instavam com ela sem cessar enquanto Bernardo tentava tranquilizar o agente que as havia desembarcado. Descartou as que lhe pareceram excessivamente secas ou úmidas; friscou-as rapidamente tentando calcular quanto tempo fazia que haviam sido colhidas, expô-las à tênue luz para verificar sua cor, e começou a escolher: um, dois, três sacos... E os sobrinhos os afastavam.

– Não! – retificou. – Este não. Aquele.

– Com mil demônios! – gritou-lhe um deles. – Decide-te!

Caridad notou que as lágrimas lhe assomavam aos olhos. Hesitou. Qual era o último que havia escolhido?

– Morena! – Melchor a sacudiu, mas ela não recordava.

– Essa! – assinalou sem estar segura, os olhos já tomados de lágrimas.

A certa distância, numa duna, enquanto seus homens agarravam o contrabando que lhes correspondia, o Gordo e seus dois lugar-tenentes observavam com interesse a tremenda embrulhada que haviam originado os ciganos. Caridad continuava com sua seleção, apertando as folhas de tabaco sem saber a que saco pertenciam. Os sobrinhos afastavam os que ela assinalava, e os demais contrabandistas agarravam os sacos descartados. Melchor e Tomás instavam a Caridad, e Bernardo discutia com o agente que assinalava com trejeitos os demais barcos que abandonavam já a praia, todos atentos ao horizonte, para o caso de aparecerem as luzes de alguma nau do Resguardo.

Por fim os ciganos conseguiram reunir seus oito sacos de couro. O agente e Bernardo se deram a mão, e aquele correu para um barco que já começava a vogar para os faluchos. Continuava a confusão em torno do tabaco rejeitado por Caridad. Foi então que o Gordo entrefechou os olhos. Cada saco podia pesar mais de cem libras, e não havia mais que seis homens: cinco ciganos e Bernardo. Olhou para onde os esperava o outro cigano com os cavalos: tinham de percorrer um bom trecho de praia, cada um com um saco, não poderiam com mais. Então se voltou para seus lugar-tenentes, que o entenderam sem necessidade de palavra alguma.

– Espera aqui, negra – ordenou Melchor a Caridad ao mesmo tempo que punha com esforço um dos sacos às costas e se juntava à fileira encabeçada por Tomás, cada qual com seu fardo.

Caridad soluçava, nervosa. Tinha o corpo encharcado de suor e mostrava o vermelho de seu vestido sob a capa aberta. Tremiam-lhe as pernas e ainda apertava entre as mãos restos de folhas de tabaco. O Gordo contemplou como partia a fileira de ciganos, depois desviou o olhar para seus lugar-tenentes: um deles, com a ajuda de outros dois contrabandistas, incitava um cavalo livre de carga dentro do mar, às costas de Caridad; o outro se encaminhava para ela.

– Distrai-a – havia-lhe ordenado o Gordo. – Não é necessário fazer-lhe mal – acrescentou diante do gesto de estranheza do homem.

No entanto, ao ver que seu sequaz se aproximava de Caridad, apagando-se as lanternas paulatinamente à medida que as partidas abandonavam a praia com sua mercadoria, compreendeu que, se a mulher se desse conta do ardil e se opusesse, sua advertência haveria sido vã. Quando só faltava um par de passos para que o contrabandista chegasse até Caridad, o Gordo voltou a calcular os tempos: os ciganos ainda não o haviam feito até seus cavalos. Sorriu. Esteve a ponto de soltar uma gargalhada: avançavam devagar, erguidos quanto podiam sob os sacos de couro, soberbos e altivos como se passeassem pela rua principal de um povoado. Os homens que atiçavam o cavalo no mar já haviam desaparecido na escuridão; assim, deviam estar muito perto dos fardos. Dispunham de pouco tempo, mas ele esfregou as grossas mãos: pressentia que ia ser simples.

– Negra!

Caridad se sobressaltou. O contrabandista que havia gritado, também: os peitos da mulher, grandes e firmes, pugnavam por rasgar a camisa vermelha ao ritmo de sua respiração entrecortada. O homem esqueceu o discurso que tinha preparado e perdeu-se na contemplação e no repentino desejo daquelas curvas voluptuosas. Caridad baixou o olhar, e a atitude de submissão que demonstrou com isso excitou o contrabandista. Sob uma luz cada vez mais mortiça, a mulher brilhava devido ao suor que corria por seu corpo.

– Vem comigo! – propôs-lhe o homem com ingenuidade. – Eu te darei... eu te darei o que quiseres.

Caridad não respondeu, e, de repente, o contrabandista viu que por trás dela seu companheiro, que já havia chegado, fazia sinais com as mãos abertas, incrédulo diante do que acabava de ouvir. O Gordo remexeu-se inquieto na duna e voltou-se para os ciganos: estavam já carregando as cavalgaduras, mas era difícil que chegassem a ver Caridad. O que estava às costas da mulher deixou a coisa para lá com um tapa ao ar e agarrou um dos sacos de couro. Caridad o percebeu e fez menção de voltar-se, mas então o lugar-tenente reagiu e se abalançou a ela para imobilizá-la pela nuca com uma mão e levar a outra à entreperna da mulher. Por um momento estranhou que não gritasse nem se defendesse. Ela só queria voltar-se para o tabaco. Ele não o permitiu e mordeu seus lábios. Os dois caíram na areia.

O Gordo verificou que seu outro lugar-tenente e os homens que levava consigo punham com rapidez os sacos de couro no cavalo e se perdiam na escuridão. Também ouviu os primeiros gritos dos ciganos. Só restava um dos seus... "Inútil!", pensou. Se os ciganos o flagrassem, saberiam que ele estava atrás daquilo, e não queria que o relacionassem de forma tão notória com o roubo. Para sua tranquilidade, o lugar-tenente que ia com os do cavalo reapareceu na escuridão e agarrou pelo cabelo seu companheiro até quase levantá-lo do chão e separá-lo da mulher. Escaparam pouco antes que Melchor e os seus chegassem até Caridad. Era pouco provável que os houvessem reconhecido.

– Estás velho, Galeote – murmurou o Gordo antes de dar as costas para o mar e perder-se na noite ele também, tentando imitar, zombeteiro, o andar dos ciganos.

8

Canta, negra!

Não foi Melchor quem o pediu dessa vez, mas Bernardo, e o fez depois de três dias de marcha no mais pertinaz dos silêncios, com um cavalo sem carga que lhes recordava a cada tranco o que havia acontecido na praia de Manilva.

Melchor não havia permitido que os sacos de couro se distribuíssem entre as cavalgaduras e andava abatido junto àquele animal, como se com isso aceitasse sua penitência. Caridad obedeceu, mas a voz lhe surgiu estranha: tinha o lábio inferior destroçado pelas mordidas do contrabandista, o corpo machucado e suas belas roupas vermelhas em farrapos. Ainda assim, quis comprazer o cigano, e seu triste murmúrio acentuou ainda mais a aridez estival dos campos pelos quais haviam decidido atravessar para evitar os caminhos principais. Também intensificou a dor de seus lábios ressecados e com cascas, embora não lhe doessem tanto como a camisa rasgada que protegia sob a capa escura. Que importância podiam ter as mordidas de um contrabandista comparadas com as chicotadas de um capataz encolerizado? Havia vivido em numerosas ocasiões esse tipo de dor, pungente, intensa, longa no tempo e que afinal passava, mas suas roupas vermelhas... Jamais em vinte e cinco anos de vida havia possuído roupas como aquelas! E eram suas, só suas... Recordou os aplausos de Milagros quando se mostrou diante dela e de sua mãe; recordou também o olhar das pessoas de Triana, tão diferentes das que lhe davam quando ia vestida com suas roupas cinzentas de escrava, como se por elas soubessem de sua condição. Vestida de vermelho, havia chegado a perceber um vislumbre dessa liberdade que tanto lhe custava reconhecer. Por isso, mais que os ferimentos de seus lábios, doía-lhe notar que um de seus peitos caía livre por cima do tecido e o roçar dos farrapos da saia sobre as pernas. Teriam conserto? Ela não sabia coser, as ciganas tampouco.

Observou adiante a fileira de ciganos com os cavalos. Apesar do sol, suas coloridas vestimentas tampouco pareciam brilhar, como se exsudassem a ira e a decepção dos que as vestiam. Tinha de cantar. Talvez aquele fosse seu castigo. Havia-o esperado na praia, quando o contrabandista soltou seu corpo e ela chegou a ver que os sacos de couro haviam desaparecido. Falhara com eles! Diante da chegada dos ciganos se encolheu sobre a areia, sem atrever-se a cruzar o olhar com eles; então tinham de haver chegado as chicotadas... ou os pontapés e os insultos, como na veiga, como sempre. Mas não foi assim. Ouviu-os gritar e blasfemar; ouviu as instruções de Melchor, e aos demais correr pela praia daqui para ali com a indignada respiração do cigano acima dela.

– As pegadas do cavalo saem do mar e voltam a perder-se nele – lamentou-se um dos sobrinhos.

– Não podemos saber para onde foram – resfolegou outro deles.

– Foi o Gordo! – acusou Tomás. – Pareceu-me vê-lo atrasado... Eu te disse que a negra nos trairia!...

Caridad não pôde ver o gesto imperioso com que Melchor deteve a acusação de seu irmão.

– Levanta-te, morena – ouviu não obstante que lhe ordenava.

Caridad o fez, com o olhar baixo; a luz das lanternas carregadas pelos ciganos concentrou-se nela.

– Quem era o homem que se lançou sobre ti?

Caridad meneou a cabeça.

– Como era? – inquiriu então Melchor.

– Branco.

– Branco! – nesta ocasião foi Bernardo quem saltou. – Como branco? Só isso! Usava barba? De que cor era seu cabelo? E seus olhos? E...?

– Bernardo – interrompeu-o Melchor com voz algo cansada –, vós, os *payos*, sois todos iguais.

E aí terminou tudo, sem castigo, sem recriminação alguma. Os ciganos voltaram para onde os esperavam os cavalos e se puseram em marcha, muito atrás das demais partidas, com as quais não voltaram a encontrar-se, cada qual por sua rota. Ninguém disse nada a Caridad: "Segue-nos", "Vem", "Vamos", qualquer coisa. Ela juntou-se a eles como o faria um cãozinho àquele que lhe dá de comer. Pouco falaram entre si ao longo do caminho de volta a Triana. Melchor não articulou palavra desde sua última frase na praia. Caridad caminhava com as costas de Melchor como norte. Aquele homem a tinha tratado bem, a tinha respeitado, lhe tinha dado suas roupas vermelhas e até a tinha defendido em várias ocasiões, mas por que não a havia açoitado? Tê-lo-ia preferido. Tudo terminava depois do látego: voltava-se ao trabalho até um novo erro, até um novo arrebatamento de fúria da parte do capataz ou do senhor, mas dessa maneira... Olhou a jaquetinha de seda azul-celeste do cigano, e a letra da canção que entoava se embargou em sua garganta.

Esperaram que anoitecesse para aproximar-se de Sevilha. O regresso dera-se sem contratempos, mas ainda na escuridão não podiam entrar em Triana pela ponte de barcos com três cavalos carregados de tabaco de contrabando. Quando o céu apareceu repleto de estrelas e se puseram em marcha, Melchor falou pela primeira vez.

– Vamos a Santo Domingo de Portaceli.

O convento, da mesma ordem que o de São Jacinto, ficava fora dos muros da cidade, no arrabalde de San Bernardo, junto ao Horto do Rei e ao Monte Rei; era o menos povoado dos seis de Sevilha, dado que só residiam nele dezesseis dominicanos. O lugar mostrava-se tranquilo.

– O convento, o Horto do Rei, o Monte do Rei – queixou-se um dos jovens ciganos enquanto puxava pelo cavalo –, tudo é dos padres ou do rei.

– Neste caso, não – retificou-o Melchor. – O convento, sim, é dos padres. O horto pertencia ao rei mouro de Niebla, embora suponha que agora volte a ser do rei da Espanha. Não se pode entrar com armas. Na porta há um cartaz que o proíbe. Quanto ao Monte do Rei, não se chama assim, mas Monte Rei: não é propriedade do rei.

Andaram mais alguns passos, todos esperando uma explicação.

– Por quê? – perguntou por fim outro jovem.

– Explica-lhe tu, Tomás – instou-o Melchor.

– Quando crianças, vínhamos aqui – começou a contar este. – Chama-se Monte Rei porque era o mais alto de todos os montes que havia em Sevilha. Imaginais de que eram feitos todos esses montes sevilhanos? – Ninguém respondeu. – De cadáveres! Milhares de cadáveres amontoados e cobertos de terra quando houve a peste do século passado. Passaram-se os anos, as pessoas foram perdendo o medo do contágio e o respeito pelos mortos insepultos, e começaram a cavar o monte em busca de joias. Havia muitas. No tempo da epidemia, morreram pessoas aos milhares, e poucos deviam ser os que se atreveram a mexer num empestado recém-falecido, razão por que alguns cadáveres se amontoavam com suas joias e seu dinheiro. Encontramos algumas moedas, lembra-te, Melchor? – O outro anuiu. – Agora ainda se vê o monte – acrescentou Tomás apontando para algum lugar na noite –, mas já diminuiu bastante.

Por fim chegaram ao convento. Melchor fez soar a sineta dos portões de entrada, cujo repicar rompeu a quietude. Não pareceu importar-lhe. Voltou a chamar, com insistência, até três vezes consecutivas. Ao fim de um bom tempo de espera, o brilho de uma lanterna atrás dos portões lhe indicou que alguém se dirigia para eles. Abriu-se o postigo.

– Que os traz a esta hora? – perguntou o frade após examinar os ciganos.
– Trazemos a mercadoria de Frei Joaquín – respondeu Melchor.
– Esperai. Vou falar com o prior.

O frade fez menção de fechar o postigo, mas Melchor interrompeu sua ação.

– Frei Genaro, não nos deixe aqui – solicitou arrastando as palavras. – Já me conhece. Não é a primeira vez. A sineta pode haver alertado alguém, e se temos de esperar enquanto vai até o prior... Lembre-se de que o dinheiro é dos senhores.

À simples menção do dinheiro, abriram-se os ferrolhos.

– Entrai – convidou-os o frade. – Não vos movais daqui – advertiu ao mesmo tempo que iluminava um caminhozinho junto ao horto. Deu-lhes as costas e correu para o convento em busca do prior.

– Não quero ouvir uma palavra, entendido? – disse entre dentes Melchor quando o clérigo se havia afastado o suficiente. – Nada de palavrório sobre montes ou hortos, e que ninguém me contradiga.

Caridad nem sequer se mexeu; permanecia de pé atrás do último cavalo, o que estava em carga. A não ser para pedir-lhe que cantasse, nenhum dos ciganos lhe dera a menor atenção durante o regresso; pareciam admiti-la naquele grupo para não desagradar a Melchor. Olhava a garupa do cavalo quando frei Genaro regressou acompanhado da metade dos membros da comunidade. Um homem alto e de basto cabelo grisalho cumprimentou a Melchor com um simples gesto da cabeça, os demais ficaram um pouco atrás.

– Boa-noite, Frei Dámaso – respondeu-lhe o cigano –, trago a encomenda de Frei Joaquín.

O prior não lhe deu atenção e limitou-se a deslocar-se entre os cavalos apalpando os sacos de couro. Chegou ao último. Olhou o cavalo. Rodeou-o para ver seu outro lado e olhou para Caridad com descaramento. Depois simulou surpresa e, como se se dirigisse a uma turma de crianças, começou a contar os sacos de couro em voz alta, assinalando-os com o dedo: um, dois...

– Frei Joaquín me disse que nesta viagem eram oito, Galeote – clamou ao terminar sua absurda contagem.

– E eram, sim – respondeu-lhe Melchor de onde estava, à frente da fileira de cavalos.

– E então?

"Essa negra estúpida permitiu que roubassem dois deles", temeu Caridad que ele respondesse.

– O corregedor de Cabezas ficou com as que faltam – ouviu porém que respondia Melchor com voz firme.

O prior juntou as mãos com os dedos estendidos, como se rezasse. Tapou a boca e apoiou a ponta dos dedos no arco do nariz. Assim permaneceu por alguns instantes, escrutando o cigano à luz das lanternas dos frades. Melchor não se intimidou, aguentou o *envite*.

– Por que não ficou com todos? – perguntou por fim Frei Dámaso.

– Porque ficar com os oito teria custado a vida de alguns de seus homens – respondeu o cigano.

– E conformou-se com dois?

– Nisso levei em conta a vida dos meus.

O prior deixou transcorrer os segundos; nenhum dos presentes fazia o menor movimento.

– Por que deveria crer em ti?

– Por que não deveria fazê-lo Vossa Paternidade?

– Quem sabe porque és cigano?

Melchor franziu os lábios e estalou a língua, como se nunca houvesse contado com aquela possibilidade.

– Se o deseja Sua Eminência, podemos perguntá-lo a Deus. Ele sabe tudo.

O frade não entrou na provocação e manteve a serenidade.

– Deus tem assuntos mais importantes que averiguar as mentiras de um cigano.

– Se Deus não quer intervir, vale a palavra do cigano... – nesta ocasião foi Melchor quem deixou transcorrer alguns segundos antes de continuar: – O que Vossa Paternidade poderá confirmar se for à justiça para denunciar que o corregedor de Cabezas lhe roubou parte de seu tabaco. Aos ciganos, a justiça do rei não nos atende.

Frei Dámaso resfolegou e terminou consentindo.

– Descarregai a mercadoria – ordenou o prior aos demais frades.

– Um saco é meu – advertiu o cigano.

– Perdeste dois e pretendes...?

— O risco do negócio corresponde a Vossas Mercês — interrompeu-o Melchor com voz dura. — Eu sou só um carregador — acrescentou em tom mais suave.

O clérigo sopesou sua situação: um grupo de frades contra seis ciganos, entre os quais confundiu a Bernardo, armados. Pouco podia fazer contra eles. Não acreditava em uma palavra do que lhe havia contado o Galeote, nem uma só! Havia-o advertido a Frei Joaquín em numerosas ocasiões, mas aquele jovem e teimoso pregador... Haviam ficado com os dois sacos que faltavam e agora pretendiam roubar-lhe mais um! Ficou vermelho de ira. Balançou a cabeça diversas vezes e voltou a contar os ciganos: seis... e uma mulher negra coberta com um capote escuro e um chambergo enfiado até as orelhas numa noite de agosto sevilhana! Por que o olhava aquela mulher? Não fazia senão olhá-lo!

— Que faz aqui esta negra? — bramou de repente.

Melchor não esperava aquela pergunta. Titubeou.

— Ela canta bem — respondeu Tomás por seu irmão.

— Sim — confirmou Melchor.

— Realmente bem — interveio Bernardo.

— E vo-la podemos deixar para o coro — ofereceu o Galeote.

Os quatro sobrinhos Vegas trocaram um sorriso por cima da cernelha dos cavalos; o restante dos frades contemplava a cena com uma mescla de temor e fascinação.

— Basta! — gritou o prior. — Tu te dás conta de que esta será tua última viagem por conta dos dominicanos? — Melchor se limitou a mostrar as palmas das mãos. — Descarregai!

Os frades descarregaram os cinco sacos de couro num instante.

— Fora! — gritou depois Frei Dámaso ao mesmo tempo que apontava os portões.

— Não quereis mesmo que vos deixemos a negra? — escarneceu um dos sobrinhos Vegas ao passar com seu cavalo junto ao prior. — Para nós sobeja. Não é nossa.

— Menino! — recriminou-o Tomás tentando conter uma gargalhada.

Uma vez no exterior, Melchor evitou dirigir-se a Triana e encaminhou-se para os arredores de Sevilha. Os demais o seguiram com os cavalos.

— Como pensas em passar este tabaco? — preocupou-se Tomás.

Se o contrabando provinha de Portugal, do oeste não existia problema algum para chegar até Triana, dado que não tinham de atravessar o Guadalquivir pela ponte de barcos. Quando provinha de Gibraltar, guardavam a mercadoria no convento de Portaceli e depois Frei Joaquín a dava em

Triana, mas, dadas as circunstâncias, entendia que Melchor não teria querido deixá-lo em depósito no convento.

– Ide à casa de Justo, o barqueiro, e despertai-o. Pagai-lhe bem. No barco vão tu e um dos garotos. Os demais que atravessem pela ponte...

– Ide? Pagai-lhe? Que queres dizer com isso?

– Eu me vou, irmão. Tenho uma conta que acertar com o Gordo em Azinheiras Reales.

– Melchor, não... Eu te acompanho.

O cigano meneou a cabeça e bateu no braço de seu irmão, depois o fez no de Bernardo, pegou seu mosquete do cavalo, ergueu-o em gesto de despedida aos sobrinhos e deixou-os ali mesmo. No entanto, não chegou a dar dois passos quando se virou e apontou para Caridad.

– Estava esquecendo! Negra – Caridad notou que se lhe apertava a garganta –, toma – acrescentou após rebuscar em sua jaquetinha e tirar um lenço colorido que havia conseguido comprar no *mesón* de Gaucín depois de regatear até a extenuação com um dos vendedores ambulantes que seguiam os contrabandistas.

Caridad aproximou-se e pegou o lenço.

– Dá-o à minha neta e diz-lhe que seu avô a ama mais que nunca.

Caridad manteve o olhar baixo, o lábio ferido queimando-lhe por mordê-lo. Pensava... pensava que... Notou que Melchor a pegava pelo queixo e a obrigava a levantar a cabeça.

– Não te preocupes – tentou tranquilizá-la –, não foi culpa tua. Mas já podes começar a torcer o tabaco. À minha volta espero que tenhas multiplicado nosso ganho.

Caridad permaneceu parada enquanto a jaquetinha azul-celeste ia desaparecendo na noite. "À minha volta", havia dito. Voltaria...

– Negra, vens ou não? – urgiu com ela Tomás.

O grupo já se havia afastado.

Quando amanheceu, Caridad atravessou a ponte de barcos acompanhada de Bernardo e três dos sobrinhos Vegas puxando dois castrados; o tabaco havia cruzado o rio umas duas horas antes, de barco, com Tomás e o mais robusto dos rapazes. O cobrador de pedágio, como muitos dos sevilhanos ou trianeiros que iam e vinham, estranhou ao vê-la coberta com a capa quando homens e mulheres procuravam livrar-se de suas roupas, mas que ia fazer? A impudica expressão do homem a devolveu à realidade. Como se vestiria a partir de então?, pensou, voltando a notar o roçar das roupas rasgadas sob a capa que as escondia. Milagros a ajudaria, certamente. Sorriu, invadida pela vontade de ver a amiga. Apertou o passo diante da iminência do encontro e da lembrança de suas conversas. Quantas coisas poderia contar-lhe ela agora. Uma vez superado o cobrador de pedágio, topou com uma Triana que começava a ferver. O imponente castelo da Inquisição ficava à sua direita.

– Negra!

Caridad parou subitamente e virou o rosto, confusa. Haviam superado o Altozano, e, absorta como estava em suas reflexões, havia continuado em linha reta pela rua que levava a São Jacinto para dali dirigir-se ao Beco de San Miguel. No entanto, os ciganos e Bernardo, com as cavalgaduras, haviam voltado pela rua que circundava o castelo, em direção à ciganaria do Horto da Cartuxa. Achavam-se distanciados vários passos, entre os quais cruzavam as pessoas.

– Vai para tua casa se quiseres – gritou-lhe um dos sobrinhos –, mas lembra-te do que disse o tio Melchor. – O rapaz simulou esfregar as mãos, algo separadas entre si, como se estivesse torcendo tabaco. – Aproxima-te da Cartuxa para trabalhar.

Caridad anuiu e contemplou embasbacada os ciganos levantar as mãos a modo de despedida e retomar a marcha. As pessoas passaram a seu lado, e algumas a olharam estranhando suas vestimentas, tal como na ponte.

– Vais assar-te dentro dessa capa, negra – soltou-lhe um garoto que passou a seu lado.

– Afasta-te! – gritou-lhe um carreteiro a suas costas.

Caridad saltou para o lado e buscou refúgio junto à parede de um dos edifícios. "Vai para tua casa", dissera-lhe o cigano. Tinha casa? Ela não tinha casa... ou sim? Por acaso não havia dirigido sem querer seus passos para o Beco de San Miguel? Ali a esperava Milagros, ali vivia Melchor. Estava havia meses naquele beco, ali torcia charutos de noite, ali lhe davam comida e dali ia a São Jacinto para rezar à Candelária, para visitar Oiá, a oferecer-lhe pedacinhos de folhas de tabaco, e ali lhe haviam dado roupa, e dali saía com os ciganos, e... e ali morava Milagros. Sentiu uma estranha sensação de fruição que percorreu seu corpo em forma de prazerosa comichão. Tinha casa, o cigano o havia dito, ainda que se reduzisse ao mísero espaço que se abria diante da latrina. Afastou as costas da parede e entremesclou-se com as pessoas.

José Carmona saiu furioso da ferraria assim que soube da chegada de Caridad.

– Que fazes aqui, negra? – gritou-lhe no pátio. – Como te atreves? Trouxeste-nos a ruína! E Melchor? Onde está esse velho louco?

Caridad não foi capaz de responder a nenhuma daquelas perguntas nem às que após elas o homem lhe vomitou sem cessar; ainda que houvesse querido, não teria podido fazê-lo: o cigano estava fora de si, com as veias do pescoço prestes a rebentar, cuspindo cada palavra e sacudindo-a.

– Por que estás usando uma capa escura em pleno agosto? Que estás escondendo, negra? Tira-a!

Caridad obedeceu. Suas roupas em farrapos ficaram à vista assim que tirou a capa.

– Meu Deus! Como podes andar assim, negra suja? Veste-te! Tira essa roupa rasgada antes que nos detenham a todos e põe a que usavas quando chegaste.

José se manteve em silêncio enquanto ela se despojava de suas roupas até chegar a mostrar-se inteiramente nua: seus peitos firmes, suas cadeiras voluptuosas, seu estômago plano acima de um púbis em que o cigano centrou sua atenção de forma desavergonhada; só suas costas cruzadas por cicatrizes rompiam o encanto do sensual corpo de Caridad, que terminou vestindo seu velho camisão no patiozinho de ventilação do banheiro. A respiração ofegante do homem, que ela havia acreditado perceber ao ficar nua diante dele, converteu-se em novos gritos assim que ela terminou de cobrir-se com seu camisão de escrava.

– E agora fora daqui! – gritou-lhe José. – Não quero voltar a ver-te na vida!

Ela abaixou-se para introduzir a roupa rasgada em sua trouxa. E Milagros? Onde estava Milagros? Por que não acudia em sua ajuda? Acocorada, voltou a cabeça para José. "E Milagros?", quis perguntar-lhe, mas as palavras se negaram a surgir de sua boca.

– Vai-te!

Abandonou o edifício com lágrimas nos olhos. Que havia sucedido? O pai de Milagros sempre a havia olhado como o fazia o capataz na veiga: com desprezo. Talvez se houvesse estado ali Melchor... Um esgar apareceu em seus lábios: continuava sendo uma escrava negra, uma infeliz que não tinha senão um papel que a dizia livre. Como podia haver chegado a iludir-se com algum lugar parecido com uma casa? Com aqueles pensamentos deixou para trás a fumaça e o bater dos martelos sobre as bigornas que inundavam o beco.

"Vá até a Cartuxa para trabalhar", recordou que lhe havia dito um dos ciganos. Por que não? Além disso, os Vegas lhe dariam notícias de Milagros.

Após a morte de Alejandro, Milagros foi arrastada até a casa em que se celebrava a festa. Não queria ir, mas os Vargas puxavam-na, cegos, transtornados, correndo pelas ruas de Triana como se tivessem de salvar-se de um monstro que os perseguia. Procurou livrar-se de suas mãos e de seus empurrões, queria pensar, necessitava concentrar-se, mas toda tentativa foi sufocada pela pressa e pelos gritos que rompiam a noite. Assassinaram-no! Ele morreu! Mataram Alejandro!

E a cada grito acelerava o passo, e corria sem desejá-lo, tanto como os Vargas, tropeçando, levantando-se com a apressada ajuda de algum deles, gaguejando, queixando-se, sempre com a imagem do cadáver sanguinolento de Alejandro em seu encalço.

A festa não havia terminado, mas se achava já em seu ocaso. Quando os rapazes irromperam na casa, os condes e seus convidados haviam abandonado suas cadeiras e passeavam pelo jardim conversando com os ciganos; as guitarras soavam tênues, como se se despedissem; ninguém dançava nem cantava.

– Mataram-no!

– Dispararam contra ele!

Milagros, atrás dos dois Vargas, ofegante, com o coração a ponto de rebentar, fechou os olhos ao ouvir aqueles dilacerantes anúncios e os manteve apertados, escondidos atrás da mão com que tapou o rosto, quando todos os ciganos, homens, mulheres e crianças, se apinharam ao redor.

Perguntas e respostas, todas precipitadas, todas instantes e urgentes, confundiram-se entre si.

Quem? Alejandro! Alejandro? Como? Quem foi? Um dos oleiros. Morto? Um uivo estremecedor se ergueu acima das demais vozes. "Sua mãe?", perguntou-se Milagros. Os condes e seus convidados, após ouvir as primeiras palavras, apressaram-se a deixar a casa. Os rapazes se esforçavam por responder às mil perguntas que lhes choviam. Os gritos das mulheres assolaram Triana inteira. Milagros não necessitou vê-las: puxavam os cabelos até arrancar mechas, arranhavam-se e rasgavam as camisas, gritavam ao céu com o rosto contraído em esgares indefiníveis, mas enquanto isso os homens continuavam com seu interrogatório, e ela sabia que em algum momento...

– Por quê? Por que fostes ao bairro dos oleiros? – perguntou um deles.

– Eu te disse que não o fizesses.

A recriminação de sua mãe, sussurrada a seu ouvido com hálito gélido, impediu-a de ouvir a resposta, mas não as perguntas seguintes:

– Milagros? A neta do Galeote?

– Por quê?

Milagros reprimiu uma ânsia de vômito.

– Abre os olhos! – disse entre dentes sua mãe ao mesmo tempo que lhe dava uma cotovelada nas costelas. – Enfrenta o que fizeste!

A moça descobriu seu rosto para deparar com o fato de que se havia convertido no centro dos olhares, o de seu pai entre eles: fixo, sério, pungente.

– Por que os levou Milagros até os oleiros?

– Para acertar contas com um homem que havia violentado uma mulher – respondeu o mais velho dos Vargas.

Até algumas das mulheres que gritavam histéricas se calaram de repente. Uma cigana violada? Aquela era a maior das afrontas que podiam fazer-lhes os *payos*. O rapaz que havia respondido intuiu o mal-entendido que podiam haver provocado suas palavras.

– Não... não se tratava de uma cigana – esclareceu.

As perguntas voltaram a atropelar-se. Por quê? Que lhes podia importar, se não era cigana? Que esperáveis conseguir vós, uns rapazes inexperientes? Vários deles, no entanto, coincidiram na mesma questão.

– Que mulher?

– A negra do avô Vega.

Milagros sentiu-se desfalecer. O silêncio com que os ciganos receberam a revelação se prolongou por alguns segundos em que ela viu seu pai dirigir-se para ela.

– Sua idiota caprichosa! – insultou-a mostrando-lhe uns olhos injetados. – Não és capaz de imaginar as consequências do que fizeste.

A partir daí, os ciganos discutiram acaloradamente entre si, mas não por muito tempo: ao fim de alguns minutos, vários dos Vargas saíram clamando vingança com a navalha já na mão e acompanhados do mais velho dos rapazes.

Não encontraram o oleiro nem a seu filho; eles haviam fugido deixando para trás a oficina aberta, diante de cujas portas, numa grande poça de sangue, se encontrava ainda o cadáver destroçado de Alejandro. Dois ciganos revistaram o edifício, outros tantos pegaram o corpo do rapaz e se encaminharam para o beco de San Miguel, e o restante permaneceu de pé na rua, diante dos atemorizados olhares que provinham das demais casas.

Alguém entregou uma tocha ao pai de Alejandro, que entrou na oficina e a lançou sobre a lenha seca que estava preparada para fornos que já não voltariam a trabalhar. O fogo não demorou a espalhar-se.

– Dizei a esse filho da puta assassino de meninos – gritou depois do meio da rua, diabolicamente iluminado pelas línguas de fogo que começavam a elevar-se do edifício – que não há lugar na Espanha em que possa esconder-se da vingança dos Vargas!

Assim que os ciganos se retiraram, os oleiros se lançaram à rua com todo tipo de baldes e recipientes para controlar o incêndio, que ameaçava propagar-se às casas contíguas; nenhum alcaide, nenhum oficial de justiça, nenhuma ronda apareceu essa noite no bairro.

* * *

Rafael García, o Conde, sentado numa cadeira mais alta que as dos demais membros, em círculo ao redor, presidia ao conselho de anciãos encarregado de tratar da morte de Alejandro. Entre o vaivém de testemunhas e denunciantes que desfilavam diante da justiça cigana, o Conde passeou o olhar pelo pátio do cortiço transbordante de ciganos apesar dos ferros retorcidos que se acumulavam nele; depois o ergueu para os andares superiores, em cujas grades, com roupa estendida e vasos de flores murchas pela frente, se apoiavam outros tantos que acompanhavam o julgamento dos grandes corredores que davam para o pátio. Aquele era o tribunal cigano, o único que devia julgar seus membros segundo a lei cigana. Rafael García, como representante da comunidade, vira-se obrigado a discutir com alcaides e oficiais de justiça acerca da morte de Alejandro. O oleiro e seu filho haviam fugido. Os ciganos o haviam sentenciado à morte, e a ordem de executá-lo se algum deles topasse com ele se havia propagado pelas diversas famílias. No entanto, os rumores do acontecimento também se propagaram por Triana, e o Conde teve de batalhar com as autoridades até conseguir que esquecessem o assunto; nenhum *payo* havia denunciado a altercação.

Diante do conselho de anciãos, os membros da família Vargas atacaram sem piedade a Milagros. Não tinha de haver posto em risco a vida de um rapaz cigano por uma simples negra, acusaram-na; havia tentado aproveitar-se do povo cigano em benefício de uma *paya*, gritaram; não havia pedido permissão a seus mais velhos para vingar-se. E se Alejandro houvesse matado o oleiro? Todos os ciganos o haveriam sofrido!

Os Carmonas não encontraram argumentos para defendê-la. À falta da presença de Melchor e de Tomás, este último em ação de contrabando, os Vegas designaram o tio Basilio, que tentou convencer os anciãos, embora seu discurso tenha ido decaindo num titubeio ao compreender a pouca influência que tinham os ciganos do Horto da Cartuxa num conselho dominado pelos ferreiros. Os membros das demais famílias apoiaram os Vargas. O pai da moça, em pé atrás dos velhos como muitos outros homens, presenciou com serenidade um julgamento que se estendeu ao longo de uma tarde interminável; a mãe, incapaz de submeter-se a tal provação, esperava junto a outras mulheres de sua família, no beco de San Miguel, à porta do cortiço em que vivia o Conde e em cujo pátio se realizava o conselho. Ana suportou o passar das horas com o rosto tenso e contraído, procurando esconder seus verdadeiros sentimentos. Milagros permanecia confinada em casa.

Rafael García escutava a opinião de quem devia de ser a última das testemunhas, e o fazia refestelado em sua cadeira, desenhando de vez em quando um meio sorriso nos lábios. A neta de Melchor, o que o velho mais amava no mundo. O Galeote não poderia culpá-la. Todas as famílias coincidiam: nem sequer seria ele quem teria de propor uma pena; expulsá-la-iam, sem dúvida, e com ela...

Um alvoroço na entrada que dava para o pátio onde eles se achavam reunidos interrompeu seus pensamentos. O homem que estava falando calou-se. A atenção se concentrou nos dois rapazes que montavam guarda a modo de ordenanças e que tentavam opor-se à passagem de curiosos.

– Que é que está sucedendo? – gritou o Conde.

– A velha María Vega, a curandeira – esclareceu um dos ciganos mais perto da porta. – Quer entrar.

O Conde interrogou os demais anciãos com o olhar. Alguns deles responderam com gestos de impotência, e outro até de temor.

– Dizei-lhe que as mulheres não podem intervir... – começou a ordenar Rafael García.

Mas a velha, magra, seca, vestida com seu avental colorido, havia conseguido afastar os rapazes e se achava já no interior do pátio. Atrás dela, na porta, a mãe de Milagros apontou a cabeça.

– Rafael García – clamou a cigana interrompendo o Conde –, que lei dos ciganos diz que as mulheres não podem intervir no conselho?

– Sempre foi assim – replicou este.

– Mentis – a velha arrastou a voz. – Cada vez vos pareceis mais com os *payos* com que conviveis, com que comerciais, e cujo dinheiro aceitais sem inconveniente. Recordai-o vós todos! – gritou percorrendo parte do pátio com um dos dedos médios esticado, ancilosado, em forma de gancho. – Nós, as ciganas, não somos como as mulheres dos *payos*, submissas e obedientes; tampouco gostaríeis de nós assim, não é verdade? – Entre os homens produziram-se alguns sinais de assentimento. – Desde sempre, desde que vieram do Egito, as mulheres ciganas tiveram voz nos assuntos do conselho, isso me contou minha mãe, a quem o havia contado a sua, mas vós... tu, Rafael García – acrescentou apontando para o Conde com o dedo –, que ages movido pelo rancor, a ti te acuso de esquecer a tradição e a lei. Quantos de vós não fostes a mim para que eu vos curasse, a vós ou a vossas mulheres ou filhos? Eu curo, tenho esse poder! Aquele que esteja disposto a negar-me a palavra diante do conselho que o diga.

Correu um rumor entre os presentes. A velha María Vega era respeitada entre os ciganos. Sim, podia curar e fazia-o; todos o sabiam, todos haviam buscado sua ajuda. Conhecia a terra, as plantas, as árvores e os animais, as pedras, a água e o fogo, e ali estava: desafiando os patriarcas das famílias. Os ciganos não criam no Deus cristão, nem em seus santos, nem em suas virgens, nem em seus mártires, mas em seu próprio Deus: "Devel". Mas Devel tampouco era o Criador. A mãe de todos os ciganos, anterior até à própria existência divina, era a Terra. A Terra: mulher! A Terra era a mãe divina. Os ciganos acreditavam na natureza e em seu poder, e nas curandeiras e nas bruxas, mulheres sempre, como a terra, na qualidade de intermediárias entre o mundo dos homens e aquele outro superior e maravilhoso.

– Fala, velha – ouviu-se entre os reunidos.
– Nós te escutamos.
– Sim. Diz o que tiveres que dizer.
María franziu o cenho para Rafael García.
– Fala – cedeu este.
– O que fez essa menina – começou a dizer – não é mais que culpa vossa.
Os ciganos protestaram, mas ela continuou sem fazer-lhes caso.
– Tua, José Carmona – acrescentou apontando-o –, e tua, Ana Vega – virou-se sabendo que a mãe se achava a suas costas –, de todos vós. Vós vos assentastes e trabalhais como os *payos*, até vos casais pela Igreja e batizais a vossos filhos para conseguir sua aprovação. Alguns até vão à missa! Já poucos de vós, ferreiros de Triana, percorrem os caminhos e vivem a natureza como sempre fizeram nossos antepassados, como é próprio de nossa raça, comendo do que naturalmente produz a terra, bebendo a água dos poços e dos arroios e dormindo sob o céu com uma liberdade que foi nossa única lei. E com isso estais criando crianças frágeis, irresponsáveis, iguais às dos *payos*, crianças que ignoram a lei cigana, não porque não a conheçam, mas porque não a vivem nem a sentem.

A velha María fez uma pausa. O silêncio no pátio era absoluto. Um dos velhos do conselho tentou defender-se.

– E que poderíamos fazer, María? A justiça prende os que percorrem os caminhos, os que vestem nossos trajes e vivem como o faziam esses antepassados de que falas. Bem sabes que por havermos nascido ciganos somos considerados gente de mal viver. Há somente três anos, tivemos de abandonar Triana por causa de um grupo do assistente de Sevilha que nos declarava bandidos. Três anos! Quem dos aqui presentes não o recorda? Tivemos de fugir para os campos ou refugiar-nos em lugares sagrados. Lembrais-vos? – Um murmúrio de assentimento surgiu entre os homens. – Ameaçaram matar os que possuíssem armas e condenar a seis anos de galés e duzentos açoites aos demais...

– E por acaso não voltamos todos? – interrompeu-o a velha María. – Que nos importaram a nós as leis dos *payos*?! Quando nos afetaram? Sempre delas nos esquivamos. São milhares os que seguem vivendo como ciganos! E todos vós o sabeis e os conheceis. Se vós, os de Triana, quereis dobrar-vos às leis do rei, fazei-o, mas muitos outros não o fazem nem o farão nunca. Isso é precisamente o que vos digo: viveis como *payos*. Não culpeis as crianças das consequências de vossa... – todos souberam qual ia a ser a palavra que a velha ia utilizar, todos temeram ouvi-la – covardia.

– Cuidado com tua língua! – advertiu-a o Conde.

– Quem me vai proibir de falar? Tu?

Ambos se desafiaram com o olhar.

– Que é que propões para a moça? – inquiriu outro dos anciãos do conselho rompendo uma mais das atávicas rixas entre os Vegas e os Garcías. – Que pretendes? Pediste a palavra só para insultar-nos?

– Levarei comigo a menina para o horto da Cartuxa para fazer dela uma cigana que conheça os segredos da natureza. Já sou velha e necessito... todos vós necessitais que alguém me suceda.

– Escolhe outra mulher – interveio o Conde.

– Escolho a quem desejo, Rafael García. Minha avó, uma Vega, ensinou a minha mãe, outra Vega, e eu, Vega, sem filhas, quero transmitir meus conhecimentos a quem traz sangue dos Vegas. A menina abandonará o Beco de San Miguel até que algum dia vós mesmos requerereis sua presença... e o fareis, eu vo-lo asseguro. Com isso, o conselho e os Vargas têm de dar-se por satisfeitos. Se não é assim, que nenhum de vós conte de novo comigo.

– Eu te proíbo! – havia-se oposto Ana quando Milagros, depois de ver chegar seus primos Vegas com as cavalgaduras, lhes perguntou por seu avô e por Caridad, temeu por ela e decidiu ir em sua busca. A história do roubo pelo Gordo, bem como a partida de Melchor, fez que Milagros temesse por sua amiga.

– Papai a matará se não estiver o avô – queixou-se Milagros.

– Não é problema teu – respondeu-lhe a outra.

A moça apertou os punhos, e o sangue subiu aos borbotões a seu rosto. Mãe e filha se desafiaram com o olhar.

– É, sim, problema meu – disse entre dentes.

– Já não sofremos o bastante por causa dessa negra?

– Cachita não teve culpa – arguiu Milagros. – Ela não fez nada, não...

– Deixa que teu pai decida isso – sentenciou sua mãe.

– Não.

– Milagros.

– Não. – O brilho de seus olhos ciganos indicava que não daria o braço a torcer facilmente.

– Não discutas comigo.

– Irei ao beco...

Foi então que sua mãe a proibiu de fazê-lo com um grito que ressoou na ciganaria do horto da Cartuxa, onde ambas se encontravam, apesar do que a moça insistiu com teimosia.

– Irei, mãe.

– Não o farás – ordenou Ana.

– Farei...

Não chegou a terminar a frase: sua mãe lhe aplicou uma bofetada. Milagros tentou conter o choro, mas foi incapaz de impedir o tremor de seu queixo. Antes de explodir, fugiu em direção a Triana. Ana já não fez nada para impedi-lo. Havia-se esvaziado depois do arroubo; era grande a tensão vivida desde a morte de Alejandro. Com os braços pendendo aos lados, sentindo em todo o corpo a dor da bofetada que dera na filha, deixou-a ir-se.

Caridad reconheceu Milagros de longe, no caminho que levava à ciganaria do horto da Cartuxa, perto de onde a havia encontrado Melchor na noite em que o oleiro a expulsara a pontapés de sua oficina. Estava descalça e voltava a vestir-se como uma escrava, com seu cinzento camisão de flanela e seu chapéu de palha. Na trouxa levava o restante de seus parcos pertences, incluídas as rasgadas roupas vermelhas.

A Milagros tampouco custou reconhecer sua amiga mesmo com os olhos tomados de lágrimas. Hesitou; esperava encontrá-la vestida com sua chamativa roupa vermelha, mas a dúvida se dissipou imediatamente: não existia em Triana, em Sevilha inteira, uma mulher negra tão negra como aquela que avançava lentamente para ela.

A moça enxugou as lágrimas com o antebraço e depois tocou a face. Ainda lhe ardia devido à bofetada que lhe dera sua mãe.

Milagros e Caridad se olharam de longe sem saber como reagir: uma nunca havia tido ninguém a quem buscar; a outra, longe da ira das disputas com sua mãe, hesitava entre aqueles dois carinhos, como se um traísse o outro. Ao final foi Milagros quem tomou a iniciativa e começou a correr. Caridad a viu aproximar-se, seus avelórios de prata ao ar lançando milhares de reflexos ao sol, e deteve-se, deixou cair no chão a trouxa e, absurdamente, tirou o chapéu de palha.

Milagros se lançou em seus braços. Caridad esperava... desejava... necessitava de uma explosão de alegria e afeto, mas, entre os soluços e balbucios da moça, percebeu que a cigana se refugiava nela buscando ajuda e compreensão.

No caminho que levava de Triana à ciganaria do horto da Cartuxa, Caridad se deixou abraçar. Milagros afundou a cabeça entre seus peitos e explodiu num pranto desconsolado, como se até então houvesse reprimido seus sentimentos, sem ninguém em quem verter sua dor e sua desgraça.

Caridad havia conseguido tranquilizar um pouco a moça, e as duas permaneciam sentadas à beira do caminho, entre as laranjeiras, coladas uma à outra. Ouviu o entrecortado relato de Milagros desde o momento da festa com os condes.

– Virgem Santíssima – murmurou Caridad no momento em que a moça lhe contou seu pedido de vingança ao cigano.

– Merecia um escarmento! – exclamou Milagros.

– Mas... – tentou retorquir ela.

A cigana não lhe permitiu continuar.

– Sim, Cachita, sim – insistiu entre gemidos –, ele te violou, ele te prostituiu, e ninguém estava disposto a fazer nada por ti.

– Mataram-no por mim?

A pergunta surgiu quebrada da garganta de Caridad assim que Milagros citou o disparo que havia acabado com a vida do cigano.

– Tu não tens culpa, Cachita.

"Não é culpa tua", essas haviam sido as palavras com que se havia despedido Melchor naquela mesma noite. Na veiga, os erros se pagavam a chicotadas, e depois trabalhar. Mas agora a assaltavam sensações desconhecidas: por sua causa, Melchor havia partido em busca de vingança; por sua causa, Milagros também havia reclamado vingança. Vingança! Quão próxima estava dos ciganos aquela palavra!

– Mas foi tudo por mim – interrompeu a Milagros quando esta já lhe relatava o sucedido no conselho de anciãos.

– E por mim, Cachita, também por mim. És minha amiga. Tinha de fazê-lo! Não podia... não fazia mais que pensar no que te havia feito aquele homem. Sinto tua dor como se fosse minha.

Sua dor? A única dor que padecia naquele momento era a de que Melchor se houvesse ido, que já não estivesse com ela. As noites no quartucho do patiozinho de ventilação, torcendo tabaco e cantarolando enquanto ele permanecia em silêncio a suas costas, irromperam como um clarão a sua memória. Milagros continuava falando de Rafael García, dos velhos e de uma curandeira. Devia interrompê-la e contar-lhe? Devia confessar-lhe que lhe apertava o estômago ao simples pensamento de que Melchor pudesse ficar ferido ao enfrentar aquele contrabandista? Perdeu o fio da conversa diante da imagem do Gordo e seus lugar-tenentes sentados à mesa do *mesón* de Gaucín, brutais todos eles, enquanto Melchor... Havia partido sozinho! Como poderia...?

– Estás bem? – perguntou Milagros diante do tremor que notou no corpo de Caridad.

– Sim... não. Alejandro morreu.

– Afinal, comportou-se como um verdadeiro cigano: valente e temerário. Se o houvesses visto esmurrando a porta do oleiro... E o fez por nós duas! – Milagros deixou transcorrer os segundos. – Tu crês que me amava? – perguntou de repente.

Caridad se viu surpreendida pela pergunta.

– Sim... – hesitou.

– Às vezes sinto sua presença.

– Os mortos sempre estão conosco – murmurou então Caridad como se recitasse algo que tinha aprendido. – Deves tratá-lo bem – continuou, recitando o que se dizia em Cuba dos espíritos. – São irritadiços e, se se zangam, podem ficar perigosos. Se queres afastá-lo, de noite podes acender uma fogueira diante da porta de casa. O fogo os assusta, mas não deves queimá-lo, só pedir-lhe que se vá.

– De noite? – interrogou-se a moça como que surpresa. Depois levantou os olhos para o céu, em busca do sol. – De noite não importa, o ruim é ao meio-dia.

Caridad a olhou estranhando-o.

– Ao meio-dia?

– Sim. Os mortos aparecem justo ao meio-dia, não o sabias?

– Não.

– O meio-dia – explicou Milagros–, quando as sombras desaparecem e o sol salta de levante para poente, é um tempo que não existe, um instante em que tudo pertence aos mortos: os caminhos, as árvores...

Caridad sentiu um calafrio e ergueu os olhos para o sol.

– Não te preocupes! – tentou tranquilizá-la Milagros. – Creio que me amava. Não me fará nenhum mal.

A moça interrompeu-se ao verificar que a amiga continuava olhando para o sol, calculando quanto restava para que as sombras desaparecessem; sua respiração se havia acelerado, e ela havia agarrado o ímã que ainda pendia de seu pescoço.

– Vamos para a ciganaria – decidiu então.

Caridad se levantou como que impelida por uma mola, atemorizada porque na Espanha os fantasmas também apareceram ao meio-dia.

Nem sequer havia transcorrido um minuto, enquanto Caridad apertava o passo, quando Milagros virou o rosto para sua amiga: não sabia o que havia sido dela durante todo aquele tempo; não lhe dera a menor oportunidade de falar, de explicar seu périplo com o avô.

– E tu por que vinhas para a ciganaria? – perguntou.

– Teu pai me expulsou do cortiço.

Milagros imaginou a cena, fechou os olhos e meneou a cabeça. E ainda restava sua mãe. Que diria quando a visse aparecer na ciganaria? Ana ia ali com frequência, muito mais do que cabia esperar de uma mulher casada; até algumas noites dormia com María e com ela na choça da curandeira. Após a morte de Alejandro e da sentença que deixava a moça aos cuidados da curandeira, as relações de Ana com seu marido pareciam haver tomado um caminho sem volta: para ele, o capricho de Melchor com aquela mulher negra havia arruinado definitivamente sua vida. Não. Sua mãe não gostaria da presença de Caridad. Não a admitiria. Milagros temeu sua reação.

– E tuas roupas novas? – interessou-se tentando afastar de si a angústia que a havia assaltado de repente.

Apesar de seus receios pela chegada do sol ao ponto mais alto, apesar de sua pressa, Caridad parou no caminho, rebuscou em sua trouxa e tirou a peça rasgada, que mostrou à moça estendendo-a diante dela com os braços no alto.

Rodeadas de férteis hortos e laranjeiras, Milagros não conseguiu ver a cabeça nem o torso de Caridad, ocultos atrás da peça que ela segurava diante de si. O que, sim, viu foram os rasgões na peça. Um incontrolável e terno estremecimento a assaltou ao perceber a ingenuidade daquela mulher que lhe mostra sua roupa rasgada.

– Que... que aconteceu? – perguntou após pigarrear algumas vezes.

Não lhe permitiu responder. Já se havia inteirado de como tinha feito o Gordo para roubar aos Vegas aqueles dois sacos de tabaco e de que Melchor havia partido em busca de vingança.

– Já ajeitaremos tudo, Cachita. Sem dúvida que sim.

Quando iam retomar a marcha, Caridad, ao introduzir com delicadeza a peça na trouxa, topou com o lenço que o cigano lhe havia entregado para sua neta.

– Espera. Isto me deu Melchor para ti.

Milagros contemplou o longo lenço colorido com carinho e o apertou entre as mãos.

– Vovô – sussurrou. – É o único que me ama. Tu também, é claro, bem, suponho – acrescentou aturdida.

Mas Caridad não a ouvia. Amava a ela também o cigano?

9

Na ciganaria, Caridad se dedicou a torcer o tabaco e fazer charutos. Tomás instalou-a no barraco de um casal já velho, ásperos e mal-encarados ambos, que viviam sozinhos e aos quais sobrava algum espaço; também lhe proporcionou todos os instrumentos necessários para seu trabalho, mas, acima de tudo, foi quem a defendeu da agressividade com que a recebeu Ana assim que a viu chegar acompanhada de Milagros.

– Sobrinha! – gritou-lhe Tomás interpondo-se entre as mulheres e sujeitando-a pelos pulsos para impedir que continuasse a bater em Caridad, que aceitava encolhida, tentando defender a cabeça, os gritos e os golpes da cigana. – Assim que regresse, Melchor decidirá o que se deve fazer com a negra. Enquanto isso... Enquanto isso – repetiu sacudindo-a para que o escutasse –, ela se dedicará ao tabaco; foi isso o que teu pai ordenou.

Ana, congestionada, conseguiu lançar uma cusparada no rosto de Caridad.

– Não penso vender um só dos charutos feitos por esta negra! – afirmou soltando-se de Tomás. – Que te apodreçam todos, e tu com eles!

– Mãe! – exclamou Milagros ao vê-la fugir em direção a Triana.

A moça se apressou atrás dela.

– Mãe. – Tentou detê-la. – Caridad não fez nada – insistiu a moça puxando-a pela roupa. – Não tem culpa de nada.

Ana a afastou com um tapa e continuou seu caminho.

Milagros a contemplou afastar-se e depois voltou aonde já se havia reunido um bom número de ciganos. As lágrimas corriam-lhe pelas faces.

– Nem mula com *tacha*, nem mulher sem raça! – sentenciou o tio Tomás. – Igual ao pai: uma Vega. Já lhe passará. – Milagros ergueu os olhos para ele. – Dá tempo ao tempo, menina. A questão da negra não é uma questão de honra cigana: vai passar-lhe.

E, enquanto Caridad, encerrada na choça, se aplicava a escolher e tirar as nervuras grossas das folhas de tabaco, umedecê-las e secá-las devidamente, cortá-las, torcê-las e rematar a ponta dos charutos com fios, Milagros aprendia os rudimentos das poções e remédios da curandeira seguindo-a aonde quer que fosse: para recolher ervas nos campos ou para visitar algum doente. A velha María não consentia à moça o menor deslize ou desatenção, e a controlava e submetia à sua vontade com sua simples presença. Depois, de noite, permitia-lhe desfrutar de alguns momentos de descanso que Milagros aproveitava para correr em busca de Caridad; então as duas se afastavam da ciganaria e se perdiam em conversas ou simplesmente em fumar e olhar para o céu estrelado.

– Tu os roubas ao avô? – perguntou uma noite a moça depois de dar uma forte puxada, as duas sentadas, juntas, na ribeira do Guadalquivir, perto do desconjuntado embarcadouro de uns pescadores, ouvindo o murmúrio das águas.

Caridad deteve no ar a mão com que ia pegar o charuto que a outra lhe passava. Roubar?

– Sim! – exclamou Milagros diante da dúvida da amiga. – Sim, tu os roubas! Não acontece nada, não te preocupes, não o direi a ninguém.

– Eu não... Não os roubo!

– Então como o explicas? Se o tabaco não é teu...

– É minha *fuma*. Pertencem-me.

– Pegue-o logo – insistiu a cigana aproximando-lhe o charuto. Caridad obedeceu. – Que é isso de tua *fuma*?

– Se eu os faço... posso fumar, não? Além disso, estes não são de tabaco torcido, só uso as nervuras das folhas e os restos, tudo picado e envolto numa capa. Na veiga era assim. O senhor nos dava a *fuma*.

– Cachita, isto não é a veiga, e tu não tens senhores.

Caridad exalou umas longas volutas de fumaça azulada antes de falar.

– Então, não posso fumar?

– Tu faz o que quiseres, mas, assim que deixares de trazer tua *fuma*, não voltarei a ver-te. – Caridad ficou em silêncio. – É brincadeira, negra! – A cigana soltou uma gargalhada, abraçou a amiga e a sacudiu. – Como queres que deixe de ver-te? Não poderia!

– Eu tampouco... – Caridad hesitou.

– Quê? – incitou-a a moça. – Quê? Di-lo logo, Cachita!

– Eu tampouco poderia – conseguiu dizer em uma só lufada.

– Por todos os deuses, santos, virgens e mártires do céu inteiro, já era hora!

Milagros, ainda com o braço envolvendo as costas de Caridad, trouxe-a para si. A outra se deixou levar desajeitadamente.

– Já era hora! – repetiu a cigana dando-lhe um sonoro beijo no rosto. Depois tomou seu braço e a obrigou a passá-lo por cima de seus próprios ombros enquanto ela a segurava pela cintura. Caridad esqueceu até o charuto que mantinha entre os dedos, e Milagros não quis romper o encantamento e deixou passar o tempo, sentindo sua amiga apertar o abraço, ambas com o olhar nas águas do rio. Tampouco quis que Caridad notasse o choro que ela continha a duras penas.

– Tua mãe? – surpreendeu-a Caridad, no entanto, perguntando na noite, com a voz posta no rio.

– Sim – respondeu Milagros.

Ana não havia tornado a pôr os pés na ciganaria; ela não podia fazê-lo no beco.

– Sinto muito – culpou-se a outra, e estreitou o abraço quando Milagros não conseguiu evitar o pranto.

Quão distantes ficavam aquelas mesmas lágrimas que ela havia vertido no dia em que a separaram de sua mãe e dos seus enquanto a mantiveram à espera da embarcação na feitoria, misturada com centenas de desgraçados iguais a ela; durante a travessia...?

Deteve suas recordações ao notar que o charuto a queimava; puxou de novo. Em Cuba procurava o espírito de sua mãe nas festas, quando a montava algum dos santos, mas aqui, na Espanha, só tentava recordar seu rosto.

Milagros e Caridad foram aprofundando seu carinho, mas aquelas escapadas noturnas terminaram logo.

– Menina – deteve-a a curandeira numa dessas noites, quando ela já ia deixar a choça. Milagros se voltou para o interior. – Escuta-me: não te separes dos teus, dos ciganos.

Similar mensagem recebeu esse dia Caridad da parte de Tomás.

– Negra – advertiu-a após entrar na choça, quando ela envolvia com cuidado o conteúdo de um charuto: – não deves afastar Milagros de seus irmãos de sangue. Entendes a que me refiro? – Caridad parou o labor de seus longos dedos e anuiu sem levantar a cabeça.

A partir desse dia as duas passearam pela rua da ciganaria sem afastar-se, Caridad atrás da moça, convertida em sua sombra, misturando-se com os que, à porta de suas choças, conversavam, jogavam, bebiam, fumavam ou, sobretudo, cantavam, umas vezes acompanhados pelas guitarras, outras ao simples som do bater de mãos em qualquer objeto, na maior parte dos casos ao calor de simples bater de palmas. Caridad havia presenciado algumas das celebrações do Beco de San Miguel, mas na ciganaria era diferente: os cantos não se convertiam numa festa nem numa competição. Eram simplesmente uma forma de vida, algo que se fazia com a mesma naturalidade que comer ou dormir; cantava-se ou dançava-se e depois se voltava à conversa para voltar a cantar ou para levantar-se todos de suas cadeiras e ir animar e aplaudir duas garotas quase nuas que dançavam já com certa graça.

Caridad temeu que lhe pedissem que cantasse. Ninguém o propôs, nem sequer Tomás. Admitiam-na, com certos receios, certamente, mas o faziam: era a negra do avô Melchor; ele decidiria ao voltar. Por seu lado, Milagros costumava andar entristecida; tinha saudade dos pais, do avô e das amigas do beco. Contudo, o que mais a atormentava era a luta interna que travava. Havia chegado a pôr Alejandro num pedestal para desculpar uma morte que sabia originada por um capricho seu e, no entanto, seguia pensando em Pedro García dia e noite... Que estaria fazendo? Onde andaria? E o mais importante: qual de suas amigas se haveria lançado atrás de seus favores? Alejandro estava atento a ela e conhecia seus desejos, os fantasmas sabiam tudo, havia-lhe dito Caridad, mas tanto a carcomia imaginar Pedro García adulado pelas outras moças que afastava tais sensações e aproveitava qualquer mandado externo da velha María para rondar com dissimulação o beco de San Miguel.

Viu muitos ciganos, também suas amigas. Um dia teve de esconder-se apressadamente num portão com o coração batendo com força diante da presença de sua mãe. Saía para vender tabaco, certamente. "Deveria estar com ela, acompanhá-la", pensou ao contemplar seu andar resoluto e indolente. Secou uma lágrima. Numa ocasião viu Pedro, mas não se atreveu a ir a seu encontro. Voltou a vê-lo outro dia: caminhava junto a um de seus tios em direção à ponte de barcos, tão guapo e elegante como sempre. Milagros se havia recriminado mil vezes não o ter abordado naquele outro dia. A condenação do conselho de anciãos, repetiu-se, era o permanecer junto à curandeira sem poder entrar no beco. Mas por acaso não a mandava a velha María fazer compras em Triana com toda a liberdade? Correu por uma rua paralela para aquela pela qual estava andando o cigano, circundou uma quadra de casas e antes de virar a esquina tomou ar, alisou a saia e o cabelo. Estava bonita? Quase deu de cara com eles.

– Tu não terias de estar na ciganaria, com a curandeira? – espetou-a o tio de Pedro assim que a viu.

Milagros hesitou.

– Vai-te daqui!

– Eu...

Queria olhar para Pedro, mas os olhos do tio deste a mantinham acorrentada!

– Não me ouviste? Fora!

Baixou a cabeça e os deixou para trás. Ouviu que falavam ao reiniciar a marcha. Teria gostado de que Pedro se houvesse dado ao trabalho de olhá-la.

– Tendes de fazê-lo!

O grito da velha María ressoou no interior da morada. José Carmona e Ana Vega evitaram olhar-se por cima da mesa à que os três se haviam sentado quando uma manhã a curandeira apareceu de improviso em sua casa.

Nenhum dos esposos havia ousado interromper as palavras da velha María.

– A menina está mal – advertiu-os. – Não come. Não quer comer – acrescentou com a imagem na mente dos pômulos salientes da cigana e o nariz cada vez mais afilado desde seu frustrado encontro com Pedro. – É só uma moça que cometeu um erro. Por acaso vós não cometestes nenhum? Ela não podia prever as consequências. Sente-se sozinha, abandonada. Já nem sequer encontra consolo na negra. É vossa filha! Consome-se dia a dia a olhos vistos, e eu não tenho remédio para as doenças da alma.

Ana mexeu com as mãos, e José esfregou repetidamente boca e queixo quando a curandeira se referiu a eles.

– Vossos problemas não devem afetar a menina; ela não tem culpa do que sucede entre vós.

José fez menção de intervir.

– Não me interessa – adiantou-se-lhe a cigana. – Não pretendo resolver vossas desavenças, nem sequer aconselhar-vos. Não é minha intenção fuçar os motivos que vos levaram a esta situação; só desejo saber: não amais vossa filha?

E após aquela reunião, num ameno anoitecer de fins de setembro, Ana e José Carmona apareceram na ciganaria. Caridad os viu antes de Milagros.

– Teus pais – sussurrou à cigana apesar da distância a que ainda se achavam eles.

Milagros ficou imóvel; alguns dos rapazes com quem estava conversando se calaram e seguiram seu olhar, cravado em Ana e José, que se aproximavam pela rua, entre choças e *chamizos*, saudando a quantos permaneciam sentados à sua porta passando o tempo. A mãe aproveitou que José se deteve com um conhecido, adiantou-se e abriu os braços a um par de passos de Milagros, que não necessitou mais e se lançou a eles. Caridad sentiu um nó na garganta, os rapazes respiraram, e até houve quem, das choças, aplaudiu.

José se aproximou delas. Milagros hesitou diante da chegada de seu pai, mas o empurrão que lhe deu Ana pelas costas a animou a andar para ele.

– Perdão, pai – sussurrou.

Ele a olhou de alto a baixo, como se não a reconhecesse. Pôs a mão no queixo, com gravidade simulada, e voltou a escrutar a filha.

– Pai, eu…

– Que é isso aí? – gritou ele.

Milagros se virou aterrada para onde ele apontava. Não havia nada de anormal, nada de inusual.

– Não… o quê? A que se refere?

Alguns ciganos mostraram curiosidade. Um deles se levantou e fez menção de aproximar-se do lugar que José assinalava.

– Refiro-me a isso! Isso, não vês?

– Não! Quê?! – gritou a moça buscando a ajuda da mãe.

– Aquilo, menina – disse-lhe esta indicando uma cadeira vazia à porta de uma das choças.

– Essa cadeira?

– Não – respondeu a mãe. – A cadeira, não.

Apoiada na cadeira descansava uma velha guitarra. Milagros se voltou para o pai com um sorriso na boca.

– Não te perdoarei – disse ele – enquanto não conseguires que todos os ciganos deste horto se rendam a teu encanto.

– Vamos lá! – aceitou Milagros ao mesmo tempo que se erguia altiva.

– Senhores! – uivou então José Carmona. – Minha filha vai dançar! Preparem-se os senhores para contemplar a mais bela das ciganas!

– Há vinho? – ouviu-se de uma das choças.

A velha María, que havia presenciado o ocorrido e arrastava já um desconjuntado tamborete até o lugar onde se encontrava a guitarra, soltou uma gargalhada.

– Vinho? – explodiu Ana. – Quando vires minha menina dançar, roubarás toda a uva da veiga de Triana para oferecer-lhe.

Essa noite, com Caridad presente, olhando de atrás dos ciganos, tentando reter umas pernas que ansiavam ir ao som da música e a alegria que via transbordar de Milagros, José Carmona não teve outra saída senão cumprir sua palavra e perdoar a filha.

Após a festa, a vida seguiu transcorrendo na ciganaria do horto da Cartuxa de Triana. Ana consentiu em vender os charutos feitos por Caridad, numa espécie de trégua após o ataque de cólera com que a havia recebido; isso a obrigava a ir com frequência ver a filha. Caridad, por seu lado, viu aumentar seu trabalho quando Frei Joaquín apareceu com um par de sacos de couro do tabaco descarregado nas praias de Manilva.

– Tu me deves isso – limitou-se a dizer a Tomás. O cigano fez menção de retrucar, mas Frei Joaquín não o permitiu: – Deixemos as coisas como estão, Tomás. Eu sempre confiei em vós; Melchor nunca me faltou, e quero pensar que tivestes algum problema que sei que nunca me revelareis. Tenho de recuperar o dinheiro da comunidade, entendes? E os charutos que Caridad faz aumentam o valor do tabaco.

Depois foi vê-la.

– A Candelária está há muito tempo esperando tuas visitas – espetou-a assim que entrou na choça.

Caridad se levantou da cadeira em que trabalhava, juntou as mãos diante de si e baixou o olhar ao chão. O dominicano olhou de soslaio para os dois velhos com que ela compartilhava a habitação. Estranhou-o ver Caridad com suas velhas roupas de escrava. Recordava-a vestida de vermelho, ajoelhada diante da Virgem, movendo-se ritmicamente de frente para trás quando pensava que ninguém a observava. Sabia, por irmãos que haviam vivido em Cuba, do sincretismo entre as religiões africanas e a católica, bem como da tolerância da própria Igreja. "Ao menos creem e vão às cerimônias religiosas!", havia ouvido em numerosas ocasiões, e era verdade: Caridad ia à igreja, enquanto a maioria dos ciganos não punha os pés nela. Que haveria sido de suas roupas vermelhas? Não quis perguntar-lhe.

– Trouxe mais tabaco para que o trabalhes – anunciou-lhe, pelo contrário. – Por cada atado de cinquenta charutos que fizeres, um será para ti. – Caridad se surpreendeu olhando o frade, que lhe sorriu. – Um dos bons, dos torcidos, dos que fazes com folha, não dos restos.

– E para nós, que a acolhemos em casa, não há nada? – interveio o cigano velho.

– De acordo – aceitou o religioso após deixar transcorrer alguns segundos –, mas vós dois tereis de ir à missa todo domingo, e nos dias de preceito, e rezar o rosário pelas almas do purgatório, e...

– Já somos velhos para ir de um lado para outro – saltou a esposa. – A Vossa Paternidade não bastaria uma oraçãozinha nas noites?

– A mim, sim, ao de cima, não – sorriu Frei Joaquín dando por encerrado o assunto. – Estás bem, Caridad? – Ela voltou a anuir. – Voltarei a ver-te por São Jacinto?

– Sim – afirmou com um sorriso.

– Espero-o.

Faltava-lhe Milagros. Despediu-se e ainda não havia chegado a sair da choça quando ouviu os ciganos exigir de Caridad que os fizesse partícipes daqueles prometidos charutos torcidos. Estalou a língua; não lhe restava dúvida de que cederia. Perguntou pela choça da curandeira, e assinalaram-na. Sabia do ocorrido na olaria porque grande havia sido o alvoroço em Triana. Rafael García se ocupou de que ninguém falasse diante das autoridades do assassinato do rapaz cigano nem do incêndio: aos ciganos ordenou-o através dos diversos patriarcas das famílias; aos *payos* que haviam presenciado ou intervindo na peleja fez chegar algumas mensagens intimidativas que foram suficientes: nenhum deles queria terminar fugindo na noite, arruinado, como havia sucedido ao oleiro que disparara contra o rapaz cigano. Contudo, os rumores se difundiram tão rápido como ardeu a oficina do ceramista, e a Frei Joaquín encolheu-se-lhe o estômago ao saber da intervenção de Milagros. Rezou por ela. Afinal conseguiu inteirar-se da decisão tomada no conselho de anciãos em razão da intervenção daquela velha cigana e voltou a prostrar-se para agradecer à Candelária, a Santa Ana e a São Jacinto o benigno castigo a que a condenaram. As noites faziam-se-lhe eternas diante do temor de que a expulsassem de Triana e ele não voltasse a vê-la!

"Por que não consegui pegar no sono durante estes dias?", perguntou-se pela enésima vez ao afastar a cortina e passar distraído sob o lintel da porta do barraco que lhe haviam indicado. Milagros e a velha María se achavam inclinadas sobre uma mesa classificando ervas; as duas viraram o rosto para o recém-chegado. De repente a insônia já não lhe importava; toda preocupação se desvaneceu diante do maravilhoso sorriso com que lhe instou ela.

– Com Deus sejais – cumprimentou o religioso sem aproximar-se, como se pretendesse não perturbar o trabalho que as mulheres estavam realizando.

– Padre – respondeu a velha María após examinar o frade por alguns segundos –, estou há mais de cinquenta anos esperando que esse Deus de que o senhor fala se dignasse a vir a este *chamizo* para conceder-me alguma graça que me livre por fim da pobreza. Sonhei com as mil maneiras como podia suceder: rodeado de anjos ou através de algum dos santos. – A velha ergueu as mãos e as fez revolutear no ar. – Envolto numa luz ofuscante... Enfim – acrescentou dando de ombros –, o fato é que nunca cheguei a pensar que o faria através de um frade que ficasse plantado na entrada como um bobo com cara de pasmo.

Frei Joaquín tardou a reagir. O riso contido de Milagros fez com que ele se ruborizasse. Cara de pasmo! Ergueu-se e adotou um semblante sério.

– Mulher – anunciou com uma voz mais forte do que teria desejado –, quero falar com a moça.

– Se ela concordar...

Milagros se levantou sem pensar, ajeitou a saia e o cabelo e dirigiu-se para o pregador com um esgar zombeteiro no semblante. Frei Joaquín lhe deu passagem.

– Padre – chamou então a velha María –, e minhas riquezas?

– Crer que Deus te visitará algum dia é a maior riqueza a que ninguém pode aspirar neste mundo. Não pretendas outras.

A cigana deu um tapa no ar.

Milagros esperava o frade na rua.

– Para que quer falar comigo? – soltou-lhe com certo salamaleque, sem cessar, porém, a expressão de troça.

Para que queria falar com ela? Havia ido à ciganaria pelo tabaco e...

– De que te ris? – perguntou ele para escapar à resposta.

Milagros arqueou as sobrancelhas.

– Se se houvesse visto ali dentro...

– Não sejas impertinente! – remexeu-se o frade. Sempre tinha que ficar como um bobo diante daquela moça? – Não te confundas... – tentou defender-se –, minha expressão só era... por ver-te ali fazendo poções com ervas. Milagros...

– Frei Joaquín – interrompeu-o ela arrastando as palavras.

Mas o religioso já havia encontrado a escusa para sua intempestiva visita. Ergueu-se sério e andou pela rua com a moça ao lado.

– Não gosto do que estás fazendo – recriminou-a. – Por isso queria falar contigo. Sabes que a Inquisição vigia as bruxas...

– Ah! – soltou a moça.

– Não o leves na brincadeira.

– Nem sou bruxa nem me preparo para isso. A velha María não o é nem quer sê-lo, e tampouco está de acordo com os feitiços para enganar os *payos*. O senhor sabe, os tesouros ocultos, os amavios não são mais que armadilhas para tirar dinheiro das incautas. Ela só se dedica a curar com ervas...

– É algo parecido. E quanto ao mau-olhado? – Milagros fechou o rosto. – Sabias que a Inquisição acaba de deter uma cigana por pôr mau-olhado no gado, aqui, em Triana?

– Anselma? Sim, eu a conheço. Mas também dizem dela que faz feitiços para retirar o leite das mães *payas* e que a viram nua, montada num pedaço de pau, e sair voando pelas janelas. – Milagros calou-se por alguns segundos para verificar a expressão do religioso. – Nua e voando montada num pedaço de pau! O senhor pode acreditar nisto? É tudo mentira. Não é bruxa. O senhor sabe o que tem de acontecer para que uma cigana se converta em bruxa?

O frade, com o olhar na terra do caminho pelo qual seguiam avançando, meneou a cabeça.

– As bruxas se transformam durante a juventude – explicou Milagros –, e todo mundo sabe que Anselma Jiménez não foi uma das eleitas. Existem uns demônios da água e da terra que elegem uma jovem cigana e, enquanto dorme, fornicam com ela. Esse é o único meio de converter-se numa verdadeira bruxa: depois de fornicar, a cigana adquire os poderes do demônio que se deitou com ela.

– Isso significa que tendes bruxas – redarguiu o religioso após deter seus passos repentinamente.

Milagros franziu o cenho.

– Mas eu não o sou. Nenhum demônio fornicou comigo. E não é necessário que a jovem trabalhe com ervas – adiantou-se com um trejeito à menção do frade de intervir –, não tem nada que ver: qualquer jovem pode ser a eleita.

– Continua sem agradar-me, Milagros. Tu… tu és uma boa moça…

– Não posso fazer outra coisa. Suponho que sabe a sentença do conselho de anciãos.

– Sim, sei – anuiu ele. – Mas poderíamos encontrar outra solução… Se tu quisesses…

– Monja, quem sabe? Eu me casaria? Conseguiria um bom dote de algum de seus piedosos fiéis? Sabe que nunca poderia casar-me com um *payo*. Frei Joaquín, sou cigana.

E se o era, teve de aceitar a contragosto o religioso, perturbado diante do atrevimento e da soberba com que Milagros se dirigia a ele. Transcorreram os segundos, os dois parados quase onde a rua da ciganaria se internava nos hortos, ela tentando adivinhar o que era que passava pela cabeça do frade, ele com o martelar de suas últimas palavras: "nunca poderia casar-me com um *payo*". Algumas mulheres que confeccionavam cestas à porta de suas choças e que até então só os haviam olhado de soslaio detiveram as hábeis mãos e se fixaram na situação.

– Frei Joaquín – advertiu-o Milagros num sussurro –, as mulheres estão reparando em nós.

– Sim, sim, claro – reagiu o religioso.

E empreenderam a volta.

– Frei Joaquín…

– Sim? – perguntou ele diante do silêncio que se seguiu.

– O senhor crê que algum de seus fiéis estaria disposto a dar-me um dote para casar-me?

– Eu não disse... – Hesitou.

Que pretendia Milagros? A última coisa que lhe passaria pela cabeça seria buscar um esposo para ela; havia sabido da morte de Alejandro, seu prometido, e ainda lhe remordia o sentimento de... alegria? "Como posso alegrar-me com a morte de um rapaz?", torturava-se e torturava-se no silêncio de suas noites.

– Encontrá-lo-íamos – afirmou porém para comprazê-la, sem sequer querer nem imaginá-lo –, poderíamos...

Mas a moça o deixou com a palavra na boca e escapou correndo para a choça da velha María. Antes que o frade compreendesse o que sucedia, Milagros havia regressado, correndo de novo, e se deteve diante dele, ofegante, oferecendo-lhe as roupas vermelhas de Caridad cuidadosamente dobradas.

– Se é capaz de conseguir um dote... poderia conseguir que alguma de suas fiéis arrumasse as roupas de Cachita?

Frei Joaquín pegou as peças de roupa e riu, e o fez para não acariciar o rosto trigueiro da moça ou seu cabelo adornado com fitas, para não a pegar pelos ombros e trazê-la a si, e beijá-la na boca, e...

– Com certeza, Milagros – afirmou desterrando aqueles desejos.

Caridad trabalhava por tarefa. Os velhos com que vivia a tratavam com indiferença, como se não fosse mais que um objeto, nem sequer incômodo. Os dois dormiam numa desconjuntada cama com pés de que a velha se orgulhava a todo momento; era seu bem mais valioso, já que naquele barraco havia pouco mais que uma mesa, tamboretes e um rudimentar fogão para cozinhar. Indicaram-lhe um lugar no chão de terra para estender o colchão que lhe dera Tomás, e não lhe davam de comer a não ser que este os abastecesse previamente dos alimentos necessários. Até as velas a cuja luz trabalhava Caridad de noite, Tomás as tinha de proporcionar. "Se faltar uma só folha de tabaco", advertia molestamente o cigano aos velhos sempre que ia à choça, "eu vos corto o pescoço." No entanto, de quando em quando, Caridad atendia suas constantes e insistentes queixas e lhes dava algum dos charutos de sua *fuma*, e via que o compartilhavam com avidez, apesar de seus lamentos por ter de fumar charutos feitos com as nervuras e os restos das folhas. Mas nem assim conseguiu Caridad conquistá-los, e apesar de os velhos crerem que todos os charutos que Caridad furtava para sua *fuma* fossem para eles; em verdade, os que fumava com Milagros ela escondia, como fazia na veiga para que os demais escravos não os roubassem.

Com o transcurso do tempo, Caridad começou a sentir nostalgia das noites do Beco de San Miguel, quando Melchor lhe pedia que cantasse e depois dormia a suas costas, tranquilo, confiante, e ela podia trabalhar e fumar ao mesmo tempo, notando como a fumaça irrompia em seus sentidos e a transportava a um estado de placidez em que não existia o tempo. Era então que o labor de seus longos dedos enquanto cortava, manejava e torcia as folhas se confundia com o rumor de seus cantos, com os aromas e suas recordações, com a respiração do cigano... e com aquela liberdade de que lhe havia falado Milagros e que agora parecia esfumar-se numa choça estranha.

"Onde estará Melchor?", pensava no silêncio das noites.

Uma entusiasmada e suarenta Milagros, num descanso durante a festa em que seu pai havia tido de perdoar-lhe, havia-lhe falado dele.

– Tenho notícias do vovô – comentou. – Chegou um cigano de Antequera que se dedica à ferraria ambulante. Necessitava que lhe falsificassem uma nova cédula ou algo assim, não sei bem... Bem, a questão é que topou com vovô enquanto trabalhava na zona de Osuna e estiveram alguns dias juntos; diz que ele está bem.

Caridad fez a mesma pergunta com que Milagros prorrompeu diante de sua mãe depois de esta lhe contar do ferreiro ambulante: "Nenhum recado?" A moça, por seu lado, utilizou com Caridad a irônica resposta que lhe dera sua mãe: "Do avô?"

Desde então Caridad não sabia dele. Sabia, sim, de seu objetivo, havia falado dele com Milagros: matar o Gordo. "Já o verás! Não conheces o avô; não há homem neste mundo que possa roubá-lo e sair-se bem!", acrescentou com orgulho. Essa predição de Milagros perseguia Caridad. Ela havia visto os homens do Gordo, seus lugar-tenentes, seu exército de contrabandistas, como ia Melchor enfrentar a todos eles? Não o disse à moça, mas toda noite recordava a jaquetinha de seda azul-celeste, brilhava diante dela como se ela pudesse tocá-la com um simples estender da mão! Esse mesmo azul que a havia guiado até a ciganaria quando Eleggua decidira permitir-lhe viver, a jaquetinha que o cigano pendurava num prego enferrujado antes de deitar-se de noite e na qual ela pousava o olhar de vez em quando. Caridad desfrutava melancolicamente da lembrança de sua insolência e de seu andar lento e arrogante. Eram de outra raça, como nunca se cansavam de repetir; porventura não o havia demonstrado Melchor no *mesón* de Gaucín ao desafiar ao mochileiro? E o havia feito por ela! Ainda assim, como poderia o avô vencer o exército do Gordo? Se ela houvesse... Não sabia que pretendiam roubar-lhe o tabaco! Contudo, que poderia haver feito diante de um branco?

Foi a São Jacinto, ajoelhou-se diante da Virgem da Candelária e suplicou a Oiá por Melchor Vega. "Deusa minha", murmurava, seus dedos esmigalhando parte de uma folha de tabaco sobre o chão como oferenda, "que não lhe suceda nada de mau. Devolve-mo, por favor."

Nesse dia voltou à ciganaria com três bons charutos que lhe dera Frei Joaquín em pagamento de seu trabalho.

– Vende-os, Cachita – propôs-lhe Milagros. – Ganharás um bom dinheiro por eles.

– Não – murmurou Caridad. – Estes fumaremos tu e eu.

– Mas te pagariam muito... – replicou a cigana quando a outra já preparava a pederneira e a isca.

Caridad deteve as mãos experientes e fixou o olhar em Milagros.

– Eu não entendo de dinheiro – arguiu.

– E de que...?

Interrompeu sua pergunta; os olhinhos de Caridad, a necessidade de afeto que revelava toda ela lhe respondia em silêncio. Milagros lhe sorriu com ternura.

– Seja, então – sentenciou.

10

Fazia alguns dias que a chuva não dava trégua em Triana, e eram muitos os vizinhos que se aproximavam do rio para verificar o caudal com que estava e o risco de que transbordasse, como em tantas ocasiões havia sucedido com dramáticas consequências. Na ciganaria do Horto da Cartuxa, uma persistente garoa se mesclava com as colunas de fumaça que subiam das choças. Naquela desagradável manhã de primeiro de dezembro do ano de 1748, só algumas velhas cavalgaduras esquálidas e as crianças, seminuas, alheias ao frio e à água que as ensopava, brincavam afundando até os tornozelos no lamaçal em que se havia convertido a rua. Seus mais velhos, resguardados da água, deixavam transcorrer o tempo com indolência.

A meia manhã, no entanto, a gritaria dos pequenos veio turbar a ociosidade a que as inclemências do tempo os empurravam.

– Um urso!

Mil vezes ressoaram os gritos agudos das crianças entre o chape-chape de suas corridas na lama. Homens e mulheres apareceram à porta de suas choças.

– Melchor Vega está trazendo um urso! – exclamou um dos ciganinhos ao mesmo tempo que apontava para o caminho que levava à ciganaria.

– O avô Vega! – gritou outro.

Milagros, que já se havia levantado da mesa, saltou para o exterior. Caridad deixou cair a lâmina com que cortava uma grande folha de tabaco. Melchor Vega? As duas se encontraram na rua.

– Onde? – perguntou a moça a uma das crianças, a que agarrou no meio da corrida.

– Ali! Já está chegando! Traz um urso! – respondeu-lhe enquanto a arrastava, até que conseguiu safar-se dela e confundiu-se no bulício: uns olhavam surpresos, outros corriam para receber Melchor, e outros mais o fizeram para afastar as cavalgaduras, que zurravam ou relinchavam e puxavam de suas cordas, atemorizadas diante da presença do grande animal.

– Vamos! – exortou Milagros a Caridad.

– O que é um urso?

A moça parou.

– Isso – indicou-lhe.

No início da rua, já junto ao primeiro dos barracos, o avô caminhava sorridente; o celeste de sua jaqueta de seda se havia escurecido pela água que a encharcava. Atrás do bastão de duas pontas de Melchor, um imenso urso preto o seguia de quatro, pacientemente, com as orelhas erguidas, olhando curioso para os que o rodeavam a uma distância prudente.

– Virgem da Caridade do Cobre! – mussitou Caridad recuando alguns passos.

– Não tenhas medo, Cachita.

Mas Caridad continuou retrocedendo à medida que Melchor, com a surpresa refletida no rosto ao descobrir sua presença na ciganaria, se aproximava delas.

– Milagros! Que fazes tu aqui? E tua mãe?

A moça nem sequer o ouviu, paralisada. Melchor chegou até onde estava a neta, e, com ele, o urso, que se adiantou e roçou com o focinho a panturrilha do cigano.

Milagros retrocedeu tal como havia feito sua amiga, sem afastar o olhar do animal.

– E tua negra, também aqui?

– É uma longa história, irmão – respondeu Tomás entre o grupo de ciganos que o haviam seguido ao longo da rua.

– Minha filha está bem? – inquiriu imediatamente o avô.

– Sim.

– O Carmona?

– Também.

– Que lástima – queixou-se ao mesmo tempo que acariciava a cabeça do urso. Alguém riu. – Mas, se minha filha e minha neta estão bem, deixemos as histórias longas para pais e mulheres. Olha, Milagros! Veja como dança!

Nesse momento o cigano se afastou do animal e ergueu os dois braços.

O urso se levantou sobre as patas traseiras, estendeu as dianteiras e seguiu o ritmo que lhe marcava Melchor, empequenecido este diante de uma fera que tinha o dobro de sua altura. Milagros retrocedeu ainda mais, até onde se achava Caridad.

– Olha! – gritava no entanto Melchor. – Vem aqui comigo! Aproxima-te! Mas Milagros não o fez.

Durante o restante da manhã e apesar da garoa que não cessava, Melchor brincou com o urso: obrigou-o a dançar diversas vezes, a andar sobre as patas traseiras, a sentar-se, a tapar os olhos, a rolar na lama e a mostrar outras tantas habilidades que divertiram e causaram admiração às pessoas.

– E o que o senhor pensa fazer com essa fera? – perguntaram-lhe alguns dos ciganos.

– Sim, onde o guardará? Onde dormirá?

– Com a negra! – respondeu muito seriamente Melchor.

Caridad pôs as mãos no peito.

– É brincadeira, Cachita – riu Milagros dando-lhe uma carinhosa cotovelada. Mas depois pensou duas vezes. – É brincadeira, não é mesmo, vovô?

Melchor não respondeu.

– Como o alimentará? – gritou uma das mulheres. – Está chovendo há tanto tempo que os homens não saem, e aqui não resta mais que meia galinha velha para todos.

– Pois lhe daremos crianças para comer! – Melchor fez menção de soltar o animal para agarrar um dos pequenos mais atrevidos, que quase havia chegado a seu lado e que fugiu gritando. – Um menino de manhã e uma menina de noite – repetiu franzindo o cenho para todos os demais pequenos.

No final da manhã se esclareceu o mistério: uma família de ciganos vindos do sul da França apareceu no horto com uma carroça coberta em busca do urso. Melchor o havia pedido emprestado para divertir sua gente.

– Como podes ter tido esta ideia? Ele te podia haver esquartejado de uma só unhada. Não sabes nada de ursos – começou a recriminá-lo Tomás quando a carroça já abandonava a ciganaria.

– *Quia!* Estou há quase um mês vivendo com eles. Até dormi com o animal. É inofensivo, pelo menos mais que muitos *payos*.

– E até que alguns ciganos – apontou seu irmão.

– Bem, e essa história longa que tinhas para contar-me?

Tomás anuiu.

– Começa já!

– Esta morena tem a virtude de estar relacionada a todas as desgraças – comentou Melchor quando seu irmão pôs fim ao relato dos acontecimentos que haviam levado Milagros à ciganaria.

Achavam-se os dois reunidos ao redor de uma jarra de vinho com os demais velhos dos Vegas: o tio Juan, o tio Basilio e o tio Mateo.

– Que azar tem a negra! – exclamou o último.

– Mas manipula bem o tabaco – alegou em seu favor Tomás. Melchor arqueou as sobrancelhas para seu irmão, e este entendeu seu gesto: – Não, cantar não cantou. Trabalha em silêncio. Muito, até de noite. Mais que qualquer *payo*. Faz-nos ganhar dinheiro, mas cantar, nada.

– Que pensas fazer com o problema de tua neta? – perguntou Mateo após uns instantes de silêncio.

Melchor suspirou.

– Não sei. O conselho tem razão. A menina é uma tonta, mas os Vargas que a acompanharam, uns estúpidos. Como esperavam dar uma lição a esse oleiro no meio de seu bairro, protegido por todos os seus? Deveriam haver esperado para pegá-lo sozinho e cortar-lhe o pescoço, ou haver entrado em silêncio em sua casa... Os rapazes de hoje estão perdendo o talento! Não sei – repetiu. – Talvez fale com os Vargas, só seu perdão...

– José me disse que tentou...

– Esse não é capaz de acender um charuto se não for com ajuda de minha filha. Bem – acrescentou ao mesmo tempo que se servia outro copo de vinho –, a única coisa que me preocupa é que esteja separada da mãe. Não fosse por isso, tampouco é ruim que minha neta esteja aqui, com os seus. María a ensinará a ser algo que seu pai não poderia ensinar nunca: a ser uma boa cigana, a amar a liberdade e a não cometer mais erros. Deixarei a coisa como está.

Basilio e Mateo assentiram.

– Boa decisão – afirmou Tomás. Depois deixou transcorrer uns segundos. – E tu? – perguntou por fim. – Como te foi tudo? Não vejo que tenhas recuperado o tabaco que o Gordo nos roubou.

– Como esperavas que trouxesse dois sacos? – perguntou por sua vez enquanto rebuscava no interior de sua jaqueta e tirava uma bolsa que deixou cair sobre a mesa.

O amortecido tilintar das moedas calou novas intervenções. Melchor fez um gesto ao irmão com a cabeça para que a abrisse: vários escudos de ouro rodaram sobre a mesa.

– O Gordo não deve estar contente – comentou Tomás.

– Não – juntou-se o tio Basilio.

– Pois isto é só a metade – revelou Melchor –, a outra a levou o urso.

Os Vegas lhe pediram que se explicasse.

– Estive circulando muitos dias pelos arredores de Cuevas Bajas, onde vive o Gordo com sua família, até andei pelo povoado de noite, mas não encontrava a maneira de dar uma lição a esse filho da puta: sempre está acompanhado por algum de seus homens, como se necessitasse deles até para urinar.

"Esperei. Algo tinha de acontecer. Um dia, alguns ciganos catalães que estavam de passagem me falaram do francês do urso que andava pelos povoados próximos fazendo o animal dançar. Encontrei-o, cheguei a um acordo com ele e voltamos a esperar que se organizasse outra partida de contrabando. Quando o Gordo e seus homens estavam fora e o povoado nas mãos de velhos e mulheres, o francês entrou com o urso e montou seu espetáculo, e, enquanto todos eles se divertiam com danças e malabarismos, eu me infiltrei sem problemas na casa do Gordo.

– Vazia? – interrompeu-o o tio Basilio.

– Não. Havia um vigilante de confiança que, sem abandonar seu posto, tentava ver o urso de longe.

Basilio e Juan interrogaram o avô com o olhar; os demais gesticularam simulando uma pena que não sentiam: se Melchor estava ali com o dinheiro do Gordo, mal se haveria saído o vigilante. Durante alguns segundos, o cigano seguiu o curso daqueles pensamentos. Havia-lhe custado que o homem falasse. Primeiro o viu desprevenido: carregou seu mosquete, aproximou-se dele pelas costas e o ameaçou pondo o cano em sua nuca. Levou-o para o interior da habitação e o desarmou. O homem era coxo e por isso não acompanhava a partida, mas nem por isso era menos forte. Conheciam-se de antes de sua coxeadura.

– Este será teu fim, Galeote – pressagiou o vigilante enquanto Melchor, com o cano da arma sob a garganta do homem, extraía de sua faixa, com a mão livre, uma pistola e um grande punhal que deixou cair ao chão.

– Eu, se fosse tu, me preocuparia com meu próprio fim, Coxo, porque ou colaboras ou me precederás. Onde esse ladrão esconde seus tesouros?

– Estás mais louco do que eu acreditava se pensas que vou dizer-te isso.

– Vai fazê-lo, Coxo, vai fazê-lo.

Obrigou-o a deitar-se no chão com os braços estendidos. De fora se seguiam ouvindo vivas e aplausos pelas graças do urso.

– Se gritares – advertiu-o Melchor apontando-lhe para a cabeça –, eu te matarei. Tem certeza disto.

Depois pisou com força o dedo mindinho de sua mão direita. O Coxo apertou os dentes enquanto Melchor sentia que se quebravam as falanges. Repetiu a operação com os quatro restantes, em silêncio, girando o salto sobre os dedos. As gotas de suor corriam pelas têmporas do homem. Não falou.

– Além de coxo, ficarás aleijado das mãos – disse-lhe o avô ao passar para mão esquerda. – Crês que o Gordo te agradecerá suficientemente, que te dará de comer quando não puderes fazê-lo tu sozinho? Ele te deixará estirado como a um cão, tu o sabes.

– Melhor cão abandonado que homem morto – disse entre dentes o homem. – Se te digo, ele me matará.

– É verdade – afirmou o cigano pondo o salto sobre o mindinho da esquerda, sempre apontando-lhe para a cabeça. – Estás numa complicação: ou te mata ele ou te desgraço eu – acrescentou sem chegar a pressionar –, porque depois continuaremos com o nariz e os poucos dentes que te restam, para terminar com os testículos. Os olhos eu te deixarei para veres como as pessoas te desprezam. Se aguentares, palavra de cigano que me irei desta casa com as mãos vazias. – Melchor deixou transcorrer alguns segundos para que o homem pensasse. – Mas tens outra possibilidade: se me disseres onde está o dinheiro, serei generoso contigo e poderás escapar com algo na bolsa... e o restante de teu corpo intacto.

E o cigano cumpriu a palavra: entregou ao Coxo várias moedas de ouro e o deixou ir-se; não o denunciaria com aquele dinheiro na bolsa, e ele teria tempo suficiente para fugir.

– Então – disse Tomás quando seu irmão pôs fim à história –, o Gordo não pode saber se foste tu quem o roubou ou se o traiu seu próprio homem de confiança.

Melchor pôs a cabeça de lado e instintivamente levou a mão ao lóbulo de uma das orelhas, sorriu, bebeu vinho e falou.

– Que satisfação pode proporcionar-nos a vingança se a vítima não sabe que fomos nós que tomamos dele?

Depois de o Coxo abandonar a casa, Melchor havia tirado uma das grandes argolas de prata que pendiam de suas orelhas e a depositou justo no centro do cofrezinho que ele havia esvaziado das posses do contrabandista.

– Ele o sabe – respondeu a seu irmão –, pelo próprio diabo digo que ele sabe que fui eu! E neste momento, precisamente agora, estará maldizendo-me e amaldiçoando-me, tal como faz nas noites e ao despertar, se é que em algum momento conseguiu pegar no sono, e...

– Ele te perseguirá até matar-te – sentenciou o tio Basilio.

– Certamente. Mas agora terá outros problemas mais prementes: não pode financiar o contrabando, e nem sequer poderá pagar a seus homens. Perdeu grande parte de seu poder. Veremos como respondem todos os que o odeiam, que são muitos.

Basilio e Tomás assentiram.

Melchor não quis regressar ao beco de San Miguel; nada o amarrava ao lugar dos ferreiros e, entre sua filha e José Carmona de um lado e Milagros de outro, escolheu a neta. Depois de conversar com os Vegas, quando já anoitecia, dirigiu-se à choça onde morava a moça.

– Obrigado pelo que fizeste pela menina, María – disse assim que entrou; as duas cozinhavam algo parecido a um pedaço de carne numa panela.

A velha se voltou para ele e tirou importância ao fato com um gesto de mão. Melchor ficou parado um passo adiante da grossa cortina que fazia as vezes de porta e observou a neta durante um bom tempo; esta virava de vez em quando a cabeça, olhava-o de soslaio e sorria-lhe.

– Que queres, sobrinho? – perguntou a velha com voz cansada, de costas para ele.

– Quero... um palácio onde viver com minha neta rodeado de uma imensa plantação de tabaco... – Milagros fez menção de voltar-se, mas a velha lhe deu uma cotovelada no lado e a obrigou a continuar prestando atenção ao fogo. Melchor fechou os olhos. – Quero cavalos e roupas de seda coloridas; joias de ouro, dezenas delas; música e danças, e que os *payos* me sirvam de comer todo dia. Quero mulheres, também às dezenas... – A velha deu outra cotovelada em Milagros antes que esta se virasse. Então Melchor sorriu. – E um bom esposo para minha neta, o melhor cigano da Terra... – De costas, Milagros inclinou a cabeça para a direita, com graça, como se gostasse do que ouvia, incitando-o a continuar. – O mais forte e galhardo, rico e sadio, livre de toda e qualquer amarra, e que dê à minha neta muitos filhos...

A moça continuou por um tempo com seus gestos de cabeça até que a velha María falou.

– Pois nada disso encontrarás aqui. Enganaste-te de lugar.

– Estás certa, velha?

A velha se virou, e, com ela, Milagros. De uma das mãos do avô, o braço estendido, pendia um lindo colar de pequenas pérolas brancas.

– Por algo é preciso começar – disse então Melchor, e se aproximou da neta para cingir o colar a seu pescoço.

– Que triste é chegar à velhice e saber que teu corpo já não excita os homens! – queixou-se a curandeira enquanto Milagros acariciava com a ponta dos dedos as pérolas que resplandeciam em seu pescoço trigueiro.

Melchor se voltou para a velha.

– Vamos ver se com isto... – começou a dizer enquanto rebuscava num dos bolsos internos de sua jaquetinha azul – consegues atrair para teu leito algum cigano que esquente esse corpo que já não...

A velha não lhe permitiu terminar a frase: assim que Melchor extraiu um medalhão de ouro com incrustações de nácar, tirou-o de suas mãos e, quase sem olhá-lo, como se tivesse medo de que o cigano se arrependesse, guardou-o no bolso do avental.

– Poucos homens virão a mim por esta minúcia – soltou-lhe depois.

– Pois aqui há um que necessita jantar e de um canto para dormir.

– De comer te darei, mas esquece-te de dormir nesta casa.

– Não é suficiente o medalhão?

– Que medalhão, cigano embusteiro? – respondeu ela com fingida seriedade antes de voltar-se de novo para a panela.

Milagros não pôde fazer mais que dar de ombros.

– Canta, negra.

Caridad, absorta em seu trabalho à luz de uma vela, esboçou um maravilhoso sorriso que iluminou seu rosto. Parado na entrada, Melchor examinou a choça: os velhos descansavam já em sua cama, de onde o olharam com expectação.

– Antonio – disse o avô ao velho, ao mesmo tempo que lhe lançava uma moeda que o outro agarrou no ar –, tu e tua mulher podeis dormir no colchão da negra. Ela e eu o faremos na cama, que é maior.

– Mas... – começou a queixar-se aquele.

– Devolve-me o dinheiro.

O velho acariciou a moeda, resmungou e deu uma cotovelada na esposa. A Caridad escapou outro sorriso enquanto os dois mal-encarados ciganos renunciavam de má vontade ao que constituía seu bem mais valioso.

– Tu de que te ris? – espetou-a então a velha, atravessando-a com o olhar.

Caridad mudou o semblante, e, enquanto os velhos se cobriam com dificuldade com uma manta no colchão de Caridad, Melchor foi até a mesa e apalpou alguns dos charutos que já estavam preparados. Piscou um olho para Caridad e levou um à boca. Depois tirou a jaquetinha azul e as botas e se estendeu na cama, com a cabeça reclinada contra a cabeceira, onde acendeu o charuto e inundou de fumaça a choça.

– Canta, negra.

Caridad desejava que o voltasse a pedir. Quantas noites havia anelado voltar a trabalhar com aquele homem a suas costas! Cortou a folha de tabaco que ia utilizar com uma habilidade extraordinária e começou a cantarolar, mas, sem se propor a isto, sem pensar, deixou de lado aqueles monótonos cantos de sua África natal e, como se estivesse trabalhando na veiga ou num canavial, aproveitou sua música para narrar seus desvelos e suas esperanças tal como faziam os negros escravos em Cuba, os que só cantando eram capazes de falar de sua vida. E, enquanto continuava trabalhando, atenta ao movimento de suas mãos, atenta ao tabaco, seus sentimentos fluíram livres e se verteram na letra das canções. "E esses dois ciganos velhos me roubam a *fuma* de escrava", protestou numa delas; "e depois, enquanto puxam as nervuras, se queixam do tabaco que a negrinha trabalhou."

Também pediu desculpas por haver deixado que roubassem o tabaco: "E, embora o cigano diga que não tive culpa, teve-a, sim, a negra, mas que ia a fazer a negrinha contra o branco?" Chorou por suas roupas vermelhas rasgadas e se alegrou por Milagros tê-las consertado. Confessou sua intranquilidade com a partida de Melchor em busca de vingança. Agradeceu as tranquilas noites no Beco de San Miguel. Cantou à amizade de Milagros e à hostilidade de seus pais, e à reconciliação da moça com eles, e à velha María que a cuidava, e às festas e ao urso e...

– Negra – interrompeu-a o avô. Caridad virou o rosto. – Vem aqui fumar comigo.

Melchor deu uma palmada no colchão, e Caridad obedeceu. As madeiras da cama rangeram ameaçando ceder quando entrou nela e se deitou ao lado do cigano, que lhe passou o charuto. Caridad puxou com força e sentiu que a fumaça enchia por inteiro seus pulmões, onde a manteve até que começou a sentir as prazerosas cosquinhas. Melchor, com o charuto outra vez entre os dedos, expulsou a fumaça para o teto de canas e palha que os cobria e o devolveu a Caridad. "Que devo fazer?", perguntou-se ela ao puxar uma vez mais. "Tenho de seguir cantando?" Melchor se mantinha em silêncio, com o olhar perdido naquele teto pelo qual se infiltrava a água da chuva. Ela hesitava entre cantar e oferecer-lhe seu corpo. Em todas as ocasiões em que havia estado numa cama ao longo de sua vida, havia-o feito para que algum homem desfrutasse dela: o senhor, o capataz, até o jovem filho de outro senhor branco que cismou com ela num domingo. Fumou. Nunca havia sido ela quem se oferecia; sempre haviam sido os brancos os que a chamavam e a levavam para o leito. Melchor fumou também; o charuto queimava já quando o passou de novo. Ele a havia convidado à cama... mas não a tocava. Esperou alguns instantes para que o charuto esfriasse. Sentia o contato do corpo do cigano, de lado junto ao seu, apertados os dois, mas não percebia essa respiração acelerada, esses arquejos com que os homens costumavam abalançar-se a ela; Melchor respirava tranquilo, como sempre. E no entanto ela... por acaso não batia com mais força seu coração? Que significava isso? Fumou. Duas vezes seguidas, com fruição.

– Negra – disse-lhe então o avô –, acaba o charuto. E procura não mexer-te muito durante a noite ou terei de pagar-lhes a cama a esses dois. Agora canta... como o fazias no beco.

Melchor mantinha fixo o olhar no teto de canas: com um simples girar se colocaria em cima dela, pensou. Sentiu o desejo: tratava-se de um corpo jovem, firme, voluptuoso. Caridad o aceitaria, estava certo. Ela começou a cantar, e as tristes melodias dos escravos encheram os ouvidos de Melchor. Quanto havia sentido falta delas! Deixaria de cantar; se se abalançasse a ela, deixaria de fazê-lo. E a partir de então nada seria igual, como sempre sucedia com as mulheres. A aflição e a dor que aquela música ressumava aguilhoaram no cigano outros sentimentos que conseguiram nublar seu desejo. Essa mulher havia sofrido tanto como ele, talvez mais. Por que romper o encanto? Podia esperar... o quê? Melchor se surpreendeu diante da situação: ele, Melchor Vega, o Galeote, meditando o que fazer. Em verdade, a negra era especial! Então plantou uma mão em sua coxa e a deslizou por ela, e Caridad calou-se e permaneceu parada, à espera, tensa. Melchor o sentiu nos músculos de sua perna, que endureceram, em sua respiração, que cessou por alguns instantes.

– Segue cantando, negra – pediu-lhe levantando a mão.

Não voltou a buscar seu corpo e não o fez apesar do ardor que sentia quando despertava de noite e se encontrava embolado com ela, os dois abraçados para proteger-se do frio, e os peitos da mulher ou suas nádegas esmagados contra ele. Por acaso ela não notava sua ereção? A respiração pausada e tranquila de Caridad era suficiente resposta. E Melchor hesitava. Empurrava-a para separá-la dele, mas ela seguia dormindo, e resmungava num idioma desconhecido para o cigano. "Lucumi", havia-lhe dito ela certa manhã. Confiava nele, dormia placidamente e cantava-lhe nas noites. Não podia defraudá-la, voltava a concluir, surpreso em cada uma daquelas ocasiões, antes de afastá-la de seu lado com vigor.

Melchor se sentia cômodo na ciganaria, com sua neta e seus parentes, e aonde sua filha, Ana, ia com regularidade. Foi ela quem um dia correu para adverti-lo de que um par de homens havia aparecido no beco simulando estar interessados numas caldeiras; nem sequer aos olhos do menos esperto dos ciganos aquela dupla passou por compradora de nada. Entre trato e trato, diziam que o conheciam e perguntavam por ele, mas ninguém, que ela soubesse, lhes dera notícia.

Tomás incrementou a vigilância na ciganaria. Havia adotado essa medida assim que se inteirara da vingança de seu irmão nos bens do Gordo, mas agora instou os jovens Vegas a que aumentassem o cuidado. Os ciganos do Horto da Cartuxa estavam acostumados a permanecer em constante estado de alerta: a ciganaria era frequentada por todo tipo de delinquentes e foragidos da justiça, que buscavam refúgio nela tentando confundir-se com os membros de uma comunidade que tinha como uma honra viver de costas para as leis dos *payos*.

– Não te preocupes – disse-lhe no entanto Melchor a seu irmão.

– Como não vou fazê-lo? Com certeza são homens do Gordo.

– Só dois? Tu e eu poderíamos acabar com eles. Não é preciso incomodar os jovens, devem ter coisas para fazer.

– Agora nos sobra dinheiro... por uma boa temporada. Dois deles acompanham a velha María e tua neta quando saem para procurar ervas.

– A esses pagais bem – retificou Melchor.

Tomás sorriu.

– Eu te vejo muito tranquilo – disse depois.

– Não deveria estar?

– Não, não deverias, mas parece que dormir com a negra te cai bem – afirmou com semblante velhaco.

– Tomás – disse o avô passando o braço por um dos ombros de seu irmão e aproximando sua cabeça da dele –, ela tem um corpo capaz de saciar o furor do melhor dos amantes.

O outro soltou uma gargalhada.

– Mas não a toquei.

Tomás se safou de seu abraço.

– Que...?

– Não posso. Eu a vejo inocente, insegura, triste, dilacerada. Quando canta... bem, já a ouviste. Gosto de escutá-la. Sua voz me enche e me transporta para quando éramos crianças e escutávamos os negros escravos cantar, lembras? – Tomás anuiu. – Os negrinhos de agora já perderam aquelas raízes e só pretendem branquear-se e converter-se em *payos*, mas minha negra não. Não te lembras de papai e mamãe embasbacados com sua música e suas danças? Depois tentávamos imitá-los na ciganaria, recordas? – Tomás voltou a anuir. – Creio... creio que se eu fizesse sexo com ela se desfaria o encantamento. E prefiro sua voz... e sua companhia.

– Pois deverias fazer algo. A ciganaria é um constante rumor. Pensa que tua neta...

– A menina sabe que não fizemos nada. Eu te asseguro. Ela haveria notado.

E assim era. Milagros, como todos os ciganos do horto, soube do trato de seu avô com o casal de velhos, que se queixavam a quem quisesse escutá-los do pouco dinheiro que lhes havia pagado Melchor para ocupar sua cama para compartilhá-la com a negra. Quando e onde se havia visto que uma negra dormisse numa cama com pés? Milagros não conseguiu suportar a ideia de que o avô e Cachita... Transcorreram três dias até que se decidiu e foi em busca de Caridad, que ela encontrou sozinha na choça, trabalhando o tabaco.

– Fornicas com meu avô! – increpou-a da porta mesma de entrada.

O sorriso com que Caridad havia recebido a presença da amiga se desfez em seus lábios.

– Não... – conseguiu defender-se.

Mas a cigana não lhe permitiu falar.

– Não consegui dormir pensando que aí estáveis vós dois: fodendo como cães. Tu, minha amiga...! Em quem confiei.

– Não me penetrou.

Mas Milagros não a ouvia.

– Não te dás conta? É meu avô!

– Não me montou – repetiu Caridad.

A moça franziu o cenho, ainda exasperada.

– Não...?

– Não.

Teria gostado de que o fizesse? Tal era a dúvida que assaltava Caridad. Agradava-lhe o contato com Melchor; sentia-se segura e... desejava que a montasse? Para além do contato físico, não sentia nada quando os homens o faziam. Seria igual com Melchor? Assim que na primeira noite ele retirou a mão de sua perna e lhe pediu que cantasse, Caridad voltou a sentir o encantamento que se estabelecia entre os dois ao ritmo de seus cantos de negros, seus espíritos unidos. Gostaria que a tocasse, que a montasse? Talvez sim... ou não. Em qualquer caso, que sucederia depois?

Milagros interpretou mal o silêncio da amiga.

– Perdoe por haver duvidado de ti, Cachita – escusou-se.

Não perguntou mais.

Por isso Melchor pôde sustentar diante de Tomás que sua neta sabia que ele não tinha relações com Caridad. Não haviam sido necessárias explicações em nenhuma das muitas ocasiões em que o cigano ia vê-la.

– Eu ta roubo – anunciava à velha María quando entrava na choça em que ela e sua neta trabalhavam com as ervas; depois pegava pelo braço a jovem sem fazer caso das queixas da curandeira.

E os dois passeavam pela ribeira do rio ou pela veiga de Triana, o mais das vezes em silêncio, temerosa Milagros de quebrar com suas palavras o encanto que envolvia seu avô.

Melchor também lhe pedia que dançasse ali onde soavam palmas, convidava-a a tomar vinho, surpreendia-a com Caridad quando as duas se escondiam para fumar ao anoitecer e se juntava a elas – "eu não disponho dos charutos do frade", caçoava –, ou a acompanhava a colher ervas com a velha cigana.

– Estas não curariam ninguém – resmungava nessas ocasiões a curandeira. – Fora daqui! – gritava para o cigano espantando-o com as mãos. – Isto é coisa de mulheres.

E Melchor piscava o olho para a neta e se afastava alguns passos até situar-se junto aos ciganos que Tomás havia disposto para vigiar as mulheres e que já conheciam o mau gênio da curandeira; mas transcorria um tempo e Melchor voltava a aproximar-se de Milagros.

Foi ao regressarem de um desses passeios que souberam da morte do jovem Dionisio Vega.

Existia em Triana um lugar que Melchor detestava; ali convergiam, misturados em tropel, a dor, o sofrimento, a impotência, o rancor, o cheiro de morte, o ódio à humanidade inteira! Mesmo quando andava por Sevilha, perto da Torre do Ouro, com o largo Guadalquivir no meio, o cigano voltava o rosto para as muralhas da cidade para não o ver. No entanto, naquele anoitecer de primavera, após o dramático enterro do jovem Dionisio Vega, um impulso incontrolável o levou a encaminhar-se para ele.

Dionisio não teria dezesseis anos. Entre os constantes gritos de dor das mulheres da ciganaria e do beco de San Miguel, todas reunidas para dar o último adeus ao rapaz, Melchor não podia deixar de recordar a vivacidade e inteligência de seus penetrantes olhos escuros e de seu rosto sempre risonho. Era neto do tio Basilio, que sobrelevava a situação com inteireza, tentando a todo momento não cruzar o olhar com o de Melchor. Quando, no final da cerimônia, Melchor se dirigiu a seu parente, este aceitou seus pêsames e pela primeira vez ao longo do dia o defrontou. Basilio nada lhe disse porque a acusação pairava na ciganaria: "É culpa tua, Melchor."

E o era. Aqueles dois homens enviados pelo Gordo dos quais lhe havia falado sua filha desapareceram. Talvez porque tivessem visto Melchor sempre acompanhado, talvez ao verificarem as medidas de segurança. O fato é que, com o transcurso do tempo, a vigilância ordenada por Tomás acabou. Como puderam pensar que o Gordo esqueceria a afronta? Chegou a primavera, e um dia o jovem Dionisio, junto a dois amigos, deixou o horto da Cartuxa e internou-se na fértil veiga de Triana em busca de alguma galinha fácil de furtar ou de algum ferro-velho para vender aos ferreiros. Dois homens foram a seu encontro. Os rapazes levavam escrito que eram ciganos em sua tez escura, em suas roupas coloridas e nos avelórios que pendiam de pescoços e orelhas. Não houve palavra antes que um dos homens atravessasse o coração de Dionisio com um espadim. Depois, aquele mesmo se dirigiu aos demais.

– Dizei ao covarde do Galeote que o Faixado não perdoa. Dizei-lhe também que deixe de se esconder entre os seus como uma mulher assustada.

"Que deixe de se esconder como uma mulher assustada." As palavras dos rapazes, mil vezes repetidas desde que apareceram na ciganaria com o cadáver de Dionisio, cravavam-se como agulhas candentes no cérebro de Melchor enquanto muitos dos ciganos escondiam o olhar à sua passagem. "Pensam a mesma coisa!", torturava-se Melchor. E tinham razão: ele se havia escondido como um covarde, como uma mulher. Havia envelhecido? Tornara-se como Antonio, que por uma insignificante moeda lhe havia cedido sua valiosa cama para que dormisse com a negra? Durante os três dias pelos quais se prolongou o velório, com as mulheres uivando sem cessar, rasgando as roupas e arranhando braços e rostos, Melchor permaneceu afastado até de Milagros e de Ana, que eram incapazes de esconder seu olhar de recriminação; chegou a crer ver um esgar de desprezo no rosto de sua própria filha. Tampouco teve coragem de juntar-se às partidas de ciganos que, infrutiferamente, saíram em busca dos homens do Gordo.

Enquanto isso se atormentou até a saciedade com a mesma questão: por acaso já se havia convertido em alguém como o velho Antonio, um covarde capaz de causar a morte de rapazes como Dionisio? Até sua própria filha tentava evitá-lo!

Presenciou o enterro, num descampado próximo, encolhido entre os demais ciganos. Viu o pai do rapaz, acompanhado do tio Basilio, pôr sobre os inertes braços de Dionisio uma velha guitarra. Depois, com voz dilacerada, dirigindo-se ao corpo sem vida de seu filho, clamou:

– Toca, filho, e, se agi mal, que tua música me ensurdeça; se pelo contrário agi corretamente, fica parado e serei absolvido.

Num silêncio estremecedor, Basilio e seu filho esperaram alguns instantes. Depois, assim que deram as costas ao cadáver, os demais homens o enterraram junto com sua guitarra. Quando a terra cobriu por completo o simples caixão de pinho, a mãe de Dionisio se dirigiu à cabeceira e amontoou cuidadosamente os poucos objetos pessoais do morto: uma camisa velha, uma manta, uma navalha, um pequeno chifre prateado que em sua infância ele havia exibido ao pescoço para espantar mau-olhado e um velho chapéu de dois bicos que o rapaz adorava e que a mãe beijou com ternura. Depois pôs fogo à pilha.

No momento em que as chamas começavam a extinguir-se e os ciganos a retirar-se, Melchor se adiantou até a fogueira. Muitos se detiveram e voltaram a cabeça para ver como o Galeote se desprendia de sua jaquetinha de seda azul-celeste, tirava a bolsa com seu dinheiro, que guardou em sua faixa, e atirava a peça de roupa ao fogo. Depois ofereceu a mão ao tio Basilio, e o mesmo céu veio a sentenciar seu delito.

A dor, a angústia e a culpa dirigiram seus passos pela margem trianeira do Guadalquivir. Necessitava estar ali!

– Aonde ele vai? – perguntou num sussurro Milagros à mãe.

As duas mulheres, e Caridad com elas, apressaram-se a segui-lo assim que Melchor, com um esgar de resignação, inclinou a cabeça diante de Basilio e se perdeu em direção a Triana. Faziam-no a distância, procurando que não as visse, sem chegar a imaginar que Melchor não se haveria apercebido de sua presença ainda que caminhassem a seu lado.

– Creio que sei – respondeu Ana.

Não disse mais nada até que o avô superou a ponte de barcos e, após percorrer a ribeira, se deteve diante da igreja da antiga universidade de Mareantes, onde se ensinava aos meninos as coisas do mar e se atendia aos marinheiros doentes.

– Era aí – sussurrou a mãe, atenta à silhueta do avô recortada contra as últimas luzes do dia.

– Que acontece aí? – inquiriu Milagros, com Caridad a suas costas.

Ana tardou a responder.

– Essa é a igreja da Virgem do Bom Ar, a dos navegantes. Repara... – começou a dizer à filha, depois se corrigiu diante da presença de Caridad: – reparem na porta principal. Vedes a sacada corrida que dá para o rio que fica sobre ela? – Milagros anuiu, Caridad não disse nada. – Dessa sacada, nos dias de preceito, rezava-se a missa para as embarcações que estavam no rio; dessa maneira os marinheiros nem sequer tinham de desembarcar...

– Nem os galeotes. – Milagros terminou a frase por ela.

– Assim é. – Ana suspirou.

Melchor continuava erguido diante do portão da igreja, com a cabeça erguida para a sacada e o rio quase lambendo os saltos de suas botas.

– Teu avô nunca quis contar-me nada de seus anos de galés, mas eu sei, ouvi-o em algumas conversas que mantinha com os poucos companheiros que saíram vivos dessa tortura. Bernardo, por exemplo. Durante os anos em que o avô esteve nos remos, nada houve que lhe doesse mais, por maiores que fossem as penúrias e calamidades pelas quais teve de passar, que permanecer agrilhoado aos madeiros ouvindo missa diante de Triana.

Porque Triana encarnava a liberdade, e nada havia de mais valioso para um cigano. Melchor suportava os açoites do comitre, padecia sede e fome envolto em seus próprios excrementos e urina, com o corpo repleto de feridas, remando até a extenuação. E daí?, perguntava-se por fim, por acaso não era esse o destino dos ciganos, fosse em terra ou no mar? Sofrer a injustiça.

Mas quando estava diante de sua Triana... Quando chegava a cheirar, quase a apalpar, esse ar de liberdade que naturalmente impelia os ciganos a lutar contra todas as amarras, então Melchor se doía de todas as suas feridas. Quantas blasfêmias não havia repetido em silêncio contra aqueles sacerdotes e aquelas sagradas imagens do outro lado da liberdade? Quantas vezes ali mesmo, no rio, diante do retábulo da Virgem do Bom Ar e das pinturas de São Pedro e São Paulo ladeando-a, não havia maldito seu destino? Quantas vezes não havia jurado a si mesmo que nunca mais voltaria a elevar o olhar para essa sacada?

De repente, Melchor caiu de joelhos. Milagros fez menção de correr para ele, mas Ana a deteve.

– Não. Deixa-o.

– Mas... – queixou-se a moça –, o que ele vai fazer?

– Cantar – surpreendeu-as com um sussurro a suas costas Caridad.

Ana nunca havia ouvido a "queixa de galé" da boca de seu pai. Este jamais a havia cantado após ser posto em liberdade. Por isso, assim que o primeiro lamento, longo e lúgubre, inundou o anoitecer, a mulher caiu prostrada igual a ele. Milagros, por seu lado, sentiu arrepiar-se-lhe o pelo de todo o corpo. Nunca havia ouvido nada parecido; nem sequer as sentidas *deblas* da Trianeira, a esposa do Conde, podiam comparar-se àquele queixume. A moça sentiu um calafrio, buscou o contato da mãe e apoiou as mãos em seus ombros, onde Ana as buscou também. Melchor cantava sem palavras, enlaçando lamentos e queixumes que soavam graves, quebrados, rotos, todos com sabor de morte e desgraça.

As duas ciganas permaneciam encolhidas em si mesmas, sentindo que aquele canto indefinível, fundo e profundo, maravilhoso em sua tristeza, feria até suas sensações. Caridad, no entanto, sorria. Ela o sabia: estava certa de que tudo o que o avô era incapaz de dizer podia expressá-lo através da música; como ela, como os escravos.

A queixa de galé se prolongou por alguns minutos, até que Melchor a finalizou com um último lamento que deixou morrer em seus lábios. As mulheres o viram levantar-se e cuspir para a capela antes de empreender caminho rio abaixo, em direção contrária à ciganaria. Mãe e filha permaneceram paradas por alguns instantes, vazias.

– Aonde ele vai? – perguntou Milagros quando Melchor se perdia na distância.

– Ele vai-se – conseguiu responder Ana com os olhos inundados de lágrimas.

Caridad, com os lamentos ainda ressoando em seus ouvidos, tentou vislumbrar as costas do cigano. Milagros sentiu nos ombros de sua mãe as convulsões do choro.

– Ele voltará, mãe – tentou consolá-la. – Não... não leva nada consigo; não tem jaqueta, não leva seu mosquete, nem o bastão.

Ana não falou. O rumor das águas do rio na noite envolveu as três mulheres.

– Voltará, não é verdade, mãe? – acrescentou a moça, já com a voz embargada.

Caridad aguçou o ouvido. Queria ouvir que sim. Necessitava saber que regressaria!

Mas Ana não respondeu.

II

CANTO DE SANGUE

11

Sevilha,
30 de julho de 1749

Assolada pelo insuportável calor estival, a vida cidadã transcorria com languidez. Aqueles que podiam fazê-lo haviam trasladado já móveis, roupas e utensílios dos andares altos de suas casas para o térreo, onde tentavam lutar contra os calores e o suão; os demais, a maioria da população, iam para qualquer das duas margens do Guadalquivir, a sevilhana e a trianeira, onde ao menos podia encontrar-se um vislumbre de vida nas pessoas que se banhavam no rio, em busca de um pouco de frescor, sob o olhar atento dos vigilantes destinados àquele lugar pelo cabido municipal para evitar as frequentes mortes por afogamento. Assim ia transcorrendo o dia quando um rumor começou a correr entre os cidadãos: o exército estava tomando a cidade. Não se tratava dos homens dos aguazis municipais ou do assistente de Sevilha, mas do exército! De repente, soldados armados se postaram nas treze portas e nos dois postigos das muralhas da capital e mandaram as pessoas que se achavam fora dos muros entrar nela. Banhistas, mercadores, marinheiros e trabalhadores do porto, comerciantes, mulheres e crianças... A multidão se apressou a obedecer às ordens dos militares.

– Vamos fechar as portas da cidade! – gritavam cabos e sargentos à frente de destacamentos armados.

Mas, para além daquela advertência, nenhuma autoridade deu maiores explicações; os soldados empurravam com seus fuzis os sevilhanos que se amontoavam nas portas e perguntavam o que estava sucedendo. A agitação alcançou o ápice quando alguém gritou que toda a cidade estava rodeada pelo exército. Muitos voltaram o olhar para Triana e comprovaram que assim era: no arrabalde, na outra margem do rio, viam-se correr suas pessoas misturadas entre os brancos uniformes dos soldados, e a ponte de barcos se havia convertido num fervedouro de cavalgaduras que se apressavam em uma ou outra direção estimuladas pelos militares.

– Que é que está acontecendo?
– Há guerra?
– Estão atacando-nos?

Mas em lugar de respostas as pessoas recebiam empurrões e golpes. Porque os soldados tampouco conheciam as razões; só haviam recebido a ordem de obrigar a entrar os vizinhos e fechar as portas da cidade. Unicamente duas deviam ficar abertas: a do Areal e a da Carne.

– A casa! – gritavam os oficiais. – Ide para vossas casas!

A mesma ordem iam gritando pelas ruas as diferentes patrulhas que circulavam pelo interior de Sevilha e Triana; uma ordem que nesse 30 de julho de 1749 se gritou por toda a Espanha numa minuciosa e secreta operação militar idealizada pelo bispo de Oviedo e presidente do Conselho de Castilha, don Gaspar Vázquez Tablada, e pelo marquês de la Ensenada, os quais poucos anos antes haviam endurecido as penas para os ciganos aprisionados fora de seus lugares de origem: a morte. Em virtude daquela nova pragmática de 1749, as tropas reais tomaram nesse mesmo dia todas as cidades do reino em que se tinha notícia de que viviam ciganos.

Ao fim de algumas horas, as portas de Sevilha se haviam fechado, e as do Areal e da Carne se achavam fortemente guardadas; Triana havia sido cercada pelo exército, os bons cidadãos correram para refugiar-se em suas casas, e os destacamentos se postaram estrategicamente em determinadas ruas. Foi então que os soldados receberam por fim instruções diretas da parte de seus superiores: deter todos os ciganos, pessoas infames e nocivas, sem consideração de sexo ou idade, e confiscar todos os seus bens.

Anteriormente se haviam enviado os pertinentes ofícios secretos aos corregedores de todas as povoações do reino em que havia famílias ciganas recenseadas, razão por que o assistente de Sevilha, na qualidade de corregedor da cidade, já havia assinalado aos comandos militares as casas e os lugares onde devia proceder-se à detenção.

Como sucedeu em toda a Espanha, os ciganos assistiram à infame medida estupefatos: em Sevilha foram detidos sem que apresentassem oposição, tal como ocorreu em Triana com os ferreiros do beco de San Miguel e com os que viviam na Cava ou em seus arredores. Melhor sorte tiveram, no entanto, os da ciganaria do horto da Cartuxa: por estarem em campo aberto, muitos deles puderam fugir deixando para trás seus parcos pertences. Contudo, dois faleceram sob os disparos dos soldados quando fugiam, outro ficou ferido numa perna e outro ainda se afogou no rio diante da impotência de sua mulher, do choro de seus filhos pequenos e do desprezo da tropa.

Cerca de cento e trinta famílias ciganas foram presas em Sevilha na ação militar maciça de julho de 1749.

No interior da choça, Caridad ouviu os gritos dos oficiais do exército que se elevavam sobre o tumulto.

– Prendei-os a todos!

– Que não escape nenhum!

Deixou de trabalhar o tabaco que lhe seguia entregando Frei Joaquín. Assustada com o alvoroço da correria de ciganos e soldados, com os gritos de crianças e mulheres e com um que outro disparo, levantou-se da mesa e apressou-se para a entrada justo quando Antonio e sua esposa corriam mancando na direção contrária, ajudando-se entre si.

– Que...? – tentou perguntar-lhes.

– Afasta-te! – empurrou-a o velho.

Ficou ali parada, absorta, observando os soldados cair sobre as mulheres ou ameaçar com o fuzil os homens. Muitos conseguiam escapar e ultrapassavam com arrojo a linha envolvente com que os militares haviam tentado tomar a ciganaria. Procurou Milagros com o olhar, sem achá-la, e viu que o tio Tomás distraía um grupo de soldados para que um de seus filhos fugisse com a família às costas. O próprio tio Tomás foi violentamente dominado, mas seu filho se perdeu entre os hortos. Não havia nem sinal de Milagros. Alguns ciganos escapavam saltando por cima dos telhados das choças para cair atrás do muro do Horto da Cartuxa e empreender uma frenética corrida para a liberdade. Antonio e a esposa voltaram a empurrá-la ao deixar a choça. Caridad os seguiu com o olhar: a velha ia perdendo o tabaco e os charutos que havia furtado do interior. Observou-os correr com dificuldade para... os soldados! Um deles soltou uma gargalhada ao vê-los aproximar-se, velhos e aos trancos e barrancos, mas mudou o semblante quando Antonio mostrou uma grande navalha na mão. Um golpe com a culatra do fuzil no estômago do velho bastou para que este soltasse a arma e caísse no chão. O soldado e dois companheiros riram assim que deram por terminada a luta, justo antes que a cigana deixasse cair sua bolsa e os surpreendesse abalançando-se com assombrosa força e agilidade, nascida do ódio e da ira, com as mãos em forma de garras como única arma, àquele que havia atingido seu marido. Os homens tardaram a reagir. Caridad viu aparecer uns filetes de sangue no rosto do soldado. Custou-lhes dominar a velha.

– Que fazes tu aqui?

Atenta como estava em Antonio e sua esposa, Caridad não se havia apercebido de que a operação quase havia terminado e de que o restante dos soldados entrava já nas choças. Os ciganos detidos permaneciam agrupados na rua e cercados. Ela baixou o olhar diante do soldado que se havia dirigido a ela.

– Que fazes tu aqui, negra? – repetiu este diante do silêncio de Caridad. – És cigana? – Depois a olhou de alto a baixo. – Não. Como hás de ser cigana? Ei! – gritou a um cabo que passeava pela rua –, que fazemos com esta?

O cabo se aproximou e lhe fez as mesmas perguntas. Caridad continuou sem responder e sem olhá-los.

– Por que estás na ciganaria? Por acaso és escrava de algum deles? – Ele mesmo descartou a ideia negando repetidamente com a cabeça. – Fugiste de teus senhores, não? Sim, é isso o que deve...

– Sou livre – conseguiu dizer Caridad com um fio de voz.

– É verdade? Demonstra.

Caridad entrou na choça e voltou com sua trouxa, na qual rebuscou até encontrar os documentos que o escrivão d'*A Rainha* lhe havia entregado.

– Certo. – Após examiná-los e tocá-los, como se pudesse reconhecer pelo tato o que era incapaz de ler, o cabo os deu por bons. – Que levas aí?

Caridad lhe entregou a trouxa, mas, tal como havia sucedido na porta de Mar de Cádiz, o militar deixou de procurar assim que sua mão topou com o velho, áspero e gasto cobertor com que se protegia do frio no inverno e limitou-se a sopesar e sacudir a trouxa para ver se algo em seu interior tilintava, mas pouco podiam pesar ou tilintar o cobertor, as roupas vermelhas, alguns charutos que lhe havia entregado Frei Joaquín em pagamento por seu trabalho e o chapéu de palha que pendia amarrado a ela.

– Vai-te daqui! – gritou-lhe então. – Já temos bastantes problemas com toda esta escória.

Caridad obedeceu e empreendeu caminho para Triana. No entanto, diminuiu o passo na rua ao passar junto aos ciganos detidos. Estaria Milagros entre eles? Os soldados os desarmavam e lhes tiravam suas joias e avelórios ao mesmo tempo que um novo exército, este de escrivães, tentava tomar nota de seus nomes e dos bens que lhes pertenciam.

– De quem é esta mula? – perguntou aos gritos um soldado com a corda de uma magra azêmola na mão.

– Minha! – gritou um dos ciganos.

– Cala-te, mentiroso! – saltou uma mulher. – Essa é de um lavrador de Camas!

Alguns ciganos riram.

"Como podem rir?", assombrou-se Caridad enquanto continuava procurando Milagros entre eles. Viu o tio Tomás, e Basilio, e Mateo… a maioria dos Vegas velhos. Também viu Antonio e a esposa, abraçados. Mas não encontrava Milagros.

– Muito bem – plantou-se o soldado da mula –, de quem é?

– Dele – respondeu alguém apontando para o primeiro cigano.

– Do de Camas – disse outro.

– Minha – ouviu-se dentre o grupo.

– Não. É minha – riu um terceiro.

– A tua é a outra.

– Não, essa, sim, é a do de Camas.

– Tinha duas mulas o de Camas?

– Do rei! – interveio um jovem. – Do rei – repetiu diante da exasperação do soldado. – É a que lhe guardamos para que a monte quando vem visitar Triana!

Os ciganos explodiram de novo em gargalhadas. Caridad alargou os lábios num sorriso, mas seus olhos seguiam expressando a preocupação que sentia por Milagros.

– Não a prenderam – gritou-lhe o tio Tomás imaginando que era o que a preocupava. – Não está aqui, negra.

– Que é o que não está? – surpreendeu-os rispidamente o mesmo cabo que havia interrogado Caridad e que se havia aproximado diante do vozerio.

Caridad titubeou e baixou o olhar.

– A mula do rei, capitão – respondeu-lhe então Tomás com fingida seriedade. – Não permita Vossa Excelência que o enganem: em verdade a do rei é a mula que o de Camas tem.

– Ride! – gritou o cabo dirigindo-se a todos os detidos. – Aproveitai para rir agora, porque ali para onde vais deixareis de fazê-lo. Eu vo-lo juro! – Depois se voltou para Caridad: – E tu: não te havia dito que…?

– General – interromperam-no lá do grupo –, ao lugar a que nos vai mandar poderemos levar a mula do rei?

O cabo corou, e, entre os risos e as chacotas, Tomás instou com gestos a Caridad para que fugisse.

Triana também estava tomada pelo exército real. Grande parte da tropa se achava no beco de San Miguel e na Cava Nueva, lugares em que vivia a maioria dos ciganos, mas nem por isso deixava de haver patrulhas que continuavam percorrendo as ruas para o caso de algum haver escapado ou haver-se ocultado na casa de algum *payo*. O rei havia previsto duras penas para os que os ajudassem, e as denúncias anônimas, fundadas ou não, começaram a produzir-se como fruto de velhas rixas entre vizinhos.

A Caridad só lhe ocorreu um lugar aonde ir, e para ali encaminhou seus passos: o convento de pregadores de São Jacinto. Mas as igrejas e os conventos também eram objeto de vigilância da parte dos soldados. Verificou-o ao entrar em Triana pela rua Castilla e passar diante da igreja de Nossa Senhora do Ó. Caridad sempre olhava com atenção aquela sóbria igreja: não sabia de nenhum orixá encarnado na Virgem do Ó, mas Frei Joaquín lhe havia transmitido o afeto que ele mesmo sentia por aquele templo: "Sua construção se realizou exclusivamente com as esmolas recolhidas pela Irmandade", comentou com ela um dia. "Por isso é tão querida em Triana."

Caridad esquivou-se da patrulha de soldados postada diante da fachada principal da igreja, e ouviu um oficial discutir acaloradamente com um sacerdote. O mesmo sucedia na paróquia de Santa Ana, e em Sancti Espiritus, nos Remédios, na Vitória, nas Mínimas, nos Mártires ou em São Jacinto. O rei havia conseguido uma bula papal pela qual se permitia a retirada dos ciganos refugiados em lugar sagrado, razão por que todos aqueles que haviam fugido e buscado a salvação no asilo eclesiástico estavam sendo retirados, não sem árduas discussões com os sacerdotes que defendiam os privilégios daquela atávica instituição de que tanto uso faziam os ciganos.

São Jacinto estava em pior situação que a igreja do Ó. Dada a proximidade do beco de San Miguel e da Cava Nueva, eram vários os ciganos que haviam buscado asilo naquele templo ante a entrada das tropas. Quase a totalidade dos vinte e oito frades pregadores que compunham a comunidade aglomerava-se junto a seu prior, empenhado em impedir o acesso ao templo em construção de um tenente que não fazia mais que mostrar-lhe a ordem do rei. Frei Joaquín não tardou a aperceber-se da presença de Caridad, já que seu velho chapéu de palha se destacava entre a multidão que esperava para ver como se resolvia a disputa. O jovem religioso deixou seus irmãos e correu para ela.

– Que aconteceu na ciganaria? – inquiriu antes até de chegar até ela; tinha as feições contraídas pela preocupação.

– Chegaram os soldados... Disparavam. Prenderam os ciganos...

– E Milagros?

O grito chamou a atenção das pessoas. Frei Joaquín pegou Caridad pelo braço, e eles afastaram-se alguns passos.

– E Milagros? – repetiu.

– Não sei onde está.

– Que queres dizer? Estão detendo todos os ciganos. Detiveram-na?

– Não. Detida, não. Tomás me disse…

O suspiro de alívio que saiu de boca do religioso interrompeu suas palavras.

– Bendita sejas, Senhora! – exclamou depois o frade erguendo os olhos para o céu.

– Que posso fazer, Frei Joaquín? Por que estão prendendo os ciganos? E Milagros, onde estará?

– Cachita, onde quer que esteja, estará melhor que aqui. Tem certeza. Quanto a por que os detêm…

Os aplausos e vivas das pessoas interromperam a conversa e os obrigaram a voltar-se para São Jacinto. O prior havia cedido, e três ciganos, várias crianças e uma cigana com uma de peito nos braços abandonavam a igreja guardados pelos militares.

– Prendem-nos por serem diferentes – sentenciou o frade quando os retirados já se perdiam em direção à Cava. – Eu te posso assegurar que não são piores que muitos dos que eles chamam *payos*.

Frei Joaquín não teve maiores problemas para conseguir que uma devota família de camaroneiros da rua Ancha acolhesse Caridad durante alguns dias; algumas moedas do pecúlio pessoal do religioso ajudaram na decisão. Caridad se instalou no alpendre que servia a um diminuto horto localizado na parte traseira da casa do pescador. Sentada entre alguns velhos aparelhos para o cultivo das hortaliças e diverso material de pesca amontoado ali, ela pouco tinha para fazer além de fumar e preocupar-se com Milagros. A hospitalidade daqueles "bons cristãos", como os apelidou Frei Joaquín, desapareceu assim que o fez o religioso.

No dia seguinte ao da detenção, toda Triana afluiu para presenciar a saída dos ciganos pela ponte de barcos. Misturada na multidão, Caridad viu Rafael García, o Conde, arrastar os pés com o olhar baixo, encabeçando uma longa fileira de homens e crianças maiores de sete anos que caminhavam atrás dele, todos amarrados a uma grossa corda. Seu destino: o cárcere real de Sevilha. Muitos dos cidadãos os insultavam ou lhes cuspiam. "Hereges!", "Ladrões!", gritavam à sua passagem, enquanto lhes lançavam o lixo e restos que se amontoavam nas ruas. Caridad não conseguiu notar em nenhum deles a ironia que a surpreendera no dia anterior no horto. Agora todos já sabiam quais eram as ordens reais: do cárcere os trasladariam para La Carraca, o arsenal militar de Cádiz, onde seriam submetidos a trabalhos forçados pelo resto da vida.

Além de impedi-los de acolher-se a lugar sagrado e de confiscar-lhes os bens para vendê-los em leilão público e pagar os gastos da batida militar, os soldados também haviam despojado das cédulas de castelhanos velhos ou das provisões de vizinhança os que dispunham delas. Só com esses documentos oficiais os ciganos podiam demonstrar que não eram vagabundos ou criminosos; despojá-los deles – conquanto muitos fossem falsos – significava que dali em diante nem sequer poderiam comprovar sua identidade e seu estado. Da noite para o dia, a maioria dos ciganos ferreiros do beco de San Miguel e muitos outros que estavam havia anos trabalhando e convivendo com os *payos*, se havia convertido em delinquente.

No meio da corda, Caridad reconheceu Pedro García, o amor impossível de Milagros. Que diria a moça se o visse naquela situação? Os olhos de Milagros brilhavam na noite ao recordar dele, e ainda mais porque o fantasma de Alejandro já havia deixado de atormentá-la. Caridad também viu José Carmona, abatido, escondendo o rosto dos insultos.

Após os homens, apareceram as mulheres, as meninas e os varões menores de sete anos, todos amarrados a cordas e vigiados pelos soldados quase mais estritamente que os homens. Caridad reconheceu Ana, a mãe de Milagros, e tantas outras que conhecia do beco, algumas com seus pequenos nos braços. Sentiu um calafrio à passagem das ciganas: elas não haviam perdido seu orgulho. Não se calavam e devolviam cusparadas e insultos apesar de também saberem o que as esperava: a reclusão por tempo indeterminado num cárcere de mulheres.

– Bruxas! – Caridad ouviu gritar.

Imediatamente, a corda se torceu e várias ciganas se abalançaram àquelas que as haviam insultado e que, presas de pânico, tentaram retroceder entre as pessoas que se espremiam a suas costas; os soldados tiveram de esforçar-se para impedi-lo.

Na confusão, Ana viu Caridad. Haviam-lhes chegado rumores de disparos, mortes e luta na ciganaria.

– E minha menina? – gritou.

Caridad estava atenta aos golpes dados pelos soldados.

– Negra! – agora Caridad a ouviu. – E Milagros?

Caridad se preparava para responder quando de repente se deu conta de que muitos dos que a rodeavam estavam atentos a ela, como se a recriminassem por falar com as ciganas. Hesitou. Não podia enfrentar as pessoas... mas Milagros... e Ana era sua mãe! Quando levantou a cabeça, a corda já se havia posto em marcha e ela só conseguiu ver as costas de Ana.

Por trás das pessoas que se aglomeravam em ambos os lados da rua, Caridad seguiu a corda a que iam amarradas as mulheres. Adiantou-se a Ana e postou-se na Praça do Altozano, na primeira fila, diante do castelo da Inquisição, onde era impossível que a cigana não se apercebesse de sua presença. Mas, quando a viu aproximar-se e os gritos e insultos da multidão aumentaram ao redor, o medo voltou a apoderar-se dela.

Ana a viu. E a viu baixar a cabeça à passagem da corda.

– Ajudai-me – instou então às mulheres que a acompanhavam. – Tenho de chegar até aquela negra, até a negra de meu pai, ali, à esquerda, não a vedes?

– A do tabaco? – perguntaram-lhe de mais adiante na corda.

– Sim, essa mesma. Tenho de saber de minha filha.

– Poderás fumar um charuto com ela – asseguraram-lhe de trás.

Assim foi. Quando Ana passava diante de Caridad, as ciganas se lançaram à esquerda e pegaram os soldados desprevenidos. A corda voltou a curvar-se, e algumas caíram no chão levando consigo até alguns militares da frente. Ana as imitou e se lançou ao chão.

– Caridad! – gritou com voz firme, caída a seus pés.

Ela reagiu ao tom imperioso.

– Aproxima-te!

Ela o fez e se acocorou a seu lado.

– E Milagros? E minha menina?

Os soldados começavam a pôr ordem, uns levantando as caídas, outros interpondo-se entre as que permaneciam em pé, mas as ciganas, atentas a Ana, resistiam e insultavam as pessoas, abalançando-se a elas vezes seguidas.

– Que sabes dela? – insistiu Ana. – Prenderam-na?

– Não – afirmou Caridad.

– Está livre?

– Sim.

Ana fechou os olhos por um segundo.

– Encontra-a! Cuida dela! – rogou-lhe depois. – É só uma menina. Procurai o avô e a proteção dos ciganos... se restarem. Diz-lhe que a amo e a amarei sempre.

De repente, Caridad foi afastada violentamente para trás pelo pontapé que um dos soldados lhe deu num ombro. Ana se deixou levantar e fez um gesto quase imperceptível para as demais mulheres. A luta cessou, salvo da parte de uma menina, que continuou dando pontapés num soldado.

Antes de voltar à sua posição na corda, Ana virou-se: Caridad havia caído no chão e tentava recuperar seu chapéu entre as pernas das pessoas. Havia pedido àquela mulher que cuidasse de sua filha?, perguntou-se ao mesmo tempo que sentia um suor frio encharcar todo o seu corpo.

12

A velha María reteve Milagros quando esta tentou voltar a Triana. – Parada, menina – ordenou-lhe aos sussurros ao ver os soldados de infantaria aproximar-se delas. – Abaixa-te.

Achavam-se fora do caminho, recolhendo alcaçuz. Não era a melhor época, havia-se queixado a curandeira, mas necessitava daquelas raízes com que tratava tosse e indigestões. Havia quem sustentasse que também eram afrodisíacas, mas a velha evitou comentar sobre essa propriedade com Milagros, disse-se que ela teria tempo para aprendê-lo. No silêncio da extensa veiga trianeira, entre videiras, oliveiras e laranjeiras, as duas haviam apurado o ouvido diante do rumor que se ia fazendo cada vez mais perceptível. Dentro de pouco viram avançar com ar marcial uma longa coluna de infantes armados de fuzis, vestidos com casacas brancas cujas faldas dianteiras estavam dobradas para trás e unidas mediante colchetes, jaquetas ajustadas embaixo, calções, polainas abotoadas acima dos joelhos e tricórnios pretos sobre complicadas perucas brancas com três cachos horizontais de cada lado que chegavam até o pescoço e lhes tapavam as orelhas.

Milagros contemplou os soldados de rosto sério, suarentos pelo sol estival que estava a pino sobre eles, e perguntou-se a que se devia semelhante exibição.

– Não sei – respondeu-lhe a velha María ao mesmo tempo que se levantava com dificuldade após a passagem do exército –, mas certamente é melhor estarmos atrás que diante de seus fuzis.

Não tardaram a averiguá-lo. Seguiram-nos a uma distância prudente, ambas atentas e prontas para esconder-se. Contemplaram como se dividiam em dois ao chegar às costas de Triana e trocaram um olhar de terror ao reparar em que uma daquelas colunas tomava posição ao redor da ciganaria do Horto da Cartuxa.

– Temos de avisar os nossos – disse Milagros.

A velha não respondeu. Milagros se voltou para ela e topou com um rosto enrugado e trêmulo; a curandeira mantinha os olhos entrefechados, pensativa.

– María – insistiu a moça –, vão buscar os nossos! Devemos adverti-los...

– Não – interrompeu-a a velha com o olhar posto na ciganaria.

Seu tom, a negativa exalada, longa em sua dicção, surgida de suas mesmas entranhas, proclamou a resignação de uma velha cigana cansada de lutar.

– Mas...

– Não. – María foi taxativa. – Só será uma vez mais, outra detenção, mas seguiremos em frente, como sempre. Que pretendes? Levantar-te e gritar? Arriscar-te a que qualquer desses malnascidos dispare contra ti? Correr para a ciganaria? Prender-te-iam... E de que serviria? Os nossos já estão cercados, mas saberão defender-se. Estou certa de que tua mãe e teu avô apoiariam minha decisão. – Então, duvidando de sua obediência, apertou o antebraço da moça.

Agachadas atrás de um matagal, esperaram que se produzisse o assalto como se estivessem obrigadas a presenciar a ruína de seu povo, a viver sua dor. Não viam nada. Durante um bom tempo só ouviram o vaivém das pessoas na ciganaria confundido com os surdos soluços de Milagros, que se converteram num pranto descontrolado ao primeiro grito do capitão da companhia ordenando o assalto. María puxou-a quando a moça tentou levantar a cabeça e pugnou por calá-la, mas que importava agora? Os disparos e os gritos de uns e outros atroavam a veiga. A velha agarrou a cabeça de Milagros, apertou-a contra si e embalou-a. Os ciganos que conseguiam burlar o cerco corriam para onde se encontravam elas; ninguém os perseguia, só balas disparadas ao acaso.

– Mãe... pai... – ouviu gemer a curandeira a Milagros ao mesmo tempo que o alvoroço decaía. – Mãe... Cachita...

A cada gemido, um hálito quente acariciava o peito da velha.

– A negra não é cigana – ocorreu-lhe dizer. – Não lhe acontecerá nada.

– E meus pais? – remexeu-se a moça após safar-se do abraço. – O mesmo haverá acontecido em Triana. A senhora viu que os soldados se dividiam...

Com as mãos abertas, a velha agarrou pelas faces aquele rosto congestionado, os olhos injetados, as lágrimas correndo por ele.

– Eles, sim, moça. Eles, sim, são ciganos. E por isso mesmo são fortes. Vão superá-lo.

Milagros meneou a cabeça.

– E eu? Que será de mim? – soluçou.

María hesitou. Que ia dizer-lhe: "Eu te protegerei"? Uma velha e uma moça de quinze anos... Que fariam? Para onde iriam? De que viveriam?

– Pelo menos tu és livre – recriminou-a, no entanto, deixando cair as mãos com que segurava seu rosto. – Queres ir com eles? Podes fazê-lo. Só tens de dar alguns passos... – terminou a frase apontando para a ciganaria com o dedo estendido em forma de gancho.

Milagros sentiu o golpe. Escrutada pelo penetrante olhar da velha, aspirou pelo nariz, limpou-o com o antebraço e ergueu o pescoço.

– Não quero – disse então.

A curandeira anuiu, satisfeita.

– Chora a sorte de teus pais – disse-lhe –, deves fazê-lo. Mas defende tua liberdade, menina. É o que eles quereriam e é a única coisa que temos nós, os ciganos.

Aguardaram que anoitecesse escondidas no matagal.

– A senhora não pode correr – disse Milagros à velha. – Mais vale que esperemos cair a noite.

Mordiscaram as raízes de alcaçuz para sossegar a tensão. Ao meio-dia, quando o sol saltava de oriente para poente e a terra não era de ninguém, com o som dos gritos dos ciganos e os disparos dos soldados ainda flutuando no ar, Milagros recordou-se de Alejandro e do tiro que lhe havia rebentado pescoço e cabeça. Fazia um ano de sua morte. Acocorada na terra, a moça alisou com delicadeza sua saia azul, onde ainda se percebiam restos das manchas de sangue que resistiam a desaparecer por mais que a lavassem. Se não tivesse sido por aquele acontecimento, tê-la-iam detido, como certamente haviam feito com todos os ciganos do beco de San Miguel. Acreditou sentir a presença do cigano no calafrio que percorreu sua coluna vertebral; era seu momento, o das almas dos mortos. No entanto, uma surpreendente sensação de tranquilidade a invadiu após a passagem do estremecimento, como se Alejandro houvesse acorrido a defendê-la com a mesma coragem com que havia esmurrado a porta do oleiro.

"Bom cigano!", disse-se justo no momento em que as gargalhadas provenientes da ciganaria, quando se produzia a discussão sobre a suposta mula do rei, devolveram-na à realidade. Antes de interrogar a María com o olhar, verificou que o sol já havia superado o zênite.

A velha deu de ombros diante do paradoxal som dos risos naquelas circunstâncias.

– Tu os ouves? Riem. Não poderão conosco – sentenciou.

A população de Camas se achava a tão somente meia légua de onde elas se escondiam; no entanto, de noite, caminhando com lentidão à luz da lua, sobressaltando-se e escondendo-se até de seus próprios barulhos, levaram mais de uma hora para chegar a seus arredores.

– Aonde vamos? – sussurrou Milagros.

María tentou orientar-se na noite.

– Há por aqui a pequena casa de uns lavradores... Por ali – indicou com o dedo atrofiado.

– Quem são?

– Um infeliz casal de agricultores que têm mais crianças em casa que árvores frutíferas nas terras que arrendam. – A curandeira andava agora com passo firme e decidido. – Cometi o erro de apiedar-me deles e recusar o par de ovos que queriam dar-me na primeira vez em que curei um de seus garotos. Creio que desde então, toda vez que me chamam, me oferecem os mesmos ovos.

Milagros respondeu com um riso forçado.

– Isso lhe acontece por fazer favores – disse depois.

"Devo contar-lhe que foi seu avô Melchor quem me pediu que fosse curar aquele menino?", perguntou-se a velha. "E acrescentar que sua tez era mais escura que a de seus irmãos?" De qualquer modo, riu para si, poucas semelhanças se podiam encontrar entre os demais filhos daquela camponesa, exuberante de carnes e ligeira de hábitos.

– Equívocos como esse são frequentes – optou por responder. – Não sei se sabes que há pouco tempo me aconteceu algo parecido com uma ciganinha que se havia metido numa confusão e à qual o conselho de anciãos pretendia desterrar.

María não quis ver o esgar com que se fechou o rosto da moça.

– É ali – apontou, ao contrário; apontava para duas pequenas construções que se delineavam na escuridão.

Receberam-nas os latidos de alguns cães. Logo uma tênue luminosidade apareceu atrás de uma das janelas, na qual se correu um pano que era sua única proteção. A figura de um homem se recortou no interior do que não era mais que um conjunto de duas choças unidas tão miseráveis ou mais que as da ciganaria.

– Quem está aí? – gritou o homem.

– Sou eu, María, a cigana.

As duas mulheres continuaram avançando, os cães já tranquilos trotavam entre seus pés, enquanto o camponês parecia consultar alguém no interior da choça.

– Que queres? – inquiriu por fim, num tom que agradou pouco a María.

– Por tua atitude – respondeu a curandeira –, creio que já o sabes.

– A justiça ameaçou com cárcere a todo aquele que os ajudar. Prenderam todos os ciganos da Espanha ao mesmo tempo.

Milagros e María pararam a poucos passos da janela. Todos os ciganos da Espanha! Como se quisesse acompanhar a má notícia com sua presença, o homem saiu à luz: seco, cabelo ralo, barba longa e descuidada e torso nu no qual exibia acentuadas costelas, testemunho da fome de que padecia.

– No cárcere talvez estivesses melhor, Gabriel – espetou-o a curandeira.

– Que seria de meus filhos, velha? – queixou-se este.

"Que cuidem deles seus pais!", esteve tentada a replicar a cigana.

– Tu os conheces, tu os curaste, não o mereceriam.

Ela os conhecia, é claro que os conhecia! Uma menina, esquálida, abandonada, estivera-lhe suplicando ajuda com seus grandes olhos afundados nas órbitas durante os dois longos dias que tardou a morrer em seus próprios braços; nada pudera fazer por ela.

– Todos os filhos da puta mal-agradecidos como tu deveriam estar no cárcere! – replicou com a recordação dos olhos da menina.

O homem pensou alguns instantes. Atrás dele apareceram dois rapazes que haviam acordado com a conversa.

– Não te denunciarei – assegurou o camponês –, juro! Eu te darei algo para que continues teu caminho, mas não me arruínes a vida, velha.

– Agora lhe oferecerá outra vez os dois ovos – sussurrou Milagros. – Vamos embora, María. Não podemos confiar neste homem, ele nos venderá.

– Tua vida já é uma ruína, homem desgraçado – gritou a velha sem dar atenção à moça.

Não podiam seguir caminhando. Era noite fechada. Tampouco tinham dinheiro: o pouco que possuíam havia ficado na ciganaria à disposição dos soldados, lamentou-se a curandeira, incluindo o belo medalhão e o colar de pérolas que lhes dera Melchor. "Todos os ciganos da Espanha", havia dito o camponês. Estava cansada; seu corpo não conseguiria resistir... Necessitava pensar, ordenar as ideias, saber o que havia sucedido e onde estavam os que haviam escapado.

– Vais negar ajuda à neta de Melchor Vega? – soltou de repente.

Milagros e o camponês se surpreenderam ao mesmo tempo. Por que se referia María ao avô? Que tinha que ver? Mas a curandeira o sabia: sabia que ali onde conheciam Melchor – e ali o conheciam bem – podiam vir a apreciá-lo tanto como a temê-lo.

– Sabes o que te sucederá se Melchor ficar sabendo? – insistiu María. – Sentirás falta do pior dos cárceres.

O homem hesitava.

– Deixa-as entrar! – ouviu-se então a voz de uma mulher.

– O cigano deve estar preso – tentou opor-se aquele na direção de sua esposa.

– O Galeote preso? – A mulher gargalhou. – Serás sempre um imbecil! Eu te estou dizendo que as deixes entrar!

"E se o prenderam em alguma outra ciganaria?", perguntou-se então Milagros. Fazia quatro meses que ninguém sabia dele; nenhuma notícia lhes havia chegado por mais que, tanto ela como sua mãe, e até Caridad, houvessem perguntado a todos os ciganos que apareciam por Triana. Não. Melchor Vega não podia estar preso.

– Mas amanhã ao amanhecer, sem falta, elas se irão – cedeu o camponês interrompendo os pensamentos de Milagros, antes de desaparecer da janela.

As duas mulheres aguardaram que o homem destrancasse as peças de madeira com que mantinha fechado o barraco. Entre barulhos de madeira e insultos resmungados, Milagros sentiu-se observada: os dois rapazes que haviam aparecido atrás de seu pai, agora junto ao parapeito da janela, despiam-na com o olhar. Instintivamente, a moça, sabendo-se manuseada na imaginação daqueles jovens, buscou o contato de María.

– Que olhais vós? – recriminou-os a velha assim que notou que Milagros se aproximava dela. Depois a pegou pelo braço e a dirigiu ao interior, abaixando-se para entrar através de um vão que o camponês havia conseguido abrir.

María conhecia a choça; Milagros torceu a cara diante do penetrante cheiro que a atingiu assim que entrou e do que vislumbrou à luz de uma vela quase de todo consumida: três ou quatro crianças suarentas dormiam no chão, sobre palha, entre as patas de um burrico famélico que descansava de pescoço e orelhas baixas; provavelmente era o único bem que aquelas pessoas possuíam. "Não é preciso que escondais o burro", pensou Milagros. "Nem sequer o cigano mais necessitado se aproximaria dele." Depois virou o rosto para um tamborete quebrado e o que era uma mesa em que descansava uma vela sobre uma retorcida montanha de cera, ambos os móveis junto ao colchão onde jazia uma mulher. Esta, após entrefechar os olhos tentando vislumbrar na jovem cigana algum traço de Melchor, lhes indicou com um gesto desanimado de mão que se acomodassem onde pudessem.

Milagros hesitou. María puxou-a até o burrico, que ela afastou com um tapa na garupa, e as duas se sentaram contra a parede, junto às crianças. O camponês, trancada a porta de novo, não o fez com sua esposa; apesar do calor do verão se encolheu junto a uma menininha loura que resmoneou dormindo a seu contato. María estalou a língua com asco.

– Fora daqui – soltou depois, quando os rapazes da janela, sujos e esfarrapados, pretenderam deitar-se perto de Milagros.

Antes que decidissem onde fazê-lo, a mulher do camponês estendeu o braço e apagou a vela pinçando o pavio com as pontas dos dedos; a repentina escuridão fez que Milagros ouvisse melhor o murmúrio das queixas e os tropeços dos dois filhos mais velhos.

Pouco depois, só as respirações pausadas das crianças e do burrico, as esporádicas tosses, o ronco do camponês e os suspiros de sua esposa ao tentar acomodar-se, vezes seguidas, no colchão invadiram a choça entre as sombras que se percebiam pela luz da lua que se infiltrava através do desgastado pano da janela. Sons e imagens estranhos para Milagros. Que faziam ali elas, sob o mísero teto de uns *payos* que os haviam acolhido com receio? Sua lei o proibia; o avô o dizia: não se deve dormir com os *payos*. Estaria dormindo María?, perguntou-se. Como se soubesse o que passava pela cabeça da moça, a velha procurou sua mão. Milagros respondeu, agarrou-a e apertou-a com força. Então percebeu algo mais naqueles delgados ossos atrofiados: María, imersa no desconhecido como ela, também procurava consolo. Medo? A velha não podia estar assustada! Sempre... sempre havia sido uma mulher ousada e resoluta, todos a respeitavam! No entanto, a mão descarnada que se cravava em sua palma assegurava o contrário.

Distantes já os disparos, o alvoroço da ciganaria e a necessidade de fugir; rodeada de estranhos mal-encarados numa choça infecta, na escuridão e agarrada a uma mão que repentinamente se havia feito velha, a moça compreendeu qual era sua verdadeira situação. Ninguém os ajudaria! Os *payos* sempre os haviam repudiado, e agora, quando se achavam ameaçados de cárcere, ainda seria pior. Tampouco encontrariam ciganos entre os quais refugiar-se; no dizer daquele homem, todos haviam sido detidos, e os poucos que houvessem conseguido escapar estariam em sua mesma situação. Uma lágrima, longa e lânguida, correu por sua face. Milagros notou o roçar, como se seu lento deslizar quisesse mergulhá-la no desamparo. Pensou em seus pais e em Cachita. Anelou o abraço de sua mãe, sua proximidade, onde quer que fosse, mesmo num cárcere. Sua mãe sempre havia sabido o que fazer e a haveria consolado... A velha María já dormia; sua mão permanecia inerte, e sua respiração entrecortada e rouca lhe anunciou que estava sozinha em seu desespero. Milagros se entregou ao pranto. Não queria pensar mais. Não desejava...

Uma batida em sua coxa paralisou até o correr de suas lágrimas. Milagros permaneceu imóvel enquanto por sua cabeça rondava a possibilidade de que houvesse sido um rato. Reagiu ao sentir que uns dedos se cravavam em sua entreperna, por cima das roupas. "Um dos filhos!", disse-se soltando com violência a mão da velha María e procurando na escuridão a cabeça do animal. Encontrou-o de joelhos a seu lado. O rapaz pressionava e beliscava com força seu púbis, e quando Milagros ia gritar ele a calou tapando-lhe a boca com a outra mão. Interromperam-se-lhe os arquejos quando ela lhe arrancou mechas de cabelo. Com a dor, Milagros conseguiu safar-se da mão que lhe tapava a boca, lançou-se contra ele, cravou os dentes debaixo de uma orelha e lhe arranhou o rosto. Ouviu um uivo contido. Sentiu o sabor de sangue, justo quando ele lhe levantava a saia e a anágua. Contorceu-se, sem soltar sua presa, diante da pontada de dor que sentiu quando ele alcançou a vulva. Nunca a haviam tocado ali... Então mordeu com sanha até que ele deixou em paz sua entreperna porque teve de utilizar as duas mãos para defender-se de suas dentadas, momento que Milagros aproveitou para empurrá-lo com o pé.

O barulho que o filho do camponês produziu ao cair não pareceu importar a ninguém. Milagros suava e ofegava, mas sobretudo tremia, um tremor incontrolável. Ouviu mover-se o rapaz e soube com certeza que ele voltaria a atacá-la: era como um animal no cio, cego.

— Estou com uma faca! – gritou ela enquanto tentava encontrar nos bolsos do avental de María a navalha que a velha utilizava para cortar as plantas. – Eu te matarei se te aproximares!

A velha despertou sobressaltada com os gritos e a agitação. Confusa, balbuciou alguns sons sem sentido. Milagros encontrou por fim a navalha e a exibiu, com mão tremente, diante dos olhos de rato que voltavam a estar de novo a seu lado; a folha brilhou à luz da lua que se infiltrava na choça.

— Eu te matarei! – disse entre dentes com ira.

— Que... que é que está acontecendo? – conseguiu perguntar a velha María.

— Fernando – a voz provinha da cama da mãe –, ela o fará, ela te matará, é uma cigana, uma Vega, e, se tiveres a desgraça de não o fazer ela, o fará seu avô, mas antes, com toda a certeza, Melchor te castrará e te arrancará os olhos. Deixa tranquila à menina!

Com a navalha trêmula diante de seu rosto, Milagros o viu retroceder como o animal que era: de quatro. Então sua mão caiu qual peso morto.

– Que é que aconteceu, menina? – insistiu a velha apesar de intuir a resposta.

Nunca ninguém a havia tocado ali, e ela jamais haveria imaginado que o primeiro seria um *payo* miserável. O amanhecer as pegou acordadas, tal como haviam permanecido o restante da noite. A luz foi mostrando a pobreza e a sujeira do interior do barraco, mas Milagros não prestou atenção a isso; a moça se sentia ainda mais suja que aquela choça. Ter-lhe-ia roubado a virgindade aquele malnascido? Se assim fosse, jamais poderia casar-se com um cigano. Aquela possibilidade a havia obcecado ao longo das horas. Mil vezes rememorou as confusas cenas e mil vezes se recriminou por não haver feito mais para impedi-lo. Mas havia espernado, recordava-o; talvez tivesse sido naquele momento... certamente havia sido então que o rapaz pudera alcançar sua virtude. De início hesitou em fazê-lo, mas depois se confiou a María.

– Até onde chegou? – interrogou-a a velha na escuridão sem esconder sua preocupação.

María era uma das quatro mulheres que sempre intervinha, por parte dos Vegas, na verificação da virgindade das noivas. Milagros fez um gesto de ignorância com as mãos que a outra não chegou a ver. Que sabia ela? Até onde tinha de chegar? Só recordava a dor e uma terrível sensação de humilhação e desamparo. Via-se incapaz de defini-la; era como se naquele preciso instante, tão só um segundo, tudo e todos houvessem desaparecido e ela se visse diante de si mesma, de um corpo maculado que a insultava.

– Não sei – respondeu.

– Pôs o dedo dentro de ti? Quanto tempo? Quantos dedos te meteu?

– Não sei! – gritou. Milagros se encolheu diante da luz que ia penetrando no barraco.

– Quando amanhecer – sussurrou-lhe a curandeira –, verifica se tua anágua está manchada de sangue, ainda que sejam apenas algumas gotas.

"E se estiverem?", tremeu a moça.

Gabriel, sua esposa e seus filhos começaram a levantar-se. Milagros manteve a cabeça baixa e procurou evitar cruzar o olhar com os dos rapazes mais velhos; fê-lo, no entanto, com um menino trigueiro de cabelo louro que não se atreveu a aproximar-se dela, mas que lhe sorriu com uns dentes estranhamente brancos. María voltou a fechar a cara quando a menininha loura, a que se abraçava o camponês enquanto dormia, mostrou uns minúsculos e nascentes seios nus ao espreguiçar-se diante de seu pai. Josefa, chamava-se a pequena; havia-a tratado de uns incômodos vermes fazia poucos meses. A menina, aturdida, escondeu-se da curandeira ao aperceber-se de sua presença.

O camponês, coçando a cabeça, dirigiu-se às peças de madeira que usava para fechar a porta seguido pelo burrico, livre de cordas. María apontou para a porta com o queixo.

– Vê – disse a Milagros, que se levantou e esperou junto ao animal.

– Aonde pensas que vais? – grunhiu o camponês.

– Tenho de sair – respondeu a moça.

– Com essas roupas coloridas? Iriam te reconhecer a uma légua de distância. Nem penses.

Milagros procurou a ajuda da velha.

– Ela tem de sair – afirmou esta já junto à moça.

– Nem pensar.

– Cobre-te com isto.

Gabriel e as ciganas se voltaram para a esposa do camponês. A mulher, em pé, despenteada, vestida com um simples camisão sob a qual se adivinhavam umas grandes cadeiras e uns imensos peitos caídos, lançou para Milagros uma manta que a moça pegou no ar e pôs nos ombros.

O camponês resmungou e deu-lhes passagem quando terminou com a última peça de madeira. O primeiro a sair foi o burrico. Depois o fez Milagros, e, quando o ia fazer a velha, os dois rapazes mais velhos tentaram passar na frente dela.

– Aonde pensais que ides? – inquiriu María.

– Também temos de sair – respondeu um deles.

A velha viu o ferimento debaixo de sua orelha e se postou na porta, pequena como era, de pernas abertas e com o penetrante olhar de cigana.

– Daqui não sai ninguém, entendido? – Depois se voltou para Milagros e lhe indicou que se afastasse para o campo.

A jovem cigana tardou a verificar se havia perdido sua virtude. Tardou o suficiente para que a velha María, atenta à lascívia destilada pelo rapaz que a havia atacado durante a noite, compreendesse em toda a sua magnitude qual era a verdadeira situação em que se encontravam: haviam superado a noite, superariam esse momento se o jovem, que não deixava de mover-se perto dela, inquieto, não a empurrasse e corresse para forçar outra vez a Milagros. Ninguém poderia impedi-lo.

De repente se soube vulnerável, tremendamente vulnerável; ali não era como entre sua gente, não a respeitavam. Um pai que se deitava com a filha pequena? Não faria nada para impedi-lo, talvez até se somasse deleitado. Observou ela a esposa: tirava o miolo de um pão duro com ar distraído, alheia a tudo. Se as matassem, Melchor nunca se inteiraria... Se superassem essa manhã, o que sucederia no dia seguinte e no outro? Como protegeria a Milagros? A moça era bela e atraente, emanava sensualidade a cada movimento. Não haveriam andado um par de léguas antes que qualquer homem se lançasse em cima da menina, e ela só seria capaz de responder com gritos e insultos. Essa era a crua realidade.

Um barulho a suas costas a fez virar o rosto. O sorriso de Milagros lhe confirmou que continuava virgem, ou ao menos era nisso que ela acreditava. Não lhe permitiu aproximar-se.

– Vamos embora – ordenou. – A manta fica pelos ovos que me deveis – acrescentou na direção da camponesa, que deu de ombros e continuou com o pão duro.

– Espere – pediu-lhe Milagros quando já a velha se dirigia para ela. – Viu aquele menino louro e de pele escura? – María anuiu ao mesmo tempo que fechava os olhos. – Parece esperto. Chame-o. Pensei que pode fazer algo por nós.

Frei Joaquín contemplou o abraço em que se fundiram Caridad e Milagros.

– Graças a Deus estás bem! – exclamou o religioso ao chegar às imediações da solitária ermida do Patrocínio, encravada já na veiga, nas cercanias de Triana, antes que Milagros e Caridad corressem uma para a outra.

– Deixe Deus de lado! – exclamou imediatamente María, conseguindo que o frade mudasse seu semblante de alegria e se virasse para ela. – A última vez que Vossa Reverência falou de Deus me disse que tinha de ir à minha casa e em seu lugar apareceram os soldados do rei. Que Deus é esse que permite que se prendam mulheres, velhos e crianças inocentes?

Frei Joaquín titubeou antes de abrir os braços em sinal de ignorância. A partir desse momento, frade e velha, separados, permaneceram em silêncio enquanto Milagros crivava de perguntas Caridad, que mal conseguia responder.

O menino trigueiro dos camponeses de Camas corria seu vivo olhar de uns para outros, intranquilo diante da inesperada resposta da curandeira e pelo bracelete prateado que Milagros lhe havia prometido se a levasse a Frei Joaquín, de São Jacinto – a moça lhe havia repetido várias vezes –, à ermida do Patrocínio. A velha María não gostava dos religiosos, desconfiava de todos eles, dos seculares e dos regulares, dos sacerdotes e dos frades, mas se dobrou aos desejos de Milagros.

– E minha mãe? E meu pai?

– Presos – respondeu Caridad. – Levaram-nos a todos, amarrados a uma corda, vigiados pelos soldados. De um lado iam os homens; de outro, as mulheres e as crianças. Tua mãe me perguntou por ti...

Milagros abafou um suspiro ao imaginar a orgulhosa Ana Vega tratada como uma criminosa.

– Onde estão? – inquiriu. – Que vão fazer com eles?

O rosto redondo de Caridad se voltou para o frade em busca de ajuda.

– Diga-lhe o que seu Deus tem previsto para eles – disse entre dentes a curandeira.

– Deus não tem nada que ver com isso, mulher – defendeu-se desta vez Frei Joaquín.

Falou baixo, não obstante, sem arrostar a cigana. Sabia que sua afirmação não era verdadeira; havia corrido o rumor de que o confessor do rei Fernando VI havia aprovado a prisão dos ciganos para tranquilizar a consciência do monarca: "Grande obséquio fará o rei a Deus Nosso Senhor", respondera à questão o jesuíta, "se conseguir extinguir essa gente."

Mas a partir daí as palavras ficaram entaladas na garganta do frade, com Milagros e Caridad atentos a ele, uma temendo saber, a outra temendo que soubesse.

– Que é que vai acontecer com nossa gente? – instou sua resposta a velha María, convencida de que a ela a daria.

Assim foi, e o fez quase como repetindo algo decorado.

– Os homens e as crianças maiores de sete anos serão destinados a trabalhos forçados nos arsenais, os sevilhanos, ao de La Carraca, em Cádiz; as mulheres e os demais, encerrados em estabelecimentos públicos. Têm a intenção de enviá-los a Málaga.

– Por quanto tempo? – perguntou Milagros.

– Por toda a vida – balbuciou o frade, certo de que sua revelação originaria uma nova explosão em Milagros. Não só sofria ao vê-la chorar, também sentia a incontrolável necessidade de acompanhá-la em sua dor.

Mas, para sua surpresa, a moça trincou os dentes, separou-se de Caridad e plantou-se diante dele.

– Onde estão agora? Já os levaram?

– Os homens estão no cárcere real; as mulheres e as crianças, no alpendre de um pastor de Triana. – Fez-se silêncio entre os dois. Os olhos doces da moça se mostravam irados, fixos, penetrantes, como se recriminassem o frade por sua desgraça. – Em que estás pensando, Milagros? – inquiriu com a culpa rondando suas sensações. – É impossível fugirem. Estão vigiados pelo exército. Não têm a menor possibilidade.

– E o avô? Sabe-se algo de meu avô?

"O avô saberá o que fazer", pensou. "Ele sempre..."

– Não. Não tenho notícia alguma de Melchor. Nenhum dos do tabaco o viu.

Milagros baixou a cabeça. O garoto de Camas se aproximou dela angustiado pelo aspecto que estava tomando a situação e pelo bracelete prometido. Frei Joaquín fez menção de afastá-lo, mas a moça o impediu.

– Toma – sussurrou após tirar de si o adorno.

O garoto havia cumprido o combinado. Que importância podia ter agora uma pulseira?, concluiu quando o menino já corria com seu tesouro sem sequer haver-se despedido.

As três mulheres e o frade o contemplaram em sua corrida, cada um imerso no redemoinho de preocupações, ódios, medos e até desejos que pairavam sobre eles.

– Que faremos agora? – perguntou Milagros no momento em que o pequeno desaparecia entre as árvores frutíferas.

Caridad não respondeu, a velha María tampouco; as duas mantiveram o olhar perdido na distância, por onde devia seguir correndo o pequeno. Frei Joaquín... Frei Joaquín chegou a cravar as unhas de uma das mãos no dorso da outra e engoliu saliva antes de falar.

– Vem comigo – propôs.

Havia-o pensado. Havia-o decidido assim que o menino de Camas chegou a ele com o recado da moça. Havia-o sopesado durante o caminho até a ermida do Patrocínio e havia apertado o passo e sorrido para o mundo à medida que se convencia daquela possibilidade, mas chegado o momento seus argumentos e seus anelos vieram abaixo diante da sacudidela de surpresa que observou nos ombros de Milagros, que nem sequer se virou, e dos gritos da velha, que se abalançou a ele como uma possessa.

– Seu cão velhaco! – cuspiu-lhe no rosto pondo-se na ponta dos pés, sem deixar de fazer trejeitos com os braços.

O jovem frade não a ouvia, não a via; sua atenção permanecia fixa nas costas de Milagros, que por fim se virou com a confusão no semblante.

– Sim – insistiu o religioso dando um passo à frente e afastando a curandeira, que cessou de gritar. – Vem comigo. Fugiremos juntos... para as Índias se necessário! Eu cuidarei de ti agora que...

– Agora o quê? – interveio María atrás dele. – Agora que prenderam seus pais? Agora que já não restam ciganos?

A velha continuou com suas imprecações enquanto Milagros defrontava o olhar com o do frade e negava com a cabeça, alterada. Sabia que ele gostava dela, sempre havia percebido a atração que exercia sobre ele, mas tratava-se de um frade. E de um *payo*. Aproximou-se de Caridad, que presenciava a cena boquiaberta, em busca de apoio.

– Meu avô o mataria – conseguiu dizer então Milagros.

– Não nos encontraria – escapou ao frade.

Imediatamente compreendeu seu erro. Milagros se ergueu, o queixo firme e alçado. A velha María deixou de grunhir. Até Caridad, pendente de sua amiga, voltou o rosto para ele.

– É impossível – sentenciou então a moça.

Frei Joaquín respirou fundo.

– Fugi, então – disse tentando aparentar uma serenidade e uma segurança que não sentia. – Não podeis permanecer aqui. Os soldados e os oficiais de justiça de todos os reinos estão procurando os ciganos que não foram detidos. Estabeleceram pena de morte para os que não se entreguem, sem julgamento, onde quer que os encontrem.

Duas ciganas, pensou então a velha María, uma delas uma jovem linda e desejável, a outra uma velha incapaz de recordar quando foi a última vez que havia corrido como o havia feito o menino de Camas, se é que alguma vez havia chegado a fazê-lo. E junto a elas, andando pelos caminhos, uma mulher negra, tão negra que chamaria a atenção a léguas de distância. Fugir? Esboçou um triste sorriso.

– Primeiro quer fugir com a menina e agora pretende que nos matem – soltou com cinismo.

Frei Joaquín olhou para as mãos e franziu os lábios diante dos quatro pequenos cortes alongados que apareciam no dorso da direita.

– Preferes entregar a moça aos soldados? – perguntou correndo o olhar da velha para Milagros, que permanecia igual, desafiadora, como se houvesse detido seus pensamentos na possibilidade de não voltar a ver seu avô.

Seguiu-se um silêncio.

– Para onde deveríamos fugir? – perguntou por fim a velha.

– Para Portugal – respondeu ele sem hesitar.

– Ali tampouco querem os ciganos.

– Mas não os prendem – alegou o frade.

– Só os desterram para o Brasil. Parece-lhe pouca prisão? – A velha María se arrependeu de suas palavras ao pensar que tampouco lhes restavam muitas alternativas. – Tu o que dizes, Milagros?

A moça deu de ombros.

– Poderíamos ir para Barrancos – propôs a curandeira. – Se existe algum lugar em que é possível que encontremos Melchor ou que nos deem notícias dele, é ali.

Milagros reagiu: mil vezes havia ouvido da boca de seu avô o nome desse ninho de contrabandistas para além da fronteira de Portugal. Caridad se voltou para a velha curandeira com os olhos brilhantes; encontrar a Melchor!

– Barrancos – confirmou enquanto isso Milagros.

– E tu, negra? – perguntou María. – Tu não és cigana, ninguém te persegue, virias conosco?

Caridad não hesitou nem um instante.

– Sim – afirmou rotundamente. Como ia deixar de ir em busca de Melchor? Além disso, junto com Milagros.

– Então iremos para Barrancos – decidiu a velha.

Como se procurassem animar-se entre si, María sorriu, Milagros afirmou com a cabeça e Caridad se mostrou eufórica. Olhou para Milagros, a seu lado, e passou um braço por cima do ombro da amiga.

– Rezarei por vós – interveio Frei Joaquín.

– Faça-o se quiser – replicou Milagros adiantando-se ao inevitável bufar da velha María. – Mas, se de verdade pretende ajudar-me, preste atenção à sorte de meus pais: para onde os levam e o que é feito deles. E, se vir ou souber de meu avô, diga-lhe que o estaremos esperando em Barrancos. Nós também tentaremos fazê-lo saber através dos contrabandistas; todos conhecem Melchor Vega.

– Sim – sussurrou então o religioso refugiando sua atenção nos ferimentos do dorso da mão –, todos conhecem Melchor – acrescentou com uma voz que tremeu entre o pesar e a irritação.

Milagros se livrou do braço de Caridad e se aproximou do frade; lamentava haver ferido seus sentimentos.

– Frei Joaquín... Eu...

– Não digas nada – pediu-lhe este. – Não tem importância.

– Sinto muito. Nunca teria podido ser – declarou, porém.

13

Estavam havia quatro dias a caminho, racionando a água e o porco salgado que lhes havia fornecido Frei Joaquín antes de sua partida, e até a velha María duvidou de se o religioso podia ter razão com seus deuses e diabos quando, depois que decidiram fugir para Portugal, traçaram seu itinerário junto a um Frei Joaquín abatido que, não obstante, se empenhou em ajudá-las como se com isso purgasse o erro cometido.

– Há duas rotas principais que deveis evitar – aconselhou-as: – a de Ayamonte, para o sul, e a de Mérida, para o norte. Essas são as mais transitadas. Existe uma terceira, que nas proximidades de Trigueros se bifurca da de Ayamonte para dirigir-se a Lisboa por Paymogo, já perto da fronteira. Deveis buscar esta, a que cruza o Andévalo, sempre para poente; circundai a serra em direção a Valverde Del Camino e depois para poente. Ali tereis menos possibilidades de ter um mau encontro com os oficiais de justiça ou os soldados.

– Por quê? – interessou-se Milagros.

– Vós mesmas o verificareis. Dizem que, quando Deus criava a Terra, se cansou após o esforço que teve de fazer nas maravilhosas costas do mar bético e decidiu descansar, mas para não interromper a criação permitiu que o diabo continuasse sua obra. Daí nasceram as terras do Andévalo.

E o verificaram.

– Em boa hora se cansou o Deus de teu frade, menina!... – Queixou-se pela enésima vez a velha María, arrastando, como as outras duas, os pés descalços por veredas secas e áridas sob o sol de agosto.

Evitavam os caminhos e as povoações e caminhavam sem uma árvore a cuja sombra proteger-se, dado que ali onde se elevavam os azinhais ou sobreirais se amontoavam rebanhos de ovelhas ou cabras, ou piaras de porcos guardadas por pastores com que não desejavam encontrar-se.

– Tinha de caber-nos um Deus folgazão!... – resmungou a velha.

Mas, com exceção daqueles pastos, a maioria dos campos que não estavam próximos dos povoados era baldia; grandes extensões de terra sem proveito. Para além de Sevilha, eram raras as ocasiões em que ao longo desses dias haviam vislumbrado algum lavrador, cuja atitude de longe havia sido sempre a de apoiar-se sobre sua enxada para, com a mão a modo de viseira, perguntar-se quem eram aqueles caminhantes que evitavam aproximar-se.

Viajavam ao amanhecer e ao entardecer, quando o sufocante calor parecia amainar. Quatro ou cinco horas de caminho por etapa, com as quais nem de longe poderiam fazer as quatro ou cinco léguas correspondentes, mas isso elas tampouco sabiam. Andando por aqueles campos ermos, em solidão e sem referências, começava a assaltá-las certa sensação de desalento: ignoravam onde se encontravam e quanto lhes restava de viagem; só sabiam – havia-o dito Frei Joaquín – que deviam cruzar o Andévalo para poente até topar com o rio Guadiana, cujo curso delimitava em grande parte a fronteira com Portugal.

Caminhavam em fila; Milagros encabeçava a marcha.

– Ocupa-te de vigiar María – havia ordenado a Caridad, apontando para trás com um dos polegares, num momento em que esta tentou acompanhá-la.

Milagros não teve oportunidade de arrepender-se do tom utilizado nem de aperceber-se da decepção que sua amiga foi incapaz de ocultar. Seus pensamentos a levavam a seus pais, separados entre si, separados dela... temia imaginar sequer onde se encontrariam e o que estariam fazendo. E chorava. Entrevia os caminhos com os olhos tomados de lágrimas e não desejava que ninguém a incomodasse em sua dor. Trabalhos forçados para os homens, havia dito Frei Joaquín. Ignorava o que se fazia no arsenal de La Carraca de Cádiz. A que estariam forçando seu pai? Recordou a última vez que ele a havia perdoado, como tantas outras ao longo de sua vida! "Enquanto não conseguires que todos os ciganos deste horto se rendam a teu encanto", havia-lhe exigido. E ela havia dançado buscando sua aprovação, movendo o corpo ao ritmo do orgulho de pai, cujos olhos brilhavam. E sua mãe? Dava-se-lhe um nó na garganta, e as pernas pareciam negar-se a seguir em frente à sua simples lembrança, como se ao fugir dela estivesse traindo-a. Mil vezes pensou em voltar, entregar-se, procurá-la e lançar-se a seus braços... mas não ousava.

Quando o sol apertava ou a noite caía, buscavam algum lugar onde refugiar-se. Comiam porco salgado, bebiam uns goles de água quente e fumavam os charutos que Caridad ainda conservava em sua trouxa. Depois, entregue ao calor, a moça soluçava em silêncio; as outras respeitavam sua aflição.

– Parece que Frei Joaquín tinha razão: esta terra só pode ter sido obra do diabo – comentou com fastio ao final daquela jornada enquanto assinalava uma figueira solitária que se desenhava contra o ocaso.

De trás, a velha grunhiu.

– Menina, o diabo nos enganou: estava reencarnado no frade que conseguiu lançar-nos a estes caminhos. Que apodreça esse maldito padre em seu inferno!

A moça não respondeu; havia avivado a marcha. Caridad, atrás dela, hesitou e se virou para a curandeira: coxeava encurvada, resmungando a cada passo. Esperou-a.

A velha María, esgotada pelo esforço, tardou a chegar ao ponto onde ela estava, onde se deteve com um queixume exagerado e pôs a cabeça de lado. Olhou para cima, para o surrado chapéu de palha com que Caridad se cobria.

– Negra, com essa juba que tens na cabeça, não sei para que queres um chapéu.

Caridad se descobriu e manteve o chapéu diante de seu vestido cinza de pano tosco, junto à sua trouxa.

– Como és negra! – exclamou a curandeira. – Também a ti te envia o diabo?

– Não! – apressou-se a negar ela com o susto no semblante.

A velha se permitiu um esgar triste diante de tal demonstração de candidez.

– Com certeza que não – tentou tranquilizá-la. – Ajuda-me.

María ia dar-lhe o braço, mas Caridad voltou a aprumar-se e, antes que a outra pudesse queixar-se, ergueu-a, segurou-a nos braços como se fosse uma menina pequena e retomou a marcha atrás de uma Milagros que se havia distanciado sensivelmente delas.

– Por acaso o diabo a levaria nos braços? – perguntou-lhe Caridad com um sorriso.

A velha María anuiu satisfeita.

– Não é uma liteira ao estilo das grandes senhoras sevilhanas – comentou a velha uma vez reposta do ataque de Caridad; havia posto o braço atrás de sua nuca e até já se havia acomodado –, mas serve. Obrigada, negra, e, como diria esse frade que nos enganou, Deus te pague.

A cigana continuou falando e queixando-se do estado de seus pés, de sua velhice, do frade e do diabo, dos *payos* e daquela terra áspera e inculta até que Caridad se deteve de repente a vários passos da figueira. María notou a tensão nos braços de Caridad.

– Que...?

Calou ao olhar para a árvore: contra a luz avermelhada que já rasava os campos, a figura de Milagros aparecia delineada, e, diante de outra mais alta que ela, a de um homem, sem dúvida, que a agarrava e a sacudia.

– Deixa-me no chão, negra, devagar – sussurrou-lhe enquanto procurava no bolso de seu avental a navalha das plantas. – Alguma vez já lutaste? – acrescentou já em pé e com a navalha na mão.

– Não – respondeu Caridad. Havia lutado? À sua mente voltaram as ocasiões em que se havia visto obrigada a defender dos demais escravos sua *fuma* ou a ração de *funche* com bacalhau que lhes forneciam diariamente: simples brigas entre famintos desgraçados. – Não – reiterou –, nunca o fiz.

– Pois já é hora de o fazeres – soltou a outra entregando-lhe a arma. – Eu não tenho força nem idade para essas coisas. Crava-o num olho se necessário, mas que não toque na menina.

De repente Caridad se encontrou com a arma na mão.

– Apressa-te, negra do demônio! – gritou a velha fazendo trejeitos na direção do homem, que já havia trazido para si a moça.

Caridad hesitou. Cravá-lo num olho? Nunca antes... mas Milagros necessitava dela! Ia dar um passo quando o grito de María fez que a moça se apercebesse de sua presença. Então se libertou do homem, ergueu o braço e as cumprimentou agitando-o no ar.

– Espera! – retificou a curandeira diante da tranquilidade que reconheceu no gesto da moça. – Talvez não seja hoje o dia em que tenhas de... demonstrar tua coragem – arrastou as últimas palavras.

Era cigano e chamava-se Domingo Peña, ferreiro ambulante do Puerto de Santa María, uma das povoações em que haviam sido detidos mais ciganos, e estava havia duas semanas ferrando cavalgaduras e consertando arreios de lavoura no Andévalo.

– Excetuando as grandes povoações, que são poucas – explicou o cigano, todos sentados sob as grandes folhas da figueira –, nos demais lugares os ferreiros chegaram a desaparecer, ainda que sejam imprescindíveis para os trabalhos do campo – acrescentou ao mesmo tempo que assinalava suas ferramentas: uma bigorna diminuta, um velho fole de pele de carneiro, uma tenaz, um par de martelos e algumas ferraduras velhas.

A curandeira ainda o olhava com certo receio.

– Que te fazia esse homem? – havia recriminado em sussurros a Milagros assim que se aproximara.

– Abraçava-me! – defendeu-se a moça. – Está há muito tempo no Andévalo e não sabia nada da detenção dos nossos. Chorava pela sorte de sua mulher e de seus filhos.

– Ainda assim, não te deixes abraçar. Não é necessário. Que chorem em outro ombro.

Milagros aceitou a briga e anuiu, cabisbaixa.

Sob a figueira, Domingo as interrogou acerca da detenção dos ciganos. Embora falassem em caló, o jargão dos ciganos que Caridad havia começado a compreender na ciganaria, foram os gestos de desespero e o semblante de angústia que se refletiu no rosto daquele homem tão magro como musculoso, de fortes braços de forjador com longas veias que se inchavam pela tensão do momento, que chamaram sua atenção. Domingo havia deixado para trás três filhos homens com mais de sete anos, idade em que, segundo acabavam de contar as mulheres, seriam separados de sua mãe e destinados a trabalhos forçados. Juan – enunciou com um fio de voz, María e Milagros deixando-o falar, encolhidas –, o mais novo deles, um garoto vivaz. Gostava de golpear sobre a bigorna os restos dos ferros e às vezes até cantarolava algo parecido a um martinete ao ritmo marcado pela ferramenta. Francisco, de dez, introvertido mas inteligente, cauto, sempre atento a tudo; e o mais velho, Ambrosio, com tão só um ano mais que seu irmão. Quebrou-se-lhe a voz. O garoto havia caído de um penhasco, razão por que tinha as pernas disformes. Também a Ambrosio o haveriam separado de sua mãe para enviá-lo a trabalhos forçados nos arsenais? Nem a velha nem a moça se atreveram a responder, mas Domingo insistiu, perdido, e repetiu a pergunta: Teriam sido capazes de fazê-lo? E, quando o silêncio voltou a responder-lhe, pôs as mãos ao rosto e explodiu em pranto. Chorou diante das mulheres sem tentar esconder sua debilidade. E uivou para o céu já estrelado com uns gritos de dor que fenderam o ar quente que os rodeava.

– Eu me entregarei – comunicou-lhes Domingo ao amanhecer do dia seguinte. Não se via capaz de percorrer os povoados para continuar ferrando em troca de uma mísera moeda, sabendo que naquele mesmo instante seus pequenos estariam sofrendo. Ele os procuraria e se entregaria.

Caridad intuiu no tom de voz e na atitude do cigano a importância do que estava dizendo.

– Eu não sei se devo fazê-lo – reconheceu Milagros.

À velha María não surpreendeu a confissão: ela o pressentia. Quatro dias chorando sem cessar a detenção de seus pais era demasiado para a moça. Ouvira-a nas noites, quando cria que as demais dormiam; havia percebido seus soluços reprimidos nas longas horas do dia em que se refugiavam do calor, e havia observado, enquanto andava atrás ela, como tremiam seus ombros e estremecia seu corpo. E não se tratava do desespero ou da implacável dor originados pela morte de um ente querido, dizia-se a velha; o sofrimento pela separação podia ter remédio: entregar-se.

– Não faço mais que pensar... – começou a acrescentar Milagros antes que o ferreiro a interrompesse.

– Não o faças, menina – exortou-a o cigano. – Eu não desejaria que meus filhos se entregassem. Certamente teus pais tampouco o desejam. Conserva tua liberdade e vive; é o melhor que podes fazer por eles.

– Viver? – Milagros abriu a mão para abarcar os campos áridos que já ameaçavam queimar-lhes os pés mais um dia.

– Deixai o Andévalo e descei para costa, para terra plana...

– Vão prender-nos! – opôs-se a moça.

– Que poderíamos fazer ali? – interveio a velha com interesse.

– Ali encontrareis ciganos. É possível que o rei tenha detido os que viviam em povoados ou cidades, mas há muitos mais, os que percorrem os caminhos; com esses não haverão topado. Também há muitos outros estabelecidos em povoados em que não era permitida a residência de ciganos, todos eles haverão abandonado esses lugares. Estão em terra plana, eu sei. Trata-se de uma zona mais rica que o Andévalo.

– Nós nos dirigimos a Barrancos.

O cigano arqueou as sobrancelhas para Milagros.

– Para onde?

– Cremos que encontraremos ali meu avô.

María escutava só parcialmente. Havia ciganos em terra plana, e Domingo sabia onde. Era o que estivera desejando ao longo desses dias de caminho: encontrar-se com sua gente. Apesar da decisão tomada em Triana, a velha receava ir a Barrancos. Havia tido quatro longos dias para meditar nisso: Melchor podia não aparecer ou tardar a fazê-lo, o que as deixava igualmente sozinhas diante dos perigos que as espreitavam.

– Só creem? Não estais certas? – surpreendeu-se o homem. Depois olhou para Milagros de alto a baixo, meneou a cabeça e se virou para a velha. – É um povoado de contrabandistas. Barrancos... fica entre barrancos, totalmente ilhado. Vós vos dais conta de onde vos vais meter? – Acompanhou sua pergunta com um expressivo gesto em direção a Milagros e a Caridad, que se mantinha à margem. – Uma cigana bela, desejável, jovem... virgem, e uma negra exuberante. Não durareis dois dias, que digo?, nem duas horas.

Durante alguns instantes os quatro ouviram o que parecia o crepitar da terra seca a seu redor.

– Tens razão – afirmou a velha por fim.

– Que quer dizer? – saltou a moça prevendo as intenções de María. – O avô...

– Teu avô é cigano – interrompeu-a a outra. – Melchor procurará os seus. Se fizermos correr a notícia entre nossa gente, um dia ou outro o encontraremos ou o fará ele, mas não devemos ir a esse povoado, menina.

"Que deixe de esconder-se como uma mulher assustada." Meses antes da grande batida militar, o escárnio atormentou os passos de Melchor depois de martirizar-se entoando sua queixa de galé diante da capela aberta da Virgem do Bom Ar em Triana. Com a silenciosa condenação do tio Basilio pela morte de seu neto Dionisio e sobretudo com o esgar de desprezo de sua filha, Ana, marcados a fogo e sangue em sua consciência, o cigano se encaminhou para a fronteira de Portugal; ali toparia com o Gordo quando o contrabandista nem sequer pudesse suspeitar e então... Melchor cuspiu. Então se veria quem era uma mulher assustada! Ele o mataria como ao cão que era e lhe cortaria a cabeça... os testículos ou talvez uma mão, qualquer coisa que pudesse oferecer publicamente ao tio Basilio em desagravo.

A caminho, evitou estalagens e povoados, salvo um em que parou o estritamente necessário para comprar algo de comida e tabaco, maldizendo sua sorte por ter de pagá-lo, numa pequena loja a que o rei obrigava a vendê-lo por uma décima parte de seu preço, como sucedia em todas aquelas povoações em que não era rentável instalar uma tabacaria. Dormiu ao relento nas três noites que transcorreram até chegar à capital das terras de Aracena, encravada entre as faldas da Sierra Negra. Melchor conhecia a vila: eram muitas as ocasiões em que havia estado nela. A umas quatro léguas se achava Jabugo, lugar de carga do tabaco de contrabando, e a sete a fronteira de Portugal, com as povoações de Barrancos e Serpa, centros do comércio ilícito. Aracena, submetida ao senhorio do conde de Altamira, contava com seis mil habitantes divididos ao longo de uma vintena de ruas espalhadas sob os restos de um imponente castelo que dominava a cidade; quatro praças, a paróquia da Assunção, inacabada apesar dos esforços do povo, algumas ermidas e quatro conventos, dois de religiosos e dois de monjas.

O cigano sentiu o frio da serra; a temperatura da primavera não era a mesma ali que em Triana, e ele andava sem sua jaquetinha azul, que havia acompanhado os pertences do jovem Dionisio na fogueira de seu malfadado funeral. Todo sábado havia mercado, principalmente de grãos, que os estremenhos aproveitavam para vender num lugar onde o cultivo de cereais era quase inexistente. Encontraria uma *chupa* ou alguma jaquetinha, ainda que dificilmente como a que havia sacrificado pelo rapaz... ou por si mesmo? "É quinta-feira", respondeu-lhe um habitante. Esperaria o sábado. Não tinha intenção de permanecer na vila; ela se achava algo afastada da rota do tabaco. Dirigiu seus passos a um pequeno *mesón* que conhecia e cujo dono ele tinha por discreto. Tampouco desejava que sua presença por ali fosse conhecida e pudesse chegar aos ouvidos do Gordo ou de seus homens.

– Melchor – cumprimentou-o o dono sem deixar de lado seus afazeres.
– Que Melchor? – inquiriu este. O estalajadeiro se limitou a entrefechar os olhos um instante. – Eu não vi ninguém que se chame Melchor, e tu?
– Tampouco.
– Isso está bem. Tens livre o quarto de trás?
– Sim.
– Pois então leva-me comida e bebida.

O cigano lhe entregou uma moeda, suficiente para cobrir os gastos e o silêncio, e se encerrou no diminuto quarto que o estalajadeiro oferecia a seus poucos hóspedes. Fumou, comeu e bebeu. Voltou a fumar e bebeu até que suas recordações e suas culpas se transformaram em manchas desfocadas e desconexas. Tentou dormir, mas não conseguiu. Bebeu mais.

O amanhecer que se infiltrou pela única janelinha do quarto o pegou humilhado e transido de frio, sentado no chão, as costas contra a parede, aos pés do catre. Pegou o frasco de vinho, a seu lado: vazio. Tentou gritar para pedir mais vinho, mas só lhe saiu um ronco surdo que lhe arranhou a garganta. Tentou engolir saliva; estava com a boca ressecada, razão por que se levantou como pôde e saiu ao *mesón*, ainda fechado ao público, onde pegou outro frasco de vinho e regressou ao quartucho. Em pé, suportou uma sucessão de ânsias de vômito que lhe sobrevieram após o primeiro gole, ávido e longo. E, enquanto seu estômago se entregava ao castigo, deixou que as costas deslizassem pela parede até cair no mesmo lugar em que havia despertado. O sábado, depois de ele haver deixado transcorrer as horas bebendo e fumando, fugindo de si mesmo, sem provar a comida que lhe levava o estalajadeiro, pegou-o com uma única obsessão na mente, já mergulhada até a vingança no vinho áspero da serra: comprar a melhor jaquetinha que pudesse encontrar no mercado de Aracena.

A Praça Alta estava tomada pelos estremenhos de além das serras que ofereciam o trigo, a cevada e o centeio que não se cultivavam ali. Junto a eles, pessoas vindas dos povoados próximos anunciavam suas mercadorias. A algaravia o aturdiu. Melchor, sujo e com os olhos injetados, caminhava junto à casa do cabido municipal e deu-se conta de que carecia de documentação que lhe permitisse achar-se naquele ou em qualquer outro povoado; não havia tido a precaução de pegar alguma das cédulas de que dispunha. Então forçou a vista, ressecados os olhos, para olhar defronte do cabido, do outro lado da praça, para a paróquia da Assunção, que continuava como sempre, inacabada, e com o começo dos pilares e com as paredes ainda desigualmente erguidas rangia à intempérie e a diferentes alturas, como dentes serrados que rodeavam as duas naves e meia que, sim, se haviam terminado e que se utilizavam para o culto. Assim estava fazia mais de cem anos. Como iam detê-lo num povoado que não era capaz de terminar sua igreja principal? Com a mão sobre os olhos para proteger-se do sol, olhou ao redor, para as diferentes barracas em que se mercadejava e para as pessoas que se moviam entre elas. A brisa era fresca. Distinguiu a barraca de um vendedor de roupas usadas e se encaminhou para ela: peças escuras e mil vezes remendadas próprias de pastores e cabreiros. Remexeu entre elas sem muita convicção; qualquer de cor azul, vermelha ou amarela, com filigranas douradas ou prateadas, se haveria destacado.

– Que procuras? – perguntou-lhe o vendedor, que já havia percebido que Melchor era cigano, como delatavam os brincos nas orelhas e as calças debruadas de ouro.

Melchor ergueu para o vendedor seu rosto trigueiro e sulcado de rugas.

– Uma boa jaquetinha vermelha ou azul, algo que parece que não tens.

– Nesse caso, afasta-te da barraca – instou o vendedor com um gesto depreciativo de mão.

Melchor suspirou. O desprezo o despertou da ressaca de dois dias de consumo descontrolado de vinho áspero e forte.

– Deverias ter o que desejo.

Disse-o em tom baixo e grave, defrontando seus olhos ciganos aos do homem, que cedeu primeiro e os baixou; podia gritar ou chamar o aguazil, mas quem lhe assegurava que não houvesse mais ciganos e que estes não buscassem vingança depois? Sempre andavam em grupo!

– Eu... não... – gaguejou.

– E que é que tanto desejas para ameaçar a este bom homem?

A pergunta foi feita às costas de Melchor. Voz de mulher. O cigano permaneceu parado, tentando encontrar na expressão do vendedor algum indício que lhe revelasse o que é que podia achar-se atrás dele. Era muita a gente que percorria entre os estreitos corredores que deixavam as barracas. Uma só mulher? Várias pessoas? O alguazil? O vendedor não pareceu tranquilizar-se; provavelmente uma só mulher, atrevida porém, pensou Melchor antes de virar-se e responder:

– Respeito. Isso é o que desejo.

Era baixa e forte. O rosto curtido pelo sol e o cabelo grisalho sobressaindo sob um lenço. Melchor lhe deu pouco mais ou menos cinquenta anos, os mesmos que parecia ter sua roupa surrada. De seu braço direito pendia um cesto com grãos comprados no mercado.

– Não exageres! – exclamou a mulher. – Os cig... os homens – corrigiu-se – são cada vez mais suscetíveis. Certamente Casimiro não quis ofender-te. São tempos difíceis. Não é verdade, Casi?

– Assim é – respondeu o vendedor.

Mas Melchor não lhe fez caso. A desenvoltura da mulher lhe agradou. E tinha uns peitos generosos, pensou ao mesmo tempo que os olhava sem recato.

– E és tu que falas de respeito? – recriminou-o ela diante de sua desvergonha. No entanto, o sorriso que se esboçou nos lábios não acompanhava suas palavras.

– Onde há mais respeito do que admirar o que Deus nos oferece?

– Deus? – replicou a mulher baixando os olhos para seus peitos. – Isto só ofereço eu, Deus não tem nada que ver. São meus e faço o que quiser com eles.

Melchor soltou uma gargalhada. O vendedor via passar as pessoas sem que ninguém se aproximasse da barraca diante da qual se encontrava o par. Abriu as mãos em gesto de instância para a mulher, mas ela permanecia atenta ao cigano, que esfregou o queixo e depois replicou:

– Mau negócio então. Os padres dizem que Deus é extremamente generoso.

Agora foi ela quem riu.

– Que pretendes? Somos somente duas pessoas... solitárias? – Melchor anuiu; a mulher pensou um instante e torceu a cara antes de examinar o cigano de alto a baixo. – Tu e eu? Até Deus se assustaria.

– Nicolasa, eu te peço – gemeu o vendedor instando-a a deixar a barraca.

Melchor ergueu o braço ordenando-lhe que se calasse.

– Nicolasa – repetiu como se se propusesse a recordar esse nome. – Pois, se Deus é assustadiço, que seja o diabo quem nos acompanhe.

– Cala-te! – clamou ela olhando para um e outro lado para ver se alguém havia chegado a ouvir a proposta. Casimiro aproveitou para suplicar-lhe uma vez mais que se fossem. – Como te ocorre encomendar-te ao diabo? – sussurrou após anuir ao rogo do vendedor e puxar o cigano para longe da barraca, enquanto aquele voltava a anunciar suas roupas aos gritos, como se pretendesse recuperar o tempo perdido.

– Mulher, para ficar contigo, eu desceria ao inferno para tomar um vinho com o próprio Lúcifer.

Nicolasa parou subitamente, entre as pessoas, com expressão confusa.
– Galantearam-me muitas vezes...
– Não me resta dúvida – interrompeu-a Melchor.
– Quando jovem me propuseram o céu e as estrelas... – continuou ela –, depois só me deram um par de porcos, vários filhos que me abandonaram e um esposo que decidiu morrer – queixou-se –, mas nunca ninguém havia prometido descer ao inferno por mim.
– Nós, os ciganos, conhecemo-lo bem.
Nicolasa o olhou com picardia.
– Delgado como um pau – escarneceu –, tens algo mais que braços e pernas?
Melchor inclinou a cabeça para o lado. Ela o imitou.
– Leva em conta que o diabo me expulsou do inferno quando viu o que não são braços nem pernas. – Ela o empurrou com uma risada. – É verdade! Ouviste falar do rabo de Lúcifer? Pois não é nada comparado...
– Seu farsante! Isso será preciso ver! – exclamou a mulher pendurando-se em seu braço.

14

Após o dia da grande batida, a desgraça começou a encarniçar-se sobre os ciganos, que ainda confiavam em superá-la, como tantas outras vezes havia sucedido. Em 16 de agosto de 1749 de manhã, cerca de trezentos ciganos de Sevilha foram conduzidos pelos soldados do cárcere real ao porto da cidade. Ali, acossados e insultados pelas pessoas, embarcaram em gabarras para ser transportados Guadalquivir abaixo ao arsenal de La Carraca, em Cádiz. Nesse mesmo dia de tarde, mais de quinhentas mulheres e seus filhos menores partiram em *galeras*, carros e carromatos guardados pelo exército com destino à alcáçova de Málaga, onde o marquês de la Ensenada tinha previsto que fossem encarcerados.

O mesmo sucedia em toda a Espanha: por volta de doze mil ciganos, gente infame e nociva no dizer das autoridades, haviam sido detidos na nefasta batida de fins de julho com um único objetivo: a extinção de sua raça. Os homens e os maiores de sete anos eram trasladados a La Carraca, se fossem sevilhanos; a Cartagena, no levante, ou ao Ferrol, no reino da Galiza; outros eram destinados às minas de Almadén para ser escravizados na extração do azougue com que se tratava a prata das Índias. Às mulheres e seus pequenos trasladavam-nos a Málaga ou a Valência, aos castelos de Oliva e Gandía: elas eram consideradas até mais perigosas que os homens: "Ter-se-á muito particular cuidado", dizia a ordem de junho de 1749, "em assegurar e prender as mulheres por ser muito conveniente esta diligência para conseguir o fim a que se dirige esta providência tão importante para a paz do reino."

Toda essa gente era tão só uma parte da comunidade cigana espanhola, sendo além disso a que mais esforços havia feito por assimilar-se aos *payos* e assumir sua cultura. Certamente, originários da Índia, os ciganos haviam chegado à Europa no século XIV, uns através do Cáucaso e da Rússia, outros da Grécia, cruzando os Balcãs ou até percorrendo a costa mediterrânea africana. À Espanha chegaram em fins do século XIV em forma de grupos de nômades exóticos capitaneados pelos que se intitulavam condes ou duques do "pequeno Egito" e que asseguravam achar-se em peregrinação, para cujos fins portavam cartas de apresentação do Papa e de diversos reis e nobres. De início foram bem recebidos, os senhores por cujas terras transitavam os acolhiam e lhes garantiam sua segurança, mas essa situação durou pouco. Foram os Reis Católicos que ditaram a primeira pragmática contra os que então eram chamados "egipcianos": obrigavam-nos a sair do reino num prazo de sessenta dias, a não ser que tivessem ofício conhecido ou estivessem a serviço de senhores feudais. Os açoites, a amputação das orelhas, o desterro e a escravidão foram as penas determinadas para os que desobedecessem à pragmática real. Ao longo do século XVI tiveram de repetir-se as pragmáticas; os hábeis ciganos não cumpriam as ordens reais, sua ânsia de liberdade e independência superava qualquer obstáculo. A teimosia daquelas pessoas em manter sua atávica forma de vida levou os sucessivos monarcas a ditar novas e numerosas leis através das quais pretendiam controlá-los: proibição de sua língua e vestuário, do nomadismo e até dos simples deslocamentos, do trato de animais, da ferraria e do comércio... Todas essas leis e suas consequentes disposições, muitas delas contraditórias entre si, beneficiaram os ciganos: os oficiais de justiça dos povoados e lugares por onde eles andavam ou residiam não sabiam qual aplicar ou se havia que aplicar alguma. Também pretenderam assinalar-lhes lugares em que habitar, e assim o fizeram: os ciganos só podiam viver e recensear-se em determinadas povoações do reino, e aí o erro do rei Fernando VI e do marquês de la Ensenada: a grande batida de julho de 1749 se centrou nos ciganos que cumpriam as pragmáticas, residiam nos lugares assinalados pelas autoridades e se achavam convenientemente recenseados. Os nômades ou errantes, os que não estavam recenseados ou os que viviam em lugares não autorizados ficaram isentos da perseguição do exército.

Naquele 16 de agosto de 1749, Ana Vega segurava com força a mão de um garoto de não mais de seis anos que se havia perdido na confusão. Ao entardecer, depois de que os homens partiram em gabarras para La Carraca, os soldados se haviam apresentado com cerca de uma trintena de carros às portas do cortiço em que estavam havia meio mês encerradas. De acordo com as pragmáticas que obrigavam os povoados e as cidades do reino a prover o exército de carros e bagagens para o transporte das tropas e seus apetrechos, os transportadores e arrieiros de Sevilha haviam posto à disposição do exército várias *galeras*, oito delas grandes, de quatro rodas, algumas cobertas com toldo e puxadas por seis mulas; o restante se compunha de carros e carromatos de duas rodas puxados por duas ou quatro mulas. Uma multidão de curiosos se aglomerava na área. Os militares tentaram que as ciganas e seus filhos saíssem com ordem da *cobertera*, mas logo se complicaram as coisas.

– Para onde nos estão levando? – enfrentou uma delas os soldados.
– Que vão fazer conosco? – inquiriram outras.
– E nossos homens?
– Meus filhos estão com fome!

Os soldados não respondiam. De fora da *cobertera*, uma simples coberta sobre pilares aberta dos lados, as pessoas as insultavam. Ana se viu espremida: as mulheres se juntavam umas contra outras.

– Não nos tirareis daqui!
– Justiça! Não cometemos delito algum!
– E nossos homens? Que fizestes com eles?
– E nossos filhos?

No exterior diminuíram os gritos. Os soldados se consultavam entre si com o olhar, os cabos aos sargentos e estes ao capitão.

– Para os carros! – ordenou o último. – Subi-as aos carros!

O garoto de seis anos apareceu agarrado à coxa de Ana quando os militares partiram a pancadas e golpes de culatra contra as mulheres. O caos foi total. Ana ajudou uma velha prostrada no chão a levantar-se.

– De quem é este menino? – repetia aos gritos.

Observou que um grupo de soldados empurrava para fora do cortiço Rosario, María, Dolores e outras das amigas de Milagros; elas tentavam tapar com os braços aqueles jovens corpos que os farrapos que lhes restavam após meio mês de encarceramento num cortiço não chegavam a cobrir: amontoadas, sem água, dormindo sobre mil camadas formadas pelos restos dos excrementos secos do gado. Um soldado agarrou a camisa de Rosario e puxou-a com força para o exterior. A camisa se rasgou e ficou nas mãos do militar, que olhou a peça de roupa com incredulidade e depois explodiu em gargalhadas enquanto as pessoas assobiavam e aplaudiam a fugaz vista dos túrgidos peitos da moça.

Ana, cega de ira, ia lançar-se sobre o soldado, mas só conseguiu arrastar pelo chão o garoto agarrado à sua coxa; havia-o esquecido. O soldado reparou nela e fez-lhe um autoritário gesto para que saísse do cortiço. Já restavam poucas mulheres em seu interior. A cigana obedeceu. Os carros, dispostos numa longa fileira e guardados pelo exército para impedir que as pessoas se abalançassem a eles, estavam já para transbordar. Os coloridos trajes das ciganas se viam desluzidos até sob o brilhante sol sevilhano de agosto; todas elas haviam sido despojadas das joias e avelórios com que se adornavam; até as fitas de seus vestidos haviam desaparecido. Choros, queixas, gritos e súplicas surgiam da boca das mulheres e de seus filhos pequenos. A Ana fraquejaram-lhe as pernas; que mísero futuro os esperava?

– De quem é este…? – começou a gritar. Mas calou-se e apertou a mão do menino; era um empenho inútil.

– Sobe no carro! – gritaram-lhe enquanto a empurravam com uma espingarda cruzada sobre suas costas.

Subir no carro? Virou-se lentamente e topou com um jovenzinho imberbe com a peruca branca torta. Escrutou-o de alto a baixo.

– Tabaco! – gritou-lhe de imediato. – Vendo-te tabaco a bom preço! – acrescentou simulando rebuscar no interior de sua saia. – Do melhor!

O rapaz gaguejou algo e negou ingenuamente com a cabeça.

– Tabaco! – uivou então Ana em direção às pessoas, aparentando que fumava um charuto.

A suas costas, as ciganas que estavam no carro calaram seus soluços.

Depois ela sorriu, como se o sangue voltasse a correr por suas veias, quando uma das do carro se juntou à sua pantomima.

– A sorte! Leio as linhas das mãos! Queres que as leia para ti, rapagão?

De carro em carro, as ciganas começaram a reagir.

– Uma esmola!

– Cestas! Queres uma cesta, marquesa? – perguntou uma cigana a uma imensa matrona que presenciava a situação embasbacada, tanto como o homem mirrado que a acompanhava. – Nela poderás levar teu esposo!

As pessoas riram.

Pouco a pouco, mulheres e crianças mudaram seu pranto em algaravia. Ana piscou o olho para o jovem soldado.

– Fumaremos outro dia – disse-lhe antes de virar-se e levantar o pequeno para pô-lo no último dos carros. Depois, quando o capitão ordenou o início da marcha, ela subiu também.

Junto a Ana, no carro, Basilia Monge oferecia imaginários bolinhos de chuva às pessoas.

– Trazei-me a frigideira e a massa – gritava aos soldados a cavalo que encerravam a marcha –, que a banha para fritá-los já a tirarei da tripa de vosso sargento.

Ana Vega não deu importância às risadas dos soldados e à indignação do sargento e se acocorou à altura do menino que tinha vindo arrastando.

– Como te chamas, pequeno? – perguntou-lhe enquanto tentava limpar-lhe com seus próprios dedos molhados de saliva os fios de sujeira que percorriam seu rosto devido a lágrimas a que nem sequer havia tido oportunidade de prestar atenção.

A caravana de crianças e ciganas tardou cerca de uma semana a chegar a Málaga. O acidentado caminho que ia para o sul as expôs à má vontade das autoridades e dos vizinhos de El Arahal, de La Puebla de Cazalla, de Osuna, de Alora, de Cártama, antes de chegar à famosa cidade às margens do Mediterrâneo. O rei havia determinado que os gastos com a comida e o transporte dos ciganos se cobrissem com o produto da venda de seus pertences, mas não dera tempo de oferecê-las almoeda, e os corregedores e alcaides dos povoados se negaram a proporcionar, na conta de um rei que dificilmente lhes devolveria esse dinheiro, mais que o imprescindível para que aquelas mulheres não falecessem em suas jurisdições e lhes originassem problemas; a fome, pois, foi afetando as ciganas, que tiveram de presenciar, indefesas, os soldados roubando suas rações e além disso reservavam o pouco que lhes restava para alimentar seus filhos.

Na primeira noite, Ana percorreu a fila de carros em busca da mãe de Francisco – assim se chamava o menino –, com que topou fazendo o mesmo trajeto que ela, mas em sentido inverso e perguntando carro por carro por seu pequeno. Era uma cigana de Sevilha que por um instante esqueceu o desespero de sua situação e recebeu seu filho de braços estendidos. Sem deixar de abraçá-lo, olhou para Ana.

– Obrigada...
– Ana – apresentou-se ela. – Ana Vega.
– Manuela Sánchez – disse a outra.
– É um bom garoto – comentou Ana desalinhando o sujo cabelo de Francisco –, e canta muito bem.

Ana o havia entretido com canções ao longo da interminável e incômoda jornada no carro.

– Sim, como seu pai.

O sorriso de Manuela desapareceu. Ana a imaginou evocando seu homem. E José? Voltou a sentir o desassossego que a havia perseguido durante os dias de prisão na *cobertera* do pastor, envolta nas constantes queixas e lamentos das ciganas pela separação de seus esposos. Ela... As lágrimas não brotavam de seus olhos quando pensava em José. Que havia sido de sua vida? Onde havia ficado o amor que um dia acreditou sentir por seu esposo? Só Milagros os unia. Apertou os lábios. Pelo menos a moça estava livre. Aquele era seu único consolo, pouco importava o restante se sua menina continuava livre. Ergueu-se. Tinham de lutar! O rei lhe havia roubado seu pai durante sua infância; a condenação às galés havia levado sua mãe à morte, e agora outro rei lhe roubava... sua própria liberdade. Não estava disposta a submeter-se, a rogar e a suplicar, a arrastar-se diante dos *payos* e diante de sacerdotes e frades como havia feito junto com sua mãe quando era somente uma menina! Não! Não o faria. O tempo... ou a morte resolveria a situação.

– Mostra-nos como cantas, Francisco – pediu-lhe então para surpresa de Manuela.

Ana começou a bater palmas com suavidade, os dedos estendidos e crispados.

– Canta, filho – juntou-se com doçura a mãe.

O menino se sentiu observado e, com os olhos cravados no chão e os dedos dos pés descalços brincando com a areia, começou a cantarolar as mesmas canções com que haviam lutado contra o tédio da viagem. Ana bateu palmas com mais força.

– Anda, Francisco! – animou-o a mãe com a voz tomada e lágrimas nos olhos.

As ciganas se foram aproximando, mas ninguém se atreveu a interromper o pequeno, nem sequer a estimulá-lo. Não soavam guitarras nem castanholas, não dispunham de uma mísera pandeireta, só se ouviam as palmas de Ana e o murmúrio entre dentes do pequeno, que no entanto hesitou ao levantar o olhar e deparar com o rosto de sua mãe coberto de lágrimas.

– Como teu pai, filho, canta como ele – conseguiu pedir-lhe esta.

E Francisco começou a cantar a palo seco, com timbre infantil, agudo, alongando as vogais até que tinha de tomar ar, tal como fazia seu pai, tal como quando cantava com ele. Mas ali ninguém sorria, ninguém animava, ninguém dançava; o pequeno se encontrou rodeado de mulheres cabisbaixas e chorosas que, à tênue luz do ocaso, agarravam seus filhos como se temessem que também os levassem. Quando uma dessas ciganas caiu prostrada de joelhos com as mãos cobrindo o rosto, a voz de Francisco se foi desvanecendo pouco a pouco até extinguir-se do todo, momento em que se lançou aos braços da mãe.

– Muito bem – premiou-o esta apertando-o contra si.

Ana continuava a bater palmas.

– Bravo – aclamou alguém num sussurro cansado dentre o grupo de ciganas.

Quase nenhuma se mexeu. O pouco que havia cantado Francisco as havia levado de volta a suas casas, com seus esposos, avós, pais, tios, primos e filhos; muitas haviam acreditado ouvir os risos daqueles filhos de mais de sete anos que haviam partido com os homens.

Ana bateu palmas mais forte.

– Cantai! – animou-as. – Cantai e dançai para os soldados do rei da Espanha!

– Cigana, por acaso pretendes zombar de nós?

A pergunta surpreendeu a Ana, que se virou e, à luz das fogueiras, viu o rosto de um soldado aparecer por cima do carro.

– Não... – havia começado a responder quando uma forte pedrada acertou de cheio a testa do soldado.

Ana voltou a virar o rosto e, na semiescuridão, algo afastada, conseguiu vislumbrar a Trianeira, que a mortificou com seu cínico sorriso antes de atirar uma segunda pedra. Não teve tempo de reagir.

– Estão atacando-nos! – ouviu-se dos soldados.

A própria Ana teve de abaixar-se para evitar a chuva de pedras que se produziu de imediato, entre insultos e gritos.

Os soldados de guarda soaram o alarme.

Manuela, agachada ao lado de Ana, gritava como uma possessa, e até o pequeno Francisco jogava pedras... Ana buscou a proteção do carro quando os soldados a cavalo se introduziram entre eles e empurraram as mulheres, dispersando umas, lançando ao chão e pisoteando as outras. Os disparos para o alto do restante dos militares que as rodeavam conseguiram que a maioria se amedrontasse. Apenas transcorreram alguns minutos; a fumaceira dos tiros de espingarda ainda flutuava no ar quando a revolta já estava controlada.

Ana ouviu com o coração apertado os queixumes de dor e os soluços, e entreviu as sombras de crianças e mulheres tentando levantar-se do chão ou mancando de um lado para outro em busca de seus familiares. Tão só algum insulto isolado, do qual agora os soldados se riam, vinha recordar a razão daquele castigo. Era uma loucura desafiar o exército! Virou o rosto em busca da Trianeira e a viu escapulir com inusitada agilidade. Fugia. Por que...?

A resposta chegou de trás: uns fortes braços a agarraram.

– Foi esta quem começou, capitão – ouviu um soldado dizer enquanto a sacudia até apresentá-la ao oficial que se havia aproximado sobre um cavalo que ainda bufava, nervoso por causa da carga. – Ouvi que zombava de nós e estimulava as demais a dançar para o rei. Então nos apedrejaram.

– Não...

– Cala-te, cigana! – A ordem do capitão se confundiu com o golpe na cabeça com que o soldado que a agarrava tentou impedir suas escusas. – Acorrentai-a e levai-a para o primeiro carro.

– Malnascido! – resmungou ela ao mesmo tempo que cuspia aos pés do cavalo.

O soldado a golpeou de novo. Ana se virou e se lançou sobre ele a dentadas. Acudiram outros em ajuda do primeiro, que fazia o que podia para afastá-la. Todos juntos conseguiram imobilizá-la: agarraram-na por braços e pernas enquanto ela uivava e os insultava entre cusparadas. Foram necessários quatro homens, as roupas da cigana destruídas pelo forcejar, pernas e peitos à mostra, para arrastá-la até o primeiro dos carros.

Nele fez o restante da viagem até Málaga, a pão e água, quase nua, com grilhões em pulsos e tornozelos e uma terceira corrente que unia uns e outros.

15

Nicolasa vivia nos arredores do povoado de Jabugo, a pouco mais de oito léguas de Barrancos. Após caminhar cerca de três horas ao longo das quais falaram pouco e se desejaram muito, Melchor anuiu deleitado quando ela assinalou um casebre solitário no alto de uma colina da qual se dominavam os montes circundantes: variegados bosques de carvalhos e castanheiras combinavam com o conjunto baixo de azinheiras. O lugar, pensou Melchor assim que o viu, podia proporcionar-lhe a discrição que pretendia e era adequado para ficar a par da passagem de qualquer partida importante de contrabandistas em direção à fronteira de Portugal.

Junto com dois grandes cães que vieram receber Nicolasa, subiram a colina até chegar ao casebre: uma pequena construção circular de pedra, sem janelas, com uma só porta baixa e estreita, e cobertura cônica de capim sobre uma estrutura de troncos. Em seu interior não se podiam dar mais de quatro passos em linha reta.

– Meu esposo era pastor de porcos... – começou a contar Nicolasa ao mesmo tempo que deixava os grãos comprados em Aracena sobre um poial de pedra junto à lareira.

Melchor não lhe permitiu continuar; apertou-se a ela por trás, envolveu-a com os braços e alcançou seus peitos. Nicolasa ficou parada e tremeu ao contato; fazia muito tempo que não mantinha relações com um homem – o trabuco de seu esposo, sempre disposto, convencia os que pudessem pensar ou pretender o contrário –, e fazia muito tempo também que havia deixado de tocar-se nas noites solitárias: sua entreperna seca, sua imaginação desvalida, sua alma frustrada. Haveria cometido um erro convidando-o? Não chegou a responder. As mãos do cigano já a percorriam inteira. Quantos anos fazia que não se preocupava com seu corpo?, recriminou-se. Então ouviu sussurros de paixão entrecortados pela respiração acelerada de Melchor e se surpreendeu fazendo a sua acompanhar aqueles arquejos só insinuados. Podia ser verdade? Ele a desejava! O cigano não fingia. Havia-se detido em suas coxas, encurvado sobre ela, apertando-as e acariciando-as, deslizando as mãos até seu púbis para voltar a descer por elas. E, à medida que as dúvidas começaram a diluir-se, Nicolasa se abandonou a sensações esquecidas. O "rabo do diabo", sorriu para si ao mesmo tempo que apertava e esfregava as grandes nádegas contra ele. Finalmente, virou-se e empurrou-o com violência até o colchão em que havia desperdiçado as noites de seus últimos anos.

– Chama o diabo, cigano! – chegou quase a gritar quando Melchor caiu sobre o colchão.

– Que dizes?

– Necessitarás de sua ajuda.

Nicolasa cantarolava enquanto trabalhava no chiqueiro, um pequeno cercado na parte traseira do casebre. Tinha quatro boas porcas leiteiras e alguns leitões que alimentava com bolotas compradas nas invernadas, ervas, bulbos e frutas silvestres. Como muita gente de Jabugo e arredores, vivia daqueles animais, de seus presuntos e chacinas, que elaborava numa desconjuntada salgadeira cujas janelas e vãos abria ou fechava ao ar da serra segundo lhe aconselhava sua experiência.

Enquanto ela trabalhava, Melchor deixava transcorrer os dias sentado numa cadeira à porta do casebre, fumando e tentando sem sucesso espantar os dois grandes cães peludos que se empenhavam em permanecer junto dele, como se quisessem agradecer-lhe a mudança de humor que se havia produzido em sua dona. O cigano os olhava com o cenho franzido. "Nada adianta com estes animais", repetia recordando os efeitos que seus olhares de ira causavam nas pessoas. Também lhes grunhia, mas os cães abanavam o rabo. E, quando estava certo de que Nicolasa não podia vê-lo, deixava escapar algum pontapé, suave, para que não gritassem, mas eles o tomavam como uma brincadeira. "Malditos monstros", resmungava então com a lembrança do soco que lhe dera Nicolasa na primeira vez em que tentara soltar a perna com força contra um dos animais.

– Não verás um só lobo nos arredores – aduziu depois a mulher. – Estes cães me protegem, a mim e aos porcos. Trata de não os maltratar.

Melchor endureceu as feições, nunca lhe havia batido uma mulher. Fez menção de rebelar-se, mas Nicolasa adiantou-se a ele.

– Necessito deles – acrescentou abrandando o tom de voz –, tanto como de teu rabo do diabo.

A mulher levou a mão à entreperna do cigano.

– Não voltes a fazer isso, nunca – advertiu-a ele.

– Quê? – inquiriu a mulher com voz melosa, rebuscando entre seus calções.

– Bater-me.

– Cigano – disse-lhe com o mesmo timbre de voz, ao mesmo tempo que sentia o membro de Melchor começar a responder a suas carícias –, se voltares a maltratar meus animais, eu te matarei. – Nesse momento apertou com mais força seus testículos. – É simples: se não estás disposto a conviver com eles, segue teu caminho.

Sentado à porta do casebre, Melchor deu um novo pontapezinho no ar, que um dos cães recebeu levantando-se sobre as patas traseiras e caracolando. Não tinha dúvida de que Nicolasa cumpriria a ameaça. Gostava dessa mulher. Não era cigana, mas tinha o caráter de uma pessoa curtida na solidão das serras... E, além disso, durante as noites o deleitava com aquela paixão desenfreada que ele havia imaginado assim que a viu diante da barraca do vendedor de roupas velhas. Só sentia saudade de uma coisa: os cantos de Caridad na escuridão e no silêncio da noite. "Boa mulher, a negra." Algumas noites a imaginava oferecendo-lhe seu corpo como fazia Nicolasa, exigindo-lhe mais e mais, tal como havia desejado quando despertava abraçado a ela na ciganaria. Além desses cantos pelos que havia renunciado a desfrutar de Caridad, pouco mais podia pedir. Até havia chegado a um acordo com Nicolasa quando esta lhe exigiu que trabalhasse.

– Enquanto o rabo que tens entre as pernas continue funcionando – disse-lhe parando com as mãos na cintura diante dele –, meu corpo é gratuito... mas a comida é preciso ganhá-la.

Melchor a olhou de alto a baixo com displicência: baixinha, larga de cadeiras e ombros, de carnes exuberantes e um rosto sujo que se lhe mostrava simpático quando sorria. Nicolasa suportou a inspeção.

– Eu não trabalho, mulher – soltou ele.

– Pois vai caçar lobos. Em Aracena te pagarão dois ducados por cada um que matares.

– Se é dinheiro o que queres... – Melchor rebuscou entre sua faixa até encontrar a bolsa com o que havia roubado ao Gordo. – Toma – disse-lhe lançando-lhe uma moeda de ouro que ela agarrou no ar. – É suficiente para que não voltes a incomodar-me?

Nicolasa tardou a responder. Nunca havia possuído uma moeda de ouro; apalpava-a e mordia-a para verificar sua autenticidade.

– Suficiente – admitiu por fim.

A partir de então, Melchor foi livre para fazer o que desejasse. Alguns dias ele passava sentado à porta do casebre, bebendo e fumando o vinho e o tabaco que ela lhe trazia de Jabugo, amiúde acompanhado de Nicolasa, após terminar ela com os porcos e seus demais trabalhos. A mulher se sentava no chão – só tinham uma cadeira – e respeitava seu silêncio deixando vagar o olhar por um entorno que pouco havia imaginado que pudesse voltar a deleitá-la.

Outros dias, quando Nicolasa ficava alguns sem descer a Jabugo, Melchor saía para inspecionar as serras para verificar por si mesmo se o Gordo se aproximava. Era o único dado que havia proporcionado a Nicolasa.

– Toda vez que fores ao povoado – disse-lhe –, inteira-te se se sabe de alguma partida importante de contrabandistas. Não me interessam os pequenos mochileiros que cruzam a fronteira ou se carregam em Jabugo.

– Por quê? – perguntou ela.

O cigano não lhe respondeu.

Assim transcorreram o restante da primavera e parte do verão. Para Melchor os dias começaram a fazer-se longos. Após as primeiras semanas de paixão, já eram várias as ocasiões em que Nicolasa o havia rejeitado com a mesma veemência com que anteriormente se abalançava a ele. A mulher havia trocado seu ardor por uma atitude carinhosa, como se aquela situação, que para o cigano era somente transitória, ela a apreciasse como eterna. Por isso, quando a notícia da batida contra os ciganos chegou ao povoado, Nicolasa decidiu calar-se. Não só para protegê-lo, mas também porque temia, e com razão, que aquele cigano de raça partisse em busca dos seus assim que o soubesse.

Cada vez que saía ao caminho, Nicolasa o olhava com preocupação e angústia não dissimulada e ordenava a um de seus cães que o seguisse, mas Melchor não se aproximava do povoado. O cigano havia chegado a aceitar aquela companhia que o advertia com grunhidos quase imperceptíveis da presença de alguma pessoa ou fera nas solitárias veredas e sendas da serra.

Nicolasa o presenteara com uma antiga casaca do exército com dragonas e dourados que ainda conservavam algo de seu amarelo original. Melchor sorriu agradecido e emocionado diante do infantil nervosismo com que ela lhe entregou a peça; "Casimiro me disse o que procuravas em sua barraca do mercado de Aracena", confessou tentando esconder sua ansiedade após um riso forçado. Os dois cães presenciavam a cena e punham a cabeça de um para o outro lado. Melchor pôs a jaqueta, que lhe ficava imensa e pendia de seus ombros como um saco, e fez um esgar de aprovação puxando as lapelas e olhando-se. Ela lhe pediu que girasse para vê-lo inteiro. Nessa noite foi Nicolasa quem procurou seu corpo.

Mas o tempo seguia passando, Nicolasa negava cada vez que voltava de Jabugo, e Melchor, sabedor das rotas do contrabando, só topava com alguns miseráveis mochileiros que transportavam a pé, ao amparo da noite, as mercadorias desde Portugal até a Espanha. "Onde estás, Gordo?", dizia entre dentes nos caminhos. O cão, colado à sua panturrilha, deixava escapar um longo uivo que rompia o silêncio e se infiltrava entre as árvores; tinham sido muitas as vezes que havia ouvido aquele novo dono nomear o Gordo com um ódio que feria até as pedras. "Onde estás, filho da puta? Tu virás. Pelo diabo que virás! E nesse dia..."

– Trouxe-te charutos – anunciou-lhe Nicolasa à sua volta de Jabugo, cerca de uma semana depois, ao mesmo tempo que lhe estendia um pequeno atado de *papantes* rematados com seu característico fio vermelho: os charutos de tamanho médio feitos na fábrica de Sevilha, os que os fumantes consideravam os melhores.

Ela o fez com o olhar escondido no chão. Sentado à porta do casebre, Melchor franziu o cenho e da cadeira pegou o atado. Nicolasa se preparava para entrar quando o cigano perguntou:

– Não tens nada mais para dizer-me?

Ela parou.

– Não – respondeu.

Nesta ocasião não pôde deixar de cravar os olhos nos dele. Melchor os percebeu aquosos.

– Onde estão? – inquiriu.

Uma lágrima brilhante deslizou pela face de Nicolasa.

– Perto de Encinasola. – Nisso não se atreveu a mentir. Melchor lhe havia pedido que o informasse se ficasse sabendo de algo, razão por que ela acrescentou com voz trêmula: – Alguns dos de Jabugo foram juntar-se a eles.

– Para quando são esperados em Encinasola?

– Um, dois dias no máximo.

Parada diante dele, as pernas juntas, as mãos entrelaçadas à frente do ventre, com a garganta apertada e as lágrimas correndo já livres por seu rosto, Nicolasa observou a transformação do homem que viera para mudar sua vida: as rugas que sulcavam seu rosto se tensionaram e o brilho de seus olhos de cigano, sob as sobrancelhas franzidas, pareceu afinar-se como se de uma arma se tratasse. Todas as fantasias de futuro com que ingenuamente havia jogado a mulher em seus sonhos se desvaneceram assim que Melchor se levantou da cadeira e puxou as abas de sua jaqueta amarela, o olhar extraviado, todo ele perdido.

– Mantém os cães contigo – disse num sussurro que a Nicolasa pareceu atroador. Depois rebuscou em sua faixa e tirou outra moeda de ouro. – Nunca pensei que a primeira que te dei fosse suficiente – declarou. Pegou uma de suas mãos, abriu-a, depositou a moeda na palma e voltou a fechá-la. – Nunca confies num cigano, mulher – acrescentou antes de dar-lhe as costas e empreender a descida da colina.

Nicolasa se negou a admitir o fim de seus sonhos. Em vez disso, centrou o olhar borrado no atado de *papantes* com seus fiozinhos vermelhos que Melchor havia esquecido na cadeira diante do casebre.

Dependia de onde decidissem pernoitar. De Encinasola a Barrancos havia duas poucas léguas, e Melchor sabia que o Gordo – se é que aquela era sua partida – faria todo o possível para chegar a Barrancos. À diferença do que sucedia na Espanha, em Portugal não havia loja de tabaco. No país luso, o comércio estava arrendado a quem mais o desenvolvia, arrendadores que, por sua vez, abriam dois tipos de estabelecimentos: os de venda para os próprios portugueses e os destinados ao contrabando com os espanhóis. Melchor recordou a grande construção de Barrancos com armazéns para o tabaco do Brasil, quartos, lugar para o descanso dos contrabandistas e numerosas e bem-dispostas estrebarias. Méndez, o arrendador, não cobrava por todas essas comodidades com que acolhia seus clientes, sobretudo se eram grandes partidas como as das pessoas de Cuevas Bajas e seus arredores, embora tampouco o fizesse aos humildes mochileiros, aos quais até chegava a fiar ou financiar suas operações.

"Sim, o Gordo tentará chegar a Barrancos para saciar sua tripa com boa comida, embebedar-se e ir para a cama com mulheres, sob o bom resguardo das ineptas mas sempre incômodas rondas reais", concluiu Melchor sentado no toco de uma árvore a meio caminho entre Encinasola e Barrancos. As duas vilas pareciam enfrentar-se uma à outra na distância, ambas localizadas sobre penhascos, com seus castelos, o de Encinasola na própria vila, o de Barrancos algo afastado da sua, destacando-se e dominando o vale que as separava e que pouco tinha em comum com a agreste natureza de Jabugo e seus arredores.

Passava já do meio-dia, e o sol estava a pino. Melchor se havia adiantado bastante à possível chegada dos contrabandistas e desde o amanhecer permanecia sobre aquele incômodo pedaço de madeira morta, perto da ribeira do rio Múrtiga, onde encontrou um arvoredo que o protegia do sol. Às vezes olhava para o povoado, embora soubesse que não era necessário: o alvoroço os precederia. Nem sequer seria preciso um grande bulício, pois o silêncio era tal que Melchor ouvia até sua própria respiração. Alguns camponeses, poucos, desfilaram diante dele a caminho de seus campos e labores. Melchor se limitou a mover a cabeça quase imperceptivelmente em resposta a suas atemorizadas saudações no dialeto da zona. Todos sabiam já da proximidade dos contrabandistas, e aquele cigano com grandes argolas pendendo das orelhas e sua desbotada jaqueta amarela só podia ser um deles. Enquanto isso, entre fugazes olhadelas para Encinasola e fugidios cumprimentos aos camponeses, Melchor recordava o tio Basilio, o jovem Dionisio e Ana. Jamais, fizesse o que fizesse, sua filha lhe havia recriminado nada! Que faria quando chegasse a partida do Gordo? Tentou livrar-se daquela inquietude; já decidiria, então. Fervia-lhe o sangue. Ninguém ia dizer jamais que Melchor Vega, dos Vegas, se escondia de ninguém! Iriam matá-lo. Talvez o Gordo nem sequer permitisse que o desafiasse: ordenaria a algum de seus lugar-tenentes que lhe desse um tiro ali mesmo e depois continuaria seu caminho com um sorriso na boca, talvez uma gargalhada; provavelmente cuspiria do alto do cavalo sobre seu cadáver, mas não lhe importava.

Um pequeno grupo de mulheres carregando cestas com pão e cebolas para seus homens passou diante dele em silêncio, cabisbaixas. Havia vivido demais, pensou com o olhar posto em suas costas. Os deuses ciganos ou o deus dos padres o haviam presenteado com alguns anos. Vivia de favor. Deveria haver morrido nas galés, como tantos outros, mas se não havia falecido remando a serviço do rei... Apertou os lábios e olhou as mãos: pelancas semeadas de uma multidão de manchas escuras que se destacavam até sobre sua cor aciganada. Tentou acomodar-se sobre o toco e doeram-lhe todos os músculos, como que atrofiados já pelo passar das horas; talvez não fosse mais que um velho, como aquele que lhe havia cedido sua cama na ciganaria por uma mísera moeda. Sentiu uma inquietante comichão nas cicatrizes deixadas pelo látego do comitre em suas costas. Suspirou e virou o rosto para Encinasola.

– Se não morri ao serviço do filho da puta do rei – disse-se em voz alta, dirigindo-se a algum lugar muito além do povoado que se oferecia a seus olhos –, que melhor forma de fazê-lo agora, quando já não sou mais que um despojo, tapando assim qualquer boca disposta a comparar-me com uma mulher?

Como supunha, ouviu-os muito antes que fossem visíveis no caminho de saída de Encinasola, no meio da tarde. Uma longa e desbaratada coluna de homens: alguns montados; outros, a maioria, puxando cavalos, mulas ou burricos. Entre eles, muitos simples mochileiros. Gritos, insultos e risadas os acompanhavam, mas a algaravia cessou nos ouvidos de Melchor assim que ele reconheceu o Gordo, ladeado por seus lugar-tenentes, à frente. "Negra", pensou então com meio sorriso nos lábios, "em que confusão me meteste." O murmúrio dos lúgubres e monótonos cantos de Caridad substituiu qualquer som no interior de Melchor. O cigano, com a vista fixa na coluna que se aproximava, abriu um sorriso.

– A única coisa que sinto é que vou morrer sem haver experimentado teu corpo, negra – disse em voz alta. – Certamente teríamos formado um bom casal: um velho galeote e a escrava mais negra das Espanhas.

O Gordo e seus homens não tardaram a chegar ao ponto onde ele estava, mas sim a reconhecê-lo: o sol atacava seus olhos. A coluna de homens se aglomerou atrás de seu capitão quando este e os dois que o ladeavam frearam suas montarias de repente.

Melchor e o Gordo enfrentaram-se com o olhar. Os lugar-tenentes, após a surpresa inicial, observavam os arredores: árvores e matagais, pedras e desníveis de terreno, para o caso de se tratar de uma emboscada. Melchor percebeu sua preocupação. Não havia pensado nessa possibilidade: criam que não estava só.

"O Galeote...", o rumor correu entre as filas de contrabandistas. "O Galeote está aqui", sussurraram-se uns aos outros.

– Já saíste de teu buraco? – perguntou o Gordo.

– Vim matar-te.

Um murmúrio se ergueu nas filas de contrabandistas até que o Gordo soltou uma gargalhada que as calou.

– Tu sozinho?

Melchor não respondeu. Tampouco se mexeu.

– Poderia acabar contigo sem apear do cavalo – ameaçou-o o contrabandista.

O cigano deixou transcorrer alguns instantes. Não o havia feito. Não havia disparado. O Gordo hesitava; os demais também.

– Sozinhos tu e eu, Gordo – disse Melchor por fim. – Não temos nada contra os demais – acrescentou apontando para os outros dois.

O uso do plural obrigou os lugar-tenentes a voltar a percorrer com o olhar a área; a corrida de um animal que fugia, o sussurrar do vento entre a folhagem, o menor barulho, tudo chamava sua atenção, tal como sucedeu ao Gordo diante do simples revolutear de um passarinho. Podia haver ciganos escondidos e apontando para eles suas armas. Sabia da detenção maciça, mas também sabia que muitos dos da ciganaria haviam conseguido escapar, e estes pertenciam em sua maioria à família dos Vegas, fiéis até a morte à sua gente e ao seu sangue: ao Galeote. Bastava que só um deles estivesse apontando para sua cabeça naquele preciso instante! O Galeote não podia ter ido enfrentar sozinho toda uma partida de homens, não estava tão louco. Onde podiam estar? Entre os galhos de uma das árvores?, deitados atrás de alguma rocha?

Melchor aproveitou aquele momento de indecisão e se levantou do toco. Seus músculos responderam como se o risco, a proximidade da luta e o incerto desenlace lhes houvessem insuflado uma estranha vitalidade.

– Podes fugir, Gordo – gritou para que todos o ouvissem –, podes esporear teu cavalo e talvez... talvez tenhas sorte. Queres tentar, asqueroso saco de banha? – voltou a gritar.

Só o roçar dos inquietos pés dos homens na terra do caminho e o bufar de alguma das cavalgaduras romperam o silêncio que se seguiu ao insulto.

– Vim para matar a ti, seu filho da puta. Tu e eu sozinhos. – O cigano tirou sua navalha da faixa e a abriu lentamente, até que a folha brilhou fora de sua bainha de osso. – Ninguém mais tem por que ficar ferido. Vim para morrer! – uivou Melchor com a navalha já aberta na mão –, mas, se o faço de outra forma que não seja lutando corpo a corpo contra vosso capitão, muitos de vós sofrerão as consequências. Por acaso não é essa a melhor forma de resolver os problemas?

Entre um que outro murmúrio de assentimento a suas costas, o Gordo percebeu que seus dois lugar-tenentes não refreavam o suficiente suas montarias e se iam separando sensivelmente dele.

Melchor, plantado a alguns passos do cavalo, com o desbotado amarelo de sua jaqueta ressuscitado pelo sol que brilhava a suas costas, também se deu conta.

– Pensas em fugir como uma mulher assustada? – desafiou-o.

Se tentasse fazê-lo, perderia o respeito de seus homens e com ele toda possibilidade de voltar a capitanear uma partida, o Gordo o sabia. Soltou um longo bufo de fastio, cuspiu aos pés do cigano e apeou com dificuldade.

Não havia chegado a tocar chão quando os homens explodiram em aclamações e começaram a fazer apostas. Os lugar-tenentes se afastaram para um lado do caminho. Os demais iam dispor-se em círculo ao redor dos contendores, mas Melchor o impediu: tinha de continuar mantendo o engano da emboscada. Se todos eles chegassem a ocultar o Gordo... Melchor retrocedeu alguns passos com a mão estendida, indicando à multidão que vinha para cima dele que se detivesse.

– Gordo! – gritou no momento em que os primeiros deles obedeceram. – Antes que teus homens cheguem a rodear-nos, alguém te explodirá a cabeça! Entendeste? Todos atrás de ti, no caminho... Já!

O contrabandista fez um imperioso gesto para seus lugar-tenentes, que se ocuparam de manter os demais no caminho. Muitos montaram nas cavalgaduras que vinham puxando, para ver melhor. Os das últimas filas pediram aos gritos aos da frente que se sentassem, e desse modo, numa espécie de meia-lua que se estendia para além do caminho, a modo de anfiteatro, aplaudiram e animaram seu capitão quando este abriu uma grande navalha e a apontou para o cigano. Alguns camponeses e suas mulheres, de volta ao povoado, observavam atônitos de longe.

Os dois contendores se mediram, movendo-se em círculo, braços e navalhas estendidos, procurando evitar o sol nos olhos. O Gordo se movia com uma agilidade imprópria a suas condições, observou Melchor. Não devia menosprezá-lo. Não se capitaneava uma partida de contrabandistas de Cuevas Bajas se não se sabia pelejar e defender o posto dia a dia. Naqueles pensamentos estava quando o Gordo se abalançou a ele e lançou uma navalhada no fígado que Melchor conseguiu esquivar não sem dificuldades; cambaleou ao separar-se da investida do contrabandista.

– Estás velho, Galeote – cuspiu-lhe enquanto Melchor tentava recuperar o equilíbrio e as pessoas calavam os gritos e aplausos com que havia premiado aquela primeira investida. – Eras tu quem me comparavas com uma mulher que queria fugir? Pelejaste tanto com elas que te esqueceste de como o fazem os homens?

Os risos com que os contrabandistas receberam suas palavras enfureceram o cigano, mas ele sabia que não devia deixar-se levar pela ira. Franziu o cenho e continuou movendo-se ao redor do outro, testando-o com sua arma.

– A última mulher com que pelejei – mentiu ao mesmo tempo que se preparava para uma investida segura – foi a puta a quem paguei com o medalhão de tua esposa. Lembras, saco de sebo? Eu a fodi por tu conta, pensando em tua mulher e em tuas filhas!

A resposta, como presumia Melchor, não se fez esperar. O Gordo prestou maior atenção ao tenso silêncio de seus homens que à prudência e se lançou cortando o ar com sua navalha. Melchor esquivou-o, circundou-o e feriu-o com um corte na altura do peito que fez com que a cor branca de sua camisa se confundisse com o vermelho da faixa que cingia sua enorme barriga.

"Está nas minhas mãos!", disse-se o cigano ao verificar como o Gordo se revirava, com o rosto congestionado e o sangue brotando do peito, enquanto peleava a navalhadas com o ar. Melchor esquivou-se uma, duas, três vezes de suas cegas investidas. Feriu-o de novo, na coxa esquerda, e depois soltou uma gargalhada que rompeu o silêncio em que se mantinham os homens da partida.

– E as pérolas de tua mulher... – O cigano saltava para um e outro lado, confundindo o inimigo ainda mais. Sentia-se jovem e estranhamente ágil. Evitou uma nova investida e cravou a arma na axila direita do Gordo, que se viu obrigado a pegar a navalha com a esquerda. – Exibe-as minha neta, seu cão imundo! – gritou Melchor após afastar-se vários passos dele.

– Eu a matarei depois de matar a ti – respondeu o outro sem dar-se por vencido –, mas primeiro a entregarei a meus homens para que desfrutem dela. Trouxeste-a contigo? – acrescentou apontando com a navalha para além do caminho, para as árvores.

Melchor decidiu acabar, agarrou com força sua arma e se aproximou de seu oponente disposto a dar o golpe final.

– Seria melhor se houvesse estado com toda a chusma de ciganos detidos em Triana no mês passado...

O Gordo não chegou a terminar a frase. A decisão com que Melchor se aproximava dele se desvaneceu diante suas palavras. O contrabandista percebeu a confusão no semblante do cigano; seus braços e suas pernas se haviam paralisado. Não o sabia! Ignorava a batida! O Gordo aproveitou a hesitação de seu oponente, moveu-se com rapidez e afundou a navalha toda em seu ventre.

Melchor, com a surpresa no rosto, inclinou-se, levou a mão livre ao ferimento e retrocedeu alguns passos.

– Não há ciganos! – gritou excitado o Gordo entre os vivas e aplausos de sua gente após a navalhada. – Está sozinho!

– É teu! – animou-o um de seus lugar-tenentes. – Acaba com ele!

Troou a gritaria.

Ensanguentado, com o braço direito pendendo do lado, o contrabandista se abalançou a Melchor, que em sua tentativa de evitar o ataque tropeçou e caiu no chão, de costas. Os homens, já sem medo de uma emboscada, levantaram-se e começaram a correr para o Gordo que, parado sobre Melchor, havia recuperado seu cínico sorriso. Muitos puderam ver o cigano encolher-se e segurar o estômago com ambas as mãos, rendido; outros, no entanto, só conseguiram distinguir a fugaz esteira de dois grandes cães que apareceram do nada e se lançaram sobre seu capitão, um à coxa, ali onde ele sangrava pelo ferimento que lhe havia infligido Melchor; o outro diretamente ao pescoço quando o Gordo caiu pela investida do primeiro.

A maioria dos homens ficou paralisada; alguns tentaram aproximar-se dos cães, mas os grunhidos com que estes os receberam, sem soltar sua presa, os obrigaram a desistir. O Gordo permanecia perto de Melchor, tão parado como o estavam os dois grandes cães, ambos com suas poderosas mandíbulas, acostumadas a lutar contra os lobos da serra, apertando no ponto justo, como se esperassem a ordem definitiva para fincar os caninos nas carnes do contrabandista.

– Disparai contra eles! – sugeriu alguém.

Sem atrever-se a falar, o Gordo conseguiu negar freneticamente com uma mão, por baixo do animal que lhe apertava a coxa.

– Poderíeis ferir o Faixado! – opôs-se ao mesmo tempo um dos lugar-tenentes. – Que ninguém dispare nem se aproxime.

– Mordei – conseguiu murmurar Melchor. Os cães não lhe obedeceram, mas receberam sua voz com um abanar de cauda que o cigano não chegou a ver. – Mordei, malditos! – conseguiu uivar num grito de dor.

– Não o farão.

Os contrabandistas se voltaram para Nicolasa, que havia aparecido à margem do caminho com a arma de seu falecido esposo nas mãos.

– Não o farão... enquanto eu não o ordenar.

Tremeu-lhe a voz ao falar. A dor que havia sentido em seu próprio estômago ao contemplar como o contrabandista afundava sua navalha no de Melchor se havia mudado agora numa tremenda rigidez. Havia atiçado os cães assim que o vira cair no chão e compreendera que sua sorte estava lançada. Depois foi para o caminho, cega, resoluta a lutar pelo cigano, mas de repente se havia encontrado rodeada de homens rudes e mal-encarados, todos enormes comparados com ela.

– Se é a mulher quem tem de dar a ordem... matemo-la! – propôs um dos contrabandistas fazendo menção de abalançar-se a Nicolasa.

Estrondeou o disparo, e o homem saiu voando para trás, com o rosto destroçado pelos projéteis do trabuco.

Nicolasa não se atreveu a olhar para os demais. Havia disparado como o fazia quando os lobos se aproximavam do casebre: sem pensar. Nunca o havia feito contra um homem, por mais que alardeasse isso se algum se aproximasse de seus domínios. Os grunhidos de seus cães a devolveram à realidade. O Gordo voltou a bater com frenesi na terra do caminho com a mão livre. Ela recarregou a arma tentando controlar o tremor das mãos, vigiando de soslaio os homens que a rodeavam.

– Que ninguém faça nada – ordenou de novo um dos lugar-tenentes.

Nicolasa respirou com força ao mesmo tempo que atacava pela segunda e última vez o cano do trabuco com a vareta. Depois começou a colocar a pólvora fina na arma. Todos estavam atentos a ela... e aos cães. Pigarreou.

– Se alguém pretende fazer-me mal... – voltou a pigarrear, custava-lhe falar –, os cães virão em minha defesa, mas primeiro acabarão com esse desgraçado tal como o fazem com os lobos. Nunca deixam um inimigo vivo. – Verificou a disposição da arma, anuiu e voltou a empunhá-la. Alguns se afastaram, e ela se sentiu forte. – Um só apertão dessa mandíbula e vosso capitão morrerá – acrescentou dirigindo-se ao lugar onde jazia Melchor. Então ergueu o olhar para um dos lugar-tenentes, ainda a cavalo, e deparou com um semblante que parecia animá-la. Que...? Ambição! Era isso o que refletiam seus olhos. – Ou quem sabe desejareis que ele morra? – especulou em voz mais baixa, diretamente para o lugar-tenente. – Que vais fazer com um capitão covarde, obeso e, além disso, maneta? Vi a peleja. Esse ferimento na axila não vai sarar.

O lugar-tenente pôs uma mão no queixo, meditou alguns segundos, agarrou com força sua arma e anuiu.

Nicolasa esboçou meio sorriso: sairia bem daquela confusão.

– Que...? – quis opor-se o segundo lugar-tenente quando um repentino disparo do outro calou suas queixas e o desmontou do cavalo com um tiro no peito.

Um rumor correu entre os homens, mas nenhum deles ergueu a voz: tratava-se de uma questão entre os chefes, como tantas outras que haviam vivido.

– Tu e tu – a mulher se dirigiu a dois contrabandistas próximos e depois apontou para Melchor –, carregai-o... – Boqueou em busca de ar à vista das mãos do cigano, encharcadas de sangue e crispadas sobre o estômago. – Ponde-o num cavalo! – conseguiu concluir.

– Fazei-o – confirmou-lhes seu já novo capitão, indicando-lhes o cavalo do Gordo.

Melchor não podia manter-se na montaria. Cruzaram-no sobre ela como um fardo. Pendia-lhe a cabeça.

– Vais morrer, Gordo – cuspiu o cigano antes de contrair o rosto num ricto de dor.

E, enquanto o contrabandista voltava a bater na terra com a mão, Nicolasa pegou as rédeas do cavalo em que ia Melchor e se internou com ele entre as árvores.

Ninguém ousou mexer-se por longo tempo. Os dois cães continuaram sobre sua presa, que agora acompanhava com gemidos as já débeis batidas na terra. Por fim se ouviu um assobio agudo dentre o arvoredo. Então um dos cães puxou a perna, como se pretendesse arrancá-la do torso, e o outro afundou os dentes no pescoço do Gordo. Ao animal bastou voltar a cabeça com violência um par de vezes para saber que sua presa havia falecido. À diferença dos lobos, que peleavam por sua vida, o homem se havia deixado matar como um porco. Depois os dois cães correram atrás de sua dona.

Antes que os animais alcançassem Nicolasa, na espessura, Melchor voltou a falar.

– Tu sabias dos ciganos?

Ela não respondeu.

– Deixa-me morrer – sussurrou ele.

– Cala-te – disse a mulher. – Não faças esforços.

– Deixa-me morrer, mulher, porque, se conseguires curar-me, eu te abandonarei.

A chegada dos cães com o focinho ensanguentado permitiu a Nicolasa soltar a garganta, que se lhe havia dado um nó diante da ameaça de Melchor.

– Bons meninos – sussurrou aos animais enquanto estes corriam entre as patas do cavalo. – Mentes, cigano – disse depois.

16

Málaga era uma povoação de pouco mais de trinta mil habitantes que fazia parte do reino de Granada e que havia sido fundada às margens do Mediterrâneo pelos fenícios no século VIII antes de Cristo. Após a passagem de cartagineses, romanos, visigodos e muçulmanos, a Málaga do século XVIII, ocupada em derrubar os lenços de suas magníficas muralhas nasridas, apresentava uma trama urbana em forma de cruz, com a Praça Mayor no centro e suas grandes e numerosas construções religiosas.

No entanto, a antiga cidade fenícia não estava preparada para acolher as ciganas detidas. A batida se havia produzido no final de julho, mas o segredo com que se havia levado a efeito implicou que a ordem pela qual se escolhia essa cidade como depósito das ciganas e seus filhos só tivesse chegado a suas autoridades em 7 de agosto, sem tempo para preparativo algum. E, para desespero do cabido municipal, caravanas de carros carregados de mulheres estavam chegando à capital provenientes de Ronda, Antequera, Écija, El Puerto de Santa María, Granada, Sevilha...

A Alcazava, o castelo escolhido pelo marquês de la Ensenada como prisão, era perigosa por achar-se instalado ali o paiol do exército, algo que o nobre não havia levado em conta. Assim, as primeiras mulheres foram encerradas no cárcere real, mas a constante afluência delas fez que logo estivesse repleto. Então o cabido requisitou algumas casas na rua Ancha de la Merced, que também foram insuficientes. E, se as previsões de espaço haviam falhado, mais ainda o fizeram as destinadas à manutenção daquele ingente número de pessoas. O cabido municipal enviou uma petição ao marquês para que parasse a remessa de ciganas ao mesmo tempo que lhe solicitava os fundos necessários para atender às que já haviam chegado. O nobre determinou que as novas partidas de ciganas fossem desviadas para Sevilha: "Em direitura e com segurança", ordenou.

Ao final, no arrabalde da cidade, extramuros, as autoridades requisitaram as casas da rua del Arrebolado e fecharam suas saídas, formando com isso um grande cárcere em que vieram a amontoar-se, esfarrapadas, famintas e enfermas, mais de mil ciganas com seus filhos com menos de sete anos. Ana Vega, no entanto, foi encerrada no cárcere real à espera de julgamento como instigadora da revolta no caminho para a cidade.

E, se a situação em Málaga era desesperadora, outro tanto sucedia com o arsenal de La Carraca. José Carmona, junto com seiscentos ciganos – quinhentos homens e cem crianças – de diversas procedências, chegou a Cádiz no final de agosto. Mas, à diferença de Málaga, onde o cabido municipal tinha possibilidade de requisitar casas para instalar as imprevistas recém-chegadas, o arsenal de La Carraca não era mais que um estaleiro militar cercado e constantemente vigiado para impedir a fuga dos penados e dos escravos que cumpriam trabalhos forçados. Como sucedia em Cartagena, em La Carraca não cabiam os ciganos; no entanto, se no arsenal murciano foi possível instalá-las em velhas, inúteis e insalubres galés varadas, no gaditano foram agrupadas em pátios e todo tipo de dependências. De pouco adiantaram os memoriais enviados ao conselho pelo responsável pelo arsenal enfatizando a insuficiência das instalações e o risco de motins, que se sucederiam diante da chegada daquele contingente de homens desesperados.

Na época da razão e da civilidade, a resposta das autoridades foi taxativa: ali onde haviam cabido tantos penados, bem se poderia alojar-se os ciganos. Ordenou-se ao responsável que despedisse os trabalhadores contratados e os substituísse por aquela massa humana nociva e ociosa; dessa forma se obteriam os resultados perseguidos pela monarquia bourbônica, cujos ideais distavam muito da piedosa resignação diante da pobreza, com a esmola como única solução, que até então a sociedade havia aceitado. O trabalho honrava. Em tempos em que se estava superando o ancestral conceito de honra que havia impedido aos espanhóis dedicar-se a trabalhos mecânicos e portanto vis, ninguém podia ficar ocioso, e menos ainda os ciganos, os quais deviam ser úteis à nação, assim como os vadios e folgazães que eram detidos por todo o reino e destinados a trabalhos forçados.

Muito a contragosto, o responsável por La Carraca obedeceu: aumentou as tropas de vigilância, instalou *cepos* e forcas no arsenal como elemento de dissuasão para os ciganos, despediu os trabalhadores livres contratados e se empenhou em substituí-los pelos recém-chegados. Não obstante, atemorizado diante da possibilidade de rebeliões, negou-se a tirar-lhes as correntes.

As medidas não produziram resultado algum. O arsenal de La Carraca, o mais antigo dos estaleiros espanhóis, ficava nos estreitos canais navegáveis que se adentravam em terra a partir da baía de Cádiz; era um terreno pantanoso, produto da sedimentação ao redor de uma velha carraca afundada na área. O próprio marquês de la Ensenada havia decidido ampliar aqueles estaleiros com a incorporação da ilha de León, também sobre leito de lodo.

José Carmona, como os demais ciganos, foi forçado a trabalhar afundado em lama até o quadril para preparar as fundações dos diques e ajudar as grandes máquinas a fincar os longos e fortes madeiros de carvalho naquele fundo instável. Acorrentados, os ciganos tentavam com grande esforço mover-se no lodaçal, mas as correntes tornavam ainda mais difícil o que já por si parecia impossível. Tratava-se de extrair a máxima quantidade de lodo do local previamente delimitado por estacas, para fincá-las e ajustar sobre elas uma estrutura de madeiras que constituiria a base da construção. Sob os gritos e golpes dos capatazes, com a lama na altura do estômago, José, como muitos outros, esforçava-se denodadamente para deslocar-se com uma cesta repleta de barro. Poderiam haver simulado aquele esforço e remanchar no meio do lodo, mas todos queriam afastar-se da perigosa maça da máquina que vezes seguidas era erguida para cair pesadamente sobre a cabeça da estaca. Já haviam presenciado um acidente: o chão instável havia feito que a estaca se entortasse ao receber o impacto da grande maça de ferro, e dois operários que estavam junto dela haviam ficado gravemente feridos.

Em outras ocasiões, José foi empregado nas gruas destinadas ao embarque ou desembarque da artilharia pesada das naus. Quatro homens se ocupavam de fazer girar a roda com alavancas que puxava a corda que percorria o braço de madeira da grua. Podiam pesar até cinco mil e novecentas libras os canhões do calibre vinte e quatro! Os guardas o açoitavam à menor indecisão, enquanto o canhão era trasladado no ar da embarcação para o cais.

E, quando não trabalhava no lodo ou com as gruas, tinha de fazê-lo nas bombas de achique ou nas enxárcias das embarcações, sempre acorrentado – o responsável pelo arsenal mantinha agrilhoados até os ciganos que se internavam na enfermaria –, para depois passar as noites deitado ao relento, buscando abrigo entre as armações apodrecidas que se amontoavam diante de um dos armazéns do arsenal. Ali José caía esgotado, mas lhe custava pegar no sono, como à maioria dos que o acompanhavam nas armações. Na esplanada que se abria diante do armazém, vários *cepos* aprisionavam os corpos de alguns ciganos que se haviam amotinado. E como iam poder descansar com irmãos de raça obrigados a olhá-los com a cabeça presa no *cepo*?

– Quase todos são da ciganaria – ouviu José uma noite um dos ferreiros do Beco de San Miguel acusar –, eles e sua rebeldia são a causa de todos estarmos aqui.

A censura não conseguiu adesões.

– Gostaria de ter sua valentia – lamentou-se outro após alguns instantes de silêncio em que muitos deles trocaram olhares com os castigados.

Valentia? José reprimiu uma réplica. É claro que haviam sido eles! E aqueles outros que vagavam pelos caminhos e que se haviam livrado da detenção. Os Vegas. Haviam sido pessoas como os Vegas, Melchor, e até Ana, os responsáveis por seus tornozelos estarem agora mesmo sangrando sob os grilhões. José Carmona tentou ajeitar os ferros para que roçassem o menos possível suas pernas feridas. "Malditos todos eles!", cuspiu ante uma pontada de dor.

O responsável pelo arsenal não cedeu na questão das correntes, mas, para seu desespero, os ciganos não se rendiam, nem homens nem crianças, porque, tendo-se destinado os pequenos a aprender os ofícios próprios do conserto das embarcações, carpinteiros e calafates se negaram rotundamente a admitir em suas confrarias crianças ciganas.

Enquanto isso, os motins e as revoltas se sucediam no arsenal. Todas foram reprimidas com crueldade. Nenhuma tentativa de fuga prosperou, e os ciganos continuaram a ser forçados ao trabalho, mais até que os escravos mouros com que compartilhavam cárcere, mas não sacrifício, porque os escravos comunicavam a Argel as condições de trabalho a que os submetiam os espanhóis e as autoridades berberes agiam com reciprocidade: tão mal como eram tratados os mouros nos arsenais, eram-no os espanhóis cativos na Berbéria. E a diplomacia bourbônica se empenhava em encontrar esse ponto intermediário que pudesse satisfazer os interesses de ambas as partes.

À diferença dos escravos mouros, os ciganos não tinham a quem recorrer. Só sua solidariedade os defendia. Esfarrapados, quase nus, famintos e acorrentados, feridos, doentes muitos, superaram o primeiro impacto da detenção até que renasceu seu caráter altivo e orgulhoso: eles não trabalhavam para o rei nem para os *payos*, e não havia látego no mundo que pudesse obrigá-los a nada.

17

A velha María sentiu a ameaça do inverno que viajava nas nuvens de fins de outubro daquele ano de 1749 quando esfregou as mãos e seus dedos duros se travaram entre si; começavam a doer-lhe. Eles haviam parado, já quase noite, no que à curandeira pareceu um lugar recôndito e afastado do caminho que levava de Trigueros a Niebla, entre os poucos matagais e pinheiros que se podiam encontrar naquela zona, e a que lhes havia conduzido Santiago Fernández, o chefe de uma família de quase duas dúzias de membros. Santiago conhecia a zona detalhadamente, como devia fazer todo patriarca de um grupo de nômades.

María apertou os dedos para desentorpecê-los. Tudo estava perfeitamente planejado, como toda vez que pernoitavam em algum novo lugar: os homens desguarneciam e amarravam as cavalgaduras, os pequenos corriam daqui para lá em busca de ramos secos para fazer fogo, e as mulheres, para as quais se encaminhou a velha, instalavam com habilidade as barracas que lhes serviriam de abrigo durante a noite, umas com tecidos amarrados em estacas fincadas na terra, outras simplesmente a arbustos ou árvores. Naquela noite, no entanto, todos pareciam ter mais pressa que de costume e trabalhavam entre brincadeiras e risos.

– Saia, saia! A senhora fique com suas ervas – disse-lhe Milagros quando María tentou ajudá-la com umas cordas. – Cachita! – gritou então sem fazer o menor caso à velha –, quando puderes vem cravar esta estaca mais profundamente, para que o diabo não espirre esta noite e nos voe a barraca.

– Cachita, primeiro necessito eu de ti! – ouviu-se da boca de outra mulher.

María procurou a amiga na pequena clareira em que haviam parado. Cachita para aqui, Cachita para lá. E ela ia e vinha. Superados os primeiros receios, as mulheres ciganas haviam encontrado na forte e sempre bem-disposta Caridad uma ajuda inestimável para qualquer tarefa.

A velha permaneceu junto a Milagros.

– Afaste-se – ralhou de novo a moça ao tentar deslocar-se para o outro lado do que já tomava forma de uma barraca irregular, como o tecido que haviam conseguido, plana, de muito pouca altura, e imprescindível para que as três mulheres pudessem abrigar-se sob ela. – Cachita – voltou a gritar Milagros –, a primeira sou eu!

María observou que Caridad parava entre as barracas ainda meio armadas e os pequenos que amontoavam lenha e mato.

– Negra – disse a outra mulher que a havia chamado –, se não me ajudares a mim, eu te roubarei o belo vestido vermelho.

Caridad deu um tapa no ar e se dirigiu para a mulher que a havia ameaçado. Milagros soltou uma gargalhada. "Quanto mudou tudo!", pensou María ao alegre som da risada da moça. Domingo, o ferreiro ambulante, havia-se oferecido a acompanhá-las a terra plana até encontrar Santiago e sua gente. O homem não tinha de desviar-se em excesso de seu trajeto para o Puerto de Santa María, e tampouco tinha pressa para entregar-se aos *payos*, confessou com tremenda angústia.

Fazia dois meses que se haviam juntado a Santiago e aos seus, e não haviam sido os primeiros. Um primo Vega, sua esposa e um pequeno de dois anos que haviam conseguido escapar da ciganaria haviam-no feito antes deles, deixando para trás, não obstante, outra filha de quatro anos que havia deslizado dos braços da mãe durante a frenética fuga; mil vezes María havia escutado os prantos e as escusas com que o jovem casal pretendia livrar-se da culpa que lhes perseguia por isso. Dois rapazes de Jerez e uma mulher de Paterna completavam a lista de refugiados na tribo dos Fernández.

Ao longo dessas semanas a velha havia presenciado a transformação de Milagros, embora ainda contivesse seus soluços nas noites em que não caía esgotada. Isso era bom, pensava a curandeira. "Chora!", animava-a em silêncio, "jamais esqueças os teus." Contudo, a transumância parecia haver mudado o caráter da moça; sua personalidade havia eclodido, como se sua vida na ciganaria a houvesse mantido adormecida. "Bendita liberdade", dizia para si a velha quando a via correr, ou cantar e dançar nas noites ao redor do fogo num acampamento como o que nesse momento estavam armando. Durante o dia, atarefada com o vaivém próprio dos ciganos, o rosto de Milagros só se ensombrecia quando os caminhantes com que cruzavam ou os vizinhos dos povoados não sabiam dar-lhe notícia da sorte dos ciganos detidos, como se não dessem a menor importância a tais malnascidos. Quanto a Melchor, Santiago havia prometido a Milagros fazer tudo quanto estivesse ao seu alcance para ter novas dele.

A vida era dura para os ciganos. Vender as cestas e trastes que pendiam de mulos e cavalos; conseguir a comida do dia, comprando-a quando dispunham de algum dinheiro ou furtando-a quando este não existia; um fandango ou uma sarabanda num *mesón* ou no cruzamento de duas ruas por umas moedas; ler a sorte; mercadejar com quanto encontravam pelos caminhos, permanentemente atentos a alcaides e corregedores, oficiais de justiça e soldados, comprando vontades; sempre preparados para levantar acampamento e empreender a fuga... com que destino e até quando?

– Vês ali, menina? Esse é nosso rumo – dissera Santiago a Milagros enquanto mostrava à jovem a linha do horizonte sem assinalar nada em concreto. – Até quando? Que importa?! A única coisa que importa é este instante.

Só sob a barraca, de noite, rodeada pelos barulhos do campo, Milagros recordava, olhava para o incerto futuro e não podia conter as lágrimas, ainda que durante o dia tentasse viver como lhe havia ensinado Santiago e como, deu-se conta, fazia o avô.

Nessa noite estavam a menos de uma légua da vila de Niebla, armando seu novo acampamento entre risos, pilhérias e gritos. Milagros se esforçava por esticar ao máximo o tecido da barraca para que o vento, o espirro do diabo, não a levantasse durante a noite, a velha María passeava o olhar daqui para lá, e Cachita corria de um lado para outro ajudando a todos até que um alvoroço entre os homens chamou sua atenção: dois deles haviam agarrado um carneiro que haviam roubado no povoado de Trigueros, e Diego, um dos filhos de Santiago, dirigia-se para ele com uma barra de ferro na mão. O animal nem sequer teve tempo de balir: um contundente e certeiro golpe no cachaço o fez cair morto.

– Mulheres! – gritou Santiago ao mesmo tempo que todos eles se afastavam do corpo do carneiro, como se houvessem dado por cumprida sua tarefa. – Estamos com fome!

Gaspacho e carneiro assado ao fogo. Vinho e pão duro. Sangue frito. Um pedaço de queijo que alguém havia mantido escondido e que decidiu compartilhar. Assim transcorreu a primeira parte da noite, os ciganos saciando-se ao redor da fogueira, suas feições rompidas pelo tremeluzir das chamas até que o rasgado de uma guitarra anunciou a música.

Milagros estremeceu ao ouvir os primeiros acordes.

Vários ciganos, entre os quais o velho Santiago, puseram o olhar na moça, incitando-a; duas ciganinhas se apressaram a mudar de lugar e se sentaram no chão, ao lado dela.

A guitarra insistiu. Milagros pigarreou e depois respirou fundo, várias vezes. Uma das meninas que havia corrido para seu lado bateu palmas acintosamente, fazendo seu ritmo acompanhar o do instrumento.

E Milagros começou com um longo e profundo queixume, o rosto congestionado, a voz quebrada e as mãos abertas diante de si, em tensão, como se fosse incapaz de alcançar com a voz tudo aquilo que pretendia transmitir.

O frenesi se assenhoreou daquela clareira rodeada de mato baixo e de pinheiros: as sombras de figuras de homens e mulheres que dançavam recortadas contra o fogo em confusos movimentos, as guitarras pranteando, as palmas ressoando contra as árvores e os *cantes* arranhando sentimentos fizeram apertar o coração de Caridad.

– Tu conseguiste, negra – sussurrou junto a seu ouvido a velha María, sentada a seu lado, adivinhando o que é que estava passando pela cabeça da outra.

Caridad anuiu em silêncio, com os olhos cravados em Milagros, que se contorcia voluptuosamente numa dança frenética; em alguns daqueles movimentos luxuriosos reconheceu tudo o que durante aqueles meses lhe fora ensinando.

– Ensina-a a cantar – sugerira-lhe um dia a curandeira, assim que se juntou à partida de Santiago, apontando com o queixo para uma Milagros murcha que caminhava com o grupo arrastando os pés.

Caridad respondeu à sugestão com um gesto de surpresa.

– Melchor gostava de como o fazias, e, do modo como está, à moça lhe viria bem aprender.

Caridad se perdeu por alguns segundos na recordação de Melchor, naquelas noites prazerosas... Onde estaria agora?

– Que respondes? – insistiu a velha.

– Quê?

– Se lhe ensinarás a cantar.

– Não sei ensinar – opôs-se Caridad –, como...?

– Pois tenta – foi incisiva a curandeira, sabedora já de que a outra só atendia aos imperativos.

Por seu lado, Milagros se limitou a dar de ombros diante do plano de María, e a partir daquele dia, à menor oportunidade, a velha curandeira levava as duas para longe do grupo, em busca de algum lugar afastado para cantar e dançar. Nos primeiros dias os ciganinhos da partida as espiavam, mas logo começaram a participar.

"Guinéus, cumbés, sarambeques, sarabandas e chaconas", explicaram as ciganas a Caridad no primeiro dia, depois de Milagros dançar alguma delas sem vontade com o único acompanhamento do difícil bater de palmas de uma curandeira com os dedos atrofiados. Tratava-se de danças e cantos de negros, trazidos para a Espanha por numerosos escravos. As letras das canções nada tinham que ver com as que se cantavam em Cuba, mas Caridad acreditou encontrar nelas as danças africanas que tão bem conhecia.

Caridad não escondeu sua confusão às ciganas, os braços caídos dos lados.

– Anda! – instou María. – Mexe-te tu agora!

Fazia tempo que não dançava, faltavam-lhe os tambores e os demais escravos. No entanto, passeou o olhar ao redor: estavam no campo, a céu aberto, rodeadas de árvores. Não se tratava da exuberante mata cubana, com seus *jagüeyes* e seus sagrados baobás e palmeiras-reais, onde residiam os deuses e os espíritos, mas... toda a mata era sagrada. Matagais e ervas, até a menor de suas hastes, escondia algum espírito. E, se isso sucedia em Cuba e nas demais ilhas, em toda a África, no Brasil e em muitos outros lugares, por que haveria de ser diferente na Espanha? Um calafrio percorreu a coluna de Caridad quando ela compreendeu que também ali estavam seus deuses. Girou e percebeu-os na vida e na natureza que a rodeava.

– Negra!... – começou a recriminá-la a velha María, impaciente, mas Milagros a calou pondo com suavidade a mão em seu braço: intuía a transformação que se estava produzindo em sua amiga.

"Em qual destas árvores se achará Oxum?", perguntou-se Caridad. Desejava senti-la outra vez dentro de si, seria possível que a montasse? Dançar. Ela o faria. "Mas a mata é sagrada", disse-se, "à mata se vai com respeito, como às igrejas." Necessitava de uma oferenda. Voltou-se para as ciganas e pegou sua trouxa, aos pés de María. Sob o atento olhar das outras duas, rebuscou em seu interior, tinha... Ali estava! O resto de um charuto que lhes dera um dos ciganos. Afastou-se e entre uns pinheiros ergueu a mão com o charuto nela.

– Que vai fazer? – sussurrou María.

– Não sei.

– Néscia – voltou a sussurrar a curandeira ao ver que Caridad desfazia o charuto entre os dedos e o tabaco esfarelado voava. – Era o único charuto que tínhamos – queixou-se.

– Bah!

Depois a viram rebuscar entre as árvores, até que voltou a elas com quatro pedaços de pau nas mãos. Entregou dois a Milagros.

– Escutai – pediu-lhes.

E bateu os pedaços de pau entre si ao ritmo mais simples que podia recordar: o de clave; três batidas espaçadas e duas seguidas, e assim vezes seguidas. Num par de execuções, Milagros se uniu ao bater. Caridad já movia os pés quando lhe ofereceu seus pedaços de pau a María, que os pegou e começou a entrechocar por sua vez.

Então, aquela que havia sido escrava fechou os olhos. Era a sua música, diferente da cigana ou da espanhola, que tinham melodia. Os negros não a buscavam: cantavam e dançavam sobre a simples percussão. Caridad, pouco a pouco, foi confundindo aquelas simples batidas de clave com o retumbar dos tambores batás. Então buscou a Oxum e dançou para o orixá do amor, entre seus deuses, sentindo-os, diante de duas ciganas assombradas, os olhos tremendamente abertos diante dos frenéticos e impudicos movimentos daquela mulher negra que parecia voar sobre seus pés.

Dois dias depois, com duas ciganinhas das que espiavam entrechocando as claves, Milagros havia começado a imitar Caridad em suas danças de negros.

Mais difícil foi que a moça cantasse.

– Não sei fazê-lo – lamentou-se Milagros.

As três estavam sentadas em círculo no chão, sob um pinheiro; o entardecer impregnava de tristeza campos e bosques.

– Ensina-lhe a fazê-lo – ordenou a velha a Caridad.

Caridad hesitou.

– Como quer que o faça? – saiu em sua defesa Milagros. – Para aprender suas danças só tenho de fixar-me no que ela faz e repeti-lo, mas se digo que não sei cantar é porque me fixo em como o fazem os que sabem, e quanto mais me fixo mais sei que não sei.

Fez-se silêncio entre as três. Por fim, María abriu as mãos, como que cedendo; com a dança já havia conseguido que a moça se distraísse. Esse era o seu objetivo.

– Eu tampouco sei cantar – interveio então Caridad.

– O avô diz que o fazes muito bem – contradisse-a Milagros.

A outra deu de ombros.

– Todos os negros cantam igual. Não sei... é nossa forma de falar, de queixar-nos da vida. Lá, nas plantações, enquanto trabalhávamos, obrigavam-nos a cantar para que não tivéssemos tempo de pensar.

– Canta, negra – pediu-lhe a velha após um novo silêncio.

Caridad recordou-se de Melchor com nostalgia, fechou os olhos e cantou em lucumí, com voz profunda, cansada, monótona.

As ciganas a ouviram em silêncio, cada vez mais encolhidas em si mesmas.

– Fá-lo tu agora – pediu a velha María a Milagros quando Caridad pôs fim a seu murmúrio. – Fá-lo, menina – insistiu quando esta tentou opor-se. A velha não queria falar-lhe da dor. Tinha de encontrá-la ela sozinha. Que eram senão cantos de angústia as *deblas*, os martinetes ou as queixas de galé? Quem se atrevia a negar que o cigano pertencesse a um povo tão perseguido como podia sê-lo o negro? Por acaso aquela menina não havia sofrido bastante?

– Acompanha-me – animou-a Caridad colocando-se diante dela e oferecendo-lhe umas mãos em que Milagros refugiou as suas.

Caridad começou de novo e dentro de pouco Milagros cantarolou o canto com indecisão. Buscou ajuda nos olhinhos pardos de sua amiga, mas, apesar de ter o olhar cravado nela, pareciam perdidos muito além, como se fossem capazes de traspassar tudo quanto se interpusesse em seu caminho. Notou o contato das mãos dela: não apertavam, e, no entanto, ela sentia como se capturassem as suas. Era... era como se Caridad houvesse desaparecido convertida em sua própria música, confundida com aqueles deuses africanos que lhe haviam roubado. E compreendeu o penar que ela destilava através de sua voz.

Aquele dia terminou com uma Milagros confusa, mas com Caridad e a velha María convencidas de que a moça seria capaz de verter seu sofrimento nas canções.

E assim foi. Na primeira ocasião em que Milagros fez surgir seus próprios sentimentos com uma canção, o grupo de ciganinhos que as acompanhavam explodiu em aplausos.

A moça, surpresa, calou-se.

– Continua até que a boca te saiba a sangue! – instou-a a velha María, recriminando com o olhar a meninada, que desapareceu velozmente atrás das árvores.

A partir dali tudo foi simples. O que até então não haviam sido mais que toadinhas alegres, cantadas com uma malcompreendida paixão, converteu-se em dilaceramentos de dor: pela prisão de seus pais e por seu amor por Pedro García; pelo desaparecimento do avô; pela violação de Caridad e pela morte de Alejandro; pela fuga constante entre as cusparadas que os *payos* atiravam à sua passagem; pela fome e pelo frio; pela injustiça dos governantes; pelo passado de um povo perseguido e seu incerto futuro.

Naquela noite, acampados nas proximidades da vila de Niebla, Caridad e a velha María, sentadas ao redor do fogo, uma junto à outra, experimentavam sentimentos opostos diante das renovadas danças de Milagros, lascivas e alegres, e da profundidade dos *cantes* à desgraça dos ciganos.

18

Niebla, a vila que dava nome ao condado pertencente então à casa de Medinasidonia, havia sido um importante enclave militar árabe e medieval. Era rodeada de altas e fortes muralhas e de torres defensivas, e contava com um imponente castelo com sua torre de homenagem. Em meados do século XVIII, não obstante, havia perdido a importância original e sua população se reduzia a pouco mais de mil habitantes. No entanto, por tradição tinha três feiras anuais: a de São Miguel, a da Imaculada e a de Todos os Santos, as três dedicadas à compra e venda de gado, sarjel e couro.

As feiras haviam seguido o mesmo caminho que a vila, e ninguém hesitava em já qualificá-las de "cativas", desgraçadas, destinadas principalmente ao fornecimento de animais velhos para o consumo da próxima cidade de Sevilha. Para ali se dirigia Santiago com seu grupo de ciganos. Em primeiro de novembro, dia de Todos os Santos, Diego, Milagros, um garoto de uns oito anos, magro e sujo mas de travessos olhos negros chamado Manolillo, e outros membros da família dos Fernández, carregados de cestas e panelas como se pretendessem vendê-las, chegaram até as muralhas da vila, em cujos extramuros, numa esplanada, se realizava a feira. Centenas de cabeças de gado – vacas e bois, porcos, ovelhas e cavalos – eram postas à venda entre o bulício da gente. Escondidos nos caminhos, ficavam o velho patriarca, Caridad, María, as crianças menores e as velhas.

Manolillo chegou-se a Milagros quando veio a seu encontro o alcaide-mor acompanhado de um aguazil: os ciganos eram proibidos de ir às feiras, e mais ainda se estas fossem de gado. Enquanto Diego se queixava e gesticulava, suplicava e rogava em nome de Deus Nosso Senhor, da Virgem Maria e de todos os santos, eles dois se separaram discretamente do grupo para que nem alcaide nem aguazil pudessem reparar nos sacos que levavam e em cujo interior, adormecidas, se moviam quatro doninhas que com muito esforço haviam conseguido capturar no trajeto. Por fim, Diego deixou cair um par de moedas nas mãos do regedor.

– Não quero altercações – advertiu o alcaide a todos após esconder o dinheiro.

Assim que se viram livres do assédio das autoridades de Niebla, Diego Fernández fez um gesto para os ciganos, que se dispersaram pelo âmbito da feira; depois piscou um olho para Milagros e Manolillo: "Vamos lá, rapazes", animou-os.

Mais de trezentos cavalos se apinhavam em cercados precários construídos com madeiros e canas. Milagros e Manolillo se dirigiram para eles aparentando uma serenidade que não sentiam, entre mercadores, compradores e uma multidão de curiosos. Alcançaram a extremidade dos cercados, onde estes se juntavam com o exterior das muralhas da vila, deram uma olhada ao redor e se infiltraram onde estavam os cavalos. Resguardados entre eles, Milagros entregou seu saco ao rapaz, tirou da saia uma garrafinha cheia de vinagre e a esvaziou no interior dos sacos. Depois os agitaram com força, e os animais, sem alimento desde que os haviam caçado, começaram a gritar e exasperar-se. Buscaram refúgio junto às muralhas e os soltaram. As doninhas saltaram enlouquecidas, cegas, chocando-se com os cavalos, gritando e mordendo-lhes as patas. Os cavalos, por sua vez, relincharam, empinaram-se uns sobre outros, aprisionados como estavam, escoicearam-se e morderam-se entre si. O estouro não se fez esperar. As três centenas de animais romperam com facilidade os frágeis cercados e galoparam freneticamente pela feira.

No caos que os cavalos causaram, Diego e seus homens conseguiram ficar com quatro deles e os conduziram rapidamente para onde os esperava o patriarca, nos arredores da vila; Milagros e Manolillo, que não podiam evitar o riso depois da tensão, já estavam ali.

– Em marcha! – gritou Santiago, sabedor de que o alcaide não tardaria um segundo a culpá-los.

Iniciaram a marcha levando seus caldeiros, cestas e louça, além de algumas roupas e mantas que as ciganas haviam conseguido furtar em meio ao desconcerto. Uma delas mostrava orgulhosa um par de sapatos com sola de couro e fivela de prata.

O patriarca ordenou que se dirigissem para Ayamonte.

– Ontem eu soube – explicou – que faleceu um fidalgo rico que dispôs em testamento cerca de cinco mil reais para seu funeral: enterro e missas por sua alma, mais de mil delas encomendou o santarrão!, luto e esmola. Foram chamados todos os padres e capelães da vila, bem como os frades e monjas de dois conventos, e seu bom dinheiro levarão os idiotas. Haverá muita gente...

– E muita esmola! – ouviu-se entre as ciganas.

Caminharam paralelamente à estrada que levava a Ayamonte, embora antes de chegar a San Juan del Porto tenham tido de tomá-lo para atravessar o rio Tinto de barco; o barqueiro nem sequer se atreveu a discutir o preço que Santiago lhe ofereceu para que os levasse à outra margem. Nessa mesma tarde conseguiram malbaratar dois dos cavalos a um dos clientes e ao proprietário de um *mesón* no caminho; nenhum deles se interessou por sua procedência. Também arrancaram umas poucas moedas dos poucos paroquianos que se haviam encontrado no *mesón* depois de Milagros cantar e dançar de forma insinuante, como lhe havia ensinado Caridad, e inflamar o desejo da assistência. Não foi o canto quebrado e fundo com que os ciganos reviviam suas dores e suas paixões nas noites ao redor do fogo do acampamento, mas até o velho patriarca se surpreendeu batendo palmas sorridente quando a moça começou com alegres fandangos e sarabandas.

Apesar do frio, o rosto, os braços e o início dos peitos de Milagros apareciam perolados pelo suor. O estalajadeiro a convidou a tomar um copo de vinho quando a cigana, vigiada por Diego à sua passagem entre as mesas em que os clientes bebiam, se sentou, com um prolongado suspiro de cansaço, à mesa da qual Caridad e María haviam contemplado sua atuação.

– Bravo, menina! – felicitou-a a curandeira.

– Bravo – somou-se o estalajadeiro ao mesmo tempo que lhe servia o vinho. – Depois da batida – prosseguiu, com os olhos distraídos no decote da moça –, temíamos não poder seguir desfrutando de vossas danças, mas após a libertação...

Ela saltou a cadeira, saltou o vinho e saltou até a mesa.

– Que libertação? – gritou a moça, já em pé diante do estalajadeiro.

O homem abriu as mãos diante do círculo de ciganos em que de repente se viu imerso.

– Não o sabeis? – inquiriu. – Pois então... é que os estão pondo em liberdade.

– Nem o rei de Espanha pode conosco! – ouviu-se dentre os ciganos.

– Estás certo? – perguntou Santiago.

O estalajadeiro hesitou. Milagros gesticulou freneticamente diante dele.

– Estás certo? – repetiu.

– Certo, certo...? Isso é o que dizem – acrescentou dando de ombros.
– É verdade.
Os ciganos se voltaram para a mesa da qual havia partido a afirmação.
– Eles os estão liberando.
– Como sabes?
– Venho de Sevilha. E os vi. Cruzei com eles na ponte de barcos para Triana.
– Como sabes que eram ciganos?
O sevilhano sorriu com ironia diante da pergunta.
– Vinham de Cádiz, de La Carraca; tinham um aspecto desastroso. Iam acompanhados por um escrivão que portava seu despacho de liberdade e vários oficiais de justiça que escoltavam o grupo...
– E as mulheres de Málaga? – interrompeu-o Milagros.
– Das ciganas não sei nada, mas se libertam os homens...
Milagros se virou para Caridad.
– Voltamos para casa, Cachita – sussurrou com a voz embargada –, voltamos para casa.

Nos arsenais os ciganos não eram rentáveis. Não trabalhavam, queixavam-se os responsáveis pelos arsenais. Tanto em Cartagena como em Cádiz, arguiam, havia-se prescindido do pessoal experto para substituí-lo por aquela mão de obra ignorante e resistente ao esforço que nem sequer compensava a comida que recebia. Os ciganos, insistiam, eram problemáticos e perigosos: pelejavam, discutiam e tramavam fugas. Eles careciam de tropas suficientes para fazer-lhes frente e temiam que o desespero de homens encarcerados para o resto da vida, afastados de suas mulheres e filhos, os levasse a um motim que não pudessem sufocar. As ciganas, tão ou mais problemáticas que seus homens, nem sequer trabalhavam, e seus gastos de manutenção consumiam os parcos recursos dos municípios em que se achavam detidas.

Os memoriais dos responsáveis de arsenais e cárceres não tardaram a chegar às mãos do marquês de la Ensenada.

Mas não foram só esses funcionários os que se queixaram ao poderoso ministro de Fernando VI. Os próprios ciganos também o fizeram e de seus lugares de detenção enviaram queixas e súplicas ao conselho. A eles se somaram alguns nobres que os protegiam, religiosos e até cabidos municipais inteiros que viam que alguns trabalhos necessários para sua comunidade ficavam órfãos de trabalhadores: ferreiros, forneiros ou simples agricultores. Até a cidade de Málaga, que não era dos lugares legalmente habilitados para acolher ciganos, decidiu apoiar as súplicas dos ciganos ferreiros residentes nela para ser excluídos da detenção.

As súplicas e petições se acumularam nos escritórios do conselho real. Em pouco menos de dois meses se haviam tornado manifestos a ineficácia, o perigo e o elevadíssimo custo da grande batida. Além disso, haviam detido os ciganos assimilados, os que viviam segundo as leis do reino, enquanto outros tantos, os indesejáveis, acampavam em liberdade pelas terras da Espanha. Assim, já no final de setembro de 1749, o marquês de la Ensenada retificava e culpava os subordinados que haviam executado a batida: o rei nunca havia pretendido fazer mal aos ciganos que viviam conforme às leis.

Em outubro, o conselho estabeleceu as ordens necessárias para proceder à liberdade dos injustamente detidos: os corregedores de cada lugar deviam tramitar expedientes secretos sobre a vida e os costumes de cada um dos ciganos detidos, indicando se se ajustavam às leis e pragmáticas do reino; aos expedientes devia unir-se um informe do pároco correspondente, também secreto, no qual acima de tudo se devia fazer constar se o cigano se havia casado pela Igreja.

Os que cumprissem todos aqueles requisitos seriam postos em liberdade, seriam devolvidos a seus lugares de origem, e os bens que lhes haviam sido embargados lhes seriam restituídos, com a expressa proibição de abandonar seus povoados sem licença por escrito, e nunca para ir a feiras ou mercados.

Os que não passassem pela etapa das informações secretas continuariam em prisão ou seriam destinados a trabalhar em obras públicas ou de interesse para o rei; aqueles que fugissem seriam imediatamente enforcados.

Também se deram ordens concretas para os ciganos que não houvessem chegado a ser detidos na grande batida: concedia-se-lhes um prazo de trinta dias para apresentar-se, caso contrário seriam tidos por "rebeldes, bandidos, inimigos da paz pública e ladrões famosos". A todos se impunha pena de morte.

A ciganaria estava arrasada. De noite, Milagros, a velha María e Caridad pararam no início da rua que percorria o muro do horto dos cartuxos com o qual eram geminadas as choças. Nenhuma delas falou. A esperança e expectativa que haviam formado durante os dias de caminho, animando-se entre si, prometendo-se uma volta à normalidade, desvaneceram-se à simples visão da ciganaria. Após a batida e o embargo de bens, os saqueadores se haviam apressado a fazer sua até a miséria. Faltavam tetos, até os de capim, e algumas paredes haviam desabado por causa da pilhagem dos restos que os soldados não haviam levado: ferros embutidos, os poucos marcos de madeira, guarda-comidas, chaminés... Ainda assim, observaram que havia barracas habitadas.

– Não há crianças – advertiu a velha. Milagros e Caridad permaneceram em silêncio. – Não são ciganos, mas delinquentes e rameiras.

Como se quisesse dar-lhe razão, de uma das choças próximas surgiu um casal: ele, um velho mulato; ela, que havia saído para despedir-se dele, uma mulher esfarrapada e desgrenhada com os peitos caídos à mostra.

Os dois grupos trocaram olhares.

– Vamos embora – urgiu às outras duas a curandeira –, isto é perigoso.

Perseguidas por uma enfiada de obscenidades que saíam da boca do mulato e pelas gargalhadas da rameira, apressaram-se em direção a Triana.

Já longe da Cartuxa, as três cruzaram o arrabalde a passo lento. A angústia que as havia acompanhado até a igreja de Nossa Senhora da Ó por terem visto convertidas as que haviam sido suas casas, por humildes que fossem, em refúgio de proscritos começou a mudar-se em consternação: os Vegas não o haveriam permitido. Se estivessem em liberdade, teriam expulsado dali todos aqueles molambentos. A velha María afirmou seu pessimismo; Milagros, que não se atreveu a expressar em voz alta o que ambas temiam, aferrou-se à possibilidade de que sua família a esperasse no beco; seu pai era um Carmona e não vivia na ciganaria, mas se não haviam libertado os Vegas...

Aquela fria noite de novembro, mais fria que qualquer das anteriores no sentir das três mulheres, havia-lhes caído em cima. O Beco de San Miguel as recebeu com inóspito silêncio; só o tênue resplendor de algumas velas atrás das janelas, aqui e ali, anunciava a presença de moradores. A velha María meneou a cabeça. Milagros saiu do grupo e correu para sua casa. O poço do pátio do cortiço, sempre oculto entre ferros retorcidos e oxidados, recebeu-se agora como um farol erguido e solitário. A moça não pôde deixar de olhá-lo antes de lançar-se escada acima.

Pouco depois, Caridad e María a encontraram prostrada no chão: não havia ousado dar nem um passo para o interior do quarto, como se o espaço totalmente vazio a houvesse golpeado e derrubado ali mesmo. Tremia ao ritmo dos soluços e tapava o rosto com as mãos com força, aterrorizada por ver-se de novo de frente com a realidade.

Caridad se abaixou a seu lado e lhe sussurrou ao ouvido:

– Fique tranquila, tudo se arrumará. Verás como logo eles estão em casa.

O martelar sobre as bigornas as despertou com o dia já amanhecido. Depois de María ter conseguido tranquilizar Milagros e tê-la impedido de ir a outras moradas, que podiam estar ocupadas por malfeitores, haviam dormitado as três juntas, com Milagros chorando de quando em quando, cobertas com uma manta e com o tecido da barraca que lhes dera Santiago para o caminho. A luz do sol as feriu ao mostrar a habitação sem rastro de móveis; tão só pedaços de pratos quebrados no chão coberto de pó atestavam que ali havia vivido uma família. Ainda deitadas, as três pararam para ouvir o bater dos martelos: nada tinha que ver com o frenesi das ferrarias a que estavam acostumadas; estes eram parcos e lentos, cansados poderia dizer-se.

Apesar de seus dedos atrofiados, a velha María as surpreendeu com uma forte palmada.

– Temos muito que fazer! – exclamou tomando a iniciativa e levantando-se.

Caridad a imitou. Ao contrário, Milagros puxou o tecido da barraca e cobriu a cabeça.

– Não me está ouvindo, menina? – disse a velha. – Se trabalham o ferro, é porque são ciganos. Nenhum *payo* se atreveria a fazê-lo aqui, no beco. Levanta-te.

María indicou a Caridad, com o olhar, que descobrisse a moça. Tardou alguns instantes a obedecer, mas finalmente retirou tecido e manta para descobrir uma Milagros encolhida em posição fetal.

– Teus pais podem estar em outra casa – continuou a curandeira sem excessiva convicção. – Agora devem sobrar casas, e aqui... – virou-se e abarcou com a mão o interior do cômodo – não haveriam disposto nem de uma maldita cadeira.

Milagros se ergueu com os olhos injetados e o rosto congestionado.

– E, se não é assim – prosseguiu María –, devemos inteirar-nos do que está acontecendo e de como podemos ajudá-los.

O martelar provinha da ferraria dos Carmonas, em que entraram através do mesmo pátio do cortiço. No interior era evidente o efeito do embargo de bens decretado pelo rei na época da batida: as ferramentas, as bigornas e as fráguas, as caldeiras, os pilões para o temperamento... tudo havia desaparecido. Dois jovens ajoelhados, que não se aperceberam da entrada das mulheres, trabalhavam na frágua, e o faziam, observou Milagros, com uma forja portátil como a levada por Domingo, o cigano do Puerto de Santa María com que haviam topado no Andévalo: uma bigorna diminuta sobre a qual um deles golpeava uma ferradura, e um fole de pele de carneiro com que o outro ventilava o carvão incandescente que resplandecia num simples buraco aberto no chão de terra.

A moça os conhecia, a velha também. Caridad já os tinha visto. Eram Carmonas. Primos de Milagros. Doroteo e Ángel, assim se chamavam, conquanto estivessem mudados: trabalhando o ferro com o torso nu, marcavam-se-lhes as costelas, e seus pômulos se destacavam em rostos consumidos. Não foi necessário que fizessem notar sua presença. Doroteo, o que martelava sobre a bigorna, errou o golpe, lançou uma maldição, levantou-se de um salto e deixou cair o martelo.

– É impossível trabalhar com esta...!

Calou-se ao vê-las. Ángel virou o rosto para onde olhava seu primo. María ia dizer algo, mas adiantou-se a ela Milagros.

– Que sabeis de meus pais?

Ángel deixou o fole e levantou-se também.

– O tio não saiu – respondeu –, continua detido em La Carraca.

– Como ele está? Tu o viste?

O jovem não quis responder.

– E minha mãe? – perguntou Milagros com um fio de voz.

– Não a vimos. Não está por aqui.

– Mas, se não libertaram o tio, tampouco haverão libertado a ela – acrescentou o outro.

Milagros sentiu-se desfalecer. Empalideceu e tremeram-lhe as pernas.

– Ajuda-a – ordenou María a Caridad. – E vossos pais – acrescentou após verificar que Caridad sustentava Milagros antes que esta desabasse –, estão livres? Onde estão? – perguntou ao ver que assentiam.

– Os mais velhos – respondeu Doroteo – estão negociando com o assistente de Sevilha para que nos devolvam o que nos roubaram. Só pudemos conseguir esta... – o jovem olhou indignado para a pequena bigorna – inútil forja portátil. O rei ordenou que nos devolvessem os bens, mas os que os compraram não querem fazê-lo se não lhes devolverem o dinheiro que pagaram por eles. Nós não temos dinheiro, e nem o rei nem o assistente querem dá-lo.

– E as mulheres?

– Todos aqueles que não estão no cabido se foram ao amanhecer a Sevilha, para pedir esmola, trabalho, ou para conseguir comida. Não temos nada. Dos Carmonas, só estamos nós aqui. Isto – voltou a assinalar a bigorna com desânimo – só dá trabalho para dois. Em outras fráguas também conseguiram velhas forjas como as dos ferreiros ambulantes, mas nos faltam ferro e carvão... e saber manejá-las.

Nesse momento, como se o outro o houvesse recordado, Ángel se ajoelhou de novo e ventilou o carvão, que lançou uma fumaceira em seu rosto. Depois pegou a ferradura em que estava trabalhando Doroteo, já fria, e voltou a introduzi-la entre as brasas.

– Por que não os libertaram?

A pergunta brotou da boca de Milagros, que, ainda pálida, se soltou dos braços de Caridad e se adiantou titubeante para seu primo. Doroteo não ficou de melindres.

— Prima, teus pais não estavam casados conforme os ritos da Igreja, tu o sabes. Esse é um requisito imprescindível para que os soltem. Ao que parece, tua mãe nunca o permitiu... — ela o soltou sem esconder certo rancor. — Não sei de nenhum Vega dos da ciganaria que tenham libertado. Além do casamento, pedem testemunhas que declarem que não viviam como ciganos...

— Não renegues nossa raça, rapaz — advertiu-o então a curandeira.

Doroteo não se atreveu a responder; em vez disso, estendeu as mãos antes que o silêncio se fizesse entre todos eles.

— Doroteo — interveio Ángel rompendo esse silêncio —, assim nos acabará o carvão.

O cigano agitou uma mão num gesto que mesclava os desejos de trabalhar com a impotência diante da situação; deu-lhes as costas, procurou o martelo e fez menção de ajoelhar-se junto à bigorna.

— Sabes algo do avô Vega, de Melchor? — perguntou-lhe a velha.

— Não — respondeu o cigano. — Sinto muito — acrescentou diante daquelas mulheres paradas diante dele e ansiosas por ouvir alguma boa notícia.

Saíram ao beco pela porta da frágua. Tal como lhes havia anunciado Doroteo, ressoavam marteladas inconstantes e abafadas em outras ferrarias; quanto ao mais, o lugar estava deserto.

— Vamos ver Frei Joaquín — propôs Milagros.

— Menina!

— Por que não? — insistiu a moça encaminhando-se para a saída do beco. — Já haverá esquecido aquele disparate. — Parou; a velha se negava a segui-la. — María, ele é um bom homem. E nos ajudará. Já o fez então...

Buscou a ajuda de Caridad, mas esta estava absorta em seus pensamentos.

— Não perdemos nada tentando — acrescentou Milagros.

Tranquilizou-as que as pessoas não estranhassem sua presença; sabiam que os ciganos haviam regressado. Em São Jacinto, no entanto, as esperanças de Milagros e Caridad voltaram a ver-se frustradas. Frei Joaquín, anunciou-lhes o porteiro, já não estava em Triana. Pouca informação mais parecia estar disposto a dar-lhes o frade, mas a insistência de Milagros, que chegou até a puxar seu hábito, levou o frade a contar algo mais, ainda que com receio, antes para livrar-se delas.

— Foi-se de Triana — disse-lhes. — De repente ficou louco — confessou com um tapa no ar. Pensou alguns instantes e decidiu estender-se: — Eu já o previa, sim — afirmou em voz alta, com manifesta presunção. — Eu o disse ao prior em várias ocasiões: este jovem nos trará problemas. O tabaco, suas amizades, suas idas e vindas, sua insolência e esses sermões tão... tão irreverentes! Tão modernos! Queria largar o hábito. O prior o convenceu a não o fazer. Não sei que estranha predileção tinha o prior por esse rapaz. – Então baixou a voz. – Diz-se que conhecia bastante bem a mãe do irmão Joaquín; alguns afirmam que demasiado bem... Frei Joaquín argumentou que já nada o prendia aqui, em Triana! E sua comunidade? E sua devoção? E Deus? Respondia que nada o prendia aqui... – repetiu com um bufar. O frade interrompeu seu discurso, fechou os olhos e balançou a cabeça, aturdido, aborrecido consigo mesmo ao dar-se conta de que estava dando explicações a duas ciganas e uma mulher negra que estavam atentas a ele, atônitas.

– Para onde foi? – inquiriu Milagros.

O frade não quis dizê-lo. Negou-se a continuar falando com elas.

Retornaram cabisbaixas ao beco. Caridad atrás, com o olhar no chão.

– Quer dizer então que haveria esquecido seu disparate, não? – ironizou María durante o trajeto.

– Talvez não se trate... – começou a retrucar Milagros.

– Não sejas ingênua, menina.

Continuaram andando em silêncio. Afora as duas moedas que lhes havia entregado Santiago, não tinham dinheiro. Tampouco tinham comida. Não tinham parentes! Não havia nenhum Vega em Triana, havia dito Doroteo. A velha curandeira não pôde reprimir um suspiro.

– Compraremos algo de comer e iremos recolher ervas – anunciou então.

– E onde as prepararás? – perguntou com sarcasmo Milagros. – Em tua...?

– Cala-te já! – interrompeu-a a velha. – Não tens direito. Todas nós estamos passando por um mau momento. Quando alguém enfermar, correrão para encontrar onde eu possa prepará-las.

Milagros se encolheu diante do reproche. Caminhavam junto à Cava, onde seguia amontoando-se o lixo. María olhava de soslaio para a moça e, assim que ouviu seu primeiro soluço, fez um gesto para Caridad para que a consolasse, mas Milagros apertou o passo e as deixou para trás, como se fugisse.

Caridad não se apercebeu do gesto da velha María. Seus pensamentos se mantinham em Melchor. "Eu o encontrarei em Triana", havia-se repetido vezes sem conta durante o caminho de volta. Imaginou o reencontro, voltar a cantar para ele, sua presença... seu contato. Se estava detido, como tantas vezes haviam suposto ao longo de sua fuga, já o haveriam libertado como aos demais, e, se não o houvessem detido, como não iria para Triana assim que soubesse da libertação dos seus? Mas não estava ali, e os jovens Carmonas asseguravam que nenhum Vega havia abandonado o arsenal. Mil vezes ao longo dessa mesma manhã se lhe havia embrulhado o estômago diante da visão dos rostos abatidos e dos troncos esquálidos dos primos de Milagros. Se tais eram as consequências em homens jovens, como estaria Melchor? Notou que se lhe umedeciam os olhos.

– Vai com ela – pediu-lhe a curandeira apontando para Milagros.

Caridad tentava esconder o rosto.

– Tu também? – perguntou María com desespero.

Caridad inspirou pelo nariz; tentava conter as lágrimas.

– Tu por que choras, negra?

Caridad não respondeu.

– Se fosse por Milagros, já estarias com ela. Duvido que o Carmona te haja tratado bem uma só vez, e quanto a Ana Vega… – María calou-se de repente, retesou o velho pescoço e olhou-a com assombro: – Melchor?

Caridad não conseguiu conter-se mais e explodiu em lágrimas.

– Melchor! – exclamou incrédula a velha María ao mesmo tempo que negava com a cabeça. – Negra! – chamou sua atenção por fim. Caridad fez um esforço para olhá-la. – Melchor é um cigano velho, um Vega. Voltarás a vê-lo. – Caridad esboçou um sorriso. – Mas agora é ela que necessita de ti – insistiu a curandeira voltando a apontar para Milagros, que se afastava.

– Voltarei a vê-lo? É verdade? – conseguiu balbuciar Caridad.

– Com respeito a outros ciganos eu não ousaria predizê-lo, mas com respeito a Melchor, sim: voltarás a vê-lo.

Caridad fechou os olhos, a complacência assaltava já suas feições.

– Corre para Milagros! – instou a velha.

Caridad, como num sobressalto, adiantou-se pressurosa, alcançou a amiga e envolveu seus ombros com o braço.

Ninguém consolou Frei Joaquín naquela desagradável manhã enquanto se afastava de Triana pouco antes que Milagros e suas acompanhantes regressassem à ciganaria. Levava em sua bolsa o documento de missionário expedido pelo arcebispo de Sevilha; Frei Pedro de Salce, o famoso pregador, caminhava a seu lado cantando litanias à Virgem, como fazia sempre quando saía em missão. Acompanhavam-no em suas rezas dois irmãos leigos que puxavam azêmolas carregadas de casulas, cruzes, livros, grandes tochas e demais objetos necessários para a evangelização.

Alguns dos caminhantes com que cruzavam caíam de joelhos à sua passagem e faziam o sinal da cruz enquanto Frei Pedro os bendizia sem parar; outros acompanhavam o andar dos religiosos e rezavam com eles.

– Aflito? – perguntou-lhe o pregador entre um cântico e outro, consciente da dor do outro.

– Imensamente satisfeito com a oportunidade de servir a Deus que Vossa Reverência me concedeu – mentiu Frei Joaquín.

O frade, satisfeito, ergueu a voz para entoar o cântico seguinte enquanto a mente de Frei Joaquín se voltava, uma vez mais, como vinha fazendo-o desde o dia posterior à grande batida, para Milagros. Teria de havê-la acompanhado! Milagros ia enfrentar o Andévalo até chegar a Barrancos. Onde estaria agora? Tremia ao pensar no destino que a moça podia haver sofrido nas mãos dos soldados ou dos bandoleiros que povoavam aquelas terras sem lei. A bílis regurgitou em sua boca diante da simples imagem de Milagros nas mãos de uma quadrilha de desalmados.

Mil perguntas pungentes e inquietantes como essas o haviam perseguido desde o mesmo momento em que as costas de Milagros se perderam para além de onde alcançava sua visão. Quis correr atrás dela. Hesitou. Não se decidiu. Perdeu a oportunidade. E de volta a São Jacinto se engolfou na melancolia; vivia distraído, intranquilo, desconsolado. Milagros não desaparecia de sua mente, e, por fim, decidiu dirigir-se ao prior para renunciar aos votos.

– Naturalmente tem sentido que continues na ordem! – contradisse-o este depois de Frei Joaquín confessar suas culpas e suas dúvidas. – Isso vai passar. Não és o primeiro. Grandes homens da Igreja cometeram maiores erros que o teu. Não tiveste contato carnal com ela. O tempo e São Domingos te ajudarão, Joaquín.

Contudo, o prior de São Jacinto encontrou uma solução para aquele espírito que vagava pelo convento e que, perdido seu vigor, dava aulas de gramática para os meninos sem convicção alguma. Frei Joaquín necessitava de um revulsivo, pensou o prior. A solução apareceu quando soube da morte do companheiro de don Pedro de Salce, o mais célebre dos missionários que andavam pelas terras do reino de Sevilha pregando o Evangelho e a doutrina cristã. O prior se moveu no arcebispado para que Frei Joaquín, também ilustre por seus sermões, fosse designado para ser seu novo companheiro. Não lhe custou consegui-lo; tampouco lhe custou convencer o frade de que aceitasse a designação.

Frei Pedro de Salce e Frei Joaquín se dirigiam para Osuna. Antes de escolher um povoado, o experiente sacerdote estudava aqueles lugares que não haviam sido evangelizados durante os últimos anos; Osuna e suas proximidades reuniam essas características. Tardaram três dias a chegar, e fizeram-no quando já havia anoitecido. As silhuetas das casas, no mais absoluto dos silêncios, desenhavam-se à luz da lua. Frei Joaquín estava cansado, e don Pedro parou. O jovem se preparava para perguntar-lhe onde dormiriam quando viu que os irmãos que puxavam as mulas se haviam posto a remexer nos alforjes.

– Que...? – estranhou Frei Joaquín.

– Tu segue-me – interrompeu-o o missionário ao mesmo tempo que se cobria com uma casula e urgia-lhe que fizesse o mesmo.

Armaram uma grande cruz que levavam desmontada e que Frei Pedro ordenou a Frei Joaquín que portasse. Os leigos acenderam duas tochas de esparto e alcatrão que arderam com uma fumaça mais negra que a noite, e desse modo, armado o sacerdote de um sino na mão direita, se encaminharam para o povoado.

– Levantai-vos, pecadores!

O grito de Frei Pedro rompeu o sossego à altura da primeira porta. Frei Joaquín ficou pasmado diante da dureza de uma voz que durante três dias de caminho, quase sem cessar, havia estado sussurrando salmos, cânticos, orações e rosários.

Não parecia que fossem descansar. Frei Joaquín se resignou enquanto o pregador lhe instava que levantasse a cruz.

– Eleva-a, mostra-a a todos – acrescentou fazendo soar o sino. – Nem o adúltero nem o jovem que tem pecados graves hão de entrar no reino dos céus! – gritou depois. – Levantai-vos! Segui-me à igreja! Vinde ouvir a palavra do Senhor!

Invocações e convocações aos gritos; ameaças de fogo eterno e todo tipo de males para os que não os seguissem; o tangido do sino nas mãos de don Pedro; as pessoas que saíam de suas casas ou apareciam nas sacadas, aturdidas, surpresas; o sino da igreja, que o pároco se apressou a fazer tanger assim que ouviu a chamada à missão; aqueles que já se haviam juntado à procissão, descalços, malvestidos ou cobertos com mantas enquanto os frades, a cruz no alto entre os archotes dos irmãos leigos, percorriam as ruas de uma Osuna mergulhada no caos mais absoluto.

– Moradores de Osuna: Eu os chamei, vo-lo diz o crucificado – gritava Frei Pedro apontando para a cruz –, e não me atendestes; desprezastes meus conselhos e ameaças, mas eu também me rirei de vós quando a morte vos alcançar!

E as pessoas se ajoelhavam para fazer o sinal da cruz repetidamente e suplicar perdão também aos gritos. Frei Pedro os reuniu a todos na igreja, e ali, após uma fervorosa pregação e a reza de ave-marias, anunciou o início de uma missão que se prolongaria por dezesseis dias. Nem o pároco nem o cabido podiam opor-se, pois eles levavam autorização do arcebispo. O sacerdote ordenou que antes de iniciar-se a missão se tangesse a sino da igreja durante meia hora e que as autoridades emprazassem os habitantes dos povoados dos arredores para que deixassem suas terras, ofícios e labores e, guiados por seus párocos, atendessem ao chamado do Senhor.

Tratava-se, como naquela mesma noite explicou Frei Pedro a Frei Joaquín, de surpreender os habitantes de noite e atemorizá-los para que fossem à missão. Os rumores, que ele mesmo ou outros como ele haviam espalhado do púlpito ao longo dos anos, corriam entre as pessoas humildes e analfabetas: um sapateiro que morreu por não seguir os missionários; uma mulher que perdeu o filho; outro cuja colheita se malogrou enquanto aquele que havia atendido ao chamado e a deixara nas mãos de Deus viu à sua volta como prosperava.

– São pecadores! É preciso feri-los – instruía-o o sacerdote depois de ouvir os civilizados sermões de Frei Joaquín. – O medo do pecado e do inferno tem de assentar-se em suas almas.

E Frei Pedro o conseguia, como o conseguia! Aquelas pobres almas abandonavam seus afazeres por mais de duas semanas para ir cada dia à missa para ouvir suas pregações. E os dos povoados dos arredores percorriam léguas de distância e entravam no povoado escolhido em procissão e rezando o rosário atrás de seus respectivos párocos.

Durante essas semanas se realizavam missas diárias, sermões nas igrejas, nas ruas e nas praças, e procissões gerais, com cânticos e rezas a que afluíam milhares de pessoas e que culminavam com a procissão de penitência, perfeitamente organizada: primeiro as crianças de todos os povoados com seus professores, levando a um Menino Jesus num andor e seguidos dos homens sem traje especial para a procissão. Atrás deles os penitentes com túnicas brancas, roxas ou negras, um simples lençol cobrindo a quem não dispunha de túnica, com cruzes às costas, coroas de espinhos na cabeça e cordas no pescoço; seguiam-nos os que envolviam seus corpos em sarças, se deslocavam de joelhos ou até arrastando-se no chão; depois os crucificados, com os braços em cruz amarrados a paus; os da "disciplina seca", entre os quais se encontravam até crianças de dez anos que castigavam suas costas com cordas de cinco línguas, e entre estes, e adiante do clero, as autoridades, as mulheres e o coro que encerravam a procissão, os disciplinantes de sangue, aqueles que arrancavam a pele a lategadas.

Anteriormente a essa excelsa manifestação pública de contrição, os missionários haviam ido preparando os fiéis. No meio do tempo da missão, e com o sentimento de culpa das pessoas exacerbado pelas pregações, o sino da igreja chamava à disciplina nas noites, e os homens acorriam ao templo. Uma vez que se achavam todos em seu interior, fechavam-se as portas e Frei Pedro subia ao púlpito.

– Não é suficiente que vossos corações se arrependam! – advertia aos gritos durante o sermão. – É necessário que vossos sentidos também sofram, porque, se deixais o corpo sem castigo, as tentações, as paixões e os maus hábitos os levarão de novo ao pecado.

Quando o sacerdote finalizava sua arenga, fazia soar uma sineta para indicar que se iam a apagar as velas e archotes que iluminavam a igreja, momento em que Frei Joaquín, como as centenas de homens que se aglomeravam no templo, se despia. "Nós, os religiosos, devemos dar o exemplo", exortava-o Frei Pedro. Já na escuridão, a sineta repicava três vezes e o som dos golpes das correias e dos látegos sobre a carne se mesclava ao *Miserere* entoado pelo coro em sinistra cerimônia.

Na escuridão, tremendamente turbado pelo som das lategadas e dos lamentos dos reunidos, pelo *Miserere* incitando-os ao arrependimento, pela potente voz de Frei Pedro chamando-os a expiar seus pecados por cima de todos aqueles sons, Frei Joaquín trincava os dentes e castigava a carne com dureza diante do rosto de uma Milagros que lhe aparecia luminoso, fantasmagórico. Mas, quanto mais se flagelava, mais lhe sorria a moça, e lhe piscava ou troçava dele mostrando-lhe a língua com malícia.

Depois de deixar São Jacinto sem que o porteiro quisesse dizer-lhes onde estava Frei Joaquín, María não conseguiu reter Milagros mais que duas horas recolhendo ervas. Novembro não era boa época, embora encontrassem alecrim e bagas secas de sabugueiro; em todo caso, pensou a curandeira, nada bom lhes proporcionaria a mãe terra com uma delas ressumando ódio, maldizendo e chorando, pois a moça saltava da dor e do pranto para os insultos à Igreja, a Jesus Cristo, à Virgem e a todos os santos, ao rei, aos *payos* e ao mundo inteiro. A velha sabia que não era essa a disposição com que se devia aproximar-se da natureza. As doenças eram originadas pelos demônios ou pelos deuses, razão por que não havia que contrariar os espíritos da terra que lhes proporcionavam os remédios contra a vontade daqueles seres superiores.

Não conseguiu que Milagros mudasse de atitude. Nas duas primeiras vezes em que lhe chamou a atenção, a moça nem sequer lhe respondeu.

– Que me importam os espíritos e suas malditas ervas! – esbravejou a moça na terceira vez que a velha a repreendeu. – Pedi que libertem meus pais!

Caridad benzeu-se várias vezes diante daquela afronta à natureza; María decidiu que regressassem a Triana.

Já no arrabalde, no entanto, perguntou-se se não teria sido preferível permanecer nos campos, mesmo com risco de ofender os espíritos.

— Se sei de tua mãe? – repetiu Anunciación, uma Carmona com que toparam no pátio do cortiço, junto ao poço.

Antes de responder, a cigana interrogou María com o olhar. A velha anuiu: o que quer que significasse aquele olhar, um dia ou outro a moça se inteiraria.

— Detiveram-na e encarceraram-na por sedição ao chegar a Málaga. A nós outras nos prenderam no arrabalde, num bairro fechado e vigiado. – Anunciación calou-se alguns instantes, baixou o olhar até o chão, suspirou como para tomar força e voltou a levantar o olhar para enfrentar-se a Milagros. – Eu a vi um mês antes de me libertarem: haviam-na açoitado.... não muito! – acrescentou rapidamente diante da expressão aterrorizada de Milagros –, vinte ou vinte e cinco lategadas se não me engano. Haviam-lhe... raspado o cabelo. Levaram-na junto conosco e a puseram no *cepo* durante quatro dias.

Milagros fechou os olhos com força na tentativa de espantar a imagem de sua mãe no *cepo*. María, no entanto, sim, a vira: as costas sangrando, ajoelhada no chão, com os pulsos e a garganta presos entre dois grandes madeiros com buracos, a cabeça raspada e as mãos pendendo por um dos lados.

Um lamento agônico atroou na construção. Milagros levou ambas as mãos ao cabelo e, enquanto gritava, arrancou duas bastas mechas. Quando ia repeti-lo, como se pretendesse acompanhar a mãe naquela vergonha, a cigana Carmona se aproximou dela e a impediu de continuar.

— Tua mãe é forte – disse-lhe. – Ninguém escarneceu dela no *cepo*. Ninguém lhe cuspiu nem bateu. Todas... – embargou-se-lhe a voz –, todas nós a respeitamos. – Milagros abriu os olhos. A cigana soltou as mãos da moça e levou um dedo a seu rosto para recolher uma lágrima que corria pela face. – Ana não chorou apesar de muitas de nós o termos feito em sua companhia. Sempre se manteve firme, com os dentes trincados sempre que esteve presa no *cepo*. Nunca se ouviu um lamento de sua boca!

Milagros inspirou pelo nariz.

Anunciación calou o fato de que amiúde a amordaçavam.

— Quantas vezes a castigaram? – interveio María, estranhando.

— Bastantes – reconheceu Anunciación. Então apertou os lábios como num meio sorriso e deu um ligeiro golpe no ar com a cabeça. – Não seria estranho que agora mesmo voltasse a estar no *cepo*. – Até Caridad se ergueu ao ouvir aquelas palavras. – Sim, ela enfrenta os soldados se eles se excedem com alguma mulher. Exige melhor e mais comida, e que o médico vá tratar das enfermas, e roupas que não tínhamos e... tudo! Não tem medo de ninguém, nada a amedronta. Por isso não é de estranhar que a castiguem com o *cepo*.

— Não vos deu nenhum recado para a menina? – inquiriu María após um breve silêncio.

– Sei que falou com Rosario antes que nos libertassem.

María anuiu com a recordação de Rosario na mente: a esposa de Inocencio, o patriarca dos Carmonas.

– Onde está Rosario?

– Em Sevilha. Não tardará a regressar.

"Nunca te esqueças de que és uma Vega." Tal foi a sucinta mensagem que lhe transmitiu Rosario Carmona na entrada do cortiço que dava para o pátio do Conde, Rafael García. Quase todos os ciganos libertos já haviam voltado ao Beco de San Miguel, e o Conde havia convocado um conselho de anciãos.

– Isso é tudo? – estranhou Milagros.

– Sim – respondeu a velha Carmona. – Pensa nisso, moça – acrescentou antes de dar-lhe as costas.

Enquanto as pessoas chegavam ao pátio e passavam a seu lado, empurrando-a até, Milagros permaneceu parada. Tentava entender as palavras de sua mãe. Que devia pensar? Já sabia que era uma Vega! "Eu te amo", haver-lhe-ia dito ela, é a primeira coisa que lhe haveria feito chegar. Teria gostado...

– Isso encerra tudo – ouviu dizer a María, que a pegou pelo braço e a puxou para afastá-la da entrada.

– Quê?

– Que essas palavras encerram tudo quanto poderia querer dizer-te tua mãe: és uma Vega. És cigana, de uma família que se orgulha de sê-lo, e deves ser forte e valente como ela. Deves viver como tal, como cigana e com os ciganos. Deves lutar por tua liberdade. Deves respeitar os velhos e cumprir sua lei. E...

– Ela não me ama? – interrompeu-a Milagros. – Ela não disse que me ama nem que sente saudade de mim... nem que gostaria de estar comigo.

– Por acaso é preciso que te diga isso, menina? Duvidas disso?

Milagros virou o rosto para a velha María. Caridad escutava a conversa diante das outras duas, agora encostadas na parede da casa do Conde enquanto continuava o desfile de homens e mulheres.

– Por que não? Eu sei que sou uma Vega, porventura é preciso que me lembre isso?

– Sim, menina, mas isso, ou seja, que és uma Vega, tu poderias chegar a esquecer algum dia. Ao contrário, o amor de tua mãe te acompanhará até o túmulo, queiras ou não. – A moça franziu o cenho, pensativa. María deixou transcorrer alguns segundos e depois disse: – Vamos para dentro ou ficaremos sem lugar.

Juntaram-se aos ciganos que já se acumulavam diante da porta e entravam pouco a pouco, espremidos.

– Tu não – advertiu a velha a Caridad. – Espera-nos em casa.

O pátio estava cheio; as escadas de acesso aos andares altos estavam cheias; os corredores que davam para o pátio estavam cheios. Só o círculo central, ali onde estavam sentados os velhos presididos pelo Conde, aparecia um pouco desimpedido. Três cadeiras vazias informavam sobre os que ainda permaneciam nos arsenais. Quando já não cabia ninguém mais, com alguns até aboletados em grades e janelas, Rafael García deu início ao conselho.

– Calculamos... – ergueu uma mão e esperou que se fizesse silêncio –, calculamos – repetiu então – que cerca de metade dos ciganos detidos foi posta em liberdade.

Um murmúrio de desaprovação recebeu suas palavras. O Conde voltou a esperar, passeou o olhar entre os assistentes e topou com a velha María e Milagros, que haviam conseguido infiltrar-se até as primeiras filas. Apontou para a moça; o dedo em que antes se destacava um imponente anel de ouro aparecia nu após o embargo de bens.

– Que fazes tu aqui? – Sua voz calou os comentários que ainda podiam ouvir-se.

Muitos se voltaram para as mulheres; outros, de trás, perguntaram o que estava sucedendo, e alguns se debruçaram sobre as grades dos corredores para ver melhor.

– Não podes ficar no beco – acrescentou.

Milagros se sentiu apequenar e se encostou ainda mais à velha.

– Rafael – interveio María –, guarda teu rancor. Não crês que a situação o merece? Os pais da moça ainda estão presos e...

– E continuarão presos! – interrompeu-a o Conde. – Por sua culpa fomos detidos e nos encontramos nesta situação, sem bens, sem ferramentas, sem comida nem dinheiro, sem... sem sequer roupa. – O Conde mostrou sua camisa esfarrapada puxando-a com ambas as mãos. Os murmúrios voltaram a elevar-se. – E tudo pelo empenho dos Vegas e de outros como eles de não se aproximar dos *payos* nem acatar suas leis.

– A única lei que devemos acatar é a cigana, a nossa! – gritou a curandeira calando os demais.

Os ciganos debateram consigo mesmos: sentiam que assim devia ser, que sempre havia sido assim. Isso era o que todos eles desejavam! No entanto...

– Deixa-a. – Foi Rosario quem falou dirigindo-se a seu esposo, o patriarca dos Carmonas sentado à esquerda do Conde. – Essa lei de que fala María Vega é a que levou a mãe da moça a defender-nos em Málaga. E continuará fazendo-o, eu sei. – Depois Rosario procurou entre os presentes Josefa Vargas, a mãe de Alejandro, o jovem que havia perdido a vida pelo capricho de Milagros. – Que dizes tu? – perguntou-lhe após encontrá-la entre os presentes.

A mulher falou lentamente, como se ao mesmo tempo que o fazia revivesse a cena.

– Ana Vega brigou com um soldado que se atreveu a tocar minha filha. – Milagros sentiu que se lhe arrepiavam os pelos e que lhe apertava a garganta. – Isso lhe custou um espancamento. Não consigo saber quem tem razão sobre a lei que devemos seguir, se os Garcías ou os Vegas, mas deixai em paz sua filha.

– Assim seja – acrescentou então o patriarca dos Vargas, o bisavô de Alejandro.

Aquelas palavras significavam o perdão de Milagros; nada podia fazer Rafael García. Perto dele, a Trianeira, sua esposa, repreendeu-o com o olhar. "Eu te havia advertido", parecia dizer-lhe. O Conde hesitou por alguns instantes, mas retomou o fio da reunião.

– Eu, sim, sei que leis devemos seguir. A cigana, naturalmente, a nossa. Ninguém porá em dúvida o sangue dos Garcías! – exclamou arrostando a María. – Mas também devemos cumprir a dos *payos*. Nada impede que o façamos. Sobretudo, devemos aproximar-nos de sua Igreja, ainda que seja enganando-os. Pensamos nisso – acrescentou apontando para os demais patriarcas –, e decidimos que devemos criar uma confraria…

– Uma confraria? – esbravejou uma voz indignada.

– Foram os padres que nos detiveram! – gritou outro. – São eles que nos libertam ou nos mantêm encarcerados.

María negava com a cabeça.

– Sim – afirmou o Conde como se respondesse a ela diretamente. – Uma confraria de penitentes. A confraria dos ciganos. Igual às dos *payos*, como a do Cristo do Grande Poder, a das Cinco Chagas de Cristo ou a do Santíssimo Cristo das Três Quedas; como qualquer das muitas confrarias que saem em procissão na Semana Santa. Não será fácil, mas temos de consegui-lo. E tudo isso – apontava para María, que continuava negando – sem deixar de cumprir nossas leis nem renunciar a nossas próprias crenças, entendes, velha?

– Com que dinheiro vamos fazer tudo isso? – perguntou um cigano.

– As confrarias são muito caras – advertiu outro. – É preciso conseguir uma Igreja que nos aceite, comprar as imagens, cuidar delas, manter velas e lâmpadas, pagar aos padres… Uma procissão pode chegar a custar dois mil reais!

– Esse é outro assunto – respondeu o Conde. – Não estamos falando de fundá-la já. Isso nos tomará tempo, anos provavelmente, além do que, tal como estão as coisas, hoje não no-la autorizariam. E é verdade, não temos dinheiro. Não nos vão devolver os bens que nos sequestraram.

O Conde aproveitou o discurso para deixar cair a notícia. Aquele era o verdadeiro motivo do conselho: os ciganos queriam ficar a par das diligências com o assistente de Sevilha. Neste momento se ergueu uma gritaria da assistência.

Rafael García e os demais patriarcas esperaram que as pessoas se acalmassem.

– Recuperemo-los nós! – ouviu-se ao final.

– Não. – Foi Inocencio, o chefe dos Carmonas, quem se opôs. – Um de nós esfaqueou um padeiro de Santo Domingo porque ele não lhe devolvia duas mulas. Encarceraram-no.

– Não conseguiríamos nada – lamentou-se o patriarca dos Vargas.

Rafael García voltou a tomar a palavra.

– Ameaçaram-nos de voltar a encerrar-nos em La Carraca se reclamássemos nossos bens.

– Mas o rei disse…!

– É verdade. O rei disse que no-los devolvessem. E? Pensas em ir reclamá-los a ele?

Os ciganos voltaram a discutir entre si.

– Essa é a lei que pretendes que acatemos, Rafael García? – foi a voz de María a que se ergueu, outra vez, dentre as discussões.

O Conde aguardou com os olhos cravados na curandeira.

– Sim, velha – lançou-lhe por fim com ira. Milagros chegou a encolher-se de temor. – Essa mesma. A mesma que vêm aplicando-nos a vida toda. Que tanto estranhas? Os *payos* sempre fizeram o que quiseram. Quem quiser pode ir ao Real Tribunal para reclamar seus bens. Eu não o farei. Já ouviste o que ocorre em Málaga com as mulheres. Em La Carraca nos tratavam pior que aos escravos mouros. Não, não os reclamarei; prefiro trabalhar para os ferreiros de Sevilha. Eles necessitam de nós. Vão proporcionar-nos tudo quanto necessitemos. Meus netos não apodrecerão nesse arsenal trabalhando a vida toda, como cães, para o rei e sua maldita armada.

Milagros seguiu a mão de Rafael García que, para acompanhar suas palavras, apontou para sua família. Pedro! Pedro García! Não se havia apercebido de sua presença no meio de tanta gente. Tal como seus primos Carmonas, estava macilento e consumido, e no entanto… todo ele seguia irradiando força e orgulho.

A moça não chegou a assistir ao restante do conselho. Vender-se aos ferreiros sevilhanos? Sangrá-los-iam. E que outra possibilidade tinham? Milagros não podia desviar a atenção de Pedro García. Rafael, seu avô, surpreendeu a todos anunciando que estava negociando com os *payos* para que sua família começasse a trabalhar sem mais demora. Ao final, o jovem se sentiu observado. Como não ia perceber aquele olhar que parecia querer tocá-lo? Virou-se para Milagros. "Que sucederá com os que ainda estão presos?", perguntou alguém. Os velhos mostraram seu pessimismo e baixaram a cabeça, negaram ou apertaram os lábios como se fossem incapazes de responder. "Insistiremos em sua liberdade", prometeu o Conde sem convicção. Pedro García se mantinha hierático do outro lado do pátio, diante de Milagros, que notou uma sutil fraqueza nas pernas, como uma comichão. "Como vamos insistir em sua libertação se nem sequer somos capazes de reclamar o que nos pertence?", clamou uma cigana gorda. Quando os ciganos voltaram a envolver-se em discussões, a moça acreditou observar que Pedro entrecerrava os olhos alguns instantes antes de deixar de olhá-la. Significava algo? Havia reparado nela?

19

Não tinham comida. As duas moedas que lhes dera Santiago lhes duraram outros tantos dias. Tampouco podiam recorrer aos demais ciganos: todos estavam como elas; poucos dispunham de dinheiro, e havia muitas bocas que alimentar em suas próprias famílias. As negociações com os ferreiros sevilhanos se estendiam, e as fráguas do beco continuavam trabalhando com pequenos foles portáteis de pele de carneiro. As autoridades, no entanto, haviam decidido proporcionar carvão aos ciganos, e estes trabalhavam o ferro martelando-o sobre simples pedras que terminavam partindo-se. Também estavam amedrontados: a ameaça de serem detidos e voltarem para Málaga ou para La Carraca dissuadia homens e mulheres de furtos – ainda que houvesse quem ainda se arriscava – e do restante de seus astuciosos procedimentos para obter recursos. Ciganas e crianças se limitavam a juntar-se ao exército de mendigos que povoavam as ruas de Sevilha à espera de uma mísera moeda das que a Igreja distribuía. Mas para conseguir uma delas – salvo na estreita rua de los Pobres, na qual os monges cartuxos conseguiam que entrassem nela em fila única para deixá-la pelo outro lado com sua esmola –, havia que pelejar não só com os verdadeiramente desesperançados, mas com uma multidão de artesãos, pedreiros e lavradores que preferiam viver da caridade da generosa cidade a suar com seu trabalho. Sevilha era um fervedouro de pessoas voluntariamente desocupadas. Mesmo o procedimento até então mais seguro, roubar pó de tabaco, havia fracassado.

Na velha fábrica de tabaco de San Pedro, em frente à igreja de mesmo nome, trabalhavam mais de mil pessoas em turnos diurnos e noturnos. Era a maior indústria manufatureira sevilhana e uma das mais importantes de todo o reino: contava com estrebaria para duzentos cavalos destinados ao funcionamento dos moinhos, cárcere próprio, capela e todos os espaços necessários para a elaboração do tabaco: recepção e armazenamento dos atados de tabaco em ramo, "desmanojado", estendido nos terraços, nova armazenagem uma vez seco, trituração nos moinhos, passagem pelas peneiras, lavagem, nova secagem e uma última trituração com moinhos de pedra muito fina. No entanto, desde o século XVII, a fábrica viera crescendo desordenadamente com a demanda cada vez maior de tabaco, a qual em cinquenta anos havia chegado a multiplicar-se por seis quanto ao consumo de pó e por quinze quanto ao de charutos, de modo que a fábrica se havia convertido num verdadeiro bairro no interior da cidade, composto por uma complexa rede de corredores e ruelas estreitas e espaços pouco úteis, razão por que se havia iniciado a construção de uma nova fábrica extramuros, junto à porta de Jerez, capaz de atender ao incremento da demanda de charutos, mas as obras, iniciadas fazia vinte anos, não haviam conseguido ainda superar a base. Enquanto isso, a fábrica de San Pedro tinha de continuar trabalhando e, sobretudo, controlando os roubos e as fraudes. Seus procedimentos de segurança eram rotineiros mas eficazes: na saída do trabalho, em fila, um a um, todos os operários eram minuciosamente examinados pelos porteiros em busca de tabaco. Além disso, o superintendente designava um ou mais operários que escolhiam alguns dos que já haviam sido examinados, para um segundo controle. Se encontrassem tabaco com um trabalhador, o porteiro que não o havia achado na primeira revista era despedido e substituído por quem o houvesse feito, e o emprego de porteiro, com uma boa remuneração, era ambicionado por todos os trabalhadores.

Sobre os ciganos recém-liberados recaía a maioria das segundas revistas. E quis a necessidade de obter dinheiro para alimentar a família que um deles não tivesse tomado todas as precauções necessárias ao confeccionar o envoltório de tripa de porco que, a transbordar de pó de tabaco, ele havia introduzido no ânus. "Tira a roupa. Vem. Senta-te. Agora de pé. Os sapatos, também os sapatos. Abaixa-te para que eu te veja o cabelo. Abaixa mais. Ou melhor, ajoelha-te." E o comprimido embutido de tabaco em pó, movimento vai movimento vem, terminou por rasgar-se. O cigano uivou de dor, dobrou-se ao meio com as mãos agarradas ao estômago, e o vigilante se viu surpreendido por uma caganeira de pó de tabaco que deslizou pelas coxas nuas do ladrão. Tempo depois, o cigano foi condenado à morte, como desde então sucedeu com todos os que roubaram tabaco com o método do embutido.

A notícia do cigano e do embutido chegou aos ouvidos de Milagros no mesmo dia em que ela havia resolvido ir solicitar o favor da condessa de Fuentevieja. A caminho do palácio, recordou-se do avô, que já havia prognosticado que mais cedo ou mais tarde aquilo sucederia. Onde estaria? Estaria vivo ao menos? Surpreendeu-se a si mesma sorrindo à recordação de suas cautelas com respeito ao tabaco que saía do cu dos ciganos. Desde sua chegada a Triana não havia tido oportunidade de sorrir; tudo eram más notícias, tudo eram problemas. Amiúde, desde que haviam trocado olhares durante o conselho de anciãos, tinha expectativas com respeito a Pedro García. Para vê-lo, espiava a furtadelas o beco da janela de sua casa e até havia conseguido um jeito de cruzar com ele, mas o jovem não parecia reparar em sua presença. No entanto, tampouco sorria quando se imaginava passeando ou conversando com ele; só... só sentia um perturbador e inquietante vazio no ventre que desaparecia assim que María a despertava de seu devaneio com alguma de suas queixas.

Quanto a suas amigas, muitas haviam regressado da prisão malaguenha, todas sujas e sem enfeites, com suas roupas em farrapos e a tristeza instalada na alma. Nenhuma ria. Não havia lugar para festas no beco nem para reuniões ou correrias de amigas; o único objetivo que as movia junto a suas mães, irmãs, tias e primas era conseguir algumas moedas.

A condessa não a recebeu. A velha María esperou na rua. Haviam decidido que Caridad não as acompanhasse, e Milagros teve problemas para entrar no palácio pela entrada dos criados.

– A filha de Ana Vega? Quem é Ana Vega? – perguntou-lhe uma desconhecida criada após olhá-la com displicência de alto a baixo.

Depois de muito insistir, alguém teve a generosidade de reconhecer a cigana que lhes lia a sorte e lhe permitiram entrar por um corredor que dava para as cozinhas. A condessa se estava arrumando, disseram-lhe. Esperar? Levaria horas fazendo-o, nem sequer havia chegado o cabeleireiro!

Ali a deixaram, e Milagros se viu obrigada a afastar-se para permitir o constante desfile de criados e provedores do conde que entravam e saíam. Seu estômago grunhia diante das cestas repletas de carnes, verduras ou legumes, frutas e doces que passavam a seu lado; pensou que elas poderiam comer todo um ano com aqueles manjares. Ao final, alguém deve ter-se queixado daquela suja ciganinha descalça que estorvava a passagem, mas então outro deve ter-se lembrado dela e falou com um terceiro, que por sua vez o fez com algum mordomo para que, finalmente, com semblante fechado, como se fosse a um pequeno incômodo que ele devia despachar com rapidez, aparecesse o secretário do conde. Foi uma conversa rápida e terminante, no mesmo corredor, ainda que ninguém tenha ousado então passar por ali. "Suas Excelências já intercederam pelos ciganos", afirmou o secretário após ouvir uma nervosa Milagros que pugnava por manter a firmeza em seu tom de voz. Por quem? Não o sabia, teria de examinar a correspondência e não estava disposto a fazê-lo, mas haviam sido vários, ele mesmo havia preparado as cartas, comentou com indiferença. "Mais dois? Seus pais? Por quê? Amigas da condessa?", repetiu incrédulo.

– Amigas... não – retificou Milagros diante do ricto de desprezo com o que o homem vestido de preto dos pés à cabeça recebeu tal afirmação –, mas estiveram em seus salões privados, lendo a sorte a ela e à condessi... à Excelência de sua filha e às Excelências de suas amigas, e dançavam para os condes e seus convidados em Triana, e eles as premiaram com dinheiro...

– E se de tantos privilégios desfrutaram da parte de Suas Excelências – disse o secretário interrompendo o atropelado discurso da moça – por que teus pais não foram libertados junto com os demais ciganos?

Milagros hesitou, o homem percebeu sua indecisão. Ela se manteve em silêncio, e o homem de preto voltou a insistir. "Que importa?", pensou a moça.

– Não são casados pela Igreja – soltou.

O secretário meneou a cabeça sem esconder um esgar de satisfação por poder eximir seus senhores das súplicas de outra detestável pedinchona.

– Moça, uma coisa é interceder por ciganos que cumprem as leis do reino, isso... isso não é mais que uma diversão para Suas Excelências. – Humilhou-a fazendo revolutear a mão com afetação. – Mas jamais ajudarão os que infringem os preceitos de nossa santa madre Igreja.

Quando a velha María a viu deixar o palácio inflamada de ira, revoltando-se entre a ânsia de chorar e explodir em insultos aos condes, meneou a cabeça.

– Que esperavas, menina? – resmungou antes de chegar até ela.

Haviam pensado que aquela fosse sua última oportunidade. Dias antes, Inocencio, o patriarca dos Carmonas, havia resfolegado quando María e Milagros foram até ele em busca de ajuda.

– Aprecio teu pai – reconheceu diante da moça –, é um bom homem, mas restam muitos detidos, e entre eles vários membros de nossa família. Estamos lutando por sua liberdade, mas cada vez é mais complicado. As autoridades não fazem mais que pôr travas. Parece... é como se não quisessem permitir mais excarcerações. Apesar das recomendações que fizemos no conselho de anciãos, são muitos os ciganos de toda a Espanha que estão reclamando seus bens, e isso preocupa o rei, que não está disposto a pagar. É como se sua consciência se houvesse tranquilizado o suficiente com os primeiros libertados. Entende-me – disse-lhe então adotando uma postura fria –, temos pouco dinheiro para comprar vontades, e como chefe da família tenho de voltar-me para os que têm verdadeiras possibilidades de sair. Teu pai é o que menos tem. – Acompanhou essas últimas palavras com um olhar ainda mais frio para María, sugerindo que se carecia de possibilidades o era por haver-se casado com uma Vega que se havia negado a fazê-lo pela Igreja.

Mas Inocencio Carmona também as convenceu de que não fosse ela quem suplicasse por sua liberdade quando Milagros, depois de insistir diante do patriarca sem resultado algum, jurou que se apresentaria diante do assistente de Sevilha, do arcebispo ou do próprio rei se fosse necessário.

– Não o faças, moça – aconselhou-a com sincera preocupação. – Não tens documentos. Não constas como detida na batida de julho, tampouco como presa em Málaga nem como libertada. Para eles és uma cigana fugitiva. A nova pragmática real te obriga a apresentar-te às autoridades no prazo de trinta dias. E, dadas as circunstâncias de teus pais... não seria estranho que te encarcerassem. És batizada?

Milagros não respondeu. Não o era. Refletiu por alguns instantes.

– Pelo menos estaria com minha mãe – sussurrou por fim.

Nem María nem Inocencio duvidaram da veracidade do sacrifício em que a moça pensava.

– Tampouco – decepcionou-a Inocencio. – Faz tempo que para Málaga já não enviam nenhuma mulher. Após as primeiras expedições, as demais foram encarceradas aqui mesmo, em Sevilha. Encarcerar-te-iam longe dela. Milagros: em Triana, entre as demais ciganas, passas despercebida, és mais uma, e pensarão que das libertadas, mas se cometeres algum erro, se te pegarem pelos caminhos, vão deter-te e nem sequer conseguirás que te levem para junto de tua mãe.

Os Carmonas, sua família, não as defendiam. Os condes tampouco. Frei Joaquín havia desaparecido, e elas estavam de pés e mãos atados. Se estivesse ali o avô... que faria o avô? Certamente ele libertaria sua filha, ainda que tivesse de incendiar Málaga inteira para consegui-lo.

Enquanto isso elas passavam fome.

Regressavam Milagros e a velha María do palácio dos condes de Fuentevieja. Cruzaram a Cava Nueva por San Jacinto e a margearam em silêncio para dirigir-se ao beco de San Miguel. María foi a primeira a vê-la: negra como o azeviche ao sol de fins de outono, com seu chapéu de palha enfiado até as sobrancelhas e as faldas do camisão cinzento arregaçadas, remexendo no lixo acumulado no fosso que um dia servira de defesa do arrabalde. A velha parou, e Milagros seguiu seu olhar no momento em que um mendigo arrebatava das mãos de Caridad algo que ela acabava de encontrar. Ela nem sequer fez menção de brigar por seu tesouro; humilhou a cabeça, submissa.

Então Milagros permitiu que as lágrimas que ela não havia chorado à saída de palácio acorressem em tropel a seus olhos.

– Negra!... – A velha María tentou chamar Caridad, mas embargou-se-lhe a voz. Milagros se voltou para ela surpresa, os olhos alagados. A outra tentou tirar importância ao fato com um gesto de mão, pigarreou um par de vezes e gritou de novo, desta vez com voz firme: – Negra, sai daí, para que não te confundam com uma mula negra e te comam!

Ao ouvir a voz da curandeira, Caridad, no buraco, ergueu a cabeça e as olhou por baixo da aba do chapéu. Afundada no lixo até as panturrilhas, sorriu com tristeza.

Venderam o pouco que tinham, fitas coloridas, pulseiras, colares e brincos, por uma miséria, mas essa não era a solução, e Milagros o sabia. Se ao menos houvessem disposto do colar de pérolas e do medalhão de ouro com que as havia presenteado Melchor... Mas aquelas joias haviam ficado na ciganaria, à disposição da rapina dos soldados. Certamente não foram objeto de inventário e terminaram na bolsa de algum deles. À medida que passavam os dias, na casa vazia de móveis e utensílios, com a manta, o surrado cobertor de Caridad e o tecido da barraca estendidos para dormir, Caridad olhava de soslaio, compungida, a trouxa que descansava num canto. Em seu interior estavam o vestido vermelho e o ímã que lhe dera Melchor, a única coisa que ela havia possuído na vida e que ela resistia a vender.

A fome seguia atormentando-as. O valor da última venda: um colar de contas e uma pulseirinha de prata de Milagros, não fora destinado a comida, mas a uma nova saia, escura e remendada, para a moça. Só o velho camisão de escrava de Caridad parecia resistir à passagem do tempo; as roupas das ciganas se esfiapavam e rasgavam. María decidiu que a menina não podia sair mostrando as coxas através de uma saia e de uma anágua esfarrapadas, nem aqueles peitos que já pareciam querer rebentar uma camisola que poucos meses antes podia parecer folgada. O torso ela podia tapá-lo com o longo lenço franjado da velha, mas as pernas, onde os ciganos se encontravam com o desejo, não. Necessitava de uma saia mesmo com o risco da fome.

Pelo menos, tentava consolar-se a velha, não lhes cobravam aluguel. Nunca ninguém havia pretendido ganhar nada por aquelas casas de cortiço do beco de San Miguel. E isso não se devia à raça de seus habitantes: simplesmente não se sabia de quem eram realmente. Uma situação que se repetia em toda Sevilha, onde o desleixo dos proprietários, em sua maioria instituições de toda espécie – desde obras pias até colégios –, havia levado com o tempo ao esquecimento de sua verdadeira titularidade.

No entanto, com o passar dos dias faltou pão. Milagros não sabia pedir esmola, e María não o haveria permitido. Caridad tampouco sabia, mas o haveria feito se lhe houvessem pedido em lugar de continuar indo à Cava para remexer no lixo. Por seu lado, a curandeira, que só era chamada em casos de extrema gravidade para exercer seu ofício, via-se incapaz de exigir um pagamento que ela sabia não podiam fazer os ciganos.

Ao final, a velha se viu obrigada a aceitar a proposta que Milagros havia feito fazia já algum tempo recordando as moedas que de vez em quando obtinha com a família dos Fernández.

– Cantarás – anunciou-lhe uma manhã, após amanhecer e ver que não tinham nada que desjejuar.

Milagros anuiu com um par de alegres palmadas no ar, como se já estivesse preparando-se para isso. Fazia tempo que não cantava, pois no beco já não soavam as guitarras: ninguém tinha uma. Caridad resfolegou tranquilizada: pensava em sua trouxa, que continuava jogada num canto. Era a última coisa que restava por vender, e seus esforços por conseguir restos de comida na Cava se mostravam de todo infrutíferos.

No entanto, nem uma nem a outra imaginavam a angústia que havia implicado para a velha tomar essa decisão: as noites sevilhanas eram extremamente perigosas, e mais ainda para uma moça como Milagros e uma exuberante mulher negra como Caridad, que não buscavam senão exacerbar o desejo dos homens para que abrissem suas bolsas e soltassem umas moedas. Quando a moça havia cantado nos caminhos, com os Fernández, longe de alcaides e oficiais de justiça, estavam protegidas por ciganos dispostos a esfaquear a quem ultrapassasse os limites, mas em Sevilha... Além disso, os ciganos estavam proibidos de dançar.

– Esperai-me aqui – disse às outras duas. – E tu – acrescentou apontando para Caridad com o indicador atrofiado – deixa de ir ao lixo ou de fato te comerão.

Instintivamente, Caridad levou a mão ao braço e ocultou a dentada que lhe dera um mendigo quando decidira defender um pequeno osso com algo que parecia carne aderida a ele. Sua oposição, no entanto, ficou num ingênuo giro de quadril para dar-lhe as costas. O mendigo a mordeu, Caridad soltou seu achado, e o outro terminou tendo sucesso.

A pousada se erguia num pequeno bairro extramuros diante da porta do Arenal, entre a Resolana, o rio Guadalquivir e o Baratillo, onde se estava construindo a praça de touros de Sevilha. A porta do Arenal, uma das treze que se abriam nas muralhas da cidade, era a única que permanecia aberta de noite. Após ela ficava a antiga mancebia, onde, apesar da proibição, se continuava a exercer o ofício. Era um bairro humilde, de gente do porto, agricultores de passagem e todo tipo de rufiães, cujos edifícios, bolorentos, mostravam os danos ocasionados pelas reiteradas inundações que provocavam as enchentes do rio, contra as qual carecia de defesas. Não gostava de fazê-lo, mas María havia tido de pedir favores; deviam-lhe muitos.

Bienvenido, o dono da pousada, tão velho, seco e encolhido como ela, torceu a cara ao ouvir o pedido da velha ao mesmo tempo que sua esposa, uma mulheraça com quem se havia casado em terceiras ou quartas núpcias – a curandeira já havia perdido a conta –, deslizava silenciosa em direção à cozinha.

– Que lhe dás? – inquiriu a velha apontando para a mulher numa vã tentativa de agradar a Bienvenido, que não fez o menor caso à bajulação.

– Sabes o que me estás pedindo? – replicou em vez disso.

María respirou o ar viciado do lugar. Ainda de manhã, marinheiros desocupados e pessoas do porto bebiam entre prostitutas cansadas que tentavam estender a jornada da noite anterior, talvez não tão proveitosa quanto haveriam querido.

– Bienvenido – respondeu por fim a cigana –, sei o que posso pedir-te.

O dono da pousada evitou o olhar de María; devia-lhe a vida.

– Uma cigana jovem – murmurou então –, e uma negra! Haverá brigas. Tu o sabes. Suponho que, como sempre, virão acompanhadas de ciganos. E me...

– Naturalmente que viremos com homens – interrompeu-o María pensando em quem poderiam ser –, e necessitaremos pelo menos de uma guitarra e...

– María, por Deus!

– E por todos os santos! – calou-o ela. – Por esses mesmos santos a que te encomendavas quando tinhas febres. Por acaso vieram em tua ajuda?

– Eu te paguei.

– É verdade, mas já te disse então: não era suficiente. Havias gastado tudo o que tinhas em médicos, cirurgiães, missas, preces e quem sabe que mais tolices, lembras-te? E tu consentiste. E me disseste que podia contar contigo.

– Agora eu te posso pagar...

– Não me interessa teu dinheiro. Cumpre tua palavra.

O dono da pousada meneou a cabeça antes de passear o olhar pelos clientes para evitar o de María. Que valia a palavra?, por acaso algum daqueles a cumpria?, parecia perguntar-lhe por sua vez.

– Somos velhos, Bienvenido – arguiu María. – Talvez amanhã esbarremos um com o outro no inferno. – A velha deixou transcorrer alguns segundos em que buscou os olhos biliosos do dono da pousada. – É melhor que hajamos saldado nossas dívidas aqui em cima, não crês?

E ali, na pousada de Bienvenido, se encontravam as três, duas noites depois de María lhe haver referido o inferno: a velha apalpando no bolso de seu avental a navalha de cortar plantas, não havia deixado de fazê-lo desde que cruzaram a ponte de barcos e se internaram na noite sevilhana; Milagros com sua saia verde de cigana (María havia conseguido que lhe emprestassem uma anágua); e Caridad ataviada com o traje vermelho que apertava seus grandes peitos e permitia que se visse uma excitante linha negra na barriga, ali onde a camisa não alcançava a saia. Acompanhavam-nas dois ciganos, Fermín e Roque, um Carmona e o outro da família Camacho, que a velha havia conseguido convencer com argumentos similares aos que utilizara com Bienvenido. Ambos sabiam tocar guitarra; ambos eram fortes e mal-encarados, e ambos iam armados com navalhas que María também havia arrancado ao dono da pousada. Ainda assim, a velha não estava tranquila.

Sua desconfiança cresceu ao ver o espetáculo que as golpeou assim que entraram na pousada: marinheiros, artesãos, trapaceiros, frades e janotas se espremiam nas pequenas mesas de madeira tosca. Jogavam cartas ou dados; conversavam; riam a gargalhadas como se se desafiassem a fazê-lo com cada vez mais estrépito de uma mesa a outra; discutiam aos gritos ou simplesmente permaneciam absortos com o olhar perdido em algum ponto indefinido. Comiam, fumavam ou faziam ambas as coisas ao mesmo tempo; negociavam trato carnal com as mulheres que iam e vinham exibindo seus encantos, ou punham a mão nas nádegas das filhas de Bienvenido que serviam as mesas, mas todos, sem exceção, bebiam.

Um calafrio percorreu a coluna da curandeira ao aperceber-se, entre o denso manto de fumaça que flutuava no ar, dos tremores que haviam assaltado a Milagros. A moça, assustada, retrocedeu um passo para o umbral que acabavam de transpor. Chocou-se com Caridad, atônita. "É uma loucura!", resolveu de imediato María. A velha se preparava para dizer a Milagros que, se não quisesse, não tinha por que... mas o estouro de gritos e gargalhadas provenientes das mesas próximas a elas a impediu de fazê-lo.

– Vem aqui, belezura!
– Quanto pedes por uma noite?
– A negra! Eu quero foder com a negra!
– Chupa-me, moça!

Fermín e Roque se adiantaram até ladear a Milagros e conseguiram calar parte dos gritos. Os dois homens acariciavam ameaçadores a empunhadura da navalha enfiada em suas faixas e furavam com o olhar a quem quer que se dirigisse à cigana. Protegidas, Milagros conseguiu recuperar a postura, e a velha, a respiração. Os dois ciganos, crescidos diante do perigo, desprezando a possibilidade de que lhes caíssem em cima, como se não os julgassem capazes de fazê-lo, desafiavam aqueles homens. María desviou a atenção da moça e a centrou de novo no estabelecimento até localizar Bienvenido junto à cozinha, para além da porta de entrada, atento a uns gritos que não reconhecia como habituais. O dono da pousada, encostado à parede, meneou a cabeça. "Eu te adverti", acreditou ler a velha em seus lábios. María não se mexeu, tinha os lábios firmemente apertados. Depois, Bienvenido estendeu a mão e as convidou a aproximar-se.

– Vamos – disse a curandeira sem virar-se.

– Vamos, menina – ouviu da boca de um dos ciganos. – Não te preocupes, ninguém te tocará um fio de cabelo.

A firmeza daquelas palavras tranquilizou a velha. Em fila, saltando cadeiras, tonéis, bêbados e prostitutas, os cinco se dirigiram para o lugar onde Bienvenido havia levantado uma mesa para abrir-lhes algum espaço: María à frente, Milagros entre os dois ciganos e, fechando a marcha, como se carecesse de qualquer importância, Caridad. Tentaram acomodar-se no pequeno vão aberto por Bienvenido; apoiadas contra uma das paredes, a suas costas havia duas velhas guitarras.

– É isto o que há – adiantou-se o dono da pousada às queixas da velha.

Depois os deixou sozinhos, como se o que pudesse acontecer doravante não fosse com ele. Fermín pegou uma das guitarras. Roque fez menção de imitá-lo, mas o primeiro meneou a cabeça.

– Uma será suficiente – disse-lhe. – Tu vigia, mas primeiro traz-me uma cadeira.

Roque se virou e, sem dizer palavra, ergueu pelo pescoço a um jovem janota vestido à francesa que conversava com outros dois iguais a ele. O afrancesado ia queixar-se, mas fechou a boca assim que viu o rosto contraído do cigano e sua mão na navalha. Alguém soltou uma risada.

– Assim terás a bunda à mostra, seu invertido! – alfinetou um dos da mesa ao lado.

Roque entregou a cadeira a seu companheiro, que apoiou um pé nela e testou a guitarra sobre a coxa, buscando afiná-la e assenhorear-se dela. Ninguém na pousada parecia ter o menor interesse em escutar música. Só os desavergonhados olhares libidinosos para Milagros e Caridad e um que outro grosseiro davam sinal da presença dos ciganos na pousada, porque enquanto isso o alvoroço continuava em toda a sua intensidade. Quando Fermín lhe fez um gesto, a guitarra já trastejada, María reuniu forças para arrostar a Milagros. Havia evitado fazê-lo até então.

– Preparada?

A moça anuiu, mas toda ela traía sua afirmação: tremiam-lhe as mãos, ela respirava com agitação e até sua tez escura se via pálida.

– Estás certa?

Milagros apertou com força as mãos.

– Respira fundo – aconselhou-a a velha.

– Vamos lá, beleza – alentou-a Fermín ao mesmo tempo que começava com a guitarra. – Por seguidilhas.

A guitarra não soava! Não se ouvia entre o vozerio. María começou a bater palmas com as mãos tensas e com um movimento de queixo indicou a Caridad que fizesse o mesmo.

Milagros não se decidia. Em nada se parecia o local de Bienvenido com as hospedarias em que, protegida pelos Fernández, havia cantado diante de quatro paroquianos. Pigarreou repetidas vezes. Hesitava. Tinha de avançar até o diminuto círculo que se abria diante dela e cantar, mas permanecia imóvel ao lado de María. Fermín repetiu a entrada, e teve de fazê-lo uma vez mais. O titubeio conseguiu chamar a atenção do público mais próximo. Milagros notou seus olhares sobre ela e sentiu-se ridícula diante de seus sorrisos.

– Vamos, menina – voltou a animá-la Fermín –, ou a guitarra se cansará.

– Nunca esqueças que és uma Vega – ouviu da boca de María, que a estimulou com a mensagem de sua mãe.

Milagros avançou e começou a cantar. A velha fechou os olhos com desespero: a voz da moça tremia. Não conseguia. Ninguém podia ouvi-la. Carecia de ritmo... de alegria!

Os que antes haviam sorrido golpearam o ar a tapas. Alguém assobiou. Outros vaiaram.

– Assim é que ofegas quando te fodem, ciganinha?

Um coro de risadas acompanhou a exclamação. As lágrimas se acumularam nos olhos de Milagros. Fermín interrogou María com o olhar, e a velha anuiu com os dentes trincados. Tinha de começar! Podia fazê-lo! Mas quando voaram restos de legumes em direção à moça, o cigano fez menção de deixar de rasgar a guitarra. María observou as pessoas: bêbadas, excitadas.

– Dança, negra! – ordenou então.

Caridad parecia hipnotizada com o ambiente e continuou a bater palmas como um autômato.

– Dança, diacho de negra! – gritou a velha.

O aparecimento de Caridad no círculo, com seus grandes peitos mostrando-se apertados sob a camisa vermelha, arrancou um coro de aplausos, vivas e todo tipo de gritos soezes. "Dança, diacho de negra!", ressoava em seus ouvidos. Virou-se para Milagros: as lágrimas correm por suas faces.

– Dança, Cachita – rogou-lhe esta antes de retirar-se e deixar-lhe livre o espaço.

Caridad fechou os olhos e o escândalo começou a infiltrar-se nela como podiam fazê-lo os uivos dos escravos nos domingos de festa nos barracões, quando se alcançava o zênite e alguém era montado por um orixá. O som da guitarra cresceu a suas costas, mas ela encontrou seu ritmo naqueles gritos desconexos, no bater das pessoas nas mesas, na lascívia que flutuava no meio da fumaça e que quase podia tocar-se. E começou a dançar como se pretendesse que Oxum, a deusa do amor, sua deusa, acudisse a ela: mostrando-se com desvergonha, golpeando o ar com seu púbis e suas cadeiras, volteando tronco e cabeça. Roque teve de aplicar-se a fundo. Empurrava a quantos se adiantavam para manuseá-la, beijá-la ou abraçá-la, até que não lhe restou outra saída além de empunhar e mostrar sua navalha a fim de evitar que se abalançassem a ela. No entanto, quanto mais frenéticas estavam as pessoas, mais Caridad dançava.

O público recebeu o fim da primeira dança em pé: aplaudia, assobiava e exigia mais vinho e aguardente. Caridad se viu obrigada a repetir. O suor a mostrava brilhante e encharcava suas roupas vermelhas até chegar a contornar seus seios e seus mamilos.

Após a terceira dança, Bienvenido foi até o círculo e com os dois braços levantados, cruzando-os no alto, anunciou o final do espetáculo. As pessoas sabiam como procedia o velho dono da pousada e seus três filhos encarregados de cuidar da ordem, e entre murmúrios e brincadeiras começaram a ocupar as mesas.

Caridad ofegava. Milagros permanecia cabisbaixa.

– Vai receber – disse María a Caridad. – Depressa, fá-lo antes que se esqueçam.

O ingênuo olhar com que lhe respondeu Caridad enfureceu ainda mais a velha, que havia presenciado as danças resmungando insultos.

– Acompanhai a negra! – ordenou rudemente a Roque e a Fermín.

Bienvenido permaneceu com elas duas enquanto os outros passeavam entre as mesas.

Caridad passava com timidez o chapéu de um dos homens enquanto os ciganos tentavam suprir a candura da mulher franzindo o cenho e ameaçando em silêncio a todo aquele que tacanheava. Caíram moedas, mas também propostas grosseiras e um que outro fugaz manuseio que Caridad tentava evitar e de que os ciganos, seguros de uma maior generosidade, simulavam não se aperceber e consentiam ao menos por um segundo. Afinal de contas, Caridad não era uma mulher cigana.

– Não dizias que cantava como os anjos? – perguntou Bienvenido a María, os dois contando de longe o dinheiro que caía no chapéu.

– Cantará. Garanto pelo fato de que ainda não estamos apodrecendo no inferno que o fará. Eu te asseguro – respondeu a velha elevando o tom de voz e sem voltar-se para Milagros, para quem realmente se dirigia sua afirmação.

Fermín e Roque ficaram satisfeitos com a parte que lhes entregou María, tanto que no dia seguinte foram vários os homens e as mulheres que desfilaram pelo domicílio de Milagros pretendendo fazer parte do grupo. A velha os mandou embora a todos. Ia fazer o mesmo com uma mulher da família Bermúdez que apareceu com um bebê nos braços e dois pequenos quase nus agarrados à barra de sua saia, acabada e desbotada como as de todas as das ciganas que haviam voltado de Málaga, mas antes virou o rosto para o interior do cômodo: Milagros continuava deitada e escondida debaixo da manta. Assim passava o dia inteiro, soluçando de quando em quando. Caridad, sentada num canto com sua trouxa, fumava um *papante* dos quatro com que a velha havia decidido premiá-la quando por fim pôde ir comprar provisões: comida e uma vela. Diziam que os *papantes* eram feitos com folha cubana, e assim devia ser, haja vista a satisfação que mostrava Caridad enquanto lançava grandes baforadas, alheia a tudo quanto sucedia ao redor. María apertou os lábios, refletiu por alguns instantes, anuiu para si de forma imperceptível e arrostou de novo a Bermúdez, a quem flagrou tentando manter quietos os ciganinhos; já a tinha visto, conhecia-a.

– Rosa...? Sagrario? – tentou recordar a curandeira.

– Sagrario – respondeu a outra.

– Volta ao anoitecer.

O agradecimento da cigana se manifestou num amplo sorriso.

– Mas... – María apontou para as crianças – sozinha.

– Não te preocupes. A família se ocupará delas.

O restante do dia transcorreu com a mesma apatia com que soava o martelar dos ferreiros, ainda sem ferramentas. Caridad e a velha comeram sentadas no chão.

– Deixa-a – disse-lhe María diante dos constantes olhares que Caridad dirigia ao vulto deitado a dois passos delas.

Que podia dizer à moça se se levantasse e compartilhassem a comida? O regresso na noite anterior havia sido taciturno; só Fermín e Roque se permitiram alguma pilhéria entre si. Cansadas, as três se haviam deitado sem mencionar o sucedido na pousada de Bienvenido. Seria ela capaz de cantar esta noite? Tinha de fazê-lo, não podiam depender de Caridad; não era cigana, qualquer pessoa podia tentá-la e ela as deixaria na mão. A velha observou a negra: comia e fumava entre bocados. Seus pensamentos... onde? Melchor? Estaria pensando em Melchor? Havia chorado por ele. Seria possível que houvesse algo entre eles dois? O que, sim, teve por certo a velha foi que, ao ritmo com que os estava fumando, Caridad logo daria cabo dos quatro *papantes*. Pediu-lhe o charuto.

– Continuas pensando naquele cigano? – perguntou então.

Caridad anuiu. Havia algo naquela velha que a impelia a dizer-lhe a verdade, a confiar nela.

– Não sei se haveria gostado de ver-me dançar na pousada – comentou como única resposta.

A curandeira a observou fixamente. Aquela jovem estava apaixonada, não lhe restava a menor dúvida.

– Sabes de uma coisa, negra? Melchor saberia que o fizeste por sua neta.

A negra amava Milagros, pensou María após soltar uma baforada, mas não era cigana, e esse era motivo suficiente para desconfiar. As duas fortes puxadas que deu no charuto vieram a nublar-lhe a mente. Sim, a menina cantaria e dançaria aquela noite, disse-se ao mesmo tempo que passava o charuto a Caridad, e surpreenderia com sua voz e seus requebros a todos aqueles bêbados. Tinha de fazê-lo! E o faria, para isso havia admitido Sagrario com elas: a Bermúdez cantava e dançava como as melhores. María a havia ouvido e contemplado em algumas das festas que tanto se sucediam antes da detenção.

Depois do almoço, Caridad e a velha cigana folgazaram à espera de que caísse a noite dirigindo, de quando em quando, o olhar para Milagros, María impedindo que a outra se aproximasse da moça para consolá-la, nem sequer com sua presença. Já não a ouviam soluçar. Milagros permanecia parada sob as mantas e a fazenda da barraca até que em determinado momento, repentinamente, se mexia debaixo delas. Tratava-se de bruscas sacudidelas, como se pretendesse chamar a atenção, tal como uma menina aborrecida e caprichosa, compreendeu a velha, que sorriu ao imaginá-la desejando saber o que sucedia no pertinaz silêncio que rodeava seu refúgio. Devia estar com fome e sede, mas era teimosa como sua mãe... e como seu avô. Uma Vega que não cederia! Esta noite o demonstrarás, prometeu-lhe enquanto contemplava como voltava a estremecer debaixo das cobertas.

* * *

Sagrario e os dois ciganos chegaram juntos. María os fez esperar no umbral.

– Vamos, Milagros!

A moça lhe respondeu com um violento pontapé debaixo das cobertas. María havia tido muito tempo para pensar em como enfrentar aquela previsível situação: só o orgulho ferido, o medo de uma vergonha maior a levaria a obedecer. Aproximou-se com a intenção de descobri-la, mas Milagros se aferrou à manta. Ainda assim, a velha o conseguiu em parte.

– Olhai-a! – disse aos da porta, ainda puxando a manta que a moça agarrava. – Menina, queres que todos os ciganos saibam de tua covardia? Chegaria até os ouvidos de tua mãe!

– Deixa minha mãe em paz! – gritou Milagros.

– Menina – insistiu María com voz firme; a manta com que se cobria a moça estava esticada em uma de suas mãos –, não há um só Vega em Triana. Neste momento eu sou a velha da família e tu não és mais que uma jovem cigana que não depende de nenhum homem; deves obedecer-me. Se não te levantares, direi a Fermín e a Roque que te levem nos braços, entendeste-me? Sabes que o farei e sabes que eles me obedecerão. E te passearão pelo beco como a uma menina malcriada.

– Não o farão. Eu sou uma Carmo...!

Milagros não chegou a terminar a frase. Ao ouvi-la, María havia aberto a mão e deixado cair a manta com um desprezo que a moça não chegou a ver, mas sim a perceber em toda a sua intensidade. Estivera a ponto de renegar sua condição de Vega? Antes que a velha desse meia-volta, Milagros já se havia posto de pé.

E cantou. Fê-lo com o socorro de Sagrario, que com voz potente e alegre, ajudada pelos efeitos de um copo de vinho tinto que a velha María obrigou a moça a beber assim que entraram na pousada, se ocupou de encobrir seus temores e vergonhas. Também Caridad voltou a dançar, e excitou outra vez um público um pouco mais numeroso que o da noite anterior. Havia corrido a notícia. Mas não tanto como o fez a partir da terceira noite, quando Sagrario, depois de haver dançado com Milagros, se afastou do círculo em que se moviam e apresentou a moça com uma reverência exagerada. Havia-o combinado com a velha. Milagros se encontrou sozinha, entre os aplausos que ainda não haviam cessado. Ofegava, resplandecia... e sorria!, percebeu María com o coração apertado. Então a moça ergueu a mão, da qual já pendiam algumas fitas coloridas, tal como em seu cabelo, e pediu silêncio. A curandeira notou que um calafrio percorria seus membros entorpecidos. Fazia quanto tempo que não sentia aquele prazer? Fermín, com o pé na cadeira e a guitarra sobre a coxa esquerda, trocou um olhar de triunfo com a velha. A assistência se mostrava resistente a calar; alguém começou a tanger um copo com uma faca, e os psius pedindo silêncio se sucederam.

Milagros aguentou os olhares sobre ela.

– Vamos, beleza! – animaram-na de uma das mesas.

– Canta, cigana!

– Canta, Milagros – estimulou-a Caridad. – Canta como só tu sabes fazê-lo.

E partiu a palo seco, antes que Fermín o fizesse com a guitarra.

– "Eu sei cantar o conto de uma cigana..." – sua voz, viva, de timbre brilhante, encheu a pousada inteira; uma seguidilha cigana, reconheceram imediatamente Fermín e os demais, mas lhe permitiram finalizar a estrofe sem acompanhamento, deleitados com o *cante* – "que enamorou a um mancebo de estirpe clara."

Quando Milagros ia atacar a segunda estrofe, as pessoas receberam com aplausos e galanteios para a moça a entrada da guitarra e as palmas das mulheres. María o fazia chorando, Caridad mordendo com força um de seus *papantes*. Milagros continuou cantando, segura, firme, jovem, bela, como uma deusa que desfrutasse sabendo-se adorada.

Sevilha: escola do *cante*; universidade da música; oficina onde se fundem os estilos antes de se oferecerem ao mundo. Caridad podia excitar os homens com suas danças provocantes, as ciganas também o conseguiam com suas sarabandas sacrílegas segundo padres e beatos, mas ninguém, nenhum daqueles homens ou mulheres, prostitutas ou bandidos, lavadeiras ou artesãos, frades ou criadas, podia permanecer alheio ao maravilhoso feitiço de uma canção que encurralava os sentimentos.

E chegou o delírio: vivas, aclamações e aplausos. Mil promessas de amor eterno para Milagros se converteram no encerramento da apresentação da moça.

20

– És uma Vega – sussurrou o Conde para não acordar os outros da família que dormiam com eles. Rafael García e sua esposa permaneciam com os olhos abertos na escuridão, deitados e completamente vestidos sobre um monte de palha e ramos secos que fazia as vezes de colchão. Reyes se encolheu sob uma manta gasta. Era velha e sentia frio. As fráguas sempre haviam mantido aquecidos os andares superiores, mas Rafael ainda não havia chegado a um acordo definitivo com os ferreiros *payos* e eles seguiam trabalhando com forjas portáteis e buracos no chão.

– Poderíamos ganhar muito dinheiro – insistiu a Trianeira.

– É a neta do Galeote! – voltou a opor-se Rafael, que desta vez ergueu a voz.

Barulhos de corpos remexendo-se e uma que outra palavra ininteligível expressa no meio do sono responderam a seu grito. Reyes esperou até que o rumor das respirações se aquietasse.

– Faz meses que não se sabe nada de Melchor. O Galeote deve estar morto, alguém haverá dado cabo dele...

– Filho da puta – interrompeu-a seu esposo, de novo com um sussurro. – Deveria tê-lo feito eu mesmo há muito tempo. Ainda assim, a moça continua sendo sua neta, uma Vega.

– A moça é uma mina de ouro, Rafael. – Reyes deixou transcorrer alguns instantes e resfolegou para o teto descascado da habitação; suas palavras seguintes lhe implicavam um tremendo esforço: – É a melhor cantora que já ouvi – conseguiu reconhecer.

O sucesso de Milagros havia corrido de boca em boca, e, como muitos outros ciganos, Reyes, movida pela curiosidade, havia ido escutá-la na pousada. Fê-lo da mesma porta, oculta atrás do cada noite mais numeroso público. E, apesar de não a ver, escutou-a. Por Deus, se a escutou!

– Certo, canta bem, e daí? – inquiriu o Conde como se quisesse dar a conversa por terminada. – Continua sendo uma Vega e nos odeia tanto como seu avô e sua mãe. Assim, que fique muda!

– Casemo-la com Pedro – insistiu ela, reiterando a proposta que havia originado a discussão.

– Estás louca – repetiu por sua vez Rafael.

– Não. Essa garota está apaixonada por nosso Pedro. Sempre esteve. Eu a vi espiá-lo e ir atrás dele. Derrete-se quando o tem pela frente. Dê-me atenção. Sei do que falo. O que ignoro é se Pedro estaria disposto a...

– Pedro fará o que lhe dissermos!

Depois daquela exibição de autoridade, o Conde permaneceu em silêncio. Reyes sorriu de novo para o teto descascado. Como era fácil dirigir um homem por mais poderoso que fosse... Bastava aguilhoar seu orgulho.

– Se se casar com Pedro, terá de obedecer-te a ti – disse Reyes então.

Rafael o sabia, mas gostou de ouvi-lo: ele mandando numa Vega!

No entanto, Reyes havia percebido uma mudança de atitude, longe da ira que lhe enchia a boca assim que mencionava os Vegas. Rafael já acariciava o dinheiro. "E como o ajeitaríamos?", podia perguntar agora. Ou talvez: "María, a curandeira, essa se oporá." "Irá ao conselho de anciãos se necessário." Qualquer dessas questões podia ser a seguinte.

A velha. Sucedeu ser a velha.

– Uma velha carrancuda? – limitou-se a dizer Reyes. – Na verdade, a menina é uma Carmona. Sem seus pais presentes, será Inocencio, como patriarca dos Carmonas, quem decidirá. Não se atreveria se estivessem aqui o Galeote ou a mãe, mas sem eles...

– E a negra? – surpreendeu-a perguntando o Conde. – Está sempre acompanhada dessa negra.

Reyes conteve uma gargalhada.

– Não é mais que uma escrava estúpida. Dá-lhe um charuto e ela fará o que quiseres.

– Ainda assim, não me cheira bem essa negra – grunhiu seu esposo.

Uma tarde, no beco, Pedro García saiu da ferraria de sua família à passagem de Milagros e lhe sorriu. Muitos eram os que lhe sorriam ou buscavam conversa com ela desde que cantava na pousada, mas Pedro não. Também suas amigas haviam ido até ela para tentar bajulá-la com mimos e fazer parte do grupo. "Alguma delas fez algo por ti quando o conselho te proibiu de viver no beco?", cortou o assunto a velha María.

Naquela tarde, diante de um encontro que a velha adivinhou forçado, franziu o cenho como havia feito ao ouvir a ideia de Milagros de ampliar as danças da pousada com alguma de suas amigas. Puxou a moça, que não se mexeu, embasbacada, a dois passos do jovem García. Viu-a balbuciar e acalorar-se como... como uma ridícula e tímida menina envergonhada.

– Como estás?... – pretendeu interessar-se o cigano antes que María bufasse para ele.

– Até agora, bem! – cortou a velha. – Não pensas em ir-te? Não tens nada para fazer?

O jovem não fez caso da presença e dos gritos da velha. Abriu o sorriso e mostrou uns perfeitos dentes brancos que se destacaram no escuro de sua tez. Depois, como se se visse forçado a ir contra a sua vontade, entrefechou os olhos e cerrou os lábios no que poderia ser o esboço de um beijo.

– Voltaremos a ver-nos – despediu-se.

– Não te aproximes dela – advertiu-o María quando o jovem já lhes dava as costas.

"Não é para ti", esteve a ponto de acrescentar, mas o tremendo palpitar do coração de Milagros que ela chegou a sentir no braço pelo qual a segurava turbou-a e a impediu de fazê-lo.

– Vamos – obrigou-a a velha voltando a puxá-la. – Vamos, negra! – gritou para Caridad.

O esforço que teve de fazer María para seguir caminho contrastou com o esgar de satisfação da Trianeira, que, escondida atrás de uma pequena janela do andar superior da ferraria, anuiu satisfeita ao mesmo tempo que as via atravessar o beco e dirigir-se para a construção onde viviam os Carmonas: a curandeira maldizendo de forma ostentosa, Milagros como se flutuasse sobre o chão, e a negra... a negra atrás delas, como uma sombra.

Iam ver Inocencio. Se se necessitava de dinheiro para libertar os pais de Milagros, elas o tinham, e acreditavam que teriam mais, apesar dos subornos que se viam obrigadas a pagar aos aguazis para que lhes permitissem seguir cantando na pousada e não rebuscassem nos arquivos se haviam sido detidas na batida e libertadas de Málaga. María apalpou a bolsa com as moedas; só haviam tido de ceder em um aspecto.

– A negra deve parar de dançar – advertiu-a uma noite Bienvenido, contente também com os ganhos.

A velha resmungou.

– Vão fechar-me a pousada – insistiu Bienvenido. – Podemos subornar os funcionários para que permitam a uma moça cantar, até dançar, mas já foram vários os frades e sacerdotes que denunciaram, horrorizados, a impudicícia das danças de Caridad, e com eles, María, nada podemos fazer. Eu me comprometi com o aguazil a que a negra não volte a dançar. Ele não me dará outra oportunidade.

E não a haveriam dado, reconheceu para si a velha. Desde que Sevilha perdera o monopólio do comércio com as Índias em benefício de Cádiz, a riqueza havia minguado, os comerciantes se haviam empobrecido, e se aprofundaram as diferenças entre os que viviam na mais absoluta miséria, a grande maioria, e uma minoria de funcionários corruptos, nobres soberbos, proprietários de grandes extensões de terras, e milhares de eclesiásticos, regulares ou seculares. Para eles era um momento propício para levar ao povo a doutrina cristã da resignação com sermões, missas, rosários e procissões. Nunca tinha havido tantos sermões públicos ameaçando com todo tipo de penas a vida licenciosa dos fiéis. E o que não sucedia em Madri, na corte, com seus dois teatros de comédias e suas companhias fixas de comediantes, a da Cruz e a do Príncipe, havia-o conseguido o arcebispo de Sevilha para o território de sua arquidiocese: a proibição do teatro, da ópera e das comédias.

"Enquanto em Sevilha não se representem comédias, suas gentes se acharão livres da peste", havia profetizado já em fins do século anterior um ardoroso padre jesuíta. E a cidade que havia sido berço da arte dramática, a que havia erguido o primeiro teatro coberto da Espanha, via que os moradores tinham de esconder-se e ir embuçados para desfrutar do *cante* de uma virtuosa moça cigana. No entanto, as danças de Caridad, com seus peitos balançando-se e seu baixo-ventre e suas cadeiras golpeando o ar eram uma provocação carnal merecedora da condenação eterna.

– Tu não dançarás mais – indicou María a Caridad quando já as pessoas requeriam sua presença.

María escrutou o rosto da negra em busca de alguma reação. Não a soube encontrar; talvez a notícia a alegrasse. No meio da gritaria, dos bochichos das pessoas e do evidente agrado de um aguazil escondido entre elas, Caridad pareceu receber suas palavras com absoluta indiferença.

Quanto a Milagros... ainda a via embasbacada, com um sorriso estúpido nos lábios. O fato era que Pedro García, viu-se obrigada a reconhecer María, podia deslumbrar qualquer moça: cigano altivo e orgulhoso, de tez curtida, cabelo longo e preto e olhos da mesma cor e intenso olhar, guapo e forte por mais que a fome se empenhasse em mostrar seus efeitos em seu corpo de dezessete anos.

– És uma Vega! – María parou na porta da casa de Inocencio; o reproche surgiu de sua boca ao simples pensamento da menina e daquele... aquele sem-vergonha beijando-se ou tocando-se ou... – E ele, um García! – gritou então. – Esquece-te desse rapaz!

O jovem Pedro García permanecia plantado no interior da ferraria, as pernas abertas e as mãos na cintura diante de seu avô e de seu pai, Elías, os três afastados dos demais membros da família García que pelejavam com as forjas portáteis.

– Não terei problemas com essa menina – alardeou sorridente o jovem.

– Pedro, não se trata de mais um amorico – advertiu-o o Conde, preocupado com a recordação das confusões de seu neto, todas com mulheres *payas*, por sorte, nas quais havia tido de ir em sua ajuda. Em algumas ocasiões bastara ameaçar pais ou esposos enganados, em outras tivera de desembolsar algum dinheiro que depois, diante dos demais membros da família, havia simulado recuperar com uma sobrecarga de trabalho; gostava do jovem, era seu preferido. – Tu te casarás com a moça – sentenciou. – Deves cumprir a lei cigana com ela: não a tocarás enquanto não se consumarem as bodas.

O jovem cigano respondeu com um trejeito zombeteiro. Avô e pai endureceram as feições ao mesmo tempo, gesto mais que suficiente para que o outro entendesse a importância do que se estava fazendo.

– Poderás... deverás falar com ela, e até dar-lhe algum presente, mas nada mais. É proibido que saiam juntos do beco sem a companhia de membros adultos das famílias; não quero queixas da velha ou dos Carmonas. Eu te prometo que não terás de suportar um noivado longo. Entendeste?

– Entendi – confirmou o jovem com seriedade.

– Bom cigano – felicitou-o seu avô dando-lhe uma palmadinha no rosto.

O Conde se preparava para virar-se quando percebeu a expressão de seu neto, que o interrogava com as sobrancelhas ostensivamente erguidas sobre os olhos.

– Quê? – perguntou por sua vez.

– E enquanto isso? – inquiriu Pedro balançando a cabeça de um lado para o outro. – Esta noite me espera a esposa de um carpinteiro sevilhano...

Pai e avô soltaram uma sonora gargalhada.

– Diverte-te quanto quiseres! – animou-o o Conde entre risos. – Fornique com ela também por mim. Tua avó já não...

– Pai! – recriminou-o Elías.

– Quer vir comigo, vovô? – propôs o neto. – Eu lhe asseguro que essa mulher dá conta dos dois.

– Não digas necedades! – interveio de novo o pai do jovem.

– O senhor não a viu! – insistiu Pedro enquanto o Conde sorria. – Tem uma bunda e um par de tetas...

– Eu queria dizer...

O avô deu um golpe no ar com a mão.

– Sabemos o que querias dizer – interrompeu ao filho. – Em todo caso, tu, Pedro, tem cuidado de não aborrecer a menina Vega; por pouco que se pareça com seu avô, há de ser orgulhosa – acrescentou mudando o semblante à recordação do Galeote. – A moça não deve saber de tuas aventuras. – Rafael García aproveitou o momento de seriedade para advertir o neto: – Pedro: tua avó, eu, teu pai, nossa família temos muito interesse nesse casamento. Não nos falhes.

– Velha!

Eram muitos os que a chamavam "velha", mas María sabia reconhecer quando o utilizavam como um apelido carinhoso e quando o faziam com espírito de ofendê-la. Naquela ocasião não teve dúvida alguma de que se tratava da segunda maneira. Não fez caso ao grito que havia surgido da ferraria e continuou atravessando o pátio do cortiço, sozinha. Milagros se havia negado a acompanhá-la às compras e, para seu desespero, ficara no andar superior cochichando com Caridad... Sobre Pedro García, sem dúvida.

Fazia dias que o jovem a assediava e, sem dissimulação alguma, nem para María nem para quem quer que o presenciasse, fazia encontrar-se no Beco de San Miguel. Só Milagros parecia não se dar conta, e vezes e mais vezes se derretia diante dele, até que María espantava o cigano. Depois vinham as discussões, que a curandeira cortava mencionando as palavras da mãe de Milagros: "Nunca esqueças que és uma Vega." Referia-se ao ódio entre as duas famílias. Mas o que ela não podia impedir era que Milagros cochichasse com Caridad, sempre atenta a suas palavras, impassível com seu charuto na boca, e isso a irritava a tal ponto que ela havia pensado em não comprar mais tabaco para a negra.

– Velha! – voltou a ouvir, desta vez já do mesmo pátio.

Virou-se e distinguiu Inocencio na porta da ferraria que se comunicava internamente com o pátio, onde já voltavam a acumular-se alguns ferros-velhos enferrujados que os ciganos, no entanto, eram incapazes de trabalhar com os meios de que dispunham.

– Tem cuidado com a língua, Inocencio! – revoltou-se ela.

– Eu nada disse que possa molestá-la – replicou o patriarca dos Carmonas enquanto se aproximava.

– Mas o vais fazer, ou me engano?

– Isso dependerá de como o tomares.

Inocencio havia chegado até ela. Também era velho, como todos os patriarcas. Talvez não tanto como o Conde e muito menos que María, mas o era: um cigano velho, acostumado a mandar e a que lhe obedecessem.

– Diz o que tens para dizer – estimulou-o ela.

– Deixa de interpor-te entre Milagros e o jovem García.

A velha hesitou. Nunca haveria esperado tal advertência.

– Farei o que tenha por conveniente – conseguiu dizer. – Ela é uma Vega. Está sob meus...

– É uma Carmona.

– Os mesmos Carmonas que a defenderam no conselho de anciãos? – riu com sarcasmo. – Vós a expulsastes do beco e a entregastes a mim. Até seu pai consentiu. A moça está sob minha proteção.

– E por que vive no beco, então? – replicou Inocencio. – O castigo foi anulado, tu o sabes. Os Vargas lhe perdoaram. É uma Carmona e depende de mim, como todos.

"Talvez tenha razão", refletiu María; não pôde evitar um estremecimento ao pensá-lo.

– Por que não reclamaste antes tua autoridade? Vai fazer um mês que estamos...

– A moça se sente Vega – reconheceu Inocencio. – Não me interessa seu dinheiro nem, muito menos, ter um conflito com os Vegas, ainda que agora...

– Melchor voltará – tentou amedrontá-lo ela.

– Não desejo nenhum mal a esse velho louco.

Parecia sincero.

– Então, por que agora? Por que queres estimular sua relação com Pedro García? Não poderias encontrar outro homem para Milagros? Alguém que não fosse um García, alguém que não fosse esse libertino; todo o mundo conhece suas aventuras. Encontrarias muitos pretendentes para a moça, e as nossas famílias todas estariam de acordo.

– Não posso.

María lhe pediu explicações estendendo diante de si uma de suas mãos atrofiadas.

– Vós me pedistes a libertação de Ana e José, e para isso necessito da ajuda de Rafael García.

A mão da velha, à altura de seus peitos secos, começou a crispar-se. Inocencio o percebeu.

– Sim – afirmou então. – O Conde impôs como condição o casamento da moça com seu neto.

María fechou a mão com força e a agitou desesperada. Seus dedos contraídos em forma de gancho não lhe permitiram convertê-la no punho com que haveria desejado bater no próprio Inocencio. Era como se através daqueles dedos tortos lhe escapassem as palavras.

– Por que é necessária a intervenção de Rafael? – inquiriu apesar de saber a resposta.

– É o único que pode conseguir que os párocos de Santa Ana aportem uma certidão de casamento para os pais da moça. Sem esse papel não há liberdade. Sempre fui eu quem tratou com eles em nome do conselho de anciãos; a mim nem sequer me receberiam. E esta é sua única condição: Milagros e Pedro devem contrair matrimônio.

– Ana Vega nunca consentirá em recuperar a liberdade em troca dessa união.

– Ana Vega se dobrará ao que ordenar seu esposo – disse terminantemente Inocencio –, e os Carmonas nada têm contra os Garcías.

– Enquanto a mãe não voltar, não consentirei nessa relação – rebelou-se a curandeira.

À luz da manhã que entrava no pátio para infiltrar-se por entre a ferrugem retorcida, os dois se desafiaram com o olhar. Inocencio meneou a cabeça.

– Escuta, velha: tu careces de autoridade. Farás o que eu te disse; caso contrário, nós te desterraremos de Triana e me encarregarei da moça ainda que seja à força. Ela deseja o regresso de seus pais... e entendo que tampouco vê com maus olhos uma relação com o neto de Rafael. Que mais podes pretender? José Carmona pertence à minha família: é filho de meu primo, e farei tudo o que estiver ao meu alcance para libertá-lo, como a todos os que faltam. Não vou permitir que por tua teimosia o Conde volte atrás. Está proporcionando a liberdade de uma Vega! A filha do Galeote, seu inimigo acérrimo! Queres que fale com Milagros? – María chegou a retroceder um passo, como se Inocencio a houvesse empurrado com tal ameaça; seus pés descalços se arranharam num dos ferros. – Queres que lhe diga que estás pondo em perigo a liberdade de seus pais?

A velha sentiu uma repentina tonteira. Sua boca se encheu de saliva, e a cor ocre da ferrugem, que afogava o fulgor dos raios do sol, dançou confusa diante dela de todos os cantos do pátio. Inocencio fez menção de ajudá-la, mas ela o repeliu com um desajeitado tapa. Que sucederia se ele efetivamente falasse com Milagros? A menina estava cativada pelo jovem García. Ela perderia. Sentiu-se desfalecer. A figura de Inocencio se borrou diante dela. Então apertou com força o pé sobre o ferro que havia pisado, até sentir cravar-se-lhe uma de suas arestas e começar a correr o sangue pela sola calejada. A dor real, física, reanimou-a para arrostar o Carmona, que contemplava em silêncio como ao redor do pé da velha se formava uma pequena poça escura que encharcava a terra.

Os dois compreenderam o que significava o dano que a velha se infligia e cujos sinais de dor ela tentava reprimir no rosto: ela se rendia.

– Guarda teu sangue... María. Já és velha para desprezá-lo – recomendou-lhe o patriarca dos Carmonas antes de dar-lhe as costas e regressar à ferraria.

Horas depois, a velha se separou de Milagros assim que Pedro García foi ao seu encontro. Fê-lo em silêncio e coxeando, com o pé enfaixado, tentando não obstante manter erguida a cabeça. Milagros se surpreendeu diante da inesperada liberdade que lhe oferecia quem até então havia lutado tenazmente por impedir-lhe a relação com o jovem. E além disso... não estava dizendo impropérios entre dentes! O sorriso e o quente olhar com que Pedro a convidou a aproximar-se e conversar com ele a levaram a esquecer-se por completo da velha e até a fazer um imperioso gesto com a mão para Caridad para que também ela se afastasse. De ambos os lados do beco, a Trianeira em um, Inocencio no outro, os dois à vista, como testemunhas que quisessem verificar o cumprimento de um pacto, trocaram olhares de assentimento diante da retirada de María.

De noite, a própria velha se viu forçada a reconhecer que a voz com que Milagros inebriou as pessoas que a escutavam na pousada se ergueu matizada por um sentimento que até então nunca havia existido. Fermín, à guitarra, virou o rosto para ela e lhe perguntou com o olhar o que havia sucedido; também o fizeram Roque e Sagrario. María não respondeu a nenhum deles. Não havia explicado o porquê de sua mudança a Milagros, não queria fazê-lo, e a moça tampouco havia perguntado, talvez temerosa de que, se o fizesse, se rompesse o encanto.

Nessa mesma noite o Conde voltou a falar com a esposa, ambos deitados no colchão de palha e galhos. Havia conseguido a certidão de casamento e o compromisso dos padres de testificar no processo secreto a favor de José

Carmona e da mulher Vega; também contava com o apoio do aguazil de Triana. Reyes o felicitou.

– Não te arrependerás – acrescentou.

– É o que espero – disse ele. – Custou muito dinheiro. Mais do que Inocencio me proporcionou. Tive de assinar documentos pelos quais me obrigo a pagar essa dívida.

– Recuperarás esse dinheiro com sobra.

– Também tive de prometer aos padres que o Carmona e a Vega se casarão pela Igreja assim que estiverem livres, que a moça se batizará e que cantará vilancicos na paróquia de Santa Ana neste Natal. Haviam ouvido falar dela.

– Ela o fará.

– Querem verificar se efetivamente nós, os ciganos, nos aproximamos da Igreja, certificar-se de que nosso empenho seja público, de que todo o mundo o veja e se dê conta. Obrigaram-me a confessar-me! Não sei...

– Não era isso o que se acordou no último conselho? Não lhes falaste de criar uma confraria?

– Riram-se. Mas creio que no fundo lhes agradou. – O Conde guardou alguns instantes de silêncio. – E se a Vega se negar a contrair matrimônio pela Igreja?

– Não sejas ingênuo, Rafael! A Ana Vega, nunca a porão em liberdade. Desde que está em Málaga arrasta mais condenações que um malfeitor. Está detida entre as ciganas simplesmente por não estar no cárcere. Não a libertarão.

– Então... não poderá casar-se.

– Melhor para ti. Ana Vega nunca o teria feito.

Reyes girou até dar-lhe as costas, dando por encerrada a conversa, mas Rafael insistiu.

– Eu me comprometi. Se não se casar...

– E o que podes fazer se não a libertam? Tu já tens a escusa, e então Pedro já estará casado com a moça – interrompeu-o ela. – Se tanto desejam os padres que a Vega se case, que falem com o rei para que a indulte.

Em meados de dezembro, quando tiveram a confirmação de que o processo secreto já fora encerrado e remetido a La Carraca e a Málaga, as famílias García e Carmona se reuniram no pátio do cortiço da noiva, livre de ferros retorcidos e oxidados, como merecia a ocasião; Inocencio havia ordenado levá-los para a ferraria. Dias antes, havia tornado a abordar a María.

– Dizes-lhe tu ou digo-lhe eu? – perguntou-lhe.

– Tu és o patriarca – soltou a velha sem pensar. Contudo, antes que Inocencio lhe tomasse a palavra, retificou-se: – Eu o farei.

A habitação continuava tão vazia como quando tinham regressado a Triana; a maior variação desde então consistia num monte de carvão sob o nicho em que se achavam o fornilho para cozinhar, um velho caldeiro e uma concha, três vasilhas descascadas de louça de Triana, todos diferentes, e alguns alimentos colocados num guarda-comida que não haviam podido rapinar os soldados.

– Espera-nos lá embaixo – ordenou María a Caridad.

Assim que Milagros ouviu a velha despedir Caridad com aquelas poucas palavras pronunciadas severamente, dirigiu-se à janela que abria para o beco e se debruçou no parapeito. Não queria ouvir suas conversas. Estava consciente de que estavam fazia dias evitando falar do assunto, mas ela estava vivendo os melhores de sua vida: Inocencio lhe havia assegurado a liberdade de seus pais, ela cantava e era admirada quase tanto por sua voz como pela relação que mantinha com Pedro García. As demais ciganas, suas amigas, invejavam-na! Inclinou o busto para fora da janela, como se quisesse fugir das queixas da velha. Que saberia ela do amor? Que saberia do encanto que se criava entre Pedro e ela quando se encontravam? Conversavam e riam por qualquer coisa: das roupas das pessoas, de um simples ferro retorcido, do pequeno que tropeçava... Riam e riam. E se olhavam com ternura. E às vezes se roçavam. E quando sucedia isso era como a queimadura de uma fagulha ao saltar da frágua: uma alfinetada. A Milagros nunca haviam alcançado as chispas da frágua, mas Pedro lhe disse que era essa a sensação que ele mesmo havia sentido um dia em que se aproximaram um do outro mais que o conveniente. Ele se afastou simulando embaraço, Milagros teria desejado que esse instante se prolongasse por toda a vida. Os dois se voltaram para o beco para ver se alguém os havia visto. "Sim, como uma fagulha!", confirmou ela, com as pernas ainda trêmulas. Devia ser isso, sem dúvida. Que sabia a velha das fagulhas que se cravavam como alfinetes? Não! Não queria ouvir os sermões de María.

No entanto, a velha falou.

– Dentro de alguns dias... – Milagros ia tapar os ouvidos –, Inocencio te prometerá em casamento ao neto do Conde.

Não chegou a tapá-los. Havia ouvido bem? Virou-se de um salto. María esqueceu seu discurso diante da expressão de alegria da moça.

– Que disse? – perguntou ela quase gritando. O tom agudo como o fez invadiu a velha curandeira.

– O que ouviste.

– Repita-o.

Não queria fazê-lo.

– Tu te casarás com ele – cedeu por fim.

Milagros soltou outro gritinho agudo e pôs as mãos no rosto; afastou-as de imediato para mostrá-las à velha, como que a convidando a compartilhar sua alegria. Diante da passividade da curandeira, deixou de lado a tentativa. Chorou e se moveu de um lado para outro com os punhos cerrados. Girou e voltou a gritar entre soluços. Foi para a janela e ergueu o olhar ao céu. Depois se voltou para María, um pouco mais tranquila, mas com lágrimas correndo pelas faces.

– Podes opor-te – ousou a dizer a curandeira.

– Ah!

– Eu te ajudaria, eu te apoiaria.

– A senhora não entende, María: eu o amo.

– Tu és uma...

– Eu o amo! Eu o amo, amo, amo.

– És uma Vega.

A moça se plantou firme diante dela.

– Já vêm de muitos anos essas querelas. Eu não tenho nada que ver...

– É a tua família! Se teu avô te ouvisse...

– E onde está meu avô? – O grito chegou a ouvir-se até no beco. – Onde está? Nunca está quando se necessita dele.

– Não...

– E os Vegas, onde estão esses Vegas com que a senhora enche a boca? – interrompeu-a Milagros, irada, cuspindo as palavras. – Não resta nem um, nem um! Todos estão detidos, e os que não, como aqueles que encontramos com os Fernández, preferem seguir com outra família a voltar a Triana. De que Vega me falas, María?

A velha não soube responder.

– Esse jovem não te convém, menina – optou por dizer, sabendo da inutilidade de sua advertência. Mas tinha de fazê-la, ao preço até da reação da moça.

– Por quê? Porque é um García que não tem culpa do que fez seu avô? Porque a senhora o decidiu? Ou talvez o tenha decidido meu avô, esteja onde estiver?

"Porque é um velhaco hipócrita e um mulherengo que só quer teu dinheiro e que te transformará numa infeliz." A resposta girou pela cabeça da velha. A jovem não acreditaria nela. "E, além disso, um García, sim, neto do homem que levou teu avô às galés; neto do homem que levou à morte tua avó e à miséria tua mãe."

— Não queres entender — lamentou em vez disso.

María deixou a moça com a réplica na boca. Deu meia-volta e saiu da habitação.

Agora Milagros, no pátio limpo de ferros do cortiço, enquanto os Carmonas e os Garcías se felicitavam e bebiam o vinho que haviam comprado com o dinheiro de sua última noite na pousada, sentia saudade da velha. Não havia tornado a vê-la desde então. Cinco dias em que se havia cansado de perguntar por ela. Até ousara aparecer na ciganaria acompanhada de Caridad, sem resultado; depois haviam percorrido as ruas de Sevilha, também infrutiferamente. A não ser pela presença de Pedro, que estivera alguns minutos com ela para depois dedicar-se a beber, conversar e rir com os demais ciganos, e pela de Caridad, Milagros se sentia estranha entre aquelas pessoas. Começavam a ver-se de novo trajes coloridos e adornos no cabelo, fitas coloridas e flores; os ciganos podiam passar fome, mas não iam vestir-se como os *payos*. Ela os conhecia a todos, é verdade, mas... como seria a vida com eles? Como seria seu dia a dia uma vez atravessado o beco, na construção que habitavam os Garcías? Observou a Trianeira, tão gorda como ufana, passeando como se fosse uma verdadeira condessa entre as pessoas, e seu estômago encolheu-se. Quis ir em busca do apoio de Pedro quando os dois patriarcas, Rafael e Inocencio, pediram silêncio. E, enquanto as pessoas se aglomeravam ao redor, o primeiro chamou para seu lado seu filho Elias e seu neto Pedro, e o Carmona a ela.

— Inocencio — anunciou Elias García em voz alta e tom formal —, em tua condição de chefe da família Carmona, quero pedir-te em casamento para meu filho Pedro, aqui presente, a Milagros Carmona, filha de José Carmona. Meu pai, Rafael García, chefe de nossa família, comprometeu-se em seu nome e no meu o pagamento de um bom dinheiro para obter a liberdade dos pais de Milagros, com cujo desembolso consideramos cumpridos a lei cigana e o preço da moça.

Antes que Inocencio respondesse, Milagros trocou um nervoso olhar com Pedro. Ele lhe sorriu e a animou. Sua serenidade conseguiu tranquilizá-la.

— Elías, Rafael — ouviu Inocencio responder —, nós, os Carmonas, consideramos suficiente preço o pagamento para obter a liberdade de um de nossos familiares e sua esposa. Eu vos entrego a Milagros Carmona. Pedro García — acrescentou Inocencio dirigindo-se ao jovem —, eu te concedo a moça mais bela de Triana, a melhor cantora que até hoje nosso povo deu. Uma mulher que te proporcionará filhos, te será fiel e te seguirá aonde quer que vás. O casamento se celebrará assim que entrar o ano-novo. Seja feliz com ela.

Depois, Inocencio e Rafael García avançaram e selaram o pacto publicamente, cara a cara, mediante um vigoroso e longo aperto de mãos. Nesse momento, Milagros sentiu a força daquela aliança como se cada um dos patriarcas estivesse apertando seu próprio corpo. E se María tivesse razão?, assaltou-a a dúvida. "Recorda sempre que és uma Vega"; as palavras que havia querido transmitir-lhe sua mãe cruzaram por sua cabeça como um relâmpago. Mas não teve tempo de pensar nisso.

– Que ninguém ouse romper este compromisso! – ouviu Rafael García exclamar.

– Maldito seja o que se atrever! – aderiu Inocencio. – Que não morra nem no céu nem na Terra!

E, com aquele juramento cigano recebido com aplausos, Milagros soube que seu destino acabava de ser decidido.

Foi a primeira festa que se realizou desde que se havia iniciado a libertação dos ciganos de arsenais e cárceres. Os ciganos do Beco de San Miguel levaram a pouca comida e bebida que tinham. Apareceram duas guitarras e algumas castanholas e pandeiretas, todas quebradas e deterioradas. Apesar disso, homens e mulheres buscaram ânimo e arranharam os instrumentos até obter deles a música que, fazia tempo, teriam podido vir a criar. Milagros cantou e dançou, estimulada por todos, alegre por causa do vinho, aturdida diante da sucessão de conselhos e felicitações que não parava de receber; fê-lo com outras ciganas e várias vezes com Pedro, que, em lugar de mover-se em seu ritmo, a acompanhou com movimentos curtos e secos, soberbos e altivos, como se em lugar de dançar para os ciganos que batiam palmas estivesse gritando a todos que aquela mulher ia ser sua, só sua.

Ao anoitecer, a Trianeira começou a palo seco com uma *debla* que alongou e alongou com sua voz quebrada até conseguir que as lágrimas aparecessem nos rostos das ciganas e que os homens buscassem escondê-los para levar um furtivo braço aos olhos. Milagros não ficou alheia àqueles sentimentos de dor que afloravam em todos eles e tremeu como os demais. Várias vezes acreditou notar que a avó de Pedro a desafiava. "Até agora teu sucesso não é mais que fruto das alegres e tolas músicas que cantas numa mísera pousada", parecia cuspir-lhe. Onde está dor do povo cigano?, desafiava-a a velha, e o *cante* fundo e profundo, aquele que os ciganos guardamos para nós mesmos?

Milagros aceitou o desafio.

O longo queixume que brotou dela calou os aplausos em que explodiram os ciganos assim que a voz da Trianeira deixou de espreitar suas penas, como se com seu repentino silêncio lhes houvesse facilitado o consolo. Milagros cantou sem sequer plantar-se no centro do círculo, com Caridad e outras ciganas a seus lados. Ela não se sentia livre! Ao contrário, a voz da velha Reyes havia conseguido transportá-la a um entardecer na ribeira do rio, diante da igreja da Virgem do Bom Ar, a capela aberta dos mareantes de Sevilha, e a seu avô prostrado de joelhos. "Onde está o senhor, vovô?", pensou enquanto a voz se rompia em sua garganta e surgia dela atormentada, como um lamento dilacerado. "Canta até que a boca te saiba a sangue", dissera-lhe María. E a velha? E seus pais? Milagros acreditou saborear aquele sangue justo quando a Trianeira baixava a cabeça, vencida. Não chegou a vê-la, mas o soube, porque os ciganos guardaram um prolongado silêncio quando terminou, à espera de que a reverberação de seu último suspiro desaparecesse do beco. Depois a aclamaram tal como podiam fazer os sevilhanos na pousada.

– Vou embora – Pedro García aproveitou o estrépito para anunciá-lo à parte a seu avô.

– Aonde vais, Pedro?

O jovem lhe piscou um olho.

– Hoje não é dia... – quis opor-se aquele.

– Diga o senhor que me pediu que lhe fizesse algo.

– Não, Pedro, hoje não pode ser.

– Por causa de uma Vega? – jogou-lhe em rosto o jovem. Rafael García teve um sobressalto ao mesmo tempo que seu neto abrandava as feições e sorria antes de continuar: – O senhor era igual a mim, estou enganado? Somos iguais. – Pedro lhe passou um braço pelos ombros e o apertou contra si. – O senhor vai impedir que eu desfrute para guardar as formalidades diante de uma Vega?

– Vai e diverte-te – cedeu o patriarca imediatamente.

– À igreja. Diga que fui rezar o rosário – escarneceu o jovem, a caminho já da saída do beco.

Quando Pedro se encontrava perto da praça del Salvador, depois de cruzar a ponte de barcos e internar-se em Sevilha, seu avô não teve outra saída senão aproximar-se de Milagros: a moça já estava havia bastante tempo procurando com o olhar seu prometido.

– Ele foi falar com o pároco de Santa Ana sobre teu batismo – tranquilizou-a.

Nem sequer Milagros ia crer que Pedro se houvesse unido a alguma das mais de cem procissões que percorriam as ruas de Sevilha cantando ave-marias ou rezando o rosário! Milagros sabia da necessidade de seu batismo; havia comentado com ela Inocencio quando lhe anunciou também que no Natal ela cantaria vilancicos na paróquia. Tratava-se de uma condição para a libertação de seus pais. E, justo no momento em que Pedro atravessava a praça del Salvador e chegava à rua de la Carpintería, ela aceitou a escusa do Conde e voltou a juntar-se à festa.

Oculto na esquina da praça del Salvador, Pedro escrutou a rua onde viviam os carpinteiros, alguns deles reconvertidos em fabricantes de guitarras, antes de lançar-se a cruzá-la para chegar até a casa onde o esperava a exuberante mas insatisfeita esposa do artesão. Um minúsculo retalho de tecido de cor amarela como que deixado ao acaso atrás da grade de uma das janelas da oficina lhe indicava quando estava só. Seu coração batia acelerado e não só por causa do desejo: o risco de que o marido aparecesse, geralmente bêbado, como já lhe havia sucedido numa ocasião em que tivera de esconder-se até que sua esposa conseguira fazê-lo dormir, aumentava o prazer que ambos obtinham. Permitiu-se um sorriso na escuridão à lembrança disso: "Agora ele vai chegar", gritava nervosa a mulher enquanto Pedro a penetrava freneticamente, ela com as pernas levantadas, abraçada a seu quadril com as coxas, "vai abrir a porta, e vamos ouvir seus passos", ria entre arquejos, "nos pegará e..." Suas palavras se abafaram num longo gemido ao chegar ao orgasmo. Nessa noite o carpinteiro não chegou a aparecer, recordou o jovem com outro sorriso quando a sombra à que prestava atenção se perdeu para além da rua de la Cuna, e a de la Carpintería ficou solitária. Então, tomou-a pressuroso.

Deixou a casa ao fim de uma hora e andou pela rua distraído, com o tato, o sabor, o cheiro e os gemidos da mulher ainda agarrados a suas sensações, até chegar à altura de um retábulo dedicado à Virgem dos Desamparados pintado na mesma rua.

– Cão asqueroso!

O insulto o surpreendeu. Não a havia visto: uma sombra encolhida junto ao retábulo. A velha María continuou falando:

– Nem sequer no dia em que te comprometeste com a menina és capaz de reprimir tua... tua luxúria.

Pedro García olhava fixamente a velha curandeira, arrogante, pretendendo um respeito que... Estava sozinha numa rua perdida de Sevilha, em plena noite! Que respeito podia esperar por mais cigana velha que fosse?

– Juro pelo sangue dos Vegas que Milagros não se casará contigo! – ameaçou María. – Eu lhe contarei...

O cigano deixou de ouvir. Tremeu ao simples pensamento de seu avô e de seu pai encolerizados se a moça se negasse a contrair matrimônio. Não pensou. Agarrou a curandeira pelo pescoço, e sua voz mudou-se num balbucio ininteligível.

– Velha imbecil – disse entre dentes.

Apertou com uma só mão. María boqueou e cravou os dedos atrofiados, ao modo de ganchos, nos braços de seu agressor. Pedro García não fez nada para livrar-se deles. Quão fácil era, descobriu enquanto transcorriam os segundos e os olhos da velha ameaçavam saltar das órbitas. Apertou mais, até sentir que rangia algo no interior do pescoço da velha. Foi simples, rápido, silencioso, tremendamente silencioso. Soltou-a, e María desabou, pequena e enrugada como era.

A irmandade que cuidava do culto ao retábulo se ocuparia do cadáver, pensou antes de deixá-la ali estirada, e avisariam às autoridades, que a exibiriam, ou talvez não, em algum lugar de Sevilha para ver se alguém a reclamava. O mais provável é que a enterrassem numa vala comum às custas das dádivas dos piedosos fiéis.

21

A paróquia de Santa Ana de Triana, no coração do arrabalde, era a que contava com maior número de "pessoas de comunhão" em Sevilha – mais de dez mil –, e era atendida por três párocos, vinte e três presbíteros, um subdiácono, cinco clérigos menores e dois tonsurados. Apesar porém de tal número em fiéis e sacerdotes, Santa Ana estremeceu Milagros. A obra era uma maciça construção gótica retangular e de três naves, a central mais larga e alta que as demais, interrompida no meio pelo coro. Havia sido erigida no século XIII por ordem do rei Afonso X como mostra de gratidão à mãe da Virgem Maria por haver-lhe curado milagrosamente um olho.

Milagros a viu escura e repleta de retábulos dourados, estátuas ou pinturas de Cristos dolorosos e lacerados, santos, mártires e virgens que a escrutavam e pareciam interrogá-la. A moça tentou livrar-se daquela opressão quando sentiu que seus pés descalços pisavam uma superfície rugosa; olhou para o chão e saltou para o lado ao mesmo tempo que reprimia um juramento que não passou de um bufo: ela se achava sobre uma das muitas lápides sob as quais repousavam os restos dos benfeitores da igreja. Encostou-se a Caridad, e as duas permaneceram paradas. Um sacerdote apareceu sob o arco de Nossa Senhora da Antiga, na nave do Evangelho, atrás do qual se encontrava a sacristia. Fê-lo em silêncio, tentando não incomodar os fiéis, majoritariamente mulheres que durante nove dias seguidos rezavam e se encomendavam a Santa Ana, quer para alcançar a desejada fecundidade, quer para proteger sua evidente gravidez; era sabido em Triana e em toda Sevilha que desde havia muito tempo a santa matrona intercedia pela concepção das mulheres.

Milagros observou a alguns passos delas o sacerdote e Reyes cochichando; ela a assinalava vezes seguidas, e o padre a olhava com displicência. A Trianeira havia vindo para substituir a velha María em sua vida. "Onde está a velha teimosa?", perguntou-se Milagros uma vez mais, após já tê-lo feito milhares de vezes durante aqueles dias. Sentia falta dela. Poderiam perdoar-se, por que não? Tentou tirar a velha de sua mente quando o sacerdote lhe fez um autoritário gesto para que o seguisse: María não haveria gostado de que ela se achasse ali, entregando-se à Igreja e preparando seu batismo; com certeza que não. Ao passar junto a Reyes, a Trianeira fez menção de afastar Caridad.

– Ela me acompanha – disse Milagros puxando sua amiga para que não parasse junto à cigana.

Após a fuga da velha María e até o regresso de seus pais, Cachita era a única pessoa que lhe restava daquelas com quem havia convivido, e a moça a buscava mais que nunca, até ao preço de deixar de encontrar-se com Pedro algumas vezes, embora também se houvesse visto obrigada a reconhecer que, desde que as duas famílias haviam combinado o casamento, seu jovem prometido havia mudado de atitude, ao menos sutilmente: seguia sorrindo-lhe, conversando com ela e deixando cair os olhos naquele terno gesto que conseguia emocioná-la, mas havia algo... algo diferente nele que ela não conseguia descobrir.

O sacerdote a esperava sob o arco da Virgem da Antiga.

– Ela me acompanha – repetiu Milagros quando também ele quis opor-se à passagem de Caridad.

O esgar de reproche com que o homem de Deus recebeu suas palavras indicou à moça que talvez ela se houvesse excedido na dureza de seu tom, mas ainda assim entrou na sacristia com Caridad. Começava a ficar cansada de que todo mundo lhe dissesse o que tinha que fazer; María não o fazia, só se queixava e resmungava, mas Reyes... acompanhava-a aonde quer que ela fosse! Na pousada de Bienvenido até lhe indicava as canções que devia interpretar. Tentou opor-se, mas as guitarras obedeciam à Trianeira e não lhe restava outra saída senão dobrar-se a elas. Fermín e Roque já não faziam parte do grupo, Sagrario tampouco. Todos haviam sido substituídos por membros da família García, e só os Garcias participavam. A Trianeira até havia proibido que Caridad acompanhasse as canções e as danças. "Que saberá uma negra de bater palmas para fandangos ou seguidilhas?", alfinetou a Milagros. E, durante o tempo que durava o espetáculo, Caridad permanecia em pé, parada, como se estivesse geminada à parede da cozinha da pousada, sem sequer um mau charuto para levar à boca. Reyes se encarregava de todo o dinheiro que obtinham para entregá-lo a Rafael, o patriarca, e, à diferença do costume da velha María, o Conde não parecia disposto a premiar Caridad com *papantes*.

O único momento em que Milagros conseguia escapar do controle da Trianeira era de noite, quando ela dormia. Inocencio se havia negado a que o fizesse no cortiço dos Garcías até a realização do casamento, e Caridad e ela continuavam na velha e desolada habitação em que havia transcorrido sua infância. Contudo, a Trianeira lhes havia enviado uma velha tia viúva para que controlasse Milagros. Bartola chamava-se a mulher...

– Quais são os mandamentos da Santa Madre Igreja?

A pergunta conseguiu que Milagros voltasse à realidade: as duas se achavam de pé no interior da sacristia, diante de uma mesa de madeira trabalhada atrás da qual o sacerdote, já sentado, a interrogava com expressão dura. Não as convidou a sentar-se nas cadeiras de cortesia. A moça não tinha nem ideia daqueles mandamentos. Ia reconhecer sua ignorância, mas recordou-se do conselho que um dia, quando era ainda muito menina, lhe dera o avô: "És cigana. Nunca digas a verdade aos *payos*." Sorriu.

– Eu os sei... eu os sei... – respondeu então. – Eu os tenho aqui, na ponta da língua – acrescentou tocando-a. O sacerdote esperou alguns instantes, os dedos das mãos cruzados sobre a mesa. – Mas não querem sair esses...

– E as orações? – interrompeu-a o religioso antes que a moça dissesse alguma inconveniência. – Que orações conheces?

– Todas – respondeu ela com segurança.

– Diga-me o pai-nosso.

– Vossa Paternidade me perguntou se as conheço, não se as sei.

O sacerdote não mudou de semblante. Sabia do caráter dos ciganos. Em má hora o haviam encarregado de ocupar-se daquela cigana descarada, mas o primeiro pároco parecia ter muito interesse em batizá-la e em atrair a comunidade cigana para a Igreja, e ele não era mais que um simples presbítero sem paróquia e com poucos ganhos. A falta de reação por parte do religioso deu coragem a Milagros, que chegou a esta conclusão: os padres queriam que ela se batizasse.

– Quais são as três pessoas que formam a Santíssima Trindade? – insistiu o homem.

– Melchior, Gaspar e Baltazar – exclamou Milagros contendo uma risada. Havia ouvido essa expressão da boca de seu avô, na ciganaria, quando pretendia zombar do tio Tomás. Todos se punham a rir.

Nesta ocasião até Caridad, que permanecia um passo atrás de Milagros, parada com seu traje de escrava e o chapéu de palha nas mãos, teve um sobressalto. O sacerdote se surpreendeu diante daquela reação.

– Tu sabes? – perguntou-lhe.

– Sim... padre – respondeu Caridad.

O religioso tentou com gestos fazer que ela as enumerasse, mas Caridad já havia baixado o olhar e o mantinha no chão.

– Quem são? – terminou inquirindo.

– O Pai, o Filho e o Espírito Santo – recitou ela.

Milagros se voltou para sua amiga e nessa postura ouviu as seguintes perguntas, todas dirigidas a Caridad.

– És batizada?

– Sim, padre.

– Sabes o Credo, as demais orações e os mandamentos?

– Sim, padre.

– Pois ensina-o a ela! – explodiu o homem apontando para Milagros. – Não querias estar acompanhada? Como sacerdote, quando uma pessoa adulta... ou que o pareça – acrescentou com sarcasmo – deseja receber o santo sacramento do batismo, tenho obrigação de conhecê-la e de atestar que rege sua vida pelas três virtudes teologais: fé, esperança e caridade. Escuta: a primeira se limita ao que deve crer todo bom cristão, e isso está contido no Credo. A segunda se refere a como deve agir, para o que necessita conhecer os mandamentos de Deus e os da Santa Igreja; e, por último, a terceira: o que pode esperar de Deus, e isso se encontra no pai-nosso e nas demais orações. Não voltes aqui sem ter aprendido tudo isso – acrescentou abandonando a ideia de instruir a cigana no catecismo do padre Eusebio. Conformar-se-ia se aquela desavergonhada fosse capaz de recitar o Credo!

Sem dar-lhe oportunidade de réplica, o sacerdote se levantou da mesa e moveu repetidamente o dorso de ambas as mãos com os dedos estendidos, como se espantasse dois animaizinhos incômodos, indicando-lhes que deixassem a sacristia.

– Como foi lá dentro? – interessou-se a Trianeira, que as esperava em um dos acessos à igreja, onde havia aproveitado para pedir esmola com discrição, augurando fertilidade a cada uma das jovens fiéis que se encaminhavam para o interior.

– Já estou meio batizada – respondeu Milagros com seriedade. – É verdade – insistiu diante da suspicácia que se mostrou no rosto da velha cigana –, só falta a outra metade.

Mas Reyes não era nenhuma *paya* insossa e não ficou atrás.

– Pois cuidado, menina – respondeu apontado com um dedo que deslizou no ar de lado a lado para a altura da cintura da moça –, que não te cortem de través, para batizar a metade que falta, e o gracejo te escape por algum flanco.

* * *

A Milagros não entravam as orações nem aqueles mandamentos de Deus ou da Igreja que Caridad pretendia ensinar-lhe e que esta recitava cansadamente, tal como fazia aos domingos nas missas do engenho cubano. A velha Bartola, farta de repetições entrecortadas matutinas, e sentada na desconjuntada cadeira que, como se se tratasse do maior tesouro, havia trazido consigo do outro lado do beco e posto junto à janela na casa de Milagros, solucionou o problema com um grito.

– Canta-as, moça! Se as cantares, vão entrar-te.

A partir daquele dia, os apáticos balbucios se converteram em cantilenas, e Milagros começou a aprender orações e preceitos ao ritmo de fandangos, seguidilhas, sarabandas ou chaconas.

Foi precisamente essa facilidade natural, esse dom que possuía a cigana para absorver música e canções, o que lhe criou os maiores problemas e desgostos quando chegou a hora de aprender os vilancicos que devia cantar em Santa Ana.

– Sabes ler partitura?

Antes que Milagros respondesse, o próprio mestre de capela deu um tapa no ar ao compreender o ridículo de sua pergunta.

– A única coisa que sei ler são as linhas da mão – respondeu a jovem –, e me bastou um suspiro para ler muitas desgraças na sua.

Milagros estava tensa. Os membros de uma capela de música de Santa Ana lotada a julgavam, e não lhe havia sido difícil imaginar o que é que pensavam dela as crianças do coro, o tenor, os demais cantores e o organista; afora as crianças do coro, todos eram músicos profissionais. Que fazia uma cigana descalça e suja cantando vilancicos em sua igreja?, havia podido ver em seus rostos a moça.

E o que pôde ver agora no do maestro, calvo e barrigudo, foi um esgar de triunfo que terminou transformando-se num grito atroador.

– Ler as linhas da mão? Fora daqui! – O homem lhe apontou a saída. – A igreja não é lugar para sortilégios ciganos! E leva a tua negra! – acrescentou para Caridad, postada longe de todos eles.

A própria Trianeira, que as esperava enquanto voltava a pedir esmola no lado de fora da igreja, desta vez nada discretamente, como se o fato de que Milagros fosse para cantar vilancicos lhe concedesse uma espécie de permissão, correu para contar ao esposo a expulsão da moça.

– Se já estivesse casada com Pedro, eu esbofetearia essa menina cheia de caprichos – disse-lhe ao final.

– Já terás oportunidade de fazê-lo – limitou-se a assegurar-lhe o outro, que se apressou a ir a Santa Ana antes de ser chamado ao capítulo pelo pároco.

Regressou transtornado: tivera de pedir mil vezes perdão e humilhar-se diante de um sacerdote colérico. Já no beco, Rafael viu Milagros, que escutava embasbacada a Pedro como se nada houvesse sucedido naquele dia radiante de inverno. Descartou a possibilidade de abordá-la então e buscou a ajuda de Inocencio, com o qual regressou ao lugar onde conversavam os jovens ciganos.

A moça nem sequer os viu chegar, mas Pedro, sim, e pelo andar e resfolegar de seu avô pôde prever o que se avizinhava; afastou-se alguns passos.

– Não libertarão teus pais – soltou o Conde a Milagros de supetão.

– Quê?... – balbuciou ela.

– Não os libertarão, Milagros – mentiu Inocencio para ajudar o Conde, que havia prometido ao pároco que Milagros voltaria e se comportaria.

– Mas... por quê? Disseram que os processos já haviam ido para Málaga e La Carraca.

– Simples assim: vão dizer que apareceu uma nova testemunha que desmente todas as demais informações secretas – respondeu o Conde. – Não só era preciso estar casado pela Igreja, também se tratava de certificar que não se vivia como ciganos, e com os Vegas no meio, pouco lhes vai custar demonstrá-lo.

Milagros pôs as mãos no rosto. "Que fiz eu?", perguntou-se desconsolada.

– Que lhes importa que eu cante ou não cante na igreja? – tentou defender-se.

– Não entendes, moça. Para eles não há nada mais importante que recuperar para Deus as ovelhas desgarradas. E essas ovelhas desgarradas hoje, depois de haverem expulsado os judeus e os mouriscos, somos nós: os ciganos. Há muitos anos que não se cantam vilancicos em Santa Ana, e os padres concederam em recuperar essa tradição com uma cigana cantando-os! Que tu cantasses vilancicos na igreja significava mostrar publicamente que haviam conseguido atrair-nos a seu seio. Até o arcebispo de Sevilha estava a par do projeto! Mas agora...

Os dois patriarcas trocaram um olhar de cumplicidade assim que se aperceberam do tremor que assaltou o queixo de Milagros; a moça estava à beira das lágrimas. Ambos fizeram menção de ir-se.

– Não! – deteve-os ela. – Cantarei! Eu juro! Que se pode fazer? Que posso...?

– Não o sabemos, menina – respondeu Inocencio.

– Talvez se fosses pedir perdão... – indicou Rafael torcendo a boca em sinal de que ainda assim poucas possibilidades tinha.

E pediu perdão. Aos padres. Ao maestro. A todos os membros da capela de música, meninos incluídos. Caridad a contemplou: em pé, cabisbaixa, apequenada diante deles, sem saber o que fazer com aquelas mãos acostumadas a revolutear alegres ao redor, arranhando cada uma das palavras que Inocencio lhe havia recomendado que dissesse.

– Sinto muito. Desculpai-me. Não pretendia ofender a ninguém e menos ainda a Jesus Cristo e à Virgem em sua própria casa. Eu vos rogo que me perdoeis. Eu me esforçarei por cantar.

A Trianeira havia deixado de perseguir os cidadãos em busca de esmola e havia entrado na igreja para divertir-se com a humilhação da moça. "Já terás oportunidade", havia-lhe assegurado seu esposo, e por Deus que teria oportunidade de dar-lhe a bofetada que ela merecia.

Depois de vários meninos do coro e alguns dos músicos de mais idade aceitarem suas desculpas, um dos presbíteros a fez ajoelhar-se no chão diante do altar-mor e rezar para expiar sua falta. Ali, diante das dezesseis tábuas que compunham o retábulo que se ajustava à cabeceira oitavada da igreja, Milagros, durante as duas longas horas que duraram os ensaios da capela de música, balbuciou a cantilena que tinha aprendido. O Natal se aproximava, e era preciso ter tudo preparado.

Apesar de suas desculpas, os dias seguintes, nos quais Rafael estabeleceu que já não se cantasse na pousada para que Milagros se concentrasse em Santa Ana, constituíram um verdadeiro martírio para uma moça que, com a liberdade de seus pais na consciência, tinha de engolir em seco diante dos gritos do maestro, que vezes seguidas parava os ensaios para culpá-la e insultá-la, clamando ao céu pela desdita de ter de pugnar com uma inculta que nada sabia de solfejo, nem de canto, nem era capaz de substituir a música de palmas e guitarras pela do órgão.

– Uma cigana! – esgoelava-se apontando para ela –, uma suja mendiga que o que mais fez foi cantar vulgares romances para bêbados e prostitutas! Ladras todas as de sua laia!

Milagros, exposta ao escárnio diante de todos, aguentava sem sequer esconder as lágrimas que lhe corriam pelas faces e, quando voltava a soar a música, esforçava-se de corpo e alma. Pressentia... tinha certeza de que o objetivo do maestro e dos demais era impedir que ela cantasse no Natal e de que fariam o que quer que fosse para consegui-lo.

Suas suspeitas se confirmaram três dias antes do Natal. O maestro apareceu no ensaio acompanhado dos três párocos de Santa Ana; outros presbíteros estavam postados junto à sacristia. Nessa ocasião ele não a insultou, mas suas queixas e interrupções foram constantes, todas seguidas de desesperados olhares para os párocos tentando transmitir-lhes a impossibilidade de que aquilo ficasse bom.

– Nem sequer pretendo – lamentou-se o maestro numa das ocasiões – que cante uma ária ao estilo italiano, embora isso fosse o que mereceria este grande templo. Escolhi um vilancico espanhol, clássico, com coplas e seguidilhas, mas nem assim!

Milagros viu os sacerdotes falar entre si e verificou aterrorizada que sua preocupação se estava convertendo, com os trejeitos do maestro, na certeza de que haviam cometido um erro. Não cantaria! Toda ela tremeu. Olhou para Caridad, parada no mesmo lugar. Observou horrorizada que o primeiro pároco abria as mãos num inequívoco gesto de desistência.

Iam embora! Milagros acreditou desfalecer. O maestro escondeu um sorriso ao mesmo tempo que fazia uma pequena reverência à passagem dos párocos. "Filho da puta!", resmungou a moça. O desmaio mudou-se em ira; cão filho da puta!

– Filho da...! – explodiu antes que outro grito a interrompesse.

– Maestro! – Reyes, gorda como era, atravessava a igreja correndo. Parou para fazer uma desajeitada genuflexão e o sinal da cruz diante do altar-mor, levantou-se e continuou fazendo sinais da cruz na testa e no peito até chegar ao lugar onde eles estavam. – Reverendos padres – resfolegou abrindo os braços para impedir que continuassem a andar –, sabem o que se diz entre a minha gente?

O maestro suspirou, os párocos permaneceram impassíveis, como se lhe concedessem a graça de expô-lo.

– Ao burro velho, a maior carga e o pior aparelho – soltou a Trianeira.

Alguém da capela de música riu, talvez um dos meninos do coro.

– Sabem o que significa?

Milagros corria o olhar de uns para outros, incrédula.

– Conta-nos – voltou a conceder-lhe o primeiro pároco com um olhar de aquiescência.

– Sim. Eu o direi, reverendo padre: significa que os velhos, esses – apontou para os cantores, todos atentos à cigana –, são os que têm de levar a maior carga e o pior aparelho. Não a menina. Não o conseguirá com ela – acrescentou para o maestro –; é uma simples cigana, como Vossa Mercê não se cansa de repetir, uma pecadora que pretende ser batizada. Somos nós, os ciganos, que queremos vir a esta igreja e ouvir cantar a uma das nossas para honrar o Menino Jesus no dia em que nasceu. Escute. Escutem todos. Ela os sabe. Sabe os vilancicos. Silêncio todos! – atreveu-se a impor Reyes. Astuciosa, percebia que seu discurso havia agradado aos padres, agora... agora os tinha de deleitar o canto de Milagros. – Canta, menina, canta como tu sabes.

Milagros começou a cantar um vilancico, à sua maneira, deixando de lado as complexas instruções que lhe viera dando o maestro. Sua voz se ergueu e ressoou no interior da igreja vazia de fiéis. Os párocos se voltaram para a moça. Atrás deles, na sacristia, um dos presbíteros se apoiou na parede e se deixou levar pelo vilancico de olhos fechados; outro, de mais idade, acompanhou o ritmo dos cânticos com a mão. Não a aplaudiram como na pousada, ninguém gritou grosserias, mas, assim que deu fim ao vilancico, a moça soube que os havia cativado.

– Escutou-a? – arrostou Reyes ao maestro.

O homem anuiu com a boca franzida, sem atrever-se a olhar para os padres.

– Pois a partir de agora carregue o senhor os burros velhos!

Milagros, incapaz de mover um só músculo para verificá-lo, perguntou-se se algum deles sorriria agora.

– Que sejam os burros velhos que se adaptem ao ritmo da menina, a seu tom, a seu solfejo ou como quer que o senhor queira chamar a todas essas minudências; ela não é mais que uma cigana ignorante, a burra jovem.

Durante alguns instantes tanto Reyes como Milagros acreditaram ouvir até como meditavam os sacerdotes.

– Assim seja – sentenciou o primeiro pároco após trocar um olhar com os demais. – Maestro, a moça cantará à sua maneira, tal como acaba de fazê-lo, e que os demais se adaptem a ela.

E ali estava Milagros na manhã do dia de Natal do ano de 1749, vestida com um manto preto, emprestado pelos padres, de pano grosseiro com mangas que lhe cobria da cabeça aos pés, descalços. No dia anterior havia sido batizada após demonstrar que sabia murmurar as orações e os mandamentos. Não lhe exigiram maiores conhecimentos e, como adulta que era, a aspergiram em lugar de submergi-la na pia batismal na presença de seus padrinhos: Inocencio e Reyes. Agora a moça olhava de soslaio, nervosa, para a multidão que pouco a pouco se ia acumulando no interior de Santa Ana, todos limpos, todos com suas melhores galas; os homens de rigoroso negro, à espanhola, já que se contavam no arrabalde poucos afrancesados que se vestissem à militar; as mulheres, sóbrias, cobertas com mantilhas pretas ou brancas, rosários de nácar e prata, alguns de ouro, e uma infinidade de leques que revoluteavam com o constante movimento de mãos enluvadas. Milagros tentava imaginar-se na pousada, onde com a ajuda da velha María e de Sagrario havia conseguido dominar o tremor das mãos e a opressão no peito que quase não lhe permitia respirar, mas o ambiente da igreja em nada se parecia com o alvoroço dos copos de vinho ou aguardente correndo de mesa em mesa e os homens abalançando-se às prostitutas. Toda Triana havia marcado encontro na igreja, toda Triana estava esperando os vilancicos que a cigana ia cantar recuperando uma tradição perdida fazia muitos anos.

Fixou a atenção no mestre de capela, barrigudo e calvo. Exibiu uns óculos que ela não conhecia dos ensaios e que lhe davam um aspecto grave que contrastava com suas frenéticas idas e vindas para organizar e reorganizar o coro. Não se dignou a olhar para Milagros através daqueles novos óculos. Entre o rumor das pessoas que esperavam o início da missa e o som das centenas de leques e das contas dos rosários entrechocando-se, a moça acrescentou ao nervosismo que já sentia o temor de que o maestro pudesse lançar-lhe alguma armadilha. Os últimos ensaios, acomodados à sua forma de cantar, haviam sido magníficos, ao menos isso havia parecido à cigana, mas quem lhe assegurava que o maestro, ferido em seu orgulho, não se vingaria no dia em que toda Triana estava atenta a ela? Os padres se zangariam, e a liberdade de seus pais voltaria a ficar suspensa.

O que ignorava a moça era que outros haviam pensado o mesmo depois de Reyes contar seu enfrentamento público com o mestre de capela. A Rafael e Inocencio bastou um olhar para se entenderem, e na mesma manhã de Natal, ao amanhecer, três ciganos, dois Garcías e um Carmona, esperavam o maestro na porta de sua casa. Poucas palavras foram precisas para que o homem compreendesse que devia fazer daquele dia o mais esplendoroso de sua vida.

A esta altura já havia começado a missa, solenemente concelebrada pelos párocos titulares de Santa Ana, os três ataviados com luxuosas casulas bordadas com fio de ouro; os demais diáconos seguiam a cerimônia lá do mesmo altar-mor ou do coro, quase ao final da nave principal. Milagros observou as filas de fiéis mais próximas da cabeceira, nas quais se encontravam as famílias dos pró-homens de Triana. Em uma das extremidades da primeira, reconheceu a Rafael e Inocencio com suas esposas, humildes em suas vestiduras e em sua atitude, como se nesta ocasião houvessem deixado a soberba cigana em casa. Os demais, Caridad incluída, deviam achar-se ao fundo do templo, supondo que houvessem conseguido entrar nele, dado que Santa Ana não era capaz de acolher todos os seus fiéis.

Soou a música e se elevaram os cantos litúrgicos; uma música e alguns cânticos ao estilo italiano que, desde a chegada dos Bourbons ao trono da Espanha, buscavam mais o deleite dos fiéis que elevar neles a paixão espiritual como até então pretendiam os compositores com o uso do contraponto; a razão contra o ouvido, tal era a discussão em voga entre os maestros de capela das grandes catedrais. Milagros encontrou a tranquilidade de que necessitava na leve melodia. Em pé, parada ao lado dos músicos, era como se lhe falassem a ela antes que a qualquer outro; suas notas lhe chegavam nítidas, limpas de cochichos, barulhos ou rumores. Fechou os olhos, escondida no manto negro que a cobria dos pés à cabeça, e se deixou levar pela maravilhosa polifonia das vozes do coro de meninos até ver-se envolta num delírio musical em que, pela primeira vez desde havia muito tempo, ela não era a protagonista.

Depois, de forma repentina, terminou o maravilhoso coro que enchia a igreja e deu passagem às palavras dos oficiantes. Milagros respondeu ao grosseiro contraste daquela voz rude, mas pretensamente melosa abrindo os olhos, umedecidos por umas lágrimas que ela nem sequer havia sentido brotar. Olhou ao redor com a visão nublada, sem fazer nada por corrigi-lo, como se quisesse prolongar o momento que acabava de viver. Então percebeu sua presença; percebeu-a tal como havia uns momentos havia vibrado ao som dos violinos. Por mais que seus olhos lhe mostrassem uma mancha borrada entre Rafael e Inocencio, sabia que era ele. Por fim os secou com o braço, e o sorriso de seu pai tirou importância a seu aspecto abatido, à ferida ressecada que lhe cruzava uma das faces para chegar até a testa, ao olho tremendamente inchado e roxo ou às improvisadas e absurdas roupas com que era evidente que o haviam vestido para ir à igreja. Milagros quis correr para ele, mas um gesto de sua parte a impediu de fazê-lo. "Canta", silabou ele com os lábios. "E mamãe?", perguntou ela da mesma forma ao mesmo tempo que percorria os presentes sem encontrá-la. "Canta", repetiu ele quando seus olhares voltaram a encontrar-se. "E mamãe?" A expressão com que seu pai recebeu a nova pergunta a deixou gelada. De repente Milagros se deu conta: o maestro a olhava incrédulo, os da capela também e até os sacerdotes diante do altar-mor; os cantores... A igreja inteira estava esperando por ela! Não havia entrado no momento em que devia fazê-lo. Tremeu.

– Canta, minha menina – animou-a seu pai antes que fossem os murmúrios das pessoas o que rompesse o silêncio.

Milagros, enfeitiçada pelo imenso amor em que se viu envolta por aquelas três palavras, deu um passo adiante. O maestro voltou a dar entrada aos músicos. A primeira nota surgiu quebrada e tímida da garganta da cigana. A segunda se encheu diante do pranto com que seu pai recebeu aquela voz que ele acreditava não voltaria a ouvir nunca mais. Cantou ao menino recém-nascido. O estribilho que os meninos do coro atacaram lhe permitiu correr o olhar entre os fiéis e os reconheceu entregues a ela. Depois, quando o coro cessou, estendeu as mãos e se ergueu como se quisesse que sua voz partisse das mesmas nervuras dos arcos do teto abobadado de Santa Ana para continuar cantando o milagre do nascimento de Jesus.

O pároco teve de pigarrear duas vezes antes de continuar com a missa quando Milagros pôs fim ao vilancico, mas ela só prestava atenção a seu pai, que se esforçava por conter as lágrimas e manter-se altivo.

Ao fundo da igreja, espremida entre dois homens, tamanha era a multidão, Caridad, com os pelos arrepiados, perguntava-se o que havia sido da velha María e de Melchor. Ainda que fosse numa igreja, estava convicta de que teriam gostado de escutar Milagros.

22

Podia desaparecer pura e simplesmente, como fazia em Triana. Quem lhe havia pedido explicações alguma vez? Poderia fazê-lo nesse mesmo momento em que Nicolasa estava em Jabugo. Ela voltaria, encontraria o casebre vazio e compreenderia que as ameaças afinal se haviam cumprido. "Não me disseste que nunca confiasse num cigano?", "Mentes", "Ficarás comigo"... Essas eram as réplicas da mulher, em algumas ocasiões como se quisesse tirar importância às ameaças de Melchor, e em outras como se buscasse em seus olhos suas verdadeiras intenções. Ele lhe havia dito que o deixasse morrer. Ele lhe havia dito isso! Estava disposto a isso. Advertiu-a de que a abandonaria, e ela decidiu não lhe fazer caso: o transladou para o casebre, agonizante, isso lhe contou Nicolasa assim que recuperou a consciência após muitos dias de febres e de roçar a morte. Havia procurado, disse-lhe também, um cirurgião, com o qual gastou todo o dinheiro do Gordo que restava a Melchor.

– Todo? – gritou Melchor do colchão em que se achava prostrado. A dor pela perda de sua bolsa foi superior à lacerante rasgadura que sentiu nas suturas da ferida.

– Os cirurgiães não querem tratar de ciganos – respondeu-lhe ela. – Afinal de contas, que te importa? Se houvesses morrido, tampouco o terias. Fiz o que considerei oportuno.

– Mas haveria morrido rico, mulher – queixou-se ele.

– E?

– Quem sabe o que há após a morte? Com certeza aos ciganos permitem vir pegar o que é nosso para pagar ao diabo.

Dois meses depois, quando Nicolasa pôde carregá-lo desde o colchão até a cadeira posta na entrada do casebre para que recebesse o ar da serra e o cirurgião deixou de visitá-lo por considerá-lo curado, a mulher confessou a Melchor que também havia tido de entregar-lhe o cavalo do Gordo... e suas duas moedas de ouro.

– Ameaçou denunciar tua presença ao aguazil.

Enfurecido, Melchor fez menção de levantar-se da cadeira, mas nem sequer conseguiu mover as pernas e esteve a ponto de cair no chão. Os cães latiram antes que Nicolasa o repreendesse. Voltar a andar com certa desenvoltura lhe custaria outros dois meses.

– Espera que chegue a primavera – recomendou-lhe ela diante de uma nova tentativa de partir. – Ainda estás muito fraco, o inverno é duro, e a serra, perigosa. Os lobos estão famintos. Além disso, talvez hajam libertado os teus; dá-te um tempo.

Nicolasa lhe fora transmitindo as notícias que lhe davam em Jabugo acerca da sorte dos ciganos; mochileiros e contrabandistas sabiam de coisas. Primeiro se viu obrigada a confirmar-lhe aquelas palavras do Gordo que por pouco não lhe haviam custado a vida: sim, todos os ciganos do reino haviam sido detidos ao mesmo tempo; Sevilha e com ela Triana não haviam sido exceção. Melchor não lhe perguntou por que não lhe havia dito isso então: já sabia a resposta. Em novembro, no entanto, Nicolasa, sim, correu para contar-lhe a boa-nova: estavam libertando-os!

– É verdade – reiterou. – As pessoas falam de partidas de ciganos de Cáceres, Trujillo, Safra ou Villanova de la Serena que voltaram a seus povoados e ao tabaco. Viram-nos e falaram com eles.

"Dá-te um tempo", voltou a suplicar-lhe aquele dia.

Nicolasa só pedia tempo. "Para quê?", perguntava-se a mulher sem achar resposta. Melchor estava decidido; via-o em seus olhos, nos esforços que o preguiçoso cigano, que antes deixava transcorrer as horas sentado à porta do casebre, fazia para voltar a andar; na melancolia que se podia tocar nele quando perdia a vista no horizonte. E ela? Só rezava pelo dia seguinte... rezava para que, ao regressar de onde quer que houvesse ido, o encontrasse ali. Em segredo, havia ordenado aos cães que ficassem com Melchor, mas os animais, sensíveis a seu desassossego, não lhe obedeciam e se colavam a suas pernas, como que lhe prometendo que eles nunca lhe falhariam. Para que queria aquele tempo, perguntava-se, se quando tinha um pressentimento ruim vivia correndo da pocilga ou do saladeiro para verificar, escondida, que ele ainda não a havia abandonado? Mas o amava; havia chorado por ele as lágrimas que havia negado a seus próprios filhos durante os eternos dias em que se vira obrigada a velar suas febres e delírios, havia-o alimentado como a um passarinho, havia-lhe lavado o corpo e curado o ferimento e as feridas, mil promessas a Cristo e a todos os santos haviam partido de sua boca se lhe permitissem viver! Tempo... teria dado uma mão por só mais um dia a seu lado!

– Está bem – cedeu Melchor após reconsiderar. Sentia que devia partir até com o risco do frio e da fraqueza. Seu instinto lhe dizia que esse era o momento, mas Nicolasa... o sujo rosto da mulher o convenceu. – Partirei com a primavera – afirmou, certo de que já não caberia discussão a respeito.

– Não me estás enganando?

– Não queres entender, mulher. Como saberias que não volto a enganar-te se te asseguro que não?

Antes da chegada da primavera, sem atrever-se a olhar pela janela, Milagros escutava a gritaria que faziam no beco de San Miguel as centenas de ciganos que haviam comparecido a seu casamento. Apesar das circunstâncias, o convite dos Garcías e dos Carmonas a seus familiares dispersos produziu a chegada maciça de ciganos de todos os pontos da Andaluzia e de alguns outros mais distantes; até da Catalunha se haviam deslocado vários deles! Milagros observou seu simples vestido: branco, como o das noivas *payas*, adornado com algumas fitas coloridas e flores; depois da missa o trocaria por outro, de cores verde e vermelha, com que lhe presenteara seu pai.

Umas lágrimas correram pelas faces da moça. Seu pai se aproximou dela e a segurou pelos ombros.

– Estás preparada?

José Carmona havia ratificado o compromisso acertado por Inocencio; estava consciente de que sua liberdade se devia a esse casamento e não descumpriria a palavra dada pelo patriarca.

– Gostaria de que estivesse comigo – respondeu Milagros.

José apertou os ombros de sua filha, como se não se atrevesse a aproximar-se dela e manchar o vestido branco. Tal como augurara a Trianeira, Ana não havia obtido a liberdade, e o cigano havia recebido a notícia com dissimulado agrado. Ana Vega não haveria consentido naquela boda, e as discussões e os problemas se haveriam reproduzido. Com Ana em Málaga e na ausência de Melchor, José desfrutava de sua filha como não recordava tê-lo feito em toda a sua vida. Exultante diante de seu compromisso com Pedro García, Milagros havia compartilhado com o pai aquela felicidade; desde que havia regressado de La Carraca, José vivia extasiado com o carinho que a todo momento lhe manifestava a filha. Para que queria ele que libertassem sua mulher? No entanto, a fim de acalmar Milagros, ambos foram reclamar diante das autoridades, mas seus esforços foram vãos. Que importava que essa tal de Ana Vega fosse casada e que houvesse testemunhas que afirmassem que havia vivido de acordo com as leis? Impossível! Mentiam! Havia sido condenada pela justiça malaguenha, e desde então a lista de denúncias e castigos que ela acumulava era interminável.

– No dia anterior a que o corregedor de Málaga respondesse a nosso ofício – disse-lhes um funcionário enquanto tamborilava com um dedo sobre os papéis estendidos na escrivaninha –, tua esposa se lançou a dentadas contra um soldado e lhe arrancou meia orelha. Como queres que libertem semelhante animal? Cuidado com o que vais dizer, moça! – adiantou-se o homem à tentativa de replicar da parte de Milagros. – Tem cuidado, para que tu não acabes no cárcere da cidade e teu pai volte a La Carraca.

Milagros pediu ao pai que fossem a Málaga para tentar ver Ana.

– Estamos proibidos de viajar – opôs-se ele. – Dentro de poucos dias contrairás matrimônio: o que sucederia se te detivessem?

Ela baixou os olhos.

– Mas...

– Estou tentando chegar a ela através de terceiros – mentiu José. – Todos nós estamos fazendo o possível, filha, não tenha dúvida.

José Carmona foi dos últimos ciganos postos em liberdade. A partir do ano de 1750 se sucederam diante do Conselho as denúncias de pressões por parte dos ciganos para influir nos processos secretos, e as autoridades consideraram que todo aquele que antes do mês de dezembro não houvesse conseguido passar pelo exame devia ser considerado culpado... de ser cigano. Milhares deles, Ana Vega incluída, enfrentaram a partir de então a escravidão perpétua.

– Tua mãe sempre estará conosco – retomou a conversa José no dia do casamento, tentando parecer convincente. – Algum dia voltará. Com certeza!

Milagros franziu os lábios; queria crer em seu pai. Sua afirmação ressoou estranha no interior da habitação dos Carmonas, livre do gritaria no meio da qual até então estavam conversando. Pai e filha se olharam: o silêncio reinava no beco.

– Já vêm aí – anunciou José.

Reyes e Bartola da parte dos Garcías; Rosario e outra velha, chamada Felisa, pelos Carmonas. As quatro ciganas haviam cruzado solenemente o beco para dirigir-se à casa do pai da noiva. As pessoas lhes davam passagem e se calavam à medida que se aproximavam do prédio. No momento em que suas figuras se perderam para além do pátio de entrada do cortiço, homens e mulheres se aglomeraram em silêncio debaixo da janela do domicílio de Milagros.

– Eu te amo, minha menina – despediu-se José Carmona ao ouvir os passos das ciganas já na porta aberta da habitação. Não necessitou que as velhas o instassem. – Vamos, negra – acrescentou para Caridad caminhando já escada abaixo.

Caridad dirigiu um sorriso forçado para Milagros – sabia o porquê da presença das velhas, a moça lhe havia contado –, e seguiu os passos de José, que, após inteirar-se da ajuda que ela havia prestado à sua filha durante a detenção e posterior fuga, havia terminado por aceitá-la junto à família.

A Trianeira foi direto ao assunto.

– Estás pronta, Milagros? – inquiriu.

Não se atreveu a olhar as mulheres nos olhos. Que diferente haveria sido se entre elas estivesse a velha María! Resmungaria, reclamaria, mas por fim a trataria com uma ternura que não esperava dessas. Havia pedido a seu pai que a procurasse, que se interessasse por sua sorte. Ela mesma continuava perguntando a quantos ciganos novos apareciam por Triana para o caso de ela haver decidido ir para algum outro lugar. Ninguém sabia de nada; ninguém lhe deu razão.

– Estás pronta? – repetiu a Trianeira interrompendo seus pensamentos.

– Sim – hesitou. Estava pronta?

– Deita-te no colchão e levanta a saia – ouviu que lhe ordenavam.

Havia-lhe doído o manuseio daquele velhaco jovem de Camas, quando o canalha introduzira um de seus dedos repugnantes no interior de seu corpo. Havia-se sentido maculada... e culpada! E nesse momento o temor voltou a assaltá-la.

– Milagros – Rosario Carmona lhe falou com doçura –, há muita gente esperando no beco. Não os impacientemos e façamos crer que... Deita-te, por favor.

E se o de Camas lhe houvesse roubado a virgindade? Não se casaria com Pedro, não haveria casamento.

Deitou-se no colchão e, com as pálpebras tremendo pela força com que as mantinha fechadas, levantou saia e anágua e descobriu o púbis. Notou que alguém se ajoelhava a seu lado. Não se atreveu a olhar.

Transcorreram os segundos e ninguém fazia nada. Que...?

– Abre as pernas – interrompeu seus pensamentos a Trianeira. – Como pretendes...?

– Reyes! – repreendeu Rosario à mulher por seu tom. – Menina, abre as pernas, por favor.

Milagros se limitou a entreabri-las com timidez. A Trianeira ergueu a cabeça e negou em direção a Rosario Carmona; "Que faço agora?", perguntou-lhe com gesto impertinente. Alguns dias antes, Rosario havia tentado falar com Milagros. "Já sei o que é", respondeu ela evitando a conversa. Todas as ciganas o sabiam! Além disso, a velha María lhe havia dito em que consistia, mas nunca a preparara para isso nem entrara em detalhes, e agora, deitada no colchão, nua da cintura para baixo, mostrava impudicamente sua intimidade a quatro mulheres que naquele momento lhe apareciam como umas desconhecidas. Nem sequer sua mãe a havia visto assim!

– Menina... – quis pedir-lhe Rosario.

Mas a Trianeira interrompeu suas palavras agarrando as pernas de Milagros e abrindo-as quanto pôde.

– Agora dobra os joelhos – ordenou-lhe acompanhando suas palavras com o decidido movimento das mãos.

– Não mordas o lábio, moça! – advertiu outra das mulheres.

Milagros obedeceu e deixou de fazê-lo justo no momento em que os dedos da Trianeira envoltos num lenço apalparam sua vulva até encontrar o orifício de entrada da vagina, onde os enfiou com tal vigor que lhe pareceu que lhe tinham dado uma punhalada: arqueou-se, com os punhos cerrados dos costados e as lágrimas misturando-se ao suor frio que encharcava seu rosto. Ao sentir os dedos arranhar sua vagina, reprimiu um uivo de dor. No entanto, abriu desmedidamente a boca quando a Trianeira futucou seu interior.

– Não grites! – exigiu-lhe Rosario.

– Aguenta! – exigiu-lhe outra.

Uma aguilhoada. Os dedos abandonavam seu interior.

Milagros deixou cair pesadamente as costas sobre o colchão. As cabeças das quatro ciganas se abaixaram para o lenço enquanto Milagros enchia os pulmões de um ar que lhe faltava desde o primeiro momento. Manteve os olhos fechados e gemeu enquanto punha a cabeça de lado sobre o colchão.

– Muito bem, Milagros! – ouviu Rosario dizer.

– Bravo, moça! – felicitaram-na as demais.

E enquanto Rosario lhe recompunha saia e anágua, Reyes García se dirigiu à janela e em atitude triunfante mostrou o lenço manchado de sangue aos ciganos que esperavam lá embaixo. Os vivas não se fizeram esperar.

Milagros os havia mantido escondidos e os entregou a ela de modo imprevisto antes de sair para a igreja, depois de a Trianeira e as outras três ciganas permitirem que seu pai e Caridad entrassem de novo na habitação; um colar de coral, uma pulseirinha de ouro e uma mantilha de cetim preto estampado com flores coloridas que havia conseguido emprestados para o casamento. A cigana alargou a boca num sorriso após entrar na igreja de Santa Ana e reparar em Caridad, situada na primeira fila, ao lado de seu pai, tentando permanecer tão erguida como os ciganos que a rodeavam e ataviada com seu vestido vermelho, a mantilha sobre os ombros e as joias no pescoço e no pulso. Não reparou na moça, porém, o sorriso forçado com que Caridad respondeu ao seu: pressentia que após o casamento sua amizade decairia.

– Continuamos a ser amigas depois do casamento? – havia ousado perguntar Caridad com voz trêmula, depois de um longo circunlóquio repleto de pigarreadas e hesitações, alguns dias antes do casamento.

– É claro que sim! – afirmou Milagros. – Pedro será meu marido, meu homem, mas tu sempre serás minha melhor amiga. Como poderia esquecer o que passamos juntas?

Caridad conteve um suspiro.

– Morarás comigo – havia assegurado Milagros depois.

A torrente de gratidão e carinho que destilaram os olhinhos de sua amiga a impediu de reconhecer que nem sequer havia apresentado aquela possibilidade a Pedro.

– Eu te amo, Cachita – sussurrou em vez disso.

No entanto, o fato era que as duas foram distanciando-se. Milagros não havia voltado a cantar na paróquia nem na pousada depois dos vilancicos de Natal. De vez em quando Rafael García conseguia para ela saraus particulares em casas de nobres e personalidades sevilhanos, dos quais obtinham maiores ganhos que as míseras moedas com que lhes premiavam os clientes de Bienvenido. Caridad havia sido excluída daquelas festas por ordem da Trianeira. Com esse dinheiro e algum mais que os pais dos noivos teriam de pedir emprestados, poderiam pagar a pompa de um casamento que ia prolongar-se por três dias; não havia família cigana na Espanha que não se arruinasse na hora de celebrar um enlace matrimonial.

Na fugaz troca de olhares, Milagros foi incapaz de reconhecer a impostura no sorriso de sua amiga: sua atenção se concentrava em Pedro García, o jovem cigano que, vestido com jaquetinha roxa, calção branco, meias vermelhas, sapatos de ponta quadrada com fivelas de prata e monteira na mão, parecia estimulá-la com sua magnífica presença a pôr-se à sua altura, diante do altar. Estaria ela tão bela e elegante?, duvidou a moça.

Pedro estendeu a mão e, com seu simples roçar, a apreensão quanto a seu aspecto se desvaneceu entre um milhão de alfinetadas, como se as fagulhas da maior frágua trianeira houvessem explodido a seu redor. O cigano apertou sua mão no momento em que se voltaram para o pároco, e Milagros fechou seus sentidos a tudo o que não fosse o contato de suas mãos, a seu aroma, a sua estremecedora proximidade; não havia conseguido perceber tudo isso na voragem da cerimônia cigana que acabavam de realizar, e na qual o avô de Pedro havia partido um pão em dois pedaços para que, uma vez salgados, os trocassem entre si para considerar-se casados conforme à sua lei. Ali, na igreja, com o respeitoso silêncio do lugar contrastando com os gritos e as felicitações que ainda ressoavam em seus ouvidos, Milagros permaneceu alheia a sermões e orações, e a missa transcorreu para ela entre sentimentos contraditórios. Diante do altar, pronta para contrair matrimônio com um García, sua mãe, o avô e a velha María arremeteram contra sua alma; nenhum deles haveria consentido naquele enlace. "Nunca esqueças que és uma Vega", ressoou em sua memória. A cada assalto de dúvida que assomava à sua mente, Milagros se refugiava em Pedro: apertava sua mão, e ele respondia; um futuro feliz se abria diante deles, ela o pressentia, e o olhava para desfazer-se do rosto contrariado do avô, que guapo era! "Eu lhe disse, mãe, amo a ele, por que me recrimina? Eu a adverti." "Eu o amo, amo, amo."

O repicar dos sinos ao terminar a celebração pôs fim à sua luta interna. Contemplou a aliança que portava no dedo; Pedro a havia introduzido nele, sorrindo-lhe, acariciando-a com o olhar, prometendo-lhe felicidade com sua presença. Seu homem! Da igreja foi levada quase no alto até o beco. Não teve oportunidade de trocar de roupa como tinha previsto. Assim que chegou, as mulheres a receberam com cestas repletas de doces que os ciganos terminaram atirando-se entre si. Dançou com seu já esposo no pátio dos Garcías, sobre um leito de doces de gema de ovo que pisotearam até convertê-los numa massa que se colava a seus pés e salpicava seu corpo. Pedro a beijou com paixão, e ela estremeceu de prazer; voltou a beijá-la, e Milagros acreditou derreter-se. Depois, no mesmo lugar, sobre os doces de gema, dançou com os demais membros das duas famílias e, sem tempo para pensar, viu-se obrigada a ir para o beco, abarrotado de ciganos que bebiam, comiam, cantavam e dançavam. Ali, como se o mundo fosse acabar-se, num ritmo frenético, passou de mão em mão até o anoitecer; nem sequer voltou a ver Caridad, nem pôde voltar a dançar com Pedro para derreter-se em outro daqueles maravilhosos beijos.

A grande afluência de convidados fazia com que todas as casas do beco estivessem transbordantes. Para os noivos, no entanto, haviam reservado um quarto na habitação do Conde. Os comentários obscenos dos jovens que os seguiram até a porta mesma, assim que Pedro a segurou pela mão e a puxou interrompendo publicamente mais uma de suas danças diante de um rosto desconhecido, tornaram-se ininteligíveis para Milagros, esgotada, perdida já a cabeça pelo vinho, pelos gritos e pelas mil voltas a que se havia visto submetida durante todo o dia.

Tentou sentar-se em algum lugar assim que os dois ficaram sozinhos; temia desabar, mas seu jovem esposo não o ia permitir.

– Despe-te – urgiu ele ao mesmo tempo que tirava a camisa.

Milagros o olhou sem vê-lo, por entre uma nuvem espessa, a cabeça a girar.

Pedro começou a tirar os calções.

– Anda!

Milagros chegou a ouvir que a urgia entre o atroador rugido daqueles mesmos jovens que os haviam acompanhado e que agora estavam debaixo da janela.

O membro de Pedro, grande e ereto, a fez reagir, e ela retrocedeu um passo.

– Não tenhas medo – disse-lhe ele.

Milagros não percebeu ternura alguma em sua voz. Viu-o aproximar-se dela e lutar para tirar-lhe o vestido. Seu pênis a roçou vezes seguidas enquanto ele forcejava com suas roupas. Então voltou a ver-se nua, como de manhã com a Trianeira, mas agora de corpo inteiro. Ele lhe apertou os peitos e mordiscou os mamilos. Correu as mãos por suas nádegas e sua entreperna. Ofegava. Puxou alguns restos ressecados de gema de ovo açucarada aderidos à sua pele enquanto brincava com os dedos entre os lábios de sua vulva procurando... Um calafrio percorreu o corpo de Milagros quando ele alcançou o clitóris. Que era aquilo? Sentiu que sua vulva se lubrificava e que sua respiração se acelerava. O cansaço que a mantinha distante se desvaneceu, e ela se atreveu a pôr os braços por sobre os ombros do esposo.

– Não estou com medo – sussurrou-lhe.

Sem separar seus corpos, cambalearam e riram até chegar a deitar-se numa cama com pés que Rafael e Inocencio haviam pedido emprestada para a ocasião. Milagros abriu as pernas, como quando com Reyes, e Pedro penetrou-a. A dor que sentiu a moça se perdeu em suas entrecortadas declarações de amor.

– Eu te amo... Pedro. Quanto... quanto sonhei com este momento!

Ele não respondeu às promessas que surgiram de boca de Milagros. Apoiado na cama sobre as mãos, com o tronco erguido sobre ela, olhava-a com o rosto congestionado enquanto procurava o máximo contato com seu púbis, empurrando com firmeza, agarrando-a para fundir-se com ela. A dor foi desaparecendo em Milagros junto com suas palavras. Um prazer até então ignorado, impossível de imaginar, começou a fluir de seu baixo-ventre para instalar-se no mais secreto dos cantos de seu corpo. Pedro continuava empurrando, e Milagros estremecia diante de um prazer que lhe pareceu aterrador... por interminável. Arquejou e suou. Sentiu os mamilos eretos, como se pretendessem rebentar e não o conseguissem. Apertou-se contra ele e cravou-lhe as unhas nos braços tentando livrar-se de sensações que ameaçavam enlouquecê-la. Que fim podia ter aquele prazer que reclamava satisfação, que exigia alcançar um zênite desconhecido para ela? De repente Pedro explodiu em seu interior com um uivo que se prolongou durante sua última estocada, e a incontrolável ansiedade de Milagros terminou desvanecendo-se, decepcionada no meio da gritaria que não havia cessado e que então voltou a encher o quarto para recordar-lhe que tudo havia terminado. Pedro se deixou cair sobre ela e encheu seu pescoço de beijos.

– Gostou? – perguntou encostando os lábios em sua orelha.

Gostara? Desejava mais, ou não? Que é que tinha de esperar?

– Foi maravilhoso – respondeu num sussurro.

Subitamente, Pedro levantou-se, vestiu os calções e com o tronco nu apareceu na janela, de onde cumprimentou os ciganos que esperavam lá embaixo. Na segunda vez no mesmo dia que alguém alardeava em público através da janela por sua causa, lamentou-se Milagros ao ouvir os vivas que recrudesceram. Depois, ele se aproximou da cama e lhe acariciou o rosto com o dorso da mão.

– A cigana mais bela do mundo – elogiou-a. – Dorme e descansa, minha linda, ainda tens pela frente dois dias de festa.

Terminou de vestir-se e desceu para o beco.

– Vem esquentar-me, negra – ordenou-lhe José Carmona.

Caridad parou de torcer o charuto. Trabalhava para José quase desde o mesmo dia em que, após a festa de casamento, o Conde se havia negado rotundamente a que continuasse ao lado de Milagros e morasse com os Garcías. Então José Carmona a acolheu em sua casa, comovido pelo pranto de sua filha, embora Caridad chegasse a duvidar de se as lágrimas de sua amiga eram por ela ou pela bofetada com que a Trianeira havia calado as queixas e lamentos de Milagros na que seria sua nova casa. Depois, o cigano lhe conseguiu folhas de tabaco para que ela as torcesse e assim engordasse um pouco sua paupérrima bolsa. Daí a que a chamasse a seu leito para esquentá-lo não transcorreu sequer uma semana.

– Não me ouviste, negra?

Os hábeis dedos de Caridad se crisparam sobre a folha que formava a capa do charuto. As capas eram as melhores, nas quais o comprador fixava a atenção. Nunca teria feito algo similar: estragar aquela boa folha de tabaco que tão cuidadosamente havia escolhido para cobrir o torcido, mas, como se seus dedos tivessem vida própria, observou atônita como se rasgava à medida que suas unhas se cravavam nela.

Levantou-se da mesa em que trabalhava e se dirigiu para o colchão onde se encontrava José Carmona. Sabia que o cigano a manusearia por um tempo, a penetraria pela frente ou por trás, se queixaria de sua indiferença uma vez mais, "O melhor seria fornicar com uma mula", dissera-lhe na última vez, e terminaria roncando abraçado a ela.

Despojou-se de seu camisão de escrava com os dentes trincados e os olhos umedecidos e deitou-se ao lado do cigano. José enfiou a cabeça entre seus peitos e lhe mordiscou os mamilos. Doeram-lhe suas dentadas, e, no entanto, ela nada fez para impedi-las; merecia aquele castigo, repetia-se noite após noite. Caridad havia mudado. O que até aquele momento de sua vida não lhe havia produzido nenhuma sensação – passar de mão em mão como o animal que lhe haviam ensinado a ser na veiga tabaqueira – agora a enojava e lhe repugnava. Melchor! Ela o estava traindo. José Carmona percorreu seu corpo com as mãos. Caridad não pôde impedir-se de encolher-se, tensa. O cigano sequer se apercebeu. Que haveria sido de Melchor? Muitos o davam por morto, Milagros entre eles. Os rumores sobre uma peleja entre contrabandistas em que ao que parecia ele se havia envolvido haviam chegado até Triana, mas ninguém estava em condições de afirmar nada com certeza. Todos falavam do que lhes haviam contado outros que por sua vez haviam recebido a notícia de terceiros. No entanto, ela sabia que não, que Melchor não estava morto. José não lhe permitia cantar, dizia que lhe cansavam os cantos de negros, embora tenha desistido de impedi-la de cantarolar baixo aqueles ritmos que, junto ao aroma do tabaco, a transportavam a suas origens. E Caridad cantarolava enquanto trabalhava imaginando que o homem que permanecia deitado atrás dela era Melchor. Nas noites fechadas, quando José dormia profundamente, buscava seus deuses: Oxum, Oiá... Eleggua!, o que dispõe das vidas dos homens a seu bel-prazer, o que lhe havia permitido viver quando Melchor a encontrara debaixo de uma árvore. Então fumava e cantava até inebriar seus sentidos e prepará-los para receber a presença do maior dos deuses. Melchor estava vivo. Eleggua o confirmou.

José Carmona serpenteou em cima do corpo de Caridad tentando introduzir-se nela. Ela não queria abrir as pernas.

– Mexe-te, maldita negra! – exigiu-lhe mais uma noite o cigano.

E ela o fez, com a culpa assaltando o último canto de sua consciência, mas o que podia fazer? Perderia Milagros. José a expulsaria de casa. Rafael García a expulsaria do beco sem contemplação. Era ali, com os seus, com os ciganos, junto à sua neta, que devia esperar a Melchor. Fechou os olhos rendida ao reencontro com aquela sensação tão nova e desconhecida para ela diante de um homem que a penetrava: repugnância.

– Negra!

Caridad entreabriu os olhos. A incipiente luz do amanhecer ainda deixava na sombra a maior parte da casa. Custou-lhe entender. José roncava abraçado a ela. Tentou espreguiçar sua visão. Uma mancha amarela, borrada, achava-se em pé junto a ela.

– Que fazes aí?

Caridad se levantou de um salto ao reconhecer a voz.

– E minha filha? Onde está Ana?

Melchor! Caridad se encontrou sentada no colchão diante dele, com os peitos à mostra. Puxou a manta para tapá-los; uma onda de calor sufocante subiu a seu rosto. José resmungou dormindo.

O cigano não foi capaz de impedir que seu olhar se centrasse naqueles peitos negros e nas grandes aréolas que rodeavam seus mamilos. Ele os havia desejado... e agora...

– Por que estás deitada com esse... esse...? – Não lhe surgiram as palavras; em seu lugar apontou para José com a mão trêmula.

Caridad se manteve em silêncio, o olhar escondido.

– Desperta esse canalha – ordenou-lhe então.

A mulher sacudiu José, que tardou a compreender.

– Melchor – cumprimentou com voz pastosa ao mesmo tempo que se levantava desgrenhado e tentava recompor sua camisa –, já era hora de voltares. Sempre tivestes o dom de desaparecer nos momentos...

– E minha filha? – interrompeu-o o avô, com o rosto congestionado. – Que faz a negra em tua cama? E minha neta?

O Carmona levou a mão ao queixo e o esfregou antes de responder.

– Milagros está bem. Ana continua presa em Málaga.

José deu as costas a seu sogro e se dirigiu ao guarda-comida para servir-se de um copo de água de uma jarra que Caridad mantinha sempre cheia.

– Não há maneira de a soltarem – acrescentou já de frente, após tomar um gole –, parece que o sangue Vega sempre origina problemas. A negra? –

acrescentou com um gesto de desprezo para Caridad. – Ela esquenta minhas noites, pouco mais se pode esperar dela.

Caridad se surpreendeu escrutando a Melchor: as rugas que sulcavam seu rosto pareciam haver-se multiplicado, mas, apesar da casaca amarela que pendia de seus ombros como um saco, não havia perdido seu porte de cigano nem aquele olhar capaz de atravessar as pedras. Melchor percebeu o interesse de Caridad e virou o rosto para ela, que não aguentou seu olhar e ergueu ainda mais a manta com que cobria seus peitos; ela lhe havia falhado, seus olhos eram de censura.

– Ela canta bem – disse então Melchor com uma tremenda ponta de tristeza que arrepiou Caridad.

– Cantar dizes? – riu José.

– Que sabes tu?! – murmurou Melchor arrastando as palavras, o olhar ainda em Caridad. Chegou a desejá-la, mas havia renunciado a seu corpo para continuar escutando aqueles cantos que ressumavam dor, e agora a encontrava nas mãos do Carmona. Meneou a cabeça. – Que fizeste pela liberdade de minha filha? – saltou de repente, com voz cansada.

Com essa pergunta Caridad soube que já não era objeto de atenção por parte de Melchor e ergueu o olhar para contemplar os dois ciganos à luz do amanhecer: o avô descarnado em sua casaca amarela; o ferreiro, de peito, pescoço e braços fortes, plantado com soberba diante do velho.

– Por minha esposa... – corrigiu-o José arrastando as palavras – fiz tudo quanto se pode fazer. A culpa é tua, velho: o estigma de teu sangue a levou à perdição, como a todos os Vegas. Só o indulto do rei a tiraria do cárcere.

– Que fazes então aqui, desfrutando de minha negra, em lugar de estar na corte procurando esse indulto?

José se limitou a negar com a cabeça e a franzir os lábios, como se aquilo fosse impossível.

– Onde está minha neta? – inquiriu então o avô.

Caridad tremeu.

– Vive com seu esposo – respondeu José –, como é seu dever.

Melchor esperou explicações que não chegaram.

– Que esposo? – terminou perguntando.

O outro se ergueu ameaçador.

– Não o sabes?

– Caminhei dia e noite para chegar até aqui. Não, não sei.

– Pedro García, o neto do Conde.

Melchor tentou falar, mas suas palavras se converteram num balbucio ininteligível.

– Esquece-te de Milagros. Não é problema teu – alfinetou-o José.

Melchor boqueou em busca de ar. Caridad o viu levar uma mão ao flanco e dobrar-se com um ricto de dor.

– Estás velho, Galeote...

Melchor não ouviu o restante das palavras de seu genro. "Estás velho, Galeote", as mesmas palavras que lhe havia cuspido o Gordo no caminho de Barrancos. Caridad entregue ao Carmona, sua filha detida em Málaga, e Milagros, sua menina, o que mais amava nesse mundo cão, vivendo com Rafael García, obedecendo a Rafael García, fornicando com o neto de Rafael García! A ferida que ele julgava curada pugnava agora por rebentar seu estômago. Havia renunciado a vingar-se de Rafael García por Milagros, a criança que Basilio pusera em seus braços a seu regresso das galés. De que havia adiantado? Seu sangue, o sangue dos Vegas, precisamente o daquela menina, se misturaria ao dos que o haviam traído e lhe haviam roubado dez anos de sua vida. Contorceu-se de dor. Queria morrer. Sua menina! Cambaleou. Procurou algum lugar em que encontrar apoio. Caridad se levantou de um salto para ajudá-lo. José deu um passo para ele. Nenhum dos dois chegou. Antes que o conseguissem, a dor mudada em cólera, alheado, cego de ira, tirou a navalha de sua faixa e enquanto a abria se abalançou a seu genro.

– Traidor, filho da puta! – uivou ao mesmo tempo que afundava a arma no peito do Carmona, em seu coração.

Só chegou a compreender em toda a sua magnitude o que havia feito ao topar com os surpresos olhos de José Carmona, que já pressentiam sua morte. Ele acabava de assassinar o pai de sua neta!

Caridad, nua, ficou parada a meio caminho e presenciou as convulsões que anunciaram a morte do cigano, estendido no chão, com uma grande poça de sangue formando-se ao redor. Melchor tentou erguer-se, mas não conseguiu por completo, e levou a mão ensanguentada que segurava a navalha à ferida que lhe havia infligido o Gordo.

– Traidor – repetiu então mais para Caridad que para o cadáver do Carmona. – Era um cão traidor – quis desculpar-se diante da atemorizada expressão da mulher. Pensou por um instante. Percorreu o quarto com o olhar. – Veste-te e vai buscar minha neta – urgiu com ela. – Diz-lhe que seu pai a manda chamar. Não lhe fales de mim; ninguém deve saber que estou aqui.

Caridad obedeceu. Enquanto atravessava o beco e voltava com Milagros, preocupada esta pelo pertinaz silêncio com que a mulher negra recebia suas perguntas, Melchor arrastou com grande dificuldade o cadáver de José até escondê-lo no cômodo contíguo. Qual seria a reação de Milagros? Era seu pai, e ela o amava, mas o Carmona o havia merecido... Não teve tempo de limpar o rastro de sangue que cruzava o quarto, nem a grande mancha que brilhava úmida no centro, nem a lâmina de sua navalha, nem sua casaca amarela; Milagros só viu a ele e se lançou a seus braços.

– Vovô! – gritou. Depois as palavras ficaram travadas em sua boca, misturadas a soluços de alegria.

Melchor hesitou, mas por fim a abraçou também e a embalou.

– Milagros – sussurrava vezes seguidas.

Caridad, atrás deles, não pôde evitar seguir com o olhar o rastro de sangue até o outro cômodo, antes de voltar a centrá-la em neta e avô, e voltar outra vez à mancha de sangue do centro do quarto.

– Vamos embora, menina – soltou de repente Melchor.

– Mas se acaba de chegar!... – respondeu Milagros separando-se dele com um amplo sorriso na boca, seus braços ainda agarrando-o, com a intenção de contemplá-lo por inteiro.

– Não... – retificou Melchor. – Quero dizer que vamos embora daqui... de Triana.

Milagros viu a casaca manchada de seu avô. Fechou a cara e verificou suas próprias roupas, impregnadas de sangue.

– Que...?

A moça olhou para além de Melchor.

– Vamos embora, menina. Iremos para Madri, para suplicar a liberdade de...

– E esse sangue? – interrompeu-o ela.

Separou-se do avô e evitou que este pudesse retê-la. Descobriu o rastro. Caridad a viu tremer primeiro e depois pôr as mãos na cabeça. Nenhum dos dois a seguiu ao cômodo contíguo, de onde não tardou a chegar-lhes um grito que se misturou ao martelar dos ferreiros, que já haviam iniciado sua jornada. Caridad, como se o dilacerante grito de sua amiga a empurrasse, retrocedeu até dar com as costas na parede. Melchor pôs uma das mãos no rosto e fechou os olhos.

– O que o senhor fez? – A acusação surgiu quebrada da garganta de Milagros; a moça buscava apoio no lintel do vão entre os cômodos. – Por que...?

– Ele nos traiu! – reagiu Melchor erguendo a voz.

– Assassino. – Milagros destilava ira. – Assassino – repetiu arrastando as letras.

– Traiu os Vegas casando-te...

– Não foi ele!

Melchor ergueu o pescoço e entrefechou os olhos para a neta.

– Não, não foi ele, vovô. Foi Inocencio. E o fez para libertar mamãe do cárcere de Málaga.

– Eu... não sabia... sinto muito... – conseguiu dizer Melchor, sobressaltado diante da dor de sua neta. Contudo, retificou imediatamente: – Tua mãe nunca haveria aceitado esse arranjo – afirmou. – Um García! Tu te casaste com um García! Ela haveria escolhido o cárcere. Teu pai deveria ter feito o mesmo!

– Famílias e querelas! – soluçou Milagros, como que alheia às palavras de seu avô. – Era meu pai. Não era um Vega nem um García, nem sequer um Carmona... era meu pai, não entende? Meu pai!

– Vem comigo. Abandona os...

– Era tudo o que eu tinha – lamentou-se.

– Tens a mim, menina, e conseguiremos a liberdade de tua...

Milagros cuspiu nos pés de seu avô antes que ele terminasse a frase.

O desprezo daquela cusparada da parte da pessoa a quem mais amava no mundo se refletiu em forma de um tremor em suas feições e nas pálpebras que cobriam seus olhos. Melchor calou-se até quando a viu gritar e abalançar-se a Caridad.

– E tu?

Caridad não podia afastar-se; tampouco teria dado um passo, paralisada como estava. Milagros gritava diante dela.

– Que fizeste tu? Que fizeste tu? – exigia-lhe vezes seguidas.

– A negra não fez nada – interveio Melchor em sua defesa.

– É isso! – gritou Milagros. – Olha-me! – exigiu-lhe. E, como Caridad não levantava os olhos, esbofeteou-a. – Puta negra de merda! É isso: nunca fazes nada. Nunca fizeste nada! Permitiste que ele o assassinasse!

Milagros começou a bater-lhe nos peitos com os dois punhos, de alto a baixo. Caridad não se defendeu. Caridad não falou. Caridad não foi capaz de olhar para Milagros.

– Nunca fazes nada! – uivava a moça a cada golpe. E cada um deles arrancava lágrimas dos olhos de Caridad. – Tu o mataste!

Pela primeira vez na vida Caridad sentiu a dor em toda a sua intensidade e se deu conta de que, à diferença do que sucedia quando o capataz ou o senhor a maltratavam, aquelas feridas não sarariam jamais.

Uma batia e gritava; a outra chorava.

– Assassina – soluçou Milagros deixando cair os braços do lado, incapaz de bater nem mais uma só vez.

Durante alguns instantes só se ouviu o martelar que vinha das forjas. Milagros desabou no chão, aos pés de Caridad, que não se atreveu a mover-se; Melchor tampouco.

– Negra – ouviu que lhe dizia este –, pega tuas coisas. Nós nos vamos.

Caridad olhou para a cigana, esperando, desejando que Milagros dissesse uma palavra...

– Vai-te – cuspiu ela, no entanto. – Não quero ver-te nunca mais na vida.

– Pega tuas coisas – insistiu o cigano.

Caridad foi em busca da trouxa, do traje vermelho e do chapéu de palha. Enquanto ela recolhia seus parcos pertences, Melchor, sem atrever-se a olhar para a neta, mediu o alcance de seus atos: se os pegassem no Beco de San Miguel ou em Triana, matá-los-iam. E, ainda que fugissem, o conselho de anciãos estabeleceria pena de morte contra ele e com certeza contra a negra, e o dariam a conhecer a todas as famílias do reino. Estava nas mãos de Milagros que pudessem escapar vivos de Triana.

Caridad voltou com suas coisas e olhou pela última vez para quem havia sido a única amiga de sua vida. Titubeou ao passar a seu lado, encolhida, chorando, maldizendo entre gemidos. Ela não podia haver detido Melchor. Recordava-se de haver corrido para ele, e no momento seguinte já havia visto o corpo gravemente ferido de José.

Milagros lhe havia dito que não queria vê-la nunca mais. Tentou dizer-lhe que ela não tivera nenhuma culpa, mas nesse momento Melchor a empurrou para fora da habitação.

– Sinto muito por ti, menina. Confio em que algum dia se aplaque tua dor – disse à neta antes de ir-se.

Depois ambos deixaram o edifício, apressados. Necessitavam de tempo para fugir. Se Milagros desse o alarma, não chegariam à saída do beco.

III

A VOZ DA LIBERDADE

23

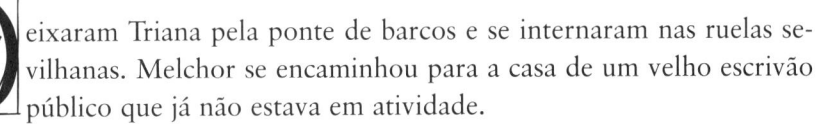

Deixaram Triana pela ponte de barcos e se internaram nas ruelas sevilhanas. Melchor se encaminhou para a casa de um velho escrivão público que já não estava em atividade.

– Necessitamos de passaportes falsos para nos podermos mover por Madri – ouviu Caridad que, sem dissimulação, pedia o cigano ao velho.

– A negra também? – inquiriu este assinalando-a de trás de uma escrivaninha de madeira maciça abarrotada de livros, processos e papéis.

Melchor, que se havia sentado numa das cadeiras de cortesia diante da escrivaninha, virou o rosto para ela.

– Vens comigo, negra?

É claro que ela queria ir com ele!, mas... Melchor intuiu os pensamentos que passavam pela mente de Caridad.

– Iremos a Madri para tentar a libertação de Ana. Minha filha ajeitará tudo – acrescentou convencido.

"Como Ana vai ajeitar a morte de José?", perguntou-se Caridad. No entanto, aferrou-se àquela esperança. Se Melchor confiava em sua filha, quem era ela para objetar?, razão por que anuiu.

– Sim – confirmou então Melchor ao escrivão –, a negra também. – O velho levou meia manhã para falsificar os documentos que lhes deviam permitir o deslocamento até Madri. Utilizando uma velha provisão do Tribunal de Sevilha, elevou Melchor ao grau de "castelhano velho" pelos méritos de seus ancestrais nas guerras de Granada, nas quais alguns ciganos acompanharam os exércitos dos Reis Católicos como ferreiros. Acrescentou um segundo documento: um passaporte que o autorizava a ir a Madri para tentar a liberdade de sua filha. A Caridad, que lhe mostrou os papéis de manumissão que lhe haviam entregado na embarcação, converteu-a em sua criada. Embora não fosse cigana, também necessitava de passaporte.

Enquanto ele compunha os documentos, o casal esperava no saguão da casa. Caridad se havia apoiado na parede, esgotada, sem atrever-se a deixar que suas costas deslizassem pelos azulejos até ficar sentada no chão, poder esconder o rosto e tentar pôr ordem no que havia vivido aquela manhã; Melchor pretendia fugir do sangue que manchava sua casaca amarela e percorria de alto a baixo o pequeno espaço.

– É bom este homem – comentou para si, sem buscar a atenção de sua ouvinte. – Ele me deve muitos favores. Sim, é bom. O melhor! – acrescentou com uma risada. – Sabes, negra? Os escrivães públicos ganham a vida com as taxas que cobram pelos papéis dos julgamentos, tanto por folha, tanto por letra. Saem caras as malditas letras! E como cobram por rabiscar nos papéis, são muitos os escrivães que promovem pleitos, desavenças e querelas entre as pessoas. Assim se fazem julgamentos e eles obtêm ganhos por escrever os papéis. Sempre que passava por ele, Eulogio me encarregava de organizar alguma altercação: denunciar um, roubar outro e esconder o butim na casa de um terceiro... numa ocasião me indicou o domicílio de um rufião que explorava os encantos de sua esposa. Magnífica fêmea! – exclamou depois de deter-se, levantar a cabeça e agitar o ar com o queixo. – Se houvesse sido minha...

Interrompeu seu discurso e se voltou para Caridad, que mantinha a vista fixa em suas mãos trêmulas. A esposa do rufião nunca havia sido sua, mas Caridad... Ao surpreendê-la deitada com José, havia sentido como se efetivamente houvesse sido sua alguma vez e o Carmona a tivesse roubado dele.

Caridad não desviava o olhar de suas mãos. Pouco lhe importavam os rolos de Melchor e do escrivão público. Só podia pensar na terrível cena que havia vivido. Se havia desenvolvido com tanta rapidez...! O aparecimento de Melchor, sua própria vergonha ao sentir-se nua, a peleja, a navalhada e o sangue. Milagros a havia seguido até a casa de seu pai sem deixar de perguntar pelas razões, enquanto ela balbuciava escusas, e depois... Agarrou as mãos com força para evitar que tremessem.

Melchor reiniciou seu ir e vir ao longo do saguão, agora em silêncio. Conseguiram os documentos e uma carta de recomendação que o velho escrivão dirigiu a um companheiro de profissão que exerca sua função em Madri.

– Creio que ainda vive – comentou. – E é de toda a confiança – acrescentou ao mesmo tempo que piscava para o cigano.

Os dois cúmplices se despediram com um sentido abraço.

Para não terem de atravesar Triana, saíram de Sevilha pela porta da Macarena e se dirigiram para o poente, para Portugal, pelo mesmo caminho que quase um ano antes haviam tomado Milagros, Caridad e a velha María. "Que haverá sido dela?", pensou a antiga escrava assim que seu olhar abarcou o campo aberto. Se a velha María houvesse estado ali, talvez não tivesse sucedido o que sucedeu: que Milagros, a quem tanto amava, a houvesse rechaçado, a houvesse expulsado de sua presença aos gritos, batesse nela com violência. Caridad acariciou um dos seios, mas que dano podiam causar-lhe os punhos de sua amiga? Doía-lhe por dentro, no mais íntimo e recôndito de seu corpo. Se pelo menos María houvesse estado ali... No entanto, a velha havia desaparecido.

– Canta, negra!

Uma senda solitária entre hortos e campos de cultivo. O cigano caminhava adiante de Caridad com sua imensa e descolorida casaca amarela pendendo dos ombros; nem sequer se havia virado para ela.

Cantar? Tinha motivos para fazê-lo, para chorar sua tristeza e clamar por sua desdita com a voz, como faziam os escravos negros, mas...

– Não! – gritou ela. Era a primeira vez que se negava a cantar para ele.

Depois de parar por um instante, Melchor deu dois passos.

– Tu mataste o pai de Milagros! – explodiu Caridad a suas costas.

– Com o qual tu estavas deitada! – gritou por sua vez o cigano virando-se de súbito e acusando-a com o dedo.

A mulher abriu as mãos num gesto de incompreensão.

– Que...? E o que eu podia fazer? Morava com ele. Ele me obrigava.

– Negar-te! – replicou Melchor. – Isso é o que terias de haver feito.

Caridad quis responder-lhe que o teria feito se houvesse sabido algo dele. Quis dizer-lhe que havia sido escrava durante demasiados anos, uma obediente escrava negra, mas as palavras se lhe converteram num soluço.

Agora foi o cigano quem abriu as mãos. Caridad estava plantada diante dele, a só alguns passos; seu já gasto camisão de flanela se movia ao ritmo de seu pranto.

Melchor hesitou. Aproximou-se.

– Negra – sussurrou.

Fez menção de abraçá-la, mas ela deu um passo para trás.

– Tu o mataste! – recriminou-o de novo.

– Não é assim – replicou o outro. – Ele procurou a morte. – Antes que Caridad interviesse, continuou: – Para um cigano há uma grande diferença.

Deu meia-volta e reempreendeu o caminho.

Ela o contemplou a afastar-se.

– E Milagros? – gritou.

Melchor trincou os dentes com força. Estava seguro de que a menina o superaria. Assim que ele libertasse sua mãe...

– O que vai ser de Milagros? – insistiu Caridad.

O cigano virou o rosto.

– Negra, tu vens ou não?

Ela o seguiu. Com Sevilha a suas costas, arrastou os pés descalços atrás dos passos do cigano deixando-se levar por um pranto seco e profundo, igual àquele que vertera quando a haviam separado de sua mãe ou de seu pequeno Marcelo. Então foram os senhores brancos os que forçaram seu triste destino, mas agora... agora havia sido a própria Milagros que renegara sua amizade. As dúvidas sobre sua culpa a perseguiam: ela só havia obedecido a uns e a outros, como sempre fazia. Na dor reviveu os aplausos com que Milagros a recebera aquela primeira vez em que vestira seu traje vermelho. Os risos, o carinho, a amizade! Os padecimentos sofridos após a detenção dos ciganos. Tantos momentos juntas...

Assim pensando e pensando, chegaram a um convento a cujas portas Melchor a obrigou a esperar.

Saiu dele com dinheiro e uma boa mula aparelhada com alforjes.

– Outros frades que, como os de Santo Domingo de Portaceli – comentou o cigano de novo a caminho –, não voltarão a confiar em mim quando virem que não lhes trago o tabaco que lhes prometi.

Caridad recordou o episódio e o prior alto e de cabelo grisalho que não havia tido coragem suficiente para enfrentar uns ciganos que lhe traziam menos sacos de tabaco do que haviam combinado. "Tudo por minha culpa", acusou-se.

– Mas a primeira coisa é minha filha – continuou o cigano –, e necessitamos deste dinheiro para multiplicá-lo e comprar vontades na corte. Seguro que seu Deus o entende assim, e, se seu Deus o entende, eles terão de entendê-lo também, ou não?

Melchor falava sem esperar resposta enquanto caminhavam. No entanto, quando paravam, caía na melancolia que Caridad conhecia tão bem; então falava só, embora às vezes se virasse em busca de uma aprovação que ela não lhe dava.

– Estás de acordo, negra? – perguntou-lhe uma vez mais. Caridad não respondeu; Melchor não lhe deu importância e prosseguiu: – Tenho de conseguir que libertem minha filha. Só Ana será capaz de pôr essa menina no bom caminho. Casar-se com um García! O neto do Conde! Já vais ver, negra, que tudo voltará a ser como antes assim que Ana aparecer...

Caridad deixou de escutá-lo. "Tudo voltará a ser como antes." As lágrimas embaçaram a visão do cigano que puxava a mula adiante dela.

– E se os frades não estiverem de acordo – dizia Melchor –, que me procurem. Poderiam aliar-se aos Garcías, que também estarão nisso. Com certeza, negra. A esta hora já estará reunido o conselho de anciãos que decidirá nossa sentença de morte. Talvez tu te salves, embora eu duvide. Imagino o sorriso de satisfação de Rafael e da rameira de sua esposa. Esconderão o cadáver do Carmona para que a justiça do rei não intervenha e porão em ação a justiça cigana. Em pouco tempo todos os ciganos da Espanha se inteirarão de nossa sentença e qualquer deles poderá executá-la. Embora nem todos os ciganos obedeçam aos Garcías e aos anciãos de Triana – acrescentou ao fim de um bom tempo.

Atravessaram povoados sem deter-se. Compraram tabaco e comida com o dinheiro dos frades e dormiram ao relento, sempre na direção do noroeste, para a fronteira de Portugal. Durante as noites, Melchor acendia algum dos charutos e o compartilhava com Caridad. Os dois tragavam com força até encher os pulmões; ambos se deixavam levar pela prazerosa sensação de letargia que lhes produzia o tabaco. Melchor não voltou a pedir-lhe que cantasse, e ela tampouco se decidiu a fazê-lo.

– Milagros o superará – ouviu Melchor afirmar numa daquelas noites, de repente, rompendo o silêncio. – Seu pai não era um bom cigano.

Caridad calou-se. Dia após dia, em silêncio, na mais profunda intimidade, voltava a sentir os golpes de Milagros em seus peitos, e seus sonhos se viam turbados pelo rosto irado da jovem enquanto a insultava e lhe cuspia a gritos seu rechaço.

Chegaram à serra de Aracena. Melchor evitou transitar pelas proximidades de Jabugo e deu uma volta para chegar a Encinasola e dali a Barrancos, naquela terra de ninguém entre a Espanha e Portugal de que havia falado o ferreiro com quem haviam topado durante sua fuga pelo Andévalo.

O cigano foi amistosamente recebido pelo proprietário do estabelecimento que fornecia tabaco aos contrabandistas espanhóis.

– Nós te dávamos por morto, Galeote – disse-lhe Méndez após um afetuoso cumprimento. – Os homens do Gordo contaram que teu ferimento...

– Não era a minha hora. Ainda tinha coisas que fazer por aqui – interrompeu-o Melchor.

– Nunca gostei do Gordo.

– Ele me roubou dois sacos de tabaco nas praias de Manilva, depois ordenou que se assassinasse o neto de meu primo.

Méndez anuiu, pensativo.

Assim ficou sabendo Caridad da morte do capitão da partida de contrabandistas que a havia enganado na praia e que tantos desgostos e problemas ocasionara. Percebeu que Melchor a olhava de soslaio quando Méndez lhe perguntou pela mulher armada com um trabuco que havia enfrentado toda uma partida de homens e que disparou contra um contrabandista, dos dois grandes cães que acabaram a dentadas com a vida do Gordo, e de como aquela mulher havia fugido com o que todos já consideravam o cadáver do Galeote.

– Ela te salvou a vida – afirmou Méndez. – Deves estar agradecido.

Caridad apurou o ouvido. Melchor intuiu seu interesse e voltou a olhá-la de soslaio antes de responder:

– Vós, os *payos*, incluídas vossas mulheres, tendes uma ideia errônea do agradecimento.

Hospedaram-se nas instalações do vendedor de tabaco e, tal como no *mesón* de Gaucín, Melchor tratou de deixar bem claro a quantos mochileiros e contrabandistas apareceram no lugar que Caridad era sua e portanto intocável. Os três primeiros dias Melchor passou reunido com Méndez.

– Não te afastes muito, negra – indicou-lhe o cigano –, por aqui sempre ronda gente ruim.

Caridad o levou a sério e perambulou pela estrebaria e pelos arredores do estabelecimento, olhando a paisagem que se estendia a seus pés e pensando em Milagros; espiando as pessoas que iam e vinham com seus sacos e mochilas, e recordando-se de Milagros de novo; buscando refúgio para seu penar no tabaco que ali abundava e pensando nela... e em Melchor.

– Quem era a mulher que te salvou do Gordo? – perguntou-lhe uma noite estando os dois deitados em colchões contíguos num cômodo grande que compartilhavam com outros contrabandistas. Não teve de baixar a voz; na outra extremidade da peça, um mochileiro desfrutava de uma das muitas prostitutas que acorriam ao cheiro do dinheiro. Não era a primeira vez que sucedia.

Durante alguns instantes só se ouviram os arquejos do casal.

– Alguém que me ajudou – respondeu Melchor quando Caridad já dava por inútil a pergunta. – Não creio que voltasse a fazê-lo – acrescentou com uma ponta de tristeza que à mulher não passou despercebida.

Os arquejos se converteram em uivos surdos antes de alcançarem o êxtase. Aquelas mulheres desfrutavam com os homens, pensou Caridad, algo que a ela parecia vedado.

– Canta, negra – interrompeu-a o cigano.

Por acaso sabia o que ela estava pensando? Queria cantar. Necessitava cantar. Desejava que tudo voltasse a ser como antes.

Esperavam a chegada de uma partida de rapé francês, explicou-se Melchor quando Caridad lhe perguntou quanto tempo ficariam ali e por que não iam a Madri para tentar a libertação de Ana.

– Geralmente entra pela Catalunha – continuou o cigano –, mas os da ronda do tabaco vigiam cada vez mais e é complicado. É muito difícil e caro consegui-lo, mas obteremos bons ganhos.

O consumo de rapé, o grosso tabaco em pó elaborado na França, era proibido na Espanha; só se permitia cheirar o finíssimo pó espanhol, da cor do ouro e perfumado com água de flor de laranjeira na fábrica de tabaco de Sevilha, melhor que qualquer rapé no dizer de muitos. Embora existissem outros tipos de pó, como o *de palillos*, o *de barro*, o *vinagrillo* ou o *cucarachero*, o da cor do ouro era o melhor. No entanto, o gosto por tudo o que era francês, incluído o rapé, impunha-se até contra as ordens da Coroa, e os primeiros em descumpri-las não eram outros que os próprios cortesãos. O rei havia determinado severíssimas penas para quem delinquisse com rapé: os nobres e fidalgos podiam ser castigados com fortes multas e quatro anos de desterro na primeira vez que fossem condenados; o dobro da multa e quatro anos de presídio na África na segunda ocasião, e desterro perpétuo e perda de todos os seus bens na terceira. Os demais, o povo simples, eram condenados a multas, açoites, galés e até à morte.

Mas a elegância de cheirar rapé em lugar de pó espanhol, unida ao risco e à atração pelo proibido, levou a que na maioria dos salões da corte e da nobreza se continuasse cheirando. Como ia um janota humilhar-se utilizando pó espanhol por mais que sua qualidade estivesse reconhecida em toda a Europa? E o consumo de rapé se achava tão no auge na própria corte que as autoridades chegaram, ingenuamente, a permitir as denúncias secretas: o denunciante tinha direito a receber a multa que se impusesse ao acusado, e o juiz devia entregá-la em suas mãos e preservar sua identidade; mas a Espanha não era país para guardar segredos, e o rapé continuou a ser objeto de contrabando e a ser cheirado.

Méndez lhe havia prometido uma boa variedade: pó escuro e grosso como o *serrín*, elaborado na França mediante técnicas que cada fábrica mantinha em segredo. As folhas de tabaco mais carnosas e grossas se mesclavam a alguns elementos químicos (nitratos, potassas ou sais) e a elementos naturais (vinho, aguardente, rum, suco de limão, melaço, passas, amêndoas, figos...). O tabaco e as misturas de cada fábrica molhavam-se, coziam-se, deixavam-se fermentar durante seis meses, prensavam-se em rolos e voltavam a ficar amadurecendo outros seis ou oito meses. Os aristocratas franceses raspavam pessoalmente os rolos ou *carottes* com pequenos raspadores, mas isso na Espanha não se usava, razão por que o rapé já vinha preparado e pronto para enegrecer as narinas, as barbas e os bigodes dos que o consumiam, até o ponto de que na corte já não se usavam lenços brancos, mas cinza para dissimular a coriza ocasionada pelos constantes espirros.

– Nós o levaremos para Madri? – perguntou Caridad.

– Levaremos. Ali o venderemos.

Melchor hesitou, mas afinal decidiu esconder dela as penas que podiam impor-lhes se os detivessem em posse de uma partida de rapé. Estavam os dois sentados ao sol, numa grande rocha da qual se divisava todo o vale do rio Múrtiga, deixando transcorrer as horas com indolência.

– Quanto tempo devemos esperar?

– Não sei. Ele tem de chegar da França, primeiro em alguma embarcação e depois até aqui.

Caridad estalou a língua em sinal de fastio: quanto antes chegassem a Madri, antes libertariam Ana, e ela, a mãe de Milagros, poderia ajeitar as coisas. Melchor interpretou mal o estalido.

– Sabes de uma coisa, negra? – disse então. – Creio que poderíamos tirar algum proveito da nossa espera.

Ao despontar a alva do dia seguinte, com as primeiras luzes, carregando os sacos às costas como simples mochileiros, Caridad e Melchor cruzaram a fronteira e se internaram em terras espanholas. Méndez informou o cigano de que os padres de Galaroza necessitavam de tabaco.

– A partir de agora, negra – advertiu-a Melchor assim que começou a descida de Barrancos por uma abrupta e escondida trilha de cabras –, silêncio, olhe bem onde pisas e... nem pense em cantar.

Ela não pôde reprimir um risinho nervoso. A ideia de contrabandear com Melchor a emocionava.

Foram talvez os dias mais maravilhosos da vida de Caridad. Dias mágicos e íntimos: os dois caminhando em silêncio por veredas solitárias, entre árvores e campos de cultivo, ouvindo-se respirar um ao outro, roçando-se, escondidos ao som de alguma cavalgadura que se aproximava. Depois se sorriam ao verificar que não se tratava da ronda do tabaco. Melchor lhe falou dos caminhos, do tabaco, do contrabando e de sua gente, explicando-lhe as coisas com mais detalhe do que jamais havia feito com ninguém. Caridad escutava maravilhada; de vez em quando parava para recolher algumas ervas com a intenção de secá-las na volta: alecrim, poejo... muitas outras ela não conhecia, mas era tal seu aroma que ela também as colheu. Melchor a deixava fazer; soltava o saco e se sentava para observá-la, atraído por seus movimentos, seu corpo, sua voluptuosidade; foi ficando para trás o receio pela morte do Carmona.

Não tinham pressa. O tempo era deles. Os caminhos eram deles. O sol era deles, também a lua que iluminou aquela primeira noite ao relento que compartilharam com o distante uivar dos lobos e o correr dos animais noturnos.

Quase um mês, que se fez curto para eles, demorou a chegar o rapé prometido. Melchor e Caridad voltaram a fazer contrabando pela zona em várias ocasiões.

– Canta, negra – pediu-lhe o cigano.

Haviam pernoitado de volta a Barrancos, livres já da carga de tabaco e do risco de que a ronda os prendesse com ela. A primavera estava em plena eclosão, e ouvia-se o correr das águas do arroio junto ao qual Melchor decidiu parar. Depois de comer algo de carne curtida, pão e alguns goles do vinho que levavam num odre de couro, o cigano deitou-se no chão, sobre uma velha manta.

Caridad fumava perto da margem do arroio, a poucos passos. Virou-se para olhá-lo. Havia assentido em cantar sempre que Melchor o pedia a partir de quando decidira fazê-lo dias depois de chegar a Barrancos. No entanto, assim que entoava os primeiros lamentos, o cigano se perdia em seu próprio mundo, e sua presença se desvanecia. Caridad estava havia dias compartilhando sua vitalidade. Não queria que voltasse a engolfar-se naquele buraco que com tanta ânsia parecia reclamá-lo; desejava senti-lo vivo.

Aproximou-se dele, sentou-se a seu lado e ofereceu-lhe o tabaco. O cigano o aceitou e lhe devolveu o charuto. O murmúrio das águas do arroio se misturou com os pensamentos de um e de outro. Pouco a pouco, sua respiração delatou o desejo.

– E se depois mudar tudo e já não cantares igual?

Caridad não encontrava palavras com que responder. Mudaria, sem dúvida, mas era algo que anelava com todo o seu corpo.

– Tu te referes a que meu canto já não seja triste? – perguntou.

– Sim.

– Quisera ser feliz. Uma mulher... feliz.

Melchor se surpreendeu aproximando-se dela com uma ternura que jamais havia tido com mulher alguma, com delicadeza, como temeroso de quebrá-la. Caridad se entregou a seus beijos e carícias. Desfrutou e descobriu mil cantos em seu ser que pareciam querer responder com frenesi ao simples roçar da ponta de um dedo. Soube-se amada. Melchor a amou com carinho. Melchor lhe falou com doçura. Ela chorou, e o cigano ficou imóvel até compreender que aquelas lágrimas não brotavam angustiadas, e lhe sussurrou ao ouvido coisas bonitas que ela jamais havia escutado. Caridad arquejou e chegou a uivar tal como faziam os lobos na espessura das serras.

Depois, à luz da lua, nua, com a água do arroio lambendo-lhe os joelhos, insistiu até conseguir que Melchor se aproximasse. Jogou-lhe água com um pontapé, tal como fazia Marcelo com ela na veiga assim que pisavam uma simples poça. O cigano se queixou, e Caridad voltou a chutar água e a salpicá-lo. Melchor fez menção de voltar a deitar-se, mas de súbito se virou e se abalançou a ela. Caridad lançou um grito e escapou rio acima. Brincaram nus no arroio, correram e salpicaram-se como poderiam fazer umas crianças. Exaustos, beberam e fumaram, olhando-se, conhecendo-se um ao outro, e voltaram a fazer amor e continuaram deitados até que o sol ficasse bem no alto.

– Já não cantas igual.

Reprochou-a no quarto da casa de Méndez. Haviam juntado seus colchões, mas, como se estivessem de acordo sem tê-lo dito, não faziam amor ali onde contrabandistas e mochileiros se deitavam com as prostitutas. Preferiam sair em busca do amparo do céu.

– Preferes que não o faça? – perguntou ela, interrompendo seu canto.

Melchor meditou na resposta; ela lhe deu um carinhoso soco no ombro pelo atraso na resposta.

– Negra, nunca batas num cigano.

– Nós, as escravas negras, podemos bater em nossos ciganos – afirmou categoricamente.

E continuou a cantar.

Existia uma estrada que unia Madri a Lisboa através de Badajoz. De Barrancos lhes haveria sido simples dirigir-se a Mérida por Jerez de los Caballeros, seguir até Trujillo, Talavera de la Reina, Móstoles, Alcorcón e entrar na capital pela porta de Segóvia; pouco mais de setenta léguas era o que os separava de Madri, quase duas semanas de caminho. Empregaram quase o mesmo tempo movendo-se apressados por sendas solitárias e desconhecidas para Melchor. A tranquilidade de que haviam desfrutado em Barrancos ficava para trás; tinham o rapé e necessitavam libertar Ana. No entanto, um cigano vestido de amarelo, uma negra e uma mula carregada com um grande pote de barro selado que cheirava a tabaco perfumado não podiam circular pelos caminhos principais.

Mas, se o cigano tinha de utilizar todo o seu instinto e amiúde deixar Caridad e a mula resguardadas para ir às estalagens ou casas de campo para perguntar pela rota, não sucedia o mesmo com Madri: havia estado nela em duas ocasiões ao longo de sua vida. "Conheço Madri", assegurava. Além disso, a vila era com frequência objeto de comentários dos contrabandistas, os quais trocavam todo tipo de experiências, endereços e contatos. Em Madri circulava muito dinheiro: ali residia o rei rodeado e servido por uma nutrida corte; a nobreza da Espanha quase toda; embaixadores e comerciantes estrangeiros; milhares de clérigos; um verdadeiro exército de altos funcionários com recursos suficientes e muita vontade de aparentar um alto berço de que careciam, e sobretudo um sem-fim de janotas afrancesados cujo único objetivo parecia ser desfrutar dos prazeres da vida.

A menos de meia légua de Madri, pararam. Melchor tomou uma boa mostra do rapé e enterraram o pote num matagal.

— Tu te lembrarás de onde...? — Caridad se mostrou preocupada ao compreender que o cigano se propunha a deixar ali escondido pote.

— Negra — interrompeu-a ele com seriedade: — eu te asseguro que antes me lembrarei de voltar a este lugar do que de como se regressa a Triana.

— Mas e se alguém...? — insistiu Caridad.

— Sua agourenta! — voltou a interrumpê-la o cigano. — Não chames o azar! Adiante, num *mesón*, venderam a mula.

— Já nos olharão bastante estando eu contigo, para ainda por cima eu ir puxando este animal — zombou carinhosamente Melchor. — Além disso, não creio que possamos atravessar de noite com a mula.

À vista da cidade, esconderam-se entre os hortos dos arredores. Melchor se sentou contra uma árvore e fechou os olhos.

— Acorda-me quando anoitecer — disse-lhe após exagerar um bocejo.

Do outro lado da veiga do Manzanares, onde se encontravam, Caridad deixou correr o olhar pela Madri que se alçava diante deles. Seu ponto mais alto era um palácio em construção a cujos pés se entrevia uma grande cidade variegada em seu casario. Que lhes depararia esse lugar? Seus pensamentos regressaram a Milagros... e a Ana. Teria razão o cigano quando sustentava que Ana ajeitaria tudo?

Passaram-se duas horas até que o sol começou a pôr-se sobre Madri, colorindo suas construções e arrancando lampejos avermelhados dos campanários e das agulhas das torres que sobressaíam acima deles.

À luz da lua caminharam em direção à ponte de Toledo. De Portugal, como vinham eles, deveriam haver atravessado pela de Segóvia, mas Melchor o descartou.

— Está muito perto do que foi o alcácer dos reis e de muitas casas de nobres e eminências da corte, e nesses lugares sempre há mais vigilância.

Atravessaram a ponte discretamente, encurvados, rente à mureta, tanto que em lugar de vencê-la em linha reta percorreram os balcõezinhos semicirculares que se abriam sobre o Manzanares. Se tinha de haver vigilância, não estava presente, embora o fato fosse que entre o rio e a porta de Toledo pela qual se entrava na cidade ainda se abria uma mais que considerável extensão de hortos e *cerrillos*, quando não verdadeiros barrancos sobre os quais se elevavam as últimas construções de Madri.

Porque Madri não tinha arrabaldes e seu contorno estava perfeitamente delimitado por aquelas últimas construções: era proibido construir para além da cerca que cingia a cidade, e a crescente população se amontoava em seu interior. Melchor recordava bem aquela cerca. Não se tratava de uma muralha larga como a que rodeava Sevilha ou muitas cidades e até povoados do reino, por modestos que estes pudessem ser, mas de um simples tapume de alvenaria. E o fato era que a cerca de Madri, interrompida em muitos de seus trechos pelas próprias fachadas dos últimos edifícios da cidade, só era respeitada pelos cidadãos em caso de epidemias. Nesse caso, sim, fechavam-se os acessos à cidade, mas, enquanto não existisse tal perigo, a cerca oferecia inumeráveis brechas em sua extensão, brechas que, assim que se reparavam, apareciam em outra parte. Era tão simples abrir uma passagem neste tapume como contar com a cumplicidade de algum dos proprietários das casas cujas fachadas se erguiam a modo de cerca.

Melchor e Caridad atravessaram os hortos e chegaram à porta de Toledo: um par de simples vãos retangulares, fechados de noite, sem adorno algum e erguidos na cerca que fechava a rua de mesmo nome. À direita, em lugar do tapume, achava-se o matadouro de vacas e carneiros, com várias portas que davam para o exterior e que permitiam a entrada do gado diretamente do campo.

"Só é preciso esperar que apareça algum atravessador de contrabando que conheça uma forma de entrar", recordava haver ouvido Melchor da boca de um contrabandista, num *mesón*. "Então te juntas a ele, pagas e entras." "E se não aparecer nenhum?", perguntou outro. O primeiro soltou uma gargalhada. "Em Madri! Há mais trânsito noturno que de dia."

Postaram-se diante do matadouro e esperaram escondidos junto a um cercado que servia de palhal e secadouro de peles; Melchor recordava que lhe haviam assegurado que através das portas daquele matadouro se introduzia furtivamente muita gente.

No entanto, passou o tempo e nada indicava que alguém pretendesse passar essa noite pela cerca de Madri. "E se forem ainda mais silenciosos que nós?", pensou Melchor.

– Negra – disse então em voz alta, disposto a chamar a atenção de quem quer que se movesse por aqueles lugares e indicando a Caridad com um dedo em seus lábios que permanecesse em silêncio –, se não fosse porque te ouço respirar, eu duvidaria de que estivesses comigo. Que negra mais calada és! Atrás dessas portas e do matadouro, em toda esta área de Madri, estão os bairros do Rastro e Lavapiés. Boa gente a que vive aí, "manolos" os chamam. Grande nome! Arrogantes e temerários, sempre prontos para pelejar entre si a navalhadas por uma palavra mal dita ou por um olhar indiscreto para suas fêmeas. E que fêmeas! – Suspirou ao mesmo tempo que abria sua navalha procurando silenciar os estalidos da engrenagem; havia ouvido barulhos suspeitos. Depois se aproximou de Caridad e lhe sussurrou: – Fica atenta e não te aproximes dos que vêm. Que fêmeas! – repetiu quase aos gritos –, te digo eu, só lhes falta serem ciganas! A última vez que estive em Madri, depois que o rei me honrou com a graça de remar em suas galés...

Os atacantes acreditaram que fossem pegar desprevenido o cigano. Melchor, com os sentidos alertas e empunhando a navalha, não queria matar nenhum dos dois homens que ele intuiu que se aproximavam; necessitava deles.

– Vós...! – interrompeu o discurso de Melchor um dos salteadores.

Não conseguiu dizer mais nada. Melchor se virou e assestou uma navalhada na mão em que percebeu o brilho da lâmina de uma faca, e, pouco antes que a arma tocasse o chão, já havia rodeado o homem e apertava o fio da navalha contra sua garganta.

O cigano quis lançar uma ameaça de morte, mas não lhe surgiram as palavras: resfolegava. "Já não sou tão jovem!", resignou-se. E, como se pretendesse discutir suas próprias sensações, apertou a navalha contra o pescoço de sua presa, que foi quem, afinal, gritou em seu lugar.

– Parado, Diego! – suplicou a seu companheiro, surpreendido este a só um passo deles.

O tal Diego hesitou enquanto tentava acostumar a visão à escuridão.

– Diego... por Nossa Senhora de Atocha... – repetiu o primeiro.

Recuperado o fôlego, Melchor se viu capaz de falar.

– Leva-o a sério, Diego – aconselhou-o o cigano. – Não quero fazer-vos mal. Podemos terminar bem tudo isto. Só queremos entrar em Madri, como vós.

* * *

Melchor se havia esquecido de comentar com Caridad que aquelas pessoas a que chamavam "manolos" não só eram ousadas, orgulhosas e indolentes, mas também eram fiéis. Convertidos em paladinos das atávicas formas de vida espanhola, achavam-se em luta permanente com o que consideravam a superficialidade e frivolidade da nobreza e das classes ricas afrancesadas. A honra que havia chegado a salpicar a história da Espanha com tantos e tantos episódios épicos e que agora era posta em dúvida pelas autoridades obrigava-os a cumprir seus compromissos como se com isso defendessem a identidade que pretendiam roubar-lhes.

– Palavra de honra! – ouviu Melchor da boca de ambos.

"Isso é o que diferencia os 'manolos' dos ciganos", disse-se Melchor, sorridente, enquanto com total confiança afrouxava a pressão sobre a garganta, fechava a navalha e a escondia de novo em sua faixa: a palavra que pudesse dar um cigano a um *payo* carece de importância.

Melchor até ajudou a enfaixar com um farrapo arrancado da camisa de Pelayo – assim se chamava o primeiro assaltante – o ferimento que este apresentava na mão. Depois, Caridad e ele os seguiram até o matadouro da porta de Toledo, onde após uma troca de senhas um homem lhes abriu passagem. Melchor regateou no pagamento que lhe exigiu o homem do matadouro.

– Não pretendo comprar-te uma das vacas – jogou-lhe em rosto ao mesmo tempo que contava algumas moedas.

Diego e Pelayo não pagaram com dinheiro; em vez disso, abriram o saco que levavam, rebuscaram em seu interior e lhe entregaram uma diminuta pedra que cintilou avermelhada à luz da lanterna com que lhes havia recebido o magarefe. Entre o dinheiro de um e a pedra dos outros, o homem se deu por satisfeito e os acompanhou até a rua Arganzuela através de um estreito beco que cruzava entre as casas que confinavam com a parte posterior do matadouro.

– Pedras falsas... É a isso que vos dedicais? – inquiriu Melchor já na rua.

– É, sim – reconheceu Pelayo. – Bom negócio; ainda que falsas, vendem-se por muito dinheiro.

Melchor o sabia, conhecia de sobra o preço dos avelórios. Excetuadas as pérolas, que não eram consideradas pedras preciosas, o rei havia proibido o uso e a compra e venda de todas as que fossem falsas: diamantes, rubis, esmeraldas, topázios.

– As mulheres e os homens que não podem comprar as finas, e que são a grande maioria das pessoas de Madri – prosseguiu Pelayo –, continuam gostando de exibi-las ainda que sejam falsas. É uma mercadoria muito rendosa.

O cigano registrou o negócio enquanto Caridad permanecia atenta ao entorno. A escuridão era quase absoluta: só algumas velas e candeias iluminavam mesquinhamente o interior de casas que, contra a lua, exibiam um só andar, embora, à diferença das choças da ciganaria, tivessem telhado de duas águas. Entre as sombras, no entanto, ele percebeu a presença de pessoas que se moviam de um lado para outro e ouviu risos e conversas. Na rua, para além de onde se encontravam, um casal iluminava seus passos com um farol. Mas o que mais chamou sua atenção foi o fedor que se respirava, e ele se perguntou a que se deveria. Então compreendeu que o que pisava com os pés descalços não era outra coisa que os excrementos que se acumulavam no chão de terra.

– Temos de ir embora – anunciou Pelayo. – Aonde vos dirigis vós?

Melchor conhecia um cigano aparentado com os Vegas que morava em Madri: o Cascabelero, um membro da família dos Costes que se havia casado com uma prima Vega fazia mais de vinte e cinco anos; vários dos Vegas da ciganaria do Horto da Cartuxa, ele incluído, haviam ido às grandes bodas com que se selara a aliança entre as duas famílias. Ainda assim, a dúvida lhe viera perseguindo desde que arquitetara seu plano ainda em Barrancos, quando Méndez lhe falara da partida de rapé que estava esperando. E se houvessem detido também os ciganos de Madri e ele não encontrasse nenhum? Disse-se que a capital era diferente: não era considerada oficialmente lugar de residência autorizada de ciganos, razão por que ali não se haveria detido ninguém, como havia sucedido em lugares similares. Apesar disso e de ser proibido viver em Madri, as pragmáticas reais ordenando a expulsão dos ciganos madrilenses se repetem e se repetem, tal era a obstinação destes em permanecer na vila.

Certamente haveria ciganos descendentes daquela prima em Madri, mas desde a sua última visita, antes de ser condenado às galés, bem se podiam haver aparentado com outras famílias, inimigas dos Vegas. Teria que verificá-lo. Do que, sim, estava certo Melchor era que, enquanto não o fizesse, os ciganos de Madri não deviam saber da presença de Caridad; a sentença de morte que com toda a certeza haveria sido determinada pelo conselho de anciãos de Triana já seria conhecida até ali. Milagros... sua menina, havia cuspido a seus pés, e Ana estava encarcerada em Málaga. Não podia arriscar-se a perder também a negra.

– Pelayo – disse o cigano –, eu vos compro uma pedra dessas se nos acompanhardes a algum lugar de confiança em que possamos dormir. Sobretudo que seja discreto.

Aceitaram. Seguiram todos juntos pela rua de Toledo e um pouco mais adiante viraram à direita pela do Carneiro. Com os gritos dos animais que eram sacrificados durante a noite, chegaram ao *cerrillo* do Rastro, um montículo de terra que se erguia entre os edifícios, junto ao matadouro velho, e que se mantinha inculto para refrescar aquela área. Na noite, chapinharam na pequena corrente de sangue que descia do matadouro pela rua de Curtidores e, sempre em direção à direita, atravessaram Mesón de Paredes e Embajadores. Ali se despediram de Diego, que se introduziu com as pedras falsas numa casa. Pelayo continuou com Melchor e Caridad até uma pousada secreta na rua de los Peligros. Segundo lhes disse, conhecia Alfonsa, a viúva que a dirigia, de modo que não teriam problemas. Ela não daria parte aos aguazis, como eram obrigados a fazer os donos de pousada com todos os hóspedes que recebiam.

Custou-lhes despertar Alfonsa.

– Por acaso esperavas o duque de Alba? – cravou-lhe Melchor diante do olhar torto que lhes dirigiu a dona da pousada depois de falar com Pelayo.

A mulher ia responder, mas emudeceu à vista do dinheiro que lhe mostrou o cigano. Pelayo se despediu. Alfonsa recebeu o seu, e Caridad e Melchor seguiram seus passos e subiram por uma escura escada, tão estreita como empinada, os três em fila roçando as paredes úmidas e descascadas, até chegar ao sótão: um quartucho imundo que teriam de dividir com outros três hóspedes que já dormiam. Alfonsa lhes apontou um catre.

– Não disponho de mais nada – aduziu sem espírito algum de desculpar-se antes de virar as costas para descer para sua casa, no andar inferior.

– E agora? – perguntou Caridad.

– Agora espero que te encolhas num ladinho dessa cama para que possamos dormir um pouco. Foi um dia duro.

– Quero dizer...

– Já sei o que queres dizer, negra – interrompeu-a Melchor ao mesmo tempo que a puxava e tentava saltar os utensílios dos outros hóspedes espalhados pelo chão. – Amanhã irei ver quem nos pode dar uma mão.

24

Havia cinco dias que estava encerrada ali. Nada podia fazer no quartucho infecto que compartilhava com um pedreiro, com a irmã do pedreiro, que assegurava dedicar-se a lavar roupa no Manzanares, e um terceiro hóspede, sem dúvida dedicado a atividades turvas por mais que o homem afirmasse, com igual empenho que a lavadeira, que era talhador.

– Vou em busca do escrivão. Não saias da pousada – havia-lhe sussurrado Melchor na primeira manhã, quando os demais hóspedes ainda estavam espreguiçando-se. – Não fales com ninguém nem lhes contes de mim e muito menos do rapé.

Fez menção de ir-se, mas se deteve. Apalpou a empunhadura de sua navalha e lançou um olhar assassino para os demais, lavadeira incluída, os três atentos a eles. Então se virou e beijou Caridad na boca.

– Entendeste, negra? Talvez eu me atrase, mas voltarei, não tenhas dúvida. Espera-me e fica na cama, para que a amiga de Pelayo não a venda como "meia com limpo".

"Meia com limpo" – Caridad ignorava o significado, e Melchor tampouco o explicou antes de descer escada abaixo – era uma expressão cunhada na Madri dos suplicantes, dos mendigos e folgazões, malfeitores e todo tipo de pessoas que, sem recursos econômicos, perambulavam pela cidade grande, uns à espera de alguma mercê real – uma renda, um emprego na administração, o resultado de um pleito –, outros atentos ao ocasional negócio que os havia de enriquecer naquela magnífica corte, e os demais atentos ao rateio e à venda de coisas usadas, quando não ao roubo. Muitos deles, chegada a noite, iam a algumas casas onde por dois quartos lhes alugavam uma cama que tinham de compartilhar com um companheiro, desde que este fosse limpo, quer dizer, desde que não tivesse piolhos, sarna ou tinha.

Madri era incapaz de absorver a incessante imigração. Encerrada na cerca que a rodeava, para além da qual era proibida a construção, dois terços da propriedade de sua superfície eram divididos entre a Coroa e a Igreja; o terço restante, além do que aquelas duas instituições decidiam arrendar, tinha de ser disputado pelos cerca de cento e cinquenta mil habitantes que se acumulavam na Vila e Corte em meados de século; além disso, tinham de fazê-lo com respeito a casas malcompostas, de cômodos minúsculos, escuras e carentes de qualquer conforto, fruto tudo isso da construção de "casas à malícia", ardil que durante os séculos anteriores haviam utilizado os madrilenses para burlar a "regalia de aposento" pela qual eram obrigados a ceder gratuitamente ao rei parte de suas moradas para o uso dos membros da corte. Dessa forma, e apesar das pragmáticas reais acerca da qualidade nas construções que deviam ornar a capital do reino, mais da metade das dez mil casas que se erguiam em Madri no século anterior era de um só andar, impróprias portanto para acolher os ministros e criados da Coroa. Já no século XVIII, com a total conversão da regalia de aposento em contribuições econômicas, o casario de Madri foi reformando-se e as edificações de um só andar foram reconstruídas ou simplesmente elevadas para acolher a imigração que não cessava de chegar à capital.

Em razão dessa necessidade nasceram as pousadas secretas, como a que alojava Melchor e Caridad. Embora a cidade dispusesse de suficientes *mesones* e bares, não abundavam as pousadas públicas, que além de ser caras eram constantemente vigiadas e fiscalizadas pelos alcaides de corte e pelos aguazis durante suas rondas. Por isso surgiram as pousadas secretas, e, embora ninguém soubesse com certeza quantas eram, sabia-se, sim, que todas se assemelhavam ao sujo e desordenado quartucho do sótão onde Caridad deixava transcorrer as horas sem um charuto para levar à boca e com que aplacar a fome que a inconsistente *olla podrida* com que Alfonsa pretendia alimentar seus hóspedes não conseguia saciar, *olla* em que os grãos-de-bico, os nabos, as cebolas e as cabeças de alho pareciam não haver deixado lugar ao porco, ao carneiro, ao terneiro ou à galinha.

Fazia cinco dias que Melchor havia saído da pousada, e Caridad vivia sufocada pela angústia. Haver-lhe-ia sucedido algo? Milagros e sua mãe haviam ido desvanecendo-se em seus pensamentos à medida que transcorriam os dias. Melchor, Melchor e Melchor. O cigano constituía sua única preocupação! Ele lhe dissera que não saísse da pousada, recordava-se ela vezes seguidas enquanto percorria o quartucho para lá e para cá, oprimida entre aquelas paredes, nauseada pelo fedor que subia da rua. Não tinha mais contato com o exterior que o bulício e o trânsito através de uma janelinha no alto do sótão, muito acima de sua cabeça. Insultou aquela janela inútil. Sentou-se na cama. Ele lhe havia dito que ficasse nela... Ela sorriu com tristeza. "Onde te meteste, maldito cigano?" Podia sair, mas não sabia aonde ir nem o que fazer. Não iria até os oficiais de justiça para denunciar o desaparecimento de um cigano contrabandista. Além disso, Melchor também lhe havia dito que não falasse dele com ninguém. Até o fulgor da falsa safira com que ele a presenteara e que ela apertava na mão parecia haver-se apagado.

Ao longo desses dias, o pedreiro e a que se dizia sua irmã haviam cessado com suas tentativas de obter dela algo além de um monossílabo, mas Juan, o talhador, insistia em extrair algo e a interrogava vezes seguidas, persistente apesar do silêncio e do olhar baixo com que Caridad recebia suas perguntas.

– Onde está teu senhor? Que negócios o trouxeram a Madri?

O talhador surpreendeu Caridad regressando à pousada na manhã do quinto dia quando já os outros dois se haviam ido. Juan era um homem de meia-idade, alto, calvo, de rosto marcado pela varíola e de dentes tão pretos como as longas unhas que sobressaíam de seus dedos e que nesse momento contrastavam com o pão branco que ele segurava. Caridad não pôde impedir que seus olhos se desviassem um breve instante para a fogaça: estava com fome. O outro se apercebeu disso.

– Queres um pedaço?

Caridad hesitou. Que fazia ali o talhador?

– Comprei-a na Red de San Luis – disse o homem ao mesmo tempo que a partia ao meio e lhe oferecia uma das metades. – Tu e eu poderíamos conseguir muitas como esta. Toma – insistiu –, não vou fazer-te nada.

Caridad não o fez. O talhador se aproximou dela.

– És uma mulher desejável. Restam poucas negras na Espanha, todas se foram branqueando.

Ela retrocedeu um par de passos até que suas costas deram contra a parede. Viu como os olhos acesos do talhador, perfurando-a, se adiantaram à sua chegada.

– Toma, pega o pão.

– Não quero.

– Toma!

Caridad obedeceu e o pegou com a mão livre da safira falsa.

– Assim é que eu gosto. Por que irias recusá-lo? Custou-me meu bom dinheiro. Come.

Ela mordiscou a meia fogaça. O talhador a viu fazê-lo por alguns segundos antes de lançar a mão a um de seus peitos. Não chegou a tocá-lo; Caridad o havia previsto e a afastou com um tapa. O talhador insistiu, e ela voltou a rechaçá-lo.

– Queres fazer-te de difícil para mim? – resmungou o homem, ao mesmo tempo que, visivelmente excitado, atirava o pão sobre um dos catres e esfregava as mãos. Os dentes pretos se destacavam atrás de um sorriso impudico.

O pão e a safira caíram no chão no momento em que Caridad estendeu os braços para repelir a investida do talhador. Após forcejar, conseguiu detê-lo agarrando-o pelos pulsos. Sua própria reação a surpreendeu e a fez hesitar: era a primeira vez que enfrentava um branco! O homem aproveitou sua indecisão: soltou-se, gritou algo incompreensível e a esbofeteou. Não lhe doeu. Olhou-o nos olhos. Ele voltou a golpeá-la, e ela continuou a olhá-lo. A passividade da mulher diante de sua violência excitou ainda mais o talhador. Caridad pensou que ele voltaria a bater-lhe, mas em vez disso se abraçou a ela e começou a morder-lhe o pescoço e as orelhas. Ela tentou livrar-se dele, mas não conseguiu. O homem, frenético, agarrava-a agora pelo cabelo encarapinhado e procurava sua boca, seus lábios...

De repente a soltou e se dobrou. Ela pôs a cabeça de lado, como se quisesse ouvir com maior atenção o surdo e longo queixume que surgia diretamente da garganta do talhador. Havia-o visto com sua amiga María, a mulata com que fazia os coros, num domingo de festa no engenho açucareiro: María havia permitido que o negro que a assediava se aproximasse dela, a abraçasse, se excitasse e então lhe havia golpeado com o joelho nos testículos. Aquele negro se havia dobrado e uivado tal como o talhador, com as duas mãos segurando a entreperna. Caridad respirava com agitação enquanto buscava a safira com o olhar. Abaixou-se e estendeu o braço para pegá-la; tremiam-lhe as mãos. Não conseguia controlá-las. A sufocação parecia querer rebentar dentro dela. Pegou a pedra, também o pão, a seu lado, e se levantou, confusa diante de um acúmulo de sensações tão novas para ela.

– Vou matá-la!

Fixou a atenção no talhador: estava-se recompondo e quase conseguia manter-se erguido. Ele o faria, ele a mataria; suas feições contraídas o proclamavam; a navalha que brilhou em uma de suas mãos a aguilhoou como se já se preparasse para cravá-la. A dona da pousada era sua única possibilidade de salvação! Caridad correu escada abaixo. A porta da habitação estava fechada. Ela a esmurrou, mas seus golpes se viram superados pelos gritos do talhador, que descia atrás dela.

– Sua puta! Vou cortar tua garganta!

Caridad se lançou pelo último lanço de escada. Chocou-se com duas mulheres ao irromper na rua de los Peligros, uma via estreita que não passava de cinco passos. As queixas das mulheres se enredaram naquela algaravia que ela estivera ouvindo durante cinco dias e que agora explodia em toda a sua crueza. Olhou repetidamente para ambos os lados da rua sem saber o que fazer. Uma das mulheres tentava recolher um sem-fim de grãos-de-bico que se haviam esparramado pelo chão por causa do esbarrão; a outra a insultava. As pessoas permaneciam atentas; muitos dos transeuntes haviam parado e contemplavam a cena, tal como o talhador, parado na porta do edifício. Poucos passos os separavam. Trocaram um olhar. Ali, em público, Caridad tentou serenar-se: ele não se atreveria a matá-la. No semblante resignado do homem, que guardou a navalha e pôs a mão no queixo, viu que ele havia chegado à mesma conclusão. Caridad deixou escapar o ar com um bufido, como se o houvesse estado retendo desde que começara a descer pela escada.

– Sua ladra! – reverberou então entre as construções. – O pão! Ela me roubou o pão!

Caridad correu o olhar da meia fogaça, ainda em sua mão, para o talhador, que sorria.

– Agarrai a ladra!

O grito que ouviu a suas costas calou seu intento de negar a acusação. Alguém tentou agarrá-la pelo braço. Soltou-se. A mulher que recolhia grãos-de-bico a olhava, a que a insultava se abalançou a ela, tal como o talhador. Caridad esquivou-se da mulher e a empurrou contra o homem, momento em que aproveitou para fugir e precipitar-se rua abaixo.

Os outros saíram em sua perseguição. Ela correu, cega. Chocou-se contra homens e mulheres, esquivou-se de alguns e estapeou para livrar-se de outros que pretendiam detê-la. O barulho e os gritos dos que tentavam alcançá-la a esporeavam numa corrida inconsciente. Superou a entrada da rua de los Peligros e se encontrou numa ampla avenida. Ali esteve a ponto de ser atropelada por uma luxuosa carruagem puxada por duas mulas ajaezadas. Da boleia, o cocheiro a insultou ao mesmo tempo que estalava o látego em sua direção. Caridad cambaleou. Circulavam mais carruagens: coches, caleças e curiosas liteiras com uma mula adiante e outra atrás. Caridad serpenteou entre elas até que encontrou uma entrada de rua e entrou nela correndo; era como se a gritaria houvesse aderido a seus ouvidos, ela não estava consciente de que os gritos já haviam ficado muito para trás.

Havia cessado a perseguição. Não valia a pena incomodar-se por uma vulgar negra que havia roubado um pedaço de pão. O talhador, pois, encontrou-se no meio da rua de Alcalá rodeado de todo tipo de carruagens, cocheiros e lacaios, os dos nobres ataviados com libré; outros, os que acompanhavam os que, sem pertencer à nobreza, gozavam de permissão real para utilizar coches, sem ela. Os gritos com que havia estimulado os que até esse momento ele cria que o acompanhavam se afogaram em sua garganta diante do olhar de desprezo da maioria dos cocheiros e dos lacaios que acompanhavam a pé os coches de seus senhores. Ele, um sujo e vulgar rufião, tinha mais que perder se se fizesse notar precisamente ali, entre os grandes.

– Afasta-te! – urgiu com ele aos gritos um cocheiro.

Um dos lacaios fez menção de dirigir-se para ele. O talhador disfarçou e desapareceu por onde havia vindo.

Só o sufoco e a opressão que atenazavam seu peito conseguiram pôr fim à frenética corrida de Caridad. Parou, apoiou as mãos nos joelhos e começou a tossir. Superou uma ânsia de vômito entre um acesso de tossse e outro. Virou o rosto e só conseguiu ver algumas pessoas que espiavam antes de seguir caminho, indiferentes. Ergueu-se e procurou o ar que lhe faltava. Diante dela, no final de uma rua estreita, erguiam-se, uma de cada lado, duas torres coroadas por capitéis com cruzes. Na da esquerda se via também um campanário: uma igreja. Pensou, antes de virar uma vez mais o olhar para trás, que talvez pudesse refugiar-se nela. Ninguém a perseguia, mas ignorava onde se encontrava. Fechou os olhos com força e notou o bater acelerado de seu coração nas têmporas. Parecia-lhe que havia atravessado toda Madri. Havia-se afastado da pousada e não sabia como regressar a ela. Não sabia onde ficava a pousada. Não sabia onde estava ela. Não sabia onde estava Melchor. Não sabia...

Bem diante de onde se encontrava, a poucos passos, viu uma grade de ferro que dava acesso a um grande pátio da parte traseira da igreja. Estava aberta. Encaminhou-se para ela perguntando-se se a admitiriam no templo. Era só uma negra descalça, suarenta e vestida com farrapos de escrava. Que responderia ao padre se ele a interrogasse? Que estava fugindo porque a acusavam de roubar pão? Uma fogaça que ainda tinha nas mãos.

Um cheiro putrefato, mais até que o das ruas de Madri transbordantes dos excrementos que seus moradores jogavam pelas janelas, golpeou seus sentidos quando ela transpôs a grade de ferro e chegou ao cemitério anexo à igreja. Ninguém vigiava naquele momento as sepulturas. "Talvez eu esteja mais segura aqui que na igreja", pensou ao mesmo tempo que se escondia entre um pequeno monumento funerário e uma parede de nichos. Conhecia a origem daquele fedor: era o que desprendiam os cadáveres em decomposição, como os dos escravos fugidos, os *cimarrones* que às vezes encontravam entre os canaviais.

Mordeu o pão com o cheiro de morto misturado em sua saliva, como se pudesse ser mastigado de tão denso que era, e se preparou para organizar os acontecimentos e pensar no que podia fazer a partir de então. Tinha tempo até o anoitecer, quando saíssem os fantasmas... e ali devia havê-los às centenas.

Não muito longe do cemitério da paróquia de São Sebastião, onde cinco dias depois ia achar refúgio Caridad, estava a da Santa Cruz, cuja torre de cento e quarenta e quatro pés de altura dominava a pracinha de mesmo nome. Era neste lugar que no sábado de Ramos, antes de proceder à sua inumação no cemitério da igreja, a confraria da Caridade expunha as caveiras daqueles que haviam sido condenados à morte e degolados, após resgatá-las dos caminhos em que se exibiam para intimidar os cidadãos. A paróquia de São Ginés se ocupava dos enforcados, e a de São Miguel, dos justiçados por garrote vil.

Na mesma pracinha da Santa Cruz, sob seus pórticos, encontrava-se o maior mercado de mão de obra doméstica. Ali se postavam os criados sem trabalho e sobretudo as amas-secas e as amas de leite à espera de que fossem contratá-los. Madri necessitava de muitas amas para a criação do cada vez mais elevado número de crianças expostas e abandonadas, mas sobretudo eram contratadas pelas mulheres que não queriam dar de mamar a seus filhos para não castigar seus peitos. As "vaidades da teta" chamavam-no os que propugnavam a lactância materna.

Mas naquela pracinha se achava também uma das tabacarias para a venda de tabaco a varejo que maiores ganhos proporcionavam à fazenda real, junto às de Antón Martín, Rastro e Puerta del Sol, do total de vinte e duas que se contavam em Madri. A venda de tabaco se complementava com duas tercenas: armazéns do Estado que vendiam a atacado, nunca menos de um quarteirão de tabaco em pó ou em folha, razão por que só os consumidores capazes de comprar tal quantidade, com o dispêndio que isso significava, iam a elas.

Na mesma manhã em que deixou Caridad na pousada, Melchor verificou que a da Santa Cruz, com a venda de tabaco em pó como única atividade, parecia mais uma botica destinada ao fornecimento de medicamentos e remédios que os que comerciavam com o incipiente mas já incontrolável tabaco de fumaça que consumiam as classes mais humildes. No centro do balcão, à vista do público, tal como estava organizada, via-se uma balança para pesar o pó de tabaco; nas estantes das paredes se alinhavam as vasilhas de barro vidrado ou de lata que o continham e impediam que perdesse sua fragrância, como sucedia se guardado em bolsinhas de papel, algo que estava terminantemente proibido.

Ramón Álvarez, o dono da tabacaria, fechou a cara diante do cigano, de sua desbotada casaca amarela, de suas argolas nas orelhas, dos milhares de rugas que sulcavam seu rosto trigueiro e daqueles olhos que pareciam esquadrinhar no interior das pessoas, mas de má vontade se prestou a falar com ele diante da insistência de Carlos Pueyo, o velho escrivão público que o acompanhava e com o qual já havia levado a cabo alguns negócios tão escuros como frutuosos. A esposa de Álvarez ficou cuidando da loja enquanto Carlos e Melchor seguiam a apática subida do dono da tabacaria ao andar superior do estabelecimento, onde ficava sua residência.

Contudo, qualquer indício de suspicácia em Ramón Álvarez desapareceu assim que cheirou uma amostra do rapé que lhe proporcionou Melchor. Seu rosto se iluminou à simples menção da quantidade de libras de que dispunha o cigano.

– Nunca te arrependerás de negociar comigo – recriminou o escrivão ao dono da tabacaria por seu receio inicial.

Melchor fixou o olhar no velho escrivão: com essas mesmas palavras havia dado fim à sua reunião quando, após apresentar-se em seu escritório, haviam estado tratando, por recomendação de Eulogio, da situação de sua filha Ana no presídio de ciganos de Málaga. Falou-lhe da vasilha de rapé na hora de negociar as custas e o pagamento de seus honorários e os do tratante que seria necessário para falar com as autoridades sobre a libertação da cigana. "São caros esses tratantes, mas eles se movem bem na corte e sabem a quem é preciso comprar", sentenciou Carlos Pueyo.

Nesse momento, naquele andar que escondia o fedor das ruas de Madri nos aromas do tabaco que durante anos se havia armazenado no térreo, Melchor reconheceu no rosto do dono da tabacaria a mesma cobiça que o escrivão mostrara.

– Onde tens o rapé?

Idêntica pergunta lhe havia feito o outro. O cigano, com igual gravidade, repetiu a resposta:

– Não te interessa. Está em lugar tão seguro como pode estar teu dinheiro para comprá-lo.

Ramón Álvarez se moveu com diligência: conhecia o mercado, conhecia quem poderia estar interessado naquela mercadoria proibida e, sobretudo, conhecia quem pudesse pagar seu elevado preço. Ele não era mais que um dono de tabacaria, a soldo da Coroa, que recebia alguns reais ao dia, como todos os que se achavam à frente de estabelecimentos com vendas elevadas. Existiam outros, aqueles que vendiam menores quantidades ou os que, nos povoados e por não suportarem o negócio, o soldo e os gastos de uma tabacaria, eram obrigados pela Coroa a fornecer tabaco em barracas de artigos diversos e iam à décima: dez por cento do total vendido.

Mas, por mais que os donos de tabacaria gozassem de posição privilegiada, pois estavam livres de encargos e obrigações, de entregas, de bagagens ou de ser convocados ao exército; isentos do pagamento de pedágios ou barcagens e não podiam ser agravados ou ofendidos, aqueles reais eram insuficientes para adequar sua vida à pompa e luxo dos que gozavam de prerrogativas similares. Madri era uma cidade cara, e uma partida de rapé da qualidade da de Melchor era um dos melhores negócios que podiam chegar a fazer porque, além disso, não influía sobre as vendas de pó de tabaco espanhol.

Enquanto o dono da tabacaria se dedicava a conseguir o dinheiro – "Esta mesma noite disporei dele e fechamos o trato", comprometeu-se diante da possibilidade de que lhe escapasse o negócio –, Melchor se preparou para ir em busca de seus parentes.

A rua de la Comadre de Granada. Sempre se recordaria desse nome. Chocante; por que uma rua da capital se chamava de forma tão estranha? Ali vivia o Cascabelero com sua família, como muitos outros ciganos, e, se já não o fizessem, certamente obteria notícias. Perguntou para chegar. "Para baixo. Bastante perto", indicaram-lhe. A rua de la Comadre pertencia à Madri humilde dos jornaleiros. De ambos os lados do que não era mais que um simples caminho de terra que ia parar no barranco de Embajadores, abriam-se com monotonia dezenas de casas baixas e miseráveis, de estreitas fachadas e com pequenos hortos atrás, quando não algumas outras construções que se acrescentavam às primeiras, com os quais compartilhavam cômodos e saída. Melchor se dava conta de que ia descobrir sua presença em Madri, mas o fato era que não podia enfrentar aquela operação sozinho. Podiam roubá-lo, pura e simplesmente, ficar com o pote e matá-lo.

– Continua acima – indicou-lhe uma mulher depois de ele percorrer a rua duas vezes sem encontrar a habitação –, e, uma vez que passes pela rua de la Esperancilla, é a segunda ou terceira casa…

E, ainda que não o roubassem, como ia transportar o pote até Madri e mover-se com ele? Podia contar com a ajuda de Caridad, mas não queria envolvê-la; preferia correr o risco de ser traído. Tinham de ser outros, e ninguém melhor que alguém aparentado com ele, por pouco que fosse o sangue Vega que corresse em suas veias.

Qualquer ponta de dúvidda se desvaneceu com a insondável troca de olhares que se produziu entre Melchor e o Cascabelero, ambos seguros pelos antebraços, apertando, transmitindo-se afeto, prometendo-se lealdade.

Ao mero contato com seu parente, convertido em patriarca dos seus como o demonstrava o respeitoso silêncio de todos quantos rodeavam a dupla, Melchor soube que ele estava inteirado de sua sentença de morte.

– E a tia Rosa? – interessou-se Melchor depois de eles se dizerem tudo com os olhos.

– Faleceu – respondeu o Cascabelero.

– Era uma boa cigana.

– Era, sim.

Melchor cumprimentou um por um os membros da extensa família do Cascabelero. Sua irmã, viúva. Zoilo, o filho mais velho, picador de touros, apresentou-o com orgulho seu pai antes de indicar-lhe sua nora e seus netos. Duas filhas com seus respectivos maridos, uma delas com um bebê nos braços e outros pequenos escondidos atrás de suas pernas, e o quarto, Martín, um rapaz que recebeu seu cumprimento com expressão de admiração.

– O senhor é o Galeote?

– Ultimamente temos falado bastante de ti – disse-lhe o Cascabelero enquanto Melchor assentia à pergunta e lhe palmeava o rosto.

Cerca de vinte pessoas se amontoavam naquela pequena casa da rua de la Comadre.

Enquanto as mulheres preparavam a comida, Melchor, o patriarca e os demais homens se acomodaram no pequeno horto traseiro, sob um telheiro, uns em cadeiras desconjuntadas, outros sobre simples caixotes.

– Que idade tens? – perguntou Melchor a Martín, o rapaz que apareceu pela cortininha que a modo de porta dava acesso ao horto.

– Vou fazer quinze anos.

Melchor buscou o consentimento do Cascabelero.

– Já és um cigano completo – disse-lhe ao ver que seu pai assentia –, vem conosco.

Essa mesma tarde, no tabelionato, Carlos Pueyo lhe confirmou que o dono da tabacaria já dispunha do dinheiro para comprar o rapé.

– Teria sido capaz de vender a esposa e a filha para consegui-lo para esta mesma noite – afirmou o escrivão diante do gesto de surpresa com que o cigano recebeu a notícia. – Pela esposa pouco lhe teriam dado – brincou. – A filha, no entanto, tem lá seus encantos.

Combinaram a venda a partir das onze da noite, hora até a qual tinha de estar aberta a tabacaria.

– Onde? – perguntou Melchor.

– Na tabacaria, naturalmente. Ele tem que verificar a qualidade, pesar o rapé... Algum problema? – acrescentou o escrivão diante da atitude reflexiva do cigano.

Faltavam sete horas.

– Nenhum – afirmou este.

Junto ao Cascabelero e todos os homens de sua família, o jovem Martín incluído, Melchor deixou Madri pela porta de Toledo. Sorriu com Caridad na mente ao chegar ao matagal em que permanecia escondido o pote. "Vês que ainda está aqui, negra?", disse-se enquanto Zoilo e seus cunhados a desenterravam. Que fariam depois de fechar o negócio? Zoilo e seu pai haviam sido taxativos.

– Desde que puseste os pés na rua de la Comadre, tem por certo que os García já sabem que estás em Madri.

– Há Garcías aqui?

– Há, sim. Um ramo deles, sobrinhos do Conde. Vieram de Triana.

– Deve ter sido...

– Mais ou menos enquanto estavas nas galés. Tua tia Rosa os odiava. Nós começamos a odiá-los, e eles nos odeiam a nós.

– Não gostaria de criar-vos problemas – disse Melchor.

– Melchor – o patriarca lhe falou com seriedade –, nós, os Costes, e os que estão conosco te defenderemos. Pretendes que o fantasma de tua tia venha a apalear-me de noite? Os Garcías pensarão duas vezes antes de meter-se nesta confusão.

Defenderiam também Caridad? Ao lhe falarem da sentença, haviam incluído a mulher; no entanto, ninguém lhe perguntou por ela; não era cigana. Enquanto estivesse em Madri, teria de andar sempre protegido pelos homens do Cascabelero, viver com eles, mas duvidava de que estivessem dispostos a arranjar problemas por causa de uma negra.

Deram um tempo até o anoitecer para regressar com o pote. Deixariam Madri, decidiu Melchor durante a espera. Deixaria acertada a questão de Ana, e eles dois iriam contrabandear com tabaco, lado a lado, sem juntar-se a partida alguma. Jamais havia desfrutado tanto passando tabaco como o havia feito com a negra em Barrancos! O risco... o perigo adquiria outra dimensão diante da simples possibilidade de que a detivessem a ela, e isso lhe insuflava vida. Sim. Fariam isso. De vez em quando ele voltaria a Madri, sozinho, para verificar como andavam as negociações para libertar sua filha.

Entraram na capital pelo vão de uma casa que fazia as vezes de cerca. Nem sequer pagaram.

– Outro picador de touros – explicou o Cascabelero.

Dirigiram-se à pracinha da Santa Cruz carregando o pote. Se alguém na escuridão das ruas de Madri teve a tentação de ficar com aquele tesouro, certamente desistiu diante do cortejo que o acompanhava.

Já depois das onze da noite, Melchor e seus ciganos se achavam no andar superior da tabacaria, sérios e em silêncio, ameaçadores, tanto como os dois acompanhantes que havia conseguido o dono da tabacaria. Este e sua esposa verificaram a qualidade e pesaram com satisfação as libras de rapé. Ramón Álvarez anuiu e, em silêncio, entregou a Melchor uma bolsa com o dinheiro. O cigano esparramou as moedas sobre uma mesa e as contou. Depois tomou algumas de ouro e as ofereceu ao escrivão.

– Quero a minha filha, Ana, livre em um mês – exigiu.

Carlos Pueyo não se deixou amedrontar nem pegou o dinheiro.

– Melchor, milagres só ali em frente, atravessando a pracinha, na igreja da Santa Cruz. – Ambos enfrentaram seus olhares por um instante. – Farei tudo quanto estiver ao meu alcance – acrescentou o escrivão –, é o máximo que posso prometer-te. Eu te disse isso diversas vezes.

O cigano hesitou. Virou-se para Zoilo e para o Cascabelero, que deram de ombros. Havia-o recomendado Eulogio, e ele lhe havia parecido uma pessoa capaz de mexer-se – a rápida venda do rapé era uma boa prova disso –, mas, chegado o momento da entrega de dinheiro, sua confiança fraquejava. Pensou em Ana encarcerada em Málaga e no rechaço de sua amada neta, Milagros, unida aos Garcías por matrimônio, e se disse que aquele dinheiro tinha pouca importância. Muito podia conseguir se os seus necessitassem!

– De acordo – cedeu.

A tensão desapareceu assim que o escrivão estendeu a mão e Melchor deixou cair nela as moedas. Depois, ali mesmo, entregou outras aos Costes, sem esquecer o jovem Martín, que só se atreveu a pegá-las quando seu pai lhe fez um gesto afirmativo.

– Será preciso comemorá-lo! – ergueu a voz Zoilo.

– Vinho e festa – acrescentou um de seus cunhados.

O dono da tabacaria pôs as mãos na cabeça, e sua mulher empalideceu.

– A ronda... os alcaides... – advertiu o primeiro. – Se nos encontram com rapé... Silêncio, eu vos peço.

Mas os ciganos não se calaram.

– Melchor, aí em frente – interveio então o escrivão apontando para um lado – ficam o cárcere de Corte e a Sala de Alcaides. Ali há aguazis e é onde se reúnem as rondas. Excetuando o palácio do Buen Retiro, com o rei e seus guardas, estais escolhendo o lugar menos indicado da cidade para armar bulha.

Melchor e o Cascabelero compreenderam e calaram com gestos de mão os ciganos. Depois, empurrados pelo dono da tabacaria e sua esposa, deixaram o edifício sem poder reprimir alguns comentários e risos baixos.

– Em alguns dias passarei por teu tabelionato para saber dos trâmites da questão de minha filha – advertiu Melchor ao escrivão, protegido este junto ao dono da tabacaria atrás da porta do estabelecimento.

– Não tenhas tanta pressa – respondeu aquele.

Melchor se preparava para replicar quando a porta se fechou e eles ficaram diante da majestosa construção – dois andares mais o sótão e três grandes torres coroadas por capitéis – destinada a ser cárcere de Corte e Sala de Alcaides, ali onde se administrava justiça. Haviam-na evitado e circundado ao chegarem carregando o pote e agora perceberam que o escrivão tinha razão: por seus arredores se moviam os aguazis que iam e vinham, com varas grossas nas mãos e ataviados com trajes de golilha, como os que se usavam em épocas anteriores, o pescoço ereto e aprisionado nas tiras de papelão forrado, e que haviam sido proibidos pelo rei ao comum das pessoas.

– Vamos divertir-nos com os jovens – propôs o Cascabelero a Melchor.

O Galeote hesitou. Caridad o estaria esperando.

– Tens algo melhor para fazer? – insistiu o outro.

– Vamos – cedeu Melchor, incapaz de dizer-lhe que o esperava uma negra, por bela que esta fosse. Afinal de contas, no dia seguinte deixariam Madri.

Postaram-se junto a uma das paredes da igreja da Santa Cruz, ali onde, acima do nível da rua de Atocha, se erguia o átrio que dava acesso ao pórtico principal do templo e no qual dormiam alguns pobres-diabos que não deviam ser de nenhum interesse para os aguazis. A um sinal de Zoilo, esgueiraram-se circundando o átrio e dirigiram-se rua Atocha abaixo. Sabiam que corriam um risco: nas ruas de Madri, depois da meia-noite (hora que os sinos já haviam anunciado fazia tempo), todo cidadão que fosse surpreendido armado, como estavam eles, e sem candeia que iluminasse seus passos, devia ser detido. No entanto, quando deixaram para trás o átrio do convento dos Trinitários Calçados e se achavam longe do cárcere e de seus muitos funcionários, começaram a falar com indolência, certos de que nenhuma ronda ia atrever-se com seis ciganos. Riram às gargalhadas ao atravessar a pracinha de Antón Martín, onde amiúde se postava um dos alcaides de guarda, e continuaram descendo despreocupadamente a rua de Atocha sem fazer caso de homens e mulheres bêbados, tropeçando em mendigos deitados no chão e chegando até a desafiar aqueles que eles reconheciam embuçados em suas capas longas, os rostos ocultos na noite sob chapéus de aba larga, postados à espera de algum incauto a quem assaltar.

No final da rua, passaram pelo Hospital Geral e se internaram no prado de Atocha. Naquele lugar, a cerca que rodeava Madri não terminava com os últimos prédios da cidade, mas se abria por trás de hortos e olivais para vir a rodear o lugar real do Buen Retiro com suas muitas construções e jardins anexos. Não tardaram a ouvir a música e o alvoroço: os vizinhos de Lavapiés e do Rastro se juntavam nos descampados para beber, dançar e divertir-se.

Levavam dinheiro. A preocupação com Caridad desapareceu em Melchor ao ritmo da festa, do vinho, da aguardente ou até do chocolate, de Caracas, ouviu Melchor o Cascabelero exigir, o melhor, com açúcar, canela e umas gotas de água de flor de laranjeira. Comeram os doces que os vendedores ambulantes anunciavam: rosquilhas, "tontas" ou "listas",* segundo as adoçassem ou não com um banho de açúcar, clara de ovo e suco de limão; *bartolillos* ao creme e os deliciosos barquilhos que os vendedores apregoavam. À vista de umas bolsas que pareciam não minguar por mais moedas que saíssem de seu interior, juntaram-se a eles outros ciganos e algumas mulheres com que os homens não foram além do flerte, já que o patriarca estava sempre atento à honra de suas filhas.

– Vai tu – animaram no entanto os demais ao jovem Martín –, tens dinheiro e és solteiro. Desfruta dessas *payas*!

Mas o cigano se desculpou e permaneceu junto a Melchor, o Galeote que havia sobrevivido à tortura e que contrabandeava tabaco, capaz de matar seu próprio genro pela honra dos Vegas. Martín o escutava com atenção, rindo de suas bricadeiras, sentindo-se orgulhoso quando se dirigia a ele. Ao longo da noite, Melchor e Martín falaram dos Vegas, da honra, do orgulho, da liberdade, da ciganaria e de que como teria agradado ao cigano de Triana que sua neta escolhesse alguém como ele em lugar de um García. "Devia estar perturbada", alegava Melchor. "Certamente", assentia o rapaz. Fandangos e seguidilhas os acompanharam até o amanhecer junto a todo tipo de pessoas. Os ciganos, ataviados com suas roupas coloridas, misturaram-se a "manolos" e "manolas", eles com sua jaquetinha e seu colete coloridos, faixa de seda, calção apertado, meia branca, sapato com grande fivela quase na ponta, capa franjada e monteira, sempre armados com uma boa navalha e um perene charuto na boca; as mulheres: *jubón*,** brial e vasquinha, cheia de babados, touca ou mantilha e sapato de seda.

Melchor sentiu falta do sentimento cigano, mais que seus acompanhantes; o feitiço daquelas vozes quebradas que surgiam espontâneas do canto

---

* *Listas*: espertas. [N. do T.]
** *Jubón*: tipo feminino de gibão, antiga veste masculina. [N. do T.]

mais inesperado da ciganaria do Horto da Cartuxa. No entanto, a alegria e a animação continuaram ressoando em seus ouvidos quando a música cessou e a luz do dia veio encontrá-los num prado em que já só pereambulavam os retardatários.

– Estais com fome? – perguntou então Zoilo.

Saciaram o apetite no *mesón* de San Blas, na mesma rua de Atocha, entre carroceiros, arrieiros e cometas de Múrcia e da Mancha, que eram os que paravam naquele lugar. Tal como haviam feito durante a festa da noite anterior, alardearam-se de sua bolsa e mataram o tempo com pão com manteiga em fatias previamente torradas, molhadas em água, fritas com a manteiga e polvilhadas de açúcar e canela. Depois prosseguiram com frango guisado em molho feito com seu próprio fígado amassado até ficar pronto o prato principal: uma bela cabeça de cordeiro partida ao meio, temperada com salsinha, alhos socados, sal, pimenta e fatias de toucinho por baixo das cartilagens, amarrada de novo para ser assada envolta em folhas de papel pardo. Deram cabo dos miolos, da língua, dos olhos e das carnes aderidas, algumas tenras, outras gelatinosas, tudo isso regado a vinho de Valdepeñas, forte e encorpado, sem aguar, como correspondia àquele *mesón* repleto de homens sujos e barulhentos que os olhavam de soslaio com a inveja patente no rosto e nos trejeitos.

– Uma rodada para todos os presentes! – gritou Melchor, saciado, calibrado pelo vinho.

Antes que aqueles homens pudessem agradecer a generosidade, um grito retumbou no local:

– Não queremos beber teu vinho!

Melchor e o Cascabelero, sentados de costas, perceberam a tensão no rosto de Zoilo e de seus dois cunhados, estes diante da porta. Martín, junto a Melchor, foi o único do grupo que virou o rosto.

– Não acreditava que fossem tão rápidos – comentou o patriarca com Melchor.

A maioria dos clientes, fascinados diante da briga que se avizinhava, arrincoou-se no lado oposto àquele onde se achavam os ciganos e abriu espaço para os recém-chegados. Poucos foram os que abandonaram o local. O Cascabelero e Melchor mantinham o olhar para a frente.

– Quanto antes, melhor – disse este ao mesmo tempo que continha um suspiro por não se haver retirado antes. Se o tivesse feito, estaria com Caridad, a salvo. Ou não? Talvez não, quem podia saber? Estalou a língua. – O que está feito, feito está – murmurou para si.

– Que dizes?

– Que estão a nos esperar – respondeu o Galeote pondo-se em pé, a mão já no cabo da navalha.

O Cascabelero o imitou, os demais também. Os Garcías deviam ser oito, talvez mais, não se podia saber com certeza ao vê-los aglomerados na porta.

– Estúpidos! – cuspiu Melchor assim que cruzou o olhar com o que parecia o chefe do grupo. – O vinho pago por um Vega só irá molhar os túmulos dos Garcías, ali onde todos vós deveríeis estar.

– Manuel – ouviu-se da boca do Cascabelero, já rodeado por sua gente –, vais cometer o maior erro de tua vida.

– A lei cigana... – tentou replicar este.

– Para já de falar! – interrompeu-o Melchor. – Vem atacar-me se tens colhões.

Um dos ali presentes apoiou a bravata.

O estalar das navalhas abrindo-se ao mesmo tempo irrompeu no interior do *mesón*; as lâminas brilharam ainda na penumbra.

– Por que...? – começou a perguntar o Cascabelero a Melchor.

– Aqui não têm espaço suficiente – respondeu o outro. – Estaremos mais ou menos igualados. Fora nos massacrariam.

Tinha razão. Por mais que os Garcías afastassem mesas e cadeiras à sua passagem, seu grupo não pôde chegar a abrir-se diante dos Vegas. Seis contra seis, sete no máximo. "O restante virá depois", pensou Melchor ao lançar a primeira navalhada, que cortou com assombrosa facilidade o antebraço do García que ele tinha diante de si. Os demais seguiam medindo-se, sem chegar a entrar em luta. Então ele se deu conta de outra circunstância ainda mais importante: eles não sabiam pelejar. Aqueles ciganos não haviam percorrido serras e campos; viviam em Madri, acomodados, e suas pendências não eram contra contrabandistas ou delinquentes que lutavam com sanha, desprezando até sua própria vida. Lançou outra navalhada, o braço estendido, e o García ferido retrocedeu até empurrar o parente que tinha atrás de si.

Contudo, um suor frio ensopou as costas de Melchor naquele preciso instante. Martín! Permanecia a seu lado, como sempre, e enquanto o restante continuava sem decidir-se, entreviu que o jovem se lançava transtornado, cego, sobre outro dos Garcías. A navalha! Ele não dominava...! Ouviu o uivo aterrorizado que surgiu de boca do Cascabelero quando o golpe do adversário feriu o pulso de seu filho mais novo e o desarmou.

– Parados! – gritou Melchor justo no momento em que o García se dispunha a atacar o pescoço do rapaz.

A navalha se deteve. O mundo inteiro pareceu deter-se para Melchor. Deixou cair sua arma e esboçou um sorriso triste em direção ao rosto atemorizado do jovem cigano Vega.

– Aqui me tendes, seus cães malnascidos – rendeu-se então, abrindo os braços.

Não o olhou, não quis humilhá-lo, mas soube que o Cascabelero mantinha a vista no chão, talvez em sua própria navalha. Aproximou-se dos Garcías, e antes que estes se abalançassem a ele teve oportunidade de revolver o cabelo de Martín.

– O sangue dos Vegas tem de continuar vivendo em ti, não nos velhos como eu – sentenciou antes que o tirassem do *mesón* entre insultos, pontapés e empurrões.

Não ousou pigarrear para não ser descoberta por mais que sentisse o fedor de morto colado à sua boca ressecada. A noite primaveril lhe havia caído em cima, e ela estava com sede, com muita sede, uma ânsia que no entanto desaparecia assim que a mais suave das brisas acariciava seu corpo e eriçava seu pelo; ela então tremia sentindo-se assediada pelos fantasmas que, estava convencida, surgiam dos muitos túmulos daquele cemitério. E, enquanto os homens situados atrás da lápide contra a qual Caridad se protegia faziam suas apostas e bolos em sussurros que a ela pareciam uivos, os calafrios pelo contato com os mortos-vivos se sucediam sem parar.

Haviam entrado no cemitério justo quando ela se preparava para deixá-lo para correr em busca de uma fonte em que saciar a sede. Cinco, seis, sete homens, não chegou a contá-los, aos quais o próprio sacristão deu passagem; depois, ao longo da noite, ouviu que alguns abandonavam o cemitério, provavelmente limpos de seu dinheiro, e que outros se juntavam ao grupo. Um simples candeeiro sobre uma cruz funerária iluminava a lápide sobre a que estavam já havia umas duas horas jogando cartas. O sacristão vigiava a passagem da ronda pela rua. Duas vezes os advertiu da proximidade dos aguazis, e, na repentina e mais absoluta escuridão, Caridad prendeu a respiração, como todos eles, até que o perigo passasse e se retomasse o jogo proibido.

Foi naquelas duas ocasiões, a tênue iluminação do candeeiro atalhada entre pressas e temores, que Caridad sentiu com mais ímpeto a presença dos espíritos. Rezou. Rezou a Oxum e à Virgem da Caridad do Cobre, porque os mortos não só descansavam em seus túmulos, mas estavam misturados na terra sobre a qual ela se sentava, a mesma terra com que havia brincado para passar o tempo, aquela sobre a qual lhe havia caído o resto da fogaça que ela havia limpado distraidamente antes de continuar mordiscando-a. Ouvira-o da boca dos jogadores furtivos:

– Este cheiro é insuportável – sussurrou um deles.

– Precisamente por isso estamos aqui – obteve como resposta. – Este é o pior de Madri. Pouca gente se aproxima.

– Mas tanto... – quis insistir o primeiro.

– Podes ir para outro cemitério se quiseres – replicou uma voz diferente, calma. – O de São Sebastião é o melhor para burlar a proibição de jogar. Aqui não cabem os mortos, e cada primavera se faz uma limpa, a última foi há poucos dias: retiram os cadáveres que estão enterrados há dois anos e os transladam para a vala comum, muitos dos restos se misturam com a terra e ninguém dá a menor importância. Por isso cheira assim: a morto, cacete! Jogas ou não jogas?

E Caridad não podia fazer nada para livrar-se de todos esses mortos que a rodeavam, do fedor que lhe arranhava a garganta e a mergulhava em escuros presságios. Melchor! Que haveria sido dele? Por que a havia abandonado na pousada? Algo grave devia ter-lhe sucedido, ou não? Podia... haveria sido capaz o cigano de...? Não. Com certeza que não. O último beijo que lhe dera antes de despedir-se e os momentos felizes de Barrancos chegavam em tropel à sua mente para afugentar essa possibilidade. E enquanto isso, tal como fizera em Triana, em silêncio, com a mão apertada sobre a pedra com que ele lhe havia presenteado, tentava concentrar-se e localizar seus deuses: "Eleggua, vem a mim, diz-me se Melchor ainda vive, se está sadio." Mas todos os seus esforços eram vãos, e ela sentia que os fantasmas a apalpavam... De repente deu um salto. Levantou-se do chão como se uma grande besta a houvesse lançado para o céu. Temeu que fossem os mortos que viessem buscá-la. Esfregou com força o cabelo, o rosto, o pescoço... Um viscoso líquido quente ensopava sua cabeça.

– Virgem santíssima! – ressoou no cemitério. – Que é isto!

A exclamação surgiu do homem que trepado no túmulo atrás de cuja lápide se escondia Caridad e que, de resto, nem sequer ousou mexer-se, surpreso, aterrorizado, incapaz de reconhecer na escuridão o que era aquela mancha negra que se movia com frenesi. O jato de urina que conseguiu o que não haviam conseguido os espíritos, que Caridad revelasse seu esconderijo, diminuiu paulatinamente até converter-se num fiozinho.

Caridad tardou tanto a reagir como o homem a adaptar sua visão à escuridão. Quando ambos o conseguiram, encontraram-se frente a frente: ela cheirando o braço ao compreender o que havia sucedido; ele com o pênis, agora encolhido, ainda na mão.

– É uma negra! – ouviu-se então de um dos jogadores que haviam acorrido com o escarcéu.

– Mas que negra – acrescentou outro.

Um sorriso apareceu no rosto de Caridad, que mostrou seus dentes brancos na noite. Apesar do asco que sentia, esses eram humanos, não fantasmas.

Ali parada diante os homens, o candeeiro nas mãos de um deles iluminando-a, os comentários se sucederam:

– E o que fazia aí escondida?

– Agora entendo meu azar.

– Tem umas boas tetas a diaba!

– O que tens não é azar. Nem sequer consegues aguentar as cartas na mão.

– Falando de mãos, vais ficar a noite com elas abanando?

– Que fazemos com a negra?

– Nós?

– Que vá lavar-se. Está encharcada de urina!

– Às negras pouco importa.

– Senhores, as cartas nos esperam.

Um murmúrio de aprovação se ergueu dentre os homens, e, sem dar maior importância à presença de Caridad, deram-lhe as costas para voltar a reunir-se em torno do túmulo sobre o qual jogavam.

– Um pouco mais abaixo, seguindo pela rua de Atocha, na pracinha de Antón Martín, encontrarás uma fonte. Ali poderás lavar-te – disse o homem que havia urinado sobre ela e que acabava de esconder o membro dentro do calção.

Caridad virou o rosto à menção da fonte: a tremenda sensação de sede que a havia vindo inquietando e a secura de sua boca apareceram de novo, junto à imperiosa necessidade de lavar-se. O jogador se preparava para voltar para seus companheiros quando Caridad o interrompeu.

– Onde? – perguntou.

– Na pracinha de... – começou a repetir antes de compreender que Caridad não conhecia Madri. – Escuta: sais do cemitério e dobras a esquina para a esquerda... – Ela anuiu. – Pois bem. É esta rua estreita aqui de trás. – Apontou para a parede de nichos que fechava o cemitério. – A del Viento. Continuas andando e circundas a igreja, sempre para a esquerda, e chegarás a uma rua maior, e essa é a de Atocha. Desces por ela e encontrarás a fonte. Não há erro. Está muito perto.

O homem não esperou resposta e também lhe deu as costas.

– Ah! – exclamou não obstante, virando a cabeça –, e sinto muito. Não sabia que estavas escondida aí.

A sede estimulou Caridad.

– Adeus, negra – ouviu que lhe diziam os jogadores quando se esgueirava a passos largos do cemitério, diante do olhar estranhado do sacristão que vigiava.

– Limpa-te bem.

– Não digas a ninguém que nos viste.

– Sorte!

"Duas vezes à esquerda", repetiu-se Caridad ao circundar o campanário e a igreja de São Sebastião. "E agora descer pela rua grande." Superou uma nova entrada de rua e à luz dos candeeiros de dois edifícios vislumbrou a pracinha e, em seu centro, a fonte: um alto monumento coroado por um anjo, estátuas de crianças abaixo e a água brotando da boca de grandes peixes.

Caridad não pensou em outra coisa além de lavar-se e saciar a sede. Não se fixou num par de embuçados que se escondiam do resplendor das tochas de duas grandes construções. Eles, no entanto, não tiraram o olho de cima dela quando ela entrou no tanque da fonte para aproximar os lábios do cano que surgia da boca de um dos delfins. Bebeu, bebeu copiosamente enquanto os dois homens se aproximavam dela. Depois, já molhados as pernas e o que estava de baixo de seu camisão de escrava, ajoelhou-se, pôs a cabeça sob o jorro e deixou que a água fresca corresse por sua nuca e seu cabelo, por seus ombros e por seus peitos, sentindo que se purificava, que se livrava da sujeira e de todos os espíritos que a haviam assediado no cemitério. Oxum! O orixá do rio, o que reina sobre as águas; eram muitas as vezes que lhe havia prestado tributo em Cuba, lá na veiga. Levantou-se, ergueu a vista para o céu, acima do anjo que coroava a fonte.

– Onde estás agora, minha deusa? – suplicou em voz alta –, por que não vens até mim? Por que não me possuis?

– Se não o fizer ela, eu adorarei fazê-lo.

Caridad se virou surpresa. Os dois homens, ao pé da fonte, abriram sobremaneira os olhos num olhar libidinoso diante do corpo que se lhes mostrava sob o ensopado camisão cinzento que aderia a seus voluptuosos seios, a seu estômago e a suas largas cadeiras.

– Posso dar-te roupa seca – ofereceu o outro.

– Mas primeiro terás de tirar essa – riu o primeiro em tom descarado.

Caridad fechou os olhos, desesperada. Fugia de um talhador que havia querido forçá-la e agora...

– Vem aqui – incitaram-na.

– Aproxima-te.

Não se mexeu.

– Deixai-me tranquila.

Seu pedido ficou entre o rogo e a advertência. Escrutou o lugar para além deles: solitário, escuro.

Os dois homens se consultaram com o olhar e concordaram com um sorriso, como se se propusessem um jogo vulgar.

– Não tenhas medo – disse um.

O outro agitou a mão, chamando-a a aproximar-se.

– Vem comigo, negrinha.

Caridad retrocedeu para o centro da fonte até que suas costas deram contra o monumento.

– Não sejas néscia, vais ter um bom momento conosco.

Um saltou para cima do tanque.

Caridad olhou para ambos os lados: não podia escapar, estava presa entre dois dos grandes golfinhos de que surgia a água.

– Para onde irias? – perguntou o outro homem ao dar-se conta de suas intenções, ao mesmo tempo que também saltava para o tanque, pelo lado oposto, fechando-lhe qualquer possibilidade de fugir. – Certamente não tens para onde ir.

Caridad se apertou ainda mais contra o monumento e notou a pedra arranhando suas costas justo antes que os dois ao mesmo tempo saltassem sobre ela. Tentou defender-se a pontapés e socos, com a joia falsa de Melchor presa em seu punho. Não conseguiu. Gritou. Agarraram-na, e ela sentiu nojo ao ouvi-los rir às gargalhadas, como se não bastasse forçá-la e tivessem de humilhá-la ainda mais com suas zombarias. Manusearam-na e puxaram seu camisão, pelejando para despi-la: um tentava rasgar a peça de roupa, o outro pretendia tirá-la pela cabeça. Notou que lhe cravavam as unhas na entreperna e lhe apertavam os peitos enquanto continuavam rindo e cuspindo safadezas...

– Alto lá! Quem está aí?

De repente se sentiu sozinha; o camisão sobre o rosto a impedia de ver. O violento chapinhar dos homens correndo lhe indicou que fugiam. Quando tirou o camisão dos olhos, viu-se diante de dois homens vestidos de preto iluminados pela candeia que trazia um deles. O outro levava um bastão na mão. Ambos exibiam rígidos papelões que pretendiam ser brancos no pescoço.

– Tapa-te – ordenou-lhe o da candeia. – Quem és? – inquiriu enquanto ela se esforçava por cobrir um de seus peitos à mostra. – Que estavas fazendo com esses homens?

Caridad baixou o olhar à água. O tom autoritário do branco a levou a reagir como fazia na veiga. Não respondeu.

– Onde vives? Em que trabalhas?

– Acompanha-nos – decidiu o outro com voz cansada diante do infrutífero interrogatório, ao mesmo tempo que tamborilava com a vara no tanque.

Dirigiram-se rua de Atocha abaixo.

25

Prostituição!

Tal foi a acusação que fez um dos aguazis ao porteiro da Galera depois que este lhes deu acesso ao cárcere de mulheres de Madri, na mesma rua de Atocha, pouco além da praça onde a haviam detido. Caridad, cabisbaixa, não chegou a ver o imediato trejeito com que o porteiro recebeu os aguazis após dar-lhe uma rápida olhada.

– Não cabem mais – aduziu aquele.

– É claro que cabe – opôs-se um dos aguazis.

– Ontem libertastes duas mulheres – recordou-lhe o outro.

– Mas...

– Onde está o alcaide? – interrompeu as queixas do porteiro o aguazil do bastão.

– Onde há de estar? Tu o sabes perfeitamente: dormindo.

– Vai buscá-lo – ordenou.

– Não me sacaneies, Pablo!

– Nesse caso, ficas com ela.

– As peças estão cheias – insistiu o porteiro, já sem muita convicção; era a mesma cantilena de toda noite. – Não temos nem para dar-lhes de comer...

– Ficas com ela – interrompeu-o o tal Pablo com similar tom de voz ao utilizado pelo outro.

O porteiro deixou escapar um prolongado suspiro.

– É negra! – brincou o segundo aguazil. – Quantas como esta tens aí dentro?

Os três homens se encaminharam para um quartucho à esquerda da entrada, onde a fumaça negra e espessa desprendida por uma vela de sebo nublava a luz destinada a iluminar uma escrivaninha decrépita. Caridad caminhou entre eles.

– Negras, negras, negras como esta... – respondeu o porteiro ao mesmo tempo que dava a volta à escrivaninha para sentar-se –, nenhuma. O que temos, no máximo, são duas mulatas. Como se chama ela? – acrescentou depois de molhar a pena no tinteiro.

– Não quis dizer-nos. Como te chamas?
– Caridad – respondeu ela.
– Pois então sabe falar.
– Caridad, que mais? – perguntou o porteiro.

Ela só se chamava Caridad. Não havia mais. Não respondeu.

– Não tens sobrenome? És escrava?
– Sou livre.
– Nesse caso tens de ter um sobrenome.

Fidalgo, recordou ela então que havia lido o alcaide da porta de Mar de Cádiz em seus papéis; o sobrenome de don José.

– Fidalgo. Esse é o sobrenome que me deram na embarcação, quando morreu meu senhor.

– Embarcação? Eras escrava? Se agora dizes que és livre, deves ter a escritura de manumissão. – O porteiro a olhou de alto a baixo: ainda molhada, descalça, com o camisão cinza por única roupa. Resfolegou. – Tens a escritura?

– Está em minha trouxa, com minhas coisas, no quarto...

Emudeceu.

– Que quarto?

Caridad se limitou a gesticular com as mãos ao recordar a advertência de Melchor. "Não digas nada a ninguém", advertira-a.

– Que levas na mão? – surpreendeu-a o porteiro, estranhando o fato de que a mantivesse permanente e ferreamente fechada. Ela baixou o olhar. – Que levas aí?

Caridad não respondeu, o queixo trêmulo, os dentes trincados. O bastão bateu em suas costas.

– Mostra-nos – ordenou-lhe o aguazil.

Sentia que aquela pedra era a última coisa que a ligava a Melchor, aos dias que haviam vivido em Barrancos e durante o caminho a Madri. A trouxa, seu vestido vermelho, seus documentos e aquele dinheiro que Melchor havia dividido com ela pelo contrabando em Barrancos e que ela havia guardado zelosamente; tudo quanto tinha havia ficado na pousada. O bastão bateu com mais força em seus rins. Abriu a mão e mostrou a safira falsa.

– Onde a conseguiste? – saltou o porteiro inclinando-se por cima da mesa para pegá-la.

– Que importa tudo isso agora? – interveio o aguazil. – É tarde e temos de continuar a ronda. Não vamos ficar a noite toda aqui. Limita-te a consignar nome, sobrenomes, data e hora em que ela entra, bens que lhe encontres e motivo da detenção. Não interessa mais nada.

Com o olhar fixo na pedra azul que o porteiro deixou sobre a escrivaninha, Caridad ouviu o arranhar da pena ao deslizar pelo papel.

– E qual é o motivo da detenção? – perguntou por fim o homem.

– Prostituição! – ressoou na peça.

O cárcere real de la Galera para mulheres desonestas e escandalosas se achava num edifício retangular de dois andares com um pátio central. A seu lado, na mesma quadra, erguia-se o Hospital da Paixão, também exclusivo para mulheres, que por sua vez, mediante um arco que passava por cima da rua del Niño Perdido, se unia ao Hospital Geral, última das construções de Madri que dava para a porta de Atocha.

Uma vez que os aguazis assinaram no livro de registros e se foram para continuar sua ronda, Caridad seguiu os passos do porteiro até o piso superior. O homem havia pegado um bastão e a vela da escrivaninha, com a qual tentou iluminar uma sala alongada, uma galeria com janelas para o pátio interno e para a rua cheia de mulheres dormindo, algumas em catres, a maioria no chão. Caridad ouviu o porteiro reclamar de uma zeladora que devia estar controlando as reclusas. Ela estava dormindo. "Como sempre", pareceu conformar-se o homem. Como se não desejasse dar mais um passo, iluminou com a vela à sua direita, o canto que dava para a porta, onde duas mulheres se encolhiam uma junto à outra. Utilizou o bastão para acordá-las. As duas resmungaram.

– Abri um espaço! – ordenou.

A que estava mais perto da parede empurrou a outra diante do bater em suas costas com que o porteiro as instava a obedecer e que cessou assim que se abriu um pequeno vão entre a mulher e a parede.

– Acomoda-te aí – indicou a Caridad com o bastão.

Antes que ela chegasse a abaixar-se, o homem já havia desaparecido e, com ele, a luz da lanterna fumegante, que pouco a pouco foi substituída pelo vislumbre da lua e pelas mil sombras que ele conformava.

Caridad se deitou no chão, aprisionada entre a parede e a outra mulher. Pugnou por mover o braço para pô-lo debaixo da cabeça, ao modo de travesseiro. A acusação de prostituição veio à sua mente assim que ela conseguiu acomodar-se. Ela não era nenhuma prostituta. Estava cansada. Sentiu-se reconfortada pelo contato com a mulher em que se encostava. Seus temores aumentaram: medo do que ia suceder-lhe, medo por Melchor, que regressaria à pousada e não a encontraria ali. Ouviu os barulhos da noite. Tosses e roncos. Suspiros e palavras reveladas em sonhos. Como no barracão, na veiga, quando dormia com os demais escravos. Os mesmos sons. Só lhe faltava Marcelo... Acariciou o cabelo tal como fazia com o de seu filho e fechou os olhos. Certamente alguém estaria cuidando dele. E, apesar de tudo, esgotada, caiu no sono.

Obrigaram-nas a pôr-se de pé às cinco da madrugada, quando uma ponta de claridade começava a infiltrar-se pelas janelas. Várias zeladoras escolhidas entre reclusas de confiança percorreram as diversas galerias do segundo andar e despertaram aos gritos as demais. Caridad tardou alguns instantes a compreender onde estava e o porquê das trinta ou quarenta mulheres que diante dela, em pé no canto junto à porta, bostejavam, se espreguiçavam ou increpavam as zeladoras.

– Nova, hem?

As palavras vieram da mulher que havia dormido a seu lado: beirava os quarenta anos e era seca, de traços forjados pela miséria e desgrenhada como a companheira para a qual se virou para apontar para Caridad. Não houve mais palavras nem apresentações; em vez disso, o cochicho foi subindo de tom, confundido aqui e ali com algum grito ou discussão. Caridad observou as mulheres: muitas delas se haviam posto em fila para urinar no interior de um penico. Uma após outra, ela as viu levantar as saias sem recato algum e acocorar-se sobre o urinol, as demais urgindo com a da vez e que se atrasava por estar fazendo mais que as outras. Depois pegavam o urinol, trepavam num caixote para alcançar a alta janela e despejavam a urina através dela antes de repô-lo em seu lugar para a seguinte.

– Água vai! – ouviu gritar alguma das mulheres ao lançar a urina na rua.

– Vamos ver se acertas na careca do alcaide!

Algumas gargalhadas receberam o dito.

Caridad sentiu necessidade de urinar e entrou na fila.

– Ontem não tínhamos nenhuma negra, não?

O comentário proveio de uma gorda que havia entrado na frente dela.

– Eu não me lembro de nenhuma – ouviu-se do meio da fila.

– Pois esta não dá para esquecer – riu a gorda de trás.

Caridad se sentiu observada por muitas mulheres. Tentou sorrir, mas nenhuma lhe fez caso. A reclusa que utilizava o urinol antes dela a olhou com descaramento durante todo o tempo que levou para urinar.

– Todo teu – disse-lhe após levantar-se. Não esvaziou o urinol.

Caridad hesitou.

– Negra – interveio a gorda que estava atrás dela –, Frasquita é uma mijona. Vamos ver se com o teu mijo o urinol vai transbordar, te molhas a boceta e a sujas toda. Porque depois será preciso limpá-la!

Caridad lançou a urina de Frasquita pela janela, urinou e repetiu a operação. Afastou-se da fila. Ninguém lhe havia indicado o que devia fazer em seguida, de modo que observou que muitas das reclusas desciam a escada e voltou a juntar-se ao grupo. A suas costas, os gritos das zeladoras instavam às que ficavam em cima.

Missa. Assistiu à missa numa pequena capela, no andar inferior, lotada por cerca de cento e quarenta reclusas em pé, às quais o sacerdote não deixou de recriminar o desrespeitoso comportamento durante a cerimônia, suas conversas e até uma que outra sonora gargalhada. Depois rezaram a estação ao Santíssimo, uma oração que Caridad desconhecia. Saíram da capela e voltaram a formar uma longa fila na entrada de outra peça, na qual havia um lar para cozinhar e onde lhes entregaram um pedaço de *pan sentado*, cozinhado havia dias, duro. Também podiam beber com uma concha de um balde de água. Enquanto avançava na fila, Caridad viu que o porteiro da noite anterior apontava para ela ao mesmo tempo que falava com duas zeladoras que assentiam a suas palavras sem deixar de olhá-la. Deu cabo do pão antes até de voltar à galeria do andar superior.

– Sabes costurar, negra? – perguntou-lhe ali uma das zeladoras.

– Não – respondeu ela.

E, enquanto as demais reclusas se dedicavam a costurar a roupa branca do Hospital da Paixão e o Geral, lençóis, fronhas e camisas, Caridad foi encarregada de esfregar e limpar. Ao meio-dia a chamaram para comer: um pouco de carne e outro pedaço de *pan sentado*. Volta ao trabalho até as seis da tarde, hora em que jantaram umas poucas verduras, rezaram o rosário e o salve e se retiraram para dormir. Ela voltou ao mesmo canto da noite anterior.

No dia seguinte, antes do almoço, a zeladora de sua galeria a levou até onde ficava o porteiro. Ali a esperava um aguazil que sem dizer palavra alguma a conduziu rua de Atocha acima. Caridad parou na rua; o sol, no alto, ofuscou-a. O aguazil a empurrou, mas a ela pouco lhe importou. Pela primeira vez desde que havia chegado, reparou nessa cidade que tão importante era segundo Melchor; nas demais ocasiões havia transitado por ela de noite ou como ladra perseguida pelo talhador. Franziu os lábios com tristeza à recordação: havia conseguido escapar dele para acabar encarcerada como prostituta. Era isso o que havia anotado o porteiro nos papéis.

– Cuidado, negra!

O grito proveio do aguazil. Caridad se deteve antes de chocar-se com uma carroça de duas rodas, desconjuntada, carregando areia e puxada por uma mula que subia na mesma direção que ela. Passeou o olhar pela rua, e assaltou-lhe a angústia: a multidão ia e vinha. As casas, a maioria com lojas no térreo, estendiam-se em ambos os lados de uma das ruas mais largas de Madri. Deixaram para trás o Hospital Geral e o da Paixão, o cárcere de la Galera e o convento dos Clérigos Agonizantes diante dele. Atrás dos passos do aguazil, ela desviou o olhar para os estabelecimentos: uma loja de velas, uma sapataria, carpintarias, um loja de refrescos, tabernas e até uma livraria, também uma casa de beatas e o Orfanato dos Desamparados. As pessoas entravam e saíam carregando cestas ou potes de água; conversavam, riam ou discutiam num universo que lhe escapava. Logo depois, entreviu diante dela a fonte coroada pelo anjo a que se havia lançado sedenta antes de ser detida. A partir dali mudava o aspecto da rua: entre as casas se erguiam imponentes construções. Caridad não pôde deixar de contemplá-las à sua direita e à sua esquerda: o Hospital de Convalescentes pouco antes de chegar à praça; o de Nossa Senhora do Amor de Deus, destinado ao tratamento de doenças venéreas, ou o de Nossa Senhora de Montserrat, que acolhia os naturais da Coroa de Aragão e que a apequenou com sua fachada extremamente decorada; o Colégio de Loreto à direita, já depois da praça. Depois o Hospital de Antón Martín e a igreja de São Sebastião, com o cemitério traseiro em que se havia escondido. Ali quase chegou a parar à vista do átrio da igreja: na plataforma elevada sobre a rua que dava acesso ao templo se amontoava um sem-fim de janotas que conversavam. Em Sevilha ela os havia visto, mas não tantos e num mesmo lugar... Surpreenderam-na os trajes coloridos, as perucas brancas, sua maneira de mover-se, rir, gesticular enquanto conversavam uns com os outros.

– Anda, negra – ouviu que urgia com ela o aguazil, que lhe havia permitido recrear-se por alguns instantes na contemplação do espetáculo.

Ao átrio se sucederam o Convento da Trindade e o de Santo Tomás, na quadra seguinte. A igreja da Santa Cruz...

– Já chegamos.

– Aonde? – perguntou ela sem pensar.

– Ao cárcere de Corte.

Caridad se virou para a esquerda: a imponente construção de tijolo vermelho se erguia numa praça triangular, a da Provincia, com uma fonte no centro. Atravessaram a praça esquivando-se das pessoas e das carruagens que a enchiam e chegaram até ele.

– Mudam-me de cárcere? – perguntou então Caridad.

– Aqui te julgarão – explicou o aguazil.

O sossego repentino que assaltou Caridad ao transpor o frontão clássico que cobria as três portas do edifício – depois do alarido feito pela multidão na praça – desvaneceu-se assim que se encontrou aos pés da escadaria que dividia o edifício em dois: porteiros de maça, aguazis, escrivães, advogados, procuradores e fiscais; detidos e réus, familiares deles; comerciantes e até nobres. Todos iam e vinham, com pressa, crispados, falando aos gritos, carregando papéis ou arrastando os presos. Caridad se encolheu; muitos a olhavam, outros a afastavam de sua passagem sem contemplação. Ela seguiu o aguazil até uma antessala em que esperaram em pé. O aguazil falou com um dos porteiros de maça e apontou para Caridad; o homem a observou, depois verificou em seus papéis e anuiu.

Toda manhã, cedo, os diversos aguazis prestavam conta aos alcaides dos distritos em que se dividia Madri, e a cujas ordens se submetiam, do resultado de suas rondas noturnas, dos detidos e de qualquer incidente que houvesse acontecido. Toda manhã, os alcaides de distrito de Madri, reunidos na Sala de Alcaides, preparavam um informe para o Conselho em que faziam constar todos esses incidentes: as mortes, incluídas as naturais ou acidentais; os feridos que se haviam internado nos hospitais; os acontecimentos que se tinham dado nas comédias ou nos passeios; os resultados da inspeção do alcaide da repesagem, fazendo especial menção ao estado de abastecimento e preço dos alimentos que se vendiam na Praça Mayor, na Carnicería e nos demais lugares públicos. Toda manhã, depois de assistir à missa na capela, os alcaides, divididos em duas salas, julgavam os delinquentes e viam os pleitos civis.

Caridad foi levada à segunda sala.

Depois de presenciar junto ao aguazil como entravam os delinquentes na sala para sair poucos minutos depois, alguns compungidos, outros irados, chegou sua vez. Afundou o olhar no tablado de madeira escura assim que vislumbrou seu interior: homens vestidos de preto com barrete e peruca, todos num nível superior, sentados atrás de imponentes mesas das quais se sentiu escrutada. No entanto, não lhe deram a menor importância. Uma prostituta. Um tema menor daqueles que julgavam e sentenciavam de imediato, sem maiores trâmites, fulminando o réu.

– Don Alejandro – disse um dos homens que se sentavam diante dela –, advogado de pobres. Don Alejandro te defenderá.

Desconcertada, Caridad ergueu o olhar e, no que se lhe afigurou como uma distância insuperável naquela grande sala, acomodado num estrado que se elevava acima de todos os demais, viu um homem que apontava para a sua direita. Seguiu a direção de seu dedo para topar com outro homem que nem sequer lhe devolveu o olhar, absorto que estava na leitura de uns papéis. "Caridad Fidalgo..." Antes até que ela tivesse tido tempo de voltar a esconder o olhar, o escrivão dera início à leitura da denúncia feita pelo aguazil que a havia detido. Depois, o fiscal a interrogou:

– Caridad Fidalgo, que fazias a altas horas da noite, sozinha, nas ruas de Madri?

Ela hesitou.

– Responde! – gritou o alcaide.

– Eu... Estava com sede – murmurou.

– Estava com sede! – ressoou na sala. – E pretendias saciar a sede com dois homens? Essa é a sede que tinhas?

– Não.

– Detiveram-na quase nua junto a dois homens que te beijavam e manuseavam! É verdade isso?

– Sim – titubeou ela.

– Por acaso te forçavam?

– Sim. Eu não queria...

– E isto? O que é isto? – uivou o fiscal.

Caridad levantou o olhar do chão e o dirigiu para o fiscal. Em sua mão brilhava a safira falsa.

Transcorreram alguns segundos antes que ela tentasse responder.

– Isso... não... É um presente.

O fiscal soltou uma gargalhada.

– Um presente? – perguntou com cinismo. – Queres que creiamos que alguém presenteia com pedras, por falsas que sejam, uma mulher como tu? – Ergueu a mão e mostrou a safira aos membros do tribunal.

Caridad se encolheu diante de todos eles, descalça, suja, com seu camisão de escrava por única roupa.

– Não é por acaso mais certo – cuspiu o fiscal – que esta pedra era o pagamento por entregar teu corpo a esses dois homens?

– Não.

– Então?

Ela não queria falar de Melchor. Aqueles homens que mandavam em Madri não deviam saber dele... se é que ainda vivia. Calou-se e baixou o olhar. Tampouco chegou a ver o fiscal dar de ombros e abrir as mãos em direção aos alcaides que presidiam a sala: pouco mais há para julgar, transmitiu-lhes com aquele gesto.

– Em que trabalhas? – perguntou um dos alcaides. – De que vives? – insistiu sem dar-lhe tempo de responder.

Caridad permaneceu em silêncio.

– És livre? – inquiriram.

Diziam que ela afirmava que era livre.

– Onde estão teus documentos?

As perguntas se sucederam, pungentes, aos gritos. Ela não respondeu a nenhuma delas, cabisbaixa. Por que Melchor a havia deixado sozinha? Fazia tempo que as lágrimas já corriam por suas faces.

– Só comparável ao mais nefando dos pecados! – ouviu o fiscal gritar para pôr fim a um breve discurso iniciado assim que deixaram de interrogá-la.

– Senhor defensor de pobres, tem algo para alegar? – perguntou um dos alcaides.

Pela primeira vez desde que se havia iniciado o julgamento, o advogado de pobres ergueu o olhar dos papéis em que estava concentrado.

– A mulher se nega a falar diante desta ilustre sala – arguiu com monotonia. – Que argumento eu poderia sustentar em sua defesa?

Bastou uma troca de olhares entre os alcaides.

– Caridad Fidalgo – sentenciou o presidente: – nós te condenamos a dois anos de reclusão no cárcere real de la Galera desta Vila e Corte. Que Deus se apiede de ti, te proteja e te guie pelo reto caminho. Levem-na!

26

Milagros se deixou cair numa cadeira e apertou com as mãos a barriga, como se pretendesse impedir que a criança que levava dentro de si a abandonasse antes do tempo. Calculava que lhe faltassem entre cinco e seis meses para dá-la à luz; no entanto, a sucessão de bruscas e violentas contrações que ela havia tido quando se inteirara de que o avô havia sido detido em Madri a levaram a temer por sua perda. Tal era a notícia que havia corrido de boca em boca pelo Beco de San Miguel até chegar à ferraria dos Garcías e dali às habitações superiores, onde se celebrou com vivas e abraços. A cigana respirou fundo. A dor diminuiu, e o bater de seu coração foi voltando ao normal.

– Morte ao Galeote! – ouviu de uma das peças contíguas.

Reconheceu a voz, aguda e esganiçada: a de um menino, um dos sobrinhos de Pedro; não teria mais de sete anos. Que podia ter contra seu avô aquele moleque? Sentimentos contraditórios a atenazaram uma vez mais desde que a ira pela morte de seu pai dera lugar à dor profunda, solitária, atenazadora. O avô o matara, sim, mas devia também ele morrer por isso? "Um arrebatamento, foi isso, um arrebatamento", dizia-se amiúde em pugna com seu penar. Admitia que ele merecia um castigo, mas a ideia de vê-lo morto se lhe tornava aterrorizante.

Prestou atenção às conversas da peça contígua, cheia com a chegada dos homens que trabalhavam na ferraria. Um cometa de confiança que fazia o trajeto de Madri a Sevilha, desses homens que transportavam volumes ou faziam compras para outros, havia trazido a notícia: "Os familiares de

Madri prenderam Melchor Vega", anunciou o cometa. "Como o senhor se deixou pegar, vovô?", lamentou-se Milagros entre os gritos de alegria. "Por que o permitiu?" Alguém comentou que os familiares queriam saber o que deviam fazer com ele: não podiam levá-lo numa galé, com outras pessoas, e a viagem até Sevilha com um homem agrilhoado seria lenta e perigosa. "Que o matem!" "Quanto antes!" "Que o castrem primeiro!" "E que lhe arranquem os olhos", interveio o garoto entre os gritos dos demais.

– A vingança é dos Carmonas. Que o tragam aqui, como quer que seja, demorem quanto demorarem. Tem de ser aqui, em Triana, diante de todos os presentes, que se execute a sentença.

A ordem de Rafael García pôs fim à discussão.

Por quê?, chorou em silêncio Milagros. Quem eram aqueles Garcías para decidir quanto à sorte de seu avô? Sentiu ferver o ódio por sua nova família, ela podia quase tocá-lo; tudo estava impregnado de rancor. Acariciou a barriga querendo notar seu filho; nem sequer aquele menino, fruto do matrimônio entre uma Vega e um García, parecia atenuar esse ódio atávico entre as duas famílias. Sua mãe a havia advertido: "Nunca esqueças que és uma Vega." Havia-o discutido com a velha María, da qual nada sabia desde tanto tempo, mas que recordava cada vez mais à medida que avançava sua gravidez. As palavras de sua mãe chegaram a perfurar sua consciência até diante do altar, mas ela buscou refúgio em Pedro. Ingênua. Aí, nos gritos de alegria pela desgraça de seu avô que se sucediam na peça contígua, estava a resposta! Não havia sabido de sua mãe até que se dera a morte de seu pai. Reyes, a Trianeira, gozara fazendo chegar a Málaga a notícia do casamento de Milagros com um García e da morte de José Carmona pelas mãos de Melchor. "Dizei à minha filha que ela já não pertence aos Vegas." Milagros tinha gravado a ferro e fogo na memória o rosto de satisfação com que a Trianeira lhe transmitira a mensagem de sua mãe.

Não quis acreditar. Sabia que era verdade; tinha certeza de que aquela havia sido a resposta de sua mãe, mas se negou a admitir que a renegasse, que chegara a repudiá-la. Trabalhava toda noite, por tarefa. Cantava e dançava onde decidia o Conde: *mesones*, casas e palácios, saraus... Milagros de Triana: assim a batizaram as pessoas. Ela roubou algumas das moedas, seus próprio dinheiro, controlado pela Trianeira, que estava sempre junto a ela, avarenta, e em segredo convenceu um cigano dos Camachos a que fosse a Málaga. "Há suficiente para ti, para subornar a quem tiver de subornar e para que minha mãe disponha de algum dinheiro", disse-lhe.

– Sinto muito. Não quer saber de ti – comunicou-lhe o cigano à sua volta. – Já não te tem por filha. Não quer o dinheiro – acrescentou ao mesmo tempo que lhe devolvia as moedas destinadas a Ana.

– Que mais? – perguntou Milagros com um fiapo de voz.

Que não gastasse mais dinheiro para comunicar-se com ela; que o desse aos Garcías para que estes pudessem pagar aos que tinham de matar seu avô.

– Disse que era irônico – acrescentou o Camacho negando com a cabeça quase imperceptivelmente – que uma Vega estivesse sustentando os Garcías. E que preferia estar em Málaga, presa, sofrendo junto com as mulheres e seus filhos pequenos que não haviam podido obter a liberdade por ser ciganas a voltar a Triana para encontrar uma traidora.

– Traidora eu! – saltou Milagros.

– Moça – o homem adotou um semblante sério: – os inimigos de alguém de tua família, os inimigos de teu avô, de tua mãe, são também teus inimigos, todos os membros dessa família o são. Essa é a lei dos ciganos. Traidora, sim, eu também acho. E são muitos os que opinam a mesma coisa.

– Sou uma Carmona! – tentou desculpar-se ela.

– Teu sangue é Vega, moça. O de teu avô, o Galeote…

– Meu avô matou meu pai! – gritou Milagros.

O Camacho deu um tapa no ar.

– Não deverias haver-te casado com o neto de quem era teu inimigo; teu pai não deveria tê-lo consentido, ainda que fosse tão somente pelo sangue que corre por tuas veias. Ele sabia qual era o trato: sua liberdade por teu compromisso com o García. Devia haver-se negado e haver-se sacrificado. Teu avô fez o que devia.

Não lhe restava nenhum dos seus: sua mãe, o avô, seu pai, María… Cachita. Apurou o ouvido: ninguém na peça contígua falava de Cachita. Também fora condenada, mas pouco parecia importar-lhes uma negra. Teria gostado de compartilhar com ela a maternidade. O avô dissera que ela não havia feito nada. Com certeza era verdade: Cachita era incapaz de fazer mal a alguém. Havia sido injusta com ela. Quantas vezes se havia arrependido por haver-se deixado levar pela ira! E agora, ao inteirar-se de que seu avô estava sequestrado, não podia deixar de pensar na negra: se não a haviam detido junto com ele… Onde estava Cachita? Sozinha?

Sozinha ou não, provavelmente estaria melhor que ela, quis convencer-se. Esta mesma noite cantaria, dado que pouco podia dançar em seu estado. Fá-lo-ia num *mesón* próximo de Camas, havia-lhe dito a Trianeira como de passagem, sem pedir-lhe sua opinião nem muito menos seu consentimento. Iria rodeada de membros da família García, sem Pedro, que nunca a acompanhava: "Temo que eu terminaria por matar algum desses fãs que babam ao ver-te dançar", havia-se desculpado desde o princípio de seu casamento. "Com os primos estarás bem." Mas o fato era que ele tampouco a acompanhava quando não cantava ou dançava para os *payos*. Pedro já quase não trabalhava na ferraria; os ganhos de sua esposa, cuja parte sua ele bem tratava de exigir de Rafael e Reyes, permitiam-lhe não o fazer. Folgazava nos *mesones* e bares de Triana e Sevilha, e eram muitas as noites que voltava de madrugada. Quantas vezes ela havia tido de fechar os ouvidos às murmurações de algumas harpias acerca das aventuras de seu esposo! Não queria acreditar nelas! Não eram sinceras! Era apenas inveja. Inveja! Que tinha Pedro, que tão somente com roçá-la a fazia deixar de ser dona de si? O simples esboço de um sorriso naquele trigueiro e belo rosto de duras feições, um afago, um elogio: "Guapa!", "Linda!", "És a mulher mais bela de Triana!", algum insignificante presente, e Milagros esquecia sua zanga e via mudado em desfrute o mau humor que a angustiava pelo abandono a que seu marido a mantinha submetida. E ao fazer o amor... Deus! Sentia-se morrer. Acreditava enlouquecer. Pedro a levava ao êxtase, uma, duas, três vezes. Como não iam murmurar as demais mulheres quando seus arquejos inundavam a casa dos Garcías, o edifício, o Beco de San Miguel inteiro? Mas depois ele desaparecia de novo e Milagros continuava vivendo num trânsito interminável, desesperançador, entre a solidão e a paixão desenfreada, entre a dúvida e a entrega cega.

Milagros não tinha ninguém com quem falar e em quem confiar. A Trianeira a controlava dia e noite, e, assim que a via conversar com alguém no beco, ia correndo meter-se na conversa. Amiúde passava diante de São Jacinto e contemplava com melancolia a igreja e o ir e vir dos frades. Com Frei Joaquín, sim, teria podido falar, contar sua vida, suas preocupações, e ele a teria escutado, não tinha a menor dúvida. Mas também ele havia desaparecido de sua vida.

Frei Joaquín estava fazia quase um ano em missão, percorrendo a Andaluzia junto com Frei Pedro, surpreendendo as pessoas humildes de noite, ameaçando-as de todos os males imagináveis, obrigando os homens a castigar seus corpos nas igrejas enquanto as mulheres deviam fazê-lo na intimidade de seus lares com urtigas escondidas entre as roupas, absinto na boca, pedras nos sapatos e sogas ásperas, cordas nodosas ou arames cingidos com força e cortando seus ventres, seus peitos ou suas extremidades.

Milagros não desaparecia de sua mente.

A confissão geral, fim último das missões, terminou quebrando a vontade e o espírito do frade. A patente expedida pelo arcebispo de Sevilha o facultava para perdoar todos os pecados, incluídos aqueles que por sua extrema gravidade ficavam reservados ao exclusivo critério dos grandes da

Igreja. Ouviu centenas, milhares de confissões através das quais as pessoas pretendiam obter a absolvição geral de pecados que jamais haviam contado a seus párocos habituais, já que estes não podiam perdoar-lhes. Mas, pobres e humildes como eram, tampouco podiam confessar-se com bispos e prelados, aos quais não tinham acesso, pecados como incesto e sodomia. "Com um menino?", chegou a gritar Frei Joaquín numa ocasião, despertando a curiosidade dos que aguardavam. "De que idade?", acrescentou baixando a voz. Depois lamentou tê-lo perguntado. Como podia perdoar-lhe depois de ouvir a idade? Mas o homem permaneceu em silêncio à espera da absolvição. "Tu te arrependes?", inquiriu sem convicção. Assassinatos, raptos e sequestros, bigamia, uma enfiada de maldades que estavam transtornando seus princípios e o iam aproximando, passo a passo, missão a missão, do conceito que de todos eles tinha Frei Pedro: pecadores irremíveis que só reagiam diante do medo do diabo e do fogo do inferno. Que restava das virtudes cristãs, da alegria e da esperança?

– Demoraste a dar-te conta de que não é este o caminho ao qual Nosso Senhor te chamou – disse-lhe Frei Pedro quando lhe comunicou sua intenção de abandonar as missões. – És uma boa pessoa, Joaquín, e depois deste tempo te aprecio, mas tuas pregações e sermões não chamam à contrição e ao arrependimento das pessoas.

Frei Joaquín não desejava regressar a Triana. A expectativa com que o fez transcorridos alguns meses desde a sua primeira saída – a libertação dos ciganos assimilados na boca das pessoas – desfez-se assim que ele se inteirou do casamento de Milagros. Encerrou-se em sua cela, jejuou e castigou o corpo tanto como nas missões. Irado, decepcionado, frustradas suas fantasias, chegou a entender os arrebatamentos com que os penitentes tentavam desculpar seus graves pecados no momento da confissão: ciúme, ira, despeito, ódio. Não voltou; preferia seguir sonhando com a menina que zombava dele pondo-lhe a língua para fora a enfrentar o martírio de cruzar algum dia com a cigana e seu esposo pelas ruas do arrabalde sevilhano. Os dias de descanso seguintes passou-os com Frei Pedro, longe de sua terra, enquanto o pregador especulava com palavras que seu ajudante se negava a desvelar.

– Chegaram-me notícias de um nobre de Toledo, próximo ao arcebispo, que tem necessidade de um professor de latim e preceptor para suas filhas – propôs-lhe quando Frei Joaquín reconheceu que não sabia o que fazer a partir de então.

Frei Pedro se ocupou de tudo: seu prestígio lhe abria quantas portas desejasse. Pôs-se em contato com o nobre, proporcionou a Joaquín documentação, tanto dos oficiais de justiça seculares como da Igreja, uma mula e dinheiro suficiente para a viagem, e na manhã em que ia partir apareceu para despedir-se dele com um volume debaixo do braço.

– Conserva-a para que guie tua vida, aplaque tuas dúvidas e serene teu espírito – desejou-lhe oferecendo-lhe o volume.

Frei Joaquín sabia de que se tratava. Ainda assim, afastou o pano que cobria sua parte superior. A cabeça coroada de uma Imaculada apareceu em suas mãos.

– Mas isto...

– A Virgem deseja acompanhar-te – interrompeu-o o sacerdote.

Frei Joaquín contemplou a escultura e o perfeito rosto rosado que o olhava com doçura: uma valiosa imagem de tamanho considerável, trabalhada com mestria, com uma coroa de ouro e brilhantes. Muitos eram os presentes e dinheiro com que os fiéis agradeciam aos missionários a absolvição de seus pecados. Frei Pedro, sóbrio em seus costumes, rejeitava todos aqueles que não fossem imprescindíveis para sua subsistência, mas sua integridade cambaleou diante da imagem que um rico dono de terras pôs em suas mãos. "Afinal de contas, onde melhor estará Nossa Senhora que intercedendo pelas missões?", disse-se para justificar a quebra de sua austeridade. Ao entregá-la a Frei Joaquín, parecia que ele mesmo se libertava de uma carga.

27

No distrito do Barquillo de Madri, a noroeste da cidade, em humildes casas baixas de um só andar, viviam os chamados *"chisperos"*,* pessoas tão altivas, orgulhosas e soberbas como os *manolos* do Rastro ou de Lavapiés, mas dedicadas à ferraria e ao comércio de utensílios de ferro. Era ali que viviam os Garcías junto com outros muitos ciganos, e por ali, fazia dez dias, perambulava o jovem Martín Costes com seu braço enfaixado, procurando não chamar a atenção quando percorria vezes seguidas aquelas ruelas desertas e sujas.

Seu pai e seu irmão Zoilo lhe disseram que compreendiam o que ele estava fazendo, que estavam com ele, mas que as coisas eram assim. "Não deu certo", reconheceu o Cascabelero, envergonhado. Depois tentaram convencer o jovem de que não prosseguisse. "Será uma perda de tempo", disse um. "O tio Melchor já estará morto ou a caminho de Triana", assegurou o outro. "Que perco verificando?", replicou o jovem.

Perguntou com discrição e deu com a casa de Manuel García, na rua del Almirante. Desde o primeiro momento soube que o Galeote estava ainda ali dentro: à diferença das demais moradas, sempre havia um par de ciganos entrando e saindo desta ou perambulando por seus arredores sem afastar-se muito da porta. No meio do dia, como se se tratasse de uma troca de guarda, substituíam-nos outros: cochichavam entre si, apontavam para a casa; amiú-

---

* *Chispero* (originalmente "ferreiro", "que fazem saltar chispas"): homem das classes populares dos bairros da zona norte da Madri, por contraposição a *manolo*, que designava as pessoas dos bairros de sua zona sul. [N. do T.]

de um dos recém-chegados entrava nela, saía, e recomeçavam os cochichos até que os primeiros deixavam o lugar com um sorriso na boca, batendo nas costas uns dos outros como se já estivessem saboreando os vinhos que pensavam em beber.

– Tu o viste? – perguntou o Cascabelero a seu filho mais novo.

Não. Não o havia visto, teve de reconhecer. Tinha de certificar-se. Uma noite, com a rua del Almirante na mais absoluta escuridão, Martín se pôs sob a janela que se abria para ela.

– Estão esperando instruções de Triana – disse a seu pai após despertá-lo intempestivamente à sua volta. – Está lá dentro, com certeza.

Não iam desencadear uma guerra de famílias. Essa foi a decisão que, para desespero do jovem cigano, lhe comunicou seu pai depois de tratar a questão com os chefes de outras famílias amigas.

– Meu filho – tentou desculpar-se o Cascabelero –, eu vi a morte em teus olhos. Fazia muito tempo que não tinha uma sensação similar. Não quero que morras. Não quero que nenhum dos meus morra. Ninguém está disposto a que morram os seus por causa de um cigano de Triana condenado por assassinar o marido de sua filha! O tio Melchor... O Galeote é feito de outra matéria. Ele se entregou por ti. Que achas que ele pensaria se depois de tudo, depois de entregar-se aos Garcías, tu mesmo ou outros Vegas morressem por causa dele?

– Mas... Vão matá-lo!

– Responde-me: hoje ele está vivo? – perguntou seu pai com voz grave.

– Está.

– Isso é o que importa.

– Não!

O jovem cigano se levantou da cadeira.

– Promete-me – rogou-lhe seu pai tentando retê-lo pela camisa – que não farás nada que possa colocar-te em perigo.

– Quer que o prometa em memória de minha mãe, uma Vega?

O Cascabelero o soltou e baixou o olhar para o chão.

Desde então, Martín não fazia senão rondar a casa onde mantinham preso Melchor. Não podia enfrentar os Garcías. Se os pegasse de surpresa, talvez pudesse com um, mas não com os dois vigilantes. Além disso, lá dentro havia mulheres, talvez outros homens. Pensou até em provocar um incêndio, mas o Galeote morreria com os demais. Tentou entrar pela parte posterior. Penetrou uma ferraria em ruínas e estudou os hortos internos. Impossível. O máximo que havia era uma janelinha atrás da qual nem sequer sabia se se encontrava o Galeote. E se pegasse o cavalo de seu pai, o que ele usava para picar os touros? Sorriu ao imaginar-se assaltando a casinha a cavalo. Também lhe ocorreu a possibilidade de denunciá-lo aos aguazis, mas sacudiu os ombros a esse simples pensamento, como se com isso pudesse afastar de si tal ideia. Os dias se passavam, e Martín não conseguia conceber mais que planos descabelados. Um jovem de quinze anos, sozinho, contra toda uma família. E, quando anoitecia, regressava à rua de la Comadre, vencido, mudo, para encontrar um silêncio ainda mais opressivo; até as crianças pareciam haver perdido o ânimo que as levava a gritar, brincar e brigar entre si.

Não cedeu. Continuou indo ao Barquillo para insultar entre dentes os Garcías. Pelo menos ele estaria ali. "Podem levar mais de um mês para receber de Triana as instruções que dizes que esperam", dizia-lhe Zoilo. "Ficarás ali todo esse tempo?" Não respondeu ao irmão mais velho. Ficaria, é claro que ficaria! Devia a vida ao Galeote! Talvez então tivesse uma oportunidade, quando o tirassem da casa para levá-lo a Triana ou quando... Por acaso iam matá-lo em sua casa?

Na noite do décimo dia, depois de perder a esperança rondando a casa dos Garcías, Martín se dirigiu de novo para a rua de la Comadre. O murmúrio que lhe havia parecido ouvir se fez presente assim que dobrou a esquina de Real del Barquillo: um rosário de rua, o mesmo que tantas vezes havia ouvido de longe. Duas vezes por dia, de manhã e de noite, das muitas igrejas da vila partiam procissões de madrilenses que percorriam as ruas rezando o rosário. Podiam contar-se em Madri cerca de mil e quinhentas confrarias de todos os tipos. A procissão se deslocava rua Barquillo acima, em sentido oposto ao que ele tinha de percorrer. Pensou em mudar de direção e fazer um rodeio, como sempre fazia. Os rosários de rua se distinguiam porque seus membros instavam quantos cidadãos encontrassem à sua passagem a juntar-se a eles, às vezes até às bofetadas se não o fizessem de boa vontade. Só lhe faltava terminar aquela noite rezando o rosário junto com uma arreata de brutos! Não era incomum que, se duas daquelas procissões cruzassem entre si em seu caminho, os devotos de uma ou outra confraria terminassem a paus e socos, quando não a facadas.

Martín fez menção de mudar de direção, mas se deteve. Uma ideia acabava de passar por sua mente: "Por que não?", pensou. Correu para eles e misturou-se entre as pessoas do rosário.

– Pela rua del Almirante – disse entre dentes.

Alguém adiante dele perguntou por quê.

– Ali... essas pessoas são as que mais necessitam... – Vacilou, não se recordava de como se dizia. – Da iluminação de Nossa Senhora! – conseguiu explicar por fim, originando um murmúrio de assentimento.

"Pela rua del Almirante", ouviu então que transmitiam de um a outro confrade até a frente da procissão. Entre a cantilena de mistério em mistério, Martín se surpreendeu tentando olhar a imagem da Virgem que abria caminho entre umas tochas. Ele pretendia sua ajuda?

Notou que lhe bambeavam as pernas enquanto se aproximavam da casa dos Garcías, caminhando com lentidão, todos espremidos no estreito beco. E se não tivesse sucesso? A dúvida o atenazou. Os cânticos monótonos, repetitivos, impediram-no de pensar com clareza. Já estavam chegando! O Galeote. Ele o havia salvado da morte. Saiu da fila e na escuridão da noite deu um forte pontapé na porta da casa, que se abriu de par em par, saltou para dentro e, sem nem sequer preocupar-se com os surpreendidos Garcías que se achavam em seu interior, gritou quão forte pôde:

– Puta Virgem! Cago na Virgem e em todos os santos!

Os Garcías não tiveram oportunidade de agarrá-lo. Acabavam de levantar-se das cadeiras quando um rio de gente irada e vociferante penetrou na casa. Martín pôs os joelhos no chão e começou a benzer-se com desespero.

– Eles! Foram eles! – uivou, apontando para eles com a mão livre.

De nada serviram as navalhas mostradas por Manuel García e sua gente. Dezenas de pessoas indignadas, encolerizadas, abalançaram-se aos ciganos. Martín se levantou e procurou Melchor. Viu uma porta fechada e circundou as pessoas que se encarniçavam com os Garcías até chegar a ela. Abriu-a. Melchor esperava de pé, atônito, com as mãos amarradas às costas.

– Vamos, tio!

Não lhe permitiu reagir: empurrou-o para fora do quarto e puxou-o. Os da procissão estavam ocupados com os Garcías; ainda assim, alguns tentaram impedir-lhes a passagem. "São aqueles, são aqueles!", gritava Martín, distraindo-os e infiltrando-se entre eles. Em alguns passos se plantaram diante da porta que dava para a rua, obstruída pela multidão.

– Este homem... – começou a dizer Martín apontando para Melchor.

Os da porta o olharam com expectativa, à espera de suas palavras seguintes. Melchor compreendeu as intenções do jovem, e os dois ao mesmo tempo se abalançaram a eles como se se tratasse de uma parede.

Vários homens caíram no chão. Martín e Melchor também. Os de trás retrocederam. Outros cambalearam. No exterior reinava a escuridão. A Virgem também cambaleou. A maioria dos confrades desviou a atenção para a imagem. Martín, envolto entre pernas e braços, voltou a agarrar Melchor, que não podia mover-se com as mãos amarradas às costas, ajudou-o a levantar-se, pisotearam vários e correram.

Foram muitos os que não entenderam o sucedido; entre queixumes e imprecações, ouviu-se o som de umas gargalhadas que se afastavam rua del Almirante abaixo.

O jovem Martín se surpreendeu quando Melchor, depois de agradecer sua ajuda com dois beijos sinceros, se negou a ir para a casa do Cascabelero e em vez disso lhe pediu que o guiasse até a rua de los Peligros.

– Está bem, tio – anuiu o rapaz reprimindo sua curiosidade –, mas os outros Garcías... assim que souberem de sua fuga...

– Não te preocupes. Tu leva-me até lá.

Onze dias e noites. Melchor fazia a conta. "A negra continuará na pensão?", pensava ao mesmo tempo que urgia com o rapaz. Uma desgrenhada Alfonsa, que eles levantaram da cama após esmurrar repetidas vezes a porta de sua habitação, fez ruir as esperanças do cigano. "Ela se foi com o talhador", disse; "foi o que assegurou a lavadeira." Ela já não estava ali; seus hóspedes iam e vinham ao sabor de suas bolsas, o que era muito, aliás, acrescentou ela quando Melchor quis ver a lavadeira. Do talhador tampouco sabia nada. Por acaso havia pedido a ele alguma referência quando apareceu em plena noite acompanhado de uma negra e de Pelayo? Foram inumeráveis as possibilidades que chegou a embaralhar Melchor acerca da sorte de Caridad durante seu encerro, cada uma mais inquietante que a outra; nenhuma delas era, no entanto, que houvesse ido voluntariamente com outro homem.

– Não pode ser! – exclamou.

– Cigano – replicou a dona da pousada com simulado fastio –, tu a abandonaste, tu a deixaste sozinha por vários dias. Por que te estranha que tenha ido com outro homem?

Porque a escutava cantar. Porque era a única companhia que tinha. Porque a amava e ela... Amava-o Caridad? Ela nunca o havia confessado, mas ele estava certo disso, porque por mais mulheres que houvesse conhecido ao longo de sua vida jamais chegara a sentir como havia sentido com Caridad a união do corpo e da alma para proporcionar ao prazer uma dimensão desconhecida para ele. Algo assim como se não pudesse chegar a saciar seu desejo, ânsia que, no entanto, era satisfeita com o simples roçar do dorso de sua mão no rosto da negra. Absurdo e perturbador: desejo e satisfação constantes, entrecruzando-se sem cessar. É claro que a negra o amava! Porque a ouvira gritar de prazer, porque ela lhe sorria e o acariciava; porque seus cantos começaram a desprender-se do penar e da aflição que pareciam persegui-la sem trégua.

Alfonsa sustentou o olhar do cigano, olhar entristecido agora, desvanecido já o fulgor que desprendia na noite em que aparecera com Caridad. Ela havia mandado embora o talhador assim que tivera conhecimento do sucedido; não lhe interessavam os escândalos em sua pensão. Depois pegara as coisas de Caridad e dera cabo do dinheiro que ela guardava na trouxa. Os documentos terminaram ardendo no fogão, e o traje vermelho e o chapéu foram mal vendidos numa loja de roupas. Se algum dia a mulher voltasse e negasse sua versão, ela não teria senão de insistir em que aquilo era o que lhe havia dito a lavadeira. E, se perguntassem pela trouxa, bastar-lhe-ia dizer que o talhador e a lavadeira deviam ter dividido o dinheiro...

– Tio... – Martín tentou chamar a atenção de Melchor diante da consternação que percebeu nele. – Tio – teve de insistir.

– Vamos – terminou reagindo o cigano não sem antes cravar os olhos, de novo cintilantes mas com um brilho aterrador, na dona da pousada: – Mulher, se eu souber que me enganaste, voltarei para matar-te.

O rapaz se dirigiu para a rua de la Comadre.

– Espera – disse-lhe Melchor na altura da de Alcalá.

Era noite fechada, reinava um silêncio quase absoluto. O Galeote pegou Martín pelos ombros e o olhou de frente.

– Pretendes levar-me para a casa de teu pai?

Martín anuiu.

– Não creio que deva ir – opôs-se o cigano.

– Mas...

– Tu me libertaste, e eu te serei agradecido pelo resto da vida, mas ali não havia ninguém além de ti, nenhum outro Costes, nenhum cigano aliado dos Costes. – Melchor deixou transcorrer alguns instantes. – Teu pai... teu pai decidiu não lutar por mim, não é verdade? – O olhar do rapaz, cravado no chão, foi resposta suficiente para Melchor. – Ir agora para a sua casa não significaria senão humilhá-lo e envergonhá-lo, a ele e a toda a tua família.

Melchor poupou a Martín os receios que igualmente o assaltavam: se não o haviam ajudado, que garantias tinha de que não o venderiam de novo aos Garcías? Talvez não o Cascabelero, mas sim todos aqueles que o rodeavam e que ele devia haver consultado antes de tomar a decisão de abandoná-lo à sua sorte. Não era algo que houvesse podido resolver ele sozinho.

– Tu o entendes? – acrescentou.

Martín ergueu a cabeça. Ele mesmo se sentia envergonhado pela atitude de sua família.

– Sim – respondeu.

– Não te preocupes comigo, já me refarei. Tenho... tenho de encontrar uma pessoa...

– A negra? – interrompeu-o Martín.

– Sim.

– É a negra a que também condenaram em Triana?

– É, sim. Não comentes com ninguém.

– Juro pelo sangue dos Vegas – afirmou o rapaz.

Ele cumpriria o juramento, disse-se Melchor.

– Muito bem. O problema és tu.

Martín recebeu as palavras com estranheza.

– Tu tens de desaparecer, rapaz. Aqui, em Madri, mais cedo ou mais tarde te matarão. Sei que te doerá o que vou dizer, mas não confies em ninguém, nem sequer em teu pai. Ele, provavelmente... com certeza não te deseja nenhum mal, mas poderia ver-se obrigado a escolher entre ti e o restante da família. Deves ir embora de Madri. Despede-te de teu pai e vai embora, esta mesma noite se possível. Não busques proteção entre os de tua família mesmo em outras cidades, mesmo que teu pai insista, porque te encontrarão. Tampouco sei onde há outros Vegas, temo que todos estejam detidos. No entanto, há um lugar na fronteira de Portugal, Barrancos, onde encontrarás proteção. Toma o caminho para Mérida e depois desvia-te para Jerez de los Caballeros. Dali é fácil chegar. Procura um dono de tabacaria chamado Méndez e diz-lhe que vais de minha parte; ele te ajudará e te ensinará a arte do contrabando. Tampouco confies nele, mas enquanto lhe fores útil não terás problemas.

Melchor olhou para o rapaz de alto a baixo. Tinha somente quinze anos, mas acabava de demonstrar maior arrojo e valor que seu próprio pai. Era cigano. Um Vega, e os de sua estirpe iam em frente.

– Tu me entendeste?

Martín anuiu.

– Pois aqui nos separamos, embora eu pressinta que, se o demônio não me chamar antes, voltaremos a nos encontrar.

Melchor ainda o mantinha seguro pelos ombros. Um leve tremor se transladou para as palmas de suas mãos. Aproximou o rapaz e o abraçou com força. O neto que sua filha não lhe havia concedido!

– Outra coisa – advertiu-o depois de separar-se: – aí fora há gente pior que os Garcías. Não empunhes a navalha enquanto não houveres aprendido a utilizá-la com desenvoltura. – Melchor o sacudiu à lembrança de seu embate no *mesón*, a navalha adiante como se se tratasse de uma lança. – Não te deixes cegar pela ira nas pelejas, isso só te levará ao erro e à morte, e pensa que de nada adianta a coragem se ela não se dobrar à inteligência.

O amanhecer pegou Melchor recostado contra a parede do armazém de bacalhau da portilha de Embajadores, com o barranco que havia atrás da cerca abrindo-se a seus pés. Ali terminava a cidade; ali ele se havia escondido para passar o restante da noite após despedir-se do jovem Martín. A noite e o cansaço o haviam mergulhado num sono constantemente interrompido pela imagem de Caridad. Algumas vezes, Melchor tentava convencer-se da impossibilidade de que a negra houvesse fugido com o talhador; outras, via-se atenazado pela angústia quando ficava dando voltas na cabeça acerca de seu paradeiro. Sem mexer-se, tentou ordenar as ideias: procurá-lo-iam, os Garcías e os seus o estariam procurando; ele não podia buscar a ninguém e não tinha nem um real. Nem sequer sua navalha ou a casaca amarela. Resfolegou. Mau começo. Os Garcías lhe haviam tirado tudo. Tinha de encontrar Caridad. "Não é possível que tenha ido embora com outro homem", disse-se uma vez mais à luz do sol, mas então... por que não havia esperado na pousada? Dez, onze, vinte dias se fosse necessário. A negra era capaz disso, era paciente como ninguém e tinha dinheiro suficiente para pagar os gastos. Ao mesmo tempo que um calafrio percorria sua coluna, repeliu da mente a possibilidade de que lhe houvesse sucedido alguma desgraça, de que alguém a houvesse forçado e matado. Não. A justiça, talvez. Havê-la-iam detido? Nesse caso haveriam detido também Alfonsa por escondê-la numa pousada secreta; além disso, a negra estava com seus documentos em ordem e nunca se metia em confusões, ao menos voluntariamente, sorriu o cigano à lembrança das praias de Manilva e dos sacos de tabaco que lhe haviam roubado. Só se lhe tivesse ocorrido... Era uma mulher tremendamente desejável, voluptuosa, negra como o ébano, atraente, fascinante para uma Madri entregue à luxúria. Qualquer rufião poderia obter muito bons ganhos por ela. Apertou-se-lhe o estômago, e ele tremeu ao imaginar Caridad de mão em mão, ignominiosamente vendida em qualquer tugúrio asqueroso. Ele a encontraria! Levantou-se inchado, apoiando-se no muro. Absorto em seus pensamentos, não se havia apercebido de que as pessoas de Madri já estavam em pé, trabalhando. Debaixo do barranco, num terreno plano, comerciava-se com cavalgaduras. Esticou o pescoço, e a brisa lhe trouxe a algaravia do mercadejamento e os relinchos e zurros dos animais, mas não seu cheiro, velado pelo que provinha do armazém de bacalhau. As águas com que os empregados da Junta de Abastos remolhavam o bacalhau salgado para sua venda posterior vertiam-se para o barranco. Madri consumia bacalhau, mais que qualquer outro peixe, como sardinhas, merluzas ou bonitos. Os piedosos cristãos espanhóis pagavam a seus inimigos acérrimos, os heréticos ingleses, ingentes quantidades de dinheiro pelo fornecimento de suficiente bacalhau salgado para seus inumeráveis dias de abstinência. Os cavalos, o cheiro de peixe lhe trouxeram à memória Triana, o Guadalquivir, a ponte de barcos que a unia a Sevilha, o Beco de San Miguel e a ciganaria. Ali, entre laranjeiras, havia encontrado Caridad. E Milagros, que seria de sua menina? Ela teria lhe perdoado já? O Carmona merecera aquela navalhada. Suspirou enquanto pensava que Ana era a única que podia ajeitar tudo. Era a mãe dela. A ela a menina escutaria... se ele conseguisse sua libertação. Madri vivia nas ruas, que terminaram por converter-se também no lar do cigano, confundido entre o exército de mendigos que as povoavam; tinha a perna direita entalada por baixo do calção para simular uma coxeadura, e andava com uma velha monteira e uma manta surrada, ambas furtadas, com que se tapava até cobrir parte do rosto inclusive no calor do verão.

Melchor foi em busca de Caridad. Percorreu os bairros dos onze distritos em que Madri se dividia. Fosse em Lavapiés, em Afligidos, em Maravillas ou em qualquer outro, deixava transcorrer os dias sentado em ruas e praças, atento tanto às rondas dos alcaides que podiam prendê-lo como ao diário ir e vir das mulheres madrilenses: para ir à missa, para comprar comida, com cântaros para levar água, para assar o pão, para lavar a roupa, para vender os consertos que faziam em casa ou para todos os tipos de coisas; poucas delas permaneciam no interior de sua lúgubre morada mais que o estritamente necessário, e o cigano ouvia o bulício de suas conversas e presenciava suas numerosas discussões.

Os homens. Eles eram a causa das brigas mais inflamadas entre as mulheres de uma sociedade em que solteiras, viúvas e abandonadas superavam aos milhares as casadas. Ele repetia-se que não seria difícil reconhecer uma negra entre todas aquelas mulheres. Viu várias; a umas descartou-as até de longe, a outras perseguiu-as mancando até ter uma decepção. Nos dias de festa, quase cem ao ano graças ao zelo eclesiástico, via as madrilenses deixar suas casas sorridentes, faceiras, enfeitadas e vestidas à espanhola: cinturas estreitas e generosos decotes, mantilhas e pentes, e as seguia ao bosque de Migascalientes, à pradaria do Corregedor ou à fonte da Teja, onde flertavam com os homens e lanchavam, cantavam e dançavam até que estes pelejavam a pedradas entre si. Tampouco ali encontrou a negra.

No entanto, era de noite que Melchor mais se movia. Procurava prostitutas.

– Ainda és bela – afagava-as. – Mas... – simulava hesitar –, eu gostaria de algo especial.

Antes que o insultassem ou lhe cuspissem como haviam feito algumas delas, Melchor lhes mostrava seu dinheiro.

– Como o quê? – podiam responder à vista das moedas.

– Uma menina virgem...

– Nunca na vida terás dinheiro suficiente para isso.

– Então... uma negra. Uma negra, sim. Sabes de alguma?

Havia-as. Levaram-no daqui para lá, a becos escuros e a quartos miseráveis. Em todas as ocasiões, malbaratou com as celestinas o pouco dinheiro que tanto lhe custava reunir à base de pequenos ganhos.

– Não! Uma negra de verdade – insistia depois se percebesse que aquela mulher conhecia o ofício. – Quero uma negra, negra. Jovem, bela. Pagarei o que for. Encontra-a, e te pagarei bem.

Dinheiro. Aquele era seu maior problema. Sem dinheiro não podia alimentar a avidez das várias meretrizes que havia encarregado de procurar por Caridad. Seu sustento ele tinha conseguido com a Igreja, mas já fazia tempo que não fumava um charuto ou bebia uma boa jarra de vinho. "De fato devo amar-te muito, negra!", dizia-se ao passar ao largo por qualquer das numerosas hospedarias e bares. Se a fome apertava, juntava-se às longas filas de indigentes que se plantavam às portas de um convento à espera da *sopa boba** que diariamente se distribuía na maioria deles. Também estava atento à rodada de pão e ovo que noite após noite saía da igreja dos Alemães para atender aos necessitados. Três irmãos da confraria do Refúgio – um deles sacerdote –, junto com um criado que iluminava as ruas com uma candeia, alternavam-se em suas rondas pelos bairros de Madri para recolher os mortos, levar os doentes para os hospitais, oferecer consolo espiritual aos agonizantes e alimento aos demais: um pedaço de pão e dois ovos cozidos; ovos grandes como correspondia a uma irmandade de prestígio, porque os pequenos, os que passavam por um buraco que os confrades tinham feito numa tabuinha para verificar sua grossura, ele os jogavam fora.

Furtava, e, salvo uma navalha que decidiu guardar, destinava tudo a pagar a busca de Caridad. Recordou a forma como Martín o havia libertado e, tal como fizera o rapaz, introduzia-se nas filas dos rosários de rua até que mediante insídias conseguiu fazer que se enfrentassem dois deles, um que havia partido de Santo Andrés, o outro do convento de São Francisco, e que

---

* *Sopa boba* (ou *bodrio*): mistura de refogados que restavam das refeições dos conventos e que por caridade era distribuída aos pobres. [N. do T.]

foram cruzar-se na pracinha da porta de Moros. No caos que se originou com a peleja, conseguiu ficar com vários objetos que depois revendeu. Ardil similar utilizou com um grupo de cegos. Melchor se sentia atraído por aquele exército de cegos que percorria as ruas e praças de Madri; a Espanha era um país de cegos, tantos que alguns médicos estrangeiros atribuíam esse mal ao costume de sangrar-se para apresentar a pele pálida ou restabelecer os humores do corpo. Os cegos se deslocavam em grupos chamando as pessoas para contar-lhes histórias, tocar música e cantar, sempre com uma enfiada de papéis pregados a um barbante nos quais constavam as letras das canções ou o texto das obras que recitavam e que imprimiam em pequenas oficinas clandestinas, sem autorização, sem pagamento de taxas reais e sem submetê-los à censura. Vendiam os papéis a muito baixo preço aos que os escutavam, e os humildes os compravam; falavam de si mesmos, dos *manolos* da capital, gabavam sua galhardia, seus costumes e seu esforço por manter vivo o espírito espanhol ao mesmo tempo que escarneciam e desprezavam tudo o que tivesse ar afrancesado. Os cegos eram desconfiados por natureza, e bastava que lhes passassem uma moeda falsa para que pelejassem entre si a pauladas e partissem a socos para cima das pessoas que os rodeavam. O cigano o conseguiu em duas ocasiões, nas quais aproveitou a confusão para furtar quanto pôde, mas na terceira vez que tentou fazê-lo foi como se os cegos o farejassem e o insultaram aos gritos antes que se aproximasse.

Também o reconheceram algumas prostitutas. "Continuas empenhado em encontrar tua negra?", soltou-lhe uma delas. "não me incomodes!", gritou uma segunda. "Outra vez com essa história, seu imbecil!"

Fazia quanto tempo já estava atrás da negra? O verão e parte do outono haviam ficado para trás; o frio ficava mais forte, e ele até havia tido de procurar abrigo nas noites em algum dos muitos hospitais de Madri. Teve saudade do clima temperado de Triana. Às vezes não o admitiam, argumentando que já estava cheio, e ele tinha de dirigir-se ao grande Hospital dos Alemães, de onde partia a rodada de pão e ovo, e que ocupava uma quadra inteira entre a Corredera Baja de San Pablo e a rua de la Ballesta.

Caridad não estava ali, teve de convencer-se um dia que amanheceu plúmbeo e frio. De vez em quando interrompia sua busca para saber dos trâmites para a libertação de sua filha; ia tão amiúde ao tabelionato de Carlos Pueyo, no Portal de Roperos da rua Mayor, que o escrivão já não o atendia e o enviava a um oficial mal-encarado que o mandava embora grosseiramente. Um dia em que o recebeu, foi para dizer-lhe que o tratante queria mais dinheiro, lançando por terra as expectativas que Melchor acalentara. O cigano protestou. O outro deu de ombros. Melchor gritou.

– Se preferes deixar a coisa por aqui e que não continuemos... – interrompeu-o o escrivão.

Melchor sacou de sua navalha. O oficial que atendia ao escrivão, advertido, plantou-se atrás dele e lhe apontou um mosquete.

– Não é esse o meio, Melchor – interveio com calma Carlos Pueyo. – Os funcionários são avaros. Exigem mais dinheiro, isso é tudo.

– Ele o terá – cuspiu-lhe o cigano ao mesmo tempo que guardava a navalha e pensava se devia fazer-lhe ou não uma ameaça. Não o fez. – Dê-me um tempo – pediu em vez disso.

Obteve todo o necessário. Que lhe restava? Não encontrava Caridad apesar de haver percorrido vezes seguidas Madri e seus lupanares. Ver livre sua filha viera ganhando terreno em seus anelos até converter-se numa obsessão, e dependia daquele escrivão que o sangrava escudado atrás de um tratante que ele nem sequer conhecia. Nesse dia gastou os poucos reais que lhe restavam em charutos e vinho, com o rosto descoberto, sem manta alguma que o cobrisse, com a perna direita coçando sem cessar, livre da pressão das talas que a haviam mantido inútil durante meses. O tabaco, concluiu para si enquanto girava e girava nas mãos uma jarra de vinho já vazia; essa era a única maneira de obter o dinheiro que o escrivão exigia dele. Depois, com os sentidos embotados, alheio ao bulício das pessoas, atravessou a cidade em direção à porta de Segóvia. Nada tinha que recolher para enfrentar a viagem, de ninguém tinha de despedir-se. Estava sozinho. Antes de atravessar a ponte sobre o miúdo Manzanares, voltou o olhar para Madri.

– Não o consegui, negra – sussurrou com a voz tomada; o palácio real em construção se erguia num cerro sobre ele, nublado por causa das lágrimas que assomavam a seus olhos. – Sinto muito. Sinto muito de verdade, Cachita.

28

Caridad cumpria o primeiro ano de condenação no cárcere real da Galé. Naquela manhã, trabalhando sentadas no chão da galeria em que dormiam, Frasquita desviou a atenção do lençol para fixá-la em Caridad. Frasquita, que tinha mais de cinquenta nos, sentiu uma sacudidela de ternura à vista daquela mulher absorta na peça de roupa e que com dedos ágeis costurava sem cessar. Ela mesma havia tentado mortificá-la quando a tinham mandado de volta à Galera após a sentença ditada pela Sala de Alcaides. Toda manhã, na fila que se formava diante do urinol, punha-se justo diante de Caridad para que esta despejasse suas expelições. E Caridad o fazia, sem queixar-se, até que conseguiu abrandá-la com sua paciência. E, no dia em que Frasquita decidiu pôr fim à humilhação e ocupou um lugar diferente na fila, Caridad a chamou para que o fizesse no lugar que havia ocupado dia após dia. Talvez com outra reclusa houvesse respondido irada, mas aquele rosto arredondado e negro como o azeviche lhe sorriu sem a menor ponta de rancor, escárnio ou desafio. Ela se pôs onde lhe indicava Caridad, urinou, e ela mesma lançou o líquido pela janela ao grito de "Água vai!". Muitas das demais reclusas agradeceram sua decisão; afinal de contas, diziam em silêncio, todas eram iguais: mulheres que compartilhavam a desgraça.

E no entanto... a Caridad não a viam infeliz; havia-lhe confessado isso fazia tempo, quando Frasquita teve de explicar-lhe a razão das queixas de algumas das mulheres.

– Não lhes assinalaram nenhum prazo de reclusão em suas sentenças. Estão há anos encarceradas sem saber quando as porão em liberdade. – Caridad anuiu como se isso fosse normal; para quem havia sido escrava, não era tão estranho. – Mas, ainda que te fixem um prazo – continuou a outra –, se não tens nenhum homem respeitável que se encarregue de ti e responda por ti, tampouco te deixam livre.

Caridad levantou o olhar do trabalho.

– É verdade – interveio Herminia, uma mulher loura e miúda que havia ensinado Caridad a costurar.

As outras duas trocaram um olhar ao ver que Caridad retomava o trabalho como se pretendesse consolar-se com ele.

– Tens alguém lá fora? – inquiriu Herminia.

– Não... não creio – respondeu ao fim de alguns instantes.

Na vida só havia tido sua mãe, uns irmãos e um primeiro crioulinho dos quais a haviam separado, depois Marcelo, Milagros e Melchor... Fazia um ano que não sabia nada dele. Às vezes seus deuses lhe diziam que ele estava vivo, que estava bem, mas as dúvidas seguiam assaltando-a. De vez em quando sentia um frio no estômago, mas as lágrimas que corriam por suas faces levavam para o esquecimento as recordações felizes. Afinal de contas, que podia esperar uma escrava negra? Como havia podido ser tão ingênua para fantasiar um futuro ditoso?

– Estou bem aqui – murmurou.

Sim. Aquela forma de vida era a sua, a que conhecia e lhe correspondia, a que lhe haviam ensinado os brancos a lategadas: dormir, levantar-se, assistir à missa, desjejuar, trabalhar, comer, rezar... Cumprir umas obrigações marcadas, rotineiras. Não tinha maiores preocupações. Às vezes até podia fumar. Aos sábados, as reclusas podiam costurar para si mesmas e ganhavam algum dinheiro, uma miséria, mas suficiente para que o porteiro ou a *"demandera"*, a que fazia as compras fora da Galera, lhes proporcionasse algum tabaco.

Além disso, desde que Frasquita lançara sua própria urina pela janela, a maioria das demais reclusas parecia havê-la aceitado.

– Não te aproximes de qualquer dessas mulheres – advertiu-a um dia Frasquita, passeando pelo pátio central; com o bom tempo lhes permitiam fazê-lo antes de deitar-se. Depois lhe apontou uma reclusa solitária, de rosto e olhar coléricos. – Isabel, por exemplo. Não é uma boa mulher: matou o filho recém-nascido.

– Em Cuba muitas mães matam seus filhos. Não são más pessoas; fazem-no para salvá-los da escravidão.

Frasquita analisou as palavras. Depois falou com calma, como se nunca até então houvesse chegado a pensar no assunto.

— Isabel diz algo parecido: o pai não quis assumi-lo, ela não podia sustentá-lo, e na *inclusa** morrem oito em cada dez crianças antes de chegar aos três anos. Diz que não conseguiu suportar a imaginação de seu menino doente e sem cuidados, agonizando até a morte.

Apesar de tudo, Caridad evitou Isabel e a outras duas mulheres presas que haviam feito o mesmo. Não pôde fazê-lo, no entanto, com uma prostituta com respeito à qual também a havia prevenido Frasquita. Coincidiu que uma manhã a mulher se achava atrás dela na missa, rodeada por outras rameiras com que formava um grupo temido no interior da Galera. Caridad as ouvia cochichar sem recato até que o sacerdote lhes chamava a atenção aos gritos; então riam baixo e, transcorridos alguns instantes, retomavam suas intrigas. Quem era aquela Madalena à qual sermão após sermão o religioso as chamava a imitar?, pensava Caridad. Em Cuba não falavam dela.

— Pecadoras!

O uivo ressoou na pequena capela em que se amontoava a forçada freguesia. Assustada diante dos gritos com que o sacerdote lhes exigia penitência, arrependimento, contrição e mil outros sacrifícios, Caridad se sobressaltou ao notar que alguém punha uma mão em seu ombro. Não se atreveu a olhar para trás.

— Dizem que te condenaram por ser puta – ouviu.

Temeu que o religioso reparasse nela e gritasse com ela. Não respondeu. A outra a sacudiu.

— Negra, eu estou falando contigo.

Frasquita não estava com ela. Nessa manhã se havia atrasado e havia ficado numa das filas do fundo da capela. Caridad baixou o olhar, temerosa, lamentando não haver esperado a quem podia protegê-la.

— Deixa-a em paz – saiu em sua defesa a reclusa que estava a seu lado.

— Tu não te metas onde não és chamada, sua cadela.

Outra das prostitutas empurrou com força a que havia intervindo. A mulher saiu voando contra as que a precediam, as quais por sua vez cambalearam.

O padre suspendeu seu sermão diante do alvoroço; o porteiro abriu caminho entre as mulheres em direção a elas.

— As putas negras exóticas como tu são as que nos roubam os clientes – ouviu Caridad acusá-la aquela que a havia segurado pelo ombro, indiferente ao bastão com que o porteiro ia abrindo passagem entre as reclusas. – Diz-me quanto te pagam para ir para a cama com eles.

— Herminia, vem comigo! – ordenou o homem ao chegar.

---

* Inclusa: casa onde se recolhiam os bebês expostos ou abandonados. [N. do T.]

– Eu não...

– Silêncio! – gritou o padre do altar.

O bastão assinalando-a foi suficiente para que Herminia cedesse e se dispusesse a acompanhá-lo. Caridad lhe dirigiu um olhar de agradecimento. Aquela mulher havia tentado defendê-la, e ela se sentiu em dívida com ela.

– Eu não roubo – disse Caridad à prostituta. – Nunca me pagaram nada!

Sua surpresa aumentou ao virar-se e ver uma mulher dócil que abria as mãos para o porteiro num gesto de inocência.

– Negra, acompanha-me tu também – ouviu ordenar-lhe este.

– Sua negra imbecil.

O insulto da prostituta a suas costas se confundiu com as palavras do sacerdote, que continuava com a missa.

Foi assim que Caridad ficou íntima de Herminia: compartilhando com ela uma semana a pão e água como castigo.

– Quem é Madalena? – perguntou um dia à sua nova amiga.

– Qual das duas?

Caridad mostrou estranheza.

– Aqui temos duas Madalenas que nos trazem amarguras – explicou a outra.

– A da missa, essa de que sempre fala o sacerdote.

– Ah! Essa! – riu Herminia. – Uma puta. Dizem que foi amante de Jesus Cristo.

– Jesus!

– Ele mesmo. Pelo visto terminou arrependendo-se e a fizeram santa. Por isso a dão como exemplo dia sim dia também. Não vos falavam dela em Cuba?

– Não. Ali não nos pediam que nos arrependêssemos de nada, só nos diziam que devíamos obedecer e trabalhar duro porque assim queria o Senhor. – Caridad deixou transcorrer alguns instantes. – E a segunda Madalena? – perguntou por fim.

Herminia resfolegou antes de responder.

– Essa é pior que a primeira! Soror Madalena de São Jerônimo – arrastou as palavras com repulsa –, uma monja de Valladolid que criou as galés para mulheres há mais de cem anos. Desde então todos os reis seguiram suas instruções com fervor: castigos iguais aos dos homens e disciplina severa até conseguirem dobrar-nos; humilhação, crueldade se for preciso; trabalho duro para pagarmos nosso sustento. Tu te deste conta de que não podemos ver a rua de tão altas que são as janelas? – Caridad anuiu. – Ideia da tal Madalena: isolar-nos das boas pessoas. E, junto a tudo isso, missas e sermões para que nos convertamos e sejamos úteis como boas criadas... Esse é nosso destino se algum dia sairmos daqui: servir. Deus nos guarde das Madalenas!

Mas, excetuando as que haviam decidido atalhar com a morte o triste e seguro destino de seus filhos, o grupo de prostitutas e uma que outra delinquente violenta e mal-encarada, a grande maioria das cento e cinquenta encarceradas estava ali como consequência de insignificantes erros decorrentes da ignorância ou da necessidade.

Conhecia a condenação de Frasquita: vida torpe, sentenciaram os alcaides.

– Detiveram-me uma noite andando com um sapateiro – explicou a Caridad. – Boa pessoa... Não fazíamos nada! Eu estava sentindo frio e fome e só pretendia dormir em algum lugar coberto. Mas me pegaram com um homem.

Frasquita lhe assinalou muitas outras que penavam na Galera seus atentados contra esse catálogo, tão extenso como difuso, de faltas contra a moral. Condenavam-nas por abandonadas, escandalosas, mal-entretidas, libertinas, relaxadas, luxuriosas, incontinentes, prejudiciais ao Estado... Uma enfiada de infelizes que à diferença dos homens não podiam ser destinadas ao exército ou às obras públicas e que portanto terminavam no cárcere para mulheres.

Herminia, a loura pequena que provinha de um povoado próximo, não havia cometido outro delito que o de tentar vender pelas ruas de Madri um par de réstias de alhos. Necessitava daquele dinheiro, confessou a Caridad com resignação. Contavam-se bastantes vendedoras como ela entre as presas: mulheres que só pretendiam ganhar a vida com a revenda de cebolas e de todos os tipos de legumes ou hortaliças, algo que era proibido.

Caridad conheceu outras duas mulheres. Uma simples briga sem maiores consequências as havia levado para a Galera. Também eram proibidos os insultos e as pelejas; frequentar os bares ou andar sozinhas de noite. Eram encarceradas por não terem domicílio ou trabalho conhecidos; por serem pobres e não quererem prestar-se a servir; por serem mendigas...

Um sábado, o dia em que se distribuíam as tarefas da semana entre as presas – esfregar, limpar, acender ou apagar as candeias, servir a comida –, a Caridad lhe coube entregar o pão duro. Emparelharam-na com uma jovem cuja louçania não tivera tempo ainda de murchar. Caridad havia reparado na moça: parecia ainda mais tímida e desamparada que ela mesma. Esperavam as duas junto à cesta do pão que o porteiro autorizasse a entrada das demais.

– Eu me chamo Caridad – apresentou-se ela por cima do alvoroço procedente da fila de mulheres.

– Jacinta – respondeu a jovem.

Caridad sorriu, e a outra se esforçou por fazê-lo. Com um movimento de seu bastão, o porteiro deu início à distribuição.

– Por que estás aqui? – inquiriu Caridad ao mesmo tempo que ia entregando os pães dormidos. Sentia curiosidade. Desejava que a moça lhe respondesse que por algo sem importância, como tantas outras. Não queria ter de considerá-la uma mulher má.

– Que estás esperando, menina? – Uma das reclusas urgiu com Jacinta, que se havia distraído com o interesse de Caridad.

Não havia querido ir para a cama com seu patrão. Isso lhe explicou Jacinta quando deixaram de servir o pão e recolhiam as cestas, as demais já comendo. Caridad a interrogou com o olhar: parecia-lhe um estranho delito quando a maioria estava condenada precisamente pelo contrário.

– Cedi em outras ocasiões e fiquei grávida. A esposa de don Bernabé bateu-me e insultou-me, chamou-me de puta e marrana e muitas coisas mais; depois me obrigou a entregar o menino à *inclusa*. – A explicação surgiu da boca da moça como se ela ainda não fosse capaz de entender o que é que havia sucedido. – Depois... Eu não queria ter outro menino!

Sufocou um soluço. Caridad conhecia essa dor. Acariciou o braço da jovem e a sentiu tremer.

Milhares de moças como Jacinta tinham idêntica sorte na grande capital; calculava-se que cerca de vinte por cento da população trabalhadora de Madri era composta por criadas. As jovens eram enviadas por suas famílias de todos os cantos da Espanha para servir nas casas ou nas oficinas. A grande maioria delas sofria assédio dos senhores ou de seus filhos e não podia negar-se. Depois, se vinha a gravidez, algumas se atreviam a pleitear para conseguir um dote para casar-se se aquele que as havia deixado grávidas fosse casado ou fosse nobre ou para que ele cumprisse sua palavra de casamento se fosse solteiro. As esposas e mães acusavam as criadas de tentar seus homens para obter dinheiro ou posição, e isso foi do que culpou a Jacinta a esposa de don Bernabé após insultá-la e bater-lhe. Ela não era mais que uma menina vinda de um pequeno povoado asturiano que baixou o olhar para seus jovens e túrgidos peitos quando a mulher os assinalou como causa da lascívia e do consequente erro de seu marido. E chegou a sentir-se culpada, ali de pé, assediada, no salão de uma casa que se lhe afigurava um palácio em comparação com o mísero barraco de que provinha. Que iam dizer seus pais? Que pensaria aquele parente asturiano que vivia em Madri e que a havia recomendado? E consentiu. Calou-se. Uma noite pariu no Hospital dos Desamparados, na mesma rua de Atocha. Ali acolhiam as crianças abandonadas de mais de sete anos, amontoavam-se em suas quarenta camas as velhas desenganadas, as "matracas", chamavam-nas, que iam morrer no único lugar que existia na capital para elas, e havia também um quarto para que as desgraçadas como

Jacinta encontrassem ajuda para dar à luz. Eram muitas as mães que morriam no parto; muitos os filhos que tinham essa mesma sorte. Jacinta o superou. A Congregação do Amor de Deus escondeu o fruto de seu ventre na *inclusa*, onde o menino acabaria falecendo, e a moça regressou para servir.

– Mas, se não quiseste ir para a cama com teu senhor… – insistiu Caridad –, por que te encarceraram?

– Don Bernabé decidiu fazê-lo. Disse que eu não queria servir na casa, que era uma criada ruim e que lhe desobedecia.

Assim se inteirou Caridad de que, junto às delinquentes e às desesperadas, existia outro grupo de reclusas cujo único delito havia sido o de nascer fêmea submetida ao homem. Mulheres que, como Jacinta, haviam sido encarceradas pela simples vontade de seu esposo, pai ou senhor. Como María, quase uma velha, presa por haver vendido uma camisa sem o consentimento de seu homem; Ana, que estava ali por haver abandonado o domicílio conjugal sem permissão, e uma terceira cujo único crime havia sido travar amizade com um peixeiro. A maioria daquelas mulheres decentes que terminavam presas por querela de seus maridos era enviada aos cárceres de San Nicolás e de Pinto, mas algumas terminavam na Galera. A única diferença entre elas e as que haviam cometido algum delito era que o homem que solicitava sua reclusão era consultado pela Sala de Alcaides acerca da pena que devia impor-se à mulher. Aquele homem também tinha de encarregar-se dos custos de sustento da reclusa enquanto ela permanecesse encarcerada. Algumas vezes, passado um tempo, perdoavam-lhes e elas saíam da prisão.

– Isso me disse don Bernabé antes que me enfiassem aqui dentro – terminou confessando Jacinta: – quando eu estivesse preparada para ele, ele me perdoaria.

Caridad olhou de alto a baixo o corpo da moça. Quanto tardaria a perder a beleza que tanto atraía seu senhor encerrada num lugar como aquele?

No dia em que Herminia lhe perguntou se tinha alguém fora do cárcere, Caridad, sabendo-se observada por suas companheiras, continuou costurando a roupa do hospital em silêncio. Aqueles dedos hábeis em acariciar as folhas de tabaco e depois torcê-lo com delicadeza se acostumaram com rapidez à costura. Estava bem ali dentro: sentia-se acompanhada por muitas mulheres com que falava e até ria; na maioria, eram boas pessoas. Alimentavam-na, por parca e má que fosse a comida. Algumas reclusas se queixavam e até se rebelavam, algo que só lhes acarretava um severo castigo. Caridad tentava entender sua atitude: havia-as ouvido falar da fome e da miséria a que muitas delas atribuíam sua prisão e não compreendia suas queixas. Ela recordava o *funche* e o sempiterno bacalhau com que dia após dia, durante anos, a haviam alimentado na veiga.

"E a liberdade...", pensava Caridad. Essa liberdade cerceada de que tanto falavam umas e outras a ela só a havia levado a umas terras inóspitas e só lhe havia proporcionado a companhia de umas pessoas estranhas que haviam terminado abandonando-a. Que haveria sido de Milagros? Às vezes pensava na jovem cigana, embora cada vez a sentisse mais longe. E Melchor... Sentiu que se lhe umedeciam os olhos e escondeu-o de suas companheiras com um ataque simulado de tosse. Não, a liberdade não era algo de que ela sentisse saudade.

IV

PAIXÃO CONTIDA

29

Sevilha, 1752

Milagros não havia voltado ao palácio dos condes de Fuentevieja desde o dia em que o fizera a fim de solicitar ajuda para libertar seus pais. Haviam transcorrido quase três anos, e aquela moça a quem o mal-encarado secretário de Sua Excelência não havia permitido superar o lúgubre corredor que levava às cozinhas se movia agora com desenvoltura em um de seus luxuosos salões. Entre aquelas mulheres nobres e ricas que se sangravam com assiduidade com o único objetivo de dar palidez a suas faces e andavam vestidas com saias estufadas mediante crinolinas, mulheres de cintura e tronco espartilhados, penteados altos, complicados e profusamente ornamentados, que ameaçavam vencer as armações de arame sobre as quais descansavam e desabar sobre suas cabeças, sempre enjoiadas e enfitadas, a cigana se sabia observada e desejada pelos homens convidados à festa realizada pelo conde. O secretário, ao recebê-la nessa noite de fins de fevereiro junto com um dos porteiros, havia desviado um olhar lascivo para seus peitos.

– E tu – quis vingar-se a cigana ao mesmo tempo que se perguntava se ele reconhecia nela a menina de que escarnecera anos antes –, por que estás babando desse jeito?

O homem reagiu e ergueu a cabeça aturdido.

– O mel não é feito para a boca do asno – cuspiu-lhe Milagros.

Alguns ciganos que a acompanhavam mostraram surpresa. O porteiro conteve uma gargalhada. O secretário se preparava para replicar quando Milagros cravou os olhos nele e o desafiou em silêncio: "Queres ofender-me e arriscar-te a que eu vá embora? Em que posição ficariam então teus senhores diante de seus convidados?". O secretário cedeu, não sem antes dirigir um esgar de desprezo ao grupo de ciganos.

É claro que não a havia reconhecido! Três anos e a maternidade de uma filha linda haviam configurado o esplendoroso corpo de uma mulher de dezessete, jovem mas pleno. Trigueira, de belas feições pronunciadas e longo cabelo castanho caindo revolto por suas costas, toda ela emanava orgulho. Milagros não necessitava de cintas nem de roupas elegantes para luzir seus encantos: uma simples camisa verde e uma longa saia floreada que caía até quase cobrir seus pés descalços insinuavam a voluptuosidade de pernas, ombros, cadeiras, estômago... e peitos firmes e túrgidos. O tilintar de seus muitos avelórios seguiu os passos de porteiro e secretário até o grande salão onde, depois do jantar, os condes e seus ilustres convidados os esperavam conversando, bebendo licores e cheirando rapé. Depois de cumprimentar os anfitriões e a quantos curiosos desejassem aproximar-se para conhecer a famosa Milagros de Triana, enquanto os ciganos se acomodavam e afinavam suas guitarras, ela perambulou daqui para lá, entre as pessoas, contemplando-se nos imensos espelhos ou tamborilando com indolência sobre alguma estatuinha, exibindo-se à luz do imponente lustre de cristal que pendia do teto diante de homens e mulheres, luzindo daquela sensualidade que explodiria em breve.

O rasgar já compassado de várias guitarras reclamou sua presença onde estavam seus acompanhantes, num canto do salão expressamente aberto para acolher o grupo de quatro homens e outras tantas mulheres. A Trianeira permanecia vigilante, com suas muitas carnes aposentadas numa poltrona de madeira trabalhada em dourados e estofada com seda vermelha, como se se tratasse de um trono e que, encantada com ela desde o momento em que a vira, ela a poder de trejeitos havia obrigado dois criados a deslocar da outra extremidade do salão.

Reyes e Milagros trocaram olhares frios e duros; no entanto, qualquer sensação perturbadora desapareceu do espírito da jovem assim que começou sua primeira canção. Aquele era seu universo, um mundo em que nada nem ninguém tinham a menor importância. A música, o *cante* e a dança a enfeitiçavam e a levavam ao êxtase. Cantou. Dançou. Brilhou. Embasbacou a assistência: homens e mulheres que à medida que transcorria a noite foram perdendo seus rígidos portes e seus aristocráticos ares para juntar-se à animação, aos gritos e às palmas dos ciganos.

Nos breves descansos, os ciganos da família dos Garcías deixavam as guitarras e iam a rodeá-la enquanto ela coqueteava, faceira, com os homens que se aproximavam. Pedro não estava, ele nunca estava. E Milagros escrutava no rosto dos homens, no desejo que podia chegar a cheirar, qual deles estava disposto a premiá-la em troca de uma piscadela maliciosa, um gesto atrevido, um sorriso ou uma atenção superior à que dava aos demais. Algumas moedas, uma pequena joia ou qualquer acessório que levassem: um botão de prata, talvez uma tabaqueira ricamente lavrada. Aqueles nobres civilizados e cultos satisfaziam sua vaidade cobiçando-a sem nenhuma vergonha diante de suas mulheres, que, um tanto afastadas, como se se tratasse de outro espetáculo, cochichavam e riam dos ímprobos esforços de seus maridos por elevar-se sobre os demais e obter a presa.

Um relógio de bolso. Tal foi o troféu que conquistou essa noite e que rapidamente passou para as mãos da Trianeira, que o sopesou e o escondeu entre suas roupas. Milagros permitiu que o vencedor a tomasse pela mão e roçasse os lábios em seu dorso. De soslaio, verificou que uma mulher com um grande laço dourado no decote, combinando com uma multidão de outros laços pequenos que adornavam seu coque, recebia felicitações de algumas companheiras enquanto gesticulava com displicência, tirando qualquer importância à joia de que acabava de desprender-se seu homem. "Eles se divertem com isso", pensou Milagros: nobres endinheirados, civilizados e corteses unidos entre si não só por inclinação sentimental, mas também por conveniência material.

Os ciganos continuaram a tocar suas guitarras, entrechocando castanholas e palmas, e Milagros cantou e dançou para os nobres. Fá-lo-iam até que don Alfonso e seus ilustres convidados se cansassem, ainda que à vista dos caldos, bolos, doces e chocolate que durante toda a noite os criados foram servindo, Milagros tivesse sabido que seria eterna. Assim foi; o sarau se estendeu até o amanhecer, muito depois de que a cigana, extenuada, se houvesse visto obrigada a ceder lugar às que a acompanhavam, que pugnaram sem sucesso por emulá-la.

A Trianeira, que dormitava em seu trono, levantou-se pela primeira vez na noite quando don Alfonso pôs fim à festa. A velha cigana despertou de forma instintiva no momento em que o conde dirigiu um gesto quase imperceptível para seu mordomo. O conde tinha de pagar-lhes, embora só ele decidisse o valor. Muitos convidados já se haviam retirado. Entre os que permaneciam, alguns haviam perdido o porte senhoril por causa do licor. Don Alfonso, com a bolsa do dinheiro na mão, não parecia contar-se entre estes últimos, nem o homem com o qual se aproximou do grupo de ciganos.

– Uma grata noitada – felicitou-os o conde estendendo a bolsa.

Reyes arrancou-a de sua mão.

– Uma noite interessante – acrescentou seu acompanhante.

Sem prestar atenção à Trianeira, don Alfonso se dirigiu então a Milagros.

— Creio já haver-te apresentado don Antonio Heredia, marquês de Rafal, de visita a Sevilha.

A cigana observou o homem: velho, peruca branca empoada, rosto sério, casaca preta aberta, justa e bordada na barra das mangas, *chupa*,* gravata de renda, calção, meias brancas e sapatos baixos com fivela de prata. Milagros não reparara nele, não fora um dos que a haviam assediado.

— Don Antonio é o corregedor de Madri — acrescentou o conde após conceder à cigana aqueles instantes.

Milagros recebeu as palavras com uma levíssima inclinação de cabeça.

— Como corregedor — explicou então don Antonio –, também sou juiz protetor e privativo dos teatros cômicos de Madri.

Diante do olhar de expectativa do corregedor, Milagros se perguntou se devia mostrar-se impressionada com aquela revelação. Arqueou as sobrancelhas em sinal de incompreensão.

— Impressionaram-me tua voz e... — o corregedor girou dois dedos no ar — tua forma de dançar. Desejo que vás a Madri para cantar e dançar no Coliseo del Príncipe. Farás parte da companhia...

— Eu... — interrompeu-o a cigana.

Desta vez foi o conde quem arqueou as sobrancelhas. O corregedor ergueu a cabeça. Milagros calou-se, sem saber o que dizer. Ir para Madri? Voltou-se para os ciganos, a suas costas, como se esperasse ajuda de sua parte.

— Mulher — a voz do conde soou áspera em seus ouvidos –, don Antonio te acaba de fazer uma oferta generosa. Não pretenderás desagradar ao corregedor de Sua Majestade, não é mesmo?

— Eu... — voltou a titubear Milagros, perdido qualquer sinal da altivez com que se havia movido ao longo da noite.

Reyes adiantou-se um passo.

— Desculpem-na Vossas Excelências. Só está constrangida... e confusa. Compreendam Vossas Mercês que ela não esteja acostumada a tão grande honra. Cantará em Madri, naturalmente — terminou afirmando.

Milagros não podia afastar o olhar do rosto do corregedor, que foi temperando a rigidez de suas feições à medida que ouvia as palavras da Trianeira.

— Excelente decisão — chegou a ver que pronunciavam seus lábios.

— Meu secretário e o de don Antonio se ocuparão de ajeitar tudo — interveio então o conde. — Amanhã... — interrompeu suas palavras, sorriu e olhou para um dos grandes janelões pelos quais já se penetravam os

---

* *Chupa*: espécie de camisa que se usava debaixo da casaca, com faldinhas pendentes da cintura para baixo e mangas apertadas. Era traje afrancesado. [N. do T.]

primeiros raios de luz. – Bem, já é hoje – corrigiu-se. – Antes do anoitecer ide ter com eles.

Os aristocratas não lhes deram mais tempo. Despediram-se, e, um com a mão apoiada no ombro do outro, conversando, dirigiram seus passos para a grande porta dupla que fechava a peça. A gargalhada do conde antes de transpô-la despertou Milagros da comoção: só restavam eles no salão, afora o mordomo que os vigiava e um par de criados que, assim que o eco das gargalhadas se perdeu nos corredores do grande palácio, se separaram das paredes junto às quais permaneciam hieráticos. Um suspirou, o outro desentorpeceu seus músculos. A luz do sol e a das velas ainda acesas no grande lustre de cristal revelaram uma peça que exigia ser devolvida ao esplendor com que os havia recebido; os móveis estavam em desordem; havia copos aqui e ali, xícaras manchadas de chocolate, bandejas, pires com restos de comida e até leques e algumas peças de roupa esquecidas pelas senhoras.

– Madri? – conseguiu perguntar-se então Milagros.

– Madri! – A voz da Trianeira reverberou contra o alto teto do salão. – Ou por acaso pretendias desagradar ao corregedor e inimizar-nos de novo com as autoridades do reino?

Milagros franziu o cenho para a Trianeira. Sim, iria para Madri, convenceu-se então. "Para qualquer lugar longe de ti e dos teus", pensou.

Prepararam-se para viajar a Madri numa longa diligência das quais semanalmente faziam o trajeto que unia Sevilha à Vila e Corte, uma carruagem de quatro rodas coberta com um toldo de pano e puxada por seis mulas. A diligência era feita para transportar quinze viajantes com sua respectiva bagagem, os quais naquela manhã de março de 1752 se haviam reunido ao redor dela.

Nesta ocasião, os ciganos iam sair de Triana com todas as devidas permissões e passaportes, assinados e carimbados por quantas autoridades eram precisas, e sob a salvaguarda do mesmo corregedor de Madri, como afirmava a carta que seu secretário lhes havia expedido, não sem antes mostrar sua estranheza pela cigana velha que os Garcías pretendiam incluir na comitiva. "Que outra pessoa cuidará da menina enquanto ela canta para Sua Excelência?", arguiu Rafael, o patriarca. O secretário meneou a cabeça, mas o fato era que pouco lhe importava o número de ciganos que se deslocassem para Madri, de modo que assentiu. Em contrapartida, não se calou diante da referência feita a seu senhor.

– Não te enganes – avisou. – A mulher não cantará para o senhor corregedor; ela o fará no Coliseo del Príncipe para todos os que forem assistir às comédias.

– Mas algum dia irá Sua Excelência, não? – Rafael García piscou um olho para o funcionário pretendendo fazê-lo partícipe da fascinação que Reyes, sua mulher, havia exagerado ao contar a cena do palácio dos condes.

O secretário suspirou.

– E até o rei – ironizou. – Sua Majestade também.

Rafael García mudou o semblante e reprimiu uma réplica.

– Quanto lhe pagará o senhor corregedor? – perguntou em vez disso.

O secretário sorriu de través, incomodado por ter de tratar com ciganos.

– Eu o ignoro, mas do que, sim, estou certo é que não ocupará o lugar de primeira-dama. Suponho que uma quantia de sete ou oito reais por dia sem direito a *partido*.

– Sete reais! – protestou o Conde. Só o relógio que havia conseguido Milagros na noite anterior valia cem vezes mais!

O outro abriu o sorriso.

– É isso o que há. As novas não recebem *a partido* – silabou diante do esgar de ignorância do cigano: – um salário que recebem trabalhem ou não. Receberá exclusivamente por dia de trabalho, a quantia... Sim, sete ou oito reais.

Rafael García não pôde evitar um gesto de decepção. Seu filho e dois outros ciganos que o acompanhavam também mostraram seu descontentamento.

– Nesse caso... – O cigano hesitou, mas terminou expressando sua ameaça: – Por esse salário, Milagros não irá para Madri.

– Escuta – anunciou o outro com seriedade –, não seria a primeira artista a terminar no cárcere por negar-se a acatar as ordens do corregedor e da junta que rege os teatros da corte. Madri não se mede em reais, cigano. Madri é... – O homem fez revolutear as mãos no ar. – São muitos os artistas de companhias ambulantes ou de teatros menores de todo o reino que perdem dinheiro ao serem chamados a Madri. Tu escolhes: Madri ou o cárcere.

Rafael García escolheu, e um mês depois seu neto Pedro contemplava fumando Milagros carregando os poucos pertences da família na diligência, enquanto Bartola, sua ama, segurava nos braços a filha dos dois.

Entre um volume e outro, Milagros olhava para a pequena. Era igual à sua mãe, diziam uns, enquanto outros afirmavam que havia saído ao pai, e alguns outros buscavam semelhanças com os Garcías. Ninguém mencionou os Vegas. Enxugou o suor da testa com uma das mangas. Não se atreveu a batizar a menina com o nome de Ana. Muitos eram os ciganos que traziam notícias das detidas em Málaga, nenhuma para ela. Nunca chegou a pedir-lhes que falassem com Ana Vega. Não suportaria outra resposta como a que recebera quando enviara o Camacho! Talvez algum dia... Enquanto isso, nada sabia de sua mãe, e isso a atormentava. No entanto, batizou sua filha, sim, com o nome de María, em secreta homenagem à velha curandeira que havia sido substituída por Bartola, que ia acompanhar o casal em sua viagem à corte.

Doze pessoas mais subiram à diligência após eles: vários portadores carregados de volumes; um janota afrancesado que olhava com asco tudo quanto o rodeava; uma moça tímida que ia servir na capital; um homem que dizia ser comerciante de tecidos, dois frades e um casal. Nenhum dos ciganos viajara jamais de diligência, e salvo os portadores, que iam e vinham de cidade em cidade, era evidente que tampouco o haviam feito os demais passageiros. Tal era a aversão às viagens na época. A diligência estava lotada, e todos eles tentaram acomodar-se num espaço sem bancos, entre a multidão de variadas mercadorias e utensílios que levavam consigo, num chão que não era de tábua como o dos carros que Milagros conhecia, mas consistia numa estrutura de resistentes cordas em forma de rede em cima das quais se amontoaram desordenadamente pessoas e bagagens. Tinham de viajar deitados, como verificou a jovem que se contava entre os portadores. Entre empurrões, as duas ciganas estenderam os colchões que levavam junto a uma das laterais do carro e se sentaram neles com as costas apoiadas no precário apoio de umas esteiras de esparto usadas ao modo de parapeitos.

Desse modo, acompanhados por um carro que transportava azeite e de um arrieiro à frente de uma récua de seis animais carregados de mercadorias, enfrentaram o longo caminho. Milagros respirou fundo no momento em que o condutor arreou as mulas para que puxassem a pesada diligência e iniciassem a marcha. Depois se deixou embalar pelo chocalhar dos jaezes que adornavam as cavalgaduras e o bater metálico das panelas e frigideiras que pendiam do exterior da diligência. Cada um dos tintinares daqueles "guizos" a afastava um passo mais de Triana, do Conde, da Trianeira, dos Garcías e das desgraças que haviam assolado sua vida. De vez em quando, o estalar do chicote obtinha dos animais um empuxo que se prolongava por alguns instantes, até que eles retomavam seu caminhar apático. Madri, evocou uma vez mais a cigana. Chegou a odiar a vila quando se inteirou do sequestro do avô, mas ao fim de um mês chegou outro portador com a notícia de que ele havia fugido, e ela, ao ritmo dos juramentos e imprecações dos membros de sua nova família, reconciliou-se com aquela cidade. Cantar e dançar num teatro de Madri, junto a artistas e músicos profissionais, seria a mesma coisa que cantar e dançar nos *mesones* ou nos saraus sevilhanos? Essa incerteza era a única coisa que a inquietava. Recordava o suplício que lhe implicara cantar vilancicos na paróquia de Santa Ana, com o mestre de capela admoestando-a sem trégua e os músicos desprezando-a, e temia que lhe sucedesse o mesmo. Era tão somente uma cigana, e os *payos*... os *payos* sempre se comportavam igual com os ciganos. Contudo, Milagros estava disposta a sofrer aquele escárnio, cem como ele se preciso fosse, para afastar Pedro de sua família de Triana, de sua vida indolente e de suas noites perdidas em... Melhor não saber. Fechou os olhos com força e apertou a filha contra o peito. Em Madri, Pedro só teria a ela. Ele mudaria. Que importava o dinheiro que tanto importava aos Garcías? Sem ele não haveria vinho, nem *mesones*, nem bares, nem... mulheres.

Pedro se havia oposto energicamente a mudar-se para Madri, mas nem com seu neto favorito o Conde transigiu. Suspensas as libertações de ciganos pouco depois da de José Carmona, muitos eram os que esperavam que algum dia o rei repensasse a situação. E eles se estavam esforçando para consegui-lo. "É o corregedor de Madri!", havia gritado o Conde para seu neto.

– Escuta, Pedro – prosseguiu com outro tom de voz –, todos nós estamos aproximando-nos dos *payos*. Dentro de pouco tempo, alguns meses no máximo, apresentaremos ao arcebispo de Sevilha as regras do que será a irmandade dos ciganos; escolhemos como sede o convento do Espírito Santo, aqui, em Triana. Estamos trabalhando nisso. Os ciganos com uma irmandade religiosa! – acrescentou como se estivesse apresentando uma loucura. – Quem podia imaginar? Já não só somos os Garcías, mas todas as famílias da cidade, unidas. Pretendes indispor-te... indispor-nos a todos com uma personalidade tão próxima do rei como o corregedor de Madri? Vai para lá. Não será por toda a vida.

Tanta era a proximidade dos ciganos com aquela Igreja capaz de encarcerar ou libertar as pessoas que até os frades que iam fazer confissões gerais em Triana haviam chegado a destacar, acima da dos demais cidadãos, a piedade e espírito religioso com que aqueles haviam ido fazê-lo.

– Nega-te! – incitou-o um dia Milagros diante das constantes queixas de seu esposo. – Vamo-nos, fujamos de Triana. Eu me casei contigo contra a vontade de parte de minha família, rebela-te tu também. Quem é teu avô para decidir o que devemos ou não devemos fazer?

Tal como ela supunha, Pedro não ousou desobedecer a seu avô, e a partir daquele dia não se produziram mais discussões, embora Milagros se tenha guardado muito de mostrar sua alegria.

Levaram onze intermináveis dias para chegar a Madri. Jornadas ao longo das quais se lhes foram unindo outros meios de transportes e viajantes com idêntico destino, enquanto outros desciam em alguma encruzilhada. Os caminhos eram ruins e perigosos, razão por que as pessoas se procuravam umas às outras. Além disso, os carreteiros e arrieiros gozavam de certos privilégios que incomodavam os moradores: podiam deixar suas cavalgaduras pastar, ou fazer lenha em terras comunais, e sempre era preferível defender unidos esses direitos. Entorpecida, tentando constantemente calar o choro queixoso de uma menina de um ano e meio incapaz de suportar o tédio e a monotonia, Milagros se animou ao pressentir a proximidade da cidade grande. Até as mulas apertaram o passo cansado à medida que o estrépito se fez cada vez mais perceptível. Fazia pouco que o sol havia superado o amanhecer, e a diligência onde viajavam se viu metida entre as centenas de carros e os milhares de bestas de carga que diariamente entravam na cidade para abastecer a Vila e Corte. Uma multidão de lavradores, agricultores, hortelãos, comerciantes e transportadores, com seus carros, pequenos ou grandes, a pé, carregados ou puxando mulas e bois, tinha de ir pessoalmente a Madri para vender seus produtos e mercadorias. A fim de impedir o açambarcamento e os aumentos de preço, o rei havia proibido que tratantes ou intermediários da corte adquirissem comestíveis para revenda nas proximidades de Madri ou nos caminhos que levavam à cidade; só podiam fazê-lo a partir do meio-dia, nas praças e mercados, depois que os cidadãos houvessem tido oportunidade de adquiri-los nas barracas e lojas com seus preços de origem.

Através de uma fresta do toldo que tapava a lateral da diligência, Milagros contemplou a azáfama de pessoas e animais. Encolheu-se diante da gritaria e da desordem. Que os esperava numa cidade que dia após dia requeria todo aquele exército de provedores?

Entraram em Madri pela porta de Toledo, e na rua de mesmo nome, numa das muitas hospedarias estabelecidas nela, a da Ferradura, puseram fim a uma viagem que se lhes havia feito interminável. Haviam-lhes dito que, assim que chegassem, fossem ao Coliseo del Príncipe para receber instruções. Milagros e a velha Bartola brigaram com os demais viajantes para descarregar os colchões e demais utensílios enquanto Pedro se informava com o condutor e os portadores.

O sol de um dia fresco mas radiante iluminou a variegada multidão que entrava na cidade e a que se juntaram eles. Pedro à frente, livre de bagagem, e as duas mulheres arrastando os volumes e carregando a pequena María. Poucos foram os que prestaram atenção ao grupo de ciganos enquanto estes percorriam a rua de Toledo em direção à praça de la Cebada, num dos bairros mais povoados e humildes de Madri. Os cidadãos perambulavam entre as hospedarias, bares, colchoarias, espartarias, ferrarias e barbearias que ladeavam a rua de Toledo.

Milagros e Bartola se revezavam para levar María. Nisto estavam, passando a menina dos braços de uma para os da outra, quando Pedro, que havia girado a cabeça diante de seu atraso, se precipitou para elas a tempo de impedir que a pequena agarrasse uma das camisas que pendiam da porta de uma mísera lojinha que expunha roupas usadas.

– Quereis que a menina adoeça? – recriminou as duas. – Que mau agouro! – anunciou depois com o olhar fixo no rosto emaciado do proprietário da loja.

Porque na rua de Toledo se abriam lojas de roupa tocadas por comerciantes cujos rostos chupados mostravam o destino que esperava aos muitos que, levados pela necessidade, se viam obrigados a adquirir a baixo preço as roupas dos falecidos nos hospitais. Se os ciganos queimavam as roupas de seus mortos após o enterro, os *payos* as compravam sem importar-se com que em suas costuras estivesse a semente de todo tipo de males e doenças, e as saias, os calções e as camisas retornavam vezes e mais vezes às lojas de roupa à espera de um novo desgraçado a quem contagiar num vicioso círculo de morte.

Milagros deu colo à sua menina até acomodá-la contra seu quadril; compreendia o que havia originado a reação de Pedro e anuiu antes de continuar andando. Assim chegaram até a Praça de la Cebada, um grande espaço irregular em que, além de se executarem os réus condenados a morrer enforcados, vendiam-se grãos, toucinho e legumes. Muitos dos lavradores que subiam junto com eles pela rua de Toledo se desviaram para a praça. Ao redor das barracas do mercado, perambulavam centenas de pessoas. Outros camponeses continuaram em direção à Praça Mayor.

Pedro, no entanto, guiou-os para a direita, para uma ruela que margeava a igreja e o cemitério de San Millán; continuaram por ela até a praça de Antón Martín. Ali, enquanto as mulheres e as crianças se refrescavam na fonte que lançava água pela boca dos golfinhos, voltou a perguntar pelo Coliseo del Príncipe. Sem sucesso. Dois homens evitaram o cigano e apertaram o passo. Pedro crispou a mandíbula e acariciou o cabo de sua navalha.

– Que procuras? – ouviu-se quando se preparava para interrogar um terceiro.

Milagros observou um aguazil de preto que, vara na mão, se dirigia para seu esposo. Os dois homens falaram. Alguns viandantes pararam para assistir à cena. Pedro lhe mostrou os documentos. O aguazil os leu e perguntou pela artista a que se referiam os papéis.

– Minha esposa: Milagros de Triana – respondeu com secura o cigano ao mesmo tempo que apontava para ela.

Junto à fonte, Milagros se viu escrutada de alto a baixo por aguazil e curiosos. Hesitou. Sentiu-se ridícula com o colchão enrolado debaixo do braço, mas ergueu o queixo e se aprumou diante de todos eles.

— Cigana orgulhosa! — urgiu com ela aos gritos o aguazil. — Veremos se és capaz de ser tão altiva no tablado, quando os *mosqueteros** te apuparem. Em Madri nos restam mulheres belas e nos faltam boas artistas.

As pessoas riram, e Pedro fez menção de revoltar-se contra elas. O aguazil o deteve erguendo a vara à altura de seu peito.

— Não sejas tão suscetível, cigano — advertiu-o arrastando as palavras. — Dentro de poucos dias, quando se abrir a temporada de comédias, Madri toda e seus arredores censurarão... ou elogiarão tua esposa. Só dependerá dela. Não há meio-termo. Acompanhai-me — ofereceu-se no momento em que Pedro depôs sua atitude –, o Príncipe está muito perto. Está dentro de minha ronda.

Da mesma praça subiram um trecho para circundar o Colégio de Loreto e introduzir-se numa ruela situada à sua direita. Milagros se esforçou por manter o mesmo porte altivo com que seu esposo desfilou diante da roda de madrilenses que haviam presenciado a cena, mas, carregando María de um lado e o colchão do outro, seguida por Bartola resfolegando e resmungando em sua nuca com os outros dois colchões e o restante dos volumes, os poucos passos que o aguazil e Pedro estavam diante dela lhe pareceram uma distância invencível. "Nós te iremos ver, cigana!", ouviu Milagros, e se virou para um homem baixo e gordo coberto com um grande chapéu preto que lhe dava aspecto de seta. "Não nos faças gastar nossos dinheiro debalde", ouviu de outro. "Onde ficam agora o luxo e a pompa do palácio dos condes de Fuentevieja?", lamentou-se, incomodada diante das risadas e dos comentários que se sucediam à sua passagem.

Mais uma quadra e plantaram-se na entrada da rua del Príncipe; um pouco adiante, da esquina da rua del Prado o aguazil apontou para a sua direita, para um edifício de linhas retas e sóbria fachada de pedra cujo telhado de duas águas sobressaía muito acima dos confinantes.

— Aí o tendes — indicou com orgulho –, o Coliseo del Príncipe.

Milagros tentou fazer uma ideia das dimensões do teatro, mas a estreiteza da rua para que se voltava impediu-o. Virou o rosto para a esquerda, para um muro corrido e sem janelas que se estendia ao longo da rua del Prado.

— O horto do convento de Santa Ana — explicou o aguazil ao aperceber-se de para onde dirigia o olhar a jovem cigana. Depois apontou na direção da

---

* *Mosquetero*: espectador que assistia em pé, na parte posterior ou pátio dos cercados de comédias, às apresentações. [N. do T.]

parte alta da mesma rua. – Ali, no átrio que dá acesso ao convento, há um nicho com a imagem da mãe da Virgem, a qual muitos dos de vossa raça vêm venerar. Deverias encomendar-te a ela antes de entrar – terminou rindo.

Milagros deixou María no chão de terra. Santa Ana! Em sua paróquia trianeira, ela havia cantado vilancicos para os *payos* depois de haver sido humilhada pelo mestre de capela e pelos músicos. Quão longe lhe pareciam aqueles dias! No entanto, agora reaparecia a mesma santa junto ao teatro onde teria de voltar a cantar diante dos *payos*. Não podia ser simples casualidade, devia ter algum significado...

– Vamos! – A ordem do aguazil a afastou de seus pensamentos. Os ciganos se preparavam para dirigir-se ao teatro quando o aguazil os deteve com um movimento de sua vara e explicou: – Por ali entra o público. Os artistas entram por uma porta traseira, na rua del Lobo.

Circundaram a quarta até dar com a porta. O aguazil falou com um porteiro que vigiava a entrada e que lhe deu passagem imediatamente.

– Pensas em entrar com um colchão debaixo do braço? – zombou o homem após convidar Milagros a segui-lo. – Vós, os demais, não podeis entrar! – advertiu em seguida a Pedro e a Bartola.

Pedro o conseguiu, arguindo que era seu esposo. "Quem vai a impedir que a acompanhe?", disse com arrogância. O colchão ficou do lado de fora, com Bartola, María e os demais volumes. Assim que se fechou a porta a suas costas, encontraram-se numa ampla peça a que se abria uma série de cômodos.

– Os camarins – comentou o aguazil.

Milagros não os olhou; tampouco olhou as várias liteiras dispostas junto a uma das paredes e que haviam atraído o interesse de seu esposo. A atenção da cigana permanecia fixa na face posterior do cenário: uma imensa e simples tela branca que, entre tramoias, ocupava quase toda a frente do lugar reservado aos espectadores. À contraluz vislumbrou sombras de pessoas: algumas se moviam e gesticulavam, outras permaneciam paradas. Não conseguiu entender o que diziam. Declamavam? Ouviu-se um grito autoritário, e fez-se o silêncio, ao qual se seguiu uma nova ordem. A figura de uma mulher que fazia trejeitos. Uma sombra que se aproximava da mulher. Discutiam. A voz da mulher, teimosa, impertinente, alçava-se acima da outra até conseguir abafá-la. O homem ficava só. Milagros chegou a perceber os braços caídos aos lados. A mulher desapareceu de seu campo de visão, mas não seus gritos, que ganhavam força à medida que se aproximavam dela pela lateral da cortina.

– Quem haverá pensado que é esse brutamontes?! – O grito precedeu o intempestivo aparecimento de uma mulher de meia-idade, loura, bem-vestida, tão exuberante como acalorada. – Dizer-me a mim, a mim, como devo cantar meu papel! A mim, a grande Celeste!

A caminho do camarim, a mulher passou junto a Milagros sem sequer olhá-la.

– Nem dois dias aguentará esta comédia em cartaz! – prosseguiu Celeste, indignada, mas sua exasperação se desvaneceu como por milagre ao topar ela com Pedro García alguns passos adiante.

O aguazil, a seu lado, descobriu-se com deferência.

– E tu quem és? – interrogou a mulher ao cigano, plantando-se com as mãos na cintura diante dele.

Milagros não chegou a observar o sorriso com que seu esposo recebeu aquele repentino interesse: a suas costas, do mesmo lugar pelo qual havia aparecido a mulher, mais de uma vintena de pessoas se apressavam atrás dela. "Celeste", clamava um homem, "não te aborreças." "Celeste…" Tampouco elas se preocuparam com sua presença; passaram a seu lado, à direita e à esquerda, até vir a rodear a Celeste, a Pedro e até ao aguazil. Enquanto isso, o olhar cigano de Pedro, com os olhos levemente entrefechados, havia conseguido fazer a mulher titubear.

– Não… – tentou opor-se esta aos rogos dos que haviam chegado; sua vontade capturada no belo rosto do cigano.

– Celeste, por favor, reconsidere – ouviu-se. – O primeiro galã…

À simples menção do primeiro galã, a mulher reagiu.

– Nem falar! – uivou afastando os demais de seu lado. – Onde estão meus liteireiros? Que venham meus liteireiros! – Olhou ao redor até localizar dois homens desalinhados que atenderam logo a seu chamado. Depois fez menção de dirigir-se a uma das liteiras, mas antes se aproximou de Pedro. – Nós nos voltaremos a ver? – inquiriu num doce sussurro, os lábios roçando a orelha do cigano.

– Com a mesma certeza com que me chamo Pedro – assegurou aquele em idêntico tom.

Celeste sorriu com uma ponta de malícia, virou-se e introduziu-se na caixa da liteira deixando atrás de si o aroma de seu perfume. Os liteireiros pegaram as duas varas, ergueram a cadeira e transpuseram a porta que dava para a rua del Lobo entre murmúrios.

– É mulher demais para ti – advertiu-o o aguazil quando a porta voltou a fechar-se e os murmúrios se mudaram em discussões. – Meia Madri a corteja, e a outra metade gostaria de ter a coragem necessária para fazê-lo.

– Sendo assim – exibiu-se Pedro com o olhar ainda posto na porta –, meia Madri terminará por invejar-me, e a outra metade, por aclamar-me.

– Depois se voltou para o aguazil, que estava pondo o chapéu e o perfurou com o olhar. – O senhor em que metade se encontra?

O homem não soube que responder. Pedro pressentiu um acesso de autoridade e se adiantou.

– Ao redor desse tipo de mulheres sempre revoluteiam muitas outras. Entende-me? Se o senhor está comigo... – o cigano deixou transcorrer alguns instantes –, também poderá ser invejado.

– Quem será invejado?

Os dois se voltaram. Milagros havia conseguido abrir caminho entre as pessoas e se achava junto a eles.

– Eu – respondeu Pedro –, por possuir a mulher mais bela do reino.

O cigano pôs o braço por cima dos ombros de sua esposa e a trouxe para si. Sua atenção, no entanto, permanecia fixa no aguazil: necessitava de alguém que o introduzisse na capital, e quem melhor que um representante do rei? Por fim, o homem anuiu.

– Vamos atrás do diretor da companhia – disse de imediato, como se aquele movimento de sua cabeça não houvesse sido exclusivamente dirigido ao cigano. – Onde está don José? – perguntou a um artista a quem pegou pelo braço sem consideração.

– Para que quer saber? – soltou este após safar-se com violência da mão que o atenazava.

O aguazil hesitou diante da resoluta atitude do artista.

– Chegou uma nova – explicou apontando para Milagros.

Os que estavam ao redor se viraram como que impulsionados por uma mola. A notícia correu entre os demais.

– Ei!... – tentou chamar a atenção de seus companheiros o artista.

– Onde está o diretor? – insistiu o aguazil.

– Chorando – ironizou o homem. – Deve estar chorando suas penas no tablado. Não há maneira de Nicolás e Celeste se porem de acordo na hora de dirigir os ensaios.

– Se o primeiro-galã a tratasse com mais respeito, o diretor não teria de que lamentar-se.

– A grande Celeste? – no rosto do artista apareceu um esgar de escárnio. – Excelsa, soberba, magnífica! Se as obras dependessem dos caprichos dessa mulher, ou dos da segunda-dama inclusive, nenhum de vós desfrutaríeis das comédias.

O aguazil optou por não discutir, golpeou o ar com a mão e se encaminhou para o palco. Chegaram a ele por uma das laterais do cenário junto aos demais membros da companhia. Ainda abraçada por seu esposo, que a apertava como se quisesse protegê-la dos olhares e dos cochichos que se sucediam à sua passagem, Milagros se deteve assim que pisou as tábuas. Pedro a instou a seguir os passos do aguazil. Ela se negou e se safou do braço do cigano com um movimento do ombro. Depois, sozinha, adiantou-se até quase a borda do palco, onde se elevava acima do *patio*. Sentiu um calafrio. Como se aquele estremecimento houvesse circulado livremente, alguns dos artistas se calaram e observaram a cigana em pé diante do coliseu vazio, descalça, suas humildes roupas sujas e amarrotadas pela longa viagem, o cabelo emaranhado colado a suas costas. Conheciam muito bem seus sentimentos: paixão, anelo, ansiedade, pânico... E Milagros, com a garganta travada, sentia todos onde quer que pousasse o olhar: nos bancos da *luneta** a seus pés, o *patio* por trás, a *cazuela* para as mulheres ou as galerias baixas; na *tertulia*** superior, esconderijo de padres e intelectuais, nas dezenas de lâmpadas apagadas, nas magníficas colunas, nos compartimentos laterais e nos camarotes fronteiros que se elevavam sobre ela em três ordens, de madeira dourada e ricamente trabalhada, arredondados e salientes... Ameaçadores!

– Duas mil pessoas!

Milagros se virou para um homem calvo, seco e de barba, que era quem havia falado.

– Don José Parra, o diretor da companhia – apresentou-o o aguazil.

Don José a cumprimentou com um imperceptível movimento de cabeça.

– Duas mil – repetiu então na direção de Milagros. – Esse é o número de pessoas que estarão atentas a ti quando subires ao tablado. Tu ousarás? Estás preparada?

Milagros apertou os lábios e refletiu por alguns instantes antes de responder. Contudo, foi Pedro quem o fez:

– Se ela respondesse que não ousa, o senhor nos daria permissão para regressar a Triana?

O diretor sorriu com paciência antes de estender os braços; em uma das mãos levava os papéis de Milagros enrolados em forma de tubo.

– E contrariar a junta? Se estais aqui, é porque já sabeis que isso não é possível. São muitos os atores de fora que não desejam vir para Madri porque perdem dinheiro. Não é assim? – perguntou dirigindo-se a Milagros, que anuiu. – O corregedor me anunciou tua chegada e parecia entusiasmado. Que é que tanto impressionou a Sua Excelência, Milagros?

---

* *Luneta*: lugar do teatro antigo em que ficavam as lunetas ou assentos com espaldar e braços, postos em fila diante do palco. [N. do T.]
** *Tertulia*: corredor na parte mais alta dos antigos teatros espanhóis. [N. do T.]

– Cantei e dancei para ele.

– Fá-lo para nós.

– Agora? – objetou sem pensar.

– Não te parecemos um auditório adequado?

Com a mão em que segurava os papéis, don José apontou para as pessoas que se achavam no palco. Deviam ser cerca de uma trintena; membros da companhia: damas e galãs, os suplentes de todos eles, o guarda-roupa, o *"barbas"*,* os extras e os "graciosos", o ponto, os cobradores e o maestro. A eles havia que somar os músicos da orquestra, os que não eram considerados parte das companhias, o operador das tramoias e o pessoal do teatro que se havia apressado a espiar no palco ao aviso de que havia chegado a nova artista.

– Minha esposa está cansada – interveio Pedro García.

Milagros não prestou atenção à desculpa: seu olhar permanecia cravado em don José, que tampouco fez caso do cigano e que se manteve sorridente, provocativo.

Ela enfrentou o desafio. Esticou o braço direito e com a mão aberta, os dedos rígidos, *a* palo seco, começou com um fandango ao estilo dos que se cantavam nos campos do reino de Granada quando chegava o tempo de recolher a azeitona verde. O som de sua voz no teatro vazio a surpreendeu, e ela tardou alguns segundos a mais a imprimir a suas mãos e a suas cadeiras o ritmo alegre daquelas coplas. O diretor abriu o sorriso, muitos outros sentiram ouriçar-se-lhes o pelo. Um dos músicos fez menção de correr para pegar sua guitarra, mas don José o deteve erguendo o tubo formado pelos documentos de Milagros e, volteando-os no ar, indicou à cigana que se virasse, que cantasse para o *patio* deserto.

---

* *Barbas*: aqui, ator que faz papel de velho. [N. do T.]

30

Milagros se ergueu sobre a ponta dos pés descalços, com os braços arqueados sobre a cabeça, para pôr fim ao fandango. No entanto, o aplauso que ela esperava não chegou. Ela ofegava, suava, havia-se entregue como nunca, mas as ovações e os vivas que julgava merecer não passaram de umas simples palmas misturadas a impertinentes murmúrios de desaprovação que foram subindo perigosamente de tom. Observou as centenas de homens que se aglomeravam em pé, no *patio*, abaixo do tablado, sem compreender o porquê daquela apatia. Olhou para a *cazuela*, uma grande sacada fechada atrás do *patio* na qual se sentavam as mulheres, que conversavam distraidamente entre si. Levantou o olhar para as partes de cima, a transbordar de público: ninguém parecia prestar-lhe atenção.

– Volta para Triana!

Milagros buscou com o olhar o *mosquetero* que havia gritado do *patio*.

– Não vales o preço de tua viagem!

– Aprende a dançar!

Virou o rosto para o outro lado, sem poder acreditar no que estava ouvindo.

– Esta é a grande cantora anunciada pelo cartaz da Puerta del Sol?

Sentiu bambear as pernas.

– Com tonadilheiras como tu, devem estar contentes os "*chorizos*"* do Teatro de la Cruz! – Era uma mulher que se esgoelava apontando para ela por cima da balaustrada da *cazuela*.

---

* *Chorizo*: aqui, membro de um dos grupos em que se dividiam os amantes do teatro na Madri do século XVIII. [N. do T.]

Milagros acreditou que ia desabar e procurou Pedro com o olhar; ele lhe havia dito que assistiria ao espetáculo, mas ela não conseguia encontrá-lo. Nublou-se-lhe a visão. Os gritos aumentavam, e as lágrimas corriam por seu rosto. Uma mão a segurou pelo cotovelo justo quando estava pronta para deixar-se cair.

– Senhores – gritou Celeste, sacudindo Milagros para que ela recobrasse o ânimo –, já lhes dissemos...! Senhores...!

A algazarra não cessava. Celeste interrogou com o olhar o alcaide de corte, que, junto a dois aguazis e um escrivão, permanecia sentado no mesmo tablado, num dos cantos, para cuidar da ordem no teatro. O alcaide suspirou porque sabia o que pretendia a primeira-dama. Anuiu. Não havia terminado de mexer a cabeça quando don José já dava instruções aos músicos para que tocassem de novo a peça que acabava de afundar Milagros.

Celeste permitiu que os acordes dos violinos soassem duas vezes antes de começar a cantar. O público mudou de atitude, os homens do *patio* se tranquilizaram.

– Tu, sim, és grande! – ressoou antes que começasse.

– Bela!

Celeste cantou a primeira estrofe. Depois, quando lhe cabia iniciar a segunda, encarou os *mosqueteros*, enquanto a música se repetia, à espera de sua decisão.

– Essa é a clemência que vos pedimos durante a apresentação de uma nova artista?

Milagros, ainda segura pelo cotovelo por Celeste, recordou a entrada da tonadilha, um entreato musical que não podia passar de meia hora e que se executava entre o primeiro e segundo atos da obra principal, embora houvessem comentado com ela que o público ia mais ao teatro pelas tonadilhas, pelos entremezes e pelos sainetes, os quais se sucediam entre o segundo e o terceiro ato, que pela obra principal. Haviam-lhe dito que muitos espectadores até deixavam o teatro depois do sainete e desistiam do terceiro ato da comédia. Durante a apresentação, a própria Celeste, depois de apresentar Milagros e louvar algumas virtudes que haviam arrancado aplausos e assobios, havia-se dirigido ao público pedindo clemência para com ela, para com a nova artista. "Tem somente dezessete anos!", gritou levantando exclamações. Depois várias das artistas haviam cantado e dançado juntas para deixar o encerramento para Milagros, solitária, a qual se havia lançado a isso com a confiança que lhe proporcionava a experiência de seus anos cantando para os sevilhanos. Contudo, em momento algum da atuação seu corpo chegou a acompanhar a magnífica interpretação vocal. Haviam-na advertido.

– Alto lá! – havia-lhe gritado Celeste assim que a viu dançar nos ensaios. – Tu nos trarás a ruína e te encarcerarão se te apresentares assim diante das pessoas.

Quando perguntou, estranhando-o, explicaram-lhe que as autoridades não permitiam aquelas danças tão extremamente lascivas.

– A sensualidade – tentou instruí-la don José, apesar da dúvida que apareceu em seu semblante diante do desembaraço da cigana –, deves mostrá-la mais... mais... – procurou a palavra adequada para ela ao mesmo tempo que sacudia uma mão no ar –, mais rebuçada... encoberta, dissimulada... íntima. É isso, sim: íntima! Tuas danças têm de ser sensuais porque tu o és, porque sai naturalmente de ti, nunca porque queiras excitar o público. Algo assim como se tivesses necessidade de esconder os favores que Deus te concedeu e alimentar o recato para não pecar por grosseria. Entendes? Paixão contida. Compreendes?

Milagros respondeu que sim embora ignorasse como fazê-lo. Também respondeu que sim quando lhe explicaram que aqueles *mosqueteros* e as mulheres da *cazuela*, os nobres e os ricos dos camarotes, e os padres e intelectuais da *tertulia* não só esperavam uma boa atuação: também pretendiam o que ela agora presenciava da parte da primeira-dama. Mas em verdade ela não havia entendido nada; seus movimentos ao dançar haviam sido rígidos e toscos, ela mesma o havia notado, e quanto ao que podiam esperar dela aqueles madrilenses...

– Tu te queixas da inabilidade da moça? – viu como replicava Celeste com firmeza a um ferreiro conhecido por sua intransigência com as artistas e que havia tornado a queixar-se da atuação da cigana. – Diz-se por aí que a primeira grade que forjaste não serviu nem para proteger a virtude de tua filha.

As pessoas explodiram em gargalhadas.

– Estás pondo em dúvida...? – tentou revoltar-se o homem.

– Pergunta-o ao ajudante do padeiro! – adiantou-se-lhe alguém do mesmo *patio* –, ele saberá dizer-te onde ficou a grade e onde ficou a virtude da menina.

Novas risadas acompanharam o garboso deslocamento de Celeste ao longo do palco. A um sinal de don José, a música aumentou de volume quando o ferreiro tentou abrir passagem a empurrões e cotoveladas entre os *mosqueteros* amontoados no *patio* em busca daquele que havia insultado sua filha. Um dos aguazis apareceu para evitar que a coisa tivesse maiores consequências. Milagros ficou sozinha no centro do palco, com o olhar entre o ferreiro e Celeste, agora numa das pontas. Não se atrevia a virar as costas para o público, nem a andar para trás a fim de retirar-se. Permanecia imóvel como uma estátua num teatro transbordante no primeiro dia de comédias da temporada.

Celeste, no canto, retomou a canção. As pessoas começaram a fazer coro à toada, ela voltou a calar-se e apontou para um homem obeso, zambeta e distraído, de faces acesas e suarentas.

– Como podemos nós, os artistas, querer generosidade dos que a esgotam consigo mesmos?

Antes que as pessoas rebentassem em gargalhadas, ela cantou de novo e correu para onde se achava Milagros.

– Solta-te – a animou entre uma estrofe e outra –, podes fazê-lo.

Por um instante Milagros recordou-se da velha María e de Sagrario, a que lhe dera entrada na pousada sevilhana de Bienvenido. Então se havia superado e acabara por triunfar. Era uma cigana! Respirou fundo e cantou com Celeste, até que esta lhe deu um pequeno empurrão para o público, animando-a.

Milhares de olhos pousaram nela.

– Que estais olhando? – soltou Milagros em direção ao *patio*. Esteve tentada a requebrar o corpo com voluptuosidade, mas em vez disso cruzou os braços adiante dos peitos com simulado recato. – Por acaso vossas mulheres não vos satisfazem? – O alcaide de corte teve um sobressalto. – Ou quem sabe não sois vós que não satisfazeis a elas?

A insinuação lhe granjeou os aplausos e os vivas da *cazuela* das mulheres. Milagros fingiu perturbação diante da enfiada de frases obscenas que surgiam de boca daquelas mulheres.

– E agora – gritou para fazer-se ouvir pelos *mosqueteros* –, onde ficou vossa masculinidade?

Após a incitação, muitos deles se voltaram para a *cazuela* para discutir com as mulheres. O alcaide de corte se pôs em pé e ordenou a don José que terminasse a apresentação. Um dos aguazis se plantou na beira do tablado, e o outro, atrás do alcaide, sussurrou ao escrivão:

– Não anote, senhor, estas últimas palavras. – O escrivão levantou a cabeça, estranhando. – Eu a conheço. É jovem. Não é má garota, só é nova. Demos-lhe uma oportunidade. O senhor já sabe que o corregedor...

O funcionário entendeu e parou de escrever.

Nobres, ricos e religiosos se divertiram com a peleja e a troca de acusações entre *mosqueteros* e mulheres. Pouco a pouco, com a falta de música, os ânimos se foram serenando e o público voltou a centrar sua atenção nas duas mulheres que permaneciam paradas no palco.

– Meu esposo não saberia o que fazer contigo, cigana! – ressoou no teatro.

– O meu se acovardaria!

Retornaram os risos e alguns aplausos que foram crescendo quando a maioria dos *mosqueteros*, comprazida com a festa e o escarcéu, se juntou a eles.

– Bela! – galanteou a Milagros alguém do *patio*.

No domingo da ressurreição de 1752, data de início da temporada teatral, a partir das três da tarde, Pedro García assistia à apresentação inaugural de sua esposa misturado entre os *mosqueteros*, calado, sem dar sinal de si, reprimindo a ira diante dos apupos. Depois foi atrás dela. Um par de soldados de guarda lhe impediu o acesso pela entrada da rua del Lobo.

– Nem esposos nem ninguém – disse-lhe um deles.

– Tampouco podes ficar aí parado esperando; é proibido que as pessoas se reúnam à saída dos artistas – soltou-lhe o outro depois.

Pedro esperou além da esquina, junto a um grupo de curiosos. Viu sair a liteira de Celeste e sorriu enquanto os muitos admiradores da primeira-dama se amontoavam ao redor dela e dificultavam sua passagem. Ele a possuiria dentro de tão somente uma hora. Já haviam marcado um encontro, como tantos outros que haviam tido desde a sua chegada a Madri. As pessoas seguiram assediando as demais artistas, e ao final, quando as ruas começavam a ficar vazias, apareceu Milagros.

A cigana pareceu surpreender-se com a luz solar que ainda iluminava. Hesitou. Passeou um olhar cansado ao longo da rua del Lobo até reconhecer seu esposo, para o qual se encaminhou com andar resignado e rosto inexpressivo.

– Anima-te! – recebeu-a Pedro. – É a primeira vez.

Ela franziu a boca como única resposta.

– Amanhã o farás melhor.

– O alcaide me chamou a atenção pela insolência.

– Não lhe faças caso – animou-a ele.

– Don José também o fez.

– Maldito velho!

– Abraça-me – implorou ela abrindo timidamente os braços.

Pedro anuiu levemente, aproximou-se e estreitou-a com força.

– Milagros – gritou alguém que passava a seu lado –, eu, sim, saberia o que fazer contigo!

Um coro de risos acompanhou a insolência ao mesmo tempo que Milagros estreitava seu abraço para impedir que Pedro se abalançasse a ele.

– Deixa-os – pediu-lhe ao mesmo tempo que lhe acariciava o rosto para que se centrasse nela e não no grupo de homens de que havia surgido a ofensa. – Não arranjemos problemas. Vamos para casa, por favor.

Ela mesma o empurrou com delicadeza e continuou fazendo-o ao longo da quadra que os separava da rua de las Huertas; dali até sua casa faltavam tão somente alguns passos, que Milagros aproveitou para buscar o contato de seu esposo. Necessitava de seu carinho. Os nervos, o teatro a transbordar de gente mal-encarada, as pressas, os gritos, o alcaide, a cidade grande... Ela só dispunha de duas horas antes de reunir-se com Marina e outras artistas para estudar a nova obra, duas horas em que desejava estar com os seus e até... por que não? Tinha tempo. O suficiente para esquecer tudo e sentir dentro de si a força de seu homem, seu vigor, seu empuxo.

Aquele anelo que como que coçava em suas costas se viu interrompido por Bartola e pela menina, com as quais toparam assim que dobraram a esquina da rua del Amor de Dios. A velha cigana vigiava María enquanto esta brincava. Pedro pegou a pequena e a ergueu acima da cabeça, onde a sacudiu por um bom tempo diante do terno olhar de sua mãe. Seu homem parecia contente, talvez houvesse sido um acerto vir para Madri. Depois, entre risos, Pedro entregou a menina à mãe.

– Tenho de ir – anunciou-lhe.

– Mas... Eu... Pensava... Sobe conosco, por favor.

– Mulher – interrompeu-a ele –, tenho negócios para tratar.

– Que negó...?

As feições de seu esposo ficaram tensas em um só instante, e Milagros calou-se.

– Cuida da menina – disse ele ao modo de despedida.

"Que negócios?", perguntou Milagros com o olhar fixo nas costas que se afastavam. Como podia Pedro fazer negócios se não tinham dinheiro?

Pedro García suspirou pelo prazer que lhe produziam as pontas dos dedos que deslizavam por suas costas. Nu, satisfeito após a cópula, permanecia deitado de bruços na cama de Celeste.

– Eu não o haveria feito por nenhuma outra artista – sussurrou nesse momento a primeira-dama, alisando o cabelo louro –, embora na verdade tampouco o tenha feito por ela, mas por ti. Não quero que a despeçam.

– Mulher – interrompeu-a o cigano –, ajudaste Milagros para poder seguir desfrutando comigo. Na verdade, tu o fizeste por ti.

Ela, sentada a seu lado, deu-lhe um sonoro tapa nas nádegas.

– Convencido! – recriminou-o antes de voltar a correr os dedos por sua coluna. – Disponho de quantos homens eu puder desejar.

– E algum deles te proporcionou o mesmo prazer?

Celeste não respondeu.

– Afinal, tua ciganinha se saiu bem... – comentou em contrapartida.

– É esperta. Aprenderá. Sabe provocar, excitar o desejo.

– Já vi, mas tem de fazer tudo com cuidado, para que o alcaide ou os censores não a denunciem.

– Não é essa diversão que se quer? – inquiriu Pedro antes de emitir um prolongado gemido quando ela começou a acariciar-lhe a nuca.

Celeste, também nua, sentou-se a cavalo sobre as costas do cigano para continuar massageando ombros e pescoço.

– Essa é a diversão que se quer no teatro, nas festas e até nas igrejas quando as nobres senhoras ou as donzelas flertam com seus amantes enquanto simulam ouvir a missa; é a história da humanidade. As comédias são malvistas pelos padres... embora muitos deles vão vê-las. O rei e seus conselheiros as permitem porque consideram que assim o povo se diverte, e, se se diverte e está alegre e em paz, teria muito que perder se se rebelasse contra a autoridade. Entendes? – perguntou ao mesmo tempo que pressionava seus ombros. O cigano anuiu num murmúrio. – É só mais uma forma de trazer na coleira seus súditos. Mas não devemos exceder-nos: há que encontrar o ponto de equilíbrio entre o que as autoridades pedem e o que os religiosos e os censores estão dispostos a permitir. Todas as obras, incluídos sainetes, entremezes e tonadilhas, têm primeiro de obter licença do juiz eclesiástico da vila. Depois passam para a Sala de Alcaides, onde as voltam a censurar. E, depois ainda, o alcaide do teatro controla a interpretação sobre o tablado. Só o interesse das autoridades por divertir o povo e o muito dinheiro que se obtém dos teatros com destino aos hospitais nos permitem certas licenças que em outro caso jamais poderíamos permitir-nos nesta Espanha de inquisidores, padres, frades, monjas e beatas. O mais importante para uma artista é saber qual é esse ponto de equilíbrio: se fazes pouco, apupam-te e insultam-te; se te excedes, cortam-te as asas. Entendeste, meu bichinho?

Celeste se inclinou sobre as costas do cigano até chegar a mordiscar sua nuca. Depois se deitou sobre ele.

– Por mais que teu aguazil esteja vigiando na rua, não creio que meu marido demore a regressar. Faz-me chegar ao céu de novo – disse-lhe ao ouvido –, e eu ensinarei tua ciganinha.

"O que menos me interessa é que ela aprenda", Pedro haveria gostado de replicar-lhe enquanto sentia que ela pugnava por passar os braços por debaixo de seu corpo. "Talvez assim nos dessem permissão para regressar a Triana."

– Que estás murmurando? – perguntou Celeste.

O cigano compreendeu que seus desejos haviam ido além de um mero pensamento. Com esforço, girou, virou-se para Celeste e acomodou-se sobre um cotovelo a seu lado.

– Digo – respondeu, desviando o olhar dos grandes peitos da artista – que o único céu que existe está entre tuas pernas.

Ela sorriu, ronronou como uma gata, agarrou-o pelo pescoço e trouxe-o para si.

Não havia transcorrido meia hora e Pedro García já deixava a casa de Celeste na rua de las Huertas. Blas, o aguazil, que já esperava diante da porta antes até que ele chegasse após deixar Milagros, aproximou-se dele.

– Demoraste demais – reprochou-o. – Tenho de dar continuidade à minha ronda.

– Tua primeira-dama é uma rameira insaciável.

O cigano se apressou a remexer em sua bolsa para conter a raiva mostrada pelo rosto do funcionário, como sempre sucedia quando ele se referia a Celeste com grosseria. Divertia-o provocá-lo. "Como é possível que esse tonto", pensou na primeira vez, "fique a pé na rua vigiando como fornico com o objeto de seus anelos e depois se zangue se falo mal dela?" Tirou um par de quartos da bolsa e os entregou a ele. Celeste lhe dava mais dinheiro: era a única artista da companhia que dispunha de dinheiro, porque os demais viviam na miséria, como sucedia a Milagros e a ele mesmo. "O aguazil tem de receber por seu trabalho... e por seu silêncio", havia-lhe exigido Pedro, mas ele ficava com a maior parte. Embora até aquele momento ele não lhe houvesse proporcionado mulher alguma com que comprazer-se, Blas se conformava com o par de quartos; havê-lo-ia feito só para achar-se perto de Celeste. "Esta deve ser a razão pela qual se zanga", concluiu o cigano após os primeiros dias. Blas a adorava, admitia seus caprichos como se se tratasse de uma deusa, mas não consentia em que outro a menosprezasse por seus caprichos.

– Se voltares a falar assim de Celeste... – começou a ameaçá-lo o aguazil antes que o outro o interrompesse.

– Quê? A ela eu também o digo. Rameira insaciável. – Pedro arrastou as palavras. – Minha putinha. Mil coisas similares eu lhe sussurro ao ouvido quando a tenho debaixo de mim...

Não teve oportunidade de finalizar a frase. Blas ficou vermelho e, sem despedir-se, foi-se embora rua acima. O forte bater da vara nas paredes se foi perdendo na distância para dar passagem ao toque de oração dos sinos das igrejas de Madri. Pedro resmungou. Depois do repicar dos sinos, surgiria das casas a cantilena do rosário: todos os piedosos cidadãos rezando simultaneamente antes de deitar-se, como mandavam os bons costumes. Ele estava com fome. Celeste se preocupava exclusivamente com seu próprio prazer; dizia que a panela ela só compartilhava com seu marido, já que, dado que lhe punha chifres, ao menos o alimentava. "Bom consolo", riu Pedro enquanto entrava na rua de las Huertas em busca de um *mesón* onde tomar vinho e jantar algo, talvez até acompanhado pelo marido dela. Ele o conhecia: trabalhava na companhia como terceiro-galã e já havia topado com ele em outras ocasiões desde que haviam chegado a Madri fazia pouco mais de um mês; ao homem não parecia importar demasiado a panela com que sua esposa pretendia restituir-lhe a honra maculada.

Antes de chegar à entrada da rua del León, Pedro desviou o olhar para a esquerda, onde desembocava a rua del Amor de Dios, onde morava com Milagros, a menina e a velha Bartola em dois míseros, úmidos e escuros cômodos no terceiro andar de uma antiga casa de prostituição, cujo aluguel comia a maior parte do dinheiro que sua esposa recebia. A rua de las Huertas, a del León, a del Amor de Dios, a San Juan, a del Niño, a Francos e a Cantarranas, ruelas todas em que se apinhavam vetustos edifícios nos quais desde o século anterior haviam morado atores, poetas e escritores.

– Cervantes habitou num quarto em piores condições! – replicou o porteiro do teatro que o havia acompanhado à sua nova residência, desde o Príncipe, quando Pedro protestara. – Lope de Vega, Quevedo, Góngora, todos eles viveram aqui e honraram estas ruas e seus edifícios. Vais querer comparar a vós, um bando de ciganos, com os maiores das letras espanholas, que digo?, espanholas... universais.

E ali os deixou o homem, que se foi entre gritos e trejeitos. Desde aquele dia, Milagros havia entrado na rotina das artistas: ensaios de manhã, e as tardes dedicadas ao aprendizado dos papéis da obra principal, dos sainetes e das danças e canções das tonadilhas. A partir do início da temporada, como já lhe havia anunciado don José, as manhãs continuariam a ser dedicadas aos ensaios, dirigidos estes por Celeste como primeira-dama e por Nicolás Espelho, aquele com o que havia pelejado Celeste no dia de sua chegada a Madri, como primeiro galã. As tardes seriam dedicadas às representações, que deviam durar no máximo três horas, e as noites ao estudo.

Milagros quase não intervinha na peça principal nem no sainete que se sucedia num dos dois entreatos; a ela a haviam chamado para cantar e dançar, mas para aliviar de trabalho as outras artistas lhe davam algum papel insignificante, e mudo: servir umas jarras de vinho, aparecer como lavadeira ou como vendedora ambulante... Em todo caso, e como havia prognosticado Celeste antes de deixar irada o Coliseo del Príncipe, a obra com que se havia estreado a temporada não permaneceu mais de dois dias em cartaz, razão por que, na mesma noite de sua apresentação, Milagros teve de aprender o papel e as canções da tonadilha da obra que a ia substituir.

– A partir do início da temporada de teatro – havia explicado Celeste a Pedro –, o trabalho dos artistas é frenético. A permanência das obras em cartaz depende de quão disposto esteja o público a esquentar os assentos; algumas são representadas só um dia, outras, dois ou três, a maioria fica cinco ou seis, e se superarem os dez podem considerar-se um imenso sucesso. Enquanto isso, nós temos de aprender ou decorar às pressas as novas obras, os entremezes, sainetes e tonadilhas.

– E como as aprendeis? – interessou-se o cigano.

– Isso é mais complicado ainda. Porque, como se ainda fosse pouco ter de aprendê-las, muitas vezes não existe mais que um exemplar da obra manuscrito pelo autor e corrigido pelos diversos censores sobre o qual todos nós temos de trabalhar. O mesmo ocorre com os sainetes e as tonadilhas. Nós nos reunimos... eles se reúnem, há até quem não saiba ler.

Pedro García entrou numa taberna ainda aberta da rua San Juan. Milagros era das que não sabiam ler, razão por que tinha de trabalhar muito mais horas que Celeste, que por outro lado tampouco parecia preocupar-se em excesso com aprender seus papéis. "Para que existem os pontos?", alegava. Até o início da temporada, a sobrecarga de trabalho de sua esposa lhe havia proporcionado uma liberdade que agora...

– Cigano!

Pedro sacudiu os pensamentos com que havia entrado na taberna. Olhou ao redor. Guzmán, o marido de Celeste, e outros dois membros da companhia de artistas estavam sentados a uma mesa, atentos a ele.

– Paga uma rodada!

Pedro acompanhou seu sorriso com um movimento de mão para o taberneiro em sinal de assentimento. Buscou assento entre os outros e, quando o homem lhes serviu o vinho, ergueu sua jarra, olhou nos olhos de Guzmán e brindou irônico:

– Por tua esposa, a maior!

"E que paga estes vinhos", acrescentou para si o cigano enquanto entrechocavam os copos. No entanto, ao mesmo tempo que saboreava aquele vinho aguado, viu-se obrigado a reconhecer que as coisas haviam mudado. Ainda que não precisamente para melhor: em Triana era ele quem satisfazia o capricho das mulheres com o dinheiro que Milagros obtinha. Em Madri, no entanto, devia proporcionar prazer a uma mulher que podia ter o dobro de sua idade para conseguir uns míseros reais. Tudo... tudo por congraçar-se com os *payos*!

– Taberneiro! – gritou ao mesmo tempo que batia com violência a jarra na mesa e salpicava os demais. – Ou nos serves vinho de qualidade, ou te estripo aqui mesmo!

"A Descalça." Esse foi o epíteto com o que os *mosqueteros* do Coliseo del Príncipe terminaram batizando Milagros. A cigana se negou a vestir os mesmos trajes que Celeste e as demais damas da companhia exibiam.

– Como quereis que eu dance com isso? – alegou apontando e apalpando corpetes e crinolinas. – Fica difícil até respirar – disse a uma –, e nem é possível mover-se com essa saia... estufada.

Aceitou, no entanto, substituir suas roupas simples pelas vestimentas das *manolas* madrilenses: *jubón* amarelo ajustado à cintura, sem barbatanas, mangas cingidas, saia branca com babados verdes, longa quase até os tornozelos, avental, lenço verde amarrado ao pescoço e touca recolhendo o cabelo. Do que ninguém conseguiu convencê-la foi que se calçasse. "Nasci descalça e morrerei descalça", afirmava sem parar.

– Que importância pode ter? – tentou pôr fim à discussão don José dirigindo-se ao alcaide. – Por acaso já não há uma moldura na beira do tablado para que o público não possa ver os tornozelos das artistas? Depois, se não os vê, que importa que esteja calçada ou descalça?

Milagros perdeu em pouco tempo o respeito àquele imponente teatro que havia chegado a travar seus músculos no dia da estreia, e o perdeu porque, exceção feita de censores e alcaides, ninguém parecia tê-lo. O público gritava e batia com os pés no chão. Ela inteirou-se da rivalidade entre os dois teatros de Madri: o del Príncipe e o de la Cruz, que não ficavam muito longe um do outro. Existia um terceiro teatro, o de los Caños del Peral, onde se representavam composições líricas. As pessoas que gostavam do Teatro del Príncipe se chamavam "*polacos*", e os que ao contrário se inclinavam pelo de la Cruz se denominavam "*chorizos*". Não só se brigavam entre si, mas regularmente iam ao teatro contrário para derrubar a peça que estava sendo representada e vaiar sem piedade atores e cantores.

E não só compreendeu que, por melhor que o fizesse, por mais paixão que pusesse em seus cantos e danças, sempre haveria algum *chorizo* dos de la Cruz que a increparia, mas descobriu que os mesmos artistas da companhia tampouco se esforçavam em seu trabalho. Uma simples cortina branca ao fundo do palco e outras duas laterais constituíam todo o cenário das peças diárias, embora outras representações, como as comédias de teatro ou os autos sacramentais, de preço mais elevado para o público, gozassem de uma cenografia algo mais elaborada. Entre as cortinas, apenas se dispunham uma mesa com cadeiras ao redor e um poço ou uma árvore como cenário para ambientar a cena.

Quando não intervinha na peça principal, Milagros assistia ao espetáculo sentada num dos assentos da *luneta*. Como uma espectadora entre outras, desagradava-lhe como recitavam as obras seus colegas: pomposos e afetados em seus gestos e movimentos; monótonos e até desagradáveis em suas vozes. Atrás do cenário se viam a sombra do ponto e o resplendor da luz da lâmpada que o ajudava a ler, que se deslocavam sem cessar de uma extremidade à outra para soprar o texto que os atores esqueciam ou simplesmente ignoravam. Não era incomum que as palavras do ponto se ouvissem acima da voz do ator que as repetia. Os espectadores suportavam o tédio de um repertório de pouca qualidade, quando não uma das infinitas reapresentações de obras do insigne Calderón, com uns atores que nem sequer se esforçavam por identificar-se com seus personagens: filósofos gregos vestido de *chupa*, calções e meias verdes; deusas mitológicas com *tontillo** e chapéu emplumado...

Eles se entediavam até que chegavam os entreatos e, com eles, os sainetes e as tonadilhas. Era então que desfrutavam tanto o público como os artistas. Os sainetes eram obras curtas, populares, costumbristas, jocosas; paródias das relações sociais e familiares. Neles, os atores encarnavam a si mesmos, a seus amigos, parentes ou conhecidos; a maioria dos espectadores se sentia aludido, e, com seus gritos e seus risos, seus aplausos e assobios, levavam-nos como nos braços ao longo da obra.

Quanto às tonadilhas... meia Madri exibia já, em sinal de admiração por Milagros, amarradas ou costuradas em suas roupas, fitas verdes, a cor do lenço que ela sempre levava no pescoço! O conselho de don José estivera martelando em seus ouvidos durante dias: "Paixão contida, paixão contida." E Milagros havia pensado e pensado no assunto até que uma tarde, em pé no tablado, antes de começar a cantar, havia trocado um olhar com um homem sujo e malvestido, daqueles que gastavam os seis quartos de real que não tinham por uma entrada para o *patio*, provavelmente antes de voltar a seu povoado das proximidades de Madri – Fuencarral, Carabanchel, Vallecas, Getafe, Hortaleza ou qualquer outro –, onde alardearia de haver ido ao teatro para transformar-se em objeto de inveja e atenção por parte de seus vizinhos. O agricultor, porque tinha de ser um agricultor, talvez de vinho de moscatel de Fuencarral, contemplava-a embasbacado. Milagros deu alguns passos pelo tablado sem deixar de olhar para o homem, que seguiu seu andar cigano com olhos desorbitados e de boca meio aberta. Depois ela se

---

* *Tontillo*: espécie de crinolina com barbatanas. [N. do T.]

plantou diante dele e lhe dedicou uma ponta de sorriso. O homem, sempre embasbacado, não foi capaz de reagir. A música dos dois violinos que surgia de atrás de uma das cortinas laterais, onde se escondia a exígua orquestra composta por eles, um violoncelo, um contrabaixo e dois oboés, repetia-se à espera da entrada de Milagros. No entanto, ela a atrasou por alguns instantes, os suficientes para passear o olhar pelo *patio* de *mosqueteros* e deparar com outros tantos rostos similares ao do vinhateiro de Fuencarral. Alguém a animou a cantar, outros a galantearam aos gritos de "linda!", "bela!". Muitos lhe pediram que começasse. Por fim o fez, consciente de que aquelas pessoas a adoravam e a desejavam sem necessidade de exagerar sua voluptuosidade. De pele trigueira, tão diferente da palidez que se empenhavam em exibir as damas à custa até de sua saúde; vestida de *manola*, com umas roupas que simbolizavam a obstinada e silenciosa luta contra os costumes importados da França; orgulhosa como os madrilenses, tão soberba como umas pessoas que não tardaram a exaltá-la como a representante do povo.

"Paixão contida." Por fim o entendeu. Cantou e dançou sentindo-se bela, sem exibir-se, alçando-se acima do teatro inteiro como uma deusa que nada tivesse que demonstrar. Compreendeu que um suspiro, uma piscadela ou uma caída de olhos na direção da *luneta* ou do *patio*, o revoluteio de uma mão no ar, um simples requebro de cintura ou o brilho das gotas de suor correndo para baixo desde o pescoço até os peitos eram capazes de excitar ainda mais o desejo que o descaramento ou a desvergonha.

– Nem homens nem mulheres o querem – explicou-lhe Marina, uma loura miúda que fazia de terceira-dama e com a qual Milagros se havia aberto uma noite em que lhe confidenciou suas preocupações. – Necessitam de ídolos inacessíveis; têm de desculpar diante de si mesmos o fato de não poder conseguir-te. Se desces ao *patio* e te misturas com eles, não lhes serves; serás igual a qualquer das mulheres com que eles se relacionam. Se te mostras soez, vão comparar-te a uma das muitas prostitutas que se oferecem a eles nas ruas e perderás o interesse deles.

– E as mulheres da *cazuela*? – inquiriu Milagros.

– Essas? É muito simples: invejam tudo aquilo que possa atrair seus homens mais que elas.

– Inveja? – estranhou a cigana.

– Inveja, sim. Uma comichão que as levará a fazer tudo quanto estiver em suas mãos para parecer-se contigo.

Milagros não só aprendeu a controlar sua sensualidade; também soube proporcionar ao público o diálogo que ele esperava de uma boa artista. Desconcertava a orquestra, que, pouco a pouco, cega atrás da cortina lateral mas advertida pelas indicações do próprio don José, foi acostumando-se ao ritmo e à desordem que a cigana originava. Milagros atuava de acordo com o texto das toadas que lhe cabia cantar e dançar.

– Onde está esse sargento? – perguntou numa ocasião, interrompendo uma copla que chorava o infrutuoso galanteio do soldado com uma condessa. – Há algum sargento dos gloriosos exércitos do rei no *patio*?

Don José indicou à orquestra que sustentasse a música, e um par de mãos se levantou entre os *mosqueteros*.

– Não te preocupes – disse então a um dos militares –, para que aspirar a uma dama de nobre berço com todas as belas mulheres que da *cazuela* anelam que lhes demonstres como usas tua... espada?

O alcaide meneou a cabeça ao mesmo tempo que don José, com gesto autoritário, ordenava aos músicos que atacassem o compasso seguinte para que Milagros começasse a cantar entre todos os tipos de propostas desonestas que surgiam da *cazuela*.

Cantou para as pessoas humildes. Falou com elas. Riu, gritou, chorou e simulou rasgar as vestes diante da desgraça dos menos favorecidos. Ao ritmo de uma infinidade de toadas populares, apontou com coragem para os nobres e ricos dos camarotes enquanto centenas de olhares seguiam seu dedo acusador para a vítima escolhida, e os interrogou acerca de seus costumes e de seus luxos desmedidos. Entre risos, ironizou os cortejos das damas e os frades e a multidão de menoristas folgazães que povoavam as ruas de Madri buscando seu sustento na companhia de mulheres com recursos. Os assobios e vaias de *patio* e *cazuela* acompanharam seu desprezo pelos janotas amaneirados que, imperturbáveis, como se nada pudesse afetá-los, respondiam a suas zombarias com ademanes displicentes.

Nesses instantes, enquanto o público aplaudia, Milagros fechava os olhos; ao fazê-lo, o teatro inteiro se desvanecia e em sua mente só apareciam imagens daqueles a quem haveria querido ver no meio do público. "Cachita, María... olhai-me agora", chegava a sussurrar entre vivas e elogios. Uma estranha angústia a atenazava, no entanto, ao recordar sua mãe e seu avô.

O sucesso trouxe mais dinheiro. A Junta de Teatros decidiu dobrar-lhe o pagamento e incluí-la entre os membros da companhia que recebiam *a partido*. Don José estranhou a reação da cigana quando lhe comunicou esta decisão.

– Não estás contente?

Milagros reagiu e lhe agradeceu com um titubeio que não convenceu o diretor.

O sucesso afastou Pedro ainda mais. Tampouco era muito dinheiro, mas era o suficiente para que seu esposo se lançasse com afã às ruas de Madri. "Onde está Pedro?", perguntava na hora de almoçar ou de jantar, quando regressava do teatro às habitações que tinha alugado. "Deveríamos esperá-lo." Às vezes, Bartola torcia a cara e a olhava como se a uma estranha. "Deve estar com suas coisas", respondia-lhe com frequência.

– É um homem – chegou a desculpá-lo Bartola. – Quem não está nunca em casa és tu. Que queres, que teu esposo te espere tricotando como uma velha? Pois para de cantar e ocupa-te dele e de tua filha!

Então, naquela mulher que defendia os desmandos de Pedro ao preço até das necessidades que chegavam a padecer quando o cigano dilapidava o dinheiro que ela ganhava, ela via os Garcías, Reyes, a Trianeira e o Conde, todos os de sua família e a nunca dissimulada animadversão para com ela.

– Estávamos melhor em Triana – ouvia a velha grunhir. – Tantos homens revoluteando ao teu redor com suas fitas verdes em sinal de… de… – Bartola gesticulou sem encontrar a palavra. – Como pensas que deve sentir-se teu esposo?

Milagros tentou averiguá-lo lutando contra o sono à espera de Pedro, quase sempre de madrugada. Na maioria das noites ela caía exausta, mas nas poucas vezes em que conseguia vencer o cansaço, e o sopor a que a convidava o silêncio só rompido pela compassada respiração de sua filha e pelo ronco da velha cigana, recebia a um homem cambaleante, que fedia a álcool, a tabaco e às vezes a outros cheiros que só podiam enganar a quem, como ela, estava disposta a não lhes prestar atenção.

Como se sentia Pedro diante dos homens que mostravam as fitas verdes em suas vestes? Logo ela o soube.

– Nenhum de teus adoradores te dá presentes?

Ele o perguntou uma noite, os dois deitados no colchão, nus, depois de havê-la levado uma vez mais ao êxtase. O prazer, a satisfação, aquela ponta de esperança de recuperá-lo para si que sentia nas ocasiões em que ele a possuía, desvaneceram-se antes até que houvesse finalizado sua pergunta. Dinheiro. Era isso a única coisa que pretendia! Toda Madri estava apaixonada por ela, ele o sabia, os homens o proclamavam no teatro e nas ruas quando se abalançavam a sua liteira. Mandavam-lhe bilhetes aos camarins, papéis que, como ela não sabia ler, eram lidos por Marina: propostas e todos os tipos de promessas da parte de nobres e ricos. Com o passar dos dias, decidiu rasgá-los diretamente e devolver os presentes. É claro que lhe davam presentes, mas ela sabia que, se os aceitasse, Pedro os converteria em mais noites de solidão. As artistas tinham adquirido a fama de frívolas e promíscuas; a grande maioria delas o era. "A Esquiva", mudaram alguns o epíteto de Milagros. Madri inteira a desejava, e o único homem a que ela se entregava sem vacilar só queria seu dinheiro.

– Tentam fazê-lo – respondeu Milagros.
– E? – perguntou ele diante de seu silêncio.
– Tem certeza de que nunca deixarei que se ponha em dúvida tua honra e tua masculinidade aceitando presentes de outros homens – respondeu ela após alguns instantes de vacilação.
– E que me dizes dos saraus ou dos espetáculos privados que a companhia dá? Pagam bem por eles, por que não os fazes tu?

Os saraus ela podia imaginá-los, mas como se havia inteirado Pedro dos espetáculos privados dados pelas companhias nos salões e teatrinhos das grandes mansões?

– Aqui... – respondeu –, aqui não está tua família para defender-me. Em Sevilha minha honra está a salvo; teus primos e tua avó bem se ocupavam disso. Madri não é como os *mesones* ou os palácios andaluzes. Eu o sei porque me contam. Quem se pode opor aos desejos de um grande da Espanha? Queres que tua esposa esteja na boca de todo mundo, como Marina ou Celeste?

O ronco de Bartola assolou o ambiente durante um bom tempo enquanto ela continha a respiração à espera de sua réplica. Não a houve. Pouco depois, Pedro murmurou algo ininteligível, deu-lhe as costas e se preparou para dormir.

Algo mudou naquela noite para Milagros. Seu corpo, usualmente extenuado após alcançar o êxtase, permanecia agora tenso, os músculos travados, toda ela inquieta. Não conseguiu pegar no sono. As lágrimas não tardaram a aparecer. Havia chorado, muitas vezes, mas nunca como nessa noite em que compreendeu que seu marido não a amava. Ela, que havia pensado que em Madri estava a salvação de seu casamento, apercebia-se de que a cidade grande era pior que Triana. Ali, Pedro conversava com outros ciganos no beco e se movia por ruas e lugares conhecidos, enquanto aqui... Milagros sabia que havia ciganos de sua família. O próprio Pedro encontrou seus parentes Garcías; havia-o contado a ela com as feições contraídas pela ira. Um deles havia morrido por causa do espancamento pelas mãos dos membros de uma irmandade em decorrência dos insultos à Virgem na rua del Almirante. O restante da família, homens e mulheres, permanecia encarcerado nas masmorras da Inquisição por delitos contra a fé.

– Tudo foi coisa de... – hesitou por um instante. Milagros interpretou mal seu silêncio; acreditou que Pedro não quisesse acusar seu avô quando o que não desejava era que ela soubesse que havia outros Vegas na capital.

– Foi tudo culpa do Galeote. Eu te juro que algum dia o encontraremos e o mataremos ali mesmo.

Ela não disse nada. Fazia dois anos que Melchor havia escapado dos Garcías. "Não se deixe pegar, avô", anelou. Entre gritos, Pedro lhe deu a entender que Melchor já não estava em Madri; eram muitos os ciganos que tinham percorrido a cidade inteira procurando-o. Sim, a vida de Melchor corria perigo. Ela se consolava pensando que isso agradava ao avô. No entanto, que dizer dela? Tudo lhe havia saído mal: não tinha ninguém a quem buscar. Um pai morto, uma mãe na prisão que além disso a havia renegado, um avô perseguido. Cachita e a velha María, desaparecidas. Até a pequena que levava o nome da curandeira parecia haver tomado mais carinho por Bartola! Como não ia ser assim se ela, Milagros, nunca estava com ela? E quanto a Pedro... Ele não a amava: só pensava no dinheiro que podia obter dela para divertir-se com outras mulheres, reconheceu para si pela primeira vez.

No dia seguinte, no Príncipe, Milagros ergueu um dos braços para o céu. Com o outro levantou a saia um palmo e meio acima dos tornozelos e começou a girar com graça, requebrando as cadeiras ao mesmo tempo que esvaziava os pulmões num final que se confundiu com o estrépito do público. Era o que lhe restava: cantar e dançar; refugiar-se naquela arte como em Triana, quando se concedia uma trégua nas discussões com sua mãe e dançava com ela. Os que a viram, esses aplaudiram com mais força na crença de que as lágrimas que corriam por suas faces eram de felicidade.

31

Fazia quase dois anos que Caridad estava presa, quando se produziu um motim na Galera. A indisciplina de um par de velhas prostitutas reincidentes havia levado o alcaide a estabelecer um castigo tão exemplar como humilhante para elas: raspar-lhes o cabelo e as sobrancelhas. A decisão indignou a todas as reclusas; podiam maltratá-las, mas raspá-las... Nunca! Muitas, aproveitando a agitação, insistiram numa velha reivindicação: que se lhes determinasse um tempo de condenação, dado que viam transcorrer os anos sem saber quando terminaria. Os ânimos se exaltaram, e as mulheres da Galera se rebelaram, quebraram tudo quanto estivesse ao seu alcance, armaram-se de tábuas, das tesouras e dos demais objetos pungentes que usavam para costurar, e assumiram o controle da prisão.

Quando se fecharam as portas da Galera e as reclusas se viram donas do edifício, uma ofegante e exaltada Caridad se encontrou com uma estaca nas mãos. Em sua memória tremiam ainda as correrias e as gritarias de que havia participado. Havia sido... havia sido fantástico! Um tropel de mulheres, que até então vivia sem vontade nem consciência próprias, como as negradas de escravos, de repente, em lugar de submeter-se às ordens do senhor, pelejavam todas a uma, foras de si. Caridad olhou ao redor e viu vacilação nos semblantes de suas companheiras. Nenhuma sabia o que fazer a seguir. Alguma assinalou que deviam preparar um memorial dirigido ao rei, umas o apoiaram e outras não; algumas propuseram que fugissem.

Enquanto discutiam, apareceu na rua um destacamento militar preparado para assaltar o cárcere. Como todas, Caridad correu para as galerias superiores assim que retumbou o primeiro golpe na porta que dava para a rua de Atocha. Muitas reclusas se encarapitaram nos telhados. Logo depois, a porta foi arrancada de suas dobradiças e cerca de uma centena de soldados com as baionetas caladas espalhou-se pelo pátio central e pelo interior da Galera. No entanto, para surpresa das reclusas e irritação de autoridades e oficiais, os soldados agiram com benevolência. Em uma das galerias superiores, entre os gritos dos oficiais que incitavam seus homens, Caridad se viu encurralada por dois deles. Pecou por ingenuidade e opôs sua estaca às baionetas. Um dos soldados se limitou a menear a cabeça, como se lhe perdoasse. O outro lhe fez um quase imperceptível gesto com a ponta de sua baioneta, como se quisesse dar-lhe a entender que podia escapar. Caridad brandiu a estaca e passou por entre eles, que se limitaram a simular que tentavam agarrá-la. Algo similar sucedia entre os demais soldados e o restante das reclusas, que corriam de um lado para o outro diante da passividade, quando não da cumplicidade, da tropa.

A situação se estendeu. O desespero apareceu nos rostos de uns oficiais que se esgoelavam exigindo obediência, mas como obrigar uns soldados provenientes de míseros povoados da Castilha profunda a que reprimissem as mulheres? Muitos deles haviam sido condenados a servir no exército durante oito anos por faltas iguais às cometidas por aquelas desgraçadas contra as quais os haviam enviado, e as reclusas não deixavam de recordar-lhes isso durante o assédio. As autoridades decidiram fazer recuar aquele destacamento, e as mulheres aclamaram sua retirada. Os gritos com as reivindicações ressoaram durante toda a noite. A porta e os arredores da Galera ficaram fortemente vigiados pela mesma tropa que não havia agido contra elas mas que, sim, o fazia para afastar a multidão de curiosos que se aglomerava na rua de Atocha.

Ao amanhecer do dia seguinte, no entanto, os alcaides de corte se apresentaram na Galera à frente de uma milícia urbana composta por cinquenta bons cidadãos, tementes a Deus, fornidos, todos eles, com vergalhos, paus e barras de ferro nas mãos. Estes entraram para esmagá-las sem contemplação, e elas correram espavoridas. Caridad, ainda armada com a estaca, viu que dois dos milicianos batiam em sua companheira Herminia com uma barra de ferro. À vista da sanha com que descarregavam sua ira, ferveu-lhe o sangue. Herminia, encolhida no chão, protegendo o rosto, suplicava piedade. Caridad gritou algo. Que gritou? Nunca chegaria a recordá-lo. Mas se abalançou aos dois homens e golpeou um com a estaca. Entre a chuva de paus que se voltou contra ela, pôde ver que Herminia, no chão, se agarrava à perna de um dos homens e cravava os dentes em sua coxa. A reação de sua amiga inflamou seu ânimo, e ela continuou golpeando às cegas com a estaca. Só a intervenção de um dos alcaides a livrou de morrer apaleada.

Uma a uma, as cento e cinquenta reclusas foram agrupadas no pátio do cárcere, umas mancando, outras com dor nos rins, no peito ou nas costas, com o nariz quebrado e os lábios sangrando. A maioria cabisbaixa, derrotada. Silenciosa.

Duas horas foram suficientes para que o alcaide voltasse a tomar posse do cárcere de mulheres de Madri. Sufocado o motim, prometeram às pressas examinar caso por caso todas aquelas sentenças que não estabeleciam prazo de condenação; também advertiram das duras penas que padeceriam as instigadoras da revolta.

Caridad, a negra da estaca que havia enfrentado os dois probos cidadãos, foi a primeira a ser apontada. Cinquenta chicotadas, tal era o castigo que receberia no pátio da Galera, diante das demais, junto a outras três reclusas delatadas como incitadoras do motim por uma vendedora ambulante traidora que foi recompensada com a liberdade.

As chicotadas foram imisericordiosas, estalando nas costas das mulheres depois de um assobio que cortava o ar. O verdugo seguiu as estritas instruções das autoridades; como acabar de outro modo com um motim na Galera, quando se enviavam precisamente para ali como castigo as mulheres que se amotinavam em outros cárceres?

A última lembrança de Caridad foram os gritos de suas companheiras quando o alcaide pôs fim ao tremendo castigo e a arrastaram para fora do cárcere. "Aguenta, Cachita!" "Nós te esperamos de volta!" "Coragem, negra!" "Eu te guardarei um charuto!"

– Alegra-te e agradece, pecadora. Nosso Senhor Jesus Cristo e a Santíssima Virgem de Atocha não desejam tua morte.

Ouviu essas palavras sem entender que se referiam a ela. Caridad, depois de permanecer vários dias inconsciente, acabava de abrir os olhos. Deitada de bruços num catre, com o queixo apoiado no travesseiro, sua visão foi aclarando-se até chegar a perceber a presença de um sacerdote à sua cabeceira, sentado numa cadeira e com um livro de orações nas mãos.

– Rezemos – chegou a ouvir que lhe ordenava o capelão de agonizantes antes de lançar-se a uma litania.

A única coisa que brotou dos lábios de Caridad foi um longo e surdo queixume: a simples respiração do religioso em suas costas esfoladas lhe causou tanta dor como as lategadas. Sem ousar mexer a cabeça, girou os olhos:

estava numa grande sala abobadada com camas alinhadas; o ar viciado, difícil de respirar; os lamentos das enfermas entremesclando-se com a cantilena em latim do sacerdote. Ela se achava no Hospital da Paixão, parede com parede com a Galera, para o qual as presas costuravam a roupa branca.

– Por ora... tua alma não me requer – comunicou-lhe o capelão quando terminou suas orações. – Reza para que eu não tenha de voltar a velar tua agonia. Uma de tuas companheiras já passou desta para a melhor. Que Deus se apiede dela.

Assim que o capelão de agonizantes se plantou no meio da sala passeando o olhar em busca de alguma outra moribunda, apareceu outro sacerdote, este empenhado em confessá-la. Caridad nem sequer podia falar.

– Água – conseguiu articular diante da insistência do religioso.

– Mulher – replicou o confessor –, a saúde de tua alma está acima da de teu corpo. Essa é nossa missão e o objetivo deste hospital: o cuidado das almas. Não deves perder um instante em alcançar a paz com Deus. Depois beberás água.

Confissões, comunhões, missas diárias pelas almas nas mesmas salas; leituras das sagradas escrituras; sermões e mais sermões para conseguir a salvação das enfermas e seu arrependimento, todos em tom enérgico, alçando-se acima das tosses, dos gritos de dor, dos lamentos das mulheres... e de suas mortes. Assim transcorreu o mês em que Caridad permaneceu no hospital. Depois de o capelão de agonizantes perder uma vida e de o confessor ficar comprazido com sua balbuciante e rouca confissão, um dos cirurgiães se esforçou por costurar suas feridas, remendando com inabilidade aquela massa sanguinolenta em que se haviam convertido suas costas. Caridad uivou de dor até desmaiar. De vez em quando, o médico e seus enfermeiros, sempre sob o atento controle de um sacerdote, aplicavam-lhe nas costas um unguento que conseguia que suas costas ardessem como se a houvessem tornado a açoitar com um ferro em brasa. Mais amiúde, no entanto, aparecia o sangrador, um dos vários enfermeiros que iam de cama em cama por ambos os hospitais – o Geral e o da Paixão – roubando o sangue dos doentes. Aquele lhe furava a veia com uma cânula enquanto ela, impotente, o via escapar de seu corpo e gotejar numa bacia. Assistiu ao falecimento da segunda das presas castigadas, a duas camas da sua. Debilitada, pálida e macilenta, morreu entre rezas e santos óleos depois de um dos enfermeiros fazer-lhe duas sangrias: uma no braço esquerdo e outra no direito. "Para igualar o sangue", Caridad ouviu-o dizer em tom jactancioso. A terceira presa decidiu fugir aproveitando o alvoroço em torno de um grupo de mulheres nobres e endinheiradas que todo domingo, vestidas com grosseiras roupas de lã para a ocasião, iam à Paixão para ajudar as enfermas em sua higiene e levar-lhes doces e chocolate. Com o rabo do olho, Caridad a viu levantar-se e escapar, cambaleante, enquanto ela, prostrada na cama, assentia sem parar, prometendo corrigir sua conduta, diante daquela grande dama, tão humildemente vestida quão caro era o perfume que exalava, que lhe recriminava as faltas como se se tratasse de uma menina, para depois premiar sua contrição com alguns doces ou com uns goles das xícaras de chocolate que elas levavam. Ao menos, o chocolate era delicioso.

Da fugitiva, Sebastiana julgava recordar que se chamava, ela não soube mais, nem sequer na Galera quando os médicos decidiram devolvê-la para lá. Interessou-se por ela, mas ninguém lhe deu nenhuma notícia. "Sorte, Sebastiana!", repetiu para si, como na noite daquele domingo em que a irmã que exercia a função de zeladora se apercebeu da ausência e deu o alarme. Invejava-a. À medida que melhorava, chegou até a considerar a possibilidade de fugir ela também, mas não sabia para onde ir, o que fazer... Correram-lhe as lágrimas ao reencontrar-se com Frasquita e com o restante das reclusas, que a receberam com ternura, compadecendo-se de quem havia sofrido na carne um castigo que cabia a todas igualmente. Procurou Herminia com o olhar e a reconheceu um tanto afastada, escondida entre as demais. Caridad esboçou um sorriso. Muitas das reclusas voltaram a cabeça para a pequena loura e abriram um corredor entre si. Após alguns instantes de silêncio, algumas as animaram; outras, as que se encontravam atrás de Herminia, a empurraram com ternura; todas aplaudiram no momento em que elas se encontraram frente a frente. A loura ia abraçá-la, mas Caridad o impediu, não haveria conseguido suportar que lhe tocasse as costas; em vez disso, beijaram-se entre as lágrimas e a emoção de muitas delas.

"Que iria fazer eu fora daqui?", perguntou-se naquele momento Caridad. A Galera continuava a ser a sua casa, e as reclusas a sua família. Até o porteiro e o sempre mal-encarado alcaide a trataram com certa bondade recordando o rastro de sangue que ela deixara ao ser levada para o hospital. Caridad não havia instigado o motim nem participado dele mais que as outras, ambos o sabiam. Aquela condescendência se traduziu na dispensa dos trabalhos mais duros e em certa tolerância quando as reclusas pagaram com seu próprio dinheiro certa quantidade de óleo e de ervas de alecrim para preparar um unguento com que aliviar as disformes e ainda assoladas costas de Caridad.

Herminia foi quem se ofereceu para massagear sua amiga depois de as zeladoras apagarem as poucas e fumegantes velas de sebo que pugnavam por iluminar a galeria das mulheres.

Não lhe doeram as cicatrizes que atravessavam suas costas, doeram-lhe as mãos de sua amiga deslizando com suavidade por suas costas: a doçura com que o fazia lhe trazia à memória sensações que ela já acreditava esquecidas. "Cigano!", pensava noite após noite, "que haverá sido de ti?"

– Não é necessário que continues – comunicou-lhe uma noite Caridad. – As feridas estão cicatrizadas; o óleo e as ervas custam dinheiro, e já não sinto melhora.

– Mas... – objetou Herminia.

– Eu te peço.

Um dia Herminia foi posta em liberdade. Alguém que disse ser seu primo foi buscá-la assim que ela terminou de cumprir sua pena. Caridad sabia quem era aquele primo, o mesmo que lhe havia proporcionado as réstias de alho pelas quais a haviam detido e condenado. Ela também havia cumprido os dois anos de condenação, mas não tinha primos que pudessem tirá-la dali. Algumas irmandades que se ocupavam da sorte daquelas desgraçadas se interessaram em empregá-la como criada, mas Caridad se mantinha num silêncio pertinaz, cabisbaixa, quando lhe perguntavam por suas habilidades domésticas, perguntando-se que sentido tinha sair dali para cair nas mãos de algum outro branco que a maltratasse. "Não passa de uma negra néscia", terminavam dizendo os que se haviam oferecido para ajudá-la.

Herminia também a havia abandonado.

– Dança para nós, Cachita – rogou-lhe Frasquita uma noite, preocupada com o estado de abatimento em que havia caído sua companheira fazia já dois meses.

Caridad se negou, mas Frasquita insistia, acompanhada por muitas outras. Sentada em seu colchão, ela continuou a menear a cabeça. Frasquita a sacudiu pelo ombro; ela se afastou. Outra lhe revolveu o cabelo. "Canta", pediu-lhe. Uma terceira lhe beliscou do lado. "Dança!" Caridad tentou afastar com desajeitados tapas as mulheres que a rodeavam, mas duas reclusas se abalançaram a ela e começaram a fazer-lhe cosquinhas.

– Fá-lo, por favor – insistiu Frasquita, contemplando como rolavam de rir as outras três em cima do colchão.

Enquanto não conseguiram que Caridad deixasse de pelejar e se juntasse a seus risos, ofegante e com os andrajos com que vestia revoltos, as duas mulheres não cessaram em seu empenho.

– Por favor – repetiu então Frasquita.

Desde aquele dia, Caridad decidiu buscar a seus deuses através de danças frenéticas e voluptuosas que amedrontavam até as reclusas mais experientes. A quem mais podia encomendar-se? Às vezes acreditava que efetivamente seus deuses a montavam, e então caía no chão, transtornada, esperneando e gritando. O porteiro a advertiu uma, duas, três vezes. O *cepo*, tal foi o castigo que afinal se viu obrigado a impor-lhe o alcaide diante das algazarras que ela organizava. No entanto, ela reincidia.

"E a negrinha o fez", cantou então Caridad com voz monótona, ajoelhada, o pescoço e as pulsos presos entre os madeiros do *cepo* instalado no pátio da prisão na última das vezes em que havia sido castigada pelo alcaide, rememorando a noite em que cedera aos rogos de Frasquita e das demais. Como o faziam os escravos na veiga, cantava suas penas quando a castigavam no *cepo*. "A negrinha dançou para suas amigas." Imóvel no pátio naquelas noites intermináveis, seus lamentos rompiam o silêncio e penetravam nas galerias superiores, embalando o sono de suas companheiras.

– Cala-te, negra – gritou o porteiro lá da entrada –, ou terminarei por açoitar-te!

– E chegou o porteiro – continuou ela num sussurro –, é mau o porteiro! E agarrou a negrinha pelo braço...

O amanhecer a surpreendeu derrotada, a cabeça pendendo dos madeiros em incômodo cochilo. Doíam-lhe as costas. Doíam-lhe os joelhos, esfolados, e o pescoço, e os pulsos... Doía-lhe cada segundo que transcorria daquela malfadada vida que a aproximava da felicidade para depois negá-la! Aletargada, acreditava ouvir os primeiros movimentos na Galera: o caminhar das reclusas dirigindo-se para a missa, o café da manhã. Quando as demais subiram à galeria para trabalhar, Frasquita lhe levou água e um pedaço de pão que ela esmigalhou para introduzir-lhe com carinho, pacientemente, na boca. "Não deverias desafiar o porteiro", aconselhou-a.

Caridad havia voltado a elevar a voz de noite; e o fez à recordação de Melchor, de Milagros, de Herminia. Caridad não respondeu; mastigava com inapetência.

– Não voltes a dançar – continuou a outra com seus conselhos. – Queres água?

Caridad anuiu.

Frasquita buscou a melhor maneira de aproximar-lhe a concha dos lábios, embora tenha derramado a maior parte no chão.

– Não o faças, seja quem for que te peça. Entendes? Sinto muito haver sido eu...

– Que é o que sentes, Frasquita?

A mulher se virou. Caridad tentou levantar a cabeça. O porteiro e o alcaide se achavam atrás de Frasquita.

– Nada – respondeu a reclusa.

– Esse é o problema de todas vós: nunca vos arrependeis de nada do que fizestes – replicou o alcaide grosseiramente. – Afasta-te – acrescentou ao mesmo tempo que fazia uma indicação para o porteiro.

O homem se aproximou de uma das extremidades do *cepo* e mexeu na velha fechadura que mantinha firmes os madeiros. Frasquita o observou estranhando; a Caridad ainda restavam dois dias de castigo. Um repentino suor esfriou seu corpo enquanto o porteiro alçava sobre seus gonzos o madeiro superior e a libertava. E se houvesse decidido açoitá-la por cantar durante a noite? Caridad não o resistiria.

– Não... – começou a dizer.

– Silêncio! – ordenou o alcaide.

Caridad se levantou lentamente, entorpecida, apoiando-se nos madeiros que a haviam mantido presa.

– Mas... – insistiu Frasquita.

– Vai trabalhar.

Nesta ocasião foi o porteiro que a interrompeu, batendo-lhe nas pernas com a vara, que havia voltado para suas mãos assim que terminara com o *cepo*.

– Não a açoite Vossa Mercê – suplicou Frasquita pondo-se de joelhos diante do alcaide. – Eu sou a culpada por suas danças. Eu sou a culpada.

O alcaide, hierático, manteve o olhar um bom tempo sobre a mulher, depois o desviou para o porteiro.

– Nesse caso – ordenou a este –, que seja ela quem cumpra os dois dias de *cepo* que faltavam para a negra.

– Não é verdade – conseguiu dizer Caridad. – Não foi ela...

O alcaide bateu no ar com a mão e, enquanto Caridad continuava a gaguejar, presenciou como o porteiro indicava com a vara à sua amiga que se ajoelhasse e encaixasse o pescoço e os pulsos nos buracos do madeiro inferior. Os gonzos voltaram a ranger, e o madeiro superior caiu sobre Frasquita.

– E tu – anunciou então o alcaide dirigindo-se a Caridad –, recolhe tuas coisas e vai-te. Ganhaste a liberdade.

Frasquita arranhou o pescoço ao virar o rosto instintivamente para sua amiga. Caridad teve um sobressalto.

– Por quê? – perguntou ingenuamente, com um fiapo de voz.

O alcaide e o porteiro soltaram uma risada.

– Porque assim ordenou a Sala de Alcaides, negra – respondeu o primeiro em tom zombeteiro. – Suas Excelências se apiedaram de nós e nos livram de tuas danças e cantos de negros.

Não lhe permitiram que se despedisse de Frasquita. O porteiro voltou a utilizar sua vara para impedi-lo.

– Sorte, Cachita – ouviu não obstante que lhe gritava aquela lá do *cepo*.

– Nós nos reveremos.

– Nós nos reveremos – respondeu Caridad atravessando o pátio a caminho da escada.

Virou o rosto, mas o porteiro, a suas costas, tapou-lhe a visão. Talvez não a houvesse ouvido, duvidou Caridad.

– Nós nos reveremos, Frasquita! – repetiu.

A vara que bateu em um de seus flancos a impediu de continuar olhando para trás. Subiu a escada com o estômago encolhido e com lágrimas nos olhos, porque sabia que aquele era um desejo que dificilmente se veria cumprido. Depois de mais de dois anos naquele cárcere, que sabia ela na verdade de Frasquita? Como poderiam encontrar-se de novo?

– Quem...? – pigarreou. – Quem se encarregou de mim? – perguntou ao porteiro antes de transpor a porta de acesso à galeria.

– E que sei eu? – respondeu este. – Um homem quase tão moreno como tu. A mim não me interessa quem é. Traz o ofício da Sala de Alcaides; isso é a única coisa que tenho de saber.

Quase tão moreno como ela? Um único nome lhe veio à cabeça: Melchor. Só conhecia o cigano, pensou Caridad ao mesmo tempo que obedecia à vara e entrava na sala. A atenção das reclusas, que deixaram de costurar surpresas ao vê-la livre do *cepo*, distraiu seus pensamentos. Não soube como responder; franziu os lábios, como se se sentisse culpada, e percorreu a galeria com o olhar. Muitas outras que não se haviam dado conta da situação abandonaram também seu trabalho. Algumas se levantaram apesar das ordens das zeladoras.

– Não te entretenhas – urgiu com ela o porteiro. – Tenho muito que fazer. Recolhe tuas coisas.

– Tu te vais?

Foi Jacinta quem fez a pergunta. Caridad anuiu com um triste sorriso. A moça não havia querido ceder às pretensões de don Bernabé e procurar um perdão que agora, debilitada, provavelmente não conseguiria.

– Livre, livre?

Caridad anuiu de novo. Tinha a todas diante de si, amontoadas a uma distância que pareciam não se atrever a superar.

– Tuas coisas – insistiu o porteiro.

Caridad não lhe fez caso. Tinha os olhos fixos naquelas mulheres que a haviam acompanhado durante mais de dois anos: algumas velhas e desdentadas, outras jovens, defendendo sua louçania com ingenuidade, todas sujas e esfarrapadas.

– Negra... – quis adverti-la o homem.
– É verdade que estou livre? – inquiriu ela.
– Por acaso já não te disse que estás?

Caridad deixou para trás o porteiro, sua vara e suas exigências, e cruzou aquele par de passos que simbolizavam o abismo que se abria entre a liberdade e os que, em sua maioria injustamente, continuariam submetendo-se à vara que naquele momento se ergueu ameaçadora atrás dela. Caridad o percebeu nos semblantes atemorizados de suas companheiras.

– Cachita está livre – ouviu-se dentre as reclusas uma voz escondida. – Ele nos castigará a todas? Tal como num motim?

Caridad soube que a vara se rendia quando a que estava diante dela abriu os braços. Com a garganta presa e as lágrimas brotando de seus olhos, lançou-se para eles. Rodearam-na. Palmearam suas costas, já curadas. Abraçaram-na e apertaram-na. Felicitaram-na. Beijaram-na. Desejaram-lhe sorte. Caridad não quis irritar um porteiro que estava contendo sua fúria, razão por que pegou uma manta desfiada e os restos ainda mais deteriorados de sua roupa de escrava, que ela ainda conservava e que fora conseguindo substituir por outras, e desceu a escada da galeria em meio aos ensurdecedores aplausos e vivas das que ficavam para trás.

Não era Melchor. Por um momento havia chegado a imaginar... mas não conhecia o homem que, papéis na mão, visivelmente incomodado, esperava junto ao cubículo do porteiro localizado para além das portas de entrada da Galé. Era mais baixo que ela, magro, musculoso, preto o cabelo que se entrevia sob a monteira de que não se havia descoberto. Preta se via também sua barba descuidada, num semblante austero e de pele trigueira, curtida pelo sol. Vestia-se como um agricultor: sandálias rústicas de couro amarradas aos tornozelos, calções pardos de flanela sem meias e uma camisa simples que talvez algum dia houvesse sido branca. O homem a examinou de alto a baixo sem dissimulação alguma.

– Aqui a tens – anunciou o porteiro.
O outro anuiu.
– Vamos, então – ordenou imperioso.

Caridad hesitou. Por que tinha que confiar sua pessoa àquele estranho? Preparava-se para perguntar, mas os raios do sol que iluminaram a lúgubre peça carcerária à medida que o porteiro lhes abria a saída confundiram sua visão e até sua vontade. Inconscientemente seguiu o agricultor e transpôs o umbral para deixar para trás mais de dois anos de sua vida. Parou assim que pôs o pé na rua de Atocha e fechou os olhos ofuscada por um sol de julho que ela percebeu diferente daquele que se infiltrava pelas altas janelas das galerias ou no pátio do cárcere: este era mais limpo, vital, tangível até. Respirou fundo; fê-lo de forma espontânea, uma, duas, três vezes. Depois abriu os olhos e descobriu o sorriso da miúda Herminia parada do outro lado da rua, como se tivesse medo de aproximar-se da Galera. Correu para ela sem pensá-lo. Muitos se queixaram à sua passagem. Caridad não os ouvira. Abraçou a amiga, com a respiração acelerada, mil perguntas engasgadas em sua garganta, enquanto as lágrimas de uma e de outra se mesclavam em suas faces.

– Tu...! Aqui? Herminia... Por que...?

Não pôde continuar. Sentiu-se desfalecer. A longa noite no *cepo*, a despedida de Frasquita e das demais reclusas, os abraços, os aplausos, os choros, a liberdade... Herminia agarrou Caridad justo quando lhe faltavam os joelhos.

– Vem, Cachita. Vamos – disse-lhe enquanto a segurava pela cintura e a acompanhava até um carro de mão de duas rodas carregado de melões. – Segura-te aqui – acrescentou levando a mão de sua amiga a um dos tabuões das laterais do carro.

– Já estamos prontos? – perguntou não sem certa acritude o agricultor.

– Sim, sim – respondeu Herminia. Depois se voltou para Caridad, agarrada ao tabuão. – Agora tenho de ajudar Marcial a empurrar o carro. Tu não te soltes. Iremos à Praça Mayor para vender os melões e...

– Já estamos bem atrasados, Herminia – urgiu com ela o outro.

– Não te soltes – repetiu esta, já correndo para uma das varas do carro para empurrá-lo junto com Marcial pela íngreme ladeira da rua de Atocha.

Agarrada à madeira, Caridad se deixou arrastar. O bulício da multidão e os carros que iam e vinham eram como um zumbido em seus ouvidos. Entreviu lugares pelos quais havia passado: hospitais e igrejas, a fonte dos delfins coroada por um anjo onde a haviam detido, o imenso edifício do cárcere. Mais de dois anos em Madri, e era o único lugar que conhecia da cidade: a rua de Atocha. Da fonte do anjinho para a Galera, da Galera para a Sala de Alcaides e de volta ao cárcere de mulheres.

Nunca havia estado na Praça Mayor de Madri, da qual tanto havia ouvido pela boca das demais reclusas. Despertou de sua confusão num lugar que lhe pareceu imenso, com caixotes e barracas para o mercado dispostos em seu centro, rodeados por seus quatro lados pelos edifícios mais altos que já havia visto: de seis andares e terraço, estreitos todos eles, de tijolo vermelho, grades trabalhadas em suas sacadas, pretos e dourados em suas fachadas. Seduziram-na a harmonia e a uniformidade das construções, só rompidas por dois suntuosos edifícios de frontispícios defrontados, embora soubesse que o interior de todas aquelas casas desmerecia sua majestade. Havia ouvido que se tratava de habitações pequenas, estreitas e lúgubres, destinadas a alugar ou habitadas pelos comerciantes que comandavam os negócios dos pórticos da praça: o portal de panos, o de cânhamos e o de sedas, fios e quinquilharia, o qual abarcava dois frontispícios inteiros e pelo qual entraram nela.

– Estás melhor? – inquiriu Herminia quando Marcial as deixou sozinhas e se internou entre os caixotes para vender os melões.

– Estou, sim – respondeu Caridad.

As pessoas não cessavam de passar junto a elas. O sol de julho começava a queimar, e elas se refugiaram nas sombras dos pórticos.

– Por que…?

– Porque eu te prezo, Cachita – adiantou-se a outra. – Como ia deixar-te ali dentro?

"Eu te prezo." Caridad sentiu um calafrio; todos aqueles que diziam havê-la prezado ou amado tinham ido desaparecendo de sua vida.

– Custou-me muito – interrompeu Herminia seus pensamentos – encontrar um cidadão sério e solvente que quisesse prestar-se a responder por ti diante da Sala de Alcaides. Fumamos? – Sorriu e rebuscou numa bolsa que levava até tirar um charuto.

Pediu fogo a um homem que passava por ali. Fez-se silêncio entre as duas enquanto aquele acendia a isca e a aproximava da ponta do charuto. Herminia puxou com força, e o charuto se acendeu.

– Toma – ofereceu à amiga.

Caridad pegou o charuto, fino e maltorcido, extremamente escuro e sem aroma. Puxou: tabaco forte e amargo, de lenta e difícil combustão. Tossiu.

– Era melhor o da Galera! – queixou-se. – Nem sequer ali dentro se fuma tabaco tão ruim como este.

Sorriu uma. Fê-lo também a outra. Não se atreveram a fundir-se num abraço à vista das pessoas, mas em um só segundo se disseram mil coisas em silêncio.

– Pois é a este charuto asqueroso que deves tua liberdade – disse Herminia rompendo o encantamento.

Caridad olhou para o charuto. Uma pequena plantação de tabaco clandestina, disso se tratava, explicou-lhe Herminia. O sacerdote de Torrejón de Ardoz mantinha algumas plantas em terras próprias da paróquia. Até então, com a ajuda de Marcial, que tinha arrendadas à paróquia as videiras atrás das quais se escondia o tabacal, o sacerdote as havia explorado por meio do sacristão, mas o homem já era velho demais para continuar com isso. "Tenho uma amiga…", aproveitara Herminia a casualidade ao inteirar-se da situação.

Custara-lhe convencer Marcial e don Valerio, o pároco, mas pouco a pouco os receios de ambos se atenuaram com a falta de alternativa. A quem podiam contratar para uma atividade tão severamente castigada pelas leis? Aceitaram, e don Valerio utilizou velhos contatos na Sala de Alcaides para que atendessem a Marcial e lhe dessem a custódia da reclusa. Não houve problema: Caridad havia cumprido seus dois anos de reclusão, e o agricultor assegurava meios de vida para ela e boa conduta da parte dela. Um dia os avisaram de que já dispunham dos documentos.

Marcial regressou aos pórticos com o carro ainda carregado de melões.

– Chegamos tarde! – queixou-se em tom severo, culpando a Herminia.

O atraso originado pelas tramitações na Sala de Alcaides e na Galera o havia impedido de vender sua mercadoria.

– Nenhuma das barracas quer melões a esta hora da manhã. – Depois examinou Caridad tal como havia feito no cárcere e meneou a cabeça. – Não me havias advertido de que era tão negra – recriminou a Herminia.

– De noite não se nota tanto – soltou Caridad.

Herminia explodiu numa gargalhada. O agricultor arqueou as sobrancelhas.

– Não pretendo passar as noites contigo.

– Não sabes o que estás perdendo – interveio Herminia ao mesmo tempo que piscava para sua amiga.

Não. Marcial não era seu esposo, nem seu amante, nem sequer parente, satisfez Herminia a curiosidade de Caridad enquanto caminhavam atrás do agricultor com seu carro de mão carregado de melões. Era só um vizinho. A casa dos tios de Herminia, onde ela morava e onde também o faria a negra, era geminada com a de Marcial, e, apesar de o assunto do tabaco ter de ser um segredo, meio povo o sabia. Havia prometido a seus tios um pequeno pagamento em troca de acolher Caridad.

– Mas não tenho dinheiro – queixou-se ela.

– Não importa. Tu o conseguirás com o tabaco. Com certeza! Vão dar-te uma parte do produzido. O pároco já decidirá o que te corresponde tendo em vista os resultados – explicou Herminia. – Embora tua parte sempre seja sobre o manufaturado... Porque sabes trabalhar a folha e os charutos, não? Foi o que me disseste.

– É a única coisa que sei fazer – respondeu ela quando entravam numa praça irregular em que se acumulava tanta ou mais gente que na Mayor –, embora agora também me tenham ensinado a costurar.

– A Puerta del Sol – explicou-lhe Herminia ao notar que a outra diminuía o passo.

– Esperai aqui – gritou Marcial para as duas mulheres.

Herminia se afastou em silêncio do caminho do carro de mão; sabia o que ia fazer o agricultor, que dobrou numa das ruelas que desembocavam na praça. Em Madri havia dez postos autorizados pela Sala de Alcaides para a venda de melões, e era ali que eles se deviam vender sob controle das autoridades, que fiscalizavam sua qualidade, seu peso e seu preço, mas também existiam numerosas vendedoras que, sem posto fixo nem autorização, arriscando-se a ser detidas e a acabar na Galera, compravam e revendiam frutas e verduras contra a lei. As vendedoras de melão se espalhavam pelos arredores da Puerta del Sol, e Marcial, resmungando, foi atrás delas.

"Esta é a famosa Puerta del Sol?", perguntou-se Caridad. Também havia ouvido falar desse lugar na Galera: mentideiro em que as pessoas conversavam até chegar a convencer-se da certeza dos boatos que elas mesmas concebiam; lugar de reunião de ociosos e folgazães, de pedreiros sem trabalho ou de músicos soberbos e impertinentes à espera de que algum madrilense – com posses ou sem elas, mas decidido a emular os que as tinham – os contratasse para alegrar alguma das tertúlias que costumavam realizar de tarde em suas casas.

Ambas as mulheres ficaram paradas junto ao convento conhecido pelas pessoas como de São Felipe, o Real, no começo da praça. Devido ao desnível da rua Mayor, o átrio da igreja, um terreno grande que desde sempre havia sido centro de reunião e espairecimento dos madrilenses, elevava-se acima das cabeças de Herminia e Caridad. Nenhuma delas, no entanto, prestou atenção aos risos e comentários que surgiam do mentideiro.

– Queres entrar? – convidou Herminia.

Caridad permanecia absorta na fileira de grutas que se abriam sob a escadaria de São Felipe. Também existiam grutinhas sob o átrio da igreja do Carmo e em alguns outros lugares daquela Madri construídos sobre cerros, mas as mais conhecidas eram as da Puerta del Sol. Em algumas se vendia roupa usada, mas a maioria era destinada à venda de brinquedos, artigos que os comerciantes expunham ao público amontoados junto às portas ou pendendo de seus dintéis numa atraente e colorida feira capaz de atrair a atenção de todos quantos passavam.

– Podemos?

Herminia sorriu diante da ingenuidade que se refletiu no rosto redondo de Caridad.

– Naturalmente que podemos... desde que não quebres nada. Marcial ainda demorará um tempo.

Entraram numa das grutas, estreita e alongada, lôbrega, escura, sem outra luz natural que a que se infiltrava pela porta. Os brinquedos apareciam esparramados até no chão: coches, caleças, cavalos, bonecas, apitos, caixinhas de música, espadas e fuzis, tambores... As duas se assustaram como meninas quando uma cobra saltou do interior de uma caixa para picar o dedo da mulher que a estava apalpando. A velha gorda que mantinha o negócio soltou uma gargalhada enquanto voltava a empurrar a cobra para o interior. A mulher se refez da surpresa e perguntou quanto custava, já disposta a comprá-la. Enquanto as duas negociavam o preço, Caridad e Herminia se distraíram entre as quatro ou cinco pessoas que se amontoavam lá dentro, algumas brigando com as crianças que as acompanhavam e que queriam a loja inteira.

– Olha isto, Cachita. – Herminia apontou para uma boneca loura. – Cachita? – insistiu diante de sua falta de resposta.

Voltou-se para Caridad e a encontrou enfeitiçada diante de um brinquedo mecânico que descansava em cima de uma prateleira: sobre uma pequena plataforma pintada de verde e ocre, várias figurinhas de homens, mulheres e crianças pretos, alguns carregados de sacos de tabaco, outros com paus longos dos quais pendiam as folhas do tabaco, e um capataz branco com um látego na mão que encerrava a composição, dispunham-se ao redor do que representava um baobá e várias plantas de tabaco.

– Gosta? – inquiriu Herminia.

Caridad não respondeu.

– Espera, já vais ver uma coisa.

Herminia girou repetidamente uma diminuta chave que sobressaía da base do brinquedo, soltou-a ao chegar ao máximo, e começou a soar uma musiquinha metálica ao mesmo tempo que a negrada girava ao redor do baobá e das plantas de tabaco, e o capataz branco levantava e baixava o braço com que segurava o látego.

Caridad não disse nada; uma de suas mãos estava estendida, como se hesitasse em tocar ou não aquele brinquedo. Herminia não se apercebeu do estado quase de transe em que se achava sua amiga.

– Vou perguntar o preço – disse ao contrário, exultante, animada, dirigindo-se à velha que as vigiava do balcão agora que a mulher da caixa e a da cobra já haviam saído da gruta. – Nem que poupássemos todo o dinheiro ganho em vários anos! – lamentou-se de volta. – Vem ver a boneca!

Marcial teve de percorrer várias grutinhas antes de encontrá-las. Seu rosto, contraído, foi suficiente para que Herminia puxasse Caridad. Sabia o que havia sucedido: as vendedoras ambulantes lhe haviam comprado os melões por menos da metade do que ele haveria podido conseguir. Seguiram o carro de mão vazio através da praça da Puerta del Sol, lentamente, por mais maldições que Marcial lançasse à multidão para que lhes abrisse passagem.

Caridad viu aos aguadeiros, asturianos todos eles, reunidos ao redor da fonte a que chamavam Mariblanca, com seus cântaros preparados para transportar a água aonde quer que necessitassem dela. Jacinta era asturiana e lhe havia falado deles. Seria um daqueles homens o parente que a havia trazido a Madri e a quem não quisera decepcionar quando de sua primeira gravidez? Observou-os; gente brava e dura, havia-lhe assegurado a outra, a maioria dedicada a trabalhos tão severos como os de aguador, descarregador de carvão ou moço de corda. Às sextas-feiras, de um púlpito instalado na praça, entre a igreja do Bom Sucesso e a Mariblanca, padres e frades lhes davam um sermão. Pelo visto necessitavam disso: as brigas entre os aguadeiros e os moradores que pretendiam abastecer-se nas fontes eram constantes, tanto como as que eles mesmos mantinham entre si quando algum tentava carregar em sua vez mais de uma "viagem": um cântaro grande, dos medianos ou quatro pequenos; aquilo era o máximo que era permitido carregar por vez. Também lhe havia contado Jacinta, não sem certa nostalgia, que os asturianos se reuniam no prado do Corregedor para dançar a "dança prima" de sua terra. Iam todos e dançavam unidos, mas sempre terminavam brigando a pauladas ou pedradas, reunidos em grupos correspondentes a seus povoados de origem.

Como na Praça Mayor, ao redor da fonte da Mariblanca, se postavam barracas e caixotes para a venda de carnes e frutas, mas ao contrário da uniformidade e grande altura dos edifícios da praça, a Puerta del Sol tinha tão somente algumas poucas construções importantes: o convento de São Felipe, o Real, e uma grande casa que ocupava toda uma quadra com uma torre de esquina que testemunhava a nobreza de seu proprietário, o senhor da vila de Humera, em sua entrada pela rua Mayor; a igreja e o Hospital do Bom Sucesso, defrontado com a torre na outra extremidade; em um dos frontispícios estava a *inclusa* para as crianças abandonadas, e um pouco adiante, do outro lado da rua do hospital, o convento da Vitória, cujo átrio também servia de ponto de encontro para os janotas afrancesados. O restante das construções era tão somente de casas baixas, a maioria de um só andar, estreitas, velhas e amontoadas, em cujas fachadas se arejavam as roupas, postas para secar, e a intimidade de seus moradores. O lixo se acumulava nos portões, e os excrementos que não haviam sido lançados despreocupadamente pelas janelas permaneciam diante de suas portas, nos urinóis, à espera de que passasse o carro dos dejetos... se chegasse a fazê-lo.

Entre as pessoas e um bulício que se lhe afigurava estranho depois de dois anos de reclusão, Caridad teve de ter cuidado para não perder o passo com que Marcial puxava o carro de mão. Passaram pela Puerta del Sol e se adentraram na rua de Alcalá, com seu tráfego de coches e outros carros para cima e para baixo da rua, cruzando-se, parando para que seus ilustres ocupantes conversassem por alguns instantes, se cumprimentassem ou simplesmente exibissem sua riqueza. Caridad tentou imaginar o que a esperava. Torrejón de quê? Não recordava o nome do povoado mencionado por Herminia; esquecera-o assim que a outra lhe falara do tabaco, algumas plantas tão somente, um sacerdote e um sacristão já velho. "Mau tabaco", acrescentou para si. A pressa, os coches, as ordens e insultos que proferiam os cocheiros e os criados de libré que os acompanhavam a pé obrigaram Caridad a esquecer-se de suas coitas e até a impediram de prestar atenção aos ostentosos edifícios erguidos por todos os tipos de ricos e de ordens religiosas na mais nobre das vias de Madri, que terminava em sua porta oriental, a de Alcalá. Por seu único arco, ladeado por duas torrezinhas, Caridad deixou a cidade tão somente poucos meses depois de Milagros haver entrado nela.

Quatro léguas pelo caminho real os separavam de Torrejón de Ardoz. Percorreram-nas em igual número de horas, abrasados por um sol estival que se encarniçou sobre eles enquanto atravessavam extensos trigais. "Aqui cultivam tabaco?", perguntou-se Caridad recordando a fértil veiga cubana. Teve oportunidade de recordar seu velho chapéu de palha: não havia necessitado dele na Galera, mas naquele caminho, sob o sol ardente, sentiu falta dele. Devia ter ficado abandonado no quarto da pousada secreta, junto com seu vestido vermelho, os documentos e o dinheiro. "Curiosa liberdade", disse-se. Em dois anos não havia sentido falta de seu vestido vermelho, nem sequer quando tinha de pagar algum dinheiro por uma das camisas surradas e amarrotadas de que as provia a *demandadera*, e no entanto havia inspirado tão somente alguns momentos de liberdade e já as recordações abriam caminho em sua memória.

Atrás de um irritado e silencioso Marcial, que as puxava sem compaixão depois de haver culpado aos gritos Herminia pela perda sofrida na venda de seus melões, as duas mulheres tiveram tempo suficiente para explicar-se uma à outra o que se havia passado com elas.

– Como estão tuas costas? – interessou-se Herminia justo quando atravessavam uma ponte. – O rio Jarama – anunciou movendo o queixo para o leito quase seco.

Caridad ia responder acerca do estado de suas costas, mas a outra não lhe deu oportunidade.

– Teremos de conseguir-te sapatos – disse apontando para seus pés descalços.

– Não sei andar de sapato – replicou ela.

Deixaram para trás a ponte de Viveros. Faltava uma légua para chegarem a Torrejón de Ardoz, e Caridad já sabia de toda a família com que ia morar: os tios de Herminia, Germán e Margarita. Ele era agricultor, como a quase totalidade dos habitantes do povoado, e sua esposa o ajudava quando podia.

– Meu tio é um bom homem – murmurou Herminia –, como meu pai, embora ele fosse um pouco teimoso. Acolheu-me quando eu era menina, quando minha mãe não pôde ocupar-se de seus filhos e nos distribuiu por aí.

Caridad conhecia a história, sabia também que Herminia não havia voltado a ter notícias de sua mãe, como ela. Recordou-se de que naquela noite as duas haviam chorado.

– A tia Margarita já é velha – explicou-lhe –; quando não está doente por uma coisa, está doente por outra. Mas te tratará bem.

Havia ainda Antón e Rosario. Caridad percebeu certo nervosismo em sua amiga quando se espraiou em elogios para seu primo Antón, que lavrava com seu pai as terras que tinham em arrendamento, embora amiúde também ajudasse na feitura de telhas ou acarreasse palha até Madri.

– Se teus parentes são agricultores – interrompeu-lhe o discurso Caridad –, por que não se ocupam eles do tabaco?

– Não se atrevem – respondeu.

Andaram alguns passos em silêncio.

– Porque tu sabes que o negócio do tabaco é perigoso, não? – perguntou Herminia.

– Sei, sim.

Caridad o sabia. Havia conversado com uma reclusa condenada por traficar com ele.

– Com Rosario é preciso ter cuidado – advertiu Herminia algum tempo depois. – É convencida, rancorosa e mandona.

A esposa de seu primo não ajudava no campo. Tinha quatro filhos cujos nomes Caridad nem sequer tentou guardar, e fazia anos que vinha obtendo um bom dinheiro tirando-lhes o leite que lhes correspondia para vendê-lo aos filhos dos madrilenses endinheirados. Como lhe contou Herminia, fazia cerca de seis meses que morava com eles o filho de um fiscal do Conselho de Guerra a quem seus pais haviam levado recém-nascido a Torrejón para que Rosario o amamentasse.

– E tu? – perguntou Caridad.

– Eu o quê?

– Que fazes ali, na casa de teus tios?

Herminia suspirou. Marcial escapou alguns passos quando Caridad parou; não lhe havia contado a razão pela qual continuava na casa de seus tios.

– Eu ajudo – limitou-se a responder.

Caridad entrefechou os olhos com a silhueta de sua amiga recortada contra o campo enquanto aquele sol tão diferente do da Galera acariciava sua figura.

– Nunca te casaste?

Herminia a impeliu a seguir em frente.

– Falta pouco para... – tentou safar-se.

– Por quê? – insistiu Caridad interrompendo-a.

– Um bebê – confessou por fim Herminia. – Há muitos anos, antes do cárcere. Ninguém em Torrejón se casará comigo. E em Madri... em Madri os homens têm medo de contrair matrimônio.

– Não me contaste nada disso.

Herminia evitou olhá-la, e continuaram a andar em silêncio. Caridad sabia que os homens não queriam casar-se. Muitas das reclusas da Galera se queixavam da mesma coisa, de que naquela Madri da civilidade e do luxo desenfreado os homens tinham medo de casar-se. O número de casamentos caía ano após ano, e com ele uma natalidade que se substituía por pessoas vindas de todos os cantos da Espanha. A razão não era outra que a impossibilidade de fazer frente aos gastos suntuários, principalmente roupas, a que as mulheres se lançavam em veemente competição assim que se casavam, tanto as nobres como as humildes, cada uma em sua medida. Muitos homens se haviam arruinado; outros trabalhavam sem descanso para agradar a suas esposas.

Torrejón de Ardoz era um povoado de pouco mais de mil habitantes que se achava junto à estrada real que levava a Saragoça. Passaram diante do Hospital de Santa María, da entrada, e esquivaram-se de dois mendigos que os assediaram. Outra quadra, e tomaram a rua de Enmedio até chegar à Praça Mayor. Na rua del Hospital, entre a igreja de São João e o Hospital de São Sebastião, pararam diante de umas casas baixas de adobe, com hortos traseiros que já confinavam com as eiras. Ainda brilhava o sol.

Marcial soltou um grunhido ao modo de despedida, entregou a Caridad os papéis que asseguravam sua liberdade, encostou o carro de mão na fachada de uma das casas e entrou nela. Caridad seguiu os passos de Herminia para a que confinava com aquela.

– Ave Maria Puríssima – cumprimentou esta em voz alta após transpor o umbral.

32

No 13 de setembro de 1752, três anos depois de se haver perpetrado a grande prisão de ciganos, chegavam à Real Casa da Misericórdia de Saragoça quinhentas e cinquenta e uma ciganas e cento e muitas crianças. Todas elas haviam sido embarcadas no porto de Málaga com destino ao de Tortosa, em Tarragona, na desembocadura do rio Ebro, de onde subiram o rio em barcaças até Saragoça, sempre guardadas por um regimento de soldados.

Ana Vega apertou a mão do pequeno Salvador à vista do casario da cidade e das torres que sobressaíam acima dele. O menino, de quase nove anos, respondeu ao aperto de sua tia com idêntica força, como se fosse ele quem pretendesse infundir-lhe coragem. Ana deixou escapar um triste sorriso. Salvador pertencia à família dos Vegas, e Ana o havia adotado fazia pouco mais de um ano, após a morte de sua mãe na epidemia de tabardilho que assolou Málaga. O tifo havia causado estragos entre a população da cidade costeira, e as ciganas encarceradas na rua del Arrebolado não se livraram da catástrofe. Os mortos contaram-se aos milhares, mais de seis mil dizia-se, tantos que o bispo proibiu o toque de sinos à saída do viático e nos enterros. Os sacerdotes distribuíam rações de carneiro nas casas dos doentes, mas nenhuma foi para as ciganas e seus filhos pequenos. Depois, passada a epidemia, chegou a fome de 1751, devido às más colheitas. Nenhuma das numerosas rogativas e procissões de penitência convocadas por frades e sacerdotes ao longo de toda a Andaluzia conseguiu pôr fim à terrível seca.

Ana soltou a mão do menino, acariciou com ternura sua cabeça raspada e o trouxe para si. Saragoça se abria diante deles; o mais de meio milhar de ciganas contemplava a cidade em silêncio, cada vez mais próxima. A maioria daquelas mulheres, emaciadas, consumidas, enfermas, muitas delas nuas, sem sequer um mau farrapo com que cobrir suas vergonhas, ignorava o que lhes depararia o destino a partir desse momento. Que outros tormentos pensava em oferecer-lhes Sua Majestade Fernando VI?

O marquês de la Ensenada tinha a resposta. O nobre não cedia em sua obsessão pelo extermínio da raça cigana. Muitos dos detidos em La Carraca haviam sido levados de Cádiz para o arsenal del Ferrol, na outra ponta da Espanha, ao norte. Quanto às ciganas, o marquês teve de pugnar com a junta que governava a Casa da Misericórdia para transferi-las para ali. A Misericórdia havia nascido como estabelecimento assistencial para os pobres e vagabundos que povoavam a capital do reino de Aragão. Eram privados de liberdade, obrigados a trabalhar para ser úteis à sociedade, e até em certos casos se admitia o castigo corporal, mas ainda assim a junta não queria ver sua obra convertida num cárcere para delinquentes. Desde sempre Saragoça se havia considerado uma cidade extremamente caritativa, virtude que não conseguia senão atrair um maior número de indigentes para suas ruas. O "pai dos órfãos" velava pelas crianças desprotegidas e, de vez em quando, organizava rondas com o "carro dos pobres": uma diligência gradeada que percorria a cidade com a finalidade de deter os mendigos e vagabundos que vagabundeavam ou esmolavam, e que eram encerrados na Casa da Misericórdia. Como iam admitir essas quinhentas desesperançadas, além de outros duzentos ciganos aragoneses que permaneciam detidos no cárcere do castelo de la Aljafería e que o marquês também pretendia destinar à instituição, quando já tinha quase seiscentos mendigos que a lotavam?

A pugna entre a junta e Ensenada se inclinou a favor do marquês: o Estado se encarregaria do sustento das ciganas. Igualmente, construir-se-ia uma nova ala para seu alojamento, cuidar-se-ia de que estivessem sempre separadas do restante dos internos, e o capitão-geral destinaria vinte soldados da guarda para sua vigilância.

A longa fila de mulheres sujas e desnudas, escoltadas por soldados, suscitou tal expectativa que uma multidão se juntou à comitiva que se dirigiu até a porta del Portillo, diante do castelo, por onde entraram na cidade. Não muito longe dessa entrada se achava o Campo del Toro, ao qual se abria o horto da Casa da Misericórdia. Longas alas de tijolo e madeira de um ou dois andares, com telhados de duas águas e janelas sem grades dispostas sem ordem aparente, compunham o conjunto. Espalhadas entre elas, pátios e espaços livres, pequenas construções para serviços e, em uma de suas extremidades, uma humilde igreja de uma só nave, também de tijolo e madeira.

O regedor da Misericórdia meneou a cabeça à vista das mulheres e das crianças que transpunham a porta ladeadas pelos soldados. O sacerdote, a seu lado, benzeu-se diversas vezes diante dos corpos nus, dos rostos emaciados, da fome destacando os ossos, dos peitos caídos mostrando-se sem recato; braços, pernas e nádegas esquálidos.

Assim que entravam, eram empurrados para a ala expressamente construída para eles. Ana e Salvador, de mãos dadas, entraram misturados ao restante das mulheres e das crianças. Uma simples olhadela bastou para que as ciganas se certificassem de que a ala não as comportava. O lugar era lôbrego e estreito. O chão de terra estava úmido por águas paradas, e o fedor malsão que se exalava daquelas águas no calor de setembro e num lugar carente de ventilação era insuportável.

As queixas começaram a elevar-se da boca das mulheres.

– Não podem enfiar-nos aqui!
– Até os estábulos são melhores!
– Adoeceremos!

Muitas das ciganas desviaram o olhar para Ana Vega. Salvador lhe apertou a mão para infundir-lhe força e coragem.

– Não ficaremos – afirmou ela. O menino a premiou com um sorriso esplendoroso. – Saiamos!

A cigana deu meia-volta e encabeçou a saída. As ciganas que ainda estavam entrando, retrocederam ao topar com Ana Vega. Poucos minutos depois estavam todas outra vez na esplanada que se abria diante da ala, queixando-se, gritando, maldizendo sua sorte, desafiando uns soldados que interrogavam seu capitão. O oficial se voltou para o regedor, que de novo meneou a cabeça: ele o sabia, previa aquele problema. Não fazia nem dois meses que a junta de governo havia advertido o marquês de la Ensenada da insalubridade da nova construção: as águas da Misericórdia não corriam e tornavam-se pútridas e insalubres na ala das ciganas. Não podia haver um começo pior.

– Para dentro com elas! – ordenou então por cima do alvoroço.

O rugido ainda não havia deixado de ressoar quando Ana Vega se lançou a socos e dentadas contra um sargento que estava a seu lado. O pequeno Salvador atacou outro soldado, que se livrou dele com um bofetão antes de enfrentar muitas das ciganas que seguiram a Ana. Outras, incapazes de pelejar, animavam suas companheiras. Após alguns instantes de desconcerto, os soldados retrocederam, reagruparam-se, e seus disparos para o alto conseguiram frear a ira das mulheres.

A solução oferecida pela revolta satisfez o regedor: ele demonstraria sua autoridade e resolveria o problema do alojamento. Ana Vega e outras cinco mulheres que foram identificadas como revoltosas seriam açoitadas e depois imobilizadas no *cepo* por dois dias; as demais poderiam dormir fora da ala, ao relento, nos pátios e no horto, ao menos enquanto durasse o calor que tornava pútridas as águas paradas. Ao fim e ao cabo, estavam já em setembro, a situação não podia prolongar-se demasiadamente.

Diante das mulheres e de seus filhos, Ana apresentou as costas nuas ao porteiro; as omoplatas, a coluna e as clavículas que sobressaíam não conseguiam esconder as cicatrizes de muitos outros castigos recebidos em Málaga. O látego silvou no ar, e a cigana trincou os dentes. Entre um açoite e outro, voltou o olhar para Salvador, na primeira fila, como sempre. O pequeno, punhos e boca apertados, fechava os olhos cada vez que o couro feria as costas da cigana. Ana tentou dirigir-lhe um sorriso, para tranquilizá-lo, mas só conseguiu desenhar em seus lábios um esgar forçado.

As lágrimas que viu correr pelas faces do menino lhe doeram mais que qualquer lategada. Salvador a havia tomado como substituta de sua mãe morta, e Ana se havia refugiado no menino para verter nele sentimentos que todos pareciam querer roubar-lhe. Duas vezes chegara a renegar sua própria filha. Inteirou-se dos acontecimentos do beco de San Miguel: bem se ocupou a Trianeira de levá-la a saber deles. O casamento de Milagros com o neto de Rafael García, aquele jovem pendenciador a quem havia esbofeteado, engolfou-a na infelicidade. Sua menina entregue a um García! Por outro lado, estranhou, preocupando-a, sua própria indiferença diante da notícia do assassinato de seu esposo, não sentir nada depois de tantos anos de vida em comum, mas ela concluiu que José não merecia outro final: havia consentido naquele casamento. E quanto à sentença de morte contra seu pai...

– Tens algo que dizer?

A recordação da conversa com o soldado de Málaga interrompeu seus pensamentos.

– Estão esperando uma resposta? – perguntou ela por sua vez.

O homem deu de ombros.

– O cigano me disse que voltasse uma vez que houvesse falado contigo.

– Que diga à minha filha que ela deixou de pertencer aos Vegas.

– Isso é tudo?

Ana fechou os olhos.

– Sim. Isso é tudo.

Algum tempo depois, Milagros insistiu através do Camacho. "Diz-lhe que já não a considero filha minha", afirmou. Era verdade?, perguntava-se Ana muitas noites. Verdadeiramente eram esses os seus sentimentos? Às vezes, quando aflorava a raiva ao pensar em Milagros nos braços de um dos Garcías, o ódio de família e o orgulho de raça cigana a levavam a responder que sim, que já não era sua filha; muitas outras vezes, porém, a maioria, o que abria caminho em seu íntimo não era senão um amor de mãe infinito, indulgente, cego diante dos erros. Por que havia dito aquela barbaridade?, martirizava-se então. A raiva e a pena se alternavam ou chegavam a entremesclar-se na escuridão das longas noites de cativeiro, conseguindo sempre, no entanto, que Ana tivesse de esconder de suas companheiras o choro e os soluços que a assaltavam em tais momentos.

33

Os edifícios em que morava a aristocracia madrilense não se pareciam com as casas nobres sevilhanas, erguidas sob o impulso do auge comercial com as Índias, com seus luminosos e floridos pátios centrais circundados por colunas como eixo e alma da construção. Afora algumas exceções, a multidão de nobres que se acumulava na Vila e Corte, alguns com títulos que se enraizavam na história da Espanha, os mais elevados pela nova dinastia bourbônica, habitava casas senhoriais cujo aspecto exterior era severo e em pouco diferia de muitas outras que compunham a Madri do Setecentos.

Felipe V, neto do Rei Sol e primeiro monarca Bourbon, culto e refinado, tímido e melancólico, piedoso, educado na submissão que correspondia ao segundo da casa real francesa, expressava-se em latim com fluência, mas levou anos para falar espanhol. Nunca gostou do alcácer que até sua chegada havia sido a residência de seus antecessores no trono: os Habsburgos. Como comparar aquela sóbria fortaleza castelhana encaixada numa pequena colina de Madri com os palácios em que o jovem Felipe havia vivido na infância e na juventude? Versalhes, Fontainebleau, Marly, Meudon, rodeados todos de imensos e cuidados bosques, jardins, fontes ou labirintos. O Grande Canal construído em Versalhes, onde o jovem Felipe navegava e pescava numa flotilha real servida por trezentos remadores, dispunha de maior caudal que o mísero rio Manzanares, que serpenteava ao pé do alcácer. Rodeado de cortesãos e criados franceses, o rei alternou suas estadas na fortaleza castelhana com o palácio del Buen Retiro, até que na véspera de Natal do ano de 1734 um incêndio que começou nas cortinas do quarto de seu pintor de câmara devorou a totalidade do alcácer e propiciou a transferência definitiva dos reis para o Retiro. Apesar de o próprio Felipe V haver ordenado que sobre o solar do alcácer se construísse um novo palácio acorde aos seus gostos, alguns ricos seguiram os passos dos monarcas até o entorno do palácio del Buen Retiro e aos passeios que se urbanizavam nos prados adjacentes. Contudo, a grande maioria dos nobres continuava vivendo no que havia sido o centro nevrálgico da cidade: os arredores do novo palácio real, que já mostrava sua colossal fábrica naquele ano de 1753.

Não era a primeira vez que Milagros ia a uma daquelas casas senhoriais nos últimos meses. Durante muito tempo havia recusado quantos convites lhe fizeram, dizendo-se que aquele dinheiro só serviria para as diversões e amorios de seu esposo, até que lhe veio um convite que ela não pôde recusar: o marquês de Rafal, corregedor de Madri e juiz protetor dos teatros, ordenou que ela cantasse e dançasse num sarau que ele organizava para alguns amigos.

– Este tu não poderás recusar, cigana – advertiu-a don José, o diretor da companhia, depois de comunicar-lhe os desejos do marquês.

– Por quê? – perguntou ela com soberba.

– Terminarias no cárcere.

– Não fiz nada de errado. Negar-se a...

O diretor a interrompeu com um tapa no ar.

– Sempre há algo que se faz erradamente, moça, sempre, e ainda mais quando dependes de que um nobre a quem desdenhaste tenha de decidi-lo. Primeiro serão alguns dias de cárcere por algo sem importância... uma insolência para o público ou uma expressão que considerem inapropriada. Assim que saíres da prisão, voltarão a convidar-te, e, se continuares em tua negativa, será um mês.

As feições de Milagros mudaram do desdém inicial para um temor intenso.

– E insistirão assim que voltarem a libertar-te; os nobres não esquecem. Para eles será como um jogo. Tua obrigação é cantar e dançar no Príncipe. Se não o fazes ou se o fazes de má vontade, te prendem; se o fazes bem, encontrarão algo que não lhes agrade...

– E me enviarão para o cárcere – adiantou-se-lhe Milagros.

– Enviarão, sim. Não compliques tua vida. Terminarás cantando e dançando para eles, Milagros. Tens uma filha pequena, ou me engano?

– Que é que há com ela? – saltou a cigana, indignada. – O senhor não se meta ...!

– Os cárceres estão cheios de mulheres com seus filhos pequenos – interrompeu-o o outro. – Não é civilizado separar um filho de sua mãe.

Milagros aceitou, não tinha alternativa. A mera possibilidade de que sua menina entrasse no cárcere a horrorizava. Os olhos de Pedro chisparam quando recebeu a notícia.

– Eu te acompanharei – afirmou.

Ela quis opor-se:

– Don José...

– Já falarei eu com esse homem; além disso, não eras tu que dizias que necessitavas de proteção? Encontrarei guitarristas e mulheres ciganas; os músicos do Príncipe não entendem o que essa gente quer, não têm sal.

Don José consultou o marquês, que não só consentiu, mas acolheu a proposta de Pedro com entusiasmo. Don Antonio, o corregedor, recordava-se de como Milagros inflamara a assistência reunida no palácio sevilhano dos condes de Fuentevieja, e isso era precisamente o que queria dela: as voluptuosas danças ciganas que os censores proibiam no Príncipe, as lascivas sarabandas tão vilipendiadas por beatos e puritanos, e aqueles outros ritmos que Caridad a havia ensinado a compreender e sobretudo a sentir, danças guineias, danças de negros, atrevidas e provocadoras, que celebravam a fertilidade: chaconas, cumbés e sarambeques. Nenhum membro da companhia de artistas fez parte daquele grupo, nem sequer Marina, apesar da insistência de Milagros, ou da grande Celeste, com quem Pedro havia rompido os últimos laços. Salvo Marina, que aceitou suas desculpas, essa decisão atraiu para Milagros a antipatia do restante da companhia, mas Pedro não deu atenção a suas queixas. "É a ti que aclama o público do Príncipe", arguiu.

E era verdade: era por ela que as pessoas iam ao teatro, de modo que, quando terminavam as tonadilhas e apareciam Celeste e os demais para representar o terceiro e último ato da peça, a maior parte já o havia abandonado e os atores topavam com um coliseu meio vazio e distraído.

Desde essa primeira apresentação por instância do corregedor, foram muitas as ocasiões em que nobres, endinheirados ou funcionários de alta categoria requereram a presença da famosa Descalça nas numerosas festas que realizavam. Don José se dirigia diretamente a Pedro, que aceitava todos os convites, e Milagros, terminada sua apresentação no teatro, de noite, se deslocava para aquelas casas senhoriais para comprazer a sensualidade dos civilizados dignitários do reino e suas esposas.

Por isso, naquela noite de primavera de 1753 a cigana não prestou atenção ao anódino aspecto exterior do imóvel. Sabia que seu interior transbordava de luxos: cômodos imensos, sala de jantar, biblioteca, sala de música e jogos, gabinetes, salões de altos tetos com espetaculares lustres de cristal que iluminavam um sem-fim de móveis embelezados com conchas, marfim, bronze, vidros pintados ou marchetarias de madeiras exóticas, todos encostados às paredes, quase sempre com uma mesa no centro acompanhada no máximo de alguma cadeira; *cornucopias** cujos grandes espelhos refletiam a luz que surgia das lâmpadas de seus braços; tapetes, estátuas, quadros e tapeçarias com motivos que nada tinham que ver com a Bíblia ou a mitologia como os que ela havia contemplado nas casas sevilhanas. A mesma coisa podia dizer-se das lareiras. Em Madri já não se encontravam as grandes, ao modo espanhol, mas as francesas: pequenas, de mármore, de linhas delicadas. Imperava o gosto pelo francês até extremos insuspeitados.

Aos salões e móveis, à infinidade de criados que pululavam pelas casas nobres havia que somar a profusão de objetos e adornos em ouro, prata, marfim ou madeiras nobres; louças de porcelana chinesa e taças de cristal de rocha que vibravam agudas por sobre todo alvoroço ao se chocarem entre si, erguidas em brindes ao redor de uma competição de sedas, veludos, *moirés* e tissos; babados, franjas, fios, laços, fitas e rendas; perfumes; extravagantes penteados nas mulheres, perucas empoadas em seus acompanhantes. Luxo, ostentação, vaidade, hipocrisia...

Milagros se mostrava indiferente a toda essa magnificência. Naquelas ocasiões nem sequer utilizava os vestidos que exibia no Príncipe, mas suas simples e confortáveis roupas de cigana, combinadas com fitas coloridas e avelórios. Desde que se vira obrigada a ir às casas dos nobres, havia recebido presentes, alguns valiosos, embora não houvessem servido de nada para os que tentavam lisonjeá-la ou seduzi-la. Todos os presentes e o dinheiro que recebia pelas apresentações iam para as mãos de Pedro, que à diferença dela havia melhorado muito na aparência; naquela noite estava vestido com jaquetinha curta ricamente bordada, ao estilo dos *manolos* madrilenses, camisa e meias de seda e um par de sapatos com fivela de prata que ele obrigava Bartola a lustrar sem parar; Milagros, vendo-o tão esplendoroso, elegante e arrebatador, sentiu uma pontada de algo que não sabia se era dor ou raiva. Pedro, numa exibição de ciganaria, dirigia-se de igual para igual ao marquês de Torre Girón: eles falavam, riam e até se deram tapinhas nas costas, como se os unisse uma velha amizade. Ela percebeu que muitas das damas ali presentes cochichavam com o olhar descaradamente posto em seu esposo. Até os janotas afrancesados que cortejavam as senhoras pareciam invejá-lo!

Milagros passeou diante deles com altivez, como se os desafiasse. Conhecia o jogo do cortejo. Marina lhe havia explicado que a maioria das damas

---

* *Cornucopia*: aqui, espelho de moldura talhada e dourada, que costuma ter na parte inferior um ou mais braços para pôr velas cuja luz reverbere no mesmo espelho. [N. do T.]

que ocupavam os camarotes do Coliseo del Príncipe não ia acompanhada dos respectivos esposos, mas dos *chevaliers servants* que as cobiçavam.

– E seus esposos o permitem? – inquiriu estranhando-o a cigana.

– Naturalmente – respondeu Marina. – Toda tarde as acompanham ao teatro e lhes pagam um bom lugar – comentou com ela no camarim –, embora às vezes a senhora prefira misturar-se na *cazuela* das mulheres oculta sob um bom manto. Quando está de luto, por exemplo, e não é apropriado que a vejam divertindo-se no teatro ou escutando os mexericos de lojistas e vendedoras ambulantes. Nesse caso o galanteador também deve pagar-lhe a entrada e esperá-la na saída do teatro. Repara bem! – animou a Milagros. – Certamente, ainda que vão encobertas, tu as reconhecerás.

– Que mais tem que fazer o galanteador? – interessou-se a cigana.

– Tem que comprazer sua galanteada – explicou a outra. – Só pode falar com ela, não deve fazê-lo com nenhuma outra mulher, mesmo quando sua senhora não esteja presente. De manhã, cedo, tem de ir à sua alcova para despertá-la, levar-lhe o desjejum, ajudá-la a vestir-se e conversar com ela enquanto o cabeleireiro a penteia e a arruma; depois vão à missa. De tarde, acompanha-a até aqui, para ver as peças. – Marina enumerava as obrigações do galanteador enquanto contava nos dedos. – Depois, dão juntos um longo passeio pelo prado de San Jerónimo num bom coche descoberto, e de noite vem a tertúlia, jogos de cartas e bailes de contradança antes de deixá-la em casa. Se algum dia a dama cai doente, o galanteador terá de permanecer a seu lado dia e noite para cuidar dela e dar-lhe os remédios. Enfim, para qualquer coisa que o galanteador queira fazer, terá de obter permissão de sua senhora.

– Isso é tudo? – perguntou a cigana em tom de zombaria.

Mas, para sua surpresa, Marina retomou seu discurso.

– Não! – respondeu alongando exageradamente a palavra. – Só estava tomando ar. – Riu com fingida afetação. – Isso é o que ele tem de fazer. Depois há o que tem de pagar: o cabeleireiro, as flores que tem de mandar-lhe todos os dias e, sobretudo, as roupas e demais adornos que a cortejada tem de vestir. Há as que, diante das despesas, combinam antes com o galanteador o valor máximo de todos esses gastos, mas esses são os galanteios baratos. O galanteador de verdade deve ter uma conta nas melhores lojas para que sua dama se adorne como é preciso, e também tem de estar a par da última palavra da moda da corte e de tudo aquilo que chega de Paris para proporcioná-los a ela antes que outras o exibam…

– Assim se arruinarão – comentou Milagros.

– Madri está cheia de galanteadores que perderam sua fortuna no cortejo de uma dama.

– Desgraçados.

– Desgraçados? Desfrutaram do sorriso e da companhia de suas senhoras, de sua conversa e suas confidências... e até de seu desdém! A que mais pode aspirar um homem?

À lembrança daquelas palavras, a Milagros escapou um sorriso que foi mal interpretado por um dos jovens janotas convidados para a festa do marquês. "Quanto dinheiro te resta?", esteve tentada a perguntar-lhe justo no momento em que duas das senhoras, atrevidas, se separaram do grupo e se aproximaram, bajuladoras, do marquês e do cigano. Milagros hesitou quanto a se devia interpor-se em seu caminho. Era o seu homem! Ou não? Cada vez eram mais numerosas as noites que nem sequer aparecia para dormir, mas isso não tinham por que saber aquelas bobas que a envolviam num bafo de perfume ao passar junto a ela. Não o fez. Virou o rosto e perdeu o olhar nos reflexos de um grande lustre de cristal assim que as duas mulheres se lançaram ao assédio de Pedro.

Com uma festa para quase duzentos convidados, o marquês de Torre Girón celebrava aquela noite o fato de o rei lhe haver concedido, como grande da Espanha, o privilégio de permanecer coberto diante dele. Milagros, tal como em outras ocasiões, cantou e dançou com tanta paixão como fazia no teatro. Nesses momentos ela era a rainha. Ela o sentia, ela o sabia! Duques, marqueses, condes e barões se rendiam à sua voz, e em seus olhos, despidos então de toda e qualquer nobreza, de dinheiro e até de autoridade, ela não percebia mais que o desejo, o anelo de possuir aquele corpo de dezenove anos que se lhes mostrava sensual, impudico em danças e revoluteios. E o que dizer delas? Sim, das mesmas mulheres que se haviam lançado sobre Pedro. Baixavam os olhos, desviavam o olhar para suas próprias mãos ou para seus próprios pés, uma que outra para seus seios espartilhados, provavelmente lamentando-se de que, assim que os libertasse de suas ataduras, eles cairiam flácidos. Até as mais jovens, conscientes de que nenhuma delas era capaz de utilizar seus encantos como o fazia aquela cigana, a invejavam. A contradança!, como emulá-la, como igualar-se a ela, através das grotescas e cerimoniosas danças cortesãs?, pensavam. Nem sequer na intimidade de seus aposentos ousariam girar golpeando o ar com as cadeiras.

O sarau havia de prolongar-se até bem avançada a madrugada, provavelmente até o amanhecer. Contudo, Milagros teve oportunidade de descansar quando o marquês, exultante após a cerimônia de cobertura diante Sua Majestade Fernando VI, comprouve seus convidados com um teatro de marionetes.

Assim, enquanto os bonecos articulados representavam diante de mais de um preboste da Igreja episódios bíblicos em tom livre, burlesco até, Pedro

García se achava confortavelmente sentado no meio do público, junto a uma das mulheres que haviam ido conquistá-lo, e Milagros e seus acompanhantes se refrescavam na cozinha depois de uma primeira apresentação. Os risos do auditório diante do que mais de um moralista haveria qualificado de blasfêmias ou dos gritos de admiração das damas surpresas diante da fumarada levantada por uma explosão de pólvora quando apareceu o demônio ressoavam longe.

– Que desonra!

Alguns criados que entravam e saíam da cozinha, com uma bandeja nas mãos e uma vela acesa no centro para que os convidados vissem o que é que lhes ofereciam, cambalearam diante do repentino aparecimento do marquês. O restante se encolheu diante do grito com que ele havia irrompido diante deles.

– Não posso permitir que uma princesa como tu seja atendida na cozinha – acrescentou estendendo o braço para Milagros. – Acompanha-me, eu te peço.

A cigana hesitou antes de apoiar a mão no braço que o marquês mantinha estendido diante dela, mas o nobre insistiu e Milagros sentiu cravados nela os olhares de criados, guitarristas e dançarinas. "Ela será capaz de rejeitar a cortesia com que a honra o senhor da casa?", pareciam perguntar-se. "E por que não?", disse-se ela. Pôs a cabeça de lado com malícia, sorriu e aceitou o convite.

Joaquín María Fernández de Cuesta, marquês de Torre Girón, havia de beirar os quarenta anos. Culto e bem-apessoado, de fala fácil, dissimulava uma quase imperceptível coxeadura devida à queda de um cavalo. Milagros se viu envolta no perfume exalado pelo nobre enquanto percorriam os corredores.

– Não me agrada o teatro de marionetes – explicou-lhe ele. – Os titereiros não são mais que um bando de dissolutos que escarnecem e põem em dúvida as mais íntimas convicções do povo. O Estado deveria proibi-los.

– Então, por que os trouxe? – perguntou ela.

– Por causa da marquesa e de suas amigas – respondeu o nobre. – Eles as entretêm, e é preciso comprazê-las. Além disso, não pretenderás compará-las com o populacho ignorante! – Pararam diante de uma porta, e don Joaquín María anunciou: – Meu gabinete.

Entraram na peça, talvez grande, talvez não. Milagros não foi capaz de fazer uma ideia de suas verdadeiras dimensões diante da infinidade de livros, móveis e objetos que se acumulavam nela: numa das paredes, um oratório com seu genuflexório e várias imagens entalhadas; um gomil na parede fronteira; a seu lado, um relógio de pé com uma infinidade de estatuazinhas; tapeçarias com imagens de bosques e campos; espelhos e esculturas de deusas mitológicas; estatuazinhas de cristal; mesas; cadeiras e poltronas... A cigana ficou absorta diante de uma grande gaiola dourada em cujo interior havia vários rouxinóis de metal. O marquês se aproximou e acionou um mecanismo. Imediatamente, os passarinhos começaram a trinar.

– Vais gostar de tudo o que há aqui – disse-lhe tomando-a pelo cotovelo.

Circundaram uma mesa com papéis desenhados espalhados sobre ela, e o nobre acendeu uma luz no interior de uma caixa.

– Olhe por aqui – indicou-lhe apontando para um buraco disposto num cano que sobressaía de um de seus frontais.

Milagros tapou o olho esquerdo e encostou o direito ao cano.

– Versalhes – anunciou o marquês.

Ela lançou uma exclamação diante da visão em profundidade do imenso palácio. O nobre lhe permitiu recrear-se nela por alguns instantes e depois introduziu outro vidro num vão diante do cano.

– Fontainebleau – disse então.

Pareciam reais! O marquês continuou a inserir vidros enquanto explicava seu conteúdo. "Que bonito!", "Maravilhoso!", exclamava ela diante dos palácios, dos imensos e cuidados jardins ou dos bosques que se lhe mostravam através daquela caixa. De repente, ainda com o olho colado ao cano, notou o contato do nobre: um simples roçar. Prendeu a respiração, e devia ter sido tal a rigidez mostrada por seu corpo que o marquês se afastou.

– Desculpa – murmurou.

Quando terminaram com a lanterna mágica, ele a convidou a tomar vinho doce numas pequenas taças de cristal que ele tirou de um móvel.

– A ti – brindou insinuando erguer a taça –, a Descalça, a melhor artista de Madri... e a mais bela.

Após o primeiro gole, o marquês se dedicou a mostrar-lhe, com detença e com um orgulho que ele não conseguia esconder, a multidão de objetos estranhos e curiosos que se amontoavam no gabinete. De início Milagros quase não prestou atenção às explicações que surgiam com fluência da boca do nobre. Depois de fazer girar nas mãos, com cuidado e delicadeza extremas, a estatuazinha de uma deusa, don Joaquín María abriu um livro de folhas imensas.

– Observa – convidou-a.

Ela tentou manter distância e o fez algo afastada, incomodada por encontrar-se a sós com um nobre em seu gabinete. Ele não lhe deu importância e continuou a virar as folhas, assinalando-lhe uns magníficos desenhos, enquanto Milagros bebia do excelente vinho doce.

"Por que tenho que sentir-me culpada?", perguntou-se ela. Havia visto Pedro sentado no meio do público, flertando descaradamente com uma das sirigaitas. Ela não estava fazendo nada de errado, e o marquês parecia respeitá-la: não havia tentado apalpá-la nem lhe havia dito impertinências, como costumava suceder nos *mesones*. Tratava-a com cortesia, e salvo aquele leve roçar nem sequer havia feito menção de aproximar-se dela. Milagros deu um passo para a mesa em que descansava o grande livro e observou os desenhos. Aceitou mais vinho, bebeu, e se deleitou na visão de tudo quanto aquela peça entesourava. Interessou-se por objetos e móveis com ingenuidade, por sua procedência, por seu valor, por seu uso, e assistiu comprazida, entre os risos de ambos, aos esforços de don Joaquín María por traduzir suas cultas explicações a uma linguagem compreensível.

– Gosta?

Milagros mantinha na palma da mão um camafeu de ouro em que aparecia a figura de uma mulher gravada numa pedra branca.

– Gosto – respondeu ela distraída, sem afastar o olhar da pequena peça; sua memória estava posta naquele outro medalhão com que seu avô presenteara a velha María lá em Triana.

– É teu.

O marquês fechou a mão da cigana sobre o camafeu. Milagros permaneceu em silêncio por alguns instantes, surpreendida ao tato daquela mão suave, tão diferente das mãos ciganas ou dos ferreiros, ásperas e calosas.

– Não... – tentou reagir.

– Tu me farias um grande honra se ficasses com ele – insistiu ele apertando o punho com a mão. – Não o mereço?

Milagros anuiu. Como não ia merecê-lo? Havia passado alguns momentos deliciosos. Jamais ninguém a havia tratado com tal galanteria e atenção numa sala cheia de objetos lindos, numa grande mansão...

– Já está na hora – comentou de repente o nobre após consultar um grande relógio de parede, soltando sua mão e interrompendo seus pensamentos.

Milagros ergueu as sobrancelhas.

– Devemos voltar – sorriu ele oferecendo-lhe seu braço, como havia feito na cozinha. – Os titereiros devem estar dando fim a seu espetáculo, e nada mais distante de minha intenção que ser causa de rumores mal-intencionados.

No entanto, correram os rumores ao ritmo dos espetaculares ramos de flores que a partir de então e diariamente chegavam ao Príncipe, aos cuidados de Milagros, e que se multiplicavam quando ela cantava e dançava com o olhar posto no camarote do nobre.

– Não o voltei a ver desde o sarau! – defendeu-se quando Pedro lhe exigiu explicações após dar um tapa em um daqueles ramos de flores com que ela aparecia dia após dia.

Era verdade. Don Joaquín María se mantinha afastado, como se esperasse... Que fosse ela quem desse o primeiro passo? Marina a estimulou a fazê-lo, exultante primeiro, visivelmente contrariada diante da negativa da cigana. "Estás louca? Como vou ter relações com outro homem por mais rico e nobre que seja?", soltou-lhe Milagros. E no entanto nas noites, sozinha, enquanto Pedro percorria os *mesones* de Madri divertindo-se com suas mulheres, ela acariciava o camafeu que guardava entre suas roupas e se perguntava o que a impedia de fazê-lo. O amanhecer, o alvoroço que subia das ruas, os risos e a azáfama de María pela casa alimentavam as fantasias pelas quais se havia deixado levar na escuridão. Era cigana, era casada e tinha uma filha. Talvez algum dia Pedro mudasse.

– No sarau – insistiu nesse momento seu esposo – ficaste com o marquês em seu gabinete. Disseram-me.

– E onde estavas tu então? – replicou ela com voz cansada –, queres que te recorde?

Pedro ergueu a mão com intenção de esbofeteá-la. Milagros se levantou e permaneceu parada diante da investida, com o cenho franzido.

– Bate-me, e correrei para ele.

Cruzaram os olhares, coléricos ambos.

– Se eu te encontrar com outro homem – ameaçou-a o cigano com a mão suspensa no ar –, eu te cortarei a garganta.

34

Ela podia ir-se, perseguir o rastro dourado que a lua cheia dessa noite primaveril deixava sobre a eira e os trigais que se estendiam por trás da casa. Com o povoado mergulhado no mais absoluto dos silêncios, aquele resplendor mágico a convidou a abandonar o quartucho anexo ao horto que lhe haviam cedido, e Caridad caminhou para a lua com o olhar perdido nos terrenos planos que se estendiam diante dela. Uma sombra nos campos, às vezes parada, acovardada diante da imensidão, outras andando sem rumo, como se pretendesse encontrar um caminho que a levasse... aonde?

O recebimento meses atrás em sua nova casa havia sido diverso. Os tios de Herminia calaram sua surpresa. Demasiado negra, gritavam seus olhos. Antón a contemplou com uma ponta de lascívia que Herminia atalhou interpondo-se prontamente entre os dois; Caridad não compreendeu de todo aquela súbita reação. As crianças não tardaram a mudar seus receios em curiosidade, e Rosario a acolheu com um esgar de desgosto.

– Ela está sã? – soltou para Herminia. – Estás certa de que não transmitirá nenhuma doença de negros a Cristóbal?

O temor da ama-seca a desterrou para o horto, para um galpão cheio de petrechos de lavoura, anexo à casa, que lhe recordou aquele onde a haviam confinado os bons cristãos a que se dirigira Frei Joaquín em busca de asilo durante a batida. Jugos e alviões substituíam as redes e canas de pesca.

Cristóbal, o filho do fiscal... como ia ela contagiá-lo com qualquer coisa? O pequeno tinha mais semelhanças com o casulo de uma borboleta que com o filho de Rosario de mesma idade a quem a mãe substituía parte de seu leite por "*sopa borracha*" – pão molhado em vinho – e que, quando não estava no chão, andava livre de mão em mão. Cada manhã, depois de banhar Cristóbal em água fria e passar-lhe farinha entre as pernas, Rosario o enfaixava com um pano branco dos pés aos ombros, com os bracinhos bem colados a ambos os lados para não lhe causar deformidades com o tecido cingido. Desse modo, como um casulozinho branco de que só sobressaía a cabeça, o pequeno passava as horas deitado num rústico berço de madeira do qual Rosario somente o levantava para que se agarrasse a um de seus mamilos. Uma vez saciada sua fome, Cristóbal adormecia, mas a maior parte do dia transcorria entre os berros do menino, oprimido, incapaz de mexer-se, irritado com a urina e os excrementos grudados em sua pele e dos quais não o livravam senão a contragosto, porque o trabalho de enfaixá-lo de novo se convertia num estorvo que atrasava sua higiene. Caridad se compadecia de Cristóbal. Ela o comparou às demais crianças que corriam pela casa, com os ciganinhos que havia visto perambular nos pátios dos cortiços de Triana e até com os crioulinhos que nasciam nos barracões de Cuba; a estes os alimentavam suas mães durante dois ou três meses, e depois eles ficavam aos cuidados das escravas velhas que já não rendiam na veiga. Livres sempre, nus.

– Todas as amas-secas e amas de leite, e até as próprias senhoras, enfaixam as crianças – explicou-lhe um dia Herminia. – Sempre se fez assim.

– Mas... não é natural!

Herminia deu de ombros.

– Eu sei – afirmou. – A ninguém ocorre a ideia de enfaixar um cordeiro ou um leitão para que cresça melhor e mais sadio. Há amas que chegaram a quebrar-lhes um braço, uma perna, até uma costela... Muitas crianças acabam disformes ou aleijadas.

– Então, por que o fazem? – perguntou Caridad, horrorizada.

– Porque assim não têm de vigiá-las. E porque evitam acidentes. Se a ama sabe enfaixar, devolverá o menino vivo a seus pais, as deformidades aparecerão ou não, mas em todo caso depois, com os anos, e ninguém poderá dizer que foi culpa dela. Se não a enfaixam, arriscam-se a ter de dizer a seus pais que a criança caiu e quebrou algum osso, ou que engoliu algum objeto que causou sua asfixia, ou que ela quebrou a cabeça, ou...

Caridad calou-a com um esgar de desgosto.

O pequeno Cristóbal ocupou seus pensamentos em algumas dessas noites no campo: ela não era mais que uma escrava que gozava de liberdade por causa da "peste das naus" que dera fim à vida de seu senhor, ainda que se dissesse que essa mesma desgraça, insaciável, viera querendo cobrar nela os sofrimentos que a frágil natureza de don José não lhe havia permitido infligir-lhe. E no entanto ela podia contemplar a sedutora lua dos campos castelhanos. Pelo contrário, Cristóbal, filho de um funcionário de alto nível, rico, permanecia escravo no pano que o enfaixava. Às vezes ela se sentiu tentada a roubar o menino e deixá-lo correr pelos campos... Saberia mover-se? Recordou seu pequeno Marcelo: mesmo sendo escravo e com o olhar e a mente perdidos, havia vivido em maior liberdade que aquele pobre menino.

– As mães com dinheiro não querem amamentar seus filhos, e por isso os entregam a estranhos – explicou-lhe Herminia. – Não desejam perder a forma, esse talhe esbelto pelo qual tanto lutam com as costelas, ou que seus peitos se lhes endureçam até rebentar de leite para com o tempo desabar, flácidos. Não querem ataduras que as impeçam de ir aos atos sociais, ao teatro, aos bailes ou às tertúlias. Mas acima de tudo – acrescentou que isso lhe havia confessado Rosario um dia – têm medo do choro de uns filhos que elas não sabem como tranquilizar e da possibilidade de seus pequenos morrerem em suas mãos.

"Preferem, se isso tem de suceder, que lhes mostrem seu cadáver!", recordou Caridad o vilipêndio de Herminia com os verdes olhos faiscando de raiva, talvez lamentando alguma experiência própria. Caridad não lhe perguntou sobre a sorte daquele filho de que lhe havia falado pelo caminho e menos ainda sobre a identidade de um pai que já fazia tempo lhe custava pouco supor que fosse seu primo Antón. Tratava-se de um acordo tácito de todos os membros daquela família: Rosario não desejava ficar grávida de novo, dado que isso implicaria que o fiscal lhe retirasse o menino e o dinheiro se perdesse; enquanto isso, Antón se aproximava com descaramento de uma Herminia tão incomodada quando se achava presente sua amiga quanto risonha e solícita quando não. Algumas noites Caridad havia apertado o passo para as eiras quando ouvia suas excitações. Então, à luz da lua, com os cochichos dos amantes martelando em seus ouvidos, chorava Melchor e sentia saudade dele e das noites sob as estrelas em que o cigano a descobriu como mulher.

Nos meses transcorridos desde a sua chegada, conheceu don Valerio, o pároco de Torrejón. Também a Fermín, o velho sacristão que já não podia ocupar-se do cultivo do tabaco. Don Valerio a escrutou de alto a baixo, como faziam todos, ao mesmo tempo que ela tentava desfazer os receios do sacristão, que a crivava de perguntas como se lhe doesse deixar suas plantas nas mãos de uma negra desconhecida.

– Senhor – terminou interrompendo-o Caridad com certa aspereza, já cansada de perguntas –, eu sei cultivar e trabalhar o tabaco. Eu o fiz durante toda a minha vida...

– Cuidado com tua soberba! – repreendeu-a don Valerio.

Herminia se preparava para intervir, mas Caridad adiantou-se-lhe.

– Não é soberba – replicou ao sacerdote, suavizando não obstante seu tom de voz. – Chama-se escravidão. Os brancos como Vossas Excelências me roubaram da África menina e me obrigaram a aprender a cultivar e trabalhar o tabaco. Tudo o que eu era ficou para trás por causa dessa planta: minha família, meus filhos... tive dois; um ainda continua ali, eu pressinto – acrescentou entrefechando os olhos por alguns instantes –, o outro foi vendido ainda muito menino a um engenho de propriedade da Igreja...

– Tua atitude não é a de uma escrava – voltou a repreendê-la o religioso.

– Não, padre. É a de uma reclusa que pagou dois anos ao rei por deixar-se tratar como uma escrava por aqueles que se chamam "bons cristãos".

– Tens a língua muito solta – insistiu don Valerio erguendo a voz.

Herminia segurou Caridad pelo braço exigindo-lhe que não continuasse, mas agora foi o sacerdote quem não quis.

– Deixa-a – pediu-lhe. – Quero escutá-la.

Caridad, no entanto, não conseguiu livrar-se da repentina sensação daquele contato em seu braço e do suplicante olhar de sua amiga. Talvez fosse verdade, talvez tivesse a língua solta... Muito havia mudado após dois anos de cárcere na Galera, ela o sabia, mas nesse momento decidiu calar-se.

– Lamento havê-lo ofendido – optou por desculpar-se.

– É algo que terás de confessar.

Ela baixou o olhar.

Nessa mesma tarde Herminia a acompanhou ao tabacal. As vinhas cultivadas por Marcial se achavam onde o arroio Torote vertia suas águas no Henares e a paisagem plana se via rompida por algum pequeno cerro, por oliveiras e videiras que vinham substituir os extensos trigais, tudo isso já no término de Alcalá de Henares, vizinha de Torrejón, da qual esta se havia separado no século XVI. Uma depressão após as vinhas de Marcial servia de refúgio à plantação de tabaco, que assim permanecia escondida.

Caridad a observou de cima: desordenada, selvagem, pobre. Transcorria o mês de julho quando ela chegou a Torrejón, e Marcial, seguindo instruções do sacristão, estava colhendo; o homem nem sequer se apercebeu de sua presença. Caridad o viu cortar as plantas pelo pé, com um facão, quase violentamente, como faziam os escravos quando cortavam a cana-de-açúcar. Depois, com as folhas unidas ao caule, ia empilhando-as uma a uma no chão, ao sol.

– Que achas? – perguntou-lhe Herminia.

— Lá na veiga escolhíamos folha por folha, uns dias umas, outros dias outras, as preparadas, as que estavam no ponto exato de madureza, até que a planta ficava como um caule ereto e limpo.

Ao ouvir as vozes, Marcial se voltou para elas e lhes fez sinal de que descessem.

— Caridad diz que em Cuba as colhem folha por folha — anunciou Herminia assim que chegou à altura onde estava o homem.

Para surpresa de ambas, o homem anuiu.

— Já ouvi isso, mas todas as pessoas que têm que ver com o tabaco asseguram que na Espanha sempre se fez assim. O fato é que, como todas as plantações são secretas, ninguém pode verificá-lo, embora don Valerio afirme que nas dos mosteiros e conventos se segue este procedimento. Alguma coisa há de saber o homem em se tratando de religiosos.

— Que diferença há entre...? — começou a perguntar Herminia.

— As folhas de cima recebem mais sol que as de baixo — adiantou-se-lhe Caridad.

— Isso sucede com todas as plantas. — interveio Marcial, e acrescentou com um sorriso: — Crescem para cima. O problema está em que colher folha por folha requer muito trabalho... e conhecimentos.

Como se quisesse demonstrá-lo, Caridad se havia separado deles e apalpava e cheirava as folhas das plantas que ainda estavam de pé. Arrancou pedacinhos e os mastigou. Marcial e Herminia a deixaram fazer, enfeitiçados diante da transformação produzida naquela mulher que se deslocava entre as plantas, extasiada, alheia a tudo, tocando uma, limpando outra, falando com elas...

Decidiram não mudar o sistema de colheita nas poucas plantas que restavam. "Já não vale a pena", afirmou Caridad. Marcial confiou nela e lhe permitiu escolher algumas para obter a semente para a safra do ano vindouro, e, com o carro transbordando, esperaram na vinha que chegasse a noite fechada para transportar o tabaco até o povoado. Compartilharam pão, vinho, queijo, alhos e cebolas e conversaram e fumaram, observando com deleite como se estrelava o imenso céu que os cobria.

O secadouro de tabaco não era senão o sótão da sacristia da igreja, ao qual um sonolento Fermín lhes deu passagem. À luz da candeia portada pelo sacristão, que permaneceu além da porta de acesso ao sótão, Caridad entreviu grande quantidade de plantas amontoadas sobre as quais jogaram apressadamente aquelas que eles traziam. Como pretendiam obter bom tabaco com tal desídia? Ergueu-se no interior do sótão. Pegou uma das plantas e quis aproximá-la da luz para...

— Que está fazendo, negra? — inquiriu o sacristão afastando a candeia.

– Eu...

– De noite não se pode trabalhar aqui – interrompeu-a o homem –, é perigoso com velas ou candeias. Don Valerio só permite fazê-lo com luz natural.

Caridad esteve tentada a replicar-lhe que não parecia que com luz natural se trabalhasse em demasia ali dentro, mas calou-se e na manhã seguinte, cedo, se apresentou na sacristia. Discutiu com Fermín até que don Valerio subiu ao sótão para pôr ordem.

– Não dizias que já não podias ocupar-te? – reprochou ao sacristão. – Deixa pois que seja ela quem decida.

E Fermín a deixou fazer e decidir, mas nem por isso lhe tirou o olho de cima, sentado num caixote e criticando baixo cada movimento feito por Caridad.

– Sabe, Fermín? – disse Caridad enquanto cortava as folhas de uma das plantas. – Quando cheguei a Triana, conheci uma velha que se parecia bastante com o senhor: tudo lhe parecia mal. – O sacristão grunhiu. – Mas era uma boa pessoa. – Caridad deixou transcorrer alguns instantes em silêncio. – O senhor é boa pessoa? – perguntou-lhe por fim, sem olhá-lo.

Nessa noite de primavera, na eira, cheirando a tabaco, Caridad se surpreendeu recordando a velha María. Algumas vezes, na Galera, viera-lhe à mente, de forma fugaz; agora ela acreditava poder senti-la a seu lado e chegou a ouvir suas maldições romper o silêncio.

– Por que disseste que aquela velha era uma boa pessoa? – perguntou-lhe o sacristão na manhã seguinte, assim que a viu chegar ao amanhecer.

– Porque creio que o senhor também o é – respondeu ela.

Fermín pensou por alguns instantes e reprimiu um sorriso, antes de entregar-lhe os paus de que ela havia sentido falta no dia anterior. À diferença do trabalho na veiga cubana, o sótão estava preparado para que pendurasse a planta inteira nuns ganchos cravados nas vigas de madeira do teto. "Em Cuba penduramos as *mancuernas** em *cujes* – dissera-lhe –, que são uns paus longos nos quais as enfiamos para sua secagem." De todas aquelas plantas e algumas mais que Marcial havia trazido essa mesma noite, Caridad pretendia escolher as melhores folhas e tratá-las como ela sabia, mas não tinha onde pendurá-las.

– Bons *cujes* – mentiu sopesando os toscos e longos paus que lhe entregara Fermín. – Agora teremos de encontrar uma maneira de pendurá-los.

– Já sei como. – O sacristão tentou acompanhar sua afirmação com uma piscadela, mas sua tentativa parou no grosseiro esgar de um velho já desajeitado. Caridad o olhou com ternura e o premiou com um sorriso.

---

* *Mancuerna*: pedaço de caule da planta do tabaco com duas folhas. [N. do T.]

Com a ajuda de um animado Fermín, contagiado de sua paixão, Caridad escolheu uma por uma as folhas e as pendurou enfiadas aos pares naqueles paus nodosos; ela o fez em silêncio, comparando-os com os *cujes* que utilizavam na veiga, cuidadosamente escolhidos nos manguezais, pacientemente trabalhados para que nem sequer transmitissem cheiro de madeira às folhas. No entanto, para que tentar que aquele tabaco tosco não ganhasse cheiro de madeira quando o incenso com que don Valerio tentava ocultar suas atividades se infiltrava por todas as frestas do teto que dava para o sótão? Ordenou as folhas por suas características, por seu aroma e textura, por sua umidade. Controlou a temperatura e o ambiente do lugar abrindo em maior ou menor medida as janelinhas, permitindo ou impedindo que corresse o ar segundo o momento. Ventilou e moveu sem cessar as folhas ou as plantas inteiras que pendiam do teto para obter a melhor secagem. Vigiou a presença de insetos ou parasitas. A tudo isso se dedicou com afinco até a nervura central das folhas estar completamente seca. Então foi escolhendo-as dos *cujes* para amontoá-las e amarrá-las umas às outras em pequenas pilhas a fim de que fermentassem; pouco sabia Fermín daquele procedimento. Caridad calculou a temperatura e a umidade do ambiente, a água de que haviam disposto as plantas no tabacal, e foi aumentando o tamanho das pilhas, passando para a parte de cima o tabaco que havia estado previamente no interior e para a parte central o novo, atando e desatando constantemente as pilhas, cheirando-as, tocando-as, mascando as folhas, mudando-as de lugar, movendo-as mais ou menos perto das correntes de ar, salpicando as folhas com betume: um preparado que previamente havia obtido da fermentação dos caules das plantas na água.

 Durante essa temporada, sua vida se limitou a andar ao amanhecer os poucos passos de distância que separavam a casa dos tios de Herminia da igreja de São João. Regressava para almoçar, o que fazia sozinha no pestilento e entulhado galpão do horto; Rosario não a queria andando pela casa, e Herminia vivia cada dia mais excitada com seu primo Antón, razão por que a ela prestava pouca atenção. Caridad teria gostado de dizer-lhe isso, mas seus reproches se desvaneciam quando se recordava de que Herminia a havia libertado da Galera. Devia-lhe gratidão. Obrigou-se pois a respeitar os sentimentos de sua amiga e deixou de procurá-la até com o olhar. Assim que acabava de comer o pedaço de pão e a tigela com grão-de-bico, feijão ou fava, quase sempre carente de carne, voltava à igreja, que ela deixava já confundida com as sombras, de noite.

 Don Valerio fez correr o boato de que uma figura da corte – "Como vou revelar seu nome?", revoltava-se o sacerdote quando o pressionavam

– lhe havia pedido que se encarregasse daquela desgraçada injustamente condenada ao cárcere de mulheres. Para isso havia buscado a ajuda de Marcial e procurado a casa em que ela se alojava, e os documentos oficiais de Caridad se encaixavam na história. Contudo, ele a obrigou a limpar a igreja para desculpar sua presença nela, enquanto as sempre dispostas fiéis mexericavam, perguntando-se quem seria aquele cortesão e que relação teria com a negra. Don Valerio tampouco ficava à margem desses falatórios: algumas acreditaram no padre; muitas outras duvidaram, e todas quantas sabiam do tabaco entenderam pura e simplesmente. O fato é que pouco a pouco aquela mulher negra, pacífica e solitária, que andava descalça e lentamente de cá para lá, se foi convertendo em parte da paisagem, e até as crianças deixaram de persegui-la e importuná-la, e Caridad saía sozinha para passear pelas sendas e pelos campos, pensando em Melchor, em Milagros, em Marcelo, embalada pela brisa da primavera.

35

A reclusão das ciganas com seus pequenos na Real Casa da Misericórdia de Saragoça converteu a instituição beneficente num correcional, por mais que a junta que a regia se negasse a admiti-lo. Os castigos se generalizaram: açoites, *cepo*, grilhões e isolamentos a pão e água. Suspenderam-se as saídas dos internos de confiança; impediu-se a transferência dos doentes para o hospital e instalou-se uma precária enfermaria; as ciganas foram separadas das crianças e das moças que podiam trabalhar, e impediu-se-lhes o menor contato com os demais reclusos; até se suspenderam as missas e sermões porque não havia sacerdote que ousasse pôr-se diante de centenas de mulheres seminuas. Os soldados vigiavam para impedir a fuga das ciganas, mas, apesar disso, estas conseguiam o que não conseguiam seus esposos e filhos nos arsenais e furavam o tapume de adobe que tentava proteger o lugar. Depois corriam por Saragoça até que eram detidas ou conseguiam enganar soldados e aguazis e lançavam-se aos caminhos.

Certa feita chegaram a fugir umas cinquenta delas. O regedor, encolerizado, ordenou que todas as ciganas fossem alojadas nos porões das galerias, que não tinham janelas para o exterior. Não havia dinheiro para instalar grades; não havia dinheiro, por mais que o houvesse prometido Ensenada, para alimentar a todo aquele exército de esfarrapadas; não havia dinheiro para proporcionar-lhes camas, que elas chegavam a compartilhar de três em três, nem roupa, nem cobertores, nem sequer pratos ou tigelas para comer.

E a situação explodiu. As ciganas se queixaram da execrável ração que lhes davam e das condições dos porões em que se amontoavam: úmidos e sem ventilação, lúgubres, malsãos. Ninguém prestou atenção a suas reclamações, e elas responderam com tudo quanto se achava ao redor: destroçaram os catres e os lançaram junto com seus colchões aos dois poços negros da Misericórdia. A insalubridade que se seguiu à obstrução dos poços originou uma epidemia de sarna que atacou duramente as mulheres. A coceira, que as impedia até de dormir e que começou entre os dedos, nos cotovelos, nas nádegas e sobretudo nos mamilos, veio a converter-se em crostas de sangue ressecado devido às coçaduras, crostas debaixo das quais se escondiam milhares de ácaros e seus ovos e que havia que arrancar para poder tratá-las com um unguento à base de enxofre com que o médico tentou combater a enfermidade; também tentou sangrá-las, mas elas se opuseram. Meses depois, a sarna reapareceu. Algumas velhas faleceram.

Ana Vega não foi das que fugiram daquele cárcere. Todo dia, de manhã e de noite, tentava vislumbrar Salvador quando, com outros ciganinhos e crianças das ruas, o levavam para trabalhar nas propriedades da Misericórdia. Saíam de Saragoça para cultivar grãos ou para cuidar dos olivais e colher azeitonas para fazer azeite. Apesar de o contato estar proibido, Ana e outras ciganas se aproximavam quanto podiam da fila de crianças que marchavam para os campos. Castigaram-nas. Algumas deixaram de fazê-lo, mas ela continuou. Castigaram as crianças; advertiram-nas de que o fariam, e lhes disseram: "Ontem ficaram a pão e água por vossa própria culpa." Embora então as demais tivessem desistido, Ana não se deixou convencer: algo a impeliu a esquivar-se do porteiro e aproximar-se outra vez. Salvador a premiou alargando a boca num esplêndido sorriso, orgulhoso.

Uma manhã o porteiro que acompanhava as crianças não fez seus costumeiros trejeitos para que Ana se afastasse da passagem dos meninos. Ela o estranhou, e mais ainda quando ouviu risos na fila. Procurou a Salvador. Um dos meninos o assinalou escondido entre outros que riam e que se afastaram para permitir-lhe a visão: Salvador portava um "colarinho" de madeira a modo de golilha que envolvia todo o seu pescoço e que o obrigava a andar erguido, com o queixo grotescamente alçado. O menino evitou cruzar o olhar com ela. Ana conseguiu ver os dentes crispados do pequeno entre uns lábios que tremiam e se contraíam ao ritmo das troças dos outros.

– Podes tirá-lo – conseguiu dizer ao porteiro com voz trêmula; as lágrimas que não haviam brotado com açoites e mil outros castigos corriam por suas faces.

O porteiro, barrigudo e mal-encarado, chamado Frías, dirigiu-se a ela.

– Deixarás de aproximar-te?

Ana anuiu.

– Prometes?
Anuiu de novo.
– Quero ouvir-te dizer que sim.
– Sim – cedeu ela. – Eu prometo.

A humilhação veio a converter-se na pior das penas que as cultivadas autoridades da época impuseram aos menores. Sucedeu que as moças ciganas que haviam sido destinadas às oficinas de costura da Misericórdia se negaram a trabalhar por não receber a comida que lhes correspondia. A decisão do regedor foi tirar-lhes as roupas e o calçado que lhes haviam proporcionado e enviá-las com as demais. Dezenas de jovens ciganas se encontraram de repente completamente nuas em pátios e galerias, envergonhadas, tentando ocultar o corpo, o púbis e os peitos, nascentes em umas, túrgidos em outras, aos olhares de suas mães e dos demais internos. Em alguns dias a medida foi anulada pela junta de governo, mas o mal estava feito.

Ana Vega, como muitas outras, padeceu durante esses dias não só a desonra das moças, mas a sua própria. Aqueles jovens corpos, o pudor com que defendiam sua honra a levaram a reparar em si mesma.

– O que nos fizeram? – lamentou-se diante de seus peitos flácidos e ressecados, a pele da barriga, do pescoço e dos braços pendendo-lhe, marcada pelos vergões dos açoites e pelas sequelas da sarna.

"Ainda sou jovem", ela se disse. Não fazia quatro anos seu andar despertava o interesse dos homens e suas danças levantavam paixões entre eles. Em vão, tentou reviver as chispas de vaidade que acompanhavam aqueles olhares impertinentes à sua passagem, ou os estímulos, as palmas e os gritos do público diante de um voluptuoso requebro; a respiração acelerada de algum homem quando dançavam juntos e ela lhe roçava seus peitos. Olhou para as mãos esfoladas. Não dispunha de espelho.

– Como é meu rosto? – perguntou repentinamente inquieta, no porão onde se amontoavam, sem dirigir-se a ninguém em particular.

Tardaram a responder-lhe.

– Olha para mim e o saberás.

A resposta veio de uma cigana de Ronda. Ana se recordava dela em Málaga: uma mulher bela de cabelo preto-azulado e olhos da mesma cor, rasgados, brilhantes, inquisidores. Não quis ver-se refletida na rondenha, em suas rugas, em seus dentes pretos e em seus pômulos salientes, nas olheiras roxas que agora circundavam uns olhos apagados.

– Cães! – maldisse.

Muitas das ciganas que se achavam junto a ela se olharam, reconhecendo-se umas nas outras, compartilhando em silêncio a dor pela beleza e pela juventude que lhes haviam arrebatado.

– Agora olha para mim, Ana Vega!

Tratava-se de uma velha consumida, quase careca, desdentada. Chamava-se Luisa e pertencia à família Vega, como quase uma vintena das que haviam sido detidas na ciganaria do horto da Cartuxa. Ana a olhou. "Esse é o meu destino?", pensou. Era isso o que pretendia dizer-lhe a velha Luisa? Obrigou-se a sorrir-lhe.

– Olha-me bem – insistiu a outra, não obstante. – Que vês?

Ana abriu as mãos num gesto de incompreensão, sem saber o que responder-lhe.

– Orgulho? – perguntou-se a velha a modo de resposta.

– Para que nos serve?

Ana acompanhou sua pergunta com um gesto displicente.

– Para que sejas a mulher mais bela da Espanha. Sim – afirmou Luisa diante da indolência com que a outra recebeu o elogio. – O rei e Ensenada podem separar-nos de nossos homens para que deixemos de ter filhos. Isso é o que dizem pretender, não? Acabar com a nossa raça. Podem também espancar-nos e matar-nos de fome; podem até roubar-nos a formosura, mas nunca poderão tirar-nos o orgulho.

As ciganas haviam deixado de compadecer-se e escutavam erguidas a velha.

– Não desanimes, Ana Vega. Tu nos defendeste. Lutaste pelas demais, e te rasgaram a pele por fazê-lo. Essa é a tua beleza! Não queiras ter nenhuma outra, menina. Algum dia se esquecerão de nós, os ciganos, como sempre sucedeu. Eu não o verei.

A velha calou-se por um instante, e ninguém se atreveu a romper seu silêncio.

– Quando chegar esse dia, não devem ter conseguido dobrar-nos, entendeis vós todas? – acrescentou com uma voz rouca, passeando um triste olhar pelo porão. – Fazei-o por mim, pelas que ficaremos para trás.

Nessa mesma noite, Ana correu para ver as crianças que voltavam de trabalhar os campos.

– Tu me prometeste... – começou a queixar-se o porteiro.

– Frías, nunca te fies na palavra de uma cigana – interrompeu-o ela, já procurando a Salvador entre os demais com o olhar.

36

— Nós vamos sair.

Era noite; os sinos já haviam chamado à oração. Milagros teve um sobressalto e se virou para seu esposo, que havia aparecido repentinamente no vão da porta. Assim que ouviu o tom de voz do cigano, Bartola, que deixava passar o tempo sentada, preguiçosa e insolente, apressou-se a refugiar-se no quarto onde dormia a menina.

— Aonde pretendes ir a esta hora? – inquiriu Milagros.

— Temos um compromisso.

— Com quem?

— Um sarau.

— Não sabia... que festa?

— Não perguntes e acompanha-me!

Na rua os esperava um coche puxado por duas mulas ricamente ajaezadas. Na porta havia um escudo de armas gravado a ouro. O cocheiro aguardava na boleia, e, no chão, um par de criados de libré com lanterna na mão.

— E os demais? – estranhou a cigana.

— Esperam-nos lá. Sobe.

O cigano a empurrou pelas costas.

— Aonde...?

— Sobe!

Milagros se sentou num duro assento forrado de seda vermelha. As mulas começaram a trotar assim que Pedro fechou a portinha.

– Quem dá a festa? – insistiu a cigana enquanto Pedro se acomodava diante dela.

Ele permaneceu em silêncio. Milagros perscrutou o olhar que seu esposo fixou nela, e um forte calafrio se confundiu com o balanço do coche; era um olhar inexpressivo, que não mostrava ódio, nem rancor, nem expectativa, nem sequer ambição. Haviam transcorrido poucos dias desde a discussão sobre o marquês de Torre Girón. Pedro havia deixado de dormir em casa, e ela fantasiava ainda mais amiúde por causa dos afagos daquele nobre que com tanta cortesia a havia tratado quando atuavam os titereiros. Marina a incitava, dia após dia.

– Não vais responder-me?

Pedro não o fez.

Milagros viu que atravessavam a praça Mayor; a partir dali, a carruagem girou diversas vezes ao longo da escura e silenciosa malha de ruas estreitas e tortuosas que rodeavam o palácio real em construção. A carruagem parou diante de uma grande casa cuja porta secundária foi iluminada por um dos criados quando ela descia. O que, sim, ela soube assim que apoiou o pé descalço no chão e ergueu o olhar é que ali não se ia realizar sarau algum: o lugar estava deserto e em silêncio, a rua tenebrosa, e não se percebia nenhuma luz nas janelas da casa.

Assaltou-a o pânico.

– Que vais fazer-me?

A pergunta se perdeu num soluço quando Pedro a empurrou para o interior e a conduziu aos empurrões atrás de um criado provido de um candelabro com que percorreram corredores, deixaram para trás cômodos e subiram escadas; só o barulho dos saltos dos homens e o pranto surdo de Milagros romperam o silêncio em que se achava mergulhada a mansão. Por fim pararam diante de uma porta, com a luz das velas arranhando reflexos em suas madeiras nobres.

O criado bateu à porta com delicadeza e, sem esperar resposta, abriu-a. Milagros entreviu um luxuoso quarto. Esperou que o criado entrasse, mas ele se afastou e lhe deu passagem. Ela tentou fazer o mesmo para que Pedro a precedesse, mas este a empurrou de novo.

Nesse momento o olhar impassível de seu marido que a havia acompanhado ao longo do trajeto adquiriu um sentido estremecedor; Milagros compreendeu o erro que havia cometido ao segui-lo: Pedro não ia consentir que ela se lançasse nos braços do marquês. Ele pensava que ela um dia ou outro se converteria em sua amante, deixaria de cantar para outros nobres; então ele perderia o controle... e seu dinheiro. Prevendo tudo isso, seu marido se havia antecipado aos acontecimentos. Ele a havia vendido!

– Não... – conseguiu suplicar a cigana, tentando retroceder.

Pedro a empurrou com violência para o interior e fechou a porta.

– Não tenhas medo.

Milagros desviou o olhar da imensa cama com dossel no lado oposto da peça, onde, numa poltrona, junto a uma lareira de delicadas linhas em mármore rosado, permanecia sentado um homem grande, de rosto nacarado e cabelo cor de palha, vestido com uma simples camisa branca, calção e meias. Ela o conhecia de algumas festas. Como não recordar aquelas faces que pareciam brilhar? Tratava-se do barão de San Glorio. O homem colocou uma pitada de rapé no dorso da mão, cheirou, espirrou, limpou o nariz com um lenço e, mediante um simples gesto, convidou-a a sentar-se na poltrona que havia diante dele.

Milagros não se moveu. Tremia. Virou o rosto para a porta.

– Não podes fazer nada – advertiu-a o nobre com uma calma que a sobressaltou ainda mais. – Tens um homem demasiado cobiçoso... e esbanjador. Péssima combinação.

Enquanto o barão falava, Milagros se lançou para um vitral e correu a pesada cortina.

– São três andares – avisou ele. – Preferirias deixar órfã a tua filha? Vem aqui comigo – acrescentou.

Milagros, encurralada, examinava o imenso cômodo.

– Vem – insistiu ele –, conversemos um pouco.

A cigana voltou a prestar atenção à porta.

O barão suspirou, levantou-se com aborrecimento, dirigiu para ali e abriu-a de par em par: dois criados estavam postados atrás dela.

– Sentamo-nos? – propôs. – Eu gostaria...

– Pedro – conseguiu gritar Milagros entre soluços –, por tua filha!

– Teu esposo está beijando seu ouro – cuspiu o outro ao mesmo tempo que fechava a porta. – É a única coisa que lhe interessa, e tu o sabes. Por acaso não te trouxe aqui?

As poucas esperanças que Milagros teria podido acalentar acerca de Pedro se desvaneceram diante da crueza de tais palavras. O dinheiro! Ela sabia. Contudo, ouvi-lo da boca do aristocrata foi como uma navalhada.

– Descalça – interrompeu sua reflexão o barão –, meus criados se atirariam em cima de ti como animais no cio, e teu esposo não é mais que um vulgar rufião que te vende como a uma rameira. Nesta casa, o único homem que te vai tratar com gentileza sou eu. – Deixou passar um instante. – Senta-te. Bebamos e conversemos antes de...

A cusparada que lançou Milagros acertou uma das pernas do barão. O homem olhou sua meia; ao levantar o rosto, suas faces nacaradas apareceram vermelhas de ira. Só quando o teve diante de si, exasperado, resfolegando, a cigana se apercebeu de sua verdadeira corpulência: era uma cabeça mais alto que ela e devia pesar o dobro dela.

O barão a esbofeteou.

– Seu cão asqueroso, seu filho da puta, homem vil e malnascido! – gritou Milagros ao mesmo tempo que tentava golpeá-lo com punhos e pernas.

O barão soltou uma gargalhada e voltou a esbofeteá-la com uma força que a ela pareceu descomunal. Milagros cambaleou e por um instante acreditou que fosse perder os sentidos. Quando começava a recuperar o equilíbrio, o homem lhe arrancou a camisa.

– Preferes comportar-te como uma puta?! – gritou ele. – Seja! Paguei uma fortuna por esta noite!

Espancou-a. De nada adiantaram para Milagros os gritos e o forcejar com que, caída no chão, tentou opor-se a que ele a despisse. Mordeu-o. Ela sentiu o sabor de seu sangue; ele, cego, não parecia sentir suas dentadas. Despojada de suas roupas, tornadas farrapos, o barão a arrastou até a cama, ergueu-a nos braços e a atirou sobre ela. Então começou a despir-se com fingida lentidão, interpondo-se entre a cama e os vitrais, para o caso de a jovem ser capaz de tentar se jogar através deles. Por um instante, aquela possibilidade passou pela mente da cigana, mas por fim ela afundou o rosto na fofa colcha da cama e explodiu num pranto.

– Agora vai-te embora!

O grito vinha da cama, da qual o aristocrata havia contemplado seus esforços por tentar cobrir-se com as roupas rasgadas, espalhadas pelo cômodo. "Preferes que te vistam meus criados?", havia escarnecido quando a expulsou da cama diante de uma indecisão como a que agora ela mostrava diante da porta do quarto. Ela chorava. Pedro estaria lá fora, e ela não sabia como enfrentá-lo depois daquilo. Sentimentos contraditórios a assaltavam: culpa, ódio, nojo...

Os gritos do nobre calaram suas dúvidas:

– Não me ouviste? Fora daqui!

O homem, nu, fez menção de levantar-se. Milagros abriu a porta. Seu esposo se abalançou a ela afastando os dois criados e a recebeu com uma bofetada que lhe virou a cabeça.

– Por quê? – conseguiu perguntar a cigana.

O camafeu! Pedro mantinha suspensa no ar a joia com que a havia presenteado o marquês de Torre Girón.

– Não... – tentou explicar-se.

– Não és mais que uma puta – interrompeu-a ele. – E assim viverás a partir de agora.

Essa noite Pedro voltou a bater nela. E a insultou; chamou-a de puta de mil formas, como se pretendesse convencer-se de que ela era de fato isso. Milagros se submeteu ao castigo: a violência de seu esposo afastava de sua mente as recordações; a dor afastava dela o contato das mãos do barão sobre seu corpo, seus beijos e suspiros, seus arquejos enquanto a penetrava como um animal cego pela luxúria.

– Continua! Mata-me!

Transtornada, não chegou a ouvir o choro de sua filha na peça contígua; tampouco os gritos dos vizinhos que esmurravam as paredes e ameaçavam chamar a ronda. Pedro, sim, percebeu estes últimos. Levantou uma vez mais a mão para esbofeteá-la, mas a deixou cair. Devia respeitar o rosto de Milagros, o que o público admirava.

– Sua rameira – resmungou antes de encaminhar-se para a porta que dava para a escada –, não penso em acabar contigo. Não terás essa sorte – acrescentou de costas. – Juro que morrerás em vida!

No dia seguinte Milagros cantou e dançou no Príncipe com o espírito longe das emoções que costumavam invadi-la ao pisar o tablado. Procurou com o olhar o marquês de Torre Girón em seu camarote; ele não tinha ido, ainda que, sim, chegassem umas flores que ela cheirou angustiada.

Para sua infelicidade, pouco tardou o barão de San Glorio a alardear uma conquista cujo preço ele calou. Milagros pôde comprová-lo ao fim de alguns dias, quando se inteirou da presença do marquês no teatro. Ele poderia ajudá-la! Ela o havia pensado ao longo de suas noites em claro. Tinha de fugir com sua menina, abandonar Pedro, afastar-se dos Garcías! Se não, qual seria a coisa seguinte que lhe fariam?

– Diz Sua Excelência – informou-a don José, a quem pediu que lhe mandasse o recado, de que necessitava vê-lo – que só o rei está acima dele.

Milagros meneou a cabeça, não compreendia aquela resposta.

– Moça, tu te enganaste – explicou-lhe o diretor da companhia diante de sua evidente confusão. – Os grandes da Espanha nunca aceitam segundos pratos, e tu, ao consentir em deitar-se com o barão, te converteste num deles.

Consentir! Milagros não escondeu as lágrimas a nenhum dos artistas que se moviam pelo camarim e a olhavam, alguns de soslaio, outros, Celeste entre eles, sem o menor recato. Consentir?

– É mentira – soluçou. – Tenho de dizer ao marquês...

– Esquece – interrompeu-a don José. – Seja como for, o marquês não te atenderá. Não te deve nada, ou deve?

Celeste, que perambulava diante do camarim, esperava uma resposta que Milagros não quis dar-lhe.

Tal como em Sevilha, quando anos antes fora suplicar pela liberdade de seus pais no palácio dos condes de Fuentevieja. Nobres, eram todos iguais...

A negativa do marquês acabou com suas esperanças. Recordou-se do avô, de sua mãe, da velha María... Eles teriam sabido o que fazer. Embora também parecesse sabê-lo seu esposo, que se apareceu essa mesma tarde na casa da rua del Amor de Dios, à volta de Milagros.

– Que aconteceu com teu marquês? – escarneceu como cumprimento. – Pelejou com outro nobre por ti?

O cínico sorriso de seu marido exasperou a cigana.

– Eu te denunciarei.

Ele, como se esperasse aquela ameaça, como se a houvesse procurado expressamente, sorriu com um brilho de triunfo nos olhos; Milagros conheceu sua réplica antes que a cuspisse. Ela mesma o havia pensado.

– E o que dirás? Que um aristocrata pagou para possuir-te? Crês que algum alcaide de sala daria crédito a tal acusação? O barão pode dispor das mulheres que desejar.

– A mim, nunca!

– Uma cigana? – Pedro soltou uma sonora gargalhada. – Uma artista? Vós, as ciganas, sois vis e desonestas, libertinas e adúlteras. É o rei quem o diz, e está escrito em suas leis. E, como se isso não fosse suficiente, ainda por cima és artista. Todos conhecem a impudicícia das artistas, seus amorios estão na boca de toda Madri, como o teu com o marquês...

– Não é verdade!

– Que importância tem? Sabes o que dizem desse marquês e de ti nos *mesones* de Madri? Queres que te diga? Há até algumas coplas sobre vós. – Fez uma pausa e prosseguiu com voz fria: – Denuncia. Fá-lo. Vão condenar-te por adultério sem pensar duas vezes. O barão se ocupará de que seja para sempre... e eu o apoiarei.

De modo que continuou com os saraus e cantando e dançando no Príncipe, insatisfeita, descontente consigo mesma, embora para sua surpresa o público a premiasse com aplausos e vivas, que ela recebia com apatia. Depois voltava para casa, onde Bartola a vigiava; nem sequer no interior do quarto a deixava sozinha. "São ordens de teu esposo", replicava a velha grosseiramente diante de seus insultos. – "Di-lo a ele." E a acompanhava com a pequena María se fosse à rua. O pouco dinheiro de que podia dispor desapareceu, e a García, tal como faria Reyes em Triana, intervinha em suas conversas no mercado, na rua ou na confeitaria da rua del León, na qual gostava de comprar alguns doces, para terminar com elas.

– Estás com mau aspecto, Milagros – comentou uma vez a confeiteira ao mesmo tempo que servia um par de línguas de gato. – Está-te acontecendo algo?

O titubeio com que ela recebeu a observação foi interrompido por Bartola.

– Preocupa-te com teus problemas, sua intrometida! – exclamou.

Havia transcorrido um mês e meio desde a noite em que fora forçada pelo barão e em que Pedro a agarrara pelo cabelo e a jogara quase ao rés do chão do quarto. Lá embaixo esperavam dois *chisperos*, alguns dos guitarristas que costumavam acompanhá-los aos saraus e duas mulheres que ela não conhecia e que a receberam com indiferença. Milagros não as identificou, não eram as dançarinas que a acompanhavam aos saraus. Pedro havia mencionado outra festa antes de empurrá-la escada abaixo. Quem eram aquelas mulheres?

Ela o soube depois de um tempo cantando e dançando para um reduzido grupo de cinco aristocratas em outra grande casa senhorial com sua abundância de móveis, tapetes e todos os tipos de objetos. Em certo momento interromperam a apresentação aplaudindo inflamadamente de suas poltronas. "A dança não terminou", estranhou Milagros. "Por que estão aplaudindo?" Virou-se para as desconhecidas que dançavam a suas costas: uma delas o fazia com os peitos descobertos. Um suor frio encharcou todo o seu corpo. Balbuciou. Parou de cantar e dançar, mas as outras continuaram ao ritmo da guitarra e das palmas dos *chisperos*. A segunda abriu também sua camisa, e seus grandes peitos se mostraram meneantes. Afastou-se delas em busca de um canto.

– Que pode importar-te agora, sua puta? – disse-lhe Pedro, interpondo-se em seu caminho e empurrando-a para o centro.

Dois nobres receberam o procedimento com vivas e gargalhadas.

– Agora tu, Descalça! – gritou outro.

Milagros ficou parada diante deles, o frenético rasgar da guitarra e as palmas dos *chisperos* atroavam em seus ouvidos. Tentou pensar, mas a algazarra a oprimia.

– Despe-te, cigana!
– Dança!
– Canta!

As outras duas o faziam de forma impudica, ambas despojadas já de todas as suas roupas. Dançaram em torno de Milagros, tocando-a, incitando-a a juntar-se à sua desvergonha. Ela tentou livrar-se daquelas carícias repugnantes e afastou a mão que se havia lançado à sua entreperna. Outras apalparam seus peitos e suas nádegas, puxavam sua camisa e sua saia enquanto giravam e giravam para regozijo dos nobres. A suas costas, alguém a pegou pelos cotovelos e a imobilizou. Milagros conseguiu ver que era um dos *chisperos*. Pedro, junto a ele, rasgou a camisa de sua mulher de um só talho com a navalha e puxou a roupa, que foi separando-se lentamente de seu corpo, ao ritmo de seus escárnios. Milagros forcejou e lançou infrutíferas dentadas contra os braços que a aprisionavam, mas sua atitude só conseguiu excitar a luxúria dos nobres, que se aproximaram para ajudar Pedro quando este se empenhou em tirar saia e o resto de suas peças de roupa até deixá-la completamente nua. Ela, com o rosto afogado de lágrimas, tentou tapar-se com mãos e braços. Não o permitiram: empurraram-na e golpearam-na enquanto as duas mulheres continuavam girando numa dança vertiginosa, erguendo os braços sobre a cabeça para mostrar os peitos, dando requebros para exibir seus púbis. A pele escura da cigana se destacava entre a palidez das outras e chamava a lascívia dos nobres, que se juntaram à dança desajeitadamente. Então as abraçaram, as manusearam e as beijaram com Milagros como presa favorita.

Ali mesmo, sobre os tapetes, os nobres fornicaram com as duas mulheres e depois, uma, duas, três vezes… violaram uma Milagros cujas súplicas e uivos de dor se perderam entre o som das guitarras e as palmas e estímulos de Pedro e seus *chisperos*.

V

A VOZ QUEBRADA

37

Em quantas outras ocasiões a vendeu Pedro ao longo de quase um ano? Bastantes, mais cinco, sete talvez? O cigano, consciente de que aquela situação explodiria a qualquer momento, de que os ricos madrilenses prescindiriam da Descalça assim que corressem os rumores em seus círculos de amizade e desfrutar dela já não constituísse um triunfo de que se vangloriar diante dos demais, vendeu-a ao que lhe ofereceu o melhor preço.

María. A cigana procurou refúgio em sua filha, era tudo quanto ela tinha. Abraçava-se à menina reprimindo o pranto, sussurrando-lhe com voz quebrada canções ao ouvido, acariciando seu cabelo até que a pequena adormecia, e ela a embalava por horas e horas.

Aprendeu a receber seus risos com fingida alegria e a participar de suas brincadeiras com ânimo, ainda que naquele dia ainda sentisse o asqueroso roçar da suja mão de um indesejável em sua entreperna, em seus mamilos... ou em seus lábios. Ao final, a maioria dos nobres a penetrava com violência, cegos, gritando, mordendo e arranhando-a. Era como se a espancassem. Mas quando tentavam convencê-la, certos de que suas carícias ou suas palavras de amor podiam dobrar sua vontade como se eles fossem deuses, ela se sentia ainda pior. Canalhas convencidos! Aquelas eram as recordações que Milagros trazia consigo; só a mãozinha escura de María correndo desajeitadamente por seu rosto conseguia atenuar suas amargas sensações. Milagros mordiscava seus dedinhos enquanto a pequena, rindo, pressionava um de seus olhos com os da outra mão. E ela procurava sem parar o contato da pele suave de sua filha, bálsamo como nenhum para a tristeza e a humilhação que a oprimiam.

"Juro que morrerás em vida." Terminava o outono quando a ameaça de Pedro rebentou em sua cabeça depois que à sua volta do Príncipe ela chamara diversas vezes sua filha e não a vira correr para ela.

– E a menina? – inquiriu com receio a Bartola.
– Com o pai – respondeu a García.
– Quando a trará?

A outra não respondeu.

Ao anoitecer, Pedro apareceu, sozinho.

– María não deve morar com uma puta – respondeu-lhe grosseiramente. – É um mau exemplo para uma menina tão pequena.

– Que...? Que queres dizer? Não sou nenhuma puta; tu bem o sabes. Onde está María? Para onde a levaste?

– Com uma família temente a Deus. Ali ela estará bem.

O cigano contemplou sua esposa: ela beirava o desespero e parecia querer quebrar os dedos uns contra os outros retorcendo-os entre si, cravando-se as unhas.

– Eu te suplico, não me faças isso – implorou Milagros.
– Sua puta.

Ela caiu de joelhos.

– Não me tires minha filha – soluçou. – Não o faças...

Pedro a contemplou por alguns instantes.

– Não mereces outra coisa – disse ele, interrompendo suas súplicas antes de dar meia-volta.

Milagros se agarrou à sua perna e gritou, dilacerada.

– Farei o que desejares – prometeu –, mas não me separes de minha menina.

– Por acaso não fazes já o que quero?

Pedro lutou por livrar-se de sua esposa, mas, como não o conseguiu, agarrou-a pelo cabelo e puxou-a para trás até que pouco a pouco, com o pescoço torcido, Milagros foi soltando a perna. Depois correu atrás dele; Pedro a esbofeteou no patamar da escada até que ela entrou.

Na manhã seguinte, dois *chisperos* mal-encarados do bairro do Barquillo esperavam na rua del Amor de Dios e escoltaram a liteira que fora buscar Milagros para levá-la ao teatro. Depois perambularam pela rua del Lobo e pela del Príncipe até que terminou o ensaio. De tarde, durante a apresentação, havia outros dois tão rudes como os primeiros; Pedro dispunha de suficiente dinheiro para contratar um exército de *chisperos*.

Milagros tentou encontrar María. Não sabia onde se encontrava, mas se localizasse Pedro e o seguisse... Ele se movia pelo Barquillo, ela tinha entendido. Uma noite esperou até ouvir o rítmico respirar da García no quarto contíguo e tentou tomar a escada tenteando as paredes com as mãos. Bartola abriu um olho ao rangido da porta, mas deu meia-volta em seu colchão, sem preocupar-se. Milagros não conseguiu superar o patamar; na escuridão tropeçou e caiu sobre um *chispero* que dormitava nele.

– Teu esposo ordenou que, se for necessário, te matemos – ameaçou-a o jovem mal-encarado quando ambos conseguiram levantar-se. – Não me tornes a coisa difícil, mulher.

Empurrou-a para o interior da habitação. Desesperada, Milagros chegou a oferecer seu corpo ao *chispero* de turno para que a ajudasse a encontrar sua menina. O homem, cínico, sopesou um de seus peitos.

– Tu não entendes – arguiu enquanto o apertava entre os dedos: – não existe mulher que me tente o bastante para eu correr esse risco. Teu esposo é muito destro com a navalha; já o demonstrou em diversas ocasiões.

No dia seguinte chegou a ajoelhar-se aos pés de Bartola e suplicou, com o rosto sulcado pelas lágrimas. A única coisa que obteve foram insultos e recriminações:

– Nada disso te estaria acontecendo se não te tivesses entregado ao marquês, sua puta.

Prostituída a espancamentos, privada de sua filha, controlada aonde quer que fosse ou onde quer que estivesse, Milagros se transformou numa mulher vazia, derrotada, silenciosa, alheia a tudo, de olhos afundados em órbitas profundas que Bartola nem sequer conseguia dissimular quando ela tinha de ir para o teatro.

– Mantenha-a bela e desejável, tia – exigiu-lhe Pedro quando se inteirou de que Milagros estava rejeitando a comida. – Alimente-a à força se necessário; veste-a bem; obriga-a a aprender as canções. Ela tem de continuar deslumbrando as pessoas.

Mas a cigana García perdia as esperanças. Cada vez que Pedro vendia a esposa a algum daqueles nobres, devolvia-lhe uns despojos humanos. Mordidas, arranhões, roxos... e sangue; sangue em seus mamilos, em sua vagina e até em seu ânus. Bartola não gastava nada em beberagens ou remédios; limitava-se a lavar e a tentar esconder as feridas de uma mulher transtornada. Odiava a ideia de tratar uma Vega, mas tampouco desejava enfrentar Pedro, e dia após dia Milagros voltava ao Príncipe, onde acabou pensando que poderia encontrar refúgio e consolo; então se esforçava por obter o caloroso aplauso de seu público, os afagos que brotavam espontaneamente do *patio* ou os que lhe dirigiam os homens que se aglomeravam na rua del Lobo à sua passagem no interior da liteira.

No entanto, quando do tablado erguia os olhos para os camarotes e via cintilar as joias e os enfeites dos nobres, distraía-se e pensava que algum deles a havia forçado e que talvez nesse mesmo momento estivesse alardeando o fato de havê-la possuído. E a voz lhe fraquejava até que voltava a pensar no público do *patio* e da *cazuela*. Provavelmente muitos não chegavam a percebê-lo, mas ela, sim, e também Celeste, e Marina, e os demais artistas que aguardavam sua vez para entrar em cena tanto como a oportunidade de vingar-se daquela cigana, tida por eles por soberba e egoísta, que os havia excluído dos saraus realizados pelos poderosos.

Uma tarde, enquanto as afetadas vozes dos demais artistas declamavam os versos compostos por Calderón para *El Tuzaní de la Alpujarra*, junto ao camarim, Milagros encontrou um jarro que ainda continha algum vinho. Percorreu com o olhar o espaço que se abria entre o camarim e o cenário atrás do qual se movia Celeste em seu papel de doña Isabel. A presença do ponto, que pelo lado do camarim perseguia a primeira-dama para recordar-lhe os versos, não a preocupou: o homem parecia bastante ocupado. No entanto, foram as corridas do ponto atrás da cortina, lanterna e livreto na mão, o que a impediu de aperceber-se da presença de um instrumentista de viola de gamba que permanecia junto às cortinas que escondiam a orquestra.

— Bebeu com desespero... do próprio jarro — contou depois o músico a quem quer que quisesse ouvi-lo. — Esteve a ponto de cair de costas de tanto que torceu o pescoço para tomar até a última gota.

Que importava a Milagros quem era que, a partir de então, lhe deixava todo dia um jarro de vinho no camarim? Talvez o próprio don José, pensou, porque ela mesma sentia que cantava melhor e se movia com maior desenvoltura no tablado, despreocupada com os camarins e com os homens que os ocupavam. "Esquecer", repetia-se a cigana a cada gole, até que o rosto de sua menina se esfumava em álcool.

Bartola não tardou a aperceber-se do estado em que Milagros regressava do Príncipe; também os *chisperos*: os dois bons jarros de vinho sem água os obrigavam a segurá-la quando descia da liteira.

— E que queres que façamos? — defenderam-se diante de Pedro. — Dão-lhe de beber no teatro.

A velha García estava cansada daquela vida, e ainda mais porque já não estava ali a menina. Só as obrigações de Milagros no Príncipe os retinham em Madri. Sentia saudade de Triana. Pedro já quase só punha os pés na casa da rua del Amor de Dios quando ia buscar o dinheiro que Milagros ganhava no teatro.

– Já não há quem pague por ela! – confessou-lhe um dia o cigano ao mesmo tempo que separava umas moedas para que elas pudessem seguir vivendo. – Ganha mais cantando e dançando que se eu a prostituísse nas ruas... e me é mais cômodo – acrescentou com um esgar de cinismo.

– Pedro – arguiu Bartola –, vai fazer dois anos que estamos em Madri e ao longo deste último ganhaste muito dinheiro com a Vega. Por que não volvemos já para Triana?

O cigano pôs a mão no queixo.

– E o que fazemos com ela? – perguntou.

– Vai durar pouco – respondeu a outra.

– Pois enquanto durar, eu a aproveitarei – sentenciou.

Bartola não pensou duas vezes: ela se ocuparia de que não durasse muito. Um dia, à custa da comida, comprou um quartilho de vinho e o deixou na cozinha. Outro levou aguardente. E mistela. Tampouco faltou o aromático *hipocrás* à base de aguardente ou vinho, açúcar, cravo, gengibre, canela...

Tudo ao alcance de Milagros, tudo Milagros bebia.

– Néscios!

Milagros acreditou sentir que lhe rebentava o cérebro pelo brusco movimento de cabeça que fez para a cortina atrás da qual se encontrava a orquestra. "Por que não tocam bem?", perguntou-se à espera de que se lhe aclarasse a vista e conseguisse focar aquela parte do tablado. "Por acaso pretendem aborrecer-me?", pensou.

– Néscios! – gritou de novo aos músicos com desajeitados trejeitos de mãos e braços antes de virar-se de novo para seu público.

A música voltou a soar no Coliseo del Príncipe a uma indicação da cigana, mas escapou-se-lhe e sua voz pastosa ficou para trás. "Não é esta peça! Ou sim? Procuram a minha ruína!" Voltou-se outra vez para a cortina quando os apupos já se elevavam no teatro. Covardes! Por que se escondiam?

– Repeti – ordenou.

Pareceu-lhe ouvir a música e tentou cantar. A voz agarrou-se-lhe à garganta, seca, ardente. As palavras se travaram entre sua língua e os dentes, presas de uma saliva viscosa, incapazes de livrar-se dela e deslizar para além. Os gritos dos *mosqueteros* perfuraram sua cabeça. Onde estavam? Podia ver um, dois no máximo, três já se confundiam com as luzes, com os reflexos dourados dos camarotes e com as joias daqueles que a haviam violado. Riam-se. Por acaso não entendiam que era culpa da orquestra? Balbuciou a primeira estrofe da toada com voz rouca e engrolada, tentando escutar a música. Prestou atenção. Sim. Soava. Dançar; tinha de dançar. Ergueu os braços desajeitadamente. Não respondiam. Ficou tonta e enjoada. Tampouco podia controlar as pernas. Caiu de joelhos diante do público. Algo a golpeou, mas não lhe importou em absoluto. O teatro inteiro uivava contra ela. E os aplausos? Baixou a cabeça. Deixou cair os braços dos lados. "Onde está minha menina? Por que a roubaram de mim?", soluçou.

– Malnascidos, todos! – resmungou quando outro objeto, macio, pegajoso, se chocou com seu corpo. Vermelho, como o sangue. Ela estava sangrando? Não sentia nada. Talvez estivesse morrendo, talvez morrer fosse simples assim. Ela o desejava. Morrer para esquecer... Sentiu que a pegavam pelos cotovelos e a arrastavam para fora do tablado.

– Milagros García – conseguiu ouvir já no camarim, enquanto o alcaide de teatro a segurava pelo queixo brutamente e lhe erguia a cabeça –, estás presa.

38

Em uma ensolarada manhã de primavera, Blas Pérez apoiava sua vara de aguazil na terra suja da rua de Hortaleza, pela qual caminhava apressado em direção à porta de Santa Bárbara, no extremo nordeste de Madri. Não chegou a ver José até que quase deu de cara com ele: o aguazil do Barquillo saia pela entrada da rua de San Marcos.

– Que te traz aqui, longe de teu quartel, Blas?

Reprimiu um esgar de desgosto; não desejava conversar, tinha pressa por encontrar a Pedro García. O cigano lhe havia ordenado que estivesse atento às notícias sobre Milagros.

– Tenho um encargo – respondeu então erguendo uma mão, como se a ele mesmo incomodasse encontrar-se ali.

Ia despedir-se e seguir caminho quando se viu obrigado a parar.

– Maldita sorte! – resmungou.

Diante dele, procedente da igreja das Recoletas, o soar de umas dulzainas e o bater de um tamborzinho anunciaram a passagem de um sacerdote coberto com chapéu preto e uma simples bolsa numa das mãos, na qual levava o viático para algum agonizante. Muita gente que transitava pela rua se ia juntando em silêncio à procissão atrás do religioso; os demais, os que não o faziam, descobriam-se, punham os joelhos no chão e se benziam à passagem dela. À altura de onde Blas se ajoelhou, parou um coche puxado por duas mulas. Três cavalheiros bem-vestidos desceram e ofereceram a carruagem ao sacerdote, que subiu. Os cavalheiros engrossaram a procissão e seguiram a pé o Santíssimo assim que um acólito indicou ao cocheiro a direção do moribundo e este preparou as mulas.

Blas permaneceu de joelhos enquanto a procissão prosseguia diante dele.

– A esposa de Rodilla – murmurou o outro aguazil, que havia vindo ajoelhar-se a seu lado. – O contador da congregação de Nossa Senhora da Esperança, conheces? Está muito mal.

Blas meneou a cabeça; seus pensamentos estavam em outro lugar.

– Sim, homem – insistiu José –, um dos irmãos da ronda do pecado mortal.

– Ah! – limitou-se a anuir o outro.

Devia conhecê-lo; mais de uma noite havia cruzado com aqueles irmãos da congregação que percorriam as ruas de Madri esmolando e chamando à ordem os cidadãos promíscuos, tentando interromper com sua presença, seus cânticos e suas preces as indecentes relações carnais, advertindo a uns e outras que se achavam em pecado grave e que se a morte os chamasse naquele momento...

Com certeza conhecia Rodilla, como muitos dos que andavam atrás do sacerdote e se espremeriam no quarto da enferma enquanto este a auxiliava. "O ritual da morte", pensou. Até o rei havia chegado a ceder sua carruagem ao viático e continuado a pé atrás ele! Do que Blas não tinha ciência era se Sua Majestade havia entrado no quarto do moribundo depois de prestar homenagem ao Santíssimo. Ele, em razão de seu cargo, sim, havia-o feito em diversas ocasiões: protestos de fé e atos de contrição que os sacerdotes arrancavam do doente para ajudá-lo a bem morrer à custa até de sua precária saúde; salmos penitenciais; jaculatórias; litanias; preces aos santos... Um desdobramento de orações para cada um dos instantes da agonia que os dolentes acompanhavam com sua compaixão, até que algum indício – talvez olhos de espanto em quem vê aproximar-se a morte, talvez um balbucio incompreensível, uma espumarada na boca ou convulsões incontroláveis – assinalava a presença do demônio. Então o sacerdote espargia o leito e o quarto inteiro com água benta e, diante do terror dos que o presenciavam, alçava o Santíssimo sobre sua cabeça e enfrentava Satanás.

– Necessitas que eu te ajude em teu encargo? – interrompeu seus pensamentos o aguazil do Barquillo.

Ambos se levantaram e limparam de terra suas meias a tapas. Blas não necessitava de ajuda. Nem sequer queria que o outro soubesse aonde se dirigia.

– Eu te agradeço, José, mas não é necessário. Como vão as coisas? – interessou-se para não parecer descortês.

O outro bufou e deu de ombros.

– Como podes imaginar... – começou a dizer.

– Vais perder a procissão – interrompeu-o Blas. – Não gostaria de entreter-te.

José desviou o olhar para as costas que se afastavam pela rua de Hortaleza. Suspirou.

– A esposa do contador era uma mulher piedosa.

– Certamente que era.

– Para todos nós chegará a hora.

Blas não quis entrar naquela discussão e calou-se.

– Bem – acrescentou José após um estalido da língua –, voltaremos a ver-nos.

– Quando quiseres – concordou o outro no instante em que José se preparou para seguir os passos do viático.

Esperou um instante e reiniciou seu caminho até passar diante da casa de recoletas de Santa Maria Madalena: de sua igreja havia partido o viático, dali partia também a ronda do pecado mortal. Diminuiu o passo e até bateu com certa preocupação com a vara na terra. A morte que a todos chegaria, o pecado, o diabo que os sacerdotes tentavam expulsar fizeram que ele hesitasse quanto ao que ia a fazer. Podia retroceder. Sorriu diante da ideia de arrepender-se exatamente junto ao lugar onde cerca de cinquenta mulheres de má vida, mas tocadas pela mão de Deus haviam decidido voluntariamente enclausurar-se sob a proteção de Maria Madalena para viver em estrita clausura, rezar, disciplinar-se e não abandonar o lugar pelo restante da vida se não fosse para abraçar a religião ou casar-se com aqueles homens honestos que lhes conseguiam os irmãos da Esperança.

Cem reais de prata e quatro libras de velas eram o que tinham de pagar as arrependidas para ingressar na casa de Maria Madalena e encerrar-se por toda a vida! Havia que pagar para arrepender-se. Ele nem sequer dispunha dessa quantia. De modo que não podia arrepender-se, concluiu encontrando certa satisfação no argumento: os pobres não podiam fazê-lo. Além disso, tampouco queria renunciar ao dinheiro que esperava obter nesse mesmo dia.

Seguiu em frente, dobrou à direita na rua de los Panaderos e se dirigiu para a de Regueros.

– Ave Maria Puríssima – cumprimentou após abrir a porta de uma casinha de um só andar, caiada por fora, limpa e asseada por dentro, com um horto traseiro, incrustada entre nove habitações similares.

– Sem pecado... – ouviu-se do interior. – Ah! És tu. – Uma cigana jovem e bela saiu de um cômodo. Atrás dela apareceu a cabeça de uma menina.

– Pedro? – limitou-se a perguntar o aguazil.

A moça havia voltado ao quarto, mas não a pequena, que permanecia parada, com os grandes olhos fixos em Blas.

– No *mesón* – gritou a cigana do quarto em que estava revolvendo coisas –, onde estaria?

O aguazil piscou um olho para a pequena, que nem sequer mudou o semblante.

– Obrigado – respondeu com um esgar de decepção.

A menina já não sorria como antes, quando vivia com sua mãe, na rua del Amor de Dios. Blas tentou de novo, com igual resultado. Franziu os lábios, meneou a cabeça e se foi.

A rua de los Regueros era uma só quadra que ele percorreu em alguns passos até o *mesón* da esquina da San José com Reyes Alta, onde se abria um descampado que confinava com a cerca de Madri; ali se erguiam o convento de Santa Bárbara, o dos Mercedários Descalços e o de Santa Teresa, de religiosas carmelitas. Junto a eles, a rainha Bárbara de Bragança, esposa de Fernando VI, tão enfermiça como amante da leitura, havia mandado construir em 1748 um novo convento dedicado à instrução de meninas nobres sob a proteção de São Francisco de Sales. Dizia-se que a rainha havia destinado parte da construção, a que olhava para os jardins, a residência pessoal para refugiar-se da madrasta de seu esposo, Isabel de Farnesio, e retirar-se ali em caso de o rei morrer antes dela, dado que careciam de descendência e a coroa passaria a Carlos, filho de Isabel, então rei de Nápoles. Em 1750, deu-se início às obras; ia ser o maior e mais fastuoso convento que já se havia erguido em Madri: junto à nova igreja dedicada a Santa Bárbara, construía-se um colossal palácio de influência francesa e italiana no qual se utilizavam os mais ricos materiais. O conjunto seria rodeado de jardins e hortos que se estenderiam junto à cerca, desde o prado de Recoletos e sua porta até quase a de Santa Bárbara.

Nessa primavera de 1754, Blas contemplou a construção, muito avançada já. A rainha não havia poupado gastos. Dizia-se que a obra custaria mais de oitenta milhões de reais, embora houvesse também os que lamentavam, e Blas era um deles, que aquele gasto se dedicasse a maior glória e tranquilidade da rainha em lugar de à construção de uma grande catedral. Cerca de cento e quarenta igrejas em que diariamente se celebrava missa, trinta e oito conventos de religiosos e quase outros tantos de religiosas, hospitais, colégios se achavam encerrados entre as cercas que rodeavam Madri... No entanto e apesar de toda essa magnificência religiosa, a maior e mais importante cidade do reino carecia de catedral.

Blas abriu caminho no interior do *mesón* a golpes de vara até que deu com Pedro, sentado a uma mesa e bebendo vinho junto com vários *chisperos* que forjavam o ferro daquela magna obra.

O cigano, sempre atento a tudo, percebeu a presença do aguazil à medida que as pessoas se afastavam diante da vara. Algo importante sucedia para que Blas aparecesse ali, tão longe de seu quartel. Ambos se afastaram quanto puderam do bulício.

– Libertaram-na – sussurrou o aguazil.

Pedro manteve o olhar no rosto de seu companheiro; tinha os lábios franzidos, rangiam-lhe os dentes.

– Continua contratada pelo Príncipe? – perguntou após alguns instantes.

– Não.

– Só pode trazer-me problemas – comentou como para si. – É preciso acabar com ela.

Blas estava certo de que essa ia ser a reação do cigano. Quase dois anos junto a ele haviam sido mais que suficientes para conhecer seu caráter. Brigas violentas, vinganças com mortes incluídas. Até havia vendido sua própria esposa!

– Estás certo? – hesitou.

– Se a soltaram, foi para impedir um escândalo que salpicasse alguns dos grandes. Crês que a alguém importará o que vier a suceder a uma puta bêbada?

Tudo havia sucedido como o cigano supusera: arrastaram Milagros para fora do tablado do Príncipe depois de o alcaide de teatro ordenar sua detenção. Os aguazis a levaram diretamente para o cárcere da Corte, onde dormiu embriagada. Na manhã seguinte, excitada, nervosa, intranquila com a falta de álcool, mas sóbria, Milagros entrou na sala de justiça.

– Pergunte Vossa Excelência ao barão de San Glorio – enfrentou o alcaide que presidia ao julgamento por escândalo e por outra longa enfiada de delitos, depois de este iniciar a sessão interessando-se por seu nome.

– Por que deveria fazê-lo?

Imediatamente o alcaide se arrependeu daquela pergunta espontânea, fruto do desconcerto diante do desembaraço da cigana.

– Porque me violou – respondeu ela. – Com certeza ele sabe meu nome. Pagou muito dinheiro por isso. Pergunte a ele.

– Não sejas impertinente! Nada temos que perguntar ao senhor barão.

– Então, fazei-o ao conde de Medin…

– Cala-te!

– Ou ao de Nava…

– Porteiro! Fá-la calar-se!

– Todos eles me forçaram! – conseguiu gritar Milagros antes que o porteiro de vara chegasse até ela.

O homem lhe tapou a boca. Milagros deu uma forte dentada em sua mão.

– Quereis que vos diga quantos mais de vossos aristocratas me violaram? – cuspiu, aproveitando que o porteiro havia retirado a mão.

A última pergunta da cigana pairou na sala de justiça. Os três alcaides que a compunham se olharam. O fiscal, o escrivão e o advogado de pobres estavam atentos a eles.

– Não – respondeu o presidente. – Não queremos que no-lo digas. Está suspensa a sessão! – resolveu de imediato. – Levai-a para as masmorras.

Vários dias Milagros esteve no cárcere da Corte, os suficientes para que os alcaides de sala consultassem os conselheiros do rei e os grandes da vila. Embora alguns não estivessem de acordo, a maioria rechaçou que certos sobrenomes ilustres se vissem envolvidos em assunto tão desagradável. Ao final, alguém chegou a defender que o problema salpicava o próprio rei, porque um de seus conselheiros era parente de um implicado, razão por que se ordenou que se enterrasse o assunto e Milagros foi posta em liberdade.

Por mais que os alcaides proporcionassem e reclamassem discrição e que o escrivão tivesse destruído as atas do julgamento e toda referência à prisão, o assunto correu e, como aos de muitos outros, chegou a ouvidos de Blas.

– Esta mesma noite – determinou Pedro enquanto andavam de volta para a casa da rua de Regueros. – Nós o faremos esta mesma noite.

"Nós o faremos?" A afirmação surpreendeu o aguazil. Ia opor-se, mas calou-se. Recordou a promessa do cigano no dia em que chegara a Madri: mulheres. Havia desfrutado de algumas nas farras noturnas com Pedro; no entanto, não lhe importavam tanto aqueles devaneios quanto o dinheiro que ele lhe proporcionava. Apesar disso... participar de um assassinato? Teria razão o cigano e a ninguém lhe interessaria?

Com tais pensamentos entrou na casa que Pedro compartilhava com sua nova companheira.

– Honoria! – gritou ele como único cumprimento. – Estamos aqui para almoçar!

Olla podrida e, de sobremesa, compota de castanhas e geleia de marmelo preparadas pela cigana. Blas observou que Honoria tentava controlar a avidez da pequena María pelo doce. Não o conseguiu; seu nervosismo foi aumentando à medida que a menina lhe desobedecia. Por mais que tentasse, pensou o aguazil enquanto María afastava as mãos da cigana com as suas, não era capaz de substituir sua mãe. Embora oficialmente o fosse! Pedro havia conseguido documentos falsos em que Honoria constava como mãe da pequena. Havia-os mostrado a ele: "Pedro García e Honoria Castro. Casados com uma filha."

– Estás louco? – havia-lhe perguntado Blas ao vê-los.

O cigano respondeu com um despreocupado movimento de mão.

– E se te descobrirem? As pessoas conhecem Honoria, sabem que ela não é casada contigo. Qualquer pessoa poderia...

– Denunciar-me?

– Sim.

– Esteja certo de que evitarão fazê-lo.

– Ainda assim...

– Blas. Somos ciganos. Um *payo* nunca chegará a entendê-lo. A vida é um momento: este.

Nisso ficou a conversa, embora Blas tentasse encontrar uma razão que explicasse a atitude do cigano. Não o conseguiu, tal como este havia augurado, mas conseguiu entender o porquê daquele permanente brilho nos olhos das pessoas dessa raça: elas arriscavam tudo numa só aposta.

Após o almoço, Pedro satisfez as expectativas do aguazil e o gratificou generosamente, prometendo-lhe outro tanto depois de que acabassem o "trabalho".

– Lembra-te – disse-lhe ao despedir-se –, esta noite, depois do toque de sinos.

Encontraram Milagros prostrada e abatida num canto do quarto, com o olhar perdido em algum lugar do teto e uma garrafa de aguardente vazia ao lado.

– Tia – anunciou Pedro na direção de Bartola –, regressamos a Triana; pegue suas coisas e espere-me lá embaixo.

A García fez um gesto com o queixo para Milagros.

– Essa? – Pedro soltou uma gargalhada. – Não se preocupe, ninguém sentirá sua falta.

A gargalhada rompeu o longo silêncio que haviam guardado durante todo o dia Milagros e Bartola depois de a primeira, compulsivamente, ter dado cabo da aguardente.

Milagros reagiu e os olhou com os olhos injetados. Balbuciou algo. Nenhum deles conseguiu entendê-la.

– Cala-te, sua puta bêbada! – soltou Pedro.

Ela deu um desajeitado tapa ao ar e tentou levantar-se. Pedro não lhe fez caso; esperava com uma paciência maldissimulada que Bartola pegasse tudo e se fosse.

– Ande, ande, ande – apressou-a.

O aguazil, afastado, parado quase no vão da porta, contemplou como Milagros procurava apoio nas paredes e voltava a cair como um títere. Meneou a cabeça ao verificar a nova tentativa da moça. Com a mulher precariamente apoiada contra a parede, pugnando por levantar-se, Blas tentou recordar se alguma vez havia presenciado o assassinato de uma jovem. Rebuscou em suas recordações naquela Madri onde se mesclava uma variegada multidão de nobres, ricos, mendigos e delinquentes, de gente arrogante sempre pronta a brigar. Como aguazil, conhecia todos os tipos de delitos e perversidades, mas nunca havia presenciado o assassinato a sangue-frio de uma mulher jovem e bela. Encolheu-se-lhe o estômago no momento em que se afastava para dar passagem a Bartola, que ia com um colchão debaixo do braço e trouxas de roupa e utensílios nas mãos. A velha não pronunciou palavra; nem sequer olhou para trás. Os poucos segundos que tardou em arrastar os pés para fora do cômodo se multiplicaram nos sentidos do aguazil. Depois ele se virou e empalideceu diante da imediata reação de Pedro, que se aproximou de Milagros e terminou de levantá-la erguendo-a pelo cabelo sem nenhuma contemplação.

– Olha-a! – disse-lhe mantendo-a erguida. – A maior puta de Madri!

Blas não conseguiu afastar os olhos da moça: rendida, indefesa, bela ainda que desalinhada e suja. Se Pedro soltasse seu cabelo, ela seria incapaz de manter-se de pé. "É tão necessário assim acabar com ela?", perguntou-se.

– Eu te prometi mulheres – surpreendeu-o então o cigano, recordando sua primeira conversa. – Toma, aqui tens uma: a grande Descalça!

O aguazil conseguiu negar com a cabeça. Pedro não o viu, mais interessado em rasgar a camisa de Milagros.

– Fode-a! – gritou quando o conseguiu, puxando para trás o cabelo de Milagros para que ela exibisse seus peitos túrgidos, incomumente esplendorosos.

Blas sentiu nojo.

– Não – opôs-se. – Dê fim a tudo isto. Mata-a se quiseres, mas não continues com este... este...

Não encontrou a palavra e se limitou a apontar para os peitos da jovem. Pedro o fulminou com o olhar.

– Não vou participar de tamanha vileza – acrescentou em resposta ao desafio que o cigano lhe lançava. – Acaba já com isso, caso contrário eu te deixarei só.

– Eu te pago bem – recriminou ao aguazil.

Não o suficiente, disse-se este. E, se em verdade o cigano voltasse a Triana, já não haveria mais dinheiro. Contemplou Milagros, tentando ver em seus olhos um brilho de súplica. Nem sequer distinguiu isso. A mulher parecia achar-se entregue à morte.

– Que te fodas tu, cigano!

Blas deu meia-volta e saiu escada abaixo com o ouvido esperando os últimos estertores de Milagros e compadecendo-se dela. Não os ouviu.

Com a mão livre, Pedro García tirou a navalha de sua faixa e a abriu.

– Sua puta – resmungou o cigano assim que as passadas do aguazil se perderam escada abaixo.

Deslizou a folha do pescoço aos peitos nus de Milagros.

– Tenho de matar-te – continuou falando –, tal como matei a curandeira. A velha lutou mais do que o farás tu, com certeza. Fanfarrões... Vós, os Vegas, não sois mais que uns tontos fanfarrões. Vou matar-te. Que aconteceria se aparecesses em Triana? Honoria se zangaria comigo, sabes?

Milagros pareceu reagir ao contato da ponta da navalha em seus mamilos. O cigano sorriu com cinismo.

– Gosta? – Brincou com a ponta da navalha enquanto ele mesmo sentia crescer sua própria excitação quando o mamilo se endurecia.

Cortou sua saia e seguiu deslizando a navalha pelo ventre e pelo púbis de Milagros até que um fétido hálito de aguardente lhe alcançou o rosto quando ela suspirou.

– Estás podre. Cheiras pior que as marranas. Espero que te encontres com todos os Vegas no inferno. – Voltou a alçar a arma até o pescoço, disposto já a rasgá-la na jugular.

– Para! – ressoou de súbito no cômodo.

39

Uma semana antes

— Está bêbada! – Não consegue ficar de pé. – Que vergonha! Os comentários das damas que o acompanhavam num dos camarotes laterais do Coliseo del Príncipe se juntaram às vaias e à gritaria que surgia do *patio* repleto de *mosqueteros* e da *cazuela* das mulheres. A orquestra havia começado a tocar a tonadilha diversas vezes sem que Milagros conseguisse unir sua voz à música. Nas duas primeiras, a cigana gesticulou impetuosamente para a cortina lateral atrás da qual ficavam os músicos e os culpou com desajeitados trejeitos; nas demais, à medida que as palavras se travavam numa boca pastosa, e pernas e braços se negavam a obedecer a suas ordens, a cólera de Milagros foi transformando-se em desalento.

Frei Joaquín, com o estômago apertado e a garganta cerrada, procurou esconder das senhoras e de seus acompanhantes o tremor de suas mãos e olhou para Milagros. Já não havia música naquele tablado que, se ontem ficava pequeno ao ritmo de suas danças, de seus sorrisos e de suas insolências, agora parecia imenso com ela ajoelhada no centro, derrotada e cabisbaixa. Alguém atirou uma verdura podre contra seu braço direito. Os *mosqueteros* estavam preparados. Fazia alguns dias que em Madri corria o rumor sobre o estado da Descalça: suas últimas apresentações já haviam beirado o escândalo. Alguns disseram que ela estava doente, muitos outros reconheceram em sua voz gasta e seus movimentos desconexos os efeitos do álcool. Milagros nem sequer reagiu diante da verdura, nem quando um tomate rebentou em sua camisa e provocou uma gargalhada geral no teatro. Acima do *patio*, apoiado na balaustrada do camarote, Frei Joaquín desviou o olhar procurando a quem havia atirado o tomate.

– Seu estúpido! – resmungou.

– Dizia algo, reverendo?

O frade não deu atenção à pergunta da dama que estava sentada a seu lado. Do *patio* já se atiravam todos os tipos de verduras e legumes podres, e as pessoas arrancavam as fitas verdes que haviam adornado seus chapéus e vestidos como mostra de admiração pela Descalça. O alcaide encarregado do teatro mandou dois aguazis retirar do palco uma Milagros resignada, submissa diante do castigo. "Por que não se vai?", perguntou-se o religioso.

– Vai-te, menina! – explodiu Frei Joaquín.

– Menina? – estranhou a dama.

– Senhora – respondeu sem meditar, com a atenção fixa no tablado –, todos nós somos crianças. Por acaso não assegurou Jesus Cristo que aquele que não fosse como uma criança não entraria no reino dos céus?

A mulher ia questionar as palavras do frade, mas o que fez foi abrir um belo leque de nácar com que começou a abanar-se. Enquanto isso, os dois aguazis arrastavam Milagros pelos cotovelos entre uma chuva de verduras. Assim que a cigana se perdeu atrás da cortina e os gritos que vinham do *patio* e da *cazuela* se transformaram em rumor de conversas indignadas, Celeste apareceu no tablado enquanto três homens continuavam a limpá-lo. A vitória brilhava nos olhos da artista.

– O de Rafal – comentou um dos nobres que se achava em pé, ao fundo do camarote, referindo-se ao corregedor de Madri – nunca deveria ter substituído a grande Celeste.

– E ainda menos por uma cigana que se prostitui por dois reais! – exclamou outro.

Frei Joaquín teve um sobressalto quando Celeste começou a cantar, e os dois nobres se somaram com afetação aos aplausos do público.

– Não sabia disso, reverendo? – A dama do leque lhe falou com o rosto escondido atrás dele, ligeiramente inclinada na cadeira: – Se Sua Paternidade nos honrasse mais com sua presença nas tertúlias...

"Eu me haveria inteirado", terminou ele para consigo a frase que havia ficado suspensa no ar.

– Pessoalmente – disse a mulher –, não consigo a imaginar o que diria Nosso Senhor Jesus Cristo dessa menina – estendeu depreciativamente as duas últimas palavras e, aproximando sua cadeira da do frade e ao abrigo do leque, como se com isso pretendesse desculpar seu atrevimento, entrou a enumerar uma lista de amorios, multiplicada nos cochichos das tertúlias.

Entre os cantos de uma rutilante Celeste, os aplausos e gritos de um público sempre volúvel, de novo rendido à primeira-dama, Frei Joaquín interrompeu a mulher, a qual se voltou para o religioso e de forma inconsciente começou a abanar diante de seu rosto. Conhecia a sensibilidade do frade, todas as suas conhecidas o elogiavam por essa qualidade, mas nunca teria suspeitado de que a notícia das aventuras de uma simples cigana pudesse produzir-lhe essa palidez quase cadavérica que agora ele apresentava.

Frei Joaquín pensava em Milagros: bela, risonha, encantadora, esperta, alegre... limpa... virginal! As recordações haviam chegado atropeladamente para cravar-se em seu estômago e paralisar o fluxo de seu sangue. Ela ocupara suas fantasias noturnas e o fizera conhecer essa culpa que tantas vezes tentara expiar com orações e disciplinas: seu rechaço, após o religioso propor-lhe que fugisse com ele, lançou-o aos caminhos, duvidando de que existisse sacrifício capaz de purificá-lo aos olhos de Deus. Desde então, aquele rosto trigueiro o havia acompanhado aonde quer que ele fosse, descontroladamente belo: animando-o, sorrindo-lhe nos momentos adversos. E agora em que canto haviam ficado aqueles alentos? Era uma bêbada. Isso ele mesmo havia visto. E uma prostituta, segundo asseguravam...

Até a tarde do desabar de Milagros no Coliseo del Príncipe, a imagem da cigana costumava assaltar a mente de Frei Joaquín nas noites, enquanto ele caminhava com os sentidos alertas pelas perigosas ruas de Madri para sua casa. Quando isso sucedia, a lembrança de Milagros se agarrava à sua memória. Frei Joaquín habitava um apartamento numa diminuta quadra de somente três edifícios, todos eles estreitos e tão longos que iam desde a fachada, que dava para as Platerías, na rua Mayor, até a pracinha de San Miguel atrás. Francisca, a velha criada que o atendia, levantava-se sonolenta para ajudá-lo apesar de saber a resposta que receberia: "Que Deus te pague, Francisca, mas podes retirar-te." Contudo, a mulher insistia noites seguidas, eternamente agradecida por dispor de um teto sob o qual abrigar-se, de comida e até do parco salário com o que o frade retribuía seus esforçados mas também poucos serviços. Francisca nunca havia trabalhado de criada. Viúva, com três filhos ingratos que a haviam abandonado em sua senectude, havia dedicado sua vida e seus esforços a lavar roupa no Manzanares. "Lavava tanta roupa", chegou a jactar-se diante de Frei Joaquín, "que necessitava de um moço de corda para ajudar-me a transportá-la para seus donos." Mas, como sucedia com todas aquelas mulheres que dia após dia, ano após ano, iam a seus lugares no rio para limpar a sujeira dos outros, quer sob o frio invernal e com a água gelada, quer em plena canícula, seu corpo havia pagado um alto preço: mãos inchadas e atrofiadas como os músculos; ossos permanentemente doloridos. E Frei Joaquín corria para recolher do chão a concha que havia escorregado de suas desajeitadas mãos para evitar o martírio que implicava para a mulher o abaixar-se. O religioso a havia resgatado das ruas quando a moeda que lhe dera como esmola caiu dentre seus atrofiados dedos de lavadeira, tintinou numa pedra e rolou para longe. Os dois se olharam: a velha, incapaz de perseguir o dinheiro que lhe escapava; Frei Joaquín vislumbrando a morte já instalada em seus olhos apagados.

Depois de ordenar-lhe que se retirasse, o frade comparava os lentos movimentos que levariam Francisca até seu colchão, aos pés da maravilhosa imagem da Imaculada Conceição, com a vitalidade e a alegria com que nessa mesma tarde, talvez na anterior ou na outra, Milagros havia obsequiado seu público. Ele se sentava num dos camarotes, como quase diariamente faziam as mulheres nobres e ricas com seus cortejos e acompanhantes. Prodigiosa! Maravilhosa! Encantadora! Tais tinham sido os elogios que ressoavam em seus ouvidos quando pisara pela primeira vez o Coliseo del Príncipe, recém-chegado a Madri, vindo de Toledo. A Descalça. E naquele primeiro dia ele saltou na cadeira.

– Está acontecendo algo, padre? – perguntaram-lhe.

Algo? Era Milagros! Frei Joaquín se achava quase de pé. Balbuciou algo ininteligível.

– O senhor está passando mal?

"Que faço em pé?", perguntou-se. Desculpou-se com sua pupila, voltou a sentar-se e ouviu, arrebatado, os cantos de Milagros enquanto, discretamente, pugnava por reter as lágrimas que se acumulavam em seus olhos.

Desde a sua chegada a Madri, o Coliseo del Príncipe e as apresentações de Milagros se converteram em lugar de peregrinação para Frei Joaquín. Se em alguma das tardes de espetáculo, Dorotea, a jovem toledana a que por imposição de seu pai havia acompanhado à Vila e Corte após seu casamento com o marquês viúvo de Caja, decidia não comparecer, o frade se desculpava com os marqueses e pagava de seu bolso uma entrada para o *patio* ou ia para a *tertulia* com os demais religiosos. Na primeira vez se sentiu perdido diante das oito portas que levavam às diferentes partes, independentes umas das outras – o *patio*, a *tertulia*, os camarotes, a destinada exclusivamente às mulheres que iam para a *cazuela* –, mas em pouco tempo havia conquistado o apreço dos bilheteiros e dos vendedores que na parte traseira do *patio* ofereciam doces e bebidas com mel e especiarias, debaixo da *cazuela* das mulheres. O frade suportava as apresentações inteiras e em muitas ocasiões, diante de uma obra ruim e ainda mais mal interpretada, esforçava-se por não se juntar ao mar de pessoas que desprezavam o último ato da peça e abandonavam o Coliseo após a apresentação da Descalça. Não desejava ser reputado como mais um dos que só iam ao teatro pelos sainetes ou pelos entremeses. Ao final, elogiava o autor e os atores, embora só tivesse em mente a voz da cigana, suas danças comedidas que não queriam mas consentiam, sim, em provocar o desejo e as fantasias do público com sua voluptuosidade. Ele tremia à lembrança de suas maliciosas insolências na direção do *patio*, dos *mosqueteros* entre os quais ele se escondia. E ele se encolhia diante do olhar que Milagros passeava por todos eles, temendo que o reconhecesse.

– Que dizeis vós ao corregedor injusto? – perguntava a cigana interrompendo a canção em que um pobre camponês era encarcerado pelo corregedor real.

Os apupos e assobios, braços para o alto, permitiam que o religioso se erguesse de novo no meio da confusão.

– Mais alto, mais! Não vos ouço! – gritava Milagros, estimulando-os com as mãos justo antes de entrar a cantar de novo competindo com a gritaria.

E vencia. Sua voz se alçava potente acima do alvoroço, e Frei Joaquín se sentia desfalecer ao mesmo tempo que sentia um nó na garganta. Em uma tarde de teatro, talvez após um excesso de vinho no almoço com os marqueses, o frade se aproximou um pouco mais do tablado e se manteve firme quando Milagros buscou a cumplicidade do *patio*. Tremiam-lhe os joelhos, e ele não teve tempo de virar o rosto quando a cigana passeou o olhar pelos *mosqueteros* que lhe gritavam vivas, justo onde ele se encontrava. Talvez desejasse que ela o descobrisse. Ela não se apercebeu de sua presença, e Frei Joaquín se surpreendeu a si mesmo tranquilizando-se ao soltar o ar que havia retido nos pulmões. Não sabia por que o havia feito, mas nesse dia a sentiu perto, acreditou até ter-lhe sentido o cheiro.

Depois dessa ida ao teatro, antes do jantar e da tertúlia a que fora acompanhando a Dorotea, Frei Joaquín se encerrou na sala dos relógios da casa do marquês oprimido por sentimentos contraditórios. Recriminou-se que aquela peça da casa, na qual o marquês mostrava seu poder e sobretudo seu bom gosto, no dizer de todos quantos contemplavam sua coleção, e na qual ele costumava buscar refúgio, o apaziguasse em maior medida que a oração ou a leitura de livros sagrados. Parou diante de um relógio de caixa tão alta como ele, em madeira de ébano adornada com bronzes e dourados cinzelados. O inglês John Ellicott o havia feito; assinava em seu quadrante, no qual se viam um calendário lunar e um globo celeste.

Milagros estava feliz, teve de reconhecer ao ritmo do segundeiro. Ela havia vencido! "Para que intrometer-me em sua vida?", perguntou-se depois, diante de um elaborado relógio de mesa com figurinhas bucólicas de Droz; obra de um relojoeiro suíço, como lhe havia explicado o marquês. Como conseguiam fazer tais maravilhas? Expunha-se na sala mais de uma dúzia. Relógios com música. Milagros gostaria deles? Alguns tinham até uma dúzia de pequenos sinos... Como soaria sua voz de cigana junto a eles? Relógios de pêndulo, imensos, com um mecanismo de órgãos ou de moto-perpétuo; havia um que até realizava operações aritméticas. Autômatos que tocavam flauta: encantava-o ouvir a flauta do pastor ou os latidos do cão...

Milagros já o havia rechaçado uma vez. Que lhe dissera então? "Sinto muito... Nunca teria podido ser." Sim, foram essas suas palavras antes de fugir para o Andévalo. "Por que te empenhas, seu frade idiota?", disse-se a si mesmo. Se naquele momento de desespero, quando se dera a grande batida, assustada por ter de fugir de Triana, com seus pais presos e seu avô desaparecido, Milagros não havia sido capaz de encontrar em seu interior uma ponta de carinho por ele, que podia esperar agora, quando ela triunfava na cena e era adorada por toda Madri?

Contudo, nunca deixou de ir ao teatro, nem sequer quando, meses depois de sua chegada, teve de abandonar a casa do marquês e de quem havia sido sua pupila para mudar-se para a estreita e alongada habitação da rua Mayor que compartilhava com Francisca. Durante esse tempo, pouco a pouco, Dorotea fora introduzindo-se nos sedutores costumes da Vila e Corte, tão diferentes dos toledanos, e começou a prescindir de quem até então havia sido seu professor, confidente e amigo. Don Ignacio, o marquês, pai de três filhos nascidos de seu matrimônio anterior, era um homem tão rico como despreocupado.

– Dói-me dizê-lo, don Ignacio – foi sincero com ele Frei Joaquín, os dois sentados na sala dos relógios, uma manhã, tomando café e comendo doces –, mas considero meu dever adverti-lo de que sua esposa está tomando caminhos preocupantes.

– A coisa é motivo para escândalo? – saltou exasperado o outro, com tal ímpeto que esteve a ponto de derramar o café sobre seu colete.

– Não, não. Bem... não sei. Suponho que não, mas nas tertúlias... ela sempre está cochichando e rindo com um ou outro. Sei que a desejam, eu o ouvi; é jovem, bela, culta. Doña Dorotea não é como as demais mulheres...

– Por que não?

Desta vez foi o frade quem se sobressaltou.

– Admite o cortejo?

O marquês suspirou.

— E quem não, *pater*? Nós, os homens de nossa posição, não podemos opor-nos a isso por mais que nos incomode. Seria... seria incivilizado, descortês.
— Mas...
O marquês ergueu com elegância uma das mãos pedindo-lhe silêncio.
— Sei que não é a doutrina da Igreja, *pater*, mas nestes tempos o matrimônio já não é a instituição sagrada de nossos ancestrais. O matrimônio, pelo menos o dos afortunados como nós, fundamenta-se na cortesia, no respeito, na educação, na sensibilidade... Não são mais que uniões de inclinação não só sentimental, mas também por interesse material.
— Antes tampouco abundavam os matrimônios por amor — tentou refutar o frade.
— É verdade — apressou-se a reconhecer o outro. — Mas já não podemos falar dessas mulheres atemorizadas e encerradas em casa de seus esposos. Hoje em dia até as mulheres necessitadas, por mais humildes que sejam, querem mostrar-se aos homens; talvez não tenham a sensibilidade e a cultura das damas, mas isso não as impede de exibir-se em ruas, teatros e festas. Reconheçamos que tampouco têm tantas necessidades sentimentais, a precariedade de sua vida o impede, mas não há mãe que além de educar sua filha na virtude cristã não se preocupe também com ensiná-la a dançar e cantar, além da arte dessa linguagem corporal e silenciosa que tão bem sabe deslumbrar os homens com esse sim mas não, quando não mas sim.
Frei Joaquín pigarreou, pronto para responder, mas o marquês continuou falando.
— Pense em doña Dorotea. O senhor lhe ensinou latim em casa de seu pai; ela sabe ler e o faz. É culta, delicada, sensível, sabe como agradar a um homem. — Don Ignacio pegou um pedaço de pão de ló e o mordeu. — O que o senhor acha que mais compraz minha esposa no jogo do cortejo? — perguntou depois. O frade meneou a cabeça. — Eu lhe direi: é a primeira vez em sua vida que tem a oportunidade de escolher. O matrimônio lhe foi imposto, como tudo desde que nasceu, mas agora ela escolherá diante de seu cortejo e algum tempo depois o deixará por outro, e flertará com um terceiro para enciumar o primeiro, ou o segundo...
— E se...? — Frei Joaquín hesitou. — E se chegar ao adultério? — Arrependeu-se da pergunta de imediato.
— Doña Dorotea é íntegra e honesta — apressou-se o marquês a acrescentar golpeando o ar como se houvesse dito uma sandice —; no entanto, a carne é fraca, e a das mulheres... mais ainda.
Contudo, o nobre não revelou a cólera que teria cabido esperar de alguém de quem se acabava de pôr em dúvida a virtude da esposa. Don Ignacio bebeu

café e durante alguns instantes perdeu o olhar naqueles relógios que tanto admirava. Terminou seu exame com um esgar.

– Diz-se que é "amor branco", *pater*, e a maioria dos cortejos o é. Não creia que não se fala disso entre muitos de nós, mas quem sabe o que sucede no interior da alcova de uma mulher? Publicamente só se trata de um galanteio, simples faceirice. E isso é o que importa: o que veem os outros.

Livre pois do estorvo daquele frade que havia levado de Toledo a modo de tutor, a marquesinha aprendeu o uso do leque para comunicar num idioma secreto por todos conhecido aqueles sinais que desejava transmitir aos janotas: tocá-lo, abri-lo, abanar-se com força ou languidamente, deixá-lo cair no chão, fechá-lo com violência... Cada ação significava uma coisa ou outra. Pouco tardou também a chegar a utilizar as pintas no rosto para exteriorizar seu estado: se estava na têmpora esquerda, ela mostrava que já tinha cortejo; se na direita, que estava cansada de seu cortejo e podia aceitar outros; junto aos olhos, aos lábios ou ao nariz, distintas formas, todas, de mostrar o estado de espírito da senhora.

A distância entre Frei Joaquín e aquela jovem toledana a que havia ensinado latim e a entender os clássicos fora tornando-se cada vez maior à medida que Dorotea se introduzia no jogo do cortejo. Nas manhãs, nem sequer seu marido podia entrar na alcova de sua esposa. "A senhora marquesa está com o cabeleireiro", respondia sua donzela a modo de carcereira, diante da porta do quarto fechada a chave. Frei Joaquín via entrar em sua casa o galanteador da vez, jovem, barbeado e empoado, cheirando a lavanda, jasmim ou violeta, às vezes com peruca, outras com o cabelo moldado com sebo e banha por um cabeleireiro, mas sempre disposto com mil adornos: gravatinha, relógio, óculos, bastão, espadim na cinta, rendas, pontas e até laços em trajes de seda coloridos com abotoaduras douradas. O marquês, também o percebia o frade, fazia de tudo para não cruzar com o galanteador enquanto este, com fingida dignidade, cheirava rapé à espera de que o mordomo fosse avisado para acompanhá-lo até a alcova. "Que estarão fazendo ali dentro?", perguntava-se Frei Joaquín. Dorotea estaria ainda na cama, com roupa de dormir. De que falariam durante as horas que tardava a marquesa a sair de seu quarto? Para que se havia esforçado ele em ensinar à sua pupila as mais modernas doutrinas acerca da condição feminina? Todos aqueles janotas afetados que perseguiam as damas eram tão jactanciosos como incultos, algo que ele havia comprovado nas tertúlias, atônito diante das estupidezes que chegava a ouvir.

– Senhora – exibia-se um deles –, Horácio era demasiado sentencioso.

– Sem Homero, que haveria sido Virgílio? – dizia outro um pouco adiante.

Nomes e citações decorados para assombrar seus ouvintes: Periandro, Anárcase, Teofrasto, Epicuro, Aristipo ouviam-se aqui e ali nos luxuosos salões das senhoras. E Dorotea sorria boquiaberta! Todos eles desprezavam com soberba a mais leve das críticas e zombavam daquelas que se lhes apresentavam como opiniões abalizadas, até que através desses ardis alguns chegavam a alcançar a condição de sábios aos olhos de uma audiência feminina entregue a suas fanfarronadas.

Ignorância. Hipocrisia. Frivolidade. Vaidade. Frei Joaquín explodiu ao ouvir um janota que pugnava por conseguir o favor de Dorotea pedir-lhe que lhe fizesse chegar um jarro que contivesse a água com que se havia lavado para utilizá-la como medicamento com uma criada doente. O sangue abandonou o rosto do frade para concentrar-se em seu estômago, toda ela, em aluvião, deixando-o lívido, ao presenciar como a jovem com que declinara o latim e desfrutara lendo o Padre Feijoo atendia exultante ao ridículo pedido, apoiada por algumas das senhoras que aplaudiram a iniciativa e outras que lhe pediram encarecidamente, pelo bem daquela infeliz criada enferma, que consentisse na cura.

Frei Joaquín conhecia as modernas e controversas teorias sobre os tratamentos à base de água. Os "médicos da água", chamavam a seus defensores. Nem sequer Feijoo havia sido capaz de pô-las em dúvida, mas daí a dar de beber a uma enferma a água suja de uma dama, por mais marquesa, jovem e bela que fosse, havia um abismo.

– Não posso continuar morando em sua casa.

Don Ignacio curvou os lábios em algo parecido com um sorriso. "Triste, melancólico?", perguntou-se Frei Joaquín.

– Eu compreendo – disse aquele, dando por subentendida a causa que levava o religioso a tal decisão. – Foi um verdadeiro prazer tê-lo aqui e haver conversado com o senhor.

– Foi realmente generoso, don Ignacio. Quanto à sua capela...

– Continue com ela – interrompeu-o o marquês. – Eu teria de procurar outro sacerdote, e isso seria um incômodo – acrescentou fechando a cara. – Além disso, se o senhor se fosse, não poderia contemplar os relógios, e o senhor sabe que isso satisfaz a minha vaidade.

O marquês sorriu numa atitude que o frade entendeu franca.

– Eu o considero uma boa pessoa, *pater*. Estou convencido de que a senhora marquesa não fará nenhuma objeção.

Dorotea não o fez. De fato, a despedida se deu de forma fria e apressada – esperavam-na suas amigas, desculpou-se ela deixando-o com a palavra na boca –, razão por que Frei Joaquín continuou atendendo à capela particular da casa do marquês, generosamente beneficiada por este com dinheiro suficiente em troca de algumas missas pelas almas dos antepassados do nobre às quais só compareciam dois ou três criados.

Onde estava Milagros? Em uma só tarde, Frei Joaquín viu desmoronar todos os seus princípios. Apesar de seus desejos, havia conseguido manter-se à margem: idolatrar Milagros. No entanto, após ser testemunha de sua queda, assaltaram-no as dúvidas quanto ao que devia fazer. Era casada, como seu esposo podia permitir...? Havia-se prostituído verdadeiramente? O esgar com que o marquês de Caja recebeu a pergunta quando o frade se decidiu a fazê-la o confirmou.

– Não é possível! – escapou-lhe.

– É, sim, padre. Mas não comigo – acrescentou o nobre com prontidão diante da expressão do frade. – Qual a razão de seu interesse? – inquiriu quando Frei Joaquín lhe perguntou se sabia onde a Descalça morava.

O frade apertou os lábios e não respondeu.

– Está bem – cedeu don Ignacio diante de seu silêncio.

O marquês mandou seu secretário interessar-se pela situação e em alguns dias mandou chamar o frade. Contou-lhe sobre a sentença da Sala de Alcaides.

– Sem dúvida é a mais oportuna – acrescentou como que de passagem. – Hoje mesmo a puseram em liberdade.

Depois lhe deu um endereço, na rua del Amor de Dios.

Ali se postou o frade. Só queria vê-la e ajudá-la se fosse preciso. Afastou da mente a preocupação acerca de que faria quando isso sucedesse... se sucedesse. Não queria acalentar ilusões como no dia em que correra atrás dela em Triana. O problema com que topou foi que havia três edifícios assinalados com o número quatro na rua del Amor de Dios.

– Não se pode saber – respondeu-lhe um morador a quem perguntou. – Veja, padre, o problema é que aquele a quem ocorreu numerar os edifícios o fez considerando as quadras de casas, razão pela qual efetivamente muitos números se repetem. Sucede isso em toda Madri. Se em lugar de o fazerem por quadras o houvessem feito por ruas, linearmente, como em outras cidades, não teríamos esse problema.

– Sabe... sabe em qual deles vive a Descalça?

– Não me dirá que um religioso como o senhor...? – reprochou-lhe o homem.

– Não me julgue mal – defendeu-se Frei Joaquín –, eu lhe peço.

– Era ali que paravam as liteiras para levá-la ao teatro – grunhiu o homem apontando para um edifício.

Frei Joaquín não se atreveu a subir. Tampouco perguntou a um par de vizinhos que entraram e saíram do imóvel. "Em realidade, o que pretendo?", perguntou-se. Passeando de alto a baixo pela rua vezes seguidas, pegou-o o anoitecer. A noite era temperada, mas, ainda assim, ele fechou o colarinho de seu hábito e se abrigou num portal fronteiro. Talvez no dia seguinte pudesse vê-la... e estava nessa dúvida quando viu dois homens dirigirem-se para o edifício. Um era um aguazil, com sua vara batendo no chão; o outro, Pedro García. Não lhe foi difícil reconhecê-lo. Mais de uma vez o havia assinalado a ele alguma piedosa paroquiana em Triana por causa daquelas aventuras que depois o Conde, seu avô, tinha de correr para consertar. "O esposo de Milagros", lamentou-se. Pouco podia fazer se ele estava ali. Como havia consentido que sua mulher se prostituísse? Era isso o que lhe diria se fosse ao seu encontro? Ambos os homens entraram no edifício, e ele ficou à espera, sem saber bem por quê. Algum tempo depois, saiu uma velha carregando um colchão e duas trouxas.

Cigana também, pôde ver-lhe o rosto ao luar: sua tez a denunciava. Parecia que se preparavam para ir embora, para deixar a casa. Frei Joaquín estava nervoso. Suavam-lhe as mãos. Que estava acontecendo ali em cima? Logo depois viu sair do imóvel o aguazil.

– Afasta-te desse animal, ou ele te matará a ti também! – ouviu-o advertir à velha cigana.

"Ele te matará a ti também?"

De repente, Frei Joaquín se encontrou no centro da rua.

– Ele a matará? – balbuciou diante do aguazil.

– O que o senhor faz aqui, padre? Não é hora...

Mas o frade já havia desatado a correr escada acima. "Ele a matará", ressoava freneticamente em seus ouvidos.

– Para! – arquejou após encontrar-se na única porta aberta e ver Pedro disposto a degolar uma mulher.

O cigano virou o rosto e reconheceu, surpreso, Frei Joaquín.

– Triana está muito longe, padre – cuspiu, soltando Milagros e pondo-se diante dele com a navalha na mão.

A visão do corpo nu de Milagros distraiu por um instante Frei Joaquín. O cigano se aproximava dele.

– Gostas de minha esposa? – perguntou com cinismo. – Desfruta dela porque será a última coisa que verás antes de morrer.

Frei Joaquín reagiu mas não soube o que fazer contra aquele homem forte e armado que destilava ira por todos os poros. Em um só segundo se lhe encolheram os testículos e um suor frio lhe ensopou as costas.

– Socorro! – conseguiu gritar então enquanto recuava para o patamar.
– Cala-te!
– Socorro!

O cigano lançou uma primeira navalhada. Frei Joaquín cambaleou ao esquivá-la. Pedro atacou de novo, mas Frei Joaquín conseguiu atenazar seu pulso. Não resistiria muito, compreendeu porém.

– Socorro! – Utilizou a outra mão para ajudar a primeira. – Socorro! A ronda! Chamai a ronda!

Pedro García o chutava e batia com a mão livre, mas Frei Joaquín só estava atento àquela em que segurava a navalha, próxima, roçando já seu rosto. Continuou gritando, alheio à surra que estava recebendo.

– Que é que está acontecendo? – ouviu-se na escada.
– Avisai a ronda! – exclamou uma mulher.

Aos gritos de Frei Joaquín na noite se juntaram os dos próprios vizinhos do edifício e até os dos fronteiros, homens e mulheres assomados às sacadas.

Ouviram-se passos na escada e mais gritos.

– Ali!
– Socorro! – O auxílio que previa próximo deu forças a Frei Joaquín para continuar gritando.

Alguém chegou ao patamar.

Pedro García soube que estava perdido. Soltou a navalha, e o frade cedeu num pulso que se via incapaz de suportar por mais tempo, momento em que o cigano aproveitou para empurrá-lo e lançar-se escada abaixo, empurrando as pessoas que a estavam subindo.

40

Bastava um par de troncos para esquentar a pequena casa de um só andar, sala de jantar junto à lareira e ao quarto, nas cercanias de Torrejón de Ardoz. No silêncio da noite, o cheiro de lenha queimada se mesclava ao do tabaco que Caridad exalava em grandes volutas. Sozinha, sentada à mesa, deixou repousar o charuto num pires de barro cozido para fazer funcionar, uma vez mais, o mecanismo do brinquedo que representava a plantação de tabaco. A repetitiva musiquinha metálica que tão bem conhecia inundou a peça assim que Caridad soltou a chavezinha que havia girado até o ponto máximo. Pegou o charuto, puxou forte e lançou uma lenta baforada de fumaça sobre as figurinhas que giravam em torno do baobá, a árvore sagrada, e das plantas de tabaco. Na outra extremidade do mundo, para além do oceano, muitos negros estariam nesse mesmo momento cortando e carregando tabaco. Os jesuítas da Casa-Grande de Torrejón lhe haviam assegurado que as horas corriam ao contrário, que, quando aqui era noite, ali era dia, mas, por mais que tentassem explicar-lhe a razão, ela não chegara a compreendê-la. Seus pensamentos voaram para os escravos com que havia compartilhado sofrimentos: para María... María era a terceira daquela fila de figuras de lata que giravam e giravam; havia acreditado encontrar certa semelhança com ela, embora já pouco conseguisse recordar as feições de sua amiga. Terminou identificando o pequeno Marcelo com o rapaz que dava voltas sem cessar carregando um saco de tabaco. Quando Marcelo passava ao lado do capataz que levantava e baixava o braço com o látego, Caridad fechava os olhos. "Que haverá sido de meu menino?", soluçou.

– Todos os negros gostam dele, ele sempre ri – havia comentado com o padre Luis, um dos jesuítas da Casa-Grande, num dia em que lhe levara uma partida de bom tabaco.

– Caridad, por pouco que se pareça contigo, não tenho dúvida alguma – afirmou o outro.

O padre Luis lhe prometeu que procuraria ter notícias de Marcelo, "desde que continues a trazer-me tabaco", acrescentou ao mesmo tempo que lhe dava uma piscadela.

A Companhia de Jesus, como outras ordens religiosas, era proprietária daqueles engenhos de açúcar em que os negros eram explorados. Sentiu-se contrariada ao ouvir o jesuíta recitar com orgulho alguns de seus nomes: San Ignacio de Río Branco, San Juan Bautista de Poveda, Nuestra Señora de Aránzazu y Barrutia... Por que alguém que julgava que a escravidão era boa ia preocupar-se com a sorte de um crioulinho?

– Está acontecendo algo, Cachita? – perguntou o padre Luis diante da repentina mudança de expressão no semblante de Caridad.

– Estava lembrando-me de meu menino – mentiu ela.

Mas de fato se lembrava dele, como de tantos outros, como de Melchor e de Milagros, enquanto contemplava o brinquedo mecânico naquela pequena casinha que, por intermédio do padre Valerio, tinha alugado dos jesuítas. O silêncio e a solidão das longas noites castelhanas a entristeciam. Por isso, apesar de seu preço elevado, decidiu comprar o artefato que havia visto na grutinha da Puerta del Sol e que a aproximava dos seus, dos negros e dos que não o eram. Afinal de contas, para que queria ela o dinheiro?

Não havia transcorrido um ano desde que Caridad chegara a Torrejón de Ardoz quando Herminia fugiu com seu primo Antón. Fê-lo uma noite, sem sequer despedir-se dela. Instintivamente, Caridad protegeu seus sentimentos. Outra pessoa que desaparecia de sua vida! Voltou-se para o trabalho do tabaco, e ao retornar para casa os gritos de Rosario e a permanente ira que ressumava a ama pela traição de seu esposo a mantinham em constante tensão, sempre atenta ao que pudesse suceder. Durante alguns dias, os tios de Herminia não souberam o que fazer com Caridad, que ainda vivia naquele galpão anexo à casa. Foi o fiscal do Conselho de Guerra, o pai de Cristóbal, quem decidiu por eles. Sabedor pelas autoridades do povo do sucedido com Rosario, o homem apareceu sem aviso, acompanhado de um médico, um secretário e um par de criados. Sem dar muita importância ao pequeno Cristóbal, envolto como um casulo em seus panos brancos, exigiu a presença de todos quantos ali moravam e, nesse mesmo lugar, sem deixar de lançar insolentes olhares para Caridad, o médico submeteu a ama a um exame exaustivo. Examinou seu corpo, seus quadris, suas pernas e seus grandes peitos, que sopesou com a anuência dela. Depois se concentrou em seus mamilos.

– Com que tratas deles? – inquiriu.

– Com cera virgem, óleo de amêndoa doce e gordura de baleia – respondeu com seriedade Rosario, ao mesmo tempo que lhe passava um frasco com o unguento, que o médico cheirou e apalpou. – Depois os lavo com sabão – explicou a ama.

O mais importante, não obstante, era o leite. O galeno, como se se tratasse de uma complexa operação, tirou de sua maleta uma garrafa de vidro de gargalo alongado cujo fundo esquentou ao fogo. Pegou a garrafa com um pano, introduziu o mamilo na boca do gargalo e pressionou contra o peito para que não entrasse ar. À medida que o frasco esfriava, o leite de Rosario foi vertendo-se em seu interior.

Com o fiscal a seu lado, o médico observou-o contra a luz, removeu-o, cheirou-o e provou-o.

– Não cheira – comentou enquanto o outro aprovava com a cabeça –, é manteiguento e doce; branco-azulado e não muito espesso.

"Aproxima-te. Vem aqui", ordenou depois ao filho mais velho de Rosario, que não se adiantou até receber um empurrão da parte de seu avô. O médico pôs a cabeça do menino para trás, abriu um de seus olhos e verteu algumas gotas de leite nele. "Tampouco irrita", sentenciou ao fim de alguns minutos.

Aconselhado por seu médico, o fiscal permitiu que Rosario continuasse amamentando Cristóbal.

– Sua Excelência não consente que seu filho conviva com uma negra – acrescentou grosseiramente, no entanto, o secretário quando os demais já se encaminhavam para a porta.

Don Valerio foi depressa em sua ajuda e lhe proporcionou a casinha: não ia permitir que Caridad tivesse o menor problema. Graças a uma dedicação e a um trabalho que não parecia cansá-la em absoluto, havia conseguido excelentes resultados. O pároco confiou nela, deixou fazer livremente o que era preciso, e Caridad modificou todo o sistema que até então Marcial e Fermín haviam utilizado. Escolheu as sementes e plantou as mudas. Ao longo do mês que levavam para crescer, ela preparou e arou o terreno conscientemente para transplantar as mudas que considerou melhores. Dia após dia vigiou o crescimento do tabacal; utilizou uma enxada curta para limpar o terreno; podou os botões e arrancou as vergônteas, parasitas das plantas, para que as folhas crescessem mais e melhor, e até se viu carregando baldes de água quando julgava que o cultivo necessitava disso. Colheu folha por folha, como se fazia em Cuba; apalpava-as, cheirava-as e não cessava de cantar. Urgiu com o velho Fermín para que lhe conseguisse bons *cujes* e, junto ao sacristão, vedou as frestas entre as madeiras do sótão para que não se infiltrasse entre elas o cheiro de incenso da igreja. Cuidou pacientemente da secagem, da cura e da fermentação do tabaco, e com este ainda jovem, à diferença de como trabalhavam em Cuba, no mesmo sótão, fez com ele uns charutos que, embora não a satisfizessem, nada tinham que ver em aspecto e qualidade com o que lhe dera Herminia após libertá-la da Galera.

Don Valerio elogiou seu trabalho e se mostrou generoso. De repente Caridad se viu com dinheiro e vivendo numa casa sem ninguém que lhe desse ordens. "És livre, negra", dizia-se amiúde em voz alta. "Para quê?", vinha a responder-se ela mesma de imediato. Onde estavam os seus? E Melchor? Que havia sido do homem que lhe revelara que, para além de ser escrava, ela podia ser uma mulher? Amiúde o chorava de noite.

Os pouco mais de mil habitantes de Torrejón de Ardoz contavam com dois hospitais com um par de camas cada um deles para abrigo de peregrinos, doentes e desamparados; também tinham igreja, açougue e uma peixaria que, ademais, vendia azeite, bem como mercearia, taberna e três *mesones*. Não existiam outros tipos de comércio, nem sequer dispunham de forno de pão. Os que, como Caridad, não o amassavam em casa o adquiriam dos vendedores que o levavam diariamente dos povoados próximos. Naquele ambiente fechado, Caridad teve de arranjar-se. A proteção de don Valerio e a simpatia dos jesuítas lhe garantiam liberdade de movimentos, mas a maioria das mulheres a receava, e as que não topavam com uma mulher de poucas palavras que não procurava a companhia de ninguém e que, por mais que houvesse mudado, ainda tinha o instinto de cravar o olhar no chão quando um branco desconhecido se dirigia a ela. Quanto aos homens... ela tinha consciência da lascívia com que muitos daqueles toscos agricultores contemplavam seu caminhar. Um mundo novo se abriu para ela, e foi o velho Fermín quem a acompanhou em seu caminho: ensinou-a a comprar e a utilizar aquelas moedas cujo valor ela desconhecia.

— Herminia me disse que custava muito dinheiro — disse Caridad no dia em que, sabendo que o sacristão ia a Madri e, para consternação do homem, lhe entregou tudo quanto tinha com a incumbência de que comprasse o brinquedo mecânico.

Fermín também a ensinou a cozinhar *olla podrida*, na qual Caridad, cantarolando com alegria, terminava vertendo indiscriminadamente todos os ingredientes de que dispunha e que, junto com o pão e algumas frutas, passou a converter-se em sua dieta habitual. Contudo, o que mais a comprazia eram as amêndoas confeitadas elaboradas pelas monjas do convento de São Diego de Alcalá de Henares e que só podiam comprar-se através do *torno*. Don Valerio e até don Luis ou qualquer outro dos jesuítas costumavam presenteá-la com aqueles saborosos doces quando iam fazer qualquer coisa no povoado vizinho, e nessas ocasiões, terminado o trabalho, ela se sentava de noite à porta de sua casa com os extensos trigais, a lua e o silêncio como única companhia, e se deleitava saboreando-os. Eram momentos de calma em que a solidão em que ela vivia deixava de torturá-la, e Melchor, Milagros, a velha María, Herminia e seu pequeno Marcelo se desvaneciam quando sentia o prazer da calda de açúcar na boca e ao debater-se na luta constante que mantinha consigo mesma por guardar algumas das amêndoas confeitadas para o dia seguinte. Nunca o conseguia.

Em uma dessas noites em que Caridad se encontrava distraída como uma menina, a voz de um homem a sobressaltou.

– Que estás comendo, negra?

Caridad escondeu o pacote de amêndoas confeitadas atrás de si. Apesar do silêncio que reinava, não os havia ouvido chegar: dois homens, sujos, esfarrapados. "Mendigos", disse-se.

– Que escondeste? – inquiriu o outro.

Fermín a havia advertido. Don Valerio e don Luis também. "Uma mulher como tu, sozinha... Tranca a porta de tua casa." Os mendigos se aproximavam. Caridad se levantou. Era mais alta que eles. E devia ser mais forte, pensou diante daqueles corpos emaciados pela fome e pela miséria, mas eram dois, e, se estivessem armados, pouco poderia fazer ela.

– Que quereis? – O tom enérgico de sua voz a surpreendeu.

Aos outros também. Eles pararam. Não empunhavam nenhuma arma, talvez não tivessem nenhuma, embora Caridad tivesse visto que portavam toscos bastões. Doeu-lhe soltar o pacote de amêndoas confeitadas, mas o fez; depois pegou a cadeira e a interpôs em seu caminho, um tanto erguida, ameaçadora. Os mendigos se entreolharam.

– Só queríamos algo de comer.

A mudança de atitude infundiu valentia em Caridad. A fome era uma sensação que ela conhecia bem.

– Jogai fora esses paus. Para longe – exigiu quando os outros se preparavam para obedecê-la. – Agora podeis aproximar-vos – acrescentou sem soltar a cadeira.

– Não pretendemos fazer-te mal, negra, só...

Caridad os contemplou e se sentiu forte. Ela estava bem-alimentada e estava havia muito tempo trabalhando no campo, esforçando-se, arando, carregando plantas e mais plantas. Soltou a cadeira e se abaixou para recolher as amêndoas confeitadas.

– Sei que não me fareis mal – asseverou então dando-lhes as costas –, mas não porque não queirais, que isso eu não sei, mas porque não podeis – acrescentou para apagar o sorriso com que topou ao defrontar-se de novo com eles.

Servando e Lucio, assim se chamavam os mendigos a que Caridad alimentou com os restos da *olla podrida*.

Na noite seguinte trancou a porta; eles a esmurraram e suplicaram, e ao final ela lhes abriu. No dia seguinte nem sequer esperaram que ela terminasse seu trabalho no sótão da sacristia: perambulavam ao redor da casa quando ela chegou.

– Fora daqui! – gritou-lhes de longe.
– Caridad...
– Por Deus...
– Fora!
– Pela última vez...

Já se achava junto deles. Ia ameaçá-los de avisar o aguazil, era o que lhe havia aconselhado Fermín ao saber de quem se tratava, mas reparou numa pequena brasa na mão de Servando.

– Que é isso? – inquiriu apontando para ela.
– Isto? – perguntou por sua vez o outro mostrando um cigarro.

Caridad o pediu. Servando lhe entregou um pequeno e fino rolo de tabaco picado enrolado em papel grosso e grosseiro que Caridad examinou com curiosidade. Conhecia as *tusas*, cigarros como aqueles enrolados em palha de milho seco. Ninguém queria fumá-las.

– É barato – interveio Lucio. – É o que fumamos nós, os que não podem comprar charutos como os que tu fumas.

– Onde os vendem? – perguntou ela.
– Em nenhum lugar. É proibido. Cada um faz o seu.

Caridad fumou do cigarro. Quente. Tossiu. Repugnante. Em todo caso... pensou, dispunha de abundantes restos que quando tinha tempo picava e enrolava em charutos que já nem don Valerio aceitava. Essa noite, Servando e Lucio voltaram a comer *olla podrida*. Repetiram e repetiram. Proveram-na de papel, qualquer que fosse, que Caridad cortava em pequenos retângulos e preenchia com o tabaco picado. Os primeiros cigarros ela fiou-lhes. Pagaram-lhe ao voltar para buscar mais. Em pouco tempo, Caridad teve de começar a selecionar as piores folhas de tabaco, que antes haveria destinado à feitura de charutos, para picá-las e envolvê-las nos retângulos de papel.

Continuou com os charutos que correspondiam a don Valerio e com os dos jesuítas, escolhendo as folhas de melhor qualidade; respeitou também sua própria *fuma*, naturalmente, mas o restante dedicou-o aos cigarros.

Chegou o dia em que Fermín teve de ir até Madri para trocar-lhe dois saquinhos por rebentar de reais de prata e maravedis por uns maravilhosos dobrões de ouro. O sacristão não aprovava as atividades de Caridad e a preveniu.

– Não sei a razão pela qual ganhei carinho por ti – reconheceu, no entanto, depois de repreendê-la e de entregar-lhe os dobrões de ouro.

– Porque és como aquela velha de que te falei quando nos conhecemos: resmungão, mas boa pessoa.

– Esta boa pessoa não poderá fazer nada por ti se te prenderem...

– Fermín – interrompeu-o ela estendendo a última vogal –, também me podiam prender quando eu fazia charutos só para don Valerio, mas então não me advertiste de nada.

O velho sacristão escondeu o olhar.

– Não gosto desses dois com que trabalhas – disse por fim. – Não confio neles.

Desta vez foi Caridad que guardou silêncio por alguns instantes. Depois sorriu, e, sem saber por quê, o rosto de Melchor voltou à sua memória. Que haveria respondido o cigano?

Nessa noite de primavera, enquanto contemplava os giros daquele brinquedo mecânico, Caridad recordou a resposta que então dera ao sacristão.

"Até hoje não falharam comigo. Amanhã... veremos."

41

—Avisai a ronda.
– Que aconteceu? – Muitos dos vizinhos do imóvel se aglomeraram ao redor do frade. Dois deles portavam candeias. "Está ferido?", repetia uma mulher que não parava de tocá-lo. Frei Joaquín ofegava, congestionado, trêmulo. Não conseguia ver Milagros no interior da habitação. Sim, ela estava ali: havia deslizado ao longo da parede e permanecia acocorada, nua. Conseguiu entrever a luz tênue, as pessoas apinhadas no patamar. "Aquela canalha lhe fez algum mal?", insistiu a mulher. "Olhai", ouviu ele então. Assaltou-o a angústia ao perceber que a maioria dos presentes se virava e concentrava a atenção na cigana. Não deviam vê-la nua! Safou-se da impertinente que apalpava seus braços e conseguiu abrir caminho aos empurrões.

– O que é que os senhores estão olhando? – gritou antes de fechar a porta atrás de si.

Chegou a sentir o repentino silêncio e observou Milagros. Quis aproximar-se dela, mas em vez disso permaneceu um instante junto à porta. A cigana não reagia, como se ninguém houvesse entrado.

– Milagros – sussurrou.

Ela continuou com o olhar perdido. Frei Joaquín se aproximou e se acocorou. Lutou por evitar que seus olhos se desviassem para os peitos da moça ou para...

– Milagros – apressou-se a sussurrar de novo –, sou Joaquín, Frei Joaquín.

Ela ergueu um rosto inexpressivo, vazio.

– Virgem Santa, que fizeram contigo?

Desejou abraçá-la. Não ousou. Alguém bateu à porta. Frei Joaquín esquadrinhou a peça. Com a mão ergueu a camisa rasgada da cigana, no chão. A saia... Bateram com mais força.

– Abri para a justiça!

Não podia consentir que a vissem nua, embora tampouco se atrevesse a vesti-la, a tocar...

– Abri!

O religioso se pôs de pé e se despojou do hábito, que acomodou sobre os ombros da cigana.

– Levanta-te, eu te peço – sussurrou-lhe.

Abaixou-se e a segurou pelo cotovelo. A porta foi arrombada pelo impetuoso golpe de ombro de um dos aguazis justo quando Milagros obedecia com docilidade e se ficava de pé. Com mãos trêmulas, alheio às pessoas que entravam no cômodo, o frade fechou o colchete do hábito em cima dos peitos de Milagros e se virou para deparar com um par de aguazis e com os vizinhos do andar, que observavam a cena, perplexos e desconcertados, apesar de o hábito, fechado, ir até o chão e impedir que se entrevisse o corpo da mulher. De repente Frei Joaquín compreendeu que não olhavam para ela, mas para ele. Despojado do hábito, uma velha camisa e uns simples calções surrados constituíam toda a sua vestimenta.

– Por que esse escândalo todo? – inquiriu um dos aguazis depois de perscrutá-lo de alto a baixo.

O exame a que se viu submetido envergonhou o religioso.

– O único escândalo que me consta – rebelou-se como se com isso pudesse impor-se – é o que fizeram os senhores ao arrombar a porta.

– Reverendo – replicou o outro –, o senhor está em roupas íntimas com... com a Descalça – arrastou as palavras antes de continuar: – uma mulher casada que veste seu hábito e que ao que parece...

O aguazil apontou então para as pernas de Milagros, ali onde o hábito se abria ligeiramente e permitia vislumbrar a forma de suas coxas.

– Está nua. Não lhe parece escândalo suficiente?

Os murmúrios dos vizinhos acompanharam a declaração. Frei Joaquín exigiu calma com um movimento das mãos, como se pudesse assim refrear as acusações dos que o observavam.

– Tudo tem explicação...

– É precisamente isso o que lhe pedi no princípio.

– Está bem – cedeu ele –, mas é necessário que toda Madri fique sabendo?

– De volta todos para suas casas! – ordenou o aguazil após refletir por alguns instantes. – Já é tarde, e amanhã terão de trabalhar. Fora daqui! – terminou gritando diante de seu remanchar.

Afinal não soube como explicá-lo. Devia denunciar Pedro García? Não a havia ferido; ninguém o levaria em consideração. O cigano voltaria... Por outro lado, se acreditassem na denúncia, o que sucederia então com Milagros? Havia casos de testemunhas que eram encarceradas até que chegasse o julgamento, e Milagros... já havia tido bastantes problemas com a justiça. Que fazia ele, um frade, ali, na casa da Descalça?, perguntou-lhe de novo o aguazil sem deixar de olhar para Milagros, que continuava indiferente a tudo quanto sucedia, envolta no hábito. Frei Joaquín continuava pensando: queria ficar com Milagros, ajudá-la, defendê-la...

– Quem o atacou no patamar? – quis saber o aguazil. – Os vizinhos diziam...
– Sua Excelência o marquês de Caja! – improvisou o religioso.
– O marquês o atacou?
– Não, não, não. Quero dizer que o senhor marquês lhes fornecerá quantas referências desejarem sobre mim; disponho do benefício de sua capela particular... só... fui o tutor da senhora sua senhora, a marquesa, e...
– E ela?
O aguazil apontou para Milagros.
– Conhecem sua história? – Frei Joaquín franziu os lábios ao voltar-se para a cigana. Não viu os aguazis, mas soube que ambos haviam assentido. – Necessita de ajuda. Eu me encarregarei dela.
– Teremos de dar parte deste incidente à Sala de Alcaides, compreende?
– Falem primeiro com Sua Excelência. Eu lhes peço.

Acordou-a o bulício da rua Mayor, estranho, diferente do da rua del Amor de Dios. A luz que entrava pela janela feriu seus olhos. Onde estava? Um catre. Um cômodo estreito e alongado com... Tentou fixar a visão: uma imagem da Virgem presidindo à peça. Mexeu-se na cama. Gemeu ao sentir-se nua debaixo da manta. Haviam-na forçado outra vez? Não, não podia ser. Sua cabeça queria rebentar, mas pouco a pouco ela recordou vagamente a ponta da navalha de Pedro percorrendo seu corpo, em seu pescoço, e o olhar assassino de seu esposo. E depois? Que havia sucedido depois?

– Já acordaste?
A imperiosa voz da velha desconhecida não acompanhava seus movimentos, lentos, dolorosos. Ela se aproximou com dificuldade e deixou cair uma roupa sobre a cama; a sua, verificou Milagros.

— Vai dar meio-dia, veste-te – ordenou-lhe.
— Dá-me um pouco de vinho – pediu ela.
— Não podes beber.
— Por quê?
— Veste-te – repetiu, rude.

Milagros se sentiu incapaz de discutir. A velha andou cansada até a janela e a abriu de par em par. Uma corrente de ar fresco penetrou junto com a algazarra da azáfama dos mercadores e do transitar das carruagens. Depois se encaminhou para a porta.

— Onde estou?
— Na casa de Frei Joaquín – respondeu ela antes de sair. – Parece que te conhece.

Frei Joaquín! Era esse o elo que lhe faltava para encadear suas recordações: a peleja, os gritos, o frade acocorado diante dela, os aguazis, as pessoas. Havia aparecido inesperadamente e a salvara da morte. Haviam transcorrido cinco anos desde a última vez que se viram. "Eu lhe disse que ele era boa pessoa, María", murmurou. Os tempos felizes em Triana arranharam um sorriso em sua boca, mas de repente recordou que quando o frade irrompera na casa ela estava nua. Voltou-o a ver de cócoras diante dela, diante dela mesma nua e bêbada. O ardor do estômago subiu até sua boca. Quanto mais saberia ele de sua vida?

Tranquilizou-a saber por Francisca que Frei Joaquín havia saído cedo. "À casa do marquês, seu protetor", acrescentou a velha. Milagros queria vê-lo, mas ao mesmo tempo temia encontrar-se com ele.

— Por que não aproveitas agora? – interrompeu seus pensamentos a velha, após aproximar-lhe uma tigela de leite e um pedaço de pão duro; a cigana já estava vestida.

— Aproveitar... para quê?
— Para ir embora, para voltar para os teus. Eu diria ao frade que...

Milagros deixou de ouvi-la, sentia-se incapaz de explicar-lhe que não tinha ninguém com quem se socorrer nem lugar aonde ir. Pedro havia tentado matá-la em sua própria casa; portanto, para ali não podia voltar. Frei Joaquín a havia salvado, e, embora ainda não encontrasse explicação para sua presença, estava certa de que a ajudaria.

— Tenho de encontrar minha filha.

Com essas palavras, titubeantes, recebeu a cigana ao frade. Esperava-o em pé, de costas para a janela que dava para as Platerías. Ouviu que se abria a porta da peça e que Frei Joaquín cochichava com Francisca. Olhou suas roupas e se empenhou em alisar a saia com a mão. Ouviu-o andar pelo corredor. Alisou também o cabelo, áspero, feridor.

Ele sorriu da porta do quarto. Nem ele nem ela se moveram.

– Como se chama tua menina? – perguntou.

Milagros fechou os olhos com força. Sentiu um forte nó na garganta. Ia chorar. Não podia. Não queria.

– María – conseguiu articular.

– Bonito nome. – Frei Joaquín acompanhou a afirmação com uma sincera e carinhosa expressão do rosto. – Nós a encontraremos.

A cigana desabou diante da simples promessa. Quanto tempo fazia que ninguém lhe mostrava afeto? Lascívia, cobiça; todos desejavam seu corpo, seus cantos, suas danças, seu dinheiro. Quanto tempo fazia que não lhe proporcionavam consolo? Buscou apoio no marco da janela. Frei Joaquín deu um passo para ela, mas se deteve. A suas costas apareceu Francisca, que se lhe adiantou sem sequer olhar para ele e se aproximou de Milagros.

– Que pensa fazer com ela, padre? – inquiriu com desgosto ao mesmo tempo que acompanhava a cigana até a cama.

Frei Joaquín reprimiu o impulso de ajudar a velha e contemplou como a outra conseguia recostar Milagros com dificuldade.

– Está bem? – perguntou por sua vez.

– Estaria melhor fora desta casa – replicou a outra.

Milagros dormitou o que restava do dia. Embora seu corpo necessitasse disso, os sonhos a atormentavam e não a deixavam descansar. Pedro, navalha na mão. Sua menina, María. Seu corpo nas mãos dos nobres, ultrajado. Os *mosqueteros* do Príncipe vaiando-a... No entanto, quando abria os olhos e reconhecia o lugar onde se encontrava, tranquilizava-se e seus sentidos ficavam aletargados até ela entrar de novo em sonolência. Francisca a velou.

– Podes descansar um tempo se o desejares – ofereceu o frade à velha ao fim de algumas horas.

– E deixá-lo a sós com esta mulher?

De seu quarto, Milagros ouvia as vozes de Frei Joaquín e Francisca, que discutiam.

– Por quê? – repetia ele pela terceira vez.

Não o havia visto ao longo de toda a manhã. "Está lá fora", limitou-se a responder-lhe Francisca antes de ir à missa e deixá-la sozinha. Milagros ouvira regressar a ambos, mas, quando ia sair ao corredor, as vozes a haviam detido. Sabia que ela era a causa da discussão e não queria presenciá-la.

— Porque é cigana — explodiu ao fim a velha lavadeira diante da insistência do religioso —, porque é uma mulher casada e porque é uma puta!

Milagros cravou as unhas nas mãos e fechou os olhos com força.

Ela o havia dito. Se Frei Joaquín não se havia inteirado disso antes, a partir desse momento já o sabia.

— É uma pecadora que necessita de nossa ajuda — ouviu-o responder.

"Frei Joaquín já sabe!", pensou Milagros. Não o havia negado, suas palavras não haviam denotado surpresa alguma: "pecadora", havia-se limitado a dizer.

— Eu te tratei bem — acrescentava Frei Joaquín. — É assim que me agradeces, abandonando-me quando mais necessito de ti?

— O senhor não necessita de mim, padre.

— Mas ela... Milagros... E tu? Para onde irás?

— O padre de São Miguel me prometeu... — confessou a velha depois de alguns segundos de silêncio. — É pecado viver sob o mesmo teto compartilhado por uma prostituta e por um religioso — pretendeu desculpar-se.

A paróquia de São Miguel era aonde ia Francisca todo dia à missa. A velha lhe pediu com um gesto cansado que a deixasse sair, e Frei Joaquín se afastou.

Don Ignacio, o marquês de Caja, já não podia fazer nada. "Vão fechar-se para o senhor todas as portas de Madri", havia-o advertido quando ele insistira em continuar com Milagros. Por sorte, o nobre conseguira solucionar a denúncia.

— Posso intermediar diante dos ministros de Sua Majestade e diante da Sala de Alcaides — havia-lhe dito —, mas não posso calar os rumores que os vizinhos e os aguazis espalharam...

— Não há nada de pecaminoso em meu proceder — defendeu-se ele.

— Não serei eu quem o vai julgar. Eu o tenho em apreço, mas a imaginação das pessoas é tão vasta como sua maledicência. A insídia o impedirá de ter acesso a todas aquelas pessoas que até agora o beneficiavam com sua amizade ou simplesmente com sua companhia. Ninguém quererá ver-se relacionado com a Descalça.

Quanta razão tinha ele! Mas não eram unicamente os nobres. Nem sequer Francisca, aquela lavadeira que ele havia salvado de uma morte certa nas ruas de Madri, aceitava a situação. "Está arruinando a sua vida, padre", avisou-o don Ignacio.

Fez-se silêncio na casa quando Frei Joaquín fechou a porta. Olhou para o quarto que dava para as Platerías, onde se encontrava Milagros. Tinha certeza de que não havia nada de pecaminoso em seu agir? Acabava de renunciar à capelania do marquês por causa dessa mulher. Todo o benefício de uma Igreja perdido por causa de uma cigana... De repente, a traição de Francisca havia convertido as advertências do marquês numa dolorosa realidade, e assaltaram-no as dúvidas.

Milagros ouviu o frade dirigir-se para o quarto que dava para a pracinha de São Miguel, no extremo oposto do estreito cômodo. A cigana acreditou perceber as sensações que invadiam o religioso na lentidão de seus passos. Frei Joaquín conhecia sua vida; ela havia estado toda a manhã a fazer conjecturas acerca do repentino e inesperado aparecimento do frade e não encontrava explicação... Acreditou ouvir um suspiro. Saiu do quarto; seus pés descalços abafaram o som enquanto ela percorria o corredor. Encontrou-o sentado, cabisbaixo, as mãos entrelaçadas na altura do peito. Ele percebeu sua presença e virou o rosto.

– Não é verdade – asseverou Milagros. – Não sou nenhuma puta.

O religioso sorriu com tristeza e a convidou a sentar-se.

– Jamais me entreguei voluntariamente a um homem que não fosse meu esposo... – começou a explicar a cigana.

Nem sequer almoçaram; a fome desapareceu ao compasso das confissões de Milagros. Beberam água enquanto falavam. Ele observou seu primeiro gole com certo receio; ela se surpreendeu saboreando uma bebida que não lhe arranhava a garganta nem lhe secava a boca. "Cachita", sussurrou com nostalgia Frei Joaquín diante do relato da morte de seu pai. "Não chore!", chegou a recriminá-lo a cigana com a voz meio tolhida ao contar-lhe sobre sua primeira violação. A escuridão surpreendeu aos dois sentados, uma em frente ao outro: ele tentando encontrar naquele semblante marcado pelos sofrimentos um rastro da malícia da moça que lhe mostrava a língua ou lhe piscava em Triana; ela espraiando-se, revoluteando diante de si umas mãos de dedos descarnados, permitindo-se chorar sem temor algum enquanto vomitava seu desconsolo. Quando ficavam em silêncio, Milagros não abaixava o olhar; Frei Joaquín, perturbado por sua presença e por sua beleza, terminava desviando o seu.

– E o senhor? – surpreendeu-o ela rompendo um daqueles momentos. – O que o trouxe até aqui?

Frei Joaquín lhe contou, mas calou o modo como tentou livrar-se da lembrança dela flagelando-se durante as missões, na escuridão das igrejas de povoados perdidos da Andaluzia, ou como pouco a pouco terminou refugiando-se em seu sorriso, ou o afã com que, já em Madri, ia ao Coliseo del Príncipe para ouvi-la e vê-la atuar. Por que ocultava seus sentimentos?, chegou a recriminar-se. Tanto tempo sonhando com esse momento... E se ela o rechaçasse de novo?

– Veio até este ponto minha vida – sentenciou pondo fim a suas dúvidas. – E ontem renunciei ao benefício da capela do marquês – acrescentou a modo de epílogo.

Milagros ergueu o pescoço ao ouvir a notícia. Deixou transcorrer um segundo, dois...

– Renunciou... por mim? – perguntou por fim.

Ele fechou os olhos e se permitiu o esboço de um sorriso.

– Por mim – afirmou rotundamente.

Ambos coincidiram em que Blas, o aguazil, era a pessoa que acompanhava Pedro quando este tentara matar Milagros. Frei Joaquín lhe falou da cigana que havia visto sair do edifício carregando o colchão e umas trouxas. "Bartola", esclareceu Milagros. "Abandonava a habitação", sustentou o religioso. Também lhe falou do aguazil cujas palavras o haviam posto de sobreaviso quanto ao que ia acontecer lá em cima.

– Blas. Com certeza que era ele – disse Milagros, embora nem sequer se recordasse de sua presença. – Está sempre com Pedro. Se alguém sabe do paradeiro de meu espo... daquele canalha – corrigiu-se –, esse é Blas. Ele tem de saber onde está minha menina.

Na manhã seguinte, cedo, depois de comprar pão branco recém-saído do forno, algumas verduras e legumes e carneiro na praça Mayor, e de pagar a um asturiano da Puerta del Sol para que o acompanhasse de volta a casa com um cântaro de água dos grandes, Frei Joaquín por fim se preparou para ir em busca do aguazil. Milagros estava na porta. "Vá já o senhor!", ordenou-lhe ela para pôr fim às advertências do religioso: "Não saias; não abras para ninguém; não respondas..."

"Vá de uma vez!", gritou a cigana esperando ouvir seus passos afastar-se.

Frei Joaquín se apressou escada abaixo como um menino surpreendido numa travessura. O bulício da rua Mayor e o imperativo de encontrar o aguazil, de ajudar a Milagros, de propiciar que não se apagasse aquele brilho que apareceu em seus olhos enquanto ele lhe prometia solenemente que encontrariam María, levaram-no a deixar de lado toda incerteza. Não sucedeu o mesmo com a cigana, que não parava de caminhar pela casa desde o quarto que dava para a pracinha de São Miguel, no qual havia dormido Frei Joaquín, até o das Platerías, no qual se havia deitado ela.

Durante a noite não havia conseguido pegar no sono. E ele? Dormia?, havia-se perguntado sem parar na cama. Às vezes lhe parecera que sim. Devia ser a primeira vez em sua vida que passava a noite sem a companhia de algum dos seus, e isso a intranquilizava. Afinal de contas, o frade era um homem. Tremeu diante da simples possibilidade de que Frei Joaquín… Encolhida na cama, deixou transcorrer as horas, atenta a qualquer movimento que se produzisse no corredor, enquanto os rostos dos nobres que a haviam violado desfilavam diante dela. Nada sucedeu.

"É claro que não!", disse-se ela de manhã, após a partida de Frei Joaquín; a luz apagando receios e pesadelos. "Frei Joaquín é um bom homem. Não é verdade?", perguntou à Virgem da Imaculada Conceição que presidia seu cômodo; deslizou um dedo pelo manto azul e dourado da imagem. A Virgem a ajudaria.

María era a única coisa que importava agora. Mas que sucederia após recuperar a menina? Frei Joaquín já lhe havia feito uma proposta anos antes, de modo que não podia estar certa de suas pretensões. Milagros hesitou. Sentia por ele um profundo apreço, mas…

– Por que me olhas? – Dirigiu de novo à imagem. – Que queres que eu faça? É tudo o que tenho; a única pessoa disposta a ajudar-me; o único que me… – Voltou a cabeça para o colchão. Um manto, um lenço, o lençol… Puxou-o e tapou com ele a imagem. – Quando recuperar María, decidirei o que fazer com relação a Frei Joaquín – afirmou em direção ao vulto que permanecia diante dela.

"Vês ali, menina?" As palavras de Santiago Fernández quando caminhavam pelo Andévalo ressoaram então em seus ouvidos, como se o tivesse ao lado, como se diante dela se abrissem aquelas imensas extensões áridas, o velho patriarca apontando para o horizonte. "Esse é nosso rumo. Até quando? Que importa! A única coisa que importa é este instante."

– A única coisa que importa é o agora – soltou para a Virgem.

A Frei Joaquín custou encontrar o aguazil. "Faz ronda em Lavapiés", havia-lhe assegurado Milagros, mas naquele dia se inaugurava a nova praça de touros de Madri, construída para além da porta de Alcalá, e as pessoas se haviam lançado à rua diante da que se presumia uma grande corrida. O religioso andou pelas ruas de Magdalena, da Hoz, de Ave María e de outras tantas até que, de volta à praça de Lavapiés, distinguiu um par de aguazis vestidos com seus trajes pretos, golilhas e varas. Blas o reconheceu, e, antes que o frade chegasse até eles, desculpou-se com seu companheiro, afastou-se dele e foi a seu encontro.

– Felicito Vossa Paternidade – exclamou, estando já um diante do outro. – O senhor fez o que eu não me atrevi a fazer.

Frei Joaquín hesitou.

– Reconhece-o?

– Pensei muito nisso, sim.

Eram suas palavras fruto do temor de uma possível denúncia ou nasciam da sinceridade? O aguazil imaginou o que passava pela cabeça do frade.

– Amiúde cometemos erros – tentou convencê-lo.

– Chamas erro ao assassinato de uma mulher?

– Assassinato? – Blas fingiu contrariedade. – Eu deixei os ciganos numa discussão entre marido e mulher...

– Mas advertiste a cigana da rua de que tivesse cuidado, de que ele também mataria a ela – interrompeu-o o outro.

– Uma forma de falar, uma forma de falar. Pretendia matá-la mesmo?

Frei Joaquín meneou a cabeça.

– Que sabes de Pedro García? – perguntou, e de imediato calou com um gesto da mão as evasivas do aguazil. – Necessitamos encontrá-lo! – acrescentou com firmeza. – Uma mãe tem direito a recuperar sua filha.

Blas resfolegou, franziu os lábios e olhou para o ponto no chão onde apoiava a vara; recordava a tristeza da menina.

– Foi-se de Madri – decidiu confessar. – Ontem mesmo tomaram uma diligência com destino a Sevilha.

– Tens certeza? A menina estava com ele?

– Estava, sim. A menina estava com ele. – Blas defrontou seu olhar com o do frade antes de prosseguir: – Esse cigano é má pessoa, padre. Já nada podia obter em Madri, e, depois que o senhor interviesse, iam chover-lhe problemas. Ele se refugiará em Triana, com os seus, mas matará a Descalça se ousar aproximar-se, eu asseguro; nunca permitirá que ela revele aos demais o que sucedeu todos estes anos e lhe complique a vida. – Fez uma pausa e depois acrescentou com seriedade: – Padre, não tenha dúvida de que, antes de tomar essa diligência com destino à sua terra, Pedro García pagou a algum de seus parentes para matar a Descalça. Eu o conheço, sei como ele é e como age. Com certeza, padre, com certeza. E eles o farão. Ela é uma Vega que já não interessa a ninguém. Eles a matarão... e ao senhor com ela.

Triana e morte. Com o estômago encolhido e o coração acelerado, Frei Joaquín se apressou a regressar. Era de domínio público que ele havia abrigado Milagros: Francisca, o padre de São Miguel, os aguazis, todos o sabiam; o marquês o havia advertido. Que faria quem quisesse saber do paradeiro da cigana? Começaria por ir aos moradores do lugar, e a partir daí qualquer pessoa podia inteirar-se de onde ela estava morando. E se nesse preciso momento alguém estivesse irrompendo em sua casa? Desesperado, desatou a correr. Nem sequer fechou a porta atrás de si quando correu para o quarto de Milagros chamando-a aos gritos. Ela o recebeu de pé, a preocupação refletida em seu rosto diante do escarcéu.

– Que...? – quis perguntar a cigana.

– Rápido! Temos... – Frei Joaquín calou-se ao ver a imagem da Imaculada Conceição coberta com o lençol. – E isso? – inquiriu apontando para ela.

– Estivemos falando e não chegamos a um acordo.

O frade abriu as mãos em sinal de incompreensão. Depois meneou a cabeça.

– Temos de fugir daqui! – urgiu.

42

Como vinha sucedendo-lhe ao longo daquele dia, Melchor esqueceu, uma vez mais, suas próprias preocupações e prendeu a respiração tal como fez a maioria dos milhares de pessoas que assistiam à tourada, como fez Martín, tenso, em pé junto a ele, ao ver como o cavalo de Zoilo, seu irmão mais velho, era volteado no ar por um touro que, depois de cravar os chifres na barriga do animal, o ergueu acima de sua rija fronte como se se tratasse de uma marionete. O cavalo ficou estendido na praça, movendo agonizantemente as patas numa imensa poça de sangue, tal como permaneciam outros dois a que já causara a morte aquele décimo nono touro do dia, e o picador, que saíra voando de sua montaria, converteu-se em alguns segundos no novo objetivo de um animal embravecido, agressivo, encolerizado. Zoilo tentou levantar-se, caiu, e engatinhou apressadamente até alcançar a longa vara de deter que ele havia perdido. Os vivas explodiram de novo no redondel quando, de pé, o cigano enfrentou o touro no momento em que este investia contra ele. Conseguiu cravar a vara num de seus flancos. Insuficiente para detê-lo, bastante para esquivá-lo. Contudo, o animal se refez, e se preparava para chifrar Zoilo, já indefeso, quando dois toureiros a pé entraram na arena para o quite e com as *muletas** desviaram sua atenção, conseguindo que se encarniçasse contra uma das capas e se esquecesse do cigano.

Martín respirou, já tranquilo. Melchor também, e misturados ambos com o público madrilense daquele dia de primavera de 1754, aplaudiram

---

* *Muleta*: vara ao longo da qual pende um pano ou capa, comumente vermelha, de que se serve o toureiro para enganar ou distrair o touro. [N. do T.]

e deram vivas a Zoilo, que saudava vitorioso a multidão antes de montar outro cavalo que seu pai, o Cascabelero, se apressara a introduzir na praça. Melchor bateu nas costas de Martín.

– É um Vega – disse-lhe.

O jovem anuiu e sorriu, não sem certo ar de cansaço. Começava a escurecer, e eles tinham passado o dia todo assistindo à tourada. Dezenove touros que, com exceção de um, haviam sido picados seis, sete e até dez vezes. Onze cavalos haviam morrido nesse dia junto com alguns cães dos vários que lançaram contra aquele que, por manso, foi condenado a morrer a dentadas.

As pessoas simples de Madri estavam em festa: com aquela tourada se inaugurava a praça fixa, modernamente construída, que substituía a velha de madeira. Fosse na arquibancada, fosse no lado de fora da praça de touros, no campo que se abria junto à porta de Alcalá, nesse dia foi marcado encontro dos *manolos* e *chisperos* da Vila e Corte, eles e elas, alegres todos, galantemente vestidos. Os Bourbons franceses não gostavam do sangrento espetáculo, tão distante da elegância e do preciosismo da corte versalhesa. Felipe V o proibira durante cerca de vinte e cinco anos, mas seu sucessor, Fernando VI, voltou a permitir tal entretenimento a seus súditos, talvez com o objetivo de distraí-los, como sucedia com o teatro; talvez pela renda para a beneficência que se obtinha com as touradas, ou talvez por ambas as razões ao mesmo tempo. No entanto, numa época em que imperavam a razão e a civilidade, a grande maioria dos nobres, dos homens de influência e dos intelectuais se opunha às touradas e clamava por sua proibição. No ano de 1754, quando Martín e Melchor assistiram à tourada, já não havia nobres altivos que enfrentassem o touro numa questão de honra e prestígio, com criados atentos a atendê-los a todo momento. O povo havia feito a sua festa, os cavaleiros foram substituídos por picadores que só pretendiam deter vezes seguidas a investida do animal, em lugar de matá-lo, como faziam os nobres, e os moços e criados se viram convertidos em toureiros a pé que alanceavam, *lidiavam** e terminavam com a vida do animal a golpes de espada.

Superada a situação que havia posto em risco a vida de Zoilo, Melchor tornou a ensimesmar-se em suas preocupações. Estava havia mais de três anos contrabandeando em Barrancos, onde se reencontrara com um Martín que em poucos meses havia conseguido fazer-se útil para Méndez, tal como lhe aconselhara o Galeote quando o jovem tivera de fugir de Madri. Com Martín trabalhou ao longo da fronteira de Portugal, em Gibraltar e onde quer que houvesse

---

* *Lidiar*: aqui, lutar com o touro incitando-o e esquivando-se de suas investidas até matá-lo. [N. do T.]

a menor possibilidade de conseguir algum dinheiro. O tabaco era a mercadoria por excelência, mas a necessidade de obter ganhos os levou a dedicar-se a todos os tipos de produtos, desde pedraria, tecidos, ferramentas e vinhos que de mão em mão introduziam na Espanha, até porcos e cavalos que eles furtavam e com os quais faziam a viagem de volta a Portugal. Jamais em sua vida Melchor chegara a trabalhar com tanto afinco; nunca, apesar do dinheiro que tintinava em sua bolsa, havia levado uma vida tão austera como a que decidira suportar para obter a liberdade de sua filha. Martín apoiou a obstinação de Melchor como o haveria feito um neto, e fez seus os ódios e as esperanças do cigano, embora seguisse tendo dúvida quanto a como poderia Ana ajeitar a situação de Milagros e do García. Uma só vez se atreveu a insinuá-lo a Melchor.

– Porque é sua mãe! – resmungou o outro, cortando a discussão.

A mesma obstinação que havia mostrado poucos meses depois de sua chegada a Barrancos, quando numa saída pela serra de Aracena eles toparam com um grupo de ciganos que falava dos de Triana. Melchor escondeu sua identidade e se apresentou como natural de Trujillo, mas, à medida que transcorria a conversa, Martín percebeu a dúvida no semblante do Galeote: queria saber, mas não se atrevia a perguntar.

– Milagros Carmona? – respondeu um deles ao rapaz. – Sim. Como não ia conhecê-la? Todo mundo a conhece em Sevilha. Canta e dança como uma deusa, embora agora tenha acabado de parir uma menina e já não…

Uma filha! Sangue Vega, o mesmo sangue de Melchor Vega, unido ao dos Garcías. Isso era a última coisa que Melchor desejava ouvir. Nunca mais perguntaram.

No rigor dos caminhos e das serras, Martín foi convertendo-se num homem forte e bem-apessoado, cigano onde os houvesse; um Vega que bebia do espírito do Galeote e que escutava com respeito, fascinado, tudo quanto o outro lhe contava e ensinava. Só uma reserva parecia interpor-se à confiança e fraternidade com que percorriam permanentemente escondidos aquelas terras inóspitas: aquela que amiúde turbava os sonhos de Melchor. "Canta, negra", ouvia-o sussurrar o jovem de noite enquanto se revirava inquieto, deitados ambos sobre umas simples mantas dispostas na terra, a céu aberto. A negra que ele havia ido buscar na pousada secreta, dizia-se Martín, a que haviam condenado em Triana, aquela de que ele lhe havia pedido que não falasse. Não perguntou. Talvez algum dia ele lhe contasse.

Cada ano eles haviam regressado furtivamente a Madri com o dinheiro ganho. Melchor corria para entregá-lo ao escrivão enquanto Martín esperava seu retorno nas cercanias de Madri: não desejava correr o risco de topar com algum de seus familiares ou com outros ciganos que pudessem reconhecê-lo.

Discutira com seu pai e com seus demais parentes quando lhes falara da libertação de Melchor. Apesar das advertências que o Galeote lhe havia feito no momento de sua despedida, o rapaz não conseguira evitar espraiar-se sobre sua façanha, com vaidade juvenil, orgulhoso, diante de uma audiência cujo semblante fora mudando da surpresa para a indignação. "Todos saberão que foste tu!", exclamara sua irmã. "Eu te disse que as demais famílias haviam decidido não intervir!", acrescentara seu pai. "Tu nos trouxeste a ruína", apostilou Zoilo. Gritaram. Insultaram-no, e terminaram por repudiá-lo. "Vai-te embora desta casa!", ordenou-lhe o Cascabelero, "talvez assim consigamos desculpar-nos."

– Levam anos para conceder indultos! – tentou tranquilizá-lo Martín, ao reunir-se para além do rio Manzanares com um Melchor desesperançado após sua segunda reunião com o escrivão. – Sabe-se de pessoas que passam anos suplicando: indultos, trabalhos, mercês... Todo um exército de postulantes se move por Madri, mas o rei é lento. São muitos os ciganos que rogam por seus familiares. Não se preocupe, tio, nós o conseguiremos.

Melchor conhecia a apatia da administração real. Por mais de um ano e meio ele havia permanecido no cárcere até que decidissem a que galé levá-lo e chegassem os documentos para seu translado. Também sabia que as solicitações de graça se perpetuavam até que, transcorridos os anos, se resolviam em um sentido ou outro. Não. Não era isso o que o preocupava, mas sim a possibilidade de que o escrivão estivesse enganando-o. A dúvida e o receio o corroíam cada dia que renunciava a um *mesón* ou a uma boa cama: o escrivão ficava com aquele dinheiro que tanto lhe custava poupar?

Mas nunca teria podido imaginar que as coisas fossem terminar como terminaram. Havia sonhado com as palavras: "Tua filha está livre" – embora talvez algum dia o escrivão lhe mostrasse um papel que ele não poderia ler onde se dissesse que o rei não concedia o indulto. Às vezes se via esfaqueando-o, arrancando-lhe os olhos, uma vez posta a nu sua perfídia. Mas a notícia da morte do escrivão o encheu de desconcerto. Morto. Simplesmente morto. Jamais havia chegado a considerar essa possibilidade. "Umas febres, se bem entendi", havia dito a mulher que ocupava agora o que havia sido seu tabelionato. "Que sei eu dos papéis ou do oficial que trabalhava com ele? Quando me alugaram a casa, ela já estava vazia." Melchor gaguejou. "Tratante?", estranhou a outra. "Que tratante?" Ali não havia ninguém. Seu esposo era confeiteiro. Melchor insistiu até pecar por ingenuidade:

– E agora o que faço?

A mulher o olhou com incredulidade, depois deu de ombros e fechou a porta.

O cigano perguntou a vizinhos do imóvel. Ninguém lhe deu nenhuma pista.

– Era um homem nada transparente – tentou espraiar-se uma velha. – Pouco claro. Não era de confiar. Em uma ocasião eu mesma...

Melchor a deixou com a palavra na boca. A primeira coisa que fez foi dirigir-se a um *mesón* e pedir vinho. Tal como quando dera fim à busca de Caridad, lamentou-se com o copo nas mãos. Madri não lhe trazia sorte. Então já fazia mais de três anos, havia fugido em busca de dinheiro, e agora?

– Gostarias de ir à tourada? – havia perguntado a Martín, para sua surpresa, quando se inteirou de que no dia seguinte se realizaria uma na praça nova. – Talvez teu irmão atue.

O jovem pensou no assunto. Quanto tempo fazia que não via nenhum dos seus? Na praça estaria misturado à multidão; não o reconheceriam, de modo que aceitou o convite. Retornaram com o pôr do sol a suas costas. Melchor tentou pôr o braço nos ombros de Martín, mas este já o superava em altura. Contemplou o jovem: forte, rijo... Talvez já fosse o único apoio que lhe restava.

Nem sequer procuraram lugar onde hospedar-se. Estenderam um jantar de fatias de pão, torradas molhadas em água, fritadas em banha de porco e polvilhadas de açúcar e canela; frango guisado em molho feito com seus próprios miúdos amassados; *mantecados** e rosquilhas de sobremesa, vinho aos montes, e, saciados, dormiram ao relento as poucas horas que restavam da noite.

Terminou a tourada, e as pessoas se lançaram à diversão no campo que rodeava a praça de touros. Aos milhares, vestidos à espanhola, cantaram e dançaram como espanhóis, gritaram e riram, apostaram e brincaram; beberam e brigaram, uns a pauladas, outros a pedradas. Na confusão e na balbúrdia, Melchor continuou gastando seu dinheiro. "Não há nada que fazer", havia comentado com Martín durante a tourada. Depois o explicou. Não. Não conhecia o tratante, respondeu ao rapaz. Nunca havia sabido quem era... se é que existia.

– E se nos reconhecerem? – inquiriu Martín enquanto Melchor alardeava seu dinheiro e pedia mais vinho. – Pode ser que estejam andando por aqui... os Garcías.

Melchor se virou lentamente e respondeu com uma calma que pareceu calar a gritaria.

---

* *Mantecado*: doce feito com banha de porco. [N. do T.]

– Rapaz: já estou há tempo suficiente contigo e te asseguro que nessa ocasião não teria de ir em tua ajuda. Que venham todos os Garcías de Madri e de Triana juntos. Tu e eu daremos conta deles.

Martín sentiu um calafrio. Melchor anuiu após suas palavras. Depois se virou e exigiu seu vinho aos gritos.

– E tabaco! – exigiu também. – Tens bom tabaco?

O homem, atrás do balcão em que vendia, meneou a cabeça ao mesmo tempo que rebuscava sob o mesmo balcão.

– Só tenho isto. – Mostrou alguns cigarros de papel na palma da mão.

Melchor soltou uma gargalhada.

– Eu te pedi tabaco, o que é isso?

O outro replicou com um gesto de indiferença.

– Cigarros – respondeu.

– Agora os vendem já liados?

– Sim. A maioria da gente não tem dinheiro para comprar um pedaço de corda do Brasil e raspá-la cada vez que quer fazer um cigarro. Assim, já preparados, compram só o que querem fumar.

– Mas então não podem verificar o tabaco que fumam – reparou Melchor.

– Sim, assim é – conveio o outro. – Mas são de boa qualidade. Dizem que são feitos por uma negra cubana que entende de tabaco.

Um tremor sacudiu o cigano.

– São chamados "os cigarros da negra".

A música cessou nos ouvidos de Melchor, e as pessoas pareceram desvanecer-se. Ele pressentia... Pegou com extrema delicadeza um dos cigarros e o cheirou.

– Negra – sussurrou.

43

No ano de 1754 se multiplicaram os memoriais e os pedidos de indulto dirigidos às autoridades por parte dos ciganos detidos. Nunca haviam deixado de chegar súplicas. Nos povoados continuavam a tramitar os processos secretos, por mais que o marquês de la Ensenada houvesse determinado anos antes que eles já não eram pertinentes, e os conselhos exigiam os ciganos residentes em seus limites, composta a maioria deles de ferreiros de profissão, trabalho esse a que não se dedicavam os cristãos-velhos por considerá-lo vil.

Haviam transcorrido mais de quatro anos desde a grande batida, e esse era o tempo de cárcere a que eram condenados os vagabundos. À falta de indicação do prazo de reclusão, os ciganos pretenderam equiparar-se a esses últimos. Não haviam cometido nenhum delito, afirmavam em suas súplicas, e já estavam havia anos em trabalhos forçados.

O responsável pelo arsenal de Cartagena chegou até a apoiar a liberdade dos ciganos, e propôs que, se não fossem atendidos seus pedidos, se lhes assinalasse então um prazo de condenação.

Os rogos dos ciganos não produziram efeito. De fato, as autoridades ordenaram aos responsáveis pelos arsenais que deixassem de dar curso a suas instâncias, como se se tratasse de um simples incômodo. Deram-se, sim, alguns indultos particulares, pedidos com insistência e afinco por mulheres que não cessavam em seu empenho por libertar seus parentes, mas tais decisões arbitrárias não conseguiam mais que enfurecer a grande maioria que continuava presa.

Enquanto isso, as condições de vida de homens e mulheres pioravam. O arsenal de Cádiz, bem como os de Cartagena e de El Ferrol, para onde havia sido transferida parte dos presos do primeiro após uma penosa travessia marítima que acabou com a vida de muitos deles, seguia carecendo de instalações para acolhê-los, e aqueles homens separados de suas famílias, estropiados, mais maltratados que os escravos, desesperados diante de uma condenação por toda a vida, continuavam rebelando-se, amotinando-se e até fugindo. Poucas dessas evasões chegaram a bom termo, mas nem por isso os ciganos deixaram de tentá-lo, ainda carregados de correntes.

As mulheres, encarceradas na Misericórdia de Saragoça e no depósito de Valência, sofriam, como se tal fosse possível, ainda mais. Elas não eram produtivas; ninguém havia conseguido fazê-las trabalhar, e o dinheiro do rei para mantê-las não chegava. Fome e miséria. Doenças. Tentativas de fuga, algumas consumadas. Desobediência e insubmissão permanentes. Se os homens eram acorrentados, as mulheres eram mantidas quase nuas, a maioria coberta com simples farrapos a ponto de quase não se encontrarem sacerdotes dispostos a pregar diante daquele rebanho de almas perdidas. As autoridades afirmavam que, assim que lhes proporcionavam roupas, elas fugiam.

Famílias dispersas e casais separados por centenas de léguas de distância. As meninas continuaram junto de suas mães, se as tinham, e o acaso as havia levado pelos mesmos caminhos; as crianças sofreram as maiores injustiças. Na grande batida, os maiores de sete anos acompanharam seus pais, tios e irmãos mais velhos aos arsenais, mas os que inicialmente estivessem no grupo das mulheres cresceram em cativeiro. Já no depósito de Málaga, antes de serem transferidas para a Misericórdia de Saragoça, as ciganas tentaram esconder os rapazinhos que já estavam em idade apta para o trabalho. Como haviam requerido seus papéis, as autoridades dos depósitos não podiam saber sua idade exata, que suas mães diminuíam aproveitando seu parco desenvolvimento, fruto da má alimentação. Contudo, antes de sua partida, vinte e cinco garotos com mais de onze anos foram separados à força de suas mães para ser conduzidos aos arsenais. O mesmo sucedeu em Valência, onde se amontoavam quase quinhentas mulheres. Ali foram quarenta os rapazinhos separados violentamente de suas mães e familiares. Alguns chegaram a encontrar-se com seus pais e irmãos, outros descobriram que os haviam levado para um arsenal diferente, ou que seus familiares haviam sido transferidos para outro – como sucedeu com os de Cádiz, que foram levados para El Ferrol –, ou simplesmente que já haviam falecido.

Os rapazinhos detidos na Real Casa da Misericórdia de Saragoça não constituíram exceção. Naquele ano de 1754, cerca de uma trintena, Salvador entre eles, foi enviada aos arsenais; o campo em que haviam dormido ao relento foi aproveitado para a plantação de trigo, de acordo com as instruções dadas pela condessa de Aranda ao saber da decisão.

Cerca de quinhentas ciganas presenciaram a partida dos garotos em meio às fortes medidas de segurança adotadas pelo regedor, que pediu reforços e dispôs os soldados entre uns e outras. As baionetas caladas, as armas prestes a abrir fogo contra os jovens. A atitude dos militares amedrontou as esfarrapadas mulheres, que, de mãos dadas, chorando, buscavam apoio umas nas outras enquanto contemplavam em silêncio o lento caminhar de uma fila de rapazinhos que pugnavam por manter a inteireza. Todas se sentiam mães ou irmãs. Quase cinco anos de sofrimentos, de fome e de misérias; seus esforços, sua resistência, a luta de todas elas parecia desvanecer-se com a marcha de alguns rapazinhos cuja única ofensa era haver nascido ciganos. Ana Vega, na primeira fila, com os olhos rasos de lágrimas cravados em Salvador, sentiu-o tal como muitas outras: aqueles jovens haviam simbolizado o futuro e a sobrevivência de sua raça, de seu povo; a única esperança que lhes restava nessa prisão sem sentido.

Um queixume rompido, longo e profundo se ergueu dentre a variegada massa de mulheres. Houve as que tremeram, encolhidas. "*Deblica barea!*", ouviu Ana Vega gritar ao pôr fim à primeira copla.

Os rapazes firmaram o passo e ergueram a cabeça diante do louvor à sua magnífica deusa; alguns deles levaram as mãos aos olhos, rápida, furtivamente, enquanto tomavam a porta da Misericórdia. A *debla* acompanhou seus passos e continuou a lacerar a alma das ciganas, já livres do acossamento dos soldados, mas paradas, até muito depois que as sombras de seus filhos se perdessem na distância.

Melchor compreendeu que de nada lhe adiantariam ali as ameaças com que havia conseguido que o vendedor de vinho das cercanias da praça de touros revelasse como obtinha os cigarros que chamavam "da negra". O homem se opusera, mas a ponta da navalha de Melchor em seu rim o fizera mudar de opinião. Os cigarros eram distribuídos através dos trapeiros de Madri, que percorriam as ruas da Vila e Corte recolhendo trapos, papéis e todos os tipos de restos e refugos com que comerciavam. Desde havia muito tempo, ademais, os trapeiros também tinham que recolher os muitos animais que morriam no interior da cidade e transportar os cadáveres até um muladar nos arredores, para além da ponte de Toledo, onde os esfolavam para aproveitar o couro das cavalgaduras.

Melchor observou o lugar à noite: confundidos entre a fumaça das fogueiras em que ardiam os ossos e demais restos dos animais, cerca de uma centena de trapeiros dava conta dos cavalos mortos nesse dia na praça de touros: uns os esfolavam, outros se esforçavam por manter a distância os bandos de cães que pretendiam ficar com os despojos. Ele havia perguntado a um deles, um sujeito coberto de sangue que tinha nas mãos um grande faca de esfolar.

– Cigarros? Que cigarros? – respondeu-lhe grosseiramente, sem sequer deter-se. – Aqui ninguém sabe disso. Não procures problemas, cigano.

Eram homens e mulheres duros, curtidos na miséria, que não hesitariam em enfrentá-los. Melchor hesitou em oferecer-lhes dinheiro pela informação. Eles pura e simplesmente o roubariam, depois os esquartejariam ali mesmo e os lançariam ao fogo... Talvez nem sequer se dessem a esse trabalho. Viu o trapeiro a que havia perguntado falar com outros e apontar para eles. Um grupo foi a seu encontro.

– Vai-te embora, Martín – sussurrou ao mesmo tempo que lhe batia no flanco.

– Tio, estou há anos ouvindo-o suspirar nas noites por essa mulher...

– Vós dois! – gritou então um dos trapeiros.

– Eu não perderia isso por nada deste mundo – terminou de dizer o jovem.

– Eles têm tanto medo de que os denunciemos como de perder o negócio – conseguiu advertir Melchor antes de os cinco trapeiros, sujos e esfarrapados, cobertos de sangue, se plantarem a um passo deles, todos providos de facas e ferramentas.

– Por que esse interesse pelos cigarros? – inquiriu um enrugado e careca, miúdo entre os demais.

– Meu interesse não é pelos cigarros, mas pela negra que os faz.

– Que tens tu com a negra? – interveio outro.

Melchor esboçou um sorriso.

– Eu a amo – confessou abertamente.

Um dos trapeiros teve um sobressalto; outro pôs a cabeça de lado e fechou os olhos para perscrutá-lo na escuridão. Até Martín se virou para ele. A sinceridade com que Melchor proclamou seu amor pareceu atenuar a tensão. Ouviu-se um riso, mais alegre que cínico.

– Um cigano caduco e uma negra?

Melchor apertou os lábios e anuiu antes de responder:

– Vós a conheceis?

Eles negaram.

– Se a ouvísseis cantar, certamente o entenderíeis.

A conversa chamou a atenção de outros trapeiros; homens e mulheres se aproximaram do grupo.

– O cigano diz que ama a negra dos cigarros – explicou um deles aos demais.

– E ela... – foi uma mulher quem fez a pergunta brevemente suspensa –, ela corresponde? Ela te ama?

– Creio que sim. Sim – afirmou rotundamente depois de pensar por um instante.

– Acabemos com eles! – propôs o careca miúdo. – Não podemos fiar-nos...

Dois homens avançaram resolutos na direção dos ciganos, com as grandes facas adiante, enquanto outros os cercavam.

– Gonzalo, vós! – uma mulher, a cuja perna se agarrava uma menina nua, interrompeu o ataque –, não acabeis com a única coisa bonita que aconteceu dentro des... – abarcou com um movimento da mão o muladar pestilento, a fumaça erguendo-se das fogueiras na noite, todo ele semeado de cadáveres e despojos –, desta imundície.

– O cigano ficará com o negócio – queixou-se um dos homens.

Melchor decidiu calar-se diante da ameaça das facas daqueles dois homens; sabia que sua sorte e a de Martín dependiam da sensibilidade de um grupo de mulheres que provavelmente fazia muito tempo que nem sequer escutavam a palavra amor. "Negra", pensou então, tenso, "outra confusão em que estou metido por tua causa. Devo mesmo amar-te!" Percebeu o nervosismo em Martín; poderiam repelir os dois que tinham pela frente, mas os demais se abalançariam a eles sem piedade. Cheirava já a morte quando uma terceira mulher interveio.

– E o que ele faria? Vender cigarros por toda a cidade, por cada canto dela? Isso só podemos fazer nós.

– Algum dia nos descobrirão e nos arrependeremos – opinou com desânimo a mulher com a menina, ao mesmo tempo que acariciava o rosto sujo da pequena. – Já se fala demais dos cigarros da negra. Da próxima vez talvez venha a ronda em lugar do cigano; vedes como é fácil ficar sabendo disso a que nos dedicamos. As penas são duras com relação ao tabaco, vós sabeis. Perderemos esposos e filhos. Eu quase preferiria que o cigano ficasse com o negócio.

– Não pretendo ficar com nada – interveio então Melchor. – Só quero encontrá-la.

Na cintilação do fogo das fogueiras nos rostos dos homens, Melchor os viu consultar-se com o olhar.

– Tem razão – ouviu da boca de um deles, atrás. – Outro dia, um *mesonero* da rua Toledo me advertiu de que os aguazis da ronda andavam fazendo perguntas sobre os cigarros. Não tardarão a encontrar alguém que nos delate. Para que vamos matar estes dois se amanhã igualmente já não teremos nada?

Amanhecia quando eles chegaram a Torrejón de Ardoz. Servando, um dos mendigos que atuava como intermediário e que nessa mesma noite foi fazer umas contas que iam vultosas devido à tourada, obstinou-se em defender o segredo que tão bons ganhos lhe trazia.

– Cigano – saltou uma das mulheres, farta de discussões que atrasavam o trabalho com as cavalgaduras mortas –, encontra tu sozinho a maneira de levar-te até tua amada.

Servando retrocedeu um par de passos assim que os trapeiros voltaram a seus afazeres e ficou a sós com Melchor e Martín.

– Como a negra se chama?

Isso foi a única coisa de que falaram com o mendigo já a caminho a Torrejón. Melchor necessitava ouvi-lo, confirmar seus pressentimentos.

– Queres encontrá-la e não sabes como se chama?

– Responde.

– Caridad.

Quando Servando lhes assinalou a pequena casa de adobe que confinava com os trigais, Melchor se arrependeu de não haver arrancado mais informação do mendigo. Havia transcorrido muito tempo. Continuaria sozinha? Poderia… poderia ter encontrado outro homem. O tropel de fantásticas expectativas que haviam animado seus passos ao ouvir o nome de Caridad cambaleou agora à vista daquela casinha que parecia refulgir à luz dos primeiros raios de sol primaveris. Amá-lo-ia? Talvez lhe guardasse rancor por havê-la abandonado na pousada secreta… Os três se achavam parados a certa distância da casa. Servando instou-lhes que prosseguissem, mas Martín o deteve com um autoritário gesto de mão. Como haveria sido sua vida durante esses anos?, perguntava-se Melchor, incapaz de controlar sua ansiedade. Que caminhos a haviam levado até ali? Que…?

A porta da casinha se abriu, e Caridad apareceu nela, com a atenção fixa nos campos, saudando o dia.

– Canta, negra.

A voz lhe surgiu rouca, embargada, fraca, inaudível!

Transcorreu um segundo, dois… Caridad virou lentamente o rosto para onde estavam eles…

– Canta – repetiu Melchor.

– Parado – ordenou Martín a Servando num murmúrio quando este fez menção de seguir o cigano, que caminhava erguido para uma Caridad em cujo rosto negro e redondo já apontavam, brilhantes, as lágrimas.

Melchor também chorava. Lutou por não desatar a correr, por não gritar, por não uivar ao céu ou ao inferno; nada fez, no entanto, por conter o choro. Deteve seus passos ali onde poderia tocá-la com um simples estender de braço. Não se atreveu.

Parados um diante do outro, olharam-se. Ele mostrou a palma de uma mão trigueira com os dedos estendidos. Ela esboçou um sorriso que logo voltou a confundir-se com os tremores do pranto. Ele franziu os lábios. Caridad ergueu o olhar ao céu, por um só instante, depois tentou sorrir de novo, mas as lágrimas a impediram de fazê-lo e ela devolveu a Melchor a visão de um rosto retesado pela voragem de sentimentos que rebentavam em seu interior. Ele, contudo, acreditou reconhecê-los: alegria, esperança, amor... e se aproximou.

– Cigano – balbuciou ela então.

Fundiram-se num abraço e calaram as mil palavras que se amontoavam em suas gargantas com outros tantos beijos.

44

Após deixar a habitação das Platerías, Frei Joaquín puxou Milagros até uma morada da rua del Pez, onde se amontoavam os edifícios em que viviam madrilenses tão altivos e orgulhosos como os de Lavapiés, do Barquillo ou dos demais quartéis de Madri. O religioso, temendo provocar rumores desnecessários, nem sequer se atreveu a ir a uma pousada secreta, razão por que negociou e alugou um par de quartos descuidados da viúva de um soldado que se prestou a dormir junto à lareira e que não fez perguntas. A caminho, contou à cigana sua conversa com Blas.

– Pois vamos a Triana – saltou ela agarrando-o pela manga para detê-lo enquanto subiam a rua Ancha de San Bernardo.

A multidão descia alegre, em sentido contrário, em busca da rua de Alcalá e da praça de touros.

– Pedro te mataria – opôs-se o religioso enquanto examinava edifícios e entradas de ruas.

– Minha filha está lá!

Frei Joaquín parou.

– E o que faríamos? – inquiriu –, entrar no beco de San Miguel e raptá-la? Crês que teríamos a menor possibilidade? Pedro chegará antes que nós, e assim que o fizer espalhará todos os tipos de detrações contra ti; a ciganaria inteira te considerará uma... – O frade deixou a palavra suspensa no ar. – Nem sequer chegarias... chegaríamos a atravessar a ponte de barcos. Vamos – acrescentou com ternura alguns instantes depois.

Frei Joaquín continuou andando, mas Milagros não o seguiu, o rio de gente pareceu engoli-la. Ao aperceber-se disso, o frade voltou até onde ela estava.

– Que importa que me mate? – murmurou ela entre soluços, as lágrimas correndo já por suas faces. – Eu já estava morta antes de...

– Não digas isso. – Frei Joaquín fez menção de pegá-la pelos ombros, mas se conteve. – Tem de haver outra solução, e a encontrarei. Eu te prometo.

Outra solução? Milagros franziu os lábios enquanto se aferrava a essa promessa. Anuiu e caminhou a seu lado. Era verdade, reconheceu para si mesma quando entravam na rua del Pez: Pedro a difamaria, e Bartola confirmaria, obediente, quantas injúrias ocorressem ao malnascido. Um calafrio percorreu suas costas ao imaginar Reyes, a Trianeira, vilipendiando-a aos gritos. Os Garcías desfrutariam repudiando-a publicamente; os Carmonas também o fariam, ultrajados em sua honra. Milagros havia transgredido a lei: não existiam prostitutas na raça cigana, e todos os ciganos ficariam contra ela. Como ia aparecer no Beco de San Miguel nessas condições?

No entanto, passavam-se os dias e a promessa de Frei Joaquín não se cumpria. "Dá-me um tempo", pediu-lhe uma manhã quando ela insistiu. "O marquês nos ajudará", assegurou no dia seguinte sabendo que não seria capaz de ir à sua casa. "Escrevi uma carta ao prior de São Jacinto, ele saberá o que fazer", mentiu pela terceira vez em que ela lhe recordou a promessa.

Frei Joaquín tinha medo de perdê-la, de que lhe fizessem mal, de que a matassem; mas, para não ter de enfrentar suas perguntas, ele a deixava sozinha num quartucho imundo com um catre desconjuntado e uma cadeira quebrada por único mobiliário. "Não deves sair, as pessoas te conhecem, e os Garcías te estarão procurando por mandado de Pedro." Como eco de suas escusas, com o riso de sua menina ressoando constantemente nos ouvidos, Milagros se entregava ao pranto. Estava certa de que os Garcías a maltratariam. As imagens de sua menina nas mãos daqueles desalmados tornaram-se demasiadas para suas forças. Sóbria não poderia suportá-las... Pediu vinho, mas a viúva se negou a dá-lo. Discutiu com a viúva em vão. "Vai-te embora se quiseres", disse-lhe. "Para onde?", perguntou-se ela. Para onde podia ir?

Ele regressava sempre com algo: um doce; pão branco; uma fita colorida. E conversava com ela, animava-a e tratava-a com carinho, embora não fosse disso que ela necessitava. Onde estava a valentia dos ciganos? Frei Joaquín era incapaz de sustentar seu olhar em resposta ao dela como faziam os de sua raça. Milagros percebia que ele a seguia com os olhos sempre que estavam juntos, mas, assim que ela o encarava, o frade disfarçava. Parecia conformar-se com sua simples presença, com cheirá-la, com roçá-la. Os pesadelos não abandonaram as noites da cigana: Pedro e o desfile de nobres que a violentavam se sucediam neles; contudo, começou a descartar a ideia de que Frei Joaquín pudesse chegar a agir como eles.

Em duas semanas ficaram sem dinheiro para pagar o abusivo aluguel com que a viúva garantia seu silêncio.

– Nunca cheguei a suspeitar de que necessitaria disso – desculpou-se o religioso, contrito, como se houvesse falhado com ela.

– E agora? – perguntou ela.

– Procurarei...

– Está mentindo!

Frei Joaquín quis defender-se, mas a cigana não o permitiu.

– Está mentindo, está mentindo e está mentindo – gritou com os punhos cerrados. – Não há nada, não é verdade? Nem marquês, nem cartas ao prior, nem nada. – O silêncio lhe deu razão. – Eu vou a Triana – decidiu então.

– Isso seria uma loucura.

A resolução de Milagros, a necessidade de abandonar os quartos antes que a viúva os expulsasse ou, pior ainda, os denunciasse por adultério, a falta de dinheiro e, acima de tudo, a mera possibilidade de que a cigana o deixasse fizeram Frei Joaquín reagir.

– É a última vez que confio no senhor; não me decepcione, padre – cedeu ela.

Não o fez. O fato é que durante aqueles dias não havia feito outra coisa que pensar em como solucionar o problema. Era uma ideia descabelada, mas ele não tinha alternativa: havia anos que estava sonhando com Milagros e acabava de renunciar a tudo por ela. Que atitude mais descabelada que essa podia existir? Dirigiu-se a uma loja de roupa e trocou o melhor hábito dos dois de que dispunha por grosseiras roupas pretas de mulher, incluídos um par de luvas e uma mantilha.

– Pretende que eu vista isto? – tentou opor-se Milagros.

– Não podes andar pelos caminhos como uma cigana sem papéis. A única coisa que pretendo é que não nos detenham durante nossa viagem... a Barrancos. – As roupas escorregaram das mãos de Milagros e caíram no chão. – Sim – adiantou-se-lhe ele. – Tampouco nos desviamos muito. É somente outro caminho; mais alguns dias. Recordas-te do que disse a velha curandeira? Disse algo assim como que, se há algum lugar em que se possa encontrar teu avô, esse é Barrancos. No dia em que falamos, tu me contaste que não chegastes a ir após a detenção, e as coisas não mudaram muito desde então. Talvez...

– Cuspi a seus pés – recordou então Milagros como mostra da ira com que o havia tratado. – Eu disse-lhe...

– Que pode importar o que tenhas feito ou dito? Ele sempre te amou, e tua filha leva nas veias sangue Vega. Se o encontrássemos, Melchor saberia o que fazer, com certeza. E, se ele já não estiver ali, talvez encontremos algum outro membro da família que não tenha sido detido na grande batida. A maioria deles se dedicava ao tabaco, e provavelmente consigamos saber de algum.

Milagros já não ouvia. Pensar em seu avô a enchia ao mesmo tempo de esperança e de temor. Não havia atendido a suas advertências; nem às de sua mãe. Ambos sabiam o que sucederia se se entregasse a um García. A última coisa que soubera do avô era que o haviam detido em Madri e que ele conseguira fugir. Talvez... sim, talvez continuasse vivo. E, se alguém podia enfrentar Pedro, esse era Melchor Vega. No entanto...

A cigana se abaixou para recolher as roupas pretas do chão. Frei Joaquín parou de falar ao vê-la. Milagros não queria pensar na possibilidade de que seu avô a houvesse repudiado e lhe negasse sua ajuda, movido pelo rancor.

– Ave María Puríssima.

– Sem pecado concebida – disse Milagros, cabisbaixa, à jovem criada que abriu a porta da casa. Sabia o que é que tinha de fazer depois, o mesmo que havia feito uma légua além, em Alcorcón: entrelaçar os dedos de suas mãos enluvadas, mostrando o rosário de Frei Joaquín que levava entre eles, e mussitar o que recordava daquelas orações que Caridad lhe havia ensinado em Triana, para seu batismo, e que o frade lhe repetia maçantemente durante o caminho.

– Uma esmola para o ingresso desta infeliz viúva no convento das dominicanas de Lepe – implorou Frei Joaquín erguendo a voz em meio à cantilena dela.

Através da mantilha negra que cobria sua cabeça e escondia seu rosto trigueiro, a cigana olhou de soslaio para a criada. Responderia igual a todas: negando-se a princípio para terminar abrindo desmesuradamente os olhos no momento em que Frei Joaquín descobrisse o belíssimo rosto da Imaculada Conceição que ele carregava. Então titubearia, lhes diria que esperassem, fecharia a porta e correria em busca de sua patroa.

Assim havia sucedido em Alcorcón e também em Madri, antes que tomassem a porta de Segóvia. Frei Joaquín decidiu aliviar sua pobreza juntando-se ao exército de peregrinos e *santeros** que esmolavam pelas ruas da Espanha,

---

* *Santero*: aqui, pessoa que pede esmolas carregando uma imagem de santo. [N. do T.]

aqueles disfarçados com pelerine adornada com conchas, saial, bordão, cabaça e chapéu para supostas peregrinações a Jerusalém ou a um sem-fim de lugares estranhos; estes de frade, sacerdote ou menorista reclamando um óbolo para todos os tipos de obras pias. As pessoas contribuíam com suas esmolas aos primeiros em troca de beijar as relíquias ou os escapulários que seguravam como autênticos da Terra Santa. Com os segundos, rezavam diante das imagens que eles levavam, acariciavam-nas, beijavam-nas e aproximavam-nas das crianças, dos velhos e sobretudo dos doentes antes de deixar cair algumas moedas no cepo ou na bolsa do *santero*.

E, no que dizia respeito a imagens sagradas, nenhuma como a da Imaculada Conceição que Frei Joaquín descobria diante do estupor das criadas das casas ricas. Como previa Milagros, em Móstoles, a pouco mais de três léguas de Madri, sucedeu o mesmo que em Alcorcón. Pouco depois, abriu a porta a senhora da casa, que ficou cativada pela beleza e magnificência da imagem da Virgem, e os convidou a entrar. Milagros fazia-o encolhida, como lhe havia instruído Frei Joaquín, murmurando orações e escondendo os pés descalços sob a longa saia negra que arrastava pelo chão.

Já no interior, a cigana procurava o canto mais afastado do lugar, no qual a modo de altar colocavam a Virgem enquanto Frei Joaquín a apresentava como a sua própria irmã, que acabava de enviuvar e havia feito promessa de enclausurar-se num convento. Nem sequer a olhavam, atentos todos à Imaculada. "Pode-se tocar?", perguntavam cautelosos. "E beijar?", acrescentavam emocionados. Frei Joaquín dirigia as rezas antes de permiti-lo.

E, embora obtivessem dinheiro suficiente para seguir caminho, comer e hospedar-se nos *mesones* ou naquelas mesmas casas se não as houvesse – Milagros sempre separada dos demais, amparando-se num suposto voto de silêncio –, o avanço era lento, irritantemente pausado. Buscavam sempre com quem viajar para evitar encontros desagradáveis, e às vezes tinham de esperar, como quando nas casas as mulheres se empenhavam em reclamar a presença de esposos, filhos e às vezes até do pároco do povoado, com o qual Frei Joaquín conversava até convencê-lo da bondade de suas intenções. As mostras de devoção e as rezas se eternizavam. No momento em que necessitavam de dinheiro, perdiam dias inteiros mostrando a Virgem, como lhes sucedeu em Almaraz, antes de atravessar o rio Tejo, onde lhes pagaram bem por permitir que a imagem amparasse um doente em seu quarto.

– E se não se curasse? – perguntou Milagros a Frei Joaquín aproveitando que este lhe levou comida ao cômodo que lhe haviam cedido para que observasse seu voluntário silêncio.

– Deixa que Nossa Senhora decida. Ela saberá.

Depois sorriu, e Milagros, surpresa, acreditou entrever uma ponta de malícia no rosto de Frei Joaquín. O frade havia mudado... ou era ela quem o havia feito? Talvez os dois, disse-se.

Milagros não era capaz de suportar as noites; os pesadelos a despertavam bruscamente, suando, aturdida, em busca de um ar que lhe faltava: homens forçando-a; o Coliseo del Príncipe inteiro rindo-se dela; a velha María... Por que sonhava com a curandeira tantos anos depois? Mas, se aquilo sucedia durante a noite, a simples possibilidade de reencontrar-se com seu avô a animava a suportar durante o dia aquelas grossas roupas negras que lhe ardiam. O tédio das orações e das horas em que ficava sozinha em casas ou *mesones*, para que não se descobrisse o engano, convertia-se em fantasias ao pensar em Melchor, em sua mãe, e em Cachita. Amiúde tinha de fazer esforço para não entrar a cantar aquelas orações que Caridad lhe havia ensinado em ritmo de fandango. Quanto tempo fazia que não cantava? "O mesmo tempo que não bebes", havia-lhe respondido Frei Joaquín dando por encerrado o assunto um dia em que ela o comentou com ele. O sol e seus anelos conseguiam que todos aqueles momentos amargos que a martirizavam em sonhos ficassem para trás, como que encerrados numa bolha, e abria-se diante dela a esperança de voltar a viver com sua gente. Isso era a única coisa que importava realmente: sua filha, seu avô. Os Vegas. No passado ela não havia chegado a compreendê-lo, embora se consolasse com a desculpa da juventude. Em alguns momentos também se recordava de seu pai. Que lhe havia dito o Camacho quando voltara de falar com sua mãe no depósito de Málaga? "Ele sabia qual era o trato: sua liberdade por teu compromisso com o García. Devia haver-se negado e haver-se sacrificado. Teu avô fez o que devia fazer."

Quando rememorava essas palavras do cigano, Milagros pugnava por afastar as recordações e voltar-se de novo para o avô. Só com sua ajuda poderia recuperar sua menina e, com ela, a alegria de viver. Cada povoado que deixavam para trás a aproximava um pouco mais dessa esperança.

Às vezes, depois de ouvi-lo mentir aos cândidos beatos que se aproximavam da Virgem, Milagros também pensava em Frei Joaquín, e ao fazê-lo a invadiam sensações contraditórias. Nos primeiros dias em Madri, quando haviam começado com aquilo da Virgem para conseguir dinheiro com que saldar a vultosa conta da viúva, a cigana se exasperava diante de seus titubeios. Mentalmente lhe pedia firmeza e convicção, mas ainda ficava mais nervosa ao vislumbrar, através das rendas da mantilha, seus constantes olhares de soslaio para certificar-se de seu comportamento. "Preocupe-se consigo, frade. Como acha que alguém vai reconhecer-me dentro destas roupas que pendem de meus ombros e de meus quadris?" À medida que Frei Joaquín desempenhava com mais segurança seu papel de *santero*, mudou de atitude para com Milagros, como se encontrasse forças em sua própria segurança. Não parecia tão perturbado por sua presença e às vezes até correspondia ao olhar da cigana. Então ela, ainda que fosse tão só por alguns instantes, se sentia menina, como em Triana.

– Já não o atraio vestida de preto? – perguntou-lhe descaradamente um dia.

– Que...? – Frei Joaquín enrubesceu até as orelhas. – Que queres dizer?

– Isso mesmo, se já não lhe agrado com estes... estes trapos que me obriga a vestir.

– Deve de ser a Imaculada, que pretende evitar as tentações – troçou ele apontando para a imagem.

Ela ia replicar, mas se calou, e ele acreditou entender por que não chegou a fazê-lo: assomava a ela a mulher maltratada, humilhada pelos homens.

– Não queria dizer... – começou a desculpar-se Milagros antes que ele a interrompesse.

– Tens razão: não gosto de ti com essas roupas de castelhana viúva. Mas gosto, sim – apressou-se a acrescentar diante de sua expressão triste –, que voltes a brincar ou a preocupar-te com teu aspecto.

Milagros mudou de novo seu rosto. Uma sombra de tristeza turvou seu olhar.

– Frei Joaquín, nós, as mulheres, viemos a este mundo para parir com dor, para trabalhar e para sofrer a perversão dos homens. Fora daqui – urgiu com ele diante de sua menção de replicar. – Eles... os senhores se rebelam, lutam e pelejam diante da infâmia. Às vezes ganham e se convertem no macho vitorioso; outras muitas vezes perdem e então se encarniçam com os fracos para enganar-se e viver com a vingança como único objetivo. Nós temos de calar e obedecer, sempre foi assim. Terminei por aprendê-lo, e isso me custou a juventude. Nem sequer me vejo capaz de lutar por minha filha sem a ajuda de um homem. Sim, eu lhe agradeço – acrescentou antes que ele interviesse –, mas é a verdade. Nós só podemos lutar para esquecer nossas dores e sofrimentos, para vencê-los, mas nunca para vingá-los. Aferramo-nos à esperança, por pequena que esta seja, e enquanto isso, de vez em quando, só de vez em quando, tentamos voltar a sentir-nos mulheres.

– Não sei o que...

– Não diga nada.

Frei Joaquín deu de ombros ao mesmo tempo que meneava a cabeça, as mãos estendidas.

— Alguém que diz a uma mulher que ela não lhe agrada — ergueu a voz Milagros —, por mais de preto que esteja vestida, por mais velha e feia que possa ser, não tem direito de dizer nada.

E lhe deu as costas tentando que o requebro com que o fez chegasse a revelar-se sob sua informe roupagem.

A proximidade, o objetivo comum, a constante ansiedade diante do perigo de que alguém descobrisse que a respeitável e piedosa viúva que se escondia debaixo daquele disfarce não era mais que uma jovem cigana — a Descalça do Coliseo del Príncipe de Madri, ainda por cima —, e que o frade mentia ao esmolar para seu ingresso num convento, os uniam cada dia um pouco mais. Milagros não fazia nada para evitar o roçar; sentia necessidade desse contato humano, respeitoso e cândido. Eles riam, eram sinceros um com o outro, examinavam-se um ao outro; ela como não o havia feito nunca até então, observando o homem que se escondia sob o hábito: jovem e bem-apessoado, embora não parecesse forte. Salvo por aquela calva redonda que se exibia na coroa, podia dizer-se que era atraente. Quem sabe o cabelo não lhe voltava a crescer?... Sem dúvida lhe faltavam ciganaria, decisão, soberba, mas em contrapartida lhe sobravam entrega, doçura e carinho.

— Aqui não creio que obtenhamos esmolas — lamentou-se em voz baixa Frei Joaquín num entardecer, ao chegarem a um miserável grupo de barracões até os quais os havia conduzido um casal de agricultores que retornavam de seu trabalho, a única companhia que encontraram no caminho.

— Talvez não as obtenhamos pela Virgem, mas com certeza que encontraríamos alguém que pagasse para ouvir sua sorte — apostou ela.

— Sandices — soltou o frade, espantando o ar com as mãos.

Milagros agarrou uma delas de súbito, instintivamente, tal que tantas outras vezes havia feito em Triana diante de homens ou de mulheres reticentes a soltar algumas moedas.

— Vossa Eminência Reverendíssima — brincou — deseja saber o que lhe deparam as linhas de sua mão? Vejo...

Frei Joaquín tentou afastá-la, mas ela não o permitiu, e ele acabou cedendo. Milagros se encontrou com a mão do frade entre as suas, examinando já com o indicador enluvado uma das linhas de sua palma. Ao ritmo em que deslizava o dedo, uma espécie de perturbadora comichão assaltou seu ventre.

— Ora... — pigarreou e mexeu-se inquieta.

Tentou justificar seu nervosismo com as incômodas roupas que vestia. Tirou a luva e afastou a mantilha do rosto com um tapa. Encontrou a mão do frade ainda estendida diante dela. Voltou a tomá-la e sentiu seu calor. Observou a pele branca, quase delicada, de um homem que nunca havia trabalhado o ferro.

– Vejo...

Pela primeira vez na vida, Milagros careceu do desembaraço necessário para cravar os olhos naquele a quem pretendia ler a sorte.

Aproximavam-se do rio Múrtiga, com Encinasola a suas costas e Barrancos erguendo-se acima de suas cabeças. Milagros arrancou a mantilha e a atirou longe; depois fez o mesmo com as luvas e levantou o rosto para o céu radioso de fins de maio como se pretendesse agarrar toda a luz que durante quase um mês e meio de caminho lhe havia sido negada.

Frei Joaquín a contemplou embasbacado. Agora ela forçava os colchetes de seu *jubón* preto para que os raios de sol acariciassem a nascente de seus peitos. A longa peregrinação, extenuante em outras circunstâncias, havia conseguido em Milagros os efeitos contrários: o cansaço chamou o esquecimento; a constante preocupação com serem descobertos eliminou qualquer outra inquietude, e a expectativa do reencontro suavizou uns traços antes contraídos e em permanente tensão. A cigana se soube observada. Lançou um grito espontâneo que rompeu o silêncio, sacudiu a cabeça e se voltou para o frade. "Que sucederá se não encontrarmos Melchor?", perguntou-se então Frei Joaquín, temeroso diante do sorriso aberto com que o premiava Milagros. Ela lutava para desfazer o coque e liberar uns cabelos que se negavam a cair soltos. O mero pensamento de não encontrar Melchor fez que Frei Joaquín deixasse a imagem da Imaculada no chão para dedicar-se a recolher a mantilha e as luvas.

– Que está fazendo agora? – queixou-se Milagros.

– Poderíamos necessitar delas – respondeu ele com a mantilha na mão; as luvas continuavam perdidas no meio do matagal.

Tardou a encontrar a segunda. Quando se ergueu com ela, Milagros havia desaparecido. Onde...? Percorreu a área com o olhar. Em vão, não a encontrou. Circundou uma extensão de altas ervas, o que lhe permitiu chegar ao leito do Múrtiga. Respirou. Ali estava ela, arremangada e ajoelhada, introduzindo vezes seguidas a cabeça na água, esfregando os cabelos com frenesi. Viu-a levantar-se, molhada, com a abundante cabeleira castanha caindo-lhe pelas costas, cintilando ao sol em contraste com sua tez escura. Frei Joaquín estremeceu ao contemplar sua beleza.

As pessoas de Barrancos receberam sua entrada no povoado com curiosidade e receio: um frade carregando um vulto e uma bela cigana altiva, atenta a tudo. Frei Joaquín hesitou. Milagros não: encarou o primeiro homem com que cruzou.

– Procuramos aquele que vende tabaco para contrabandear na Espanha – incomodou um homem já de muitos anos.

Este balbuciou algumas palavras no falar local, sem conseguir afastar o olhar daquele rosto que o interrogava como se ele fosse culpado de algum delito.

Frei Joaquín percebeu a tremenda ansiedade de Milagros e decidiu intervir.

– A paz seja contigo – cumprimentou com tranquilidade. – Tu nos entendes?

– Eu, sim – ouviu-se atrás do primeiro.

"É muito perigoso", repetiu Frei Joaquín uma dezena de vezes enquanto se aproximavam do conjunto de edifícios que lhes haviam indicado e que compunham o estabelecimento de Méndez. O lugar era um ninho de contrabandistas. Milagros caminhava resoluta, de cabeça erguida.

– Pelo menos volta a cobrir-te o rosto – pediu-lhe ele, apertando o passo para oferecer-lhe a mantilha.

Nem sequer obteve resposta. Um sem-fim de possibilidades, todas aterradoras, girava pela cabeça do frade. Melchor podia não encontrar-se ali, podia até ser inimigo do tal Méndez. Temia por ele, mas sobretudo por Milagros. Eram poucos os que permaneciam alheios à presença da cigana; paravam, olhavam-na, alguns até a galanteavam naquele idioma estranho dos barranquenhos.

"Em que apuros meteste Milagros?", lamentou-se ele justo ao transpor os portões do estabelecimento de Méndez. Vários mochileiros perambulavam no grande pátio de terra que se abria diante do quartel do contrabandista; um deles assobiou ao ver Milagros. Duas mulheres de aspecto turvo assomadas a uma das janelas do quarto sobre a estrebaria torceram a cara diante da chegada do frade, e um bando de crianças seminuas que corriam entre as mulas sonolentas amarradas a postes deixou de fazê-lo para aproximar-se deles.

– Quem sois? – perguntou um menino.

– Tendes doces? – inquiriu outro.

Chegavam já à casa principal. Nenhum dos homens que os contemplavam fez menção de mover-se. Milagros ia livrar-se do assédio das crianças quando Frei Joaquín interveio de novo.

– Não – adiantou-se ao gesto brusco dela –, não temos doces, mas tenho isto – acrescentou mostrando-lhes um real *de a dos*.

As crianças se aglomeraram ao redor do frade com os olhos brilhantes à vista da moeda de cobre.

– Vo-la darei se avisardes o senhor Méndez de que ele tem visita.

– E quem pergunta por ele?

As crianças calaram-se; alguns dos mochileiros se ergueram, e as prostitutas da janela se assomaram ainda mais.

– A neta de Melchor Vega, o Galeote – respondeu então Milagros.

Méndez, o contrabandista, apareceu na porta da casa principal; examinou a cigana de alto a baixo, pôs a cabeça de lado, voltou a perscrutá-la, deixou transcorrer alguns segundos e sorriu. Com um resfolego, Frei Joaquín soltou o ar que havia prendido nos pulmões.

– Milagros, não? – perguntava nesse momento o contrabandista. – Teu avô me falou muito de ti. Sê bem-vinda.

Um menino reclamou a atenção de Frei Joaquín puxando a manga de seu hábito.

– Por essa moeda eu os levo até o Galeote – propôs-lhe.

Milagros teve um sobressalto e se abalançou ao garoto.

– Ele está aqui? – gritou. – Onde? Sabes onde...? – De repente desconfiou. E se o garoto os estivesse enganando por causa de um real? Voltou-se para o contrabandista e o interrogou com uns olhos capazes de transpassar a construção inteira.

– Chegou faz duas semanas – confirmou Méndez.

Com o contrabandista ainda diante dela, Milagros balbuciou algo que tanto podia ser um agradecimento como uma despedida, pegou a extremidade da longa saia preta deixando à mostra suas panturrilhas e, com a peça de roupa levantada, preparou-se para seguir as crianças, que já os esperavam entre risos e gritos junto aos portões de entrada no estabelecimento do contrabandista.

– Vamos! – urgiu um menino.

– Vamos, Frei Joaquín – apressou-o a cigana, já alguns passos afastada dele.

O religioso, sim, despediu-se.

– Não posso correr carregando a Virgem – queixou-se depois.

Mas Milagros não o ouviu. Uma menina a segurava pela mão e a puxava para o caminho.

Frei Joaquín os seguiu com lentidão, exagerando o peso de uma imagem que ele havia carregado sem problema algum por meia Espanha. Melchor estava em Barrancos, graças a Deus. Nunca chegara a crer seriamente que o encontrassem. "Eu mataria por ela. O senhor é *payo*... e além disso frade. A segunda coisa poderia ter conserto, a primeira não." A advertência que um dia lhe fizera o cigano à margem do Guadalquivir, diante da possibilidade de uma relação com sua neta, agarrou-se-lhe ao estômago assim que Méndez confirmou sua presença. O Galeote faria qualquer coisa por ela! Por acaso já não havia matado o pai de Milagros por consentir em seu casamento com um García?

– Que estais fazendo?

Dois meninos pugnavam por livrá-lo do peso da imagem da Imaculada.

– Dê-a a eles! – ordenou-lhe Milagros diante dele. – Assim não chegaremos nunca!

Não a entregou; não estava convicto de querer encontrar-se diante de Melchor Vega.

– Fora daqui. Ide embora! – gritou para os dois garotos que, apesar de tudo, seguiam acompanhando-o e tentavam ajudá-lo a levar o vulto com umas mãos que eram mais um estorvo que qualquer outra coisa.

Milagros o esperou, segurando a barra da saia, impaciente. A menina que a acompanhava ficou a seu lado, com as mãos na cintura, imitando o gesto da cigana.

– Que lhe está acontecendo? – inquiriu estranhando a cigana.

"É que vou perder-te, é isso o que está acontecendo. Não te dás conta?", quis dizer-lhe ele.

– Não importam alguns minutos depois de tudo o que percorremos – respondeu em vez disso, com maior brusquidão do que teria desejado.

Ela interpretou mal sua atitude e fechou a cara. Olhou para as crianças, que seguiam correndo alegres à frente, contra o sol. Assaltaram-na as dúvidas.

– O senhor acha...? – Deixou cair os braços. Caiu a saia. – O senhor disse que meu avô me perdoaria.

– E o fará – assegurou Frei Joaquín para não lhe propor que fugissem juntos de novo, que regressassem aos caminhos para percorrê-los mostrando a imagem da Virgem.

O desânimo foi traído, no entanto, pela voz do frade. Milagros o percebeu e fez seus passos ajustarem-se aos dele.

– Também é uma García – murmurou ela.

– Quê?

– A menina. Minha menina. María. Também é uma García. O ódio do avô por eles é superior... a tudo! Inclusive ao carinho que pôde ter-me um dia – acrescentou com um fiapo de voz.

Frei Joaquín suspirou, consciente das contradições que açoitavam sua própria alma. Ela estava contente, cheia de expectativas, enquanto ele desabava aterrorizado diante da ideia de perdê-la, mas se a visse sofrer, então... então desejava ajudá-la, dar-lhe ânimo para que fosse ter com seu avô.

– Já se passou muito tempo – disse sem convicção.

– E se não me perdoar o fato de ter-me casado com Pedro García? Meu avô...

– Ele te perdoará.

– Minha mãe me repudiou por fazê-lo. Minha mãe!

Chegaram ao pé de um cerro, fora do povoado. O mais velho dos meninos os esperava ali, enquanto as demais crianças já corriam trilha acima.

Uma solitária casinha no alto do cerro, aos quatro ventos, dominava as terras; nessa direção apontavam várias crianças.

– É ali? – inquiriu Frei Joaquín, aproveitando essa pausa para depositar a imagem no chão.

– É, sim.

– Que faz Melchor ali em cima, sozinho? – perguntou-se, estranhando-o.

– Não está sozinho – saltou o garoto. – Mora com a negra.

Milagros quis dizer algo, mas não lhe surgiram as palavras. Tremeu e procurou apoio no frade.

– Caridad – sussurrou este.

– Sim – afirmou o menino –, Caridad. Eles estão sempre aí. Não os estão vendo?

Frei Joaquín aguçou a vista até vislumbrar duas figuras sentadas diante da casa, à beira de um barranco.

Milagros, com os olhos úmidos e os sentidos extraviados, não conseguiu ver nada.

– Desde que chegaram – continuou explicando o rapazinho – só saíram duas noites para contrabandear. Nas duas vezes voltaram com doces! Caridad gosta muito de doces... e os dividiu conosco. E para Gregoria, a menina... – o garoto esquadrinhou a trilha de subida –, aquela, não a veem?, a primeira, a pequeninha que mais corre, pois então para Gregoria eles trouxeram um par de abarcas porque não estava podendo andar, estava com umas feridas enormes na sola dos pés. Vejam como corre agora! – Frei Joaquín contemplou a pequena Gregoria saltando. – Mas o resto do tempo eles ficam ali sentados, abraçados, fumando e olhando os campos. Muitas vezes subimos às escondidas, mas sempre terminam por flagrar-nos. Gregoria não consegue ficar quieta!

– Abraçados?

A pergunta surgiu da boca de Milagros, que tentava enxugar os olhos para focá-los no alto do cerro.

– Abraçados, sim. Sempre! Encostam-se muito um no outro, e então o Galeote diz a Caridad: "Canta, negra!"

Canta, negra! Milagros começava a vislumbrar o cume. Cachita! Aquela amiga em quem ela batera, a quem ela insultara, a quem dissera que não queria voltar a vê-la por toda a vida.

– Gregoria já chegou lá em cima! – exclamou o menino. – Vamos!

Tanto Frei Joaquín como Milagros se ergueram. As duas figuras que permaneciam sentadas se puseram de pé à chegada da pequena. Gregoria apontava para o sopé do cerro. Milagros sentiu o olhar de Melchor sobre si, como se, apesar da distância, ela se achasse tão somente a um passo dele.

– Vamos! – insistiu o garoto.

Frei Joaquín se abaixou para pegar a imagem da Virgem.

– Não posso – gemeu então a cigana.

Caridad segurou a mão de Melchor e apertou em busca do tato daquela palma dura e áspera, curtida por dez anos aos remos de uma galé e que tanto a tranquilizava. Eram as mesmas palmas que haviam percorrido uma infinidade de vezes seu corpo desde que Melchor aparecera em Torrejón; as mesmas que ela havia banhado de lágrimas enquanto as beijava; as que ele havia levado a suas faces à espera de uma resposta quando só alguns dias depois don Valerio lhe proibira que convivesse em pecado mortal com um cigano. "Aquilo dos trapeiros não funcionará", advertiu-a Melchor, "vão pegar-nos; terminarão por prender-nos. Vamos embora para longe daqui. Para Barrancos." O sorriso com que Caridad concordara selara o compromisso entre aquele cigano de brilho no olhar e rosto sulcado de rugas e a antiga escrava negra. Barrancos, onde havia nascido seu amor, onde se sentira mulher pela primeira vez, onde a justiça não chegava. Pagaram bem, viajaram rápido numa diligência com destino a Estremadura, com a urgência de deixar para trás tempos e lugares que só os haviam maltratado.

Melchor, parado, expectante, com o olhar e os demais sentidos postos no sopé do cerro, respondeu e apertou-lhe a mão por sua vez. Nesta ocasião o contato do cigano não a tranquilizou: Caridad se soube partícipe do torvelinho de inquietudes que assolavam o cigano, porque ela também as sofria. Milagros! Depois de tantos anos… Sem soltar a mão, desviou o olhar daquela figura vestida de preto para o universo que se abria a seus pés: campos, rios, veigas, terras incultas e bosques; todos, e cada um deles, haviam absorvido suas canções quando os dois sentados, o olhar no horizonte, naquela nova vida que a fortuna os brindava, comprazia a Melchor e erguia a voz, uma voz que amiúde ela deixava suspensa no ar para perseguir sua reverberação pelas sendas que haviam percorrido juntos, carregados de tabaco e de um amor que acelerava seus passos, seus movimentos, seus sorrisos. Haviam voltado a sair de noite com as mochilas cheias de tabaco. Não necessitavam do dinheiro; tinham mais que o suficiente. Só pretendiam voltar a pisar aqueles caminhos, cruzar o rio de novo, correr a esconder-se ao rangido de um ramo, dormir ao relento... fazer o amor sob as estrelas. Viviam fundidos um no outro sem mais que fazer que se olhar enquanto fumavam. Noites de carícias, de sorrisos, de conversas e de longos silêncios. Consolavam-se das más recordações, prometiam-se com um simples roçar que jamais nada nem ninguém voltariam a separá-los.

– Por que ela não sobe? – ouviu da boca do cigano.

Caridad sentiu um calafrio: a brisa que vinha dos campos golpeava seu rosto e a advertia de que a chegada de Milagros transtornaria sua felicidade. Desejou que não o fizesse, que retrocedesse... Voltou a fixar o olhar no sopé do cerro justo quando a cigana iniciava a subida. Melchor apertou com maior força sua mão e se manteve assim enquanto os outros se aproximavam.

– Frei Joaquín? – disse em tom de estranheza o cigano. – É Frei Joaquín?

Caridad não respondeu, embora também tivesse reconhecido o frade. Até as crianças se calaram e se puseram a um lado, sérias, graves, diante da chegada de Milagros. Os soluços contidos da cigana abafaram qualquer outro som. Caridad sentiu o tremor na mão de Melchor, em todo ele. Milagros parou a alguns passos de distância, com Frei Joaquín atrás dela, e levantou o olhar para seu avô; depois o pousou em Caridad e de novo o levou para Melchor. A situação se prolongou. Caridad deixou de sentir os tremores do Galeote. Era ela agora quem tremia diante das lágrimas da cigana, diante da tempestade de recordações que chegaram em tropel à sua mente. Ouviu aquelas primeiras palavras de uma jovem cigana, ela prostrada no patiozinho de ventilação do cortiço do Beco de San Miguel depois de Melchor a encontrar febril debaixo de uma laranjeira; a ponte de barcos e a igreja dos Negritos; a ciganaria do Horto da Cartuxa; os charutos e seu vestido vermelho; a velha María; a detenção; a fuga pelo Andévalo... Desprezou seus medos e soltou a mão de Melchor. Adiantou-se um passo, curto, indeciso. Os olhos de Milagros suplicaram o seguinte, e Caridad correu para lançar-se em seus braços.

– Vai até ele – disse-lhe depois do primeiro abraço.

Milagros desviou o olhar para Melchor, hierático no alto.

– Ele te ama – acrescentou Caridad diante da hesitação que percebeu na jovem –, mas, por mais que o esconda ou o negue, sei que teme que não lhe tenhas perdoado aquilo... aquilo com teu pai. Esquecei o que sucedeu – insistiu empurrando-a com suavidade pelas costas.

Milagros deixou para trás Caridad e Frei Joaquín. Suas próprias lágrimas a impediram de aperceber-se dos olhos úmidos de Melchor. Quantas vezes tentara convencer-se de que aquilo que acontecera com seu pai havia sido fruto de um arrebatamento? Queria perdoar-lhe, mas não podia estar certa de que ele houvesse esquecido o que considerara a traição máxima do sangue Vega: seu casamento com Pedro, mais um elo na cadeia de ódios que opunham as duas famílias. Como ia Melchor esquecer os Garcías? Fazia só alguns anos que os Garcías haviam tentado matá-lo...

– Maldita seja a Virgem do Bom Ar!

A cigana se deteve diante da imprecação de seu avô. Olhou horrorizada para Melchor e depois olhou para trás e para os lados. Que pretendia...?

– Que fazes fantasiada de corvo?

Ela olhou para as roupas negras como se fosse a primeira vez que as visse. Ao levantar o olhar, deparou com o sorriso de Melchor.

45

—Enganei-me de homem.

A sentença de Melchor conseguiu que Caridad se encolhesse em si mesma, mais até do que vinha fazendo à medida que escutava a cruel e longa história de Milagros. Os quatro se achavam ao redor da mesa: eles dois sentados em suas habituais cadeiras de assento de tiras de salgueiro, enquanto a cigana ocupava um tamborete que tinham disposto para as visitas que Martín lhes fazia sempre que voltava de contrabandear pela zona; o frade permanecia de pé, incomodado, procurando apoio aqui e ali, até que Melchor o traspassava com o olhar e ele quedava parado um tempo.

Caridad buscou uma ponta da ternura com que Melchor a havia olhado até esse mesmo dia, mas encontrou uns olhos contraídos e umas pupilas gélidas. Poucas foram as palavras que o cigano pronunciou ao longo do discurso de sua neta: um singelo "Obrigado" em direção ao frade quando se inteirou de que ele salvara a vida de Milagros, e breves perguntas sobre a filha que esta havia tido com o García. A mais importante, "Sabes algo de tua mãe?", foi respondida com um soluço por parte de Milagros. Caridad percebeu que seu homem reprimia suas emoções. "Insulta!", quis alentá-lo ainda sobressaltada com as palavras de Milagros, à vista da tensão que invadia o corpo de Melchor, que apoiava sobre a mesa os punhos crispados. "Maldiz a todos os deuses do universo!", esteve a ponto de gritar quando conseguiu deixar de prestar atenção ao terrível relato das violações que saía da boca de Milagros e se voltou com a garganta fechada para o cigano: as veias de seu pescoço inchadas, palpitantes. "Vão rebentar, cigano", angustiou-se ainda mais. "Vão rebentar."

Soube que não devia segui-lo quando, terminada a conversa, ele se levantou e se encaminhou para a porta da casa.

– Enganei-me de homem – disse antes de sair.

Ao eco daquelas palavras, Caridad contemplou o cigano saindo ao entardecer avermelhado que flutuava sobre os cumes, desafiando o mundo inteiro, num momento em que até o ar que respirava se havia convertido em seu inimigo. Mil pontadas vieram então recordar-lhe as cicatrizes de suas costas, aquelas que Melchor havia acariciado e beijado. O látego estalou de novo em seus ouvidos. A escravidão, a veiga tabaqueira, o cárcere da Galera... Ela acreditava... acreditava que havia deixado para trás definitivamente tudo aquilo. Ingênua! Desfrutava da felicidade junto ao cigano, em Barrancos, longe de tudo, "perto do céu", sussurrou agradecida e cheia de expectativa quando Melchor lhe indicara a casa que havia alugado no alto do cerro. Sua estúpida! Sua néscia! Lutou com as lágrimas que lhe alagavam os olhos. Não queria chorar, nem render-se... Sentiu a mão de Milagros sobre a sua.

– Cachita – soluçou a cigana, perdida em sua própria dor.

Caridad tardou a responder ao contato. Apertou os lábios com força, embora nem assim conseguisse controlar seu tremor. Sentiu-se fraca, tonta. Havia ouvido a história de Milagros com o espírito dividido entre a dor da neta, a ira do avô e o pressentimento de sua própria desdita, saltando freneticamente de um ao outro segundo suas palavras, gestos e silêncios. Milagros pressionou sua mão em busca de um consolo que Caridad não estava certa de querer oferecer-lhe. Defrontou seu olhar ao dela, e as dúvidas se desvaneceram diante do rosto congestionado de sua amiga, os olhos injetados, as lágrimas que corriam por suas faces. Abandonou-se ao choro.

De um canto, angustiado, Frei Joaquín presenciou como as duas mulheres se levantavam desajeitadamente, e se abraçavam, e choravam, e tentavam olhar-se para balbuciar palavras atropeladas, ininteligíveis, antes de fundir-se de novo uma na outra.

Caiu a noite sem que Melchor houvesse regressado, e Caridad preparou o jantar: uma boa fogaça de pão branco, chacina, alhos, cebolas, azeite e polpa de marmelo que Martín lhes havia trazido. Falaram pouco. Frei Joaquín quis romper o silêncio interessando-se pela vida de Caridad. "Sobrevivi", ofereceu ela como única explicação.

– Que estará fazendo Melchor? – perguntou de novo o frade, passado um longo tempo de silêncio.

Caridad olhou o pedaço de cebola que segurava entre os dedos, como se estranhara sua presença.

– Exigindo do diabo que lhe devolva seu espírito cigano.

A mistura de amargura e tristeza na resposta levou o frade a desistir de qualquer outra tentativa. Aquela não era a escrava recém-liberta que rendia o olhar diante dos brancos, nem que deixava cair um pedacinho de folha de tabaco na igreja de São Jacinto enquanto cantarolava e se mexia para frente e para trás ajoelhada diante da Candelária. Era uma mulher curtida em experiências que ela não desejava contar-lhes, diferente da que havia conhecido em Triana. Pouco havia custado a Frei Joaquín compreender as preocupações de Caridad: sua chegada havia rompido a felicidade duramente conseguida que ela havia alcançado. Virou-se para Milagros, perguntando-se se também ela o notava: a cigana mastigava a carne salgada e seca com apatia, como se a obrigassem a comer. Não havia feito comentário algum acerca da convivência de Caridad e Melchor. A casa só contava com um quarto, e nele havia um único colchão. Aqui e ali, os poucos pertences de um e de outro se viam misturados: uma brilhante jaquetinha vermelha com debruns e botões dourados que Melchor havia esquecido, junto a um xale de lã que sem dúvida pertencia a Caridad. Um único objeto se destacava entre a cotidianidade dos demais: um brinquedo mecânico num guarda-comida de pedra. Numerosas vezes ao longo da tarde, Frei Joaquín havia olhado para o brinquedo assim que Melchor desviava os olhos para ele com as alusões que saíam da boca de Milagros. "Funcionará ainda?", perguntava-se tentando afastar de si os receios que percebia na atitude do cigano. Frei Joaquín sabia que não havia sido bem recebido. Melchor nunca o aceitaria; era frade e ademais *payo*, como o havia advertido em Triana, mas por acaso não vivia ele com uma negra? Mas Melchor jamais consentiria em que sua neta, uma Vega, dos Vegas da ciganaria do Horto da Cartuxa trianeira, se relacionasse com ele. O que Frei Joaquín ignorava era o que a cigana opinava.

– Necessito descansar – murmurou Milagros.

Frei Joaquín a viu apontar para o colchão do quarto contíguo, pedindo permissão a Caridad, que consentiu com a cabeça.

Caridad deixou a casa assim que ouviu a respiração pausada de Milagros. Frei Joaquín errou ao crer que saía em busca de Melchor. A mulher se dirigiu ao estabelecimento de Méndez, pediu que o chamassem, e lhe pediu encarecidamente que encontrasse Martín essa mesma noite.

– Sim, esta mesma noite – insistiu –, que partam em sua busca todos os mochileiros de que possas dispor. O povoado inteiro de Barrancos, se for preciso! Tens nosso dinheiro posto no tabaco – recordou-lhe Caridad –, paga quanto te pedirem para encontrá-lo.

Depois voltou com o frade e se sentou diante dele, atenta ao menor som que pudesse vir do exterior. Nada sucedeu, e com as primeiras luzes da manhã ela se espreguiçou e começou a preparar uma trouxa com seus pertences e alguma comida.

– Que estás fazendo? – perguntou Frei Joaquín.

– Ainda não se deu conta, padre? – respondeu de costas, escondendo-lhe as lágrimas. – Voltaremos a Triana.

Uma simples troca de olhares bastou a Melchor e a Caridad para se dizerem quanto necessitavam dizer-se. "Tenho de fazê-lo, negra", explicou o do cigano. "Vou contigo", respondeu o dela. Nenhum dos dois discutiu a decisão do outro.

– Em marcha – ordenou depois Melchor, dirigindo-se a Milagros e ao frade, ambos de novo sentados à mesa à espera de seu regresso.

Melchor vestiu sua jaquetinha vermelha lentamente; não necessitava de mais nada. Caridad pôs a trouxa às costas e se preparou para segui-lo. Milagros não tinha nada, e o frade se sentiu grotesco ao pegar a imagem da Virgem.

– E...? – perguntou Frei Joaquín apontando para aquele objeto que se destacava solitário no guarda-comida: o brinquedo mecânico.

Caridad franziu os lábios. "Vão matar Melchor!", teria podido responder-lhe. "Talvez a mim também. Esta é nossa casa e é aqui que ele deve ficar", teria acrescentado. "É o lugar dele." Deu meia-volta e dirigiu-se para a porta.

Caridad e Melchor abriam a marcha, com Milagros atrás deles e Frei Joaquín algo atrasado, como se não fizesse parte do grupo, todos em silêncio, os primeiros escolhendo as mesmas sendas que tantas outras vezes haviam percorrido com o tabaco às costas, pisando ali onde se haviam escondido do que suspeitavam fosse uma ronda, cruzando o rio pelo mesmo lugar onde se haviam entregado um ao outro pela primeira vez.

A cigana, à diferença de Caridad, que já havia aceitado o destino que marcava seu homem, caminhava mergulhada nas dúvidas: nem ela nem seu avô se haviam recriminado pelo que ocorrera em Triana. Não haviam falado da morte de seu pai, nem do casamento com Pedro García. Haviam-se limitado a abraçar-se como se o gesto por si só já deixasse para trás todos os desgostos vividos. Como pretendia o avô recuperar María?, perguntava-se sem parar Milagros. "Enganei-me de homem", havia dito ele. Parecia que a única coisa que lhe interessava era vingar-se de Pedro, dos Garcías... Ele sozinho?

Diminuiu o passo até que Frei Joaquín, que não fazia mais que perguntar-se se havia feito bem em ir a Barrancos, a alcançou.

– Que será que ele pretende fazer? – inquiriu Milagros ao mesmo tempo que assinalava com o queixo para as costas de seu avô.

– Ignoro-o completamente.

– Mas... não vai entrar no beco, assim, sozinho, sem ajuda. Que vai fazer?

– Não sei, Milagros, mas temo que sim, que essa é sua ideia.

– Vão matá-lo. E minha menina? Que será dela?

– Melchor! – O grito do frade interrompeu Milagros. O cigano virou o rosto sem parar. – Que planos tens?

VI

QUEIXA DE GALÉ

46

O único plano que Melchor tinha em mente era entrar em Triana pelo caminho que provinha de Camas e atravessar até chegar à entrada do beco de San Miguel. E foi esse plano o que ele executou após uma semana de viagem, por mais dúvidas e inconvenientes que ao longo desses dias opusessem tanto Milagros como o religioso, que, apesar disso, seguiram seus passos através do arrabalde sevilhano.

O sol de início de verão estava no alto e arrancou cintilações dos dourados da jaqueta vermelha do cigano. Parado na entrada do beco, diante dos outros e com Caridad a seu lado, Melchor acariciou o cabo da navalha que sobressaía de sua faixa enquanto alguns homens e mulheres o olhavam surpresos e outros corriam para as ferrarias e para o cortiço para advertir de sua chegada.

Pouco depois cessava o bater dos martelos sobre o ferro. Os ferreiros saíram às portas das forjas, as mulheres assomaram às janelas, e a criançada, contagiada pela tensão que percebia em seus mais velhos, suspendeu suas brincadeiras.

Caridad reconheceu alguns homens e mulheres e pouco a pouco, à medida que se calavam os rumores, chegou a ouvir o silêncio. Naquele beco havia começado tudo, e ali terminaria tudo, lamentou. De repente se sentiu forte, invencível, e se perguntou se era isso o que sentia Melchor, o que o levava a agir como estava fazendo, desprezando o perigo. Havia chegado a hesitar diante das constantes queixas de Milagros e do frade ao longo do caminho; suas advertências estavam tingidas de um temor que também ela compartilhava. Não falou, não confessou seus medos, apoiou Melchor com seu silêncio, e agora, rendida ao destino que esperava a seu homem, e provavelmente também a ela, diante de homens e mulheres que mudavam em cólera seu inicial semblante de surpresa, acreditou entender por fim o caráter do cigano. Ergueu-se e sentiu seus músculos tensos. Estranhando seu próprio aprumo, compartilhou o desafio de Melchor. Viveu o presente, o próprio instante, alheia por completo ao que pudesse suceder no seguinte.

– Cigano. – Melchor não se mexeu, mas ela soube que a escutava: – Eu te amo.

– E eu a ti, negra. Sentirei saudade dos teus cantos no inferno.

Caridad ia responder quando o que esperavam dos do beco se produziu: Rafael García, o Conde, e sua esposa, Reyes, a Trianeira, abriam caminho lentamente para eles, os dois envelhecidos, encurvados, seguidos por vários membros da família dos Garcías e outros ciganos que se iam juntando. Caridad e Melchor aguardaram parados; Milagros, atrás, retrocedeu; procurava a Pedro com olhos inquietos. Não o via. Frei Joaquín tentava manter firme a Imaculada, que escorregava de suas mãos suarentas. O aparecimento do patriarca deu coragem aos demais. "Assassino!", ouviu-se dentre eles. "Filho da puta!", insultou alguém a Melchor. "Seu cão!" Um grupo de mulheres se aproximou de Milagros e cuspiu a seus pés ao grito de "Rameira!". Uma velha tentou agarrá-la pelo cabelo, e ela se encostou a Frei Joaquín, que conseguiu espantar a agressora. Os impropérios, as ameaças e os gestos obscenos continuaram enquanto o Conde avançava para Melchor.

– Venho para matar teu neto – soltou este acima da gritaria antes que os outros chegassem até ele.

Ao ouvir as palavras frias, aceradas e pungentes de Melchor, Caridad cerrou os punhos. No entanto, a ameaça não amedrontou o patriarca, que, sabendo-se protegido, continuou andando com o rosto impassível e os olhos cravados em Melchor.

– Um condenado à morte como tu... – replicou Rafael García antes que os gritos das pessoas voltassem a atroar no beco.

– Matemo-lo!

Caridad se virou para Melchor quando já alguns dos ciganos se dirigiam para eles entre maldições e juramentos. Como pretendia enfrentar o beco inteiro?

– Melchor – sussurrou. Mas ele não se mexeu; permanecia parado, tenso, desafiador.

Caridad estremeceu diante de seu arrojo.

– Cigano! – exclamou ela então com a voz muito clara e potente. – Cantarei para ti no inferno!

Ainda não havia terminado a frase quando ele afastou com um tapa um homem que já os alcançava e se abalançou a Rafael García, a quem derrubou. O ataque surpreendeu os ciganos, que, atentos a Melchor, tardaram a reagir. Enredados no chão, Caridad rebuscou com frenesi a navalha que havia visto reluzir na faixa do patriarca. Mataria por seu homem!

Melchor também se viu surpreendido pela inesperada acometida de Caridad. Tardou alguns segundos a empunhar sua navalha e pô-la diante de vários ciganos que o rodeavam. Tentou pensar, manter-se frio, como sabia que devia fazer diante das armas que se lhe opunham, mas a gritaria que lhe chegava de trás de seus oponentes, onde estava Caridad, nublou seus sentidos e o levou a perder-se num sem-fim de navalhadas a torto e a direito para abrir caminho até ela.

– Queres que matemos tua negra agora mesmo?

Melchor nem sequer ouviu a ameaça. Então os ciganos que o rodeavam abriram uma passagem e ele se encontrou dando navalhadas no ar diante de uma Caridad que pugnava por safar-se dos braços de dois homens que a mantinham imobilizada. Deteve a última navalhada, de súbito, no meio da trajetória.

– Continua! – exortou-o ela.

Alguém a esbofeteou. Melchor acreditou ouvir o silvar daquele braço no ar e sentiu o golpe, em si, com maior ímpeto que os que recebia do látego nas galés. Encolheu-se de dor.

– Continua, cigano! – gritou Caridad.

Ninguém a golpeou nesta ocasião. Melchor, transtornado diante da visão do filete de sangue que brotou da comissura dos lábios de Caridad e que percorria seu queixo, vermelho sobre negro, arrependeu-se de haver permitido que ela o acompanhasse. Foram necessários mais dois homens diante das violentas sacudidelas e gritos com que Caridad respondeu ao ver que outros se abalançavam a Melchor, indefeso e rendido, o desarmavam e, como se se tratasse de um animal a que levassem para o sacrifício, o tronco inclinado, o apresentavam, entre os vivas e aclamações da ciganaria, diante de Rafael García, já refeito do ataque.

– Sinto muito, negra, perdoe-me.

As desculpas de Melchor se perderam entre os soluços desta e as ordens com que o Conde recebeu seu inimigo.

– A puta! – gritou este apontando para Milagros. – Trazei-me também a puta!

As mulheres que se encontravam junto a Milagros se lançaram sobre ela e a atenazaram sem que ela opusesse resistência alguma, turbada a atenção em seu avô, frustradas suas esperanças ao ritmo de quatro simples gritos e outras tantas ameaças.

Frei Joaquín, carregando a imagem da Virgem, nada pôde fazer naquela ocasião e contemplou como Milagros se deixava levar entre empurrões, gritos e cusparadas. De repente, homens e mulheres fixaram a atenção no frade, que havia ficado sozinho na entrada do beco.

– Vá embora, padre – urgiu com ele Rafael García –, este é um assunto entre ciganos.

Frei Joaquín se assustou diante do ódio e da ira que se refletia no semblante de muitos deles. O temor, no entanto, converteu-se em desassossego ao ver Milagros junto a Melchor, cabisbaixa como ele. Onde estavam as promessas que ele havia feito à moça?

– Não – replicou o frade. – Este é um assunto que compete à justiça do rei, como todos os que sucedem em suas terras, haja ou não ciganos envolvidos.

Vários deles correram para ele.

– Sou um homem de Deus! – conseguiu gritar Frei Joaquín.

– Parados!

A ordem de Rafael García deteve os homens. O patriarca entrefechou os olhos e buscou a opinião dos demais chefes de família: os Camachos, os Flores, os Reyes... Alguns mostraram indiferença e deram de ombros, a maioria negou com a cabeça. Era improvável que alguém do beco violasse a lei cigana e falasse de Melchor, de Milagros ou até de Caridad, pensou depois o Conde, e se o fizessem as autoridades não diriam uma palavra. Brigas de ciganos, seria sua conclusão. Mas a detenção de um religioso era diferente. Talvez uma das mulheres ou alguma das crianças chegasse a revelá-lo, e então as consequências seriam terríveis para todos. Haviam trabalhado duro com a Igreja; os jovens iam aprender as orações, e o beco quase inteiro assistia à missa simulando devoção. A confraria estava em marcha. Fazia menos de um ano da aprovação por parte do arcebispo das regras da Irmandade dos Ciganos, e os problemas já eram consideráveis. Não haviam conseguido estabelecer-se no convento do Espírito Santo de Triana e pretendiam fazê-lo no de Nossa Senhora do Povo. Não o conseguiriam se agostinianos sevilhanos se inteirassem daquilo. Necessitavam manter boas relações com os que podiam encarcerá-los. Não. Não podiam arriscar-se a ofender a Igreja em um dos seus.

Rafael García fez um gesto para os homens, e estes se afastaram do religioso. No entanto, não pensava em fazer o mesmo com os Vegas...

– Solta-os – interrompeu seus pensamentos Frei Joaquín.

O Conde negou com a cabeça, teimoso, e então Reyes se aproximou e lhe falou ao ouvido.

– Ela – apontou para Milagros o patriarca depois de sua mulher afastar-se – fica aqui com seu esposo, que é onde deve estar. Estou enganado, padre?

Frei Joaquín empalideceu e foi incapaz de responder.

– Não. Vejo que não me engano. Quanto aos outros dois...

Reyes tinha razão: quem podia saber ou demonstrar o assassinato de José Carmona além dos ciganos? Ninguém o denunciou às autoridades, enterraram-no em vala comum, e o delito foi tratado na privacidade do conselho de anciãos. Em que podia intervir a justiça dos *payos*?

– Quanto a eles – repetiu com aprumo –, ficarão conosco até que os funcionários do rei de que fala Vossa Paternidade venham buscá-los. Compreenda-o – acrescentou, ufano, entre os sorrisos de alguns dos ciganos –, cuidamos de sua segurança. Poderiam fazer-lhe mal.

– Rafael García – ameaçou Frei Joaquín –, voltarei para buscá-los. Se algo lhes acontecer... – Hesitou, sabia que nada conseguiria sozinho, que necessitava de ajuda. – Se algo lhes acontecer, o peso da lei e da justiça divina cairá sobre ti. E sobre todos vós!

47

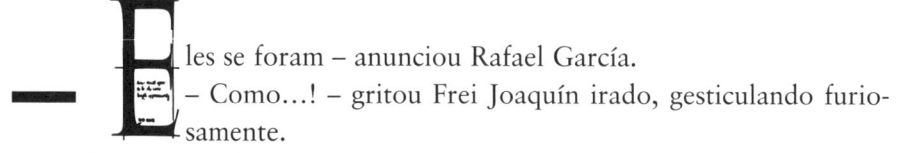

—Eles se foram – anunciou Rafael García.
– Como...! – gritou Frei Joaquín irado, gesticulando furiosamente.
Calou-se, não obstante, após um imperativo sinal do prior de São Jacinto.
– Quando se foram? – perguntou este.
– Pouco depois de Frei Joaquín ter-se ido – respondeu com naturalidade Rafael García, parado na entrada da ferraria, no térreo do cortiço que ele ocupava, onde sua extensa família seguia trabalhando sem dar a menor importância à visita dos cinco frades, incluído o prior do convento de São Jacinto, que acompanhavam Frei Joaquín.
Tampouco os ciganos que perambulavam pelo beco pareciam prestar atenção à cena. Só Reyes, acima deles, escondida atrás da janela do primeiro andar, apurava o ouvido para escutar a conversa.
– Disseram que iam procurá-lo – acrescentou Rafael olhando diretamente para Frei Joaquín. – Não se encontraram?
– Não! Estás mentindo! – acusou o frade, que voltou a calar-se por instância de seu superior.
– E por que os deixaste ir?
– Por que não ia permiti-lo? São livres, não cometeram delito algum. Sei lá... podem voltar a qualquer momento.
– Frei Joaquín afirma que os havias retido com a intenção de matá-los. E...
– Reverendo padre... – interrompeu-o o Conde mostrando as palmas das mãos.

– E eu acredito nele – adiantou-se o prior por sua vez.

– Matá-los? Que barbaridade! Isso é contra as leis, contra os preceitos divinos! Nós não fazemos mal a ninguém, Eminência. Não sei o que dizer-lhe. Ele se foram, simplesmente. Perguntem os senhores. – Rafael García indicou então a vários ciganos do beco que se aproximassem. – É verdade ou não é verdade que o Galeote, sua neta e a negra se foram? – perguntou-lhes.

– É verdade – responderam em uníssono dois deles.

– Ouvi-os dizer que iam a São Jacinto – acrescentou uma cigana velha e desdentada.

O prior meneou a cabeça, tal como dois dos frades que os acompanhavam. Frei Joaquín continuava mostrando o semblante aceso, os punhos crispados.

– Revistem Vossas Reverências o beco – propôs então o Conde –, todos os moradores o considerarão oportuno! Comprovarão que eles não estão aqui. Não temos nada para esconder.

– Querem começar por minha casa? – ofereceu a cigana velha com fingida seriedade.

Frei Joaquín ia aceitar a proposta quando a voz do prior o freou.

– Rafael García, a verdade sempre termina por ser conhecida, leva-o em consideração. Estarei atento, e pagarás caro se algo chegar a suceder-lhes.

– Já lhes dis...

O prior ergueu a mão, deu-lhe as costas e deixou-o com a palavra na boca.

Nessa noite soaram as guitarras no beco de San Miguel. O tempo estava esplêndido; a temperatura, amena, e os ciganos, os Garcías e os Carmonas principalmente, tinham vontade de festa. Homens e mulheres cantavam e dançavam fandangos, seguidilhas e sarabandas.

– Mata-os já – urgiu a Trianeira com seu esposo. – Nós os enterraremos longe daqui, para além da veiga, onde ninguém possa encontrá-los – acrescentou diante do silêncio de Rafael. – Ninguém ficará sabendo.

– Estou de acordo com Reyes – afirmou Ramón Flores.

– É Pascual Carmona quem os tem de matar – sentenciou Rafael, que ainda recordava a ira e violência com que Pascual, o chefe dos Carmonas após a morte do velho Inocencio, havia irrompido em sua casa ao inteirar-se da fuga de Melchor em Madri. Sacudira-o, ameaçara-lhe e, se não fosse pela intervenção de seus próprios parentes, haveria chegado a bater nele. – Gostaria de fazê-lo eu, eu pagaria por executar o Galeote, mas a vingança cabe aos Carmonas; cabe-lhes por direito de sangue. Foi a um Carmona que o Galeote matou, precisamente o irmão de Pascual. Devemos esperar seu regresso. Não creio que demore. Além disso... – O Conde assinalou com o queixo para além dos ciganos que dançavam, onde Frei Joaquín permanecia parado, apoiado contra a parede de um dos edifícios. – Que faz esse sujeito ainda por aqui?

Frei Joaquín se havia negado a acompanhar o prior e os demais frades de volta a São Jacinto. Permaneceu no beco, perguntando a todos quantos encontrava e obtendo sempre a mesma resposta.

– Padre – queixou-se uma cigana quando ele segurou pelos ombros e sacudiu um ciganinho que lhe respondeu com a dúvida no olhar –, deixe o menino em paz. Eu já lhe disse o que o senhor queria saber.

Entrou em algumas partes do cortiço. Os ciganos condescenderam. Andou por seu interior com crianças e velhas escrutando-o. Examinou habitações e quartuchos e, desesperado, chegou a chamar aos gritos a Milagros: sua voz reverberou estranhamente no pátio do cortiço. Alguém quis zombar do grito dilacerado daquele frade impertinente e começou a cantar um martinete. O incessante e monótono bater dos martelos acompanhou umas coplas que incitavam o frade a abandonar o cortiço. "Não vou embora", decidiu, no entanto. Permaneceria ali, no beco, atento, o tempo que fosse necessário: alguém cometeria um erro; alguém lhe diria onde encontrá-los. Entrou a rezar, contrito, arrependido por ir em busca de uma ajuda divina que ele acreditava não merecer depois de haver fugido com Milagros e haver utilizado Nossa Senhora para enganar as pessoas.

– O frade? – cuspiu a Trianeira. – Veremos se é capaz de continuar aí quando Pedro voltar.

Ao ouvir o nome do neto da Trianeira, Ramón Flores fez um esgar que não passou desapercebido a Rafael, que por sua vez meneou a cabeça, os lábios franzidos. Havia mandado dois garotos tentar encontrá-lo e avisá-lo da chegada de Milagros. Tinham, disse-lhes, de procurá-lo em algum dos muitos *mesones* ou bares de Sevilha onde deixava passar as horas e onde gastava o muito dinheiro que havia trazido de Madri fazendo correr o vinho e atraindo as mulheres. "Onde terá conseguido tanto dinheiro?", perguntava-se o Conde. Os ciganinhos haviam regressado no meio da tarde sem notícias. Rafael insistiu, desta vez enviou dois jovens capazes de mover-se na noite, mas continuavam sem saber dele.

– Melchor Vega é afortunado – soltou a Trianeira, interrompendo os pensamentos de seu esposo. – Saiu com vida das galés. Durante anos contrabandeou com o tabaco sem que o pegasse a ronda, e até escapou dos Garcías de Madri. Parecia impossível, mas ele o fez. Eu, se fosse tu, não tardaria nem um minuto em acabar com ele.

Rafael García virou de novo o olhar para Frei Joaquín. Receava a sua presença, a ameaça do prior de São Jacinto continuava presente em sua memória.

– Eu já te disse que é a Pascual que cabe matá-lo. Nós o esperaremos.

O amanhecer encontrou Frei Joaquín sonolento, sentado no chão e apoiado na parede, no mesmo lugar em que havia permanecido em pé até altas horas da madrugada, quando os ciganos se foram retirando para suas casas. Alguns até se despediram dele com escárnio; outros o cumprimentaram de manhã com a mesma atitude. O frade não respondeu em nenhum caso. Tinha a sensação de não haver dormido nada, mas o havia feito, sim; o suficiente para não se haver dado conta da chegada de Pedro García. A escuridão era quase absoluta. O cigano o havia examinado com assombro, ali deitado. Não lhe via o rosto, de modo que não podia ter certeza de quem era. Pensou em dar-lhe uns pontapés, mas finalmente se dirigiu para o cortiço.

– Esse frade é quem eu acho que é? – perguntou a seu avô após acordá-lo com rudeza.

– É Frei Joaquín, de São Jacinto – respondeu o outro.

– Que faz ele aqui? – quis saber Pedro.

A Trianeira, que dormia ao lado de seu esposo, fechou os olhos com força diante da agitação que vislumbrou nos de seu neto. Por mais que Bartola o confirmasse, por mais que homens e mulheres das famílias García ou Carmona insultassem a Milagros e a maldissessem, a Trianeira havia duvidado da história de Pedro assim que o viu aparecer com aquela bela cigana madrilense, com a pequena María... e com a bolsa cheia de dinheiro. "Ele o haverá roubado da puta ao descobri-la", respondeu a seu esposo quando este lhe falou de suas dúvidas. Mas a Trianeira sabia que não era assim. Depois de acompanhá-la em festas e saraus, julgava conhecer a Vega... e ela nunca se haveria prostituído voluntariamente; ela havia mamado os valores ciganos. Dias depois de sua chegada, interrogou a Bartola, a sós; suas evasivas bastaram para convencê-la.

– Onde está Milagros? – perguntou Pedro antes até que seu avô terminasse o relato.

Rafael García se safou com violência da mão com que seu neto lhe atenazava o braço e se levantou do colchão com inusitada agilidade. Pedro esteve a ponto de cair no chão.

– Não te atrevas a tocar-me – advertiu-o o Conde.

Pedro García, já de pé, retrocedeu um passo.

– Onde está ela, vovô? – repetiu sem poder esconder sua ansiedade.

Rafael García virou o rosto para a Trianeira.

– No fosso da ferraria – arriscou então Pedro –, o senhor os mantém ali, não é mesmo?

Um simples buraco debaixo da terra, camuflado, coberto com tábuas, onde os Garcías escondiam as mercadorias, sobretudo as roubadas, para o caso de algum aguazil entrar na forja. Não era a primeira vez que o haviam utilizado para esconder alguém, até haviam tentado valer-se dele quando se dera a grande batida, mas eram tantos os que se haviam aglomerado em sua boca que os soldados do rei os detiveram entre gargalhadas.

Milagros ergueu a cabeça ao ouvir que corriam os tabuões. A tênue luz de uma candeia descobriu os três sentados no chão, de pés e mãos atados, apinhados no exíguo espaço que constituía o fosso. Lá em cima, a cigana entreviu a figura de vários homens que discutiam. A candeia arrancou fulgores da jaquetinha de um deles, e Milagros gritou. Caridad percebeu o terror nos olhos de sua amiga antes que esta encolhesse os joelhos até o peito e tentasse esconder a cabeça entre elas. Depois levantou a vista e olhou para onde o fazia Melchor: a discussão aumentava, e os homens forcejavam entre si. Tardaram a reconhecer Pedro, que se safou dos demais e saltou para o fosso com uma navalha resplandecente nas mãos.

– Não a mates! – ouviu-se a Rafael García.

– Sua puta!

O grito de Pedro se confundiu com os de Caridad e de Melchor.

Um dos ciganos se lançou ao chão e conseguiu agarrar o pulso de Pedro justo quando ele se preparava para dar uma facada em sua esposa. Em um instante foram mais duas as que o atenazaram.

– Subam-no! – ordenou o Conde.

Um violento pontapé no rosto nublou a visão de Milagros. Sua cabeça ricocheteou com violência contra a parede.

– Deixai-me! Sua puta! Acabarei com ela! – gritava Pedro García, que, incapaz de livrar seu braço, atacou a pontapés a cigana.

Entre a violência e os gritos, Milagros acreditou ouvir o grito de seu avô.

– Seu cão safado! – reagiu ela e, ainda com os pés amarrados, levantou-os para chutar seu esposo. Atingiu-o numa coxa, quase sem força, mas aquele golpe aplacou a dor dos pontapés que recebia: no rosto, no peito, no pescoço... Tentou dar-lhe outro, mas os dois jovens ciganos que vigiavam o fosso já alçavam o cigano, que continuou a dar chutes, desta vez no ar.

Os olhares de Milagros e de Pedro se cruzaram. Ele cuspiu, ela nem sequer se mexeu. Seus olhos destilavam ira.

– Ficaste louco? – recriminou Rafael García a seu neto, antes até que todo o seu corpo houvesse deixado o fosso. – Calai-vos! – exigiu, pondo fim ao forcejar com que Pedro voltou para cima. – Que ele não volte a aproximar-se daqui, entendestes? – ordenou aos dois que ficavam de vigilância. E, voltando-se para seu neto, acrescentou: – Vai-te embora de Triana. Não quero ver-te de volta enquanto não receberes uma mensagem minha.

Enquanto o Conde se dirigia para a porta da ferraria para aparecer no beco, Milagros e Caridad se falaram em silêncio. Melchor permanecia com o olhar baixo, mortificado por não haver podido defender sua neta. "Nós morreremos", anunciaram-se elas entre si. Endureceram seus semblantes, pois não queriam oferecer seus prantos àqueles malnascidos.

Rafael García verificou se o beco estava tranquilo. Em silêncio. Aguçou o ouvido para perceber como essa quietude era rompida por um rumor que o patriarca demorou a reconhecer: o canto abafado de Caridad e Milagros lá embaixo. Uma começou a cantarolar seus cantos de negros, e a outra a seguiu e quis vencer o medo com um fandango. Um ritmo monótono, outro alegre. Os tabuões sobre suas cabeças foram negando-lhes os reflexos da candeia.

– Calai-vos! – ordenaram-lhe os ciganos.

Não o fizeram.

Melchor ouviu o canto das duas pessoas que ele mais amava e meneou a cabeça, um nó na garganta. Tinha de ser numa situação como aquela que as ouvia cantar juntas! Elas continuaram na escuridão, Caridad imprimindo pouco a pouco alegria a seus sons, e Milagros bebendo da tristeza das melodias dos escravos. Depois fizeram seus cantos confluir um com o outro. Um calafrio percorreu a coluna de Melchor. Sem música, sem palmas, sem gritos nem estímulos, o canto já único de ambas ricocheteava nos tabuões que fechavam o fosso e inundava seu encerro de dor, de amizade, de traições, de amor, de vivências, de ilusões perdidas...

Lá em cima, quando Pedro já estava longe da ferraria, os dois jovens ciganos interrogaram com o olhar o patriarca, que não respondeu, enfeitiçado pela voz das mulheres.

– Silêncio! – gritou nervoso, como se o houvessem flagrado numa falta. – Calai-vos ou serei eu mesmo quem acabará convosco – acrescentou batendo com o pé nos tabuões.

Elas tampouco lhe fizeram caso. O Conde terminou dando de ombros, ordenou aos jovens que trancassem as portas da ferraria e voltou para casa. Caridad e Milagros continuaram cantando até um amanhecer de que não puderam aperceber-se.

* * *

Sentado no chão, Frei Joaquín notou como o transcurso das horas transformava o espaço que o rodeava: o bulício do martelar e as fumaradas que escapavam das fráguas; os gritos e brincadeiras da criançada, e o transitar dos ciganos que entravam e saíam, ou que simplesmente conversavam ou perambulavam.

Não podia impedir o que estava certo de que ia suceder. Nem sequer podia contar com sua comunidade. Uma praga de gafanhotos assolava os campos sevilhanos, e chamavam os frades para fazer rogativas diante daquele castigo divino que tão frequentemente arrasava as colheitas, deixando atrás de si fome e epidemias. O prior, maravilhado diante da imagem da Imaculada, lhe havia pedido para levá-la em procissão. Sempre seria melhor que excomungar os gafanhotos, como faziam alguns sacerdotes. Pensou em recorrer às autoridades, mas desistiu ao pensar nas perguntas que lhe fariam. Ele não sabia mentir, e as brigas dos ciganos não interessavam aos funcionários. Revelar-se não adiantaria de nada.

Reyes e Rafael o observavam da janela de sua casa.

– Não gosto de tê-lo aí – comentou o patriarca.

– E Pedro? – perguntou ela.

– Foi embora. Eu lhe ordenei que não voltasse enquanto eu não o mandasse voltar.

– Quando regressa o Carmona?

– Já mandei avisá-lo. Segundo sua esposa, ele está em Granada. Espero que o encontrem logo.

– Temos de resolver isto com rapidez. Quando entregarás a Vega a Pedro?

– Depois de ter dado cabos dos outros. O que me importa é o Galeote. Não quero que nada evite que Pascual lhe corte o pescoço. Depois, que Pedro faça o que quiser com a neta dele.

– Parece-me bem.

Essas foram as últimas palavras que mencionou a cigana antes de ficar em silêncio, observando pensativa o beco, tal como seu esposo, tal como Frei Joaquín. De repente, como todos os que estavam por ali, fixaram sua atenção numa mulher que havia parado na entrada do beco. "Quem...?", perguntaram-se uns. "Não pode ser!", duvidaram outros.

– Ana Vega – murmurou a Trianeira com voz titubeante.

Muitos tardaram a reconhecê-la; houve quem não o conseguiu. Reyes, no entanto, chegou até a pressentir o espírito de sua inimiga impondo-se ao corpo esquelético e murcho que o continha, a seu rosto emaciado e a um olhar que nascia de órbitas profundas em seus olhos; descalça e andrajosa, o cabelo grisalho, suja, coberta com velhas roupas furtadas.

Ana passeou o olhar pelo beco. Tudo parecia igual a quando se vira forçada a abandoná-lo, tantos anos antes. Talvez houvesse menos gente... Deteve-se um segundo a mais ao topar com o frade, apoiado na parede do edifício, e por um breve instante se perguntou o que ele fazia ali. Reconheceu a muitos outros enquanto procurava Milagros: Carmonas, Vargas, Garcías... "Onde estás, minha filha?" Percebeu um receio entre os ciganos; alguns até baixavam a cabeça. Por quê?

Ana estava havia quase dois meses a caminho, vinda de Saragoça; havia fugido da Misericórdia com as quinze mulheres Vegas que restavam, moças incluídas, depois de Salvador e os demais meninos terem sido destinados aos arsenais. Ninguém as perseguiu, como se se alegrassem com sua fuga, satisfeitos por livrar-se delas; nem sequer denunciaram sua evasão. Formaram dois grupos: um se dirigiu para Granada; o outro, para Sevilha; pensando que assim um deles chegaria. Ana encabeçou a partida sevilhana, que carregava a velha Luisa Vega. "Morrerás em tua terra", prometeu-lhe. "Não vou permitir que o faças neste cárcere asqueroso." Andaram esses dois meses até deter-se em Carmona, a tão somente seis léguas de Triana, onde as acolheram as Ximénez. A velha Luisa estava derrotada, e as demais já quase não podiam carregá-la. "Falta pouco, tia", tentou animá-la, mas não foi a velha quem se opôs. "Refaçamo-nos aqui, protegidas, a salvo", replicou outra Vega. "Estamos há anos fora, que podem importar mais alguns dias?" Mas a Ana, sim, importavam: ela necessitava encontrar Milagros, queria dizer-lhe que a amava. Cinco anos de fome, doenças e penas eram suficientes. Ciganas de famílias ancestralmente inimistadas terminaram ajudando-se e sorrindo-se enquanto compartilhavam a miséria. Milagros era sua filha, e, se as desavenças entre ciganas se haviam desvanecido durante os anos de adversidade, como não perdoar a quem tinha o seu mesmo sangue? Que importava com quem se havia casado? Ela a amava!

Continuou sozinha o caminho e à sua chegada ao beco deparou com olhares desabridos; cochichos, ciganas que lhe davam as costas para correr para suas casas, assomar às janelas ou às portas das habitações e apontá-la para seus parentes.

– Ana...? Ana Vega?

Frei Joaquín se aproximou daquela mulher que contemplava desconcertada a rua.

– Ainda me reconhece, padre? – perguntou ela com sarcasmo. Mas algo no semblante do religioso a fez mudar de tom. – Onde está Milagros? Sucedeu-lhe algo?

Ele hesitou. Como ia narrar tantas desgraças em apenas algumas frases?, perguntou-se. Não havia tempo para longas explicações, e a verdade, resumida, era ainda mais dolorosa. Até o martelar das ferrarias cessou enquanto Frei Joaquín lhe contava o sucedido.

Ana gritou para o céu.

– Rafael García! – uivou depois, correndo para a habitação do patriarca. – Seu filho da puta! Malnascido! Cão sarnento...!

Ninguém a deteve. As pessoas se afastaram. Nem sequer os Garcías que permaneciam à porta de sua frágua tentaram impedi-la de entrar no pátio do cortiço. Chamou aos gritos a Rafael García ao pé da escada que levava às habitações superiores.

– Cala-te! – gritou a Trianeira de cima, apoiada na grade da galeria. – Não és mais que a filha de um assassino e a mãe de uma puta! Vai-te embora daqui!

– Eu te matarei!

Ana se lançou escada acima. Não conseguiu chegar até a velha. As ciganas que se achavam na galeria se abalançaram a ela.

– Fora daqui! – ordenou Reyes. – Jogai-a escada abaixo!

Elas o fizeram. Ana cambaleou um par de degraus antes de conseguir segurar-se ao corrimão e deslizar outros tantos. Refez-se.

– Teu neto vendeu minha filha! – gritou, fazendo menção de voltar a subir.

As Garcías que se achavam em cima lhe cuspiram.

– Essa é a desculpa de todas as putas! – replicou Reyes. – Milagros não é mais que uma vulgar rameira, vergonha das mulheres ciganas!

– Mentira!

– Eu estava lá. – Foi Bartola quem falou. – Tua filha se entregava aos homens por quatro quartos.

– Mentira! – repetiu Ana com todas as suas forças. As outras riram. – Estás mentindo – soluçou.

Após duas tentativas, compreendeu que ninguém trataria com ela diante do frade. Ana necessitava dele: era o único que podia falar em favor de Milagros para desmentir a versão espalhada por Pedro e exagerada pela Trianeira, mas no final se viu obrigada a ceder aos costumes ciganos.

– Vá embora, padre – instou. – Só piorará as coisas – insistiu quando Frei Joaquín se negou. – Por acaso não o vê? Este é um assunto de ciganos.

– Posso ir até o assistente de Sevilha – ofereceu-se Frei Joaquín. – Conheço pessoas...

Ana o olhou de alto a baixo enquanto falava. Seu aspecto era tão deplorável como excitadas suas palavras.

– Não sei que interesse o senhor tem em minha menina… embora o presuma.

Frei Joaquín confirmou suas suspeitas com uma repentina sufocação.

– Escute-me: se chegasse a aparecer por aqui algum aguazil, a ciganaria inteira faria coro com Rafael García em defesa da lei cigana. Pouco lhes importariam então razões ou argumentos…

– Que razões? – saltou ele. – Sobre Milagros não pesa condenação alguma como sobre Melchor… ou Caridad. Suponhamos até que ela se houvesse convertido numa rameira, que isso fosse verdade, por que prendê-la? Que lhe farão?

– Eles a entregarão a seu esposo. E a partir de então ninguém se preocupará com o que lhe possa suceder; ninguém perguntará por ela.

– Pedro… – murmurou o religioso. – Talvez já a tenha matado.

Ana Vega permaneceu alguns segundos em silêncio.

– Esperemos que não – sussurrou por fim. – Se estão escondidos aqui, no beco, nem o Conde nem os demais chefes lhe permitirão fazê-lo. Um cadáver sempre traz problemas. Eles lhe exigirão que o faça fora de Triana, em segredo, sem testemunhas. Vá embora, padre. Se temos alguma oportunidade…

– Ir embora? Pelo que dizes, se Milagros está no beco, Pedro terá de tirá-la daqui. Esperarei na entrada até o dia do juízo final se necessário. Faz tu o que tiveres de fazer.

Ana não discutiu. Tampouco pôde fazê-lo, pois Frei Joaquín lhe deu as costas, se dirigiu para a entrada e se apoiou contra a parede do primeiro edifício; sua expressão revelava que estava decidido a aguentar ali quanto tempo fosse preciso. A cigana meneou a cabeça e hesitou em aproximar-se e contar-lhe que existiam muitas outras possibilidades de abandonar o beco: as janelas e algumas portinholas traseiras… No entanto, observou-o e percebeu nele a obcecação de um apaixonado. Quanto tempo fazia que não contemplava a paixão nos olhos de um homem, o temor pelo mal contra a amada, a ira inclusive? Primeiro um García, e agora um frade. Ignorava se Milagros lhe correspondia. Em todo caso, essa era então a menor de suas preocupações. Tinha de fazer algo. Não contava com os homens da família Vega para apoiá-la. As mulheres da ciganaria da Cartuxa sempre haviam sido detestadas pelos do beco, sempre atentos a estar bem com os *payos*, a negociar com eles; de pouco adiantaria, pois, apresentar-lhes aquele problema.

Apertou os lábios e empreendeu uma peregrinação muito mais dura que o longo e difícil caminho desde Saragoça. Ferrarias, domicílios e pátios de cortiços onde as crianças brincavam e as mulheres trabalhavam a cestaria. Alguns nem se deram ao trabalho de virar o rosto para atender a seus pedidos: "Permiti que minha filha se defenda das acusações de seu esposo." Sabia que não podia suplicar por seu pai. Cumprir-se-ia a lei cigana: matá-lo-iam, mas a terrível angústia que sentia por isso se atenuava após a possibilidade de lutar por sua filha sem render-se apesar da fraqueza que sentia. Obteve algumas respostas.

– Se o que afirmas é verdade – replicou uma das Flores –, por que tua filha se prestou a isso? Responde-me, Ana Vega, por acaso tu não haverias pelejado até morrer para defender tua virtude?

Os joelhos estiveram a ponto de faltar-lhe.

– Eu haveria arrancado os olhos de meu esposo – resmungou uma velha que parecia dormitar ao lado da primeira. – Por que não o fez tua filha?

– Não devemos imiscuir-nos nos problemas de um casal – ouviu em outra casa. – Já demos uma oportunidade à tua filha após a morte de Alejandro Vargas, recordas?

"Não penso em fazer nada." "Merece o que lhe acontecer." "Vós, os Vegas, sempre fostes problemáticos e pendenciadores. Olha teu pai." "Onde fica agora a vossa soberba?" As recriminações se sucederam em qualquer lugar a que fosse. Tremiam-lhe as mãos, e ela sentia uma tremenda opressão no peito.

– Além disso – confessou-lhe uma mulher da família dos Flores –, não conseguirás que ninguém enfrente os Garcías. Todos temem voltar aos arsenais, e é grande o poder que o Conde conseguiu com *payos* e sacerdotes.

– Matai-me a mim! – terminou gritando Ana no centro do beco, arrasada, desesperada, quando o sol já começava a pôr-se. – Não quereis sangue Vega?! Tomai o meu!

Ninguém respondeu. Só Frei Joaquín, no outro extremo, foi até ela, mas, antes que chegasse, chegou um cigano que Ana Vega não reconheceu enquanto não o teve a pouca distância: era Pedro García, que havia voltado, desobedecendo às ordens de seu avô, quando se inteirou de que Ana Vega havia aparecido no beco. Segurava nos braços uma menina pequena que forcejava e tentava esconder o rosto em seu pescoço, com maior ânsia à medida que seu pai se aproximava da louca que gritava com os braços para o alto no centro do beco. O frade lhe havia falado de sua neta, e Ana a reconheceu naquela menina. Pedro García se deteve a somente alguns passos, acariciou o cabelo da pequena, apertou-a contra si e depois sorriu. Havia valido a pena discutir com o avô só para ver a dor no rosto de quem se havia atrevido a esbofeteá-lo em público fazia alguns anos; isso ele disse ao Conde, e Rafael García finalmente o entendeu e lhe permitiu que voltasse, sob promessa de que voltaria a desaparecer até que o Galeote houvesse sido executado.

Ana pôs os joelhos no chão e, vencida, explodiu num pranto.

48

Depois de uma noite de dor, Ana chegou a crer que já não lhe restavam lágrimas. Frei Joaquín foi inábil no consolo porque também a ele custava reprimir a emoção. O temperado sol de verão não conseguiu melhorar seu ânimo. Os ciganos do beco passavam pelo seu lado sem olhá-los sequer, como se os acontecimentos do dia anterior houvessem posto fim a qualquer disputa. Ana Vega via as costas dos que saíam do beco, à espera da chegada de Pascual Carmona. Assim que chegasse o chefe dos Carmonas, cumprir-se-ia a sentença, haviam-lhe dito numa das ferrarias. Pascual constituía sua última esperança: não cederia no relativo à morte de seu pai, ela o sabia. José havia odiado a Melchor, Pascual também, muitos dos Carmonas haviam feito seus os sentimentos de seu esposo, mas, ainda assim, Pascual era tio de Milagros, a única filha de seu irmão assassinado, e Ana esperava que ainda restasse algo do carinho com que o cigano brincava com ela em menina.

– Reze em silêncio, padre – instou com Frei Joaquín, enfastiada daquele constante murmúrio que aumentava sua angústia e que se unia ao irritante martelar dos ferreiros.

Tramava abordar Pascual antes que ele entrasse no beco, suplicar-lhe e ajoelhar-se; humilhar-se, lançar-se a seus pés, prometer-lhe o que ele quisesse em troca da vida de sua filha. Ignorava se o reconheceria depois de cinco anos. Guardava certa semelhança com José, um pouco mais alto, bastante mais fornido... arisco, mal-encarado... mas era o chefe da família e como tal devia defender Milagros. Olhou para as pessoas que transitavam fora do beco, entre a Cava, as Mínimas e São Jacinto, e invejou os risos e a aparente despreocupação com que alguns se preparavam para viver naquele magnífico dia ensolarado, testemunha de seu infortúnio. Viu um par de ciganinhas assediar um *payo* mendigando uma moeda e fechou a cara. O homem se safou das pequenas grosseiramente, e a menor caiu no chão. Uma mulher correu para ajudá-la enquanto outras increparam o *payo*, que apertou o passo. Ana Vega notou que aquelas lágrimas que ela acreditava esgotadas tornavam a seus olhos: suas amigas de cativeiro. A velha Luisa foi a primeira a vê-la; as demais ainda insultavam o homem. Luisa mancou em sua direção, marcando-se a dor em seu rosto ao simples movimento. As outras não tardaram a juntar-se; no entanto, nenhuma delas se atreveu a adiantar-se à velha: sete mulheres esfarrapadas que andavam para ela e que preenchiam sua turva visão, como se nada mais existisse.

– Por que choras, menina? – perguntou Luisa a modo de cumprimento.

– Que... que fazeis aqui? – soluçou ela.

– Viemos ajudar-te.

Ana tentou sorrir. Não conseguiu. Quis perguntar como se haviam inteirado, mas as palavras não lhe saíam. Respirou fundo e tentou acalmar-se.

– Eles nos odeiam – respondeu. – Odeiam os Vegas, odeiam meu pai, Milagros, a mim... a todas! Que podemos conseguir nós sozinhas?

– Nós? Sozinhas? – Luisa se virou e apontou para trás de si. – Também vieram as Ximénez, de Carmona; outras do Viso e duas da Cruz de Alcalá de Guadaira. Lembras-te de Rosa Cruz?

Rosa apareceu por trás da última das Vegas e lhe lançou um beijo. Nesta ocasião, Ana abriu a boca num sorriso. Era o mesmo gesto que Rosa havia feito quando Ana ficava para trás, na noite, guardando-lhe as costas enquanto a outra fugia através de um buraco na cerca da Misericórdia. Isso já fazia dois anos.

– Há uma de Salteras – prosseguiu Luisa – e outra de Camas. Logo chegarão de Tomares, de Dos Hermanas, de Écija...

– Mas... – conseguiu dizer Ana Vega antes que a velha a interrompesse.

– E virão de Osuna, de Antequera, de Ronda, do Puerto de Santa María, de Marchena... de todo o reino de Sevilha! "Nós" dizes? – Luisa calou-se para tomar o ar que lhe faltava. Nenhuma do grupo que rodeava as duas ciganas interveio na conversa, algumas com os dentes trincados, outras já com lágrimas nos olhos. – Muitas compartilharam o cárcere conosco... contigo, Ana Vega – continuou a velha. – Todas sabem o que fizeste. Eu te disse um dia: tua beleza está no orgulho de cigana que nunca perdeste. Nós te somos agradecidas; todas nós te devemos algo, e as que não, essas se acham em dívida contigo por causa de suas mães, suas irmãs, suas filhas ou suas amigas.

Se Melchor, Caridad, Milagros e Frei Joaquín haviam tardado cerca de uma semana a percorrer o caminho de Barrancos a Triana, Martín Vega levou tão só três dias galopando desde a fronteira portuguesa até a cidade de Córdova. As pessoas enviadas por Méndez em sua busca o encontraram já de regresso a Barrancos duas noites depois de Melchor e os demais partirem. Ouviu as explicações do contrabandista, consciente de que o Galeote se encaminhava para uma morte segura. Ninguém o defenderia, não havia Vegas em Triana, tampouco em Sevilha. A grande maioria dos Vegas da ciganaria do Horto da Cartuxa havia sido detida durante a grande batida e permanecia presa nos arsenais, incapaz de demonstrar que viveu conforme às leis do reino e sobretudo da Igreja; os poucos que escaparam dos soldados do rei se achavam dispersos pelos caminhos. Havia-os, sim, no entanto, em Córdova, uma das cidades com mais ciganos. Parentes distantes, mas com sangue Vega; Martín soube deles em razão da venda de uma boa partida de tabaco. Sabia montar a cavalo, aprendera-o quando ajudava seu irmão Zoilo, e esteve a ponto de rebentar aquele que Méndez lhe proporcionou em busca de uma ajuda que os cordoveses lhe negaram.

– Quando chegássemos a Triana – desculpou o patriarca daquelas pessoas –, Melchor já estaria morto.

Soube que não devia insistir. Tal como em Sevilha, em Múrcia, no Puerto de Santa María e em tantas outras, em Córdova os ciganos podiam residir; eles conheceram os arsenais; elas, os depósitos; todos, a separação de seus cônjuges, filhos e entes queridos. Alguns conseguiram retornar a suas casas, e os que o conseguiram eram proibidos de deixar a cidade. Como iam deslocar-se até Triana para lutar com as famílias dali? Haveria sangue, feridos e talvez mortos. As autoridades ficariam sabendo. "Não nos peças esse sacrifício", suplicavam os olhos do velho cigano.

– Sinto muito, rapaz – lamentou-se o patriarca. – Aliás – acrescentou –, deve fazer três dias que uma de nossas mulheres topou com um grupo de ciganas famélicas que tentavam atravessar com discrição a ponte sobre o rio Guadajoz.

– E?

– Contaram-lhe que haviam fugido da Misericórdia de Saragoça e que se dirigiam para Triana.

Ao ouvi-lo citar Saragoça, Martín se ergueu na cadeira em que havia desabado após a negativa. Seria possível?

— Eram Vegas. Todas elas — terminou o velho para confirmar seu pressentimento.

— Estava... Ana Vega estava entre elas?

O patriarca anuiu.

— Lembro-me muito bem — asseverou uma mulher que mandaram chamar imediatamente —, Ana Vega. O nome das demais eu não saberia dizer, mas o de Ana Vega, sim. Era ela que mandava: Ana para aqui, Ana para lá.

— Onde podem estar agora? — inquiriu Martín.

— Estavam exaustas e até levavam uma velha, não sei se enferma, eu juraria que sim. Discutiram sobre descansar um tempo aqui, mas Ana Vega disse que não deviam deter-se nas grandes cidades, que o fariam em Carmona, com as Ximénez. Talvez já tenham chegado. Nós lhes demos de comer, e elas prosseguiram.

Martín não tardou a galopar de novo, desta vez em direção a Carmona. Se efetivamente parassem ali, não lhe seria difícil encontrá-las. As Ximénez eram bastante conhecidas entre os ciganos de toda a Andaluzia porque sua família era uma das poucas, talvez a última, que ainda se regia pelo matriarcado. Ana Ximénez, em sua condição de matriarca, tal como sua mãe, exigia que suas filhas e as filhas destas dessem continuidade à linha materna quanto a seus sobrenomes: os filhos homens que dera à luz se chamavam como seu esposo; as mulheres levavam com orgulho o sobrenome de suas antecessoras.

Encontrou-as e foi incapaz de reconhecer em alguma daquelas mulheres descarnadas a filha cujas virtudes Melchor tanto louvava. "Ana seguiu para Triana", esclareceram-no. As duas velhas, Ana Ximénez e Luisa Vega, foram as primeiras a pressentir problemas diante do semblante com que o jovem recebeu a notícia. "Melchor Vega... velho louco!", soltou para Ximénez depois de ouvir as atropeladas explicações de Martín. "Cigano!", resmungou todavia Luisa com orgulho. Martín não pôde esclarecer as numerosas dúvidas que todas elas lhe apresentaram. "Caridad diz..." "Advertiu Caridad..." "Quem é essa Caridad?!", saltou de novo a Ximénez. "Ela assegura que matarão a todos: a Melchor, a Milagros e a ela", limitou-se a responder aquele.

— A única que vinha para morrer em Triana era eu. — Com essas palavras, Luisa rompeu o silêncio que se fez após a afirmação do cigano. — Vós me obrigastes a vir — recriminou as demais. — Dissestes-me que encontraríamos os nossos; prometestes-me que eu poderia morrer em minha terra. Arrastastes-me por meia Espanha ao longo de léguas e léguas de suplício para minhas pernas. Por que vos calais agora?

— Que queres que façamos? — respondeu uma das Vega. — Vês que os de Córdova não estão dispostos...

– Homens! – interrompeu-a Luisa, seus olhos brilhantes como não o haviam estado desde anos atrás. – Por acaso necessitamos deles para sobreviver em Málaga ou em Saragoça?

– Mas a lei cigana... – começou a opor outra delas.

– Que lei? – gritou Luisa. – A lei cigana é a dos caminhos, a da natureza e da terra, a da liberdade, e não a de uns ciganos que permitiram que os de sua raça fossem encarcerados por toda a vida enquanto eles viviam como covardes junto aos *payos*. Covardes! – repetiu a velha. – Não merecem chamar-se ciganos. Nós sofremos humilhações enquanto eles obedeciam aos *payos*. Eles esqueceram a verdadeira lei, a da raça. Nós suportamos espancamentos e insultos, e padecemos fome e doenças que arruinaram nosso corpo. Separaram-nos de nossas famílias, e nunca deixamos de lutar. Vencemos o rei e seu ministro. Por acaso não caminhamos livres? Lutemos também contra aqueles que se chamam ciganos sem sê-lo!

– Ana ajudou uma de minhas filhas – murmurou então a Ximénez.

– Essa é única lei – sentenciou Luisa, ao mesmo tempo que verificava que começavam a iluminar-se os rostos de suas parentes. – Também ajudou a Coxa. Recordais-vos da Coxa? A de Écija, aqui perto. Escapou de Saragoça um ano antes que nós. E as duas do Puerto de Santa María? As do primeiro indulto...

A velha Luisa continuou citando todas aquelas que as haviam precedido em conseguir a liberdade. Foi todavia a Ximénez quem tomou a decisão.

– Martín – dirigiu-se ao jovem, calando o discurso da outra. – Galoparás até Écija. Agora mesmo. Ali procurarás a Coxa e lhe dirás que Ana Vega necessita dela, que todas necessitamos dela, que ela se dirija sem demora para Triana, para o Beco de San Miguel. Pede-lhe que mande recado às demais ciganas que ela conheça dos povoados próximos, que cada uma delas faça correr a mensagem.

Marchena; Antequera; Ronda; o Puerto de Santa María... Martín recebeu instruções similares para cada um daqueles lugares.

Era a terceira ocasião em que as pessoas do Beco de San Miguel se viam surpreendidas por uma chegada imprevista: primeiro foi o Galeote com seu grupo; depois Ana Vega, e agora cerca de uma quinzena de ciganas encabeçadas por Luisa Vega, com o espírito e as forças renascidos, e Ana Ximénez, a matriarca de Carmona, que tentava caminhar erguida apoiando-se num belo bastão dourado de duas pontas que cintilava ao sol.

– Que vamos fazer? – perguntou num sussurro Ana Vega, enquanto seguia andando junto às duas velhas.

– Não se deve – respondeu no mesmo tom a Ximénez – deixar os homens tomar a iniciativa; eles crescem...

– Não seria prudente esperar que sejamos mais numerosas? Ontem...

– Ontem já não existe – replicou Luisa. – Se esperássemos, seria Rafael García quem teria a oportunidade de decidir. Poderíamos chegar tarde.

Enquanto falavam, as que as seguiam dirigiam o olhar para as pessoas do beco. Muitas se conheciam. Algumas eram até parentes, fruto de casamentos entre famílias. Houve alguns sorrisos, alguns cumprimentos, esgares de incredulidade ao longe por parte dos homens, porque as mulheres, as ciganas não hesitavam em aproximar-se e perguntar o que elas faziam ali, o que pretendiam. Frei Joaquín as seguia alguns passos atrás, rezando para que aquele variegado grupo conseguisse o que parecia impossível.

Chegaram até a porta da casa dos Garcías e, aos gritos, instaram ao Conde que saísse para recebê-las.

– Rafael García – encarou-o a Ximénez quando por fim o Conde apareceu no beco, ladeado pelos chefes de algumas famílias –, viemos libertar o Galeote e sua neta.

Ana tremeu. A liberdade de seu pai era algo com que ela nem sequer havia sonhado. Não acreditava possível que a condenação pudesse anular-se, mas, ao virar o rosto e verificar a seriedade que os semblantes de Luisa e Ana Ximénez refletiam, começou a acalentar esperanças.

– Quem sois vós para vir aqui, a Triana, para libertar alguém?

A voz potente do Conde interrompeu os murmúrios com que a maioria dos ciganos do beco recebeu a exigência da Ximénez.

Luisa se adiantou à resposta de sua companheira. Forçou a voz, que surgiu rouca, quebrada:

– Somos as que padeceram por ser ciganas enquanto tu e os teus vivíeis aqui, em Triana, submetidos aos *payos*. Rafael García: não te vi em Saragoça pelejando por teu povo, esse mesmo povo que dizes representar como chefe do conselho. Esse ouro que exibes – a cigana assinalou com desprezo o grande anel que se destacava, brilhante, num dos dedos do patriarca –, não deverias tê-lo empregado para comprar a liberdade de algum cigano?

Luisa calou-se por alguns instantes e cravou o olhar nos chefes que acompanhavam o Conde; um deles não foi capaz de corresponder. Depois ela lhes deu as costas, se virou e apontou com o dedo para os homens do beco.

– Tampouco vi nenhum de vós! – reprochou-os aos gritos. – Ainda há muitos dos nossos detidos!

Alguns baixaram os olhos à medida que Luisa, a Ximénez e as demais ciganas pousavam seus olhares de desprezo nas pessoas do beco.

– Que íamos fazer? – ouviu dentre elas.

Luisa esperou que os murmúrios de assentimento cessassem, arqueou as sobrancelhas e virou o rosto para o canto de que havia vindo a pergunta. Durante alguns instantes o silêncio invadiu a rua. Depois, a velha exortou com gestos as ciganas que as seguiam a que abrissem espaço no beco, segurou o braço de Ana Vega e se plantou com ela no centro.

– Isto! – gritou rasgando a surrada camisa da cigana.

Ana ficou nua do tronco para cima. Seus peitos pendiam flácidos por cima de umas costelas que bradavam a fome padecida.

– Ergue-te, cigana! – resmungou a velha.

A pele do ventre nem sequer chegou a estender-se quando Ana Vega obedeceu e desafiou com orgulho o beco inteiro.

– Isto! – repetiu Luisa, segurando Ana e obrigando-a a girar para mostrar os protuberantes lanhos já ressecados que se entrecruzavam até chegar a cobrir quase todas as suas costas. – Pelejar! – cuspiu Luisa aos gritos. – Isso é o que deveríeis haver feito: pelejar, seus covardes!

A tosse da velha se ouviu com nitidez no reverente silêncio com que o beco acolheu suas acusações. Ana acreditou ver sangue em seu escarro. Luisa tentou respirar; não conseguia. A outra a pegou nos braços antes que caísse, e as demais as rodearam imediatamente.

– Lutai – conseguiu articular Luisa. – Tu conseguiste, Ana Vega. Morrerei em minha terra. Consiga-o agora com os teus. Triana é nossa, dos ciganos. Não consintais na morte de Melchor.

Tossiu de novo, e a sangue assomou à sua boca.

– Está morrendo – afirmou uma das Vegas.

Ana buscou ajuda com o olhar.

– Frei Joaquín! – chamou aos gritos. – Cuide dela – acrescentou depois de este aproximar-se e acocorar-se, perturbado, tentando impedir que seu olhar se concentrasse nos peitos nus de Ana.

– Mas... eu...

– Ainda não é a tua hora – tentou Ana animar a velha, sem dar atenção às escusas de Frei Joaquín. – Cuide dela. Trate-a – exigiu-lhe pondo-a em suas mãos. – Faça algo. Leve-a para um hospital. O senhor não é frade?

– Frade eu sou, mas Nosso Senhor não me concedeu a virtude de ressuscitar os mortos.

O corpo de Luisa, menor e mais indefeso que nunca, pendia inerte dos braços do frade. Ana se preparava para despedir-se dela quando três palavras a detiveram.

– Não a decepciones.

Aquela voz... Procurou entre as ciganas. A Coxa! Não estava entre as que haviam chegado com as Vegas. A Coxa anuiu para confirmar o que passava pela mente de Ana. "Atendi a teu chamado", disseram-lhe seus olhos, "e vieram outras comigo."

– Não nos decepciones, Ana Vega – proferiu depois, ao mesmo tempo que com a cabeça fazia um gesto para a entrada do beco.

Ana, e muitas outras com ela, seguiu a indicação: duas outras ciganas apareciam naquele preciso instante. Um torvelinho de sentimentos confundiu Ana Vega. Continuava nua, mostrando suas cicatrizes e seu mísero corpo sob um sol radiante empenhado em destacá-la dentre todas; desejava chorar a morte de Luisa, aproximar-se dela antes que seu cadáver esfriasse, e abraçá-la pela última vez. Quanto haviam padecido juntas! E, enquanto isso, a sorte de seu pai e de sua filha continuava nas mãos de seus acérrimos inimigos, ao mesmo tempo que ciganas de todos os lugares deixavam os seus para correr em sua ajuda.

– Rafael García, entrega-nos o Galeote e sua neta!

A rotunda ordem da Ximénez devolveu Ana à realidade, e ela se apressou a pôr-se ao lado da velha matriarca. As demais mulheres, todas a uma, voltaram a apinhar-se ao redor. Atrás ficou Frei Joaquín, que mantinha nos braços o cadáver de Luisa Vega.

Rafael García hesitou.

– Não penso... – conseguiu dizer.

Uma enfiada de impropérios se elevou das ciganas: "Seu cão!" "Solta-os!" "*Payo!*" "Seu safado!" "Onde os manténs?" Alguém do beco revelou o esconderijo num sussurro. "Numa fossa da ferraria dos Garcías!", repetiu-se a voz aos gritos.

O grupo de ciganas avançou para a ferraria, localizada diante delas, empurrando a Ana e à Ximénez. A matriarca ergueu seu bastão quando quase ia topar com os homens. Os empurrões cessaram para permitir-lhe falar.

– Rafael, tens a oportunidade de...

– A vingança é de Pascual Carmona – interrompeu-a o Conde. – Não devo...

– A vingança é nossa! – ouviu-se de trás –, das mulheres que sofreram.

– Das ciganas!

– Afasta-te, seu filho da puta.

Ana Vega cuspiu as palavras a só um passo do velho, que buscou ajuda nos outros chefes, mas estes se afastaram dele. Rafael García ergueu o olhar para a janela, em busca do apoio de Reyes, sua esposa, e lançou um suspiro de decepção ao verificar que ninguém responde. Nem sequer a Trianeira se atrevia a enfrentar as demais.

– Ides permitir que se oponham a uma sentença do conselho e que um assassino fuja? – gritou nervoso para os demais ciganos do beco, a maioria deles aglomerada aos lados e atrás das mulheres.

– Vais matar também a elas, a todas? – replicou alguém.

– A ti não te importa vingar o Carmona! – gritou uma mulher. – Só queres matar o Galeote!

O Conde ia responder, mas, antes que pudesse fazê-lo, deparou com a ponta do bastão da Ximénez em seu peito.

– Afasta-te – resmungou a matriarca.

Rafael García resistiu.

– Não as deixeis passar – ordenou então à sua gente.

Os Garcías, os únicos que se interpunham na entrada da ferraria, seguraram com força e elevaram a meia altura os martelos e as ferramentas que até então haviam mantido indolentes em suas mãos.

A ameaça produziu um silêncio expectante. Ana Vega ia abalançar-se ao Conde quando uma velha dos Camacho se adiantou até eles por um dos lados.

– Ana Vega já pagou o suficiente pelo que seu pai fez e pelo que sua filha possa haver feito. Todos nós o verificamos! Até Luisa morreu pela liberdade que os Vegas exigem. Rafael: manda a tua gente apartar-se.

A velha procurou e obteve um sinal de aprovação da parte do chefe de sua família antes de continuar.

– Se não o fizeres, nós, os Camachos, as defenderemos contra os teus.

Um calafrio percorreu as costas de Ana Vega. A família Camacho, do mesmo beco, defendia-a e com isso defendia o perdão para seu pai! Quis agradecê-lo à velha, mas, antes que pudesse aproximar-se dela, outras duas mulheres, estas dos Flores, se juntaram à primeira. E outra, e mais uma. Todas de diferentes famílias, diante dos olhares entre resignados e aprovadores de seus homens. Ana sorriu. Alguém lhe pôs um grande lenço amarelo de longas franjas sobre os ombros justo antes que ela se encaminhasse para o interior da ferraria. Ninguém ousou impedir-lhe a entrada.

49

Entre os aplausos e vivas da multidão que se espremia na ferraria, Ana abraçou a filha assim que conseguiram tirá-la do fosso. Ofuscada ainda com a pouca luz que penetrava, Milagros ouviu-a, sentiu-a, cheirou-a e abraçou-se a ela com força. Elas pediram-se mil vezes perdão, beijaram-se, acariciaram-se o rosto e secaram-se as lágrimas uma à outra, rindo e chorando ao mesmo tempo. Depois, por exigência de Melchor, desamarraram e subiram uma aturdida Caridad, que, assim que recuperou a visão, se dirigiu para um canto em meio à curiosidade dos que não sabiam dela. Por último, o cigano que havia descido ao fosso ajudou Melchor a sair.

– Papai! – gritou Ana.

Melchor, com os músculos enrijecidos, deixou-se abraçar quase sem corresponder às demonstrações de carinho de sua filha e se livrou com prontidão de seus braços, como se não quisesse que nenhuma outra emoção turbasse seu espírito. O gesto gelou o sangue de Ana.

– Pai? – perguntou separando-se dele.

Os aplausos e comentários das ciganas cessaram.

– E minha navalha? – exigiu Melchor.

– Pai...

– Vovô... – aproximou-se Milagros.

– Rafael! – gritou Melchor afastando ambas as mulheres.

O Galeote tentou andar, mas faltaram-lhe as pernas. Quando sua filha e sua neta tentaram ajudá-lo, ele se soltou de suas mãos. Queria aguentar-se em pé por si só. Conseguiu-o e deu um passo à frente. O sangue correu de novo, e ele conseguiu dar o seguinte.

– Onde está teu neto? – uivou Melchor. – Vim para matar esse cão sarnento!

Ana Ximénez, a primeira diante do cigano, afastou-se; as demais a foram imitando e se abriu um corredor até o beco. Ana e Milagros hesitaram, mas não Caridad, que correu atrás de seu homem.

– Cachita – conseguiu pedir-lhe Milagros, roçando um de seus braços com a mão.

– Ele tem de fazê-lo – sentenciou Caridad sem parar.

Mãe e filha se apressaram atrás dela.

– Onde está teu neto? Eu te disse que vinha para matá-lo – soltou Melchor a um Rafael García que não se havia movido da porta de sua casa.

Caridad cerrou punhos e dentes em apoio às palavras do cigano; Ana Vega, pelo contrário, só reparou na arrogância com que o Conde recebeu a ameaça. Sem o refulgir da folha de uma navalha na mão, seu pai apareceu-se-lhe pequeno e indefenso. Os anos tampouco haviam passado em vão para ele, lamentou. As duas mulheres trocaram um olhar. Quanta resolução havia no semblante da negra, pensou Ana, quão diferente da última vez que a vira, caída no chão, ingênua, coberta com seu sempiterno chapéu de palha enquanto ela, amarrada à corda com as demais detentas, lhe rogava que cuidasse de Milagros! Também sua filha havia mudado. Virou-se para ela, onde...?

– Pensava que fugirias despercebido entre as mulheres – ouviu-se nesse momento Rafael García replicar com sarcasmo, a voz potente.

Entre a resposta do Conde e a ausência de Milagros, Ana sentiu uma tremenda vertigem. Onde...? Temeu o pior.

– Pai! – gritou ao descobrir Milagros transpondo já o umbral que dava para o pátio do cortiço dos Garcías, alguns passos além da porta da ferraria.

Ana se lançou em perseguição de sua filha antes que Melchor chegasse a compreender o que estava sucedendo. Algumas mulheres a seguiram. Milagros havia alcançado a galeria do andar superior quando Ana chegou ao pátio.

– Milagros! – tentou detê-la.

Ela saltou os degraus que lhe faltavam.

– Onde está minha menina! – Empurrou as duas velhas Garcías e abriu caminho pela galeria. – María!

A cabeça de Bartola apareceu na porta de uma das habitações.

– Sua filha de puta! – gritou-lhe Milagros.

Da escada, Ana a viu, vestida de preto, correr e entrar naquela habitação.

– Rápido! – urgiu com as que a seguiam.

Quando entraram em tropel na habitação, as mulheres depararam com a menina, que chorava e forcejava, nos braços de uma jovem e bela cigana. Milagros, diante delas, ofegante por causa da corrida e com os braços estendidos para sua filha, havia ficado imóvel diante do frio olhar de Bartola e de Reyes, a Trianeira, como se temesse que dar mais um passo pudesse pôr em perigo a pequena María.

– É minha filha – sussurrou Milagros.

– Dá-a a ela! – ordenou Ana à jovem.

– Não o fará sem o consentimento de seu pai – opôs-se a Trianeira.

– Reyes – resmungou Ana Vega –, diz-lhe que entregue a menina à sua mãe.

– A uma puta? Não penso...

A Trianeira não pôde continuar. Milagros se abalançou a ela rugindo como um animal. Empurrou-a com as duas mãos, e ambas caíram no chão, onde começou a bater nela. Ana Vega não perdeu um instante: adiantou-se até a jovem e lhe arrebatou María sem resistência. O choro da pequena e os gritos de Milagros inundaram o cômodo e chegaram ao beco. Ana apertou María contra si e contemplou a surra com que Milagros pretendia vingar em Reyes anos de suplício. Não fez nada para detê-la. Quando as pessoas se amontoavam na porta e Ana percebeu a presença de alguns homens, aproximou-se de Milagros e acocorou-se.

– Pega tua filha – disse-lhe.

Saíram da habitação justo no momento em que Rafael García entrava na galeria. Cruzaram com ele. Milagros tentava em vão acalmar sua pequena. Tremiam-lhe as mãos e faltava-lhe ar, mas seu olhar era tão brilhante, tão vitorioso, que o Conde se alarmou, esquivou-se delas, preocupado, e apertou o passo em direção à sua casa.

– Mostra-a a teu avô. Põe a menina em seus braços. Corre, filha. Talvez assim possamos evitar a tragédia. Quando eu o fiz, muitos anos atrás, consegui-o.

Enquanto Ana tentava impedir que Melchor enfrentasse a morte com Pedro García, no interior da peça, a Trianeira, sentada no chão, machucada, sentenciava para o cigano.

– Vai buscar Pedro – gaguejou para seu esposo. Da janela, havia escutado o desafio lançado por Melchor. – Que peleje com o Galeote. Esse velho será fácil para ele. Diz-lhe que o mate, que lhe arranque os olhos diante de sua família, que lhe rasgue as entranhas e as traga para mim!

Lá embaixo, no beco, Melchor não quis tocar na menina.

– O García te matará, pai. Já és... és muito mais velho que ele.

Milagros voltou a aproximá-la dele. Caridad observava tudo a certa distância, parada, em silêncio. O cigano nem sequer estendeu a mão.

– Pedro é mau, vovô – apontou com os braços estendidos, mostrando-lhe a menina, que ainda soluçava.

Melchor fez um esgar antes de replicar.

– Esse filho da puta ainda tem de conhecer o diabo.

– Ele o matará.

– Nesse caso, vou esperá-lo no inferno.

– Todos nós, pai, estamos sãos – interveio Ana. – Conseguimos reunir-nos. Aproveitemos. Vamo-nos daqui. Vivamos...

– Diz-lhe que não o faça, Cachita – rogou Milagros.

Ana se juntou à súplica com o olhar. Até a Ximénez e algumas outras que estavam atentas à conversa se viraram para Caridad, que não obstante permaneceu em silêncio até que Melchor cravou seus olhos nela.

– Tu me ensinaste a viver, cigano. Se não enfrentasses Pedro, sentirias o mesmo ao ouvir-me cantar?

O silêncio foi suficiente resposta.

– Acaba com esse malnascido, portanto. Não temas – disse com um triste esboço de sorriso –; como te disse, eu te acompanharei ao inferno e seguirei cantando para ti.

Ana baixou a cabeça, vencida, e Milagros estreitou a pequena contra o peito.

– Galeote!

O grito do Conde, plantado à porta do cortiço, calou conversas e paralisou as pessoas.

– Toma! – Lançou uma navalha aos pés de Melchor. – Assim que ele chegar, terás oportunidade de pelejar com meu neto.

Melchor se abaixou para pegar sua navalha.

– Limpa-a bem – acrescentou o Conde ao ver que o outro a esfregava em sua jaqueta vermelha –, porque, se Pedro não acabar contigo, o farei eu.

– Não! – opôs-se Ana Ximénez. – Rafael García, Melchor Vega, com esta peleja mortal terminará tudo. Se vencer Pedro, ninguém deverá incomodar as Vegas...

– E a menina?

– Para que queres sangue Vega em tua casa?

O Conde pensou por alguns instantes e acabou anuindo.

– A menina ficará com sua mãe. Ninguém buscará nova vingança nelas! Nem sequer teu neto, de acordo?

O patriarca voltou a anuir.

– Juras? Tu o juras? – insistiu a cigana diante do simples movimento de cabeça com que o outro quis selar o compromisso.

– Eu juro.

– Se pelo contrário for Melchor... – Ela mesma hesitou diante de suas próprias palavras, e não conseguiu evitar um rápido olhar de lástima para o Galeote, como o que lhe dirigiram muitos dos ali presentes. – Se Melchor derrotar Pedro, a sentença será considerada cumprida.

– A vingança cabe aos Carmonas – arguiu então o Conde –, e Pascual não está aqui para jurá-lo.

Ana Ximénez anuiu, pensativa.

– Não podemos ficar todas aqui esperando que ele volte. Reúne o conselho de anciãos – disse então –, que venham todos os da família Carmona.

Nessa mesma tarde, a matriarca representou os interesses dos Vegas num conselho convocado com urgência. Compareceram os chefes das famílias, os Carmonas, muitos dos do beco e algumas das ciganas vindas de fora. Outras se perderam por Triana, e a maioria ficou com Ana e Milagros, chorando o cadáver de Luisa, do qual até esse momento se havia encarregado Frei Joaquín, e que acomodaram no pátio de outro cortiço.

Era um pátio alongado que se abria entre as duas fileiras de casinhas de um só andar e do qual não tardou a elevar-se o constante planger das ciganas, acompanhado de gestos de dor, alguns comedidos, a maioria exagerada. Misturada entre as mulheres, esgotada pelo longo calvário sofrido desde que Pedro a roubara dela em Madri, Milagros se sentou num poial de pedra geminado à parede de uma das casas, e ali procurou refúgio na filha que ela acabava de recuperar, e a quem embalava com o olhar perdido em seu rosto. Ao sentir que María adormecia em seus braços, relaxada, tranquila, entregue, esqueceu todas as penúrias. Não quis pensar em nada mais até que entre as longas saias das mulheres reconheceu as abarcas e o hábito de Frei Joaquín, parado junto a ela. Ergueu o rosto.

– Obrigado – sussurrou.

Ele ia dizer algo, mas a cigana voltou a submergir nas doces feições de sua menina.

Apesar da tristeza pela morte de Luisa, Ana Vega não se deixou levar pelo funesto ambiente que se vivia no pátio. Frei Joaquín lhe havia contado a relação entre seu pai e a negra, mas ela não chegara a acreditar nele enquanto não percebeu os laços que efetivamente os uniam. Encontrou Caridad, sozinha, a poucos passos de onde se achava Melchor.

– Não quero que Pedro o mate – disse-lhe a cigana depois de pôr-se a seu lado.

– Eu tampouco – respondeu a outra.

Ambas olhavam para Melchor, erguido num canto, parado, expectante.

– Mas ele o fará – afirmou Ana.

Caridad guardou silêncio.

– Tens consciência disso, não é verdade?

– Que escolhes, sua vida ou sua hombridade? – perguntou-lhe Caridad.

– Se o que ele perde é a vida – replicou Ana –, de nada nos servirá sua hombridade, nem a mim… nem a ti.

A cigana esperava que Caridad reagisse diante do reconhecimento que acabava de fazer de sua relação, mas não o fez. Seguia contemplando Melchor como que enfeitiçada.

– Sabes que isso não é verdade – replicou. – Eu o senti tremer quando Milagros explicava como havia sido prostituída por seu esposo. Temi que rebentasse. Desde então já não é o mesmo. Vive para vingá-la…

– Vingança! – interrompeu-a Ana. – Estive cinco anos encarcerada, sofrendo, para escapar da minha terra, com os meus, e voltar. Sei que é duro o que sucedeu com Milagros, mas não faz nem um dia que eu dava por mortos os dois… os três – corrigiu-se. – Agora temos a oportunidade de iniciar…

– Quê? – interrompeu-a por sua vez Caridad, nesta ocasião já de frente para ela. – Cinco anos encarcerada? Que é isso? Fui escrava por toda a vida, e, mesmo quando alcancei a liberdade, continuei a sê-lo aqui mesmo, em Triana, e também em Madri. Sabes de uma coisa, Ana Vega? Prefiro um instante de vida junto a este Melchor… Olha-o! Isso é o que aprendi com ele, convosco! E gosto disso. Prefiro este instante, este segundo de ciganaria, a passar o restante de meus dias com um homem insatisfeito.

Ana não encontrou palavras com que responder. Notou que a figura de seu pai, impassível, se borrava à medida que as lágrimas assomavam a seus olhos, e se foi. Quis ir em busca de Milagros, viu-a voltada para sua menina e com o frade rondando-a, mas as outras Vegas a abordaram assim que a viram misturar-se com as pessoas. Acompanharam-na até Luisa, ali onde se aglomeravam as novas ciganas que seguiam chegando ao Beco vindo de diferentes povoados de Sevilha. Conhecia algumas, de Málaga, de Saragoça; outras eram parentes ou amigas, tal como se apresentaram. Tentou sorrir-lhes, consciente de que iam apoiá-la. Muitas até haveriam discutido com seus homens para fazê-lo. Arriscavam-se a ser presas viajando a Triana sem passaporte, e o faziam por ela. Ciganas! Olhou para o cadáver de Luisa, esquálido, encolhido. Quão grande havia sido ela, porém! "Nunca poderão tirar-nos o orgulho", havia-lhes dito na Misericórdia para animá-las. "Essa é a tua beleza", afagou-a depois. E nessa mesma noite, quebrando sua promessa, ela havia corrido para ver Salvador regressar dos campos. Encolheu-se-lhe o estômago à sua lembrança. Depois o haviam destinado aos arsenais, talvez por causa de sua obstinação, mas Salvador, como os demais rapazinhos, abandonara a Misericórdia erguido, altivo.

– Sentes-te mal? – A pergunta partiu de uma das Vegas.
– Não... Não. Tenho... tenho algo que fazer.
Deixou-as a todas e correu para onde estava Melchor.

"Mate-o, pai. Acabe com ele. Faça-o por Milagros, por todas nós."
Nos ouvidos de Caridad ainda ressoavam as palavras de alento que Ana havia dirigido a Melchor pouco antes. Nesse momento todos abandonavam o pátio e iam para o beco. Ela não necessitava dizer-lhe nada. Teve a sensação de que Ana chegava a suplantá-la quando regressou ao canto em que estava Melchor para pedir-lhe perdão, e chorar insultando-se, ao mesmo tempo que o animava com toda a ênfase que pôde antes de abraçar-se a ele. No entanto, durante aquele abraço, o cigano se voltou para Caridad e lhe sorriu, e com esse sorriso ela soube que seguia sendo sua negra.

Caridad permitiu que fosse Ana quem acompanhasse Melchor. Ela caminhava atrás, com Martín, que havia aparecido no beco montado num cavalo diferente – "O outro não aguentou", confessou o jovem –, com uma velha cigana dos Heredias, de Villafranca, na garupa. Isso havia sido pouco antes de Ana Ximénez chegar ao pátio para comunicar que o conselho havia tomado uma decisão: com a peleja tudo terminaria. Não haveria mais vinganças, e Milagros ficaria em liberdade com sua filha. Os Garcías haviam aceitado, os Carmonas, ainda que não estivesse presente Pascual, também. Não lhes disse que não havia sido difícil obter esse compromisso porque ninguém apostava em Melchor. "Uma forma como outra qualquer de executar a sentença", ouviu a matriarca que um dos Carmonas afirmava antes de os demais concordarem comprazidos.

Diziam que os Garcías estavam procurando Pedro em Sevilha. Caridad rezou para a Virgem do Cobre, para a Candelária, e ali mesmo, do tabaco que lhe havia proporcionado Martín, lançou umas folhinhas no chão rogando a seus orixás que Pedro houvesse caído bêbado ao Guadalquivir, o houvessem detido os aguazis, ou o houvesse esfaqueado um esposo chifrudo. Mas nada disso sucedeu, e ela soube de sua chegada quando os murmúrios no beco aumentaram.

Melchor não se fez esperar, nem Ana. Milagros se negou a ir.

– Morrerá por minha culpa – tentou desculpar-se diante de sua mãe.

– Sim, filha, sim. Morrerá pelos seus, como um bom cigano, como o Vega que é – opôs-se a outra, obrigando-a a levantar-se e acompanhá-los.

– Não se preocupe, padre, que Luisa não escapará – soltou uma cigana diante da hesitação mostrada pelo semblante de Frei Joaquín ao aperceber-se de que todos abandonavam pátio, cadáver e velório.

Ouviram-se alguns risos que não conseguiram romper a tensão, máxime quando, antes que desaparecesse, a sucessão de estalidos do mecanismo da navalha de Melchor ao abrir-se pareceu elevar-se acima de qualquer som. Caridad respirou fundo. O cigano nem sequer esperou que as pessoas ocupassem algum lugar. Caridad o viu empunhar sua navalha e cruzar o beco em direção ao cortiço dos Garcías. Homens e mulheres se foram afastando à sua passagem.

– Onde estás, seu filho da puta!

Caridad deu-se conta de que Melchor não o conhecia. Provavelmente não lhe havia visto o rosto na noite em que ele saltara ao fosso, pensou, já que ela tampouco havia chegado a fazê-lo. E, quando viviam em Triana, para que Melchor ia reparar num jovem da família dos Garcías? "Ali", esteve tentada a assinalá-lo ela.

Não foi necessário: Pedro García se separou dos seus e caminhou para Melchor. Os ciganos formaram um círculo. Muitos ainda falavam, mas se foram calando diante dos dois homens que já se testavam com as navalhas, os braços estendidos: um em mangas de camisa, jovem, alto, forte, ágil; o outro... o outro, velho, magro e consumido, de rosto descarnado e ainda vestido com sua jaqueta vermelha debruada de ouro. Muitos se perguntaram por que não a tirava. A peça de roupa parecia impedi-lo de mover-se com desenvoltura.

Caridad sabia que não era a jaqueta. A ferida da peleja com o Gordo lhe queimava, e seus movimentos acusavam a dor. Ela cuidara dele com ternura, em Torrejón, em Barrancos; ele respondia a suas atenções com amuo, mas ao final riam. Desviou o olhar para Ana e Milagros, na primeira fila as duas, uma encolhida, pronta para desabar diante da desigualdade entre os contendores; a outra chorando, apertando contra o pescoço o rosto da menina, impedindo-a de ver a cena que se desenrolava diante delas.

Pedro e Melchor continuavam girando em círculo, insultando-se com o olhar. Caridad se sentiu orgulhosa daquele homem, seu homem, disposto a morrer pelos seus. Um calafrio de orgulho percorreu suas costas. Tal como lhe havia sucedido à sua chegada ao Beco de San Miguel, quando os haviam detido, ela sentiu em si mesma o poder irradiado por Melchor, esse poder que a havia atraído desde a primeira vez que o vira.

– Peleja, cigano! – gritou então. – O diabo nos espera!

Como se os demais que presenciavam a peleja houvessem estado esperando esse primeiro grito, o beco inteiro explodiu em estímulos ou insultos.

Pedro atacou, esporeado pelas pessoas. Melchor conseguiu esquivar-se. Voltaram a desafiar-se.

– Seu idiota, fanfarrão – soltou o García.

Idiota, fanfarrão... As palavras de Pedro García reviveram como um clarão na mente de Milagros, e à sua mente voltou o rosto da velha María. Pedro o havia confessado em Madri, mas ela, bêbada, havia sido incapaz de recordá-lo. "Idiota, fanfarrão", era isso o que ela havia dito aquela noite. Pedro havia matado a velha curandeira! Sentiu-se fraca, por sorte alguém conseguiu pegar de seus braços a pequena antes que caísse no chão.

– Cuidado, Melchor! – advertiu-o Caridad quando Pedro García se abalançou a ele aproveitando que desviava a atenção para sua neta.

Esquivou-se uma vez mais.

– Contigo terminam os Vegas – resmungou o García –, só tens mulheres por descendência.

Melchor não respondeu.

– Putas e rameiras todas elas – chegaram a ouvir os mais próximos da boca de Pedro.

Melchor engoliu sua ira, Caridad o percebeu, depois o viu desafiar o inimigo com a mão livre. "Vem", dizia-lhe com ela. Pedro aceitou o convite. As pessoas explodiram em murmúrios quando a navalha do García talhou o antebraço do Galeote. Em um só instante o sangue tingiu de escuro a manga de Melchor, que respondeu ao ferimento com um par de acometidas infrutíferas. Pedro sorria. Atacou de novo. Outra navalhada, esta na altura do pulso com que Melchor tentou proteger-se. Foi-se fazendo silêncio entre os presentes, como se previssem o desenlace. Melchor arremeteu, desajeitadamente. A navalha de Pedro alcançou seu pescoço, perto da nuca.

Caridad olhou para Ana, ajoelhada, a cabeça erguida com dificuldade, as mãos enlaçadas entre as pernas. Atrás dela se ocultava Milagros. Virou o olhar justo para sentir, quase em sua própria carne, a navalhada que Melchor recebeu no flanco. Sentiu a lâmina da navalha atravessar o cigano como se estivessem ferindo a ela mesma. Para além das armas, viu sorrir a Reyes, e a seu esposo, e aos Garcías e aos Carmonas. Melchor arrastava uma perna, arquejava... e sangrava profusamente. Caridad compreendeu que seu homem ia morrer. Pedro brincava com seu rival, adiando sua morte, humilhando-o ao se esquivar com desenvoltura, às gargalhadas, de suas débeis acometidas. O diabo, pensou Caridad, como se baixava ao inferno? Voltou-se para Martín, parado a seu lado, e tentou pegar o cabo da navalha que sobressaía da faixa do jovem cigano.

– Não – impediu ele.

Forcejaram.

– Ele vai matá-lo! – gemeu Caridad.

Martín não cedeu. Caridad desistiu por fim e se preparava para lançar-se em socorro de Melchor com as mãos nuas quando Martín a agarrou. Voltaram a forcejar, e ele a abraçou tão forte como pôde.

– Ele o matará – soluçou ela.

– Não – afirmou o outro a seu ouvido. Caridad quis olhá-lo no rosto, mas o outro não reduziu a pressão e continuou falando: – Ele não luta assim. Eu sei. Ele me ensinou a pelejar, Caridad; eu o conheço. Está deixando-se furar!

Transcorreu um segundo. Ela deixou de tremer.

O cigano soltou Caridad, que voltou o olhar para a peleja no momento em que Pedro, exultante, seguro de si mesmo, olhava para seus avós como se lhes quisesse brindar o fim de seu inimigo, decidido a dar o golpe definitivo. A Trianeira tardou a compreender e tentou reagir ao ver seu neto atacar o Galeote com indolência, movido pela vaidade. A advertência calou-se-lhe na garganta quando Melchor esquivou-se da navalhada dirigida ao centro de seu coração e, com um vigor nascido da ira, do ódio e da própria dor até, afundou sua navalha até o cabo no pescoço de Pedro García, que se deteve subitamente, com um ricto de surpresa, antes que Melchor remexesse com sanha no interior, para finalmente extrair a navalha entre um jorro de sangue.

No silêncio mais absoluto, o cigano cuspiu sobre o corpo estendido de que o sangue continuava manando aos borbotões. Quis desviar o olhar para os Garcías, mas não conseguiu. Tentou erguer-se. Tampouco o conseguiu. Só conseguiu cravar os olhos em Caridad antes de desabar e de esta correr em sua ajuda.

50

Haviam transcorrido dois dias desde a peleja. Melchor despertou em plena noite e acomodou a visão à tênue iluminação das velas da habitação desocupada do beco onde se haviam instalado; contemplou por alguns instantes Ana e Milagros, ao pé do colchão.

Depois pediu que o levassem para Barrancos.

– Não quero morrer perto dos Garcías – conseguiu resmungar.

– O senhor não vai morrer, vovô.

Carmen, uma curandeira cigana chegada de Osuna ao chamado de Ana, virou-se para ela e deu de ombros.

– O que tiver de suceder sucederá – afirmou –, aqui, em Barrancos... ou a caminho de Barrancos – adiantou-se à inexorável pergunta da cigana.

Melchor pareceu ouvi-lo.

– Não deveis ficar em Triana – conseguiu dizer. – Nunca confieis nos Garcías.

Várias das ciganas presentes no lugar afirmaram com a cabeça enquanto se escutava a respiração forçada de Melchor.

– E a negra? – perguntou ele.

– Dançando – respondeu Milagros.

A resposta não pareceu surpreender Melchor, que lançou um queixume ao mesmo tempo que esboçava um sorriso.

Caridad velava Melchor durante o dia. Seguia as instruções da curandeira e, com Ana e Milagros, trocava faixas e emplastros, e repunha panos úmidos em sua testa para combater a febre. Cantarolava como se Melchor pudesse ouvi-la. Uma das ciganas quis impedi-lo com um esgar de desgosto ao ouvir os cantos de negros, mas Ana a cortou com gesto autoritário e Caridad continuou cantando. Ao chegar a noite, ia-se e corria para o laranjal em que conhecera o cigano. Ali, timidamente primeiro, com desenfreio depois, uma sombra convulsa entre as sombras, entrechocando paus em suas mãos, cantava e dançava para Eleggua, o que dispõe das vidas dos homens. Não conseguia seu favor, mas o deus supremo tampouco se decidia a chamar seu homem. Melchor a havia feito mulher; ensinara-a a amar, a ser livre. Por acaso aquela era a lição que lhe faltava? Conhecer a verdadeira dor de perder o homem a quem amava? Ela era só uma menina quando a haviam separado de sua mãe e de seus irmãos; a dor se confundira então com a incompreensão da infância, e se atemperara distraída pelas novas vivências. Anos depois don José vendera seu primeiro filho e terminara separando-a do segundo, Marcelo; Caridad era uma escrava, e os escravos não sofriam, nem sequer pensavam, trabalhavam tão somente. Nessa ocasião, a dor esbarrou na crosta impenetrável com que os escravos recobriam seus sentimentos para poder continuar vivendo: assim eram as coisas, seus filhos não lhe pertenciam. Mas agora... Melchor havia feito em pedaços aquela crosta, e ela conhecia, e sabia, e sentia; era livre e amava... E não queria sofrer!

– Não deixeis que vá sozinha para os campos – disse Melchor.

– Não se preocupe, papai, Martín a está vigiando.

O cigano se sentiu satisfeito, anuiu e fechou os olhos.

– Não me parece prudente que leveis Melchor para Barrancos.

O comentário, dirigido a mãe e filha, proviera de Frei Joaquín. Terminada a peleja, o religioso as havia seguido com discrição, como se fizessse parte da família, até chegar a confundir-se com as demais Vegas que não tinham para onde ir e com algumas das ciganas que adiavam sua volta diante do que previam ser um iminente desenlace. Muitos rondavam a casa. A angustiante situação de Melchor, que se debatia entre a vida e a morte, o enterro de Luisa e o de Pedro; os prantos e queixumes no funeral; a tensão pelo que poderia suceder com os Garcías apesar de suas promessas... Ninguém reparou em Frei Joaquín.

– A prudência nunca foi uma das virtudes de meu pai, não acha, Frei Joaquín?

– Mas agora... em seu estado, és tu quem deve decidir.

– Enquanto lhe restar um hálito de vida, decidirá ele, Vossa Paternidade.

– Não é boa ideia – insistiu o frade, as palavras dirigidas à mãe; o olhar, não obstante, fixo na filha. – Deveríeis procurar um bom cirurgião que...

– Os cirurgiães custam muito dinheiro – interrompeu-o Ana.

– Eu poderia...

— De onde ia conseguir esse dinheiro? – interveio Milagros.

— Da imagem da Imaculada Conceição. Vendendo-a. Se antes já era valiosa, agora o é muito mais. Parece que os gafanhotos se lançaram ao rio diante de sua presença.

— Obrigado, Frei Joaquín, mas não – rejeitou Ana a oferta.

Milagros perscrutou sua mãe. "Não", repetiu esta com a cabeça. "Se permitires um novo sacrifício por parte do frade, já não serás capaz de rejeitá-lo", quis explicar-lhe.

— Mas... – começou a dizer Frei Joaquín.

— Com todo o respeito, creio que meu pai se sentiria vexado se soubesse que uma Virgem veio ajudá-lo com dinheiro – desculpou-se Ana, ao mesmo tempo que pensava que tampouco estava tão errada.

— Está certa disso, mamãe? – perguntou Milagros depois de o frade as deixar cabisbaixo.

Ana a abraçou, e as duas se fixaram no cigano, deitado, com panos e faixas aqui e ali; a pior, a preocupante no dizer da curandeira, era a navalhada recebida no flanco, perto de onde o ferira o Gordo. Ana apertou o ombro de Milagros antes de responder:

— Estás certa tu, minha filha?

— Que quer dizer?

O olhar de sua mãe foi bastante explícito.

— Frei Joaquín se comportou muito bem comigo – afirmou Milagros. – Ele me salvou a vida e depois...

— Isso não é suficiente. Tu bem sabes.

Ela bem sabia. Milagros estremeceu.

— Em Madri – sussurrou –, quando ele me salvou, acreditei... sei lá. Depois, ao longo do caminho para Barrancos... não se pode imaginar como cuidava de mim, as atenções, seus esforços por conseguir dinheiro, comida, lugares para dormir. Eu só tinha a ele e acreditei... senti... Mas depois encontrei o avô, e Cachita, e a senhora, e recuperei minha menina. – Milagros suspirou. – É... é como se o amor que acreditei sentir por ele se houvesse diluído nos demais. Hoje vejo Frei Joaquín com outros olhos.

— Terás de dizer isso a ele.

Milagros meneou a cabeça ao mesmo tempo que fazia um esgar de desgosto.

— Não posso. Não quero causar-lhe mal algum. Ele abandonou tudo por mim.

Ana Vega fez um significativo gesto para uma das ciganas Vegas, que imediatamente ocupou seu posto ao pé do colchão, e empurrou com delicadeza sua filha em direção à saída da casa. O calor da noite era opressivo e úmido. Passearam em silêncio pelo pátio do cortiço, até que decidiram sentar-se em duas cadeiras desconjuntadas.

– O frade entenderá – disse Ana.

– E se não for assim?

– Minha filha, já cometeste um erro em tua vida. Não te arrisques a cometer outro.

Milagros brincou com uma fita que levava no pulso. Vestia uma simples saia vermelha e uma camisa branca, resultado de uma troca pelas roupas pretas trazidas de Madri. Também lhe haviam dado várias fitas coloridas.

– Um erro muito importante – reconheceu por fim. – Então não fiz caso de suas advertências. Deveria haver...

– Provavelmente a culpa foi minha, filha – interrompeu-a sua mãe. – Eu não soube convencer-te.

Ana bateu com a palma da mão na de Milagros. Ela a segurou.

– Sabe? – tremeu-lhe a voz. – As coisas mudam quando se é mãe. Gostaria de que algum dia minha filha estivesse tão orgulhosa de mim como o estou hoje da senhora. Toda a Andaluzia acorreu em sua ajuda! Não. Não foi culpa sua. Quando se tem uma filha, as coisas se veem diferentemente de como se veem quando temos quinze anos. Hoje eu entendo: em primeiro lugar estão os teus, a família, os que não te faltarão; nada nem ninguém mais podem existir. Espero poder ensinar isso a María. Sinto muito, mãe.

"Os que não te faltarão", ressoou nos ouvidos de Ana Vega enquanto ela desviava uns olhos úmidos para a casa em que permanecia seu pai. "É forte o Galeote; pura força", havia tentado animá-la a curandeira quando Melchor se esforçava por maldizer as mãos de todas aquelas mulheres que o assediavam. "Não te rendas, cigano", havia escutado da boca de Caridad quando ele tiritava, febril. Recordou o esforço quase sobre-humano feito por Melchor ao inteirar-se de que Pedro havia assassinado a velha María, como se quisesse levantar-se do colchão para correr a fim de matá-lo de novo. Haviam hesitado quanto a dizê-lo a ele depois de Milagros o haver contado. "E se morrer sem saber que também vingou a velha María?", decidiu o problema Caridad. Foi Milagros quem o disse a ele. Os teus, a família, os que não te faltarão... Ana abraçou sua filha.

– Lute, papai, lute! – sussurrou.

O sol estava a pino, no dia seguinte, quando Martín entrou na casa em busca das mulheres.

– Já tenho tudo preparado – anunciou.

Caridad não fez menção de sair, ocupada em alimentar Melchor com um caldo frio. Ana percebeu que Frei Joaquín apurava o ouvido.

– Vai tu verificá-lo – disse então a Milagros.

O frade não tardou em segui-la até o beco, onde topou com uma desconjuntada carroça de duas rodas de madeira, sem boleia nem laterais, e um velho e mísero burriquinho jungido à sua lança.

Milagros examinava a palha sobre a qual viajaria Melchor.

– De volta a Barrancos – soltou Frei Joaquín.

Martín examinou o frade de alto a baixo antes de deixá-lo a sós com Milagros, que continuou removendo a palha, como se procurasse algo.

– Sim – afirmou sem abandonar seu empenho com a palha. – O avô quer assim.

O silêncio se alongou entre eles.

Por fim, a cigana se virou.

– Que augura a minha mão? – surpreendeu-a Frei Joaquín estendendo-a a ela.

Ela não a tocou.

– A sorte... O senhor sabe que tudo isso são patranhas. – A voz lhe arranhou a garganta, ela não queria chorar.

– Depende do que quiser ver a cigana que a ler – insistiu Frei Joaquín, estendendo mais a mão, animando-a a que a tomasse entre as suas.

Milagros quis baixar a cabeça, esconder o olhar. Não o fez pela recordação de sua infância em Triana, por sua ajuda em Madri, e durante o caminho a Barrancos, por havê-la salvado de ser assassinada e pela doçura e pelo carinho que lhe demonstrara depois. Nada disse, no entanto.

Frei Joaquín retirou a mão diante da agitação causada pela saída de Melchor; caminhava muito devagar, sustentado por Martín de um lado e por Caridad do outro; Ana com a menina e os demais atrás. Tudo isso, no entanto, não foi suficiente para que Milagros desviasse a atenção do rosto do frade: as lágrimas corriam por suas faces.

– Não chore, por favor – rogou a cigana.

Ali, parados, impediam que Melchor pudesse subir na carroça.

– O senhor é um bom homem, padre – interveio o cigano com um fiapo de voz ao chegar até eles. – Não queira mais – aconselhou-o depois. – Continue com seu Deus e seus santos. Nós, os ciganos... como pode ver, vamos e vimos.

Frei Joaquín interrogou Milagros com o olhar.

– Não me deixes outra vez – suplicou diante de seu silêncio.

– Sinto muito – conseguiu desculpar-se ela.

O frade não teve tempo de replicar diante de uma nova intervenção de Melchor, a quem tentavam alçar para acomodá-lo sobre a palha, na carroça.

– Ah, padre! – Melchor o chamou como se pretendesse fazer-lhe uma confidência.

O outro o olhou. Ele resistia a afastar-se de Milagros, mas os olhos tão vidrentos como penetrantes do cigano o convenceram a que se aproximasse dele.

– Não deixe que o enganem com o pó de tabaco – sussurrou-lhe o cigano com simulada seriedade. – Se o vir vermelho, não duvide, é *cucarachero*, com certeza.

Quando o frade se apressou a buscar os olhos de Milagros, já não os encontrou.

"Em Barrancos vai sarar." Queriam acreditar nisso. Haviam-se repetido isso umas às outras durante o longo e penoso trajeto pelas serras, tentando animar-se enquanto caminhavam atrás da carroça onde Melchor jazia sobre a palha. Martín puxava o burrico, que, junto com o carro, havia trocado por seu cavalo em Triana.

Ao chegar ao pé do cerro, Caridad ergueu o olhar para a casa que tocava o céu, a sua. Subiram e pararam no alto. Martín ajudou Melchor a descer da carroça. Ana e Caridad se preparavam para ajudá-lo, mas ele as rechaçou e tentou dissimular a dor.

O dia estava claro; o sol estival perfilava campos, rios e montanhas e destacava suas vívidas cores. O silêncio invadia o entorno. Melchor coxeou em direção à beira do barranco, que se abria para a imensidão. Milagros entregou a menina a Martín e se preparou para seguir seu avô, mas Caridad o impediu estendendo a mão aberta, com o olhar posto em seu homem, que se apoiava agora contra a grande rocha testemunha dos sonhos e expectativas que os dois haviam compartilhado.

– Canta, cigano – murmurou então com a voz embargada.

Transcorreram alguns segundos.

Começou com um sussurro que foi ganhando força até converter-se num longo e profundo queixume que ressoou contra o mesmo céu. Um calafrio percorreu as costas de Caridad; toda ela tremeu ao mesmo tempo que ficava arrepiada. Milagros se abraçou à sua mãe, para não cair. Nenhuma delas cantou, as três unidas no feitiço de uma voz quebrada que se fundia com a brisa para voar em busca da liberdade.

– Canta, avô – sussurrou Milagros. – Canta até que a boca lhe saiba a sangue.

Nota do autor

A lirí ye crayí, nicobó a lirí es calés.
[A lei do rei destruiu a lei dos ciganos.]

El Crallis ha nicobado a lirí de los calés.
[O Carlos destruiu a lei dos ciganos.]

Em 1763, quatorze anos depois da grande batida e já caído em desgraça o marquês de la Ensenada, o rei Carlos III indultava os ciganos do delito de haver nascido como tais. Nos diferentes arsenais permaneciam detidos cerca de cento e cinquenta deles, que ainda levaram anos para ser libertados. Na Real Casa da Misericórdia de Saragoça permaneceram só algumas velhas ciganas sem família. As que não haviam fugido, mais de duzentas e cinquenta, alcançaram a liberdade aproveitando a longa agonia do rei Fernando VI, com o que aquela instituição resolveu o problema cigano e pôde dedicar-se a recuperar sua identidade.

Vinte anos depois, em 1783, o mesmo Carlos III promulgava uma pragmática que pretendia obter a assimilação dos ciganos. Nela se reiterava a proscrição do termo "cigano" – "os que se chamam e dizem ciganos não o são por origem nem por natureza" –, proibindo expressamente seu uso, como já se havia ordenado em disposições anteriores, ainda que com parco sucesso. Mas, além dessa reiteração, o rei estabelecia que os ciganos não provinham de "raiz infecta", com o que vinha a conceder-lhes os mesmos direitos que ao restante da população. Apesar de continuarem proibidos seus trajes e seu jargão, permitiu-se-lhes escolher aqueles trabalhos ou ofícios que eles mesmos julgassem convenientes – com algumas exceções, como o de dono de pousada em lugar despovoado; suspendeu-se a proibição de eles se deslocarem pelo reino, e autorizaram-nos a viver em qualquer povoado, salvo na Corte e nos Reais Sítios, onde, apesar de tudo, continuaram a fazê-lo, como bem se havia preocupado em manifestar o ministro Campomanes ao lamentar o fracasso das tentativas de bani-los de Madri.

O espírito ilustrado que moveu a pragmática de 1783 contou com informes de diversas salas de justiça, algumas das quais assinalavam a constante discriminação, as vexações e o trato injusto de que haviam sido objeto os ciganos por parte dos cidadãos, principalmente dos oficiais de justiça e dos religiosos, devido a seu modo de vida e ao fato de viverem afastados da sociedade.

Basta recordar o parágrafo com que Cervantes inicia sua novela *A Ciganinha*:

> Parece que os ciganos e ciganas somente nasceram no mundo para ser ladrões; nascem de pais ladrões, criam-se com ladrões, estudam para ladrões e, finalmente, acabam por ser ladrões rematados a todo o transe; e a vontade de furtar e o furtar são neles como acidentes inseparáveis, que não se tiram senão com a morte.

No dizer dos informes das salas de justiça, os ciganos preferiam viver na solidão e no isolamento a fazê-lo junto dos que os maltratavam.

Ainda levando-o em consideração, o fato é que a sociedade cigana é etnocêntrica. Não existe tradição escrita nessa comunidade, mas são muitos os autores que concordam quanto a uma série de valores que caracterizam esse povo: o orgulho da raça e certos princípios que regem sua vida; "Li e curar, andiar sun timuñó angelo ta rumejí" (liberdade de agir, segundo seu próprio desejo e proveito); "Nada é de ninguém, e tudo é de todos", atitudes de difícil conciliação com as normas sociais habituais.

A partir disso se tornam compreensíveis as duas afirmações com que se encabeça esta nota. Parece que a equiparação jurídica entre *payos* e ciganos estabelecida pela pragmática do rei Carlos III não agradou aos segundos. "O Carlos destruiu a lei dos ciganos." Trata-se de vitimismo? De rebeldia, quem sabe? Fique isto para os estudiosos.

A capacidade de adaptação, e não assimilação, dos ciganos aos diversos ambientes é constantemente manifestada pelos estudiosos desta etnia. Em Sevilha, incluída Triana, existiam no século XVIII quase cinquenta confrarias de penitência, a maioria com grande tradição, entre as quais a dos Negritos, denominação essa que, provavelmente utilizada correntemente, não aparece em seus livros senão nos anos oitenta dessa mesma centúria, posteriormente, portanto, à data em que termina o romance. A Irmandade dos Ciganos, tão apreciada hoje, não nasceu senão depois da grande batida, e não realizou sua primeira saída senão na Semana Santa de 1757. Por essa mesma data, os missionários salientaram a grande devoção e penitência dos ciganos de Triana nas confissões gerais que se levaram a efeito.

Surpreende que na Espanha da Inquisição, das missões e do fervor religioso os ciganos, acusados constantemente de irreligiosidade, de impiedade e de irreverência, não tenham sofrido perseguição inquisitorial. Nem o Santo Ofício nem a Igreja pareciam dar a eles importância alguma. À diferença de outras comunidades igualmente perseguidas ao longo dos tempos, os ciganos foram capazes de resistir e se esquivar às dificuldades, quase brincando, zombando das autoridades e de seus constantes esforços por reprimi-los.

Uma comunidade que, por outro lado, contribuiu como nenhuma para legar uma arte, o flamenco, hoje declarado pela Unesco Patrimônio Imaterial da Humanidade. Não o posso fazer eu nem é este o lugar para aprofundar se o povo cigano trouxe consigo ou não para a Europa sua própria música, a *zíngara*, ou se esta era originária das planícies húngaras; em todo caso, os ciganos alcançaram o virtuosismo em sua execução, como sucederia na Espanha com uma música que no século XVIII, período em que se desenrola o romance, é qualificada pelos estudiosos de "pré-flamenca". A partir dela se configuraria um *cante* que desde o final do século XIX, com uns *palos* e uma estrutura definida, passará a conhecer-se como flamenco.

Também parecem estar de acordo os estudiosos em que esses *cantes* foram provavelmente resultado da fusão, nas mãos dos ciganos, de sua própria música com a música tradicional espanhola, a dos mouriscos e a dos negros, fossem estes escravos ou libertos, a chamada música de ida e volta.

Três povos perseguidos e subjugados, escravizados uns, explorados e estranhados outros, desprezados todos: mouriscos, negros e ciganos. Que sentimentos podiam nascer da fusão de suas músicas, *cantes* e danças? Só aqueles que alcançam seu zênite quando a boca sabe a sangue.

Triana, em concorrência com outros lugares da Andaluzia, é considerada o berço do flamenco. O beco de San Miguel, onde se apinhavam as ferrarias das famílias ciganas, desapareceu no começo do século XIX.

Talvez o *cante* convencionalmente reconhecido como tal nasça nos albores do século XX, mas isso não deve tirar profundidade e amargura, "*jondura*", aos *cantes* ciganos do XVIII. O Bachiller Revoltoso, testemunha da vida trianeira de metade desse século, escreve:

> Uma neta de Balthasar Montes, o cigano mais velho de Triana, vai obsequiada às casas principais de Sevilha para representar suas danças,

e acompanham-na com guitarra e tamboril dois homens, e outro lhe canta quando dança, e se inicia o dito canto com um longo alento a que chamam queixa de galé, porque um forçado cigano as dava quando ia ao remo e deste passou a outros bancos e destes a outras galés.

À imaginação do leitor, à sua sensibilidade, deve deixar-se a visão desse cigano que, com a liberdade como o maior de seus tesouros, cantava para queixar-se de viver acorrentado aos remos de uma galé de que poucos saíam com vida; longo alento que, no dizer do autor contemporâneo, se reproduziu depois nos salões dos nobres e autoridades.

Também é o mesmo Bachiller Revoltoso quem nos conta como a um cigano que trabalhava na fábrica de tabacos se lhe rompeu no interior do intestino a tripa – o *tarugo* – em que guardava o pó de tabaco que pretendia roubar. O contrabando de tabaco, produto que era monopólio, ou tabacaria, da fazenda real constituiu na época – e continuou a sê-lo – uma das atividades mais lucrativas, e o povo português de Barrancos foi um de seus principais núcleos. Os estudiosos são unânimes em incluir os religiosos nessas práticas.

O século XVIII, por outro lado, trouxe uma importante mudança para a cidade de Madri. O advento da nova dinastia dos Bourbons trouxe para a corte novos gostos e costumes. A Ilustração promoveu a criação de Reais Academias, sociedades econômicas, fábricas e oficinas estatais e uma série de melhoramentos urbanísticos que alcançaram seu esplendor no reinado de Carlos III, considerado o melhor governante pelo impulso e pelas reformas que promoveu na Vila e Corte.

Uma dessas promoções foi a levada a efeito por Felipe V sobre o que originariamente havia sido o Corral de Comedias de la Pacheca para convertê-lo no Coliseo del Príncipe, que passou a ser o Teatro Español após a reconstrução daquele depois de dois vorazes incêndios; localiza-se na buliçosa e concorrida praça de Santa Ana, situada esta, por sua vez, no solar do antigo convento das carmelitas descalças.

Enquanto em Sevilha eram proibidas as peças de teatro, em Madri eram representadas diariamente nos teatros del Príncipe e de la Cruz. Muitos estudiosos concordam no afirmar que as pessoas iam a eles não pelas obras dramáticas, mas pelos sainetes e pelas tonadilhas, que tinham vindo a substituir os clássicos entremeses barrocos como representações autônomas e breves nos entreatos das obras principais.

A tonadilha cênica chegou a tornar-se independente do sainete ao longo do século XVIII, época em que alcançou seu máximo desenvolvimento, até terminar caindo no esquecimento e desaparecer por completo durante a primeira metade do século seguinte.

As tonadilhas eram obras breves, em sua maior parte cantadas e dançadas, com temática costumbrista ou satírica, através das quais eram louvados os personagens populares e criticadas as classes altas e afrancesadas. Uma de suas características mais significativas era a interação da tonadilheira com o público, o que convertia o engenho, o desembaraço, a ironia e, naturalmente, a sensualidade em méritos tão importantes como a voz ou o donaire na dança.

As pessoas de Madri, os humildes, exaltaram muitas dessas tonadilheiras que cantavam para eles. *Manolos* e *chisperos* são figuras representativas dessa simpatia tão característica do madrilense, que se orgulha de sê-lo.

Meu agradecimento, como sempre, à minha esposa, Carmen, e à minha editora, Ana Liarás, a todos quantos ajudam e colaboram para o bom fim deste romance e, acima de tudo, ao leitor que lhe dá sentido.

Barcelona, junho de 2012

Impressão e Acabamento:
EDITORA JPA LTDA.